Memories of My Life

나의 이중생활

사라 베르나르의 회고록

마르코폴로

목차

1

어린 시절

어머니께서는 여행을 사랑하셨다. 스페인에서 영국으로, 런던에서 파리로, 파리에서 베를린으로 갔다가 크리스티아니아[1]에 들렀고, 그러고 나서 돌아와 날 안아주었다가 다시금 고향인 네덜란드를 찾았다.

어머니는 유모에게 자기 자신을 위한 옷가지들과 나를 위한 군것질을 부쳐주었고 이모 중 한 사람에게 이런 편지를 보냈다. "귀여운 우리 사라를 돌봐줘. 한 달 뒤에 돌아올게." 한 달 뒤, 또 다른 이모에게 이런 편지를 보냈다. "유모에게 가서 우리 아이를 좀 봐줘. 2주 뒤에 돌아올게."

어머니는 당시 열아홉 살이었고 나는 세 살이었다. 그리고 편지를 받은 이모들은 각각 열일곱 살과 스무 살이었다. 또 다른 이모는 열다섯 살이었고 큰이모는 스물여덟 살이었다. 큰이모는 마르티니크에 살았고 이미 슬하에 여섯 아이를 두고 있었다.

할머니는 맹인이셨고, 할아버지는 이미 돌아가셨다. 그리고 아버지께서는 두 해 전부터 중국에 계셨다. 중국에는 왜 가셨던 걸까? 지금도 그 이유를 전혀 모른다. 젊은 이모들은 나를 보러 오겠노라 약속

---

1 노르웨이의 도시 오슬로의 옛 이름.

했다. 그리고 자신들이 한 약속을 거의 지키지 않았다.

유모는 브르타뉴 사람이었고, 캥페를레 근방의 조그맣고 하얀 집에서 살았다. 무척 낮은 초가지붕 위로 야생 꽃무가 피어 있는 집이었다. 어린 시절 나를 사로잡았던 첫 번째 꽃은 그 야생 꽃무였다. 무성하고 슬프게 돋아난, 황혼이 일군 꽃잎들을 지닌 그 꽃이 언제나 좋았다. 브르타뉴는 멀다. 우리가 살아가는 이 속도의 시대에서도 그렇다. 하물며 당시에는 브르타뉴라고 하면 세상의 끝이었다.

다행히도 유모는 선량한 사람이었던 것 같다. 그리고 그녀는 친자식을 잃은 어머니였기에, 그녀의 사랑을 받을 수 있는 유일한 아이는 나였다. 그렇지만 그녀는 가난한 사람들이 사랑하는 방식으로, 달리 말해 '시간이 있을 때만' 사랑을 주었다.

하루는 앓아누운 남편 대신에 그녀가 감자 수확을 도우러 밭에 나간 적이 있었다. 지나치게 젖은 땅이 감자들을 썩게 했기 때문에, 빨리 거둬들이는 일이 시급했다. 그녀는 남편에게 나를 돌보는 일을 맡겼다. 요통에 시달리던 그 남자는 조그마한 브르타뉴풍 침대에 꼼짝 못 한 채 누워있었다. 선량한 그 여인은 나를 어린이용 높은 의자에 앉혔다. 그녀는 의자에 나무로 된 지지대를 달아주는 성의를 보였다. 의자 앞에 작은 밑판을 받쳐주는 지지대를 달고, 그 위로 나를 위한 소소한 장난감들을 올려놓았다. 그녀는 벽난로 안에 말린 포도나무 가지를 던지고서, 내게 브르타뉴어로(네 살까지 나는 브르타뉴어밖에 알아듣지 못했다) 말했다. "우유꽃아, 얌전히 굴거지?"(나는 당시 '우유꽃'이라고 불릴 때만 반응했었다.)

선량한 여인이 집을 나서자, 나는 가엾은 유모가 그토록 정성스럽게 설치해 둔 지지대를 떼어내려 애썼다. 마침내 그것을 분리하는 데 성공하자, 나는 땅 위로 뛰어내릴 수 있으리라 생각하면서—가엾은 나—내 앞의 작은 성벽을 밀어냈다. 그리고 신나게 타고 있던 벽난로 불길 안으로 떨어졌다. 침대 위에서 움직일 수가 없었던 유모의 남편이 여러 차례 고함을 질렀고, 이웃들이 그 소리를 듣고 몰려왔다. 사람들은 아직 연기가 펄펄 피어오르는 나를 갓 짠 우유가 담긴 커다란 양동이 안에 던져 넣었다.

이 소식은 가장 먼저 이모들에게 알려졌다가, 이모들을 통해 어머니에게 전달되었다. 그러고 나서 나흘 동안 연이어 오가는 마차 바퀴들이 이 평화로운 고장의 흙을 갈아엎었다. 사방팔방에서 이모들이 도착했다. 어머니는 미칠 듯이 놀라 브뤼셀에서 달려왔다. 올때 라레 남작[2]과 친구 한 명을 동반했는데, 그는 이제 막 유명해지고 있던 젊은 의사였다. 여기에 라레 남작이 데려온 인턴 한 사람이 더 있었다. 이후에 사람들은 내게 당시 나의 어머니의 절망보다 더 고통스럽고 매혹적인 것은 없었다고 얘기를 해주었다.

의사 선생님은 마을 사람들의 버터 팩 요법을 칭찬했다. 그들은 내게 몇 시간 주기로 새 버터를 발라 줬었다. 그 뒤로도 이 의사 선생님과는 만날 일이 많았다. 친애하는 라레 남작 말이다. 독자 여러분들도 내 삶의 이야기에서 종종 그를 다시 보게 될 것이다.

라레 남작은 저 선량한 마을 사람들이 "우유꽃"에게 기울였던 사랑을 매력적인 이야기로 만들어 내게 들려주곤 했다. 그리고 그럴 때마다 그는 당시 유모의 집을 가득 채웠던 수많은 버터 이야기들을 하며 웃음을 참지 못했는데, 그에 따르면 집안 곳곳에 버터 자루들이 걸려 있었다는 것이다. 침대 위에도, 찬장 위에도, 의자들과 탁자 위에도 버터가 걸려 있었다. 모든 이웃 주민들이 "우유꽃"에게 팩을 만들

---

2 2대 라레 남작이자, 군의관 겸 정치인이었던 펠릭스 이폴리트 라레(1808-1895)를 말한다.

어 주기 위해 버터를 가져왔기 때문이었다.

넋이 나갈 정도로 아름다운 나의 어머니, 성모와도 닮은, 세상 만인에게 자신의 금빛을 내어주던 금발의 어머니는 긴 속눈썹을 갖고 있었는데, 그것들이 어찌나 길던지 두 눈꺼풀을 내릴 때면 뺨에 그림자가 드리워질 정도였다. 그런 어머니가 자기 금빛 머리카락을, 새하얗고 가느다란 손가락들을, 아이처럼 고운 발을, 아니 자기 목숨까지를, 모두 내어놓았으리라. 일주일 전만 해도 별로 염려치 않았던 자기 아이를 구하기 위해서라면 말이다.

의도치 않았던 망각에 있어서처럼 어머니는 절망과 사랑에 있어서 또한 진심이었다. 라레 남작은 우리 어머니와 로진 이모 그리고 인턴한 사람을 내 곁에 남겨둔 채, 다시 파리로 떠났다.

42일 뒤, 어머니는 유모 부부와 나를 데리고 저 아름다운 도시 파리로 개선했고 우리를 뇌이이(Neuilly)에 있는 센 강변에 지어진, 어느 조그마한 집에 정착시켰다. 내게는 흉터가 남지 않은 것처럼 보였다. 아무 흉터도, 정말 아무 흉터도 남지 않았고, 다만 지나치게 예민한 선홍빛 피부가 화상의 흔적으로 남았다. 어머니는 나를 다시금 이모들에게 맡기고 걱정 없이 행복하게 일전의 여행을 재개했다.

그렇게 뇌이이의 조그만 정원에서 2년의 시간이 흘렀다. 정원은 끔찍한 달리아꽃으로 가득했는데, 그 색이며 빽빽한 모습이 꼭 양털 실뭉치들 같았다. 이모들은 한 번도 오지 않았다. 어머니는 돈과 과자 그리고 장난감들을 보내주셨다.

유모의 남편이 세상을 떠났다. 그리고 유모는 프로방스가 65번지에서 문지기로 일하는 남자와 재혼했다. 어머니를 찾을 길도 막막하고 편지를 어떻게 쓰는지도 몰랐던 유모는 누구에게도 이 사실을 알리지 않은 채 나를 새로운 집으로 데려갔다. 그때 나는 이사를 한다는 것이 너무나도 기뻤다. 나는 다섯 살이었고, 그날의 기억은 지금도 마치 어제 일처럼 기억이 난다.

유모의 새 거처는 65번지 건물 정문 바로 위라고 했다. 무겁고 웅장한 정문 위로는 조그맣고 둥근 창이 끼워져 있었는데, 건물 바깥에서 보면 참 아름답게 느껴졌다. 이 커다란 문 앞에 당도했을 때, 나는 박수를 쳤었다. 11월의 어느 날 다섯 시 경의 어둑한 시각이었다. 유모는 나를 조그만 침상에 눕혔고, 이삿날의 기억이 여기서 멈추는 걸 보면 아마 내가 곧바로 잠이 들었던 것 같다.

다음날에는 무시무시한 슬픔에 사로잡혔다. 내가 잠들었던 조그만 방에는 창문이 하나도 없었기 때문이었다. 나는 울기 시작했고, 내게 옷을 입혀주고 있던 유모의 손길을 뿌리치고 옆방으로 달아났으며 마침내 원형 창문으로 달려가 내 조그맣고 고집스러운 이마를 창문에 붙였다. 전면에 비치는 풍경 속에는 나무도, 회양목 경계도, 떨어지는 잎사귀들도 더는 없었다. 다만 돌들 뿐… 아무것도, 정말 아무것도 없이, 보이는 것이라곤 차갑고 우중충하고 추한 돌덩이와 포석(鋪石)뿐이었다. 나는 미친 듯이 울부짖었다. "갈래요! 여기 있고 싶지 않아요! 어두워! 나빠! '거리의 천장'이 보고 싶어요!" 그리고 오열했다.

가엾은 유모는 내게 담요를 덮어 씌워주며 나를 품에 안아 들고 안마당으로 나갔다. "우유꽃아, 고개 들고, 봐봐.… 보이지? '거리의 천장'이야…" 이 못된 구역 안에도 '하늘'이 있다는 것을 확인하면서 나는 다소간 위안을 찾았다. 그러나 슬픔은 이미 내 조그만 영혼을 꼭 사로잡았다. 나는 더는 먹지 않았으며 창백하게 쇠약해졌다. 아마도 우연히 극적인 사건이 일어나지 않았더라면, 난 확실히 죽었을 것이다.

어느 날 나는 안마당에서 티틴과 놀고 있었다. 티틴은 우리 건물 3층에 살던 소녀로, 현재는 그 소녀의 모습도 진짜 이름도 기억나지 않는다. 유모의 남편이 안마당을 가로질러 가는 것이 보였다. 그는 두 사람의 부인과 함께 있었는데, 개중 한 사람이 무척 우아했다. 내 쪽에서는 그들의 뒷모습밖에 보이지 않았다. 한데 그 우아한 쪽 부인의 목소리가 내 심장 고동을 멎게 했다. 떨리고 있던 나의 가엾은 작은 몸뚱이는 감정의 동요에 사로잡혔다. "안마당 쪽으로 창문들이 나 있나요?" 그녀가 물었다. "네, 부인. 저기 네 군데 나 있습니다." 유모의 남편은 이렇게 대답하고 나서 2층에 열려 있던 네 개의 창을 가리켰다. 부인은 창문들을 보려고 몸을 돌렸다.

나는 기쁨과 해방감의 외침을 내질렀다. "로진 이모! 로진 이모!" 그리고 이 아름다운 방문객의 치마폭으로 뛰어들었다. 그런데 얼굴을 그녀의 모피 옷 속에 파묻으며 발을 동동 굴렀고 웃음을 터뜨리며 오열하는 바람에, 그녀의 긴 레이스 옷소매들이 찢어졌다.

이모는 나를 안고 진정시키려 했다. 그리고 유모의 남편이었던 문지기를 추궁하며 그녀의 친구에게 더듬거리며 말했다. "무슨 일인지 나도 전혀 모르겠어! 여기 우리 사라가 있잖아? 내 여동생 율[3](Youle)의 딸이야!"

내가 지른 고함이 동네 사람들의 주의를 끌었다. 인근의 창문들이 열렸다. 이모는 우선 집안에 들어간 다음, 일의 자초지종을 물었다. 가엾은 유모는 모든 전후 사정을 들려주었다. 남편의 죽음과 재혼에 관한 일들 말이다. 그녀가 자기 행동을 변호하기 위해 한 말들이 더 생각나지 않는다.

나는 이모에게 꼭 매달려 있었다. 이모에게서는 정말이지… 너무나도 좋은 향기가 났고, 더는 그녀에게서 떨어지고 싶지 않았다. 그녀는

---

3 사라 베르나르의 어머니, 쥐디트-쥘리 베르나르(1821-1876)의 다른 이름이었다.

다음날 나를 찾아올 것을 약속했다. 하지만 더는 그 암흑 속에 머물러 있고 싶지 않았으며 바로 떠나고 싶었다. 당장 유모와 함께. 이모는 내 머리를 부드럽게 어루만졌고, 그녀의 친구와 내가 알지 못하는 언어로 대화를 나누었다. 이모는 뭔가 알 수 없는 것을 내게 이해시키고자 노력했지만, 허사였다. 나는 당장, 이모와 함께, 떠나고 싶었다.

경쾌하고 부드럽고 상냥하게, 그러나 별 애정 없이 이모는 내게 즐거운 말들을 퍼부었고, 장갑 낀 손으로 나를 쓰다듬었으며, 자기 원피스의 주름을 툭툭 폈다. 그녀가 보여준 수많은 사소한 몸짓들은 매력적이면서 차가웠다. 이모가 친구의 손에 이끌려 일어섰다. 그리고 자기 지갑을 털어 유모의 손에 돈을 쥐어주었다. 유모의 남편은 그녀를 전송하러 나갔고, 그가 나가며 닫은 문 뒤로 나는 몸을 던졌다.

가엾은 유모는 울고 있었다. 그리고 나를 안아주며 창문을 열면서 말했다. "울지마라, 우유꽃아. 저기 네 예쁜 이모를 봐. 이모가 다시 올 거야. 너는 이모랑 같이 떠나게 될 거다." 굵은 눈물방울들이 유모의 둥글고, 차분한 얼굴 위로 흘러내렸다. 그러나 내게 보이는 것이라곤, 내 뒤에 꼼짝하지 않고 도사린, 칠흑 같은 복도뿐이었다. 나는 절망에 차서 달려 나갔고, 막 차에 오르려 하고 있던 이모를 향해 돌진했다. 그리고 나서는 아무것도 느껴지지 않았다… 밤… 밤…. 다만 먼 곳에서 들려오는 듯한 목소리들의 희미한 소란… 소란….

가엾은 우리 유모의 품에서 빠져나와서 달려갔다가, 나는 그만 이모의 발치에서 엎어지고 만 것이다. 돌바닥에 부딪히면서 팔의 두 군데가 박살이 났고 왼쪽 무릎뼈가 부러졌다.

몇 시간이 지난 뒤, 큰 방 한가운데 놓인 커다란 침대에서 정신을 차렸다. 멋진 침대에서는 좋은 냄새가 났고, 두 개의 아름다운 창문은 환희로 가득 차 있었다. 창문 너머로 '거리의 천장'이 보였다. 급보를 전해 들은 우리 어머니가 나를 돌보러 왔다.

나는 가족들을, 이모들과 사촌들을 알아보았다. 내 작은 두뇌는 어째서 이렇게 많은 사람이 나를 사랑하고 있는지 이해할 수 없었다. 그토록 많은 낮과 많은 밤이 지날 동안, 나는 단 한 사람한테서만 사랑을 받았었는데 말이다.

건강도 무척 쇠약해져 있었고 뼈들은 가느다랗고 부서지기 쉬운 상태였기 때문에, 꼬박 2년을 저 끔찍한 낙상 사고로부터 회복하는 데 쏟아야 했다. 이 기간에 사람들이 나를 품에서 내려놓은 적이 거의 없었다. 어리광과 무감각이 뒤섞인 혼란스러운 추억만을 남긴 채, 내 삶의 2년은 그렇게 지나갔다.

2

기숙학교에서

어느 날 아침이었다. 어머니께서는 나를 무릎에 앉히고 말씀하셨다.

"너도 많이 자랐구나, 이제 읽고 쓰는 법을(사실 일곱 살의 나는 읽는 법도, 쓰는 법도, 수를 세는 법도 몰랐다. 다섯 살까지는 유모 품에 맡겨져 있었고, 그로부터 2년간은 아팠기 때문이었다) 배워야 한단다."

어머니는 내 곱슬머리를 갖고 장난치며 말을 이었다.

"다 큰 아가씨가 되려면 공부해야지, 널 기숙학교에 보낼 생각이란다." 하지만 이것만으로는 어머니가 무슨 말을 하려는지 전혀 알 수 없었다.

"그게 뭐예요, 기...숙학교?"

"네 또래 여자아이들이 많이 있는 곳이란다."

"걔네도 그럼 아픈 애들이에요?"

"아니! 그런 건 아냐!", 그녀가 대답했다.

"지금의 너처럼, 다 건강한 애들이야. 놀기도 좋아하고 발랄한 아이들이란다."

나는 기쁨에 차 펄쩍 뛰어올랐다. 그러나 엄마의 두 눈에 가득 고인 눈물 탓에, 나는 그녀의 품으로 뛰어들 수밖에 없었다.

"그럼 엄마는요? 엄마는 어떡해요? 혼자 남게 되는 거예요? 귀여운 딸아이 없이 지내게 되는 거예요?"

그러자 엄마는 내 조그만 몸으로 엄마의 몸을 기울이며 말했다.

"선하신 하느님께서 엄마 위로해주려고 꽃다발하고 아기 하나를 내려보내 주신대."

나는 기쁨을 되찾고, 아까보다도 더욱 신나는 상태가 되었다.

"그럼 저한테 남동생이 생기는 거예요?"

"아니면 여동생이 생길 수도 있지."

"아! 그건 싫어요! 여자애들은 싫은걸요."

엄마는 나를 부드럽게 안아주었고, 나는 그녀가 보는 앞에서 옷을 갈아입었다. 아! 그때 입었던 짙푸른 벨벳 원피스가 생각난다. 내 자랑거리였는데.

나는 그렇게 잘 차려입고, 엄마와 나를 오퇴유(Auteuil)까지 데려다주기로 한 로진 이모의 마차를 안절부절못하며 기다렸다. 이모는 세 시 경에 도착했다. 가정부는 한 시간 전에 미리 내려가 있었다. 그리고 나는 마차 안에 내 짐가방이며 장난감들이 차곡차곡 쌓여 있는 것을 보고 무척이나 기뻐했다. 이모의 그 멋진 운송 수단에는 엄마가 가장 먼저 차분하고 느릿느릿하게 올라탔다. 내 차례가 되었을 때, 약간 겉멋을 부리며 마차에 올라탔다. 우리 건물의 수위 그리고 주변의 몇몇 상인들이 나를 바라보고 있었기 때문이다. 이모는 다소 거칠고 날렵하게 마차에 뛰어올랐다. 그녀는 마부에게 쪽지를 넘겨주면서 발음이 뻣뻣하고 우스꽝스러운 영어로 적힌 주소로 가라는 지시를 내렸다. 또 다른 마차가 우리 뒤를 따라오고 있었는데, 거기에는 남자 세 사람이 타고 있었다. 한 사람은 아버지의 친구이자 대부인 레지스 씨였고, 또 한 사람은 드 폴레스 장군이었다. 마지막 한 사람은, 당시 유행하던 말 그림과 사냥 그림을 그리던 화가였는데, 이름이 플뢰리 씨였던 것으로 기억한다.

차에서 저쪽의 신사들이 오퇴유 근방에서 성업 중인 어느 카바레에 저녁 식사를 하러 가는 길이라는 사실을 들었다. 모두가 그곳에서 다른 참석자들과 함께 재회할 예정이었다.

나는 엄마와 이모가 하는 말에는 거의 관심을 기울이지 않았다. 가끔 그들이 나에 관한 이야기를 할 때면, 엄마와 이모는 내 쪽으로 부드러운 시선과 미소를 보내며 영어로 또는 독일어로 대화를 나누었다.

긴 여정이었지만 즐거웠다. 잿빛의 더러운 도로를 따라가며 나는 내 얼굴을 창문에 꼭 붙이고 스쳐 지나가는 풍경을 주시했는데, 띄엄띄엄 보이는 못생긴 집들과 앙상한 나무들을 보는 것이 무척 마음에 들었다. 끊임없이 변모하며 펼쳐지는 그 풍경을 아름답다고 생각했다. 차가 오퇴유에 도착하여 부알로가 18번지에 멈춰 섰다. 그곳에 세워진 철책에는 검게 변색된 기다란 철제 현판이 걸려 있었고, 그 위로 금빛 글씨가 쓰여 있었다. 나는 엄마를 올려다보았다. 엄마는 내게 말했다.

"저기 뭐라고 쓰여 있는지, 너도 곧 읽게 될 거야. 그럴 수 있기를 바란다."

그러자 이모가 내 귀에 속삭였다.

"프레사르 부인 기숙학교"

나는 주저 없이 이모에게서 들은 말로 엄마에게 답했다.

"저기 '프레사르 부인 기숙학교'라고 쓰여 있어요."

엄마, 이모 그리고 그들의 친구인 세 명의 아저씨들은 내 사랑스러운 뻔뻔함에 놀라 너털웃음을 터뜨리고 말았다. 그리고 우리들은 기숙학교 안으로 들어갔다.

프레사르 부인이 우리를 마중 나왔다. 그녀는 내게 대단히 좋은 인상을 주었다. 키는 보통이었고 다소 살집이 있었으며, 반백의 머리는 '세비녜'[1] 부인 풍이었고, 크고 아름다운 두 눈은 조르주 상드[2]의 눈매를 닮아 있었다. 살짝 까무잡잡한 그녀의 얼굴에는 무척 새하얀 이가 반짝이고 있었고, 몸에서는 청결한 향기가 올라왔으며, 말씨는 부드러웠고, 두 손은 포동포동했고, 손가락들은 길었다.

그녀는 가볍게 내 손을 잡았다. 한쪽 무릎을 꿇어 나의 눈높이를 맞춘 뒤에, 그녀는 음악적인 목소리로 내게 말했다. "아가, 무섭지는 않지?" 나는 대답하지 않았고 다만 얼굴이 빨개질 뿐이었다. 그녀는 내게 여러 가지 질문들을 던졌으나 답변을 거부했다. 어른들이 내 주위로 모여들었다. "아가, 대답해야지!", "사라! 자! 착하게 굴어야지!", "아! 요 버릇없는 녀석!" 그러나 어른들이 무슨 말을 해도 허사였다. 나는 계속 입을 다물었고, 낮을 가렸다.

숙소, 식당, 그리고 바느질 작업장에 대한 관례적인 방문 뒤에, 그리고 이 어린이 감옥의 위락 시설들에 대한 과장된 찬사들과("어쩌면 이렇게 관리가 잘 되어 있는지요! 어쩌면 이렇게 깨끗한지요!") 전부 거기서 거기인 수백 가지 바보 같은 언동 뒤에, 어머니는 프레사르 부인과 함께 자리를 비켰다. 나는 어머니의 무릎에 매달려 그녀의 걸음을 막았다.

"여기 의사가 준 처방전입니다." 그리고 나서 어머니는 내게 해 줘야 하는 일들이 빼곡히 적힌, 또 다른 긴 목록을 내밀었다. 프레사르 부인은 다소 빈정거리는 듯한 미소를 지었다.

"부인께서도 알고 계시겠지만", 그녀가 어머니에게 말했다. "우

---

1 서한문으로 유명한 17세기의 프랑스 작가 세비녜 후작 부인(Marquise de Sévigné, 1626-1696)을 말한다. 자신의 이름이 붙은 머리 모양을 유행시키기도 했다.
2 19세기의 프랑스 소설가 조르주 상드(George Sand, 1804-1876)를 말한다.

리가 저 아이의 머리를 저렇게 곱슬곱슬하게 관리할 수는 없어요."

어머니는 장갑 낀 손으로 내 머리를 매만지며 대답했다.

"이 곱슬머리를 펴는 일은 더더욱 못할걸요. 그냥 머리가 아니에요, 숱도 많고, 얼마나 빗기기 힘든데요! 부디 부탁드리건대, 솔질을 하기 전에는 절대 빗으로 머리를 빗기지 마세요. 그럼 머리 손질에 끝이 보이지 않을 거고, 애가 괴로워할 테니까요."

"네 시에는 아가들이 뭘 먹죠?" 어머니께서 말을 이었다.

"그게, 빵 한 조각하고 부모님들이 보내준 간식을 준답니다."

"서로 다른 열두 종류의 잼 단지를 가져왔어요, 애가 입맛이 변덕스럽거든요. 아이에게 잼하고 초콜릿을 번갈아 주세요. 조리법이 담긴 책 여섯 권도 가져왔어요."

프레사르 부인은 여전히 비꼬는 기색이 섞인 너그러운 미소를 지어 보였다. 그녀는 초콜릿 조리법에 관한 책 한 권을 집어보더니 큰 소리로 외쳤다.

"셰 마르키[3] 초콜릿이라고요! 어디 보자 아가, 어른들이 널 너무 귀여워하는구나."

그리고는 새하얀 손가락들로 내 뺨을 토닥여줬다. 다음으로 그녀의 시선은 어머니가 가져온 커다란 한 단지에 머물렀다. 그녀는 놀란 것처럼 보였다.

"이건", 어머니가 말을 이었다, "제가 직접 만든 콜드크림이에요. 매일 저녁 아이가 잠자리에 들기 전에, 얼굴, 목, 양손에 발라주셨으면 해요."

"하지만…"

~~~~~~

3 당시 수도 파리에서 이름이 높던 과자점.

어머니는 프레사르 부인의 말을 기다려주지 않았다.

"침대 시트 빨래하는 값은 두 배로 낼게요."(가엾은 우리 엄마! 내가 똑똑히 기억하는데, 기숙학교에서는 한 달에 한 번 남들과 꼭 같은 때에 내 시트를 갈아주었다.)

이윽고 이별해야 할 시간이 왔다. 어머니는 자신을 동정하는 사람들의 무리에 둘러싸여 쏟아지는 포옹과 위로의 말들에 거의 넋을 잃을 정도였다. '아이에게 좋은 일이야!', '아이에게 필요한 일이야!', '다시 만날 때에는 아이가 참 달라져 있을 겁니다!' 기타 등등…

나를 무척 귀여워했던 드 폴레스 장군은 나를 두 팔로 안고 높이 들어 올리며 말해주었다.

"꼬맹이, 너는 이제 입영하는 거야! 뚜벅뚜벅 전진이다!"

그리고 내가 그의 긴 콧수염을 잡아당기자, 그는 프레사르 부인 쪽을 향해 눈을 깜빡이며 이렇게 말했다(부인에게도 옅은 콧수염이 자라나 있었다).

"이거 저쪽 부인께는 하면 안 된다!"

날카로운 폭소가 이모의 입술에서 터져 나왔다. 엄마는 새어 나오는 웃음을 꾹꾹 참고 있었다. 그리고 내가 앞으로 갇혀 지내게 될 골방으로 끌려가는 동안, 일동은 치맛자락과 잡담을 흩날리며 멀어져갔다.

이 기숙학교에서 두 해를 보냈으며 읽고 쓰는 법과, 셈법을 익혔다. 또 내가 모르고 있던 수많은 놀이를 배웠다. 그리고 아이들이 원무(圓舞)를 출 때 부르는 노래들을 배웠고, 엄마를 위해 손수건에 수놓는 법을 배웠다. 나는 비교적 행복한 편이었다. 목요일과 일요일이면 외출을 할 수 있었고, 그렇게 밖을 돌아다니다 보면 해방감을 느낄 수 있었기 때문이다. 거리에서 밟는 흙은, 기숙학교의 널따란 정원에서 밟는 흙과 다른 흙인 것만 같았다.

게다가 프레사르 부인 기숙학교에서는 매번 나를 열광에 사로잡히게 만드는 의례가 가끔 열리곤 했다. 테아트르-프랑세(Théâtre-Français)[4]의 신인 여배우 스텔라 콜라스(Stella Colas) 양의 목요 운문 낭독회가 그것이다. 그녀가 방문하기 전날이면, 나는 밤새 눈을 붙이지 못했고, 당일 아침에 일어나 정성껏 머리를 빗은 다음에 떨리는 가슴을 안고, 전혀 이해되지는 않지만 나를 홀릴 정도로 매력적인 몇몇 구절들을 들을 채비를 차렸다. 게다가 이 예쁘고 젊은 여인에게는 한 가지 전설이 따라다녔다. 말인즉슨, 예전에 그녀의 남매가 황제 폐하의 암살을 모의하다가 붙잡힌 적이 있었는데, 그녀는 폐하에게 남매의 사면을 탄원하기 위하여, 말발굽에 짓밟히기 거의 직전까지 제 몸을 던져 황제의 마차를 가로막았더라는 것이다.

스텔라 콜라스는 체구가 작은 금발이었고, 푸른색 두 눈은 다소 날카로워 보이긴 해도 몹시 그윽하였으며, 목소리는 저음이었다. 그리고 이 가냘프고 창백한 젊은 금발 여인이 『아탈리』의 '꿈' 대목을 읊기 시작했을 때, 나는 온몸에 전율을 느꼈다.

작은 침대 위에 주저앉아, 낮은 목소리로, 다음 구절을 따라 읊고자 대체 몇 번을 시도했던가.

"떨거라! 나를 꼭 닮은 딸아…"

나는 머리를 한껏 숙이고, 볼을 부풀리고, 입을 뗐다.

"떨…떨…거… 떨거…라…"

그러나 이 연습은 언제나 끝이 안 좋았다. 시작할 때는 분명 숨죽여 읊조리던 것이, 나중에는 나도 모르게 목소리가 높아졌기 때문이었다. 그러면 같은 방 친구들이 깨어나, 그 모습을 우스꽝스럽게 여기며

---

4 파리 1구에 위치한 프랑스 유일의 국립극장으로, 정식 명칭은 코메디-프랑세즈(Comédie-Française)이다.

폭소를 터뜨렸다. 그러면 나는 왼쪽 오른쪽 미친 듯 뛰어다니며 발길질을 퍼붓고, 따귀를 때리고, 다시 그들에게서 그 백배로 돌려받았다.

프레사르 부인의 양녀인 카롤린 양은 무척 화가 나 보였고 무자비했는데, 오랜 세월이 지난 뒤에 다시 봤을 때는 유명 화가 이본(Yvon) 씨의 부인이 되어 있었다. 그녀는 우리 모두에게 다음날 받을 벌을 예고했고, 나의 경우에 그것은 외출 금지 및 다섯 대의 체벌이었다.

아! 손가락들 위로 쏟아지는 카롤린 양의 자(尺)란! 35년 뒤에 그녀를 다시 보았을 때, 그때의 체벌은 너무 가혹했노라고 그녀를 비난했었다. 그녀는 우리에게 안쪽으로 접은 엄지 위로 나머지 손가락들을 말아 쥐게 했고, 그 상태에서 손을 그녀 쪽으로 쭉 뻗게 했고, 그런 다음에 퍽!… 퍽!…하고 커다란 흑단 나무 자를 내려치는 소리가 났다. 그녀가 얼마나 못되게 가차 없이 자를 내리쳤는지 끔찍한 그 체벌이 가해질 때마다 두 눈에서는 눈물이 솟구쳤다.

카롤린 양에게 반감을 품었지만, 어쨌든 그녀도 미인이기는 했다. 그러나 그녀의 아름다움은 나를 숨 막히게 만드는 종류의 것이었다. 새하얀 피부, 그리고 톱니 모양으로 된 머리띠 여러 개로 바싹 올려붙인 새까만 머릿결이 자아내는 답답한 아름다움 말이다.

오랜 시간 뒤에 내가 그녀와 재회하게 되었을 때, 그녀를 내게 끌고 온 것은 여자 친척 중 한 사람이었다. 친척은 내게 이렇게 말했었다. "너는 분명 그 부인을 알아보지 못할 거야. 하지만 그녀는 네가 잘 아는 사람이란다." 나는 중앙 홀의 벽난로에 몸을 기대고 있었다. 이윽고 제1응접실 안쪽으로부터 장신의 여자 하나가 다가오는 것이 보였다. 다소 촌스러운 분위기였고 나이가 좀 들었지만 제법 아름다운 여자였다. 그녀가 세 계단을 내려와 홀로 들어오자 빛이 그녀의 볼록 튀어나온 이마를 비추었다. 톱니 모양인 머리띠 여러 개로 억세게 올려

붙인 앞머리… 나는 "카롤린 양!"이라고 외쳤다. 그리고 슬그머니 내 두 손을 등 뒤로 감추고 말았다.

이후로 다시는 카롤린 양을 볼 수 없었다. 겉으로 둘러댄 집주인으로서의 정중함을 뚫고 유년 시절의 원한과 감정이 새어 나왔다.

✠

프레사르 부인 기숙학교에서의 생활이 견디지 못할 정도로 끔찍하지는 않았다. 그리고 당시에는 내가 성년이 될 때까지 거기에 머무르는 것이 자연스러운 일처럼 생각되었다.

지금은 샤르트르회[5] 수사님이 되신 펠릭스 포르 이모부는 이모에게 나를 자주 외출시켜야만 한다고 강하게 주장했다. 그는 뇌이이에 시냇물이 관류하는 멋진 땅을 소유하고 있었는데, 나는 거기서 내 종형제 종자매와 함께 몇 시간씩 낚시질하곤 했다.

요컨대 내가 간간이 거의 미친 것처럼 보이는 끔찍한 분노 발작을 일으켰고, 그때마다 기숙학교가 온통 술렁였으며 나는 이틀에서 사흘 정도 양호실에 보내어지곤 했다는 점을 제외하면, 이곳에서의 2년은 평화롭게 지나간 셈이다.

어느 날, 로진 이모가 바람처럼 달려와 나를 기숙학교에서 빼내려 했다. 그렇게 하라는 아버지의 명령이 있었던 것인데 그 명령에는 이미 내가 어디로 옮겨져야 하는지까지 포함되어 있었다. 아버지의 명령은 단호했다. 여행 중이던 어머니는 이 내용을 이모에게 알렸고, 소식을 전해 들은 이모는 무도회에서 춤을 추다 말고 달려왔다.

---

5 가톨릭 수도회인 카르투시오회.

사람들이 또다시 내 의향은 묻지도 않고 내가 좋아하고 익숙한 것들을 무시했다는 생각이 내게 말도 못 하게 뜨거운 분노를 일으켰다. 나는 그대로 바닥에 굴렀고 찢어지는 비명을 내질렀다. 그리하여 엄마에 대해서, 이모들에 대해서, 그리고 나를 지켜주지 못한 프레사르 부인에 대해서 고래고래 비난을 퍼부었다.

나는 두 시간 동안 저항하면서 내 옷을 갈아입히려는 손길을 두 차례나 뿌리치고 정원으로 달려 나가서 나무에 올라갔다. 그리고 물보다는 흙이 더 많이 남은 조그만 못 속에 뛰어들기도 했다. 하지만 결국에는 기진맥진하여 온순해진 상태로 오열하며 이모의 마차에 실려 갔다.

그녀의 집에서 사흘이나 머물렀다. 그 사이 열이 심하게 올라와서 사람들은 내 생명을 염려할 지경이었다. 당시 쇼세-당탱 거리 6번지에 살고 계시던 아버지도 날 보러 로진 이모의 집으로 찾아오셨다. 아버지께서는 같은 거리 4번지에 살고 있던 로시니[6] 씨와 친구 사이였다.

아버지는 자주 로시니 씨를 데려왔다. 그러면 로시니 씨는 수백 가지 기발한 이야기들과 우스꽝스럽게 찌푸린 표정들로 나를 웃게 했다. 아버지는 아폴로처럼 잘생긴 사람이었다. 그리고 나는 그런 아버지를 자랑스럽게 여겼지만 그를 거의 보지 못해서 아는 것도 거의 없었다. 그럼에도 나는 아버지의 매력적인 목소리와 부드럽고 느릿느릿한 몸동작 때문에 그를 사랑했다. 평소에는 성격이 번개처럼 급한 우리 이모도 아버지 앞에 서면 침착해졌다.

나는 평정심을 되찾았다. 그리고 당시 나를 돌봐주던 의사 모노

---

6 이탈리아의 음악가 조아키노 안토니오 로시니(Gioacchino Antonio Rossini, 1792-1868)를 말한다.

(Monod) 선생님께서는 내가 별 탈 없이 다른 곳으로 옮겨질 수 있을 거라고 선언했다.

사람들은 엄마를 기다렸다. 하지만 그녀는 하를럼[7](Haarlem)에서 몸져누웠다. 아버지는 수도원[8]에 나를 데려가는 동안 자신이 동행하면 안 되겠냐는 로진 이모의 제안을 거절했다. 그날 이모의 제안을 거절하던 아버지의 부드러운 음성이 아직도 내 귀에 생생하다. "아니, 아이를 수도원에 데려가는 건 아이 엄마여야 하오. 내가 포르가(家)에 편지를 써 두었소. 그들이 2주간 아이를 보살필 거요." 그리고 이모가 반대하려는 기색을 보이자, 아버지는 이렇게 말을 이었다. "포르가(家)는 여기보다 더 고요해요, 로진. 그리고 저 아이에게 필요한 건 무엇보다도 고요입니다."

그날 저녁에 포르 이모의 집에 도착했다. 나는 그녀를 별로 좋아하지 않았다. 그녀는 차가운 사람이었고 잘난 척을 했기 때문이다. 이모부는 정말로 좋았다. 그는 무척 자상하고 점잖았고 끝을 알 수 없는 매력이 깃든 미소의 소유자였다. 그의 아들은 나와 마찬가지로 악동이었다. 모험하기를 좋아하고 약간 돌아버린 것 같았다는 점에서 말이다. 우리는 함께 놀기를 좋아했다. 나의 종자매, 사랑스러운 그뢰즈는 신중한 성격이었다. 그녀는 자기 옷에 뭔가 묻지나 않을까 조심했고, 심지어는 덧옷에 뭔가가 묻는 것도 두려워했다. 가엾은 그뢰즈는 나중에 스리즈(Cerise) 남작과 결혼했고, 한참 아름답고 젊은 시기에 출산 중 사망하고 말았다. 의사의 개입이 절대적으로 필요한 순간이었

---

7 네덜란드 노르트홀란트주의 주도.

8 20세기 초반에 강력한 반교권주의적 조치가 시행되기 이전에는 수도원이 흔히 교육기관을 겸하곤 했다. 사라 베르나르가 입학한 그랑-샹 수도원 역시 수녀원 부설 여자 기숙학교를 운영하던 곳이다.

건만, 그녀의 낯가림과 신중함 때문에 그리고 그녀가 받은 교육의 협소함 때문에 의사의 도움을 받기를 한사코 거절했다. 나는 그녀를 무척 사랑했고 그녀를 위해 많은 눈물을 흘렸다. 지금도 달빛이 조금이라도 비치는 날이면, 내 안에서는 그녀의 금빛 환영이 어른거린다.

나는 이모부 댁에 삼 주간 머물렀는데, 사촌과 함께 돌아다니거나 이모부 내외의 사유지를 가로질러 흐르는 조그만 개울 옆에 배를 깔고 누워 몇 시간씩 가재잡이를 했다. 포르 가의 부속지는 무척 넓었고 그 땅을 폭넓은 도랑이 에워싸고 있었다. 내 종형제, 그리고 귀여운 종자매와 함께 대체 몇 차례나 도랑 뛰어넘기 내기를 했던가. "핀 다섯 개를 걸게!", "나는 종이 세 장 건다!", "나는 크레이프 두 개 걸게!"(사촌들은 매주 화요일에 크레이프를 먹었다). 나는 뛰어넘을 수 있을 줄 알고 정말 뛰었었다! 그리고 대부분 경우 도랑 밑으로 굴러떨어졌다. 나는 도랑의 푸른 물속에서 찰박거리며 두꺼비들이 무서워 소리를 내질렀고, 사촌들은 나만 남겨두고 떠나는 척을 하면서 내가 질겁하고 비명 지르는 모습을 구경했다.

현관 바깥 계단에서 우리가 돌아오기만을 기다리던 걱정 많은 이모는 나를 맞이할 때는 얼마나 심한 질책이 쏟아졌던지! 그 눈빛은 얼마나 차갑던지! "가서 옷 갈아입거라! 그리고 네 방에 가서 꼼짝 말고 있어! 저녁은 가져다주마. 하지만 디저트는 없는 줄 알아!" 현관에 있는 커다란 거울에 언뜻 비치던 내 모습은 꼭 벌레 먹은 나무줄기 같았다. 내 종형제는 자기 손을 입에 갖다대고 내게 비밀 사인을 보냈다. 그가 나중에 디저트를 몰래 가져다주겠다는 신호였다.

이모는 내 종자매를 쓰다듬었고, 그녀는 이모의 손길을 얌전히 받아들였다. 이모의 손길은 꼭 이렇게 말하는 듯했다. "아! 신의 은총으로 너는 저 조그만 부랑아와는 닮지 않았구나!" '부랑아'라는 말은 이모가 화가 났을 때 내게 퍼붓던 비난의 말이다. 그순간 부끄럽고 죄송스러운 마음으로 가득하여 더는 저 넓은 도랑을 뛰어넘지 않을 것을 다짐하면서 내 방으로 올라갔다. 그러나 방으로 돌아가자마자 나는 이모부 내외가 내게 하녀로 붙여준 정원사의 딸을 만나게 되었는데 그 거칠고 잘 웃는 거구의 여자 아이는 이렇게 말하는 것이었다. "아! 아가씨께서는 어쩜 그렇게 재밌으세요!" 그녀가 웃고 또 웃고 얼마나 웃었는지, 그만 나는 내가 그토록 '재미있다'라는 사실이 자랑스러워지기까지 했다. 그러면 나는 벌써, 앞서 다짐을 잊어버리고 이렇게 생각하는 것이었다. '언젠가 도랑을 뛰어넘는 데 성공하면, 그때는 온몸에 풀과 진흙을 묻히고 와야겠어.'

옷을 벗고, 씻고, 플란넬 원피스로 갈아입고서는 내 방에서 저녁 식사를 기다렸고, 수프, 고기, 빵과 물을 전달받았다. 나는 고기를 무척 싫어해서 내 고기를 창밖으로 던져버렸다. 이모가 불시에 내 방으로 올라와 이렇게 물어본다. "저녁 먹었니, 애야?" 그러면 이런 대화가 이어졌다. "네, 먹었어요. 이모 – 아직 배고프니? – 아뇨, 이모 – 그럼 이제 주님의 기도문과 사도신경을 세 번씩 쓰려무나, 신앙 없는 꼬맹이야(난 아직 세례를 받기 전이었다)."

15분 정도 뒤에 이모부가 방으로 올라왔다. "저녁은 잘 먹었니? – 네, 이모부 – 고기는 먹었니? – 아뇨, 창밖으로 던져버렸어요. 전 고기 안 좋아해요! – 그럼 네 이모에게는 거짓말을 한 거로구나! – 아뇨, 이모가 '저녁을 먹었는지'를 물어보길래, '네'라고 했을 뿐이에요. '고기를 먹었어요'라는 거짓말은 한 적이 없는 걸요 – 무슨 벌을 받고 있니? – 자기 전에 주님의 기도문과 사도신경을 세 차례 써야 해요. – 그 기도들을 다 외웠니? – 아뇨, 이모부, 아직 외지 못 했어요. 매번 틀리는걸요."

그러면 이 사랑스러운 남자는 내게 주님의 기도문과 사도신경을 읊어주었고, 그가 무척 상냥하게 그것들을 들려주었기에 나는 온 정성을 다해 그것들을 받아 적었다.

포르 이모부는 대단히, 아주 대단히 경건한 분이셨다. 이모가 돌아가신 뒤에, 그는 샤르트르회 수사가 되었다. 나는 알고 있다. 이제는 늙고 병들었으며 고통에 허리가 휜 그가 삽의 무게를 지탱하기 힘들어하면서도 주님께서 그를 받아주시길 간청하며, 그리고 적지 않게 나를 '그의 사랑스러운 꼬맹이 부랑아'를 생각하며 자기 무덤을 파고 있다[9]는 사실을 말이다.

아! 소중한 이모부, 자상한 나의 이모부! 나는 내가 가진 가장 좋은 것들을 그분께 빚지고 있었고 따라서 존경심을 갖고 이모부를 사랑하며 우러른다. 내 삶에 힘든 시절이 닥칠 때마다, 얼마나 자주 그와의 추억을 떠올렸던가! 비록 이모가 우리 모녀와 흔쾌히 절연한 바람에 그 이후로는 보지 못했지만 말이다. 그런 일이 있건 말건, 이모부는 언제나 나를 사랑해주셨으며 때때로 내게 조언을 보내주셨다. 그리고 그 조언들은 하나같이 관대함과 공정함 그리고 양식(良識)이 가득한 것들이었다.

최근에 샤르트르회 수사들이 피신[10]해 있는 지방에 간 적이 있다. 한 친구가 그 성자, 나의 이모부를 보러 갔고, 이모부는 그녀를 통해 내게 말을 전했다. 나는 그 전언을 들으며 울었다.

이모부가 방에서 나가고, 정원사의 딸인 마리가 다시 방으로 들어왔

---

9 샤르트르회 수사들은 매일 아침 동료 수사들이 보는 앞에서 자기 무덤을 파야 했다.

10 반교권주의적 행정 조치의 일환으로 실시된 1903년의 수도원 폐쇄에 관계된다. 샤르트르회의 본산인 그랑드 샤르트뢰즈(Grande Chartreuse) 수도원 역시 이 때 폐쇄되어, 많은 수도사들이 이탈리아 등지로 떠나게 되었다.

다. 그녀는 아무렇지도 않은 척하고 있었지만, 사실 그녀의 주머니는 감자며 비스킷, 망디앙 따위로 가득 차 있었다. 종형제가 내게 디저트들을 보내준 것이었는데, 그녀, 이 선량한 소녀는 그 전에 이미 모든 디저트 접시들을 치워버렸다.

나는 그녀에게 말했다. "앉아, 마리. 그리고 내가 주님의 기도문과 사도신경을 쓰는 동안, 망디앙 과자에 붙어 있는 먼지들을 떼어줘. 마저 다 쓰고 먹을 거야." 마리는 바닥에 앉아, 행여 이모가 들어올까 두려워 디저트들을 모두 재빨리 테이블 아래에 숨겼다. 그러나 이모는 다시 방에 들어오지 않았다. 아래층에서 이모부는 내 종형제에게 수학을 가르쳐주고 있었고, 이모는 종자매와 함께 음악을 연주하고 있었다.

마침내 엄마가 온다고 했다. 이모부 댁이 분주해졌다. 사람들은 내 여행가방을 준비했다.

내가 들어가게 될 그랑-샹(Grand-Champs) 수도원 부속학교에는 제복이 있었다. 바느질을 무척 좋아하던 나의 종자매는 무시무시한 기세로 내 제복 모든 곳에 붉은 실로 이니셜(S.B.)을 새겨 주었다. 이모부께서는 은 식기 한 벌과 컵 하나를 주셨다. 이 물품들에는 모두 내 등록번호인 '32'가 새겨져 있었다. 마리는 내게 그녀가 며칠 전부터 몰래 뜨개질해서 만든, 커다랗고 엉성한 보라색 목도리를 주었다. 이모는 축성 받은 조그만 스카풀라를 내게 꼼꼼히 입혀주었다. 그렇게 엄마가 아버지와 함께 집에 도착했을 때는 모든 준비가 끝나 있었다.

성대한 이별 만찬이 열렸고, 여기에는 어머니의 친구 두 분과 로진 이모 그리고 또 다른 친척 네 분도 초대되었다. 그 자리에서 나는 대단히 중요한 인물이었는데, 그것은 슬프지도 않았고 기쁘지도 않았다. 내가 중요한 사람임을 느낀다, 그럼 그걸로 충분했다. 모든 사람이 나에 관한 이야기를 나누었다. 이모부는 내 머릿결을 쓰다듬었다. 종자매는 테이블의 한쪽 끝에서 내게 여러 번의 키스를 보냈다.

돌연 아버지의 음악적인 목소리가 들려왔고, 나는 고개를 그쪽으로 돌렸다. "사라, 수도원에서 말 잘 듣고 얌전히 있으면 4년 뒤에 내가 찾아가마. 그리고 먼 곳으로 떠나는 아름다운 여행에 데려가 줄게." - "엄청 얌전히 있을게요! 앙리에트 이모처럼 얌전히 있을게요!" 앙리에트는 포르 이모의 이름이었다. 사람들은 모두 미소를 지었다.

저녁 식사가 끝난 뒤 날씨는 맑았고, 사람들은 집 밖에서 뿔뿔이 흩어졌다. 아버지는 나를 한쪽으로 데리고 가서 내 생애 처음으로 듣는 무겁고 슬픈 이야기들을 들려줬다. 나는 아직 어린 나이였지만 이해했고 그것 때문에 눈물 흘렸다.

아버지는 낡은 벤치에 앉아 나를 그의 무릎에 앉혔다. 나는 머리를 그의 가슴팍에 묻은 채 이야기를 들었고 말없이 불안에 차 울었다. 가엾은 아빠… 나는 그를 다시 보아서는 안 된다. 다시는, 다시는….

3

수녀원 생활

나는 잠을 잘 이루지 못했다. 그리고 다음 날 아침 여덟 시, 우리는 역마차를 타고 베르사유를 향해 출발했다.

정원사의 딸, 덩치가 커다란 마리가 온통 눈물에 젖어있던 모습이 아직도 눈에 선하다. 그 밖에도 현관 앞 계단에 모여 있던 이모네 가족의 모습이라거나, 내 여행가방, 엄마가 들고 있던 장난감 상자, 마차가 덜커덩거리기 시작할 때 종형제가 내게 건네준, 그가 직접 만든 연, 그리고 우리가 서로 멀어짐에 따라 조금씩 작게, 정말 작게 변해가던 이모의 네모난 대저택이 아직도 눈에 선하다.

그때 아버지에게 안긴 채로 서서, 그의 목에서 빼낸 푸른 스카프를 흔들었다. 그리고 잠이 든 후, 그랑-샹 수도원의 육중한 문 앞에 이르기까지 깨지 않았다.

정신을 차리고자 애쓰며 두 눈을 비볐으며 차에서 뛰어내려 호기심에 찬 눈으로 주변을 바라보았다. 바닥 돌은 조그맣고 둥글었으며, 도처에 풀이 자라나 있었다. 벽이 하나 있고, 그 위에 십자가가 달린 거대한 문이 하나 있었으며, 그리고 그 뒤로는 아무것도, 더는 아무것도 보이지 않았다.

왼쪽으로는 건물이 한 채 있었고, 오른쪽으로는 사토리(Satory) 병영[1]이 보였다. 아무런 소리 없이 잠잠했다. 발소리 하나 나지 않았고 들려오는 메아리 하나가 없었다. "엄마! 제가 들어가야 할 곳이 저기예요? 아! 싫어요, 저 프레사르 부인 기숙학교로 돌아갈래요!"

엄마는 가볍게 어깨를 으쓱하더니 이 결정에 그녀는 무관하다는 것을 내게 이해시키려고 아버지를 가리켰다. 나는 아버지에게 달려가 안겼다. 내가 아버지 몸에 부딪히는 소리가 났다. 그는 내 손을 잡았다. 그리고 문이 열렸고 그는 부드럽게 날 끌고 들어갔다. 엄마와 로진 이모가 뒤를 따라왔다.

안뜰은 광활했고 슬펐다. 안으로 들어가니 이제 여러 부속 건물들이 보였고, 창문들이 보였고, 몇몇 호기심에 찬 아이들의 얼굴들도 보였다. 아버지가 접수 담당 수녀에게 말을 걸자, 그녀는 우리를 면회실로 안내했다.

면회실은 방만한 검은 철책으로 공간이 분리되어 있었고 바닥에는 왁스 칠이 되어 있었다. 둘레에는 붉은 벨벳을 깐 장의자가 놓여 있고, 철책 가까이에 몇 개의 의자와 안락의자가 놓여 있었다. 벽에는 비오 9세의 초상화와 성 아우구스티누스가 서 있는 모습을 그린 초상, 그리고 앙리 5세의 초상화가 걸려 있었다.

나는 이를 딱딱거리며 떨었다. 언젠가 어떤 책에서 읽었던 감옥에 대한 묘사가 떠오르는 듯했고, 바로 이 장소가 정확하게 그 감옥 같았다. 순간 아버지와 엄마를 바라보았고 그들에 대한 불신감을 느꼈다. 사람들은 너무나도 자주 내가 길들일 수 없는 아이이며 따라서 '철의 손아귀'가 필요한 아이이고 '꼬마 악마'라고 말했었다. 포르 이모도 자

---

1 사토리(Satory)는 베르사유의 한 구역으로, 군부대 주둔지이다.

주 이렇게 말하곤 했다. "이 아이는 끝이 안 좋을 거야. 얘는 미친 생각들을 갖고 있어. 이러쿵, 저러쿵…"

나는 공포에 사로잡혔다. "아빠! 아빠! 나는 감옥에 가고 싶지 않아요!… 이건 감옥이에요, 확실해요!… 무서워요! 무섭다고요!"

철책 반대편에서 막 문이 열렸다. 잠시 멈춰 서서 누가 나오는지 보았다. 작고 포동포동한 수녀님 한 분이 들어와 철책 가까이 다가왔다. 그녀는 검은 베일을 입언저리까지 내려쓰고 있어, 얼굴 생김새가 전혀 보이지 않았다. 그녀는 아마도 사전에 면담했던 나의 아버지를 알아보았다.

그녀는 철책의 문을 열어줬고, 우리 모두 그 뒤로 들어섰다. 내 창백한 얼굴과 겁에 질려 눈물을 가득 머금은 두 눈을 보자, 그녀는 부드럽게 내 손을 잡았다. 그녀는 아버지에게 등을 돌리면서 얼굴에 드리워져 있던 베일을 들어 올렸다. 그리고 나는 세상에서 볼 수 있을 가장 인자한 얼굴을, 가장 활짝 웃는 얼굴을 보았다. 동심이 가득한 크고 푸른 눈동자, 올라간 코, 웃음을 머금은 입과 두툼한 입술, 아름답게 빛나는 건치.

그녀의 선하고 강직하고 유쾌한 분위기에 이끌려, 나는 곧장 그랑-샹 수녀원 부속학교의 교장, 성 소피아 수녀님의 가슴팍으로 뛰어들고 말았다. 수녀님은 얼굴의 베일을 다시 내리면서 아버지에게 말했다. "아! 이제 우리는 친구로군요!"

대체 어떤 비밀스러운 직감이 내게 미리 알려준 것이었을까, 남자들에게 애교도 부리지 않고, 거울도 갖고 있지 않고, 아름다움을 걱정도 하지 않는 이 여인, 매혹적인 얼굴을 타고난 이 여인이 어두침침한 수녀원 생활에 한 줄기 빛과 미소를 던져주리란 사실을?

"좋아요, 이제 우리 수녀원을 한 번 크게 둘러보도록 하죠!"

그렇게 우리는 수녀원 순회를 시작했다. 한 손에는 아빠의 손을, 다른 한 손에는 성 소피아 수녀님의 손을 잡고 있었고, 또 다른 수녀 두 명이 우리와 함께했다. 한 사람은 학생 감독 수녀님이었다. 그녀는 입술을 꼭 다물고 다니던 싸늘한 성격의 키 큰 수녀님이었다. 다른 한 분은 세라피나 수녀님이었는데 성격이 유하고 살결이 은방울 꽃잎처럼 새하얀 분이셨다.

우리는 먼저 거대한 작업장이 딸린 건물을 둘러보았다. 매주 목요일이면 학생들은 모두 이 작업장에 모여 강연을 들었는데, 강연자는 대개 성 소피아 수녀님이었다. 하지만 보통 이곳은 오후 동안 학생들이 바느질 작업을 하는 곳이었다. 어떤 학생들은 장식 융단을 만들고, 다른 학생들은 자수를 놓고, 또 다른 학생들은 데칼코마니에 열중하고 있었다.

작업장은 무척 넓었다. 성녀 가타리나 축일을 비롯한 몇몇 때에는 작업장이 무도회장으로 쓰였다. 또한 1년에 한 번 교장 수녀님이 수녀원 기숙학교의 수녀들에게 그들의 1년 수입을 상징하는 1수(sou)짜리 동전을 나눠주던 장소도 바로 그곳이었다.

그곳의 벽들은 경건한 주제를 다룬 판화들로 장식되어 있었고 학생들이 그린 유화 작품들도 몇 점 걸려 있었다. 그런데 역시 사람들 보기에 가장 잘 보이는 자리는 성 아우구스티누스가 차지하고 있었다. 거기에는 성 아우구스티누스의 회심을 묘사한 아주 크고 멋진 판화가 걸려 있었다. 아! 그 판화를 얼마나 자주 바라보았던가! 확실히 이 성 아우구스티누스 그림은 내게 엄청난 감동을 주었고, 내 유년기의 심장을 떨리게 했다.

어쨌든 다음으로 방문한 곳은 식당이었고, 엄마는 그곳의 청결함에 감탄했다. 엄마는 내가 어느 자리에 앉게 될 것인지를 물어보았다. 그리고 내가 앉게 될 좌석을 안내받자, 어머니는 그 자리 배치를 강하게 거부했다. 엄마는 말했다. "안 돼요, 이 아이는 폐가 무척 약한데, 저기 앉게 되면 바깥바람을 그대로 맞게 될 거예요. 나는 아이를 저기 앉히기 싫어요." 아버지 역시 어머니의 뜻을 따라 자리를 바꿔 달라고 강력하게 요청했다. 결국 나를 식당의 가장 안쪽에 앉히기로 합의되었다. 그리고 수녀원 사람들은 그 약속을 지켰다.

위층의 기숙사로 이어지는 거대한 계단을 올라가다가 어머니는 당황하여 잠시 멈춰 섰다. 계단이 커도 너무 컸다. 비록 각각의 단은 높이가 낮고 오르기 편했지만, 한 층을 올라가는 데 그렇게나 많은 숫자의 계단을 거쳐야 했다니…

순간 어머니의 두 팔이 축 늘어졌다. 어머니의 시선은 고정되었고 용기를 잃고 주저하는 듯 보였다. 이모가 말했다. "쉬어, 율(Youle), 내가 올라가 볼게." 그러자 엄마는 고통스러운 목소리로 말했다. "아냐, 아냐, 사라의 잠자리를 내 눈으로 직접 확인하고 싶어. 사라는 건강이 좋지 않단 말이야." 아버지가 엄마를 반쯤 들어 올리다시피 해서, 우리는 끝내 기숙사의 여러 방 중 하나인 커다란 방에 이르렀다. 그 방은 프레사르 부인 기숙학교의 숙소를 보다 커다랗게 확대한 듯했다. 다만 바닥에 카펫도, 아무것도 없는 맨바닥이었을 뿐이다.

엄마는 소리쳤다. "이건 말도 안 돼요! 우리 애는 저기서 잘 수 없어요, 죽을 거예요, 너무 춥잖아요!" 성 소피아 교장 수녀님께서는 얼굴이 창백해진 엄마를 진정시켰다. 수녀님이 엄마를 자리에 앉혔다. 엄마는 이미 이때부터 심장이 많이 안 좋았다.

"진정하세요, 부인. 우리는 부인의 따님을 저쪽 숙소에 배정할 겁니다." 수녀님은 다른 방으로 통하는 문을 열었고, 그러자 침대가 여덟 개 놓여 있는 아름다운 방이 보였다. 그 방에는 나무로 된 마룻바닥이 깔려 있었다. 그 방은 양호실 바로 옆방으로, 몸이 허약한 아이들이나 병에서 회복 중인 아이들이 잠자는 숙소였다. 엄마는 안심했고, 우리는 숙소에서 나와 정원으로 내려갔다.

야외에는 '작은 숲', '중간 숲'과 '큰 숲'이 있었다. 그리고 끝이 보이지 않게 펼쳐진 과수원 안에는 무료로 교육을 받는 가난한 아이들이 머무는 건물이 있었다. 이곳의 아이들은 매주마다 한 번 큰 규모로 행해지던 세탁일을 돕고 있었다.

넓게 펼쳐진 숲들 사이로는 운동기구들, 그네들, 그리고 해먹들이 있었다. 나는 이것들을 보고 기쁨을 주체할 수 없었는데 앞으로 이 모든 장소를 돌아다닐 수 있기 때문이다.

성 소피아 수녀님께서는 '작은 숲'은 고학년을 위한 곳이고, 보다 나이가 어린 여자아이들은 '중간 숲'을 사용해야 한다고 말씀하셨다. '큰 숲'은 축제날에 학생들이 모두 모이는 곳이었고 평소에는 거기서 밤을 채집하거나 아카시아를 딴다고도 했다.

성 소피아 수녀님은 여기서는 모든 아이들이 자기 자신의 조그마한 정원을 가질 수 있다는 사실을 알려주셨다. 때때로 예쁜 정원을 차지하기 위해 아이들이 두셋 모이기도 한다고 했다.

"아! 내 정원이 생긴다고요? 오직 나만을 위한 정원이에요?"

엄마가 말을 받았다. "그래, 오직 너만을 위한 정원이란다."

교장 수녀님은 정원사 역할을 맡은 라르셰 신부님을 불렀다. 그는 수녀원 기숙학교 부속 사제님과 더불어 단 두 명밖에 없는 수녀원 소속의 남성이었다.

사랑스러운 우리 교장 수녀님은 말했다. "라르셰 신부님, 여기 예쁜 정원을 갖고 싶은 아이가 있어요. 좋은 장소에서 한 곳을 골라주세요." 그러자 친절한 그 신부님께서는 "네, 수녀님."이라고 답했다. 나는 아버지가 라르셰 신부님에게 슬쩍 약간의 돈을 쥐여주는 것을 보았다. 신부님은 당황해하는 기색으로 감사를 표했다. 시간이 흘렀고, 이젠 헤어질 시간이었다. 그때 난 어떤 슬픔도 느끼지 않았다는 것을 똑똑히 기억한다.

그때 내 정원에 대한 상상으로 머리가 가득했다. 수녀원이 더는 내게 감옥으로 느껴지지 않았고, 오히려 천국처럼 보였다.

나는 엄마와 이모를 포옹했다. 아빠도 잠시 나를 꼭 끌어안았다. 내가 그의 얼굴을 보자, 그의 두 눈은 눈물로 가득했다. 하지만 울고 싶은 생각이 들지 않았다. 그래서 아빠를 꼭 끌어안은 채 나지막한 목소리로 말했다. "나 얌전하게 굴게요. 얌전하게 굴고, 공부도 열심히 할 거예요. 그렇게 해서 4년 뒤에 아빠랑 같이 여행갈 거예요."

그리고 나는 엄마 쪽으로 갔다. 그녀는 성 소피아 수녀님께 한때 프레사르 부인에게 했던 것과 꼭 같은 주문을 하고 있었다. 콜드 크림이며 초콜릿 잼 등에 관한 부탁들 말이다. 성 소피아 수녀님은 그 모든 주문을 받아적었다. 그리고 그녀는 실제로 그것들을 충실히 실행하려고 노력했었다.

가족들이 모두 떠나고 나는 울 준비가 된 것만 같았다. 하지만 교장 수녀님께서 내 손을 잡고, 나를 '중간 숲'으로 데려가서 어디가 나의 정원이 될 것인지를 보여주셨다. 내 마음이 위로받는 데는 더 이상 어떤 것도 필요하지 않았다.

우리는 숲의 한쪽 구석에서 내 정원이 될 땅의 경계에 얇은 경계선을 긋고 있던 라르셰 신부님을 보았다. 한쪽 벽에는 조그마한 자작나무가 기대듯이 자라있었다. 내 정원은 두 개의 벽과 맞닿아 있는 구석진 자리에 있었는데, 한쪽 벽은 그 너머로 센 강 좌안이 펼쳐지며 사토리(Satory) 숲을 둘로 가르고 있던 철로를 면하고 있었고, 다른 한쪽

벽 너머로는 묘지가 있었다. 수녀원의 모든 '숲'들은 아름다운 사토리 숲 일부였다.

아빠, 엄마, 그리고 이모는 모두 내게 돈을 쥐여줬었다. 지금 생각해 보건대, 아마 40프랑이나 50프랑 정도였던 것 같다. 나는 그 돈을 모두 라르세 신부님께 드려서 내게 씨앗들을 사달라고 하고 싶었다.

교장 수녀님은 미소를 짓더니 회계 담당 수녀님과 성 아폴로니아 수녀님을 불러오게 했다. 회계 담당 수녀님께 20수를 제외한 나머지 돈을 드려야 했다. 그녀는 내게 20수를 남기며 말했다. "그 돈이 다 떨어지면, 얘야, 더 찾으러 오거라."

한편, 성 아폴로니아 수녀님은 식물학 선생님이셨다. 그녀는 내게 어떤 종류의 꽃들을 원하는지를 물었다.

"아! 제가 원하는 꽃이요? 모든 종류를 다 원해요!"

그러자 그녀는 꽃들이 모두 같은 시기에 피지는 않는다고 즉석에서 짧은 강의를 해주었다. 그녀는 회계 담당 수녀님께 내 돈 일부를 주고, 다시 라르세 신부님께 건네주었다. 그리고 신부님께 나를 위해 삽 하나와 갈퀴, 괭이 그리고 물뿌리개를 사다 달라고 말씀하셨다. 또한 몇몇 종류의 씨앗과 식물들도 구매 목록에 덧붙였다.

나는 무척이나 기뻤다. 그리하여 성 소피아 교장 수녀님의 안내를 따라 식당으로 향했다. 저녁 식사 시간이 되었다.

그 거대한 식당 안으로 들어섰을 때, 나는 당황해서 입을 벌린 채 서 있었다. 백 명도 넘는 소녀들과 그보다 더 어린 소녀들이, 식전 기도를 드리기 위해 기립해 있었다.

교장 수녀님의 모습이 보이자, 모든 이들이 정중히 고개를 숙였다. 그리고 나서 내게로 시선이 집중되었다. 성 소피아 수녀님은 나를 식당 안쪽으로 데려가 정해진 자리에 세웠다. 그리고 식당 한가운데로 나아가 성호를 긋고 큰 목소리로 식전 기도를 외기 시작했다.

그녀가 식당을 나설 때도, 모든 이들이 다시금 인사를 드렸다. 나는 이제 완전히 홀로 있게 되었다… 이 작은 짐승들의 우리에서, 나 홀로 있게 된 것이다.

나는 열 살에서 열두 살 사이인 두 소녀 사이에 앉게 되었다. 그녀들의 피부는 두 마리 어린 두더지처럼 검었다. 그녀들은 자메이카 출신의 쌍둥이 자매로, 이름은 각각 돌로레스와 페파 카르다뇨스라고 했다. 쌍둥이 자매 역시 수녀원에 들어온 지는 두 달밖에 안 되었으므로 거의 나와 비슷한 정도로 의기소침해 있었다.

저녁 식사로는 수프가 나왔다. 그 수프는… 무슨 수프라고 꼭 짚어 말하기 어렵게 이것저것을 섞어놓았다. 수프 말고는 흰 강낭콩을 곁들인 송아지 고기가 나왔다. 사실 그 수프가 마음에 들지 않았고, 송아지 고기는 원래 항상 싫어하던 것이었다. 수프를 배식받게 되었을 때 나는 내 접시를 돌려 배식받지 않으려 했다. 그러나 식당에서 일하는 보조 수녀님은 내 접시를 단호하게 다시 뒤집으며, 우악스럽게 수프를 부었다. 하마터면 화상을 입을 뻔했다.

내 오른쪽에서 배식을 받던 페파가 나지막하게 이야기했다.

"수프를 꼭 먹어야 해"

"난 이 수프 싫은걸! 먹고 싶지 않아!"

그때 감독 수녀님이 지나갔다. 그녀는 말했다.

"아가씨, 당신 몫으로 받은 수프는 꼭 먹어야 해요."

"싫어요, 저는… 이 수프가 싫은걸요!"

감독 수녀님은 미소를 짓더니, 부드러운 어조로 이렇게 말을 이었다.

"음식을 가리지 않고 먹어야 해요. 조금 있다가 다시 돌아와 보겠어요. 얌전히 말 들어요. 당신 수프를 먹도록 하세요."

나는 분노가 치밀어 오르기 시작했다. 다행히도 돌로레스가 내게 그녀의 빈 접시를 내밀었고 고맙게도 내 수프를 먹어주었다.

감독 수녀님이 되돌아왔다. 그녀는 내 빈 접시를 확인하고 만족스러운 기색을 보였다. 분노에 차서 나는 그녀가 안 보는 새에 혀를 내밀었다. 그리고 이 광경을 본 같은 식탁의 아이들은 모두 웃음을 터뜨렸다.

감독 수녀님은 약간 화가 난 듯이 뒤를 돌아보았다. 가장 나이가 많은 학생이라서 식탁의 감시역을 맡고 있던, 식탁 가장 끝자리를 차지하고 있던 언니가 그녀에게 이렇게 속삭였다.

"새로운 친구 얼굴이 조금 찌푸려져서 그랬어요."

감독 수녀님은 그대로 자리에서 멀어져갔다.

송아지 고기 역시 돌로레스의 접시로 넘어갔다. 하지만 나는 송아지 고기를 넘기면서도 흰 강낭콩들은 남겨두고 싶었다. 그리고 이것 때문에 우리는 거의 싸울 뻔했다. 결국 돌로레스가 내게 양보했다. 그녀는 내 접시에서 송아지 고기와 함께 내가 가져가지 말라고 했던 흰 강낭콩을 몇 개 정도 가져가는 것으로 만족했다.

한 시간 뒤에 우리는 저녁 기도를 올렸다. 그리고 모두가 자러 올라갔다. 내 침대는 벽에 붙어 있었는데, 벽에는 벽감이 패여 있어 그 안에 성모 마리아의 조그마한 입상이 모셔져 있었다. 벽감 안에는 언제나 등잔 하나가 밝혀져 있었다. 등잔의 기름은 병에서 쾌차한 뒤 성모 마리아께 감사하는 마음을 갖게 된, 신실한 아이들이 채워넣고 있었다. 성모 마리아 입상의 발치에는 조그마한 꽃들이 담긴 두 개의 꽃병이 세워져 있었다. 테라코타로 된 꽃병이었고, 꽃들은 종이로 만들어진 것이었다.

나는 종이꽃들을 굉장히 잘 만들었는데 곧장 자리에 누우면서 앞으로 성모 마리아님을 위한 종이꽃들을 모두 내가 만들겠다고 결심했다.

잠자리에서 꿈을 꾸었다. 꿈에는 화환들이 나왔고, 강낭콩들이 나왔고, 아주 먼 이국의 땅이 나왔다. 아마도 자메이카에서 온 쌍둥이 자매들이 강한 인상을 남겼던 것이리라.

다음날 잠에서 깨는 것은 무척 힘든 일이었다. 그렇게 일찍 일어나는 습관이 없었던 데다가, 불투명한 유리창은 아침 햇살이 잘 들어오지 않았다. 나는 투덜거리며 일어났다.

몸을 씻고 단장을 할 시간으로 15분이 주어졌다. 나한테는 머리를 빗을 시간만 해도 30분이 필요했는데 말이다. 15분이 지나도 내가 준비되어 있지 않자, 마리 수녀님이 내게 다가왔다. 그리고 내가 그녀의 행동을 짐작하기도 전에 난폭한 모양새로 내게서 빗을 뺏고 말했다.

"자, 자, 그렇게 꾸물거리면 안돼요!"

그러고 나서 그녀는 내 엉킨 머리털에 빗을 꽂고 거칠게 빗었다. 그 바람에 내 머리카락이 한 줌이나 빠져 버렸다.

내가 잘못된 취급을 받고 있다는 생각이 들자 고통과 분노가 치솟아 올라, 그 자리에서 목격자들을 공포에 떨게 하곤 했던 분노 발작을 다시 일으켰다.

그리하여 그 불행한 수녀님께 달려들었다. 그리고 두 손, 두 발, 이빨, 팔꿈치, 머리 등 내 조그마하고 가냘픈 몸의 이곳저곳을 동원하여 때리고 치고 울부짖었다!

학생들과 수녀님들을 포함한 전원이 달려왔다. 아이들은 "도와주세요!"라고 외쳤다. 수녀님들은 다 함께 성호를 그을 뿐 감히 접근할 엄두를 내지 못했다. 학생 감독 수녀님은 내 몸에 깃든 마귀를 쫓아낼 요량으로 내게 성수를 끼얹었다.

마침내, 성 소피아 교장 수녀님께서 오셨다. 아버지께서는 미리 교장 수녀님께 나의 유일한 단점이었던 야만적인 분노 발작에 대해 알려 놓았었다. 그리고 나의 분노 발작은 비단 성격상의 난폭함뿐만이 아니라 건강 상태와도 관련이 있는 문제였다.

교장 수녀님께서 다가왔다. 나는 여전히 마리 수녀님을 붙들고 있었지만, 싸움에서의 발버둥 탓에 진이 다 빠진 상태였다. 체구가 크고 건장한 가엾은 마리 수녀님은 변명할 생각도 없이 옆으로 물러서며, 다만 날아드는 내 손과 발을 그때그때 붙들어 두고자 애썼다.

성 소피아 수녀님의 목소리에 나는 고개를 들었다. 눈물 젖은 내 두 눈에 얼핏 교장 수녀님의 자상한 얼굴이 비쳤다. 그녀의 얼굴에 어린, 그윽한 동정에 잠시 발버둥을 멈출 수밖에 없었지만, 여전히 마리 수녀님을 붙잡은 손은 풀지 않았다. 그렇게 부끄러움에 사로잡힌 채로 떨면서 나는 무척 빠른 속도로 말을 뱉었다.

"마리 수녀님이 먼저 시작했어요! 그녀가 나쁜 사람처럼 내 빗을 뺏었고, 내 머리털을 뽑았어요! 그녀가 날 재촉했어요! 그녀가 내게 잘 못했어요! 나쁜 사람이에요!…"

그리고 오열을 터뜨렸다. 두 손에서 힘이 스르르 풀렸다. 그리고 정신을 차려 보자, 나도 모르는 사이에 조그마한 침상에 눕혀져 있었고 성 소피아 수녀님은 내 이마에 손을 얹으신 채로 조곤조곤하지만 엄숙하고 부드럽게 내게 훈계를 주셨다.

다른 사람들은 모두 나갔다. 방에는 교장 수녀님과 나, 그리고 벽감 안에 모셔진 조그마한 성모님뿐이었다.

이날 이후로, 성 소피아 수녀님은 내게 어마어마한 영향력을 끼치게 되었다. 매일 아침, 나는 교장 수녀님 방에 불려가게 되었다. 그리고 교장 수녀님이 보는 앞에서 마리 수녀님이, 내가 모든 수녀원 사람들이 모인 가운데 용서를 구했던 바로 그분이 내 머리를 충분한 시간을 들여 빗기게 되었다.

그동안에 나는 조그만 의자에 앉아 교장 수녀님께서 독송을 하는 소리를 듣거나, 그분께서 들려주시는 교훈적인 이야기를 듣곤 했다. 아! 이 숭배 받을 만한 분! 그리고 지금도 이분을 추억하는 것이 어찌나 좋은지!

처음부터 그녀가 좋았다. 그러나 그 좋아함이란 마치 사람들이 어린 아이를, 그러니까 왜 그래야 하는지도 모르겠고 검토해본 적도 없고 이해도 할 수 없지만, 어쨌든 그 무한한 매력으로 당신을 사로잡는 그런 존재에 대한 사랑 같은 것이었다.

그러나 이 이후로, 그녀를 이해하게 되었고, 또한 찬탄하게 되었다. 그리하여 이 성스러운 여인의 땅딸막하고 웃음기 많은 외면 아래 정말 훌륭하고 빛나는 영혼이 있음을 알아보게 되었다.

그녀가 내 안에 일깨워준 모든 고결한 것들 때문에 그녀를 사랑했다. 나는 그녀가 내게 써 주었으며, 거듭거듭 다시 읽게 되는 그녀의 편지들 때문에 그녀가 좋다. 비록 지금도 스스로 불완전하게 느껴지긴 하지만, 내가 그녀라는 맑은 존재를 알고 또 사랑하지 않았다면, 나의 불완전함이 지금보다 백배는 더 했으리라는 생각에 그녀가 좋다.

내가 그녀의 엄한 모습, 그러니까 그녀가 갑작스럽게 화가 났다고 느꼈던 때가 단 한 번 있었다. 그녀의 방 앞에는 응접실 용도로 쓰이던 또 다른 작은 방이 있었는데, 그 방에는 어떤 젊은 남자의 초상화가 하나 걸려 있었다. 상당한 기품이 서려 있는 아름다운 얼굴의 젊은이였다.

나는 이렇게 여쭤보았다. "저분은 황제 폐하신가요?"

"아니!" 교장 수녀님께서는, 다소 화가 난 것처럼 돌아보며 말씀하셨다.

"저분께서는 국왕 전하시란다! 앙리 5세이시지!"

수녀님께서 어째서 그렇게 흥분하셨는지, 나는 그 이유를 나중에야 알게 되었다. 수도원의 사람들은 모두 왕당파였다. 이곳에서 군주로 인정받는 것은 앙리 5세였다.

수도원 사람들은 나폴레옹 3세에 대해 더할 나위 없는 경멸감을 지니고 있었다. 그리하여, 제국의 황자(皇子)가 세례를 받던 날에도 우리는 사탕 과자를 나누어 받지 못했으며, 하루 동안의 휴가도 누릴 수가 없었다. 당시 전국의 기숙 학원들과 고등학교, 수도원들에 하루 동안의 휴가가 주어졌는데도 말이다. 정치란 것은 내게 아무 의미 없는 것이었다. 어쨌든 성 소피아 수녀님 덕분에 수녀원 생활이 행복했다. 또한 나는 수녀원의 다른 학생들 사이에서도 인기가 높았다. 그들은 자주 내 시험을 대신 봐주곤 했다.

지리와 데생을 제외하면, 나는 어떤 공부에도 관심 없었다. 산수는 나를 미치게 했고, 철자법은 골이 지끈지끈했다. 피아노에 대해서도 깊은 경멸을 품고 있었다. 그리고 누군가가 내게 즉석 문답을 할 때면, 나는 계속해서 소심해졌고 정신을 놓은 듯했다.

나는 동물들을 무척 좋아했는데 마분지로 조그만 우리를 만들어서, 그 안에 이런저런 동물들을 넣고 산책을 하곤 했다. 이를테면 인근 숲속에 많이 살고 있던 독 없는 뱀들이라거나, 백합 꽃잎 위의 귀뚜라미라거나, 도마뱀 같은 동물들 말이다. 특히 도마뱀은 거의 언제나 꼬리를 잃은 상태였는데, 왜냐하면 내가 의도치 않게 떼어버렸기 때문이었다. 도마뱀이 먹이를 잘 먹고 있는지 궁금해서 내가 우리 뚜껑을 살짝 열면, 도마뱀들은 다짜고짜 열린 출구로 달려들었고 그러면 나는 얼굴이 빨개지도록 놀라 재빨리 문을 닫곤 했다. 그러면 똑 소리가 나면서, 오른손이든 왼손이든 간에 그 동물의 잘린 꼬리가 남겨졌다. 그럴때는 몇 시간씩 침울해하곤 했다. 교실에서 수녀님이 칠판에 기호들을 그려가며 미터법에 대해 강의하시는 동안, 나는 한 손에 도마뱀 꼬리를 쥔 채로, 어떻게 하면 도마뱀에게 다시 붙여줄 수 있을지 궁리하곤 했다.

내게는 딱정벌레들이 담긴 조그만 상자, 그리고 다섯 마리의 거미가 담긴 우리도 하나 있었다. 라르셰 신부님이 나를 위해 철망으로 만들어준 우리였다. 나는 거미들에게 모이로 파리를 아주 많이 먹여주었고, 거미들은 잘 먹고 살이 포동포동 올라 거미줄을 열심히 뽑아냈다. 쉬는 시간에는 자주 이 거미 우리를 벤치 위에 혹은 나무 밑동 위에 올려놓았다. 그러면 열에서 열둘 정도의 소녀들이 둥글게 모여 이 조그만 짐승들의 놀라운 작업을 관찰하곤 했다. 또 누군가 손가락이 베였다는 것을 듣게 되면, 나는 우쭐거리면서도 자랑스러운 마음으로 그녀에게 다가가 이렇게 말하는 것이었다. "이리 와, 내가 네 손가락을 감아줄게. 막 짜낸 거미줄이 있거든." 그리고 나는 가느다란 막대기를 손에 들고, 거미줄을 떼어내어 친구의 다친 손가락에 엄숙하게 감아주었다. "이제 됐어요, 거미 부인네들, 이제 다시 여러분의 일을 시작하세요!" 그러면 '거미 부인'들은 활발하고도 꼼꼼하게 다시금 거미줄을 짓는 일로 돌아갔다.

나는 조그만 권력자였다. 친구들은 결단이 필요한 문제들이 있을 때마다 나를 중재자로 삼았다. 그들은 종이 인형들의 혼수를 만드는 데도 내게 주문을 넣었다. 당시에는 털목도리와 털토시를 갖고 그럴싸한 모피 외투를 만들어 내는 것이 내 놀잇거리였다. 그리고 내 기술은 친구들의 경탄을 자아내기에 충분했다. 그렇게 만든 혼수를 수량에 따라 대가를 받고 넘겼다. 예컨대 연필 두 자루, 깃털 다섯 개로 만든 해골 문양, 백지 두 장 따위가 바로 그 대가였다.

요컨대 나는 중요한 사람이 되어 있었다. 그리고 어린 자존심을 만족시키는 데는 그것으로 충분했다. 나는 아무것도 배우지 않았다. 그리고 한 번도 십자가를 갖고 다닌 적이 없다. 그리고 우등생 명부에는 딱 한 번 기재되어 봤을 뿐인데, 그조차 성적 우수로 오른 것은 아니고, 용기 있는 행동으로 인해 오른 것이었다. 개구리를 잡으러 갔다가 늪에 빠진 소녀를 내가 건졌기 때문이었다. 소녀가 빠졌던 늪은 과수원 안에 있었고, 다른 학생들도 내 구조활동을 목격했었다. 당시 무슨 죄였는지는 모르겠지만 어떤 잘못에 대한 벌로 이틀간 가난한 아이들이 머무는 건물에서 은거하던 중이었다. 수녀님들은 내게 벌을 준다고 생각했겠지만, 사실 난 즐거웠다. 우선 거기서는 사람들이 나를 '아가씨'로 우러러봤다. 또한 거기 아이들에게 몇 푼을 쥐여주면 몰래 내게 흑설탕을 가져다주었다. 기숙사 외부 학생들한테는 이런 일은 별로 어렵지 않았다.

쉬는 시간이었다. 비명 지르는 소리를 듣고 그 비명이 들려오는 늪으로 달려갔다. 그리고 이것저것 생각하지 않고 바로 늪 속으로 뛰어들었다. 늪에는 진창이 깊어 자꾸만 몸이 빠져들었다. 늪에 빠진 아이는 고작 네 살이었고, 너무 조그마해서 늪 아래로 자꾸 사라져가던 중이었다. 그리고 나는 열 살은 넘은 아이였다. 마침내 어떻게 했는지 모르겠지만 그 아이를 건져내는 데 성공했다. 그녀의 입, 코, 귀, 두 눈은 온통 진흙으로 가득했다. 아이를 소생시키는 데는 한참 시간이 걸렸다고 한다. 그리고 나는 이빨을 딱딱거리며, 신경이 곤두선 상태로, 그리고 반쯤 졸도한 상태로 실려 갔다.

그때 크게 열병을 앓았다. 그리고 성 소피아 수녀님은 직접 나를 간병하길 원하셨다. 그때 성 소피아 수녀님께서 의사에게 이렇게 말씀하시는 것을 들었다. "이 아이는요, 선생님, 이 기숙학교에 있는 최고의 아이랍니다. 견진성사에서 성유(聖油)를 받고 나면 이 아이는 완전해질 거예요." 이 말씀이 얼마나 내 심금을 울렸는지, 이날 이후로 정말이지 독실한 신앙을 갖게 되었다.

나는 대단히 활발한 상상력과 탁월한 감수성을 타고났다. 그리스도교의 전설이 그런 내 혼과 마음을 사로잡게 되었다. 이제 신의 아드님은 나의 숭배 대상이 되었고 일곱 고통의 성모[2]께서는 나의 이상이 된 것이다.

---

2 '칠고(七苦)의 성모'라고도 한다. 성모 마리아의 생애에 아들인 예수 그리스도의 죽음을 비롯하여 일곱 가지 고통스러운 사건이 있었음을 가리키는 표현이다.

4

새로운 시작

그 자체로는 별것 아닌 일이었지만, 어쨌든 수도원의 일상적인 침묵을 깨는 사건이 하나 일어났다. 그리고 이 사건으로 인해 기숙학교 생활에 애착을 갖게 되었고 나아가 영영 거기 머물고 싶어졌다.

파리 대주교 시부르(Sibour) 예하께서 몇몇 수도원을 방문할 예정이었는데, 그 방문지에 우리 수도원도 선정되었다. 그 소식을 우리에게 알린 것은 수녀원장 성 알렉시오 수녀님이였다. 그녀는 무척이나 키가 크고, 마르고, 또 몹시 늙어서, 사람이 아니라 살아 있는 생물로도 보기 힘들었다. 마치 관절을 억지로 엮은 짚 인형 같은 인상이이어서 정말 무서웠다. 그래서 그녀의 장례를 치렀을 때를 제외하고는 그녀에게 기꺼이 다가간 적이 없다.

우리는 목요일마다 집회가 열리는 대강당에 모였다. 성 알렉시오 수녀님은, 조그마한 연단 위에 보조 수녀 두 사람의 부축을 받고 올라서 있었고, 거기서 아주 희미한 목소리로 예하의 방문을 공지했다.

말벌이 찾아올 것이 예정된 벌통과 같은 분위기가, 우리 평화롭던 수녀원에 찾아왔다. 단축 수업이 시행되었고, 대신 우리는 장미꽃과 백합으로 화환을 만드는 일에 동원되었다. 예하를 앉히기 위해 어디선가 커다랗고 높은 조각으로 장식된 안락의자가 꺼내져 왔고, 우리는 닦고, 광을 냈다. 빙초(氷草)로 가득 덮은 장식용 꽃바구니를 매다는 것도 일이었다. 다들 정원에 나가서 풀을 뜯고 있었다. 예하의 방문을 기리기 위해 내가 태어난 건 아닐 텐데!

알렉시오 수녀님의 공지가 있고, 이틀 뒤에, 교장 수녀님께서는 우리에게 성 카타리나 축일 당일의 일정을 낭독했다. 가장 젊은 수녀님, 즉 매력적인 세라피나 수녀님께서 예하를 맞이하는 환영문을 낭독할 예정이었다. 그리고 나서 마리 뷔게가 앙리 에르츠(Henri Herz[1])의 피아노곡을 하나 연주할 것이었다. 마리 드 라쿠르는 로이자 퓌제(Loïsa Puget[2])의 노래 한 곡을 부를 것이었다.

다음으로는 성 테레사 수녀님께서 대본을 쓴 3장짜리 짧은 극, 「시력을 되찾는 토빗」이 공연될 예정이었다. 나는 아직도 이 극의 대본을 간직하고 있는데 누렇게 변색이 되었고 다 찢어져서 이젠 대략적인 극의 흐름과 몇몇 문장만을 가까스로 알아볼 수 있을 뿐이다.

1장 : 젊은 토비야가 눈이 먼 아버지 토빗에게 작별 인사를 올린다. 그는 아버지에게, 아버지가 그의 친척 가바엘에게 빌려주었던 은 10탈렌트를 되찾아 오겠다고 맹세한다.

2장 : 토비야는 티그리스 강변에서 잠이 들고, 밤새 라파엘 천사의 보살핌을 받는다. 잠든 토비야를 공격하려 했던 괴물 물고기와의 전투가 펼쳐진다. 괴물 물고기가 죽고, 라파엘 천사는 토비야에게 물고기의 심장과 간, 그리고 담즙을 챙겨 소중히 간직하라고 조언한다.

---

1 앙리 에르츠(Henri Herz, 1803-1888)는 프랑스의 피아니스트이자 작곡가이다.
2 로이자 퓌제(Loïsa Puget, 1810-1889)는 프랑스의 작곡가이다.

3장 : 토비야가 눈 먼 아버지의 집으로 돌아온다. 천사는 토비야에게 괴물 물고기의 내장을 쥐고 아버지의 두 눈을 문지르라고 조언한다. 늙은 토빗에게 시력이 되돌아온다. 토비야는 라파엘 천사에게 마땅한 보상을 받아달라고 애원하고, 라파엘 천사는 이에 자신의 정체를 밝힌다. 주님의 영광을 찬미하는 성가가 울려 퍼지는 가운데, 라파엘이 하늘로 사라진다.

이런 내용의 짧은 극본이 성 테레사 수녀님에 의해 대강당에서 낭독되었다. 낭독이 끝난 뒤에는 눈물 바다가 되었다. 이런 열띤 반응 속에서 테레사 수녀님은 행여 잠시라도 '오만'의 죄를 짓지 않기 위해 엄청난 노력을 기울여야 했으리라.

이 경건한 희곡 안에서 내가 어떤 역할을 맡게 될지 전전긍긍하며 자문해 보고 있었다. 왜냐하면 내 외모를 고려해볼 때, 사람들이 내게 무슨 역이라도 맡길 것이란 확신이 있었기 때문이었다. 나는 미리 긴장해서 떨었다. 괜히 나 혼자 흥분했고, 두 손은 차가워졌으며, 심장이 뛰었고, 관자놀이가 지끈거렸다.

그리하여 테레사 수녀님께서 차분한 목소리로 "여러분, 집중해 보세요. 여러분 배역을 발표하겠습니다."라고 말씀하셨을 때도, 나는 수녀님 쪽으로 다가가 모이는 것을 거절하고서는 내 의자 위에 괜히 뾰로통하게 앉아 있었다. 수녀님이 발표하신 배역은 이렇다.

토빗 役 : 외제니 샤르멜
토비야 役 : 르네 다르빌
라파엘 천사 役 : 루이즈 뷔게.
토비야의 어머니 役 : 윌랄리 라크루아.
토비야의 누이 役 : 비르지니 드폴.

나는 관심 없는 척 몰래 귀를 기울이고 있었는데, 이런 결과였다. 무척 당황스러웠고, 분노가 치밀어 올랐다. 테레사 수녀님께서는 "자여기 대본이에요, 아가씨들."이라고 덧붙이며, 각자에게 극의 대본을 나누어주었다.

루이즈 뷔게는 내가 가장 좋아하는 친구였다. 나는 그녀에게 다가가, 대본을 빌려달라고 하고서는 읽고, 또 읽어 보았다.

"나중에 잘 외웠는지 확인해 줄래?"

"응, 물론이지."

그러자 내 친구는 "그래? 아이, 무서워라!"라고 말하는 것이었다. 내생각에 그녀가 천사역으로 낙점된 것은 그녀가 달빛과도 같은 흰 피부와 금발을 갖고 있기 때문이었다. 그녀의 목소리는 부드럽고 조용했다. 그리고 우리는 때때로 그녀가 얼마나 예쁜지를 확인하고 싶어서 일부러 그녀를 울리곤 했다. 그러면 그녀의 왜냐고 묻는 듯한 커다란 두 눈망울로부터 투명한 진주 같은 눈물이 흘러내렸다.

루이즈는 제 몫의 대사를 연습하기 시작했다. 마치 내가 양치기 개라도 된 양, 배우로 뽑힌 아이들 사이를 오고 가고 했다. 나는 이 연극의 관계자가 아니었건만 어느 정도 연결을 바랐다.

교장 수녀님이 지나갔다. 우리는 그녀에게 인사를 드렸다. 그러자 수녀님은 내 볼을 어루만지며, 이렇게 말씀하셨다. "네 생각을 많이 했단다, 아가. 하지만 너는 수업에서 질문을 받았을 때 너무 겁이 많더구나."

"아! 그건 역사나 산수에 관한 질문을 받았을 때에요. 만약 연극이었으면, 겁내지 않았을 거예요."

수녀님은 그래도 영 미심쩍다는 듯한 미소를 띠우시고는 멀어져갔다. 연습은 일주일 동안 이루어졌다. 나는 물고기 괴물 역할에 자원했다. 무슨 대가를 치르고서라도 꼭 연극에 참여하고 싶었다. 그렇지만 괴물 물고기 역을 맡게 된 것은 수녀원에서 기르는 강아지 세자르였다.

괴물 물고기의 복장에 관한 공모가 열렸다. 나는 그럴싸한 복장을 만들기 위해 무진 노력했다! 나는 두꺼운 종이를 오려내어 비늘들을 만들고, 거기 색을 마구 칠한 뒤에 모두 이어 붙였다. 그리고 세자르의 개 목걸이에 걸어 씌울, 커다란 아가미도 만들어 냈다.

그러나 괴물 물고기 복장으로 채택된 것은 나의 작품이 아니었다. 지금은 이름도 기억하지 못하는, 커다랗고 멍청한 다른 소녀의 작품이 채택되었다. 그녀는 가죽으로 커다란 꼬리를 만들었고 커다란 눈과 아가미가 달린 복면도 만들었다. 나처럼 비늘을 만든 것은 아니었다. 덕분에 무대 위에서 우리가 보게 될 것은 세자르의 복실복실한 털 몸뚱이였다.

대신 나는 루이즈 뷔게의 의상 담당으로 뽑혔다. 그리하여 의복을 만드는 일을 관장하시던 두 수녀님, 체칠리아 수녀님과 요안나 수녀님의 도움을 받아 루이즈의 옷을 만드는 작업을 하게 되었다.

리허설을 할 때마다, 라파엘 천사에게서는 한 마디의 대사도 들을 수가 없었다. 루이즈는 조그만 무대 위에 서서 입을 벌린 채로 서 있었고 그녀의 아름다운 두 눈에서는 눈물이 흘러내렸다. 그녀는 동작 하나하나마다 멈춰 섰고 내게 눈짓으로 절망에 찬 도움을 청했다. 그럴 때마다 그녀에게 꼭 붙어 귓속말로 긴 독백 대사를 알려주었다. 나도 이 연극에 참여하기 시작했다.

마침내 축제 이틀 전 최종 리허설이 시작되었다. 라파엘 천사가 무대에 오르자, 아! 얼마나 아름다운 모습이었던가! 그런데 그녀는 무대에 올라오자마자 주저앉아 울며 애원하기 시작했다. "아! 안 돼요! 난 절대 못 하겠어요!"

성 소피아 수녀님은 안타까워하며 탄식했다.

"그렇네, 정말 못할 것 같구나."

그때였다. 나는 내 친구의 슬픔도 그만 잊어버리고, 오만함과 환희, 그리고 뻔뻔스러움에 가득 차서 미친 것처럼 무대 위로 뛰어올랐다. 그리고 라파엘 천사가 주저앉아 우는 바로 그 자리에 서서 말했다.

"수녀님, 수녀님. 제가 그녀의 대사를 다 알아요! 제가 해볼까요?"

자리에 앉아 있던 사람들이 외쳤다. "그래! 그러면 되겠네!"

그리고 루이즈도, "아! 그래, 네가 참 잘 알고 있었지."라고 말하며, 역에 맞게 내 머리에 끈을 묶어주려 했다.

나는 "아냐, 괜찮아! 일단은 그냥 이대로 해볼게."라고 말했다.

연습은 2장부터 재개되었다. 나는 버드나무 가지로 무장한 채, 무대에 들어왔다. 그리고 대사를 내뱉기 시작했다.

"토비야, 두려워하지 마시오. 내가 그대의 인도자가 되겠소. 그대가 가는 길의 가시덤불과 돌멩이들을, 내가 치워주겠소. 피로가 그대를 짓누르는구려. 쉬도록 하시오. 내가 밤새 그대 곁을 지킬 테니!"

그리고 피로에 지친 토비야는 눕는다… 티그리스 강을 표현하기 위해, 구불구불하게 펼쳐 깔아둔 5미터짜리 푸른 모슬린 천 옆에.

그리고 나서 나는 토비야가 잠들어 있는 동안, 선하신 주님에게 바치는 기도를 읊는다. 그러면 괴물 물고기 복장을 걸친 세자르가 등장하고, 관객들은 공포에 몸을 떤다. 세자르. 정원사 라르셰 신부님께 아주 잘 훈련 받은, 이 개는 푸른 모슬린 천 아래로부터 서서히 기어 나왔다. 세자르의 머리에는 물고기 가면이 씌워져 있다. 가면의 두 눈 부분에는 흰색으로 칠한 커다란 호두 껍데기가 달려 있었고, 그 가운데에는 세자르가 앞을 잘 볼 수 있도록 눈구멍을 뚫어 두었다. 눈 부분은 철사로 꿰여 개 목걸이에 매달려 있었고, 개 목걸이는 다시 커다란 종려나무잎처럼 생긴 두 개의 아가미를 지탱하고 있었다. 세자르는 머리를 땅에 박고 그르렁 거리고 킁킁거리다가 갑자기 미친 듯 토비야에게 달려든다. 그러면 곤봉으로 무장한 토비야는 무기를 휘둘러 단박에 그 괴물을 죽이는 것이다. 그러면 세자르는 배를 뒤집고 누워 네 발을 하늘로 뻗치고 구석에 떨어져 죽은 척을 했다.

이 광경은 관객들에게 열광적인 기쁨을 주었다. 다들 박수를 치고 발을 굴렀으며, 가장 어린 학생들은 의자를 밟고 올라서서, 이렇게 소리쳤다. "아! 세자르 멋져! 착한 세자르! 너무 잘했어, 우리 강아지!"

수녀원 번견의 저 선한 의지에 감동을 받은 수녀님들은 훈훈한 마음으로 고개를 연신 끄덕였다. 나는 내가 라파엘 천사 역할인 것도 잊고 그대로 쪼그려 앉아 세자르를 어루만졌다. "아! 어찌나 죽은 척을 잘하는지, 요 강아지!" 그리고 나는 세자르를 끌어안고, 이쪽 다리 저쪽 다리를 들어보지만… 세자르는, 꼼짝도 하지 않고 계속해서 죽은 척을 하는 것이었다.

배우들을 부르는 작은 종이 울리는 소리가 났고, 우리는 다시 대형을 갖췄다. 나도 다시 일어났다. 그리고 배우들은 다 함께 피아노 반주에 맞춰, 토비야를 저 무시무시한 괴물로부터 구해내신 주님의 영광을 찬미하는 노래를 부르기 시작했다.

초록색 서지 천으로 된 막이 내려갔다. 나는 사람들에게 둘러싸여 격찬을 받았다. 성 소피아 수녀님도 무대 위의 우리를 찾아와서, 날 부드럽게 안아주셨다.

루이즈 뷔게도 자신의 발랄함을 되찾았다. 그녀의 천사같이 아름다운 얼굴에서 광채가 나고 있었다. "아! 어쩜 그렇게 잘하니! 그리고 너는 말이야, 네 목소리는 무대에서도 잘 들려! 정말 고맙다!" 그리고 그녀는 나를 껴안았다. 나도 온 힘을 다해 그녀를 안았다. 마침내! 나도 무대에 선 것이었다!

3장의 리허설이 시작되었다. 3장의 배경은 늙은 토빗의 집이다.

천사 라파엘, 그리고 토비야는 괴물 물고기의 배에서 긁어낸 내장을 바라보다가 손에 쥔다. 그러면 천사는 이것을 어찌해서 장님이 된 토빗의 두 눈에 문질러야 하는지를 설명한다. 여기서 다소 비위가 상했다. 내 두 손에 들려 있던 것은 가오리 애와 닭의 심장과 닭 모래주머니인데, 난 이런 것들을 전에는 결코 만져본 적이 없었기 때문이었다. 그래서 때때로 역함을 못 이기고 구토가 나올 것만 같았고, 두 눈에 눈물이 차오르기도 했다.

마침내, 눈이 먼 아버지 토빗이 토비야의 누이들의 부축을 받으며 입장한다. 라파엘은 이 노인 앞에 한쪽 무릎을 꿇고 은화 10 탈렌트를 돌려준다. 그리고 긴 독창을 통해 토비야가 메디아에서 이룬 업적들을 이야기한다. 마침내 토비야가 제 아버지에게 다가간다. 토비야는 토빗을 오래도록 끌어안은 뒤에, 토빗의 두 눈에 가오리 애를 문지른다.

외제니 샤르멜은 이때 인상을 찌푸린다. 가오리 애를 문지르고 난 뒤에 그녀는 이렇게 외친다. "보여! 보입니다!… 선하신 하느님! 관대하신 하느님! 보입니다! 보여요!" 그렇게 황홀한 자세를 취하며, 두 팔을 활짝 벌리고, 두 눈을 뜬 채 그녀는 무대 앞으로 나아가고, 그러면 우리들의 순진하고, 가슴에 사랑이 가득한 관객들은 눈물을 흘린다.

토빗과 천사 역을 제외한 무대 위의 모든 배우들이 무릎을 꿇는다. 그리고 신께 감사기도를 올렸다. 그리고 무대 위에서의 이 기도를 맞추어, 종교적인 감동과 교육에 의한 의무감이 뒤섞인 채, 관객들은 '아멘'을 연발한다.

그러면 토비야의 어머니가 전면에 나서고, 천사에게 이렇게 말을 건다. "고결한 이방인이여, 부디 우리 집에 들어오세요. 그대는 이제부터 우리의 손님이자, 아들이고, 형제입니다!" 그러면 나는 앞으로 나서며 최소 30줄은 되는 긴 독백을 통해 내가 신의 사자며 라파엘 천사임을 밝힌다. 그리고 최후의 무대 효과를 위해 숨겨 두었던, 옅은 청색의 얇은 천을 재빨리 주워들고, 구름처럼 보이는 그 천을 내 몸에 감아서 라파엘의 승천을 연출한다. 그리고 이 절정의 장면에서, 초록색 서지 천으로 된 막이 내려간다.

마침내 축제일이 밝았다. 흥분 어린 기대감에 사흘 전부터 잠을 이루지 못했다. 기상 종소리가 평소보다도 일찍 울렸지만 나는 이미 일어나 있었다. 일어나서, 좀 얌전히 가라앉히기 위해 물에 적셔둔 내 머리 타래를 길들이고자 애쓰고 있었다.

예하께서는 아침 11시에 도착 예정이었다. 그래서 우리는 10시에 성대한 오찬 자리를 가졌다. 그러고 나서, 모두 대강당에 도열했다. 원장 수녀님인 성 알렉시오 수녀님께서 홀로 맨 앞에 섰다. 성 소피아 수녀님은 그 두 발짝 뒤에 섰다. 부속사제님은 직급이 높은 두 분과 어느 정도 거리를 띄운 채 서 계셨다. 그리고 그 뒤로 수녀님들이 섰고, 그 뒤로 나이가 좀 있는 학생들이 섰고, 그 뒤로는 어린아이들이 섰다. 마지막으로는 보조 수녀님들과 사용인들이 도열했다.

우리는 모두 학생들이 입는 흰색의 옷을 입었다. 종이 시끄럽게 울렸다. 커다란 마차가 바깥 정원으로 들어오고, 안뜰로 통하는 커다란 문이 열렸다. 그리고 시부르 예하께서, 제복 차림의 시종이 내린 마차 발판을 밟고 나타나셨다. 성 알렉시오 원장님은 예하께 다가가 허리를 굽히고, 그의 주교반지에 입을 맞추셨다. 원장님보다 좀 더 젊은, 성 소피아 교장 수녀님은 무릎을 꿇고 그 반지에 입을 맞추셨다.

누군가 딱, 딱 하는 소리를 내어 신호를 줬고, 우리는 모두 무릎을 꿇고 앉아 예하의 강복을 받았다. 우리가 다시 고개를 들었을 때, 대문은 다시 닫혀 있었고, 예하께서는 교장 수녀님의 안내를 받아 자리를 뜬 상태였다. 파김치가 된 성 알렉시오 원장님께서는 본인의 방으로 올라가셨다. 다시 딱딱이 소리가 들렸고, 우리는 자리에서 일어났다. 미사를 드리기 위해 부속 성당으로 가야만 했다. 미사는 무척 짧았다. 그리고 우리는 한 시간 동안의 쉬는 시간을 가졌다.

공연은 1시 반에 시작될 예정이었다. 쉬는 시간 동안 우리는 대강당의 무대를 꾸미고, 예하 앞에서 부끄럽지 않게 우리 자신의 옷매무새를 정돈했다.

나는 천사 역할에 맞는 긴 드레스로 갈아입었다. 푸른 허리띠를 졸라맸고, 종이로 만든 두 장의 날개는 푸른 가죽끈에 달아 내 가슴팍에 칭칭 동여맸다. 머리에도 금색의 끈을 두르고, 머리 뒤에서 묶었다. 나는 나의 '몫'을 중얼거렸다. 여기서 '몫(part)'이라 하는 것은, 내가 그때는 "역할(rôle)"이란 말을 몰랐기 때문이다.

지금은 그때보다, 생활 풍속 안에 연극이 많이 받아들여졌다. 당시 수도원에서는, "역할"이란 연극 용어 대신에 '몫'이란 단어를 썼다. 그러므로 내가 처음으로 영국에서 공연했을 때, 어느 젊은 영국 여인이 내게 다가와 이렇게 말한 것도 별로 놀랍지 않은 일인 것이다. "아! 『에르나니[3]Hernani』 공연에서 무척 멋진 '몫'을 맡으셨던 분이시죠."

대강당은 멋지게 꾸며져 있었다. 아! 정말로 예뻤다. 보이는 곳마다 잎과 종이꽃으로 만든 화환이 널려 있었고, 예쁜 샹들리에들이 금실에 매달려 있었다. 붉은색 비로드로 된 대형 융단은 바닥을 따라 예

---

3 빅토르 위고가 1830년에 발표한 5막 희곡.

하께서 앉으실 안락의자의 자리까지 이어져 있었다. 거기에는 금술로 장식된 붉은 비로드 방석 두 개가 놓여 있었다. 당시에는 이 모든 흉물들이 어찌나 예쁘고 멋졌던지!

공연이 시작되었다. 그리고 만사가 잘 진행되는 듯했다.

예하께서는 세자르를 바라보며 미소 짓는 일을 멈추지 못했다. 그리고 세자르가 죽는 장면에서는 환호하는 몸짓을 보내기도 했다. 실제로도 모든 이의 호평을 휩쓴 것은 바로 이 세자르였다.

어쨌든 공연이 끝나고, 우리는 시부르 예하께 불려갔다. 아! 이 고위 성직자가 얼마나 자상하고 매력적이었는가! 그는 우리 모두에게 하나씩 축성된 목걸이를 수여하셨다. 내 차례가 되었다. 예하께서는 내 손을 잡아주시며, "애야, 네가 아직 세례를 받지 않은 학생이지?"라고 말씀하셨다. "네 신부… 아니, 예하" 나는 당황하여 말을 고쳤다. 교장 수녀님은 이렇게 말을 받았다. "저희 쪽에서 올봄에 세례를 줄 계획입니다. 그녀의 아버지가 무척 먼 지방에 떨어져 있긴 합니다만 세례식 때는 곧장 돌아올 겁니다." 그러고 나서 두 분은 나지막한 목소리로 몇 마디 대화를 주고받았다.

대주교님께서는 큰 목소리로 이렇게 말씀하셨다. "좋아, 내 할 수 있다면, 이 아이의 세례식 때 다시 방문하도록 하겠네." 나는 감동과 자부심에 전율하면서 이 노인의 주교 반지에 입을 맞추었고 기숙사로 돌아와서도 상당히 오랜 시간 동안 감격에 겨워 울었다. 다음날 나는 피로에 찌든 채 기상하지 못하고 깊이 잠들어 있었다고 한다.

그날 이후로 나는 더 얌전해졌고 좀 더 열심히 공부하게 되었으며 분노에는 좀 덜 휩싸이게 되었다. 분노 발작이 일어나려고 할 때마다, 사람들은 내게 시부르 예하의 약속을 상기시킴으로써 나를 진정시키곤 했다. 예하께서 내게 세례를 주러 오신다니. 아! 맙소사! 그러나 그러한 기쁨을 결국 누릴 수가 없었다.

1월의 어느날 우리가 아침 미사를 드리기 위해 부속 성당에 모여 있을 때였다. 미사 시작 전에 레튀르지 신부님께서 설교단 앞에 서는 것을 보고 놀랍고 불안한 마음이었다. 신부님의 얼굴이 창백했다. 나는 본능적으로 몸을 돌려 교장 수녀님을 찾았다. 수녀님은 제자리에 앉아계셨다. 그때 신부님께서 격앙되어 떨리는 목소리로 다음과 같은 공지를 해주셨다. 시부르 예하께서 암살을 당하셨다는 소식이었다.

암살이라니. 공포가 우리 머리 위를 스쳤다. 백여 명의 억누른 비명이 다만 하나의 오열로 터져 나와 순간적으로 신부님의 목소리를 덮어버렸다. 암살, 이 말은 더군다나 내게는 개인적으로도 고통을 주는 말이었다. 나는 잠깐이나마 그 상냥한 노인의 귀염둥이 아니었는가?

예하의 암살범, 베르제가 예하뿐만이 아니라 나까지도 찌른 듯했다. 그만큼 예하께 감사하는 마음을 품었고 또한 암살범이 빼앗아 간 내 작은 영광이 소중했었다. 나는 목 놓아 울었다. 파이프 오르간 반주를 타고 울려 퍼지는 '죽은 자들을 위한 기도'는 내 고통을 한층 더해 줄 뿐이었다.

이 시각 이후는 일종의 신비주의적 사랑에 뜨겁게 사로잡혔다. 이 종교적 열정은 수도원에서의 각종 종교 행사들과 미사를 통해, 그리고 내 교육자들의 상냥하고, 뜨겁고, 진심 어린 응원을 통해 유지되었다. 그녀들은 나를 무척 사랑해주었고, 나는 그녀들을 동경했다. 지금도 그녀들에 관한 추억을 떠올리면, 그 매력적이고 온화한 추억이 내 심장을 벅차게 뛰게 한다.

세례 성사일이 다가오고 있었다. 나는 점점 더 신경과민이 되어갔다. 감정적인 발작이 더 잦아져서 아무 이유 없이 눈물을 쏟기도 했고 공포에 휩싸이기도 했다. 온갖 감정들이 내 안에서, 정말 기이할 정도로 커져만 갔다.

하루는 동료 원생 중 한 사람이 내가 그녀에게 빌려주었던 인형을 떨어트린 일이 있었다(나는 13살이 넘은 나이까지 인형을 갖고 놀았다). 온몸이 떨려왔다. 그 인형은 아버지께서 내게 주신 것이었기 때문에 무척 사랑했었다. 나는 외쳤다. "네가 내 인형의 목을 부러뜨렸어, 나쁜 년아! 네가 우리 아버지에게 나쁜 일을 한 거야!" 나는 식사도 거부했다. 그리고 그날 밤, 온몸에 식은땀을 흘리며 깨어나, 희번덕대는 눈으로, 이렇게 오열했다. "아빠가 죽었어! 아빠가 죽었어!…"

사흘 후, 엄마가 오셔서 내 면회를 요청했다. 그리고 나를 그녀 앞에 세우고 이렇게 말씀하셨다. "얘야, 네게 슬픈 소식이 있구나. 아빠가 돌아가셨어!" 그리고 나는 말했다. "알아요, 알고 있어요." 나중에 어머니께서 여러 번 들려주신 말씀이지만, 그때 내 눈빛이 어찌나 기이했던지, 그녀는 그 후로 꽤나 오래도록 내 걱정에 몸을 떨었다고 한다.

그때는 슬프고 아팠으며 교리문답과 성서 공부를 제외하면 어떤 것도 배우려 들지 않았다. 그리하여 수녀가 되고 싶었다. 엄마는 나와 같은 시기에 내 두 자매들도 함께 세례를 받을 수 있다는 허가를 받았다. 그들은 당시 여섯 살이던 누이 잔과 아직 세 살도 되지 않았지만 어린 나이에도 불구하고 사람들이 내 기분을 조금이라도 달래주기 위해 기숙생으로 들여보낸 또 다른 누이 레지나였다.

나는 세례 전과 후에 일주일씩의 피정(避靜)을 하게 되었다. 세례 후 바로 다음 주가 첫 영성체였기 때문에 그 이전에도 피정이 필요했다. 어머니, 로진 이모와 앙리에트 이모, 내 대모님, 포르 이모부, 내 대부인 레지스 씨, 그리고 잔의 대부인 메이디유 씨와, 레지나의 대부인 폴레스 장군, 여기에 내 누이들의 대모들과 남녀 사촌들까지… 이 모든 사람들이 수도원 사람들의 혼을 쏙 빼놓았다. 엄마도 이모들도 모두 우아한 상복 차림이었다. 로진 이모는 라일락 가지를 모자에 꽂아 넣고 있었는데, 그녀의 말에 따르면 "쾌활한 애도를 위해"서였다고 한다(기이한 표현이다. 나는 이 말을 분명 나중에 그녀 말고 다른 사람을 통해 들었다).

날 위해 찾아와 준 이 사람들에 대해 이때만큼 큰 거리감을 느꼈던 적은 없었다.

본격적인 세례 성사에 앞서 미사보를 쓰는 의식이 있었다. 나는 오직 이 일에 대해서만 생각하고 있었다. 세례 성사의 일부인 이 의식이 나를 꿈으로 이끌어 가는 듯했다. 난 벌써 내가 막 수녀로 인정받은 견습 수녀인 것처럼 상상했다. 내가 흰 십자가가 그려진, 무거운 검은 천에 뒤덮여 땅에 누워 있는 모습을 상상했다. 상상 속에서는 네 개의 육중한 촛대가 그 천의 네 구석에 세워져 있었다. 나는 그 천 아래에서 죽을 계획을 세웠다. 하지만 어떻게? 그건 나도 모른다. 자살이 중죄에 해당한다는 것을 알고 있으므로 자살할 생각은 꿈에도 꾸지 않았다. 어쨌든 나는 그런 식으로 죽을 것이었다. 그리고 내 몽상이 날뛰었다. 나는 수녀님들의 당황과 학생들의 울부짖음을 상상했다. 그리고 바로 내가 원인이 되어 일어난 그 모든 감정적 동요가 흡족했다.

세례 성사가 끝났다. 엄마는 내게 당신을 따라 외출을 하자고 하셨다. 내가 외출하는 날들을 대비해서, 베르사유 렌 대로에 있는 정원 딸린 작은 집 한 채를 임대했다고 했다. 엄마는 세 딸의 세례 성사를 축하하고자 세례 성사일에 맞춰 온 집을 꽃으로 꾸며놓았다고도 했다. 하지만 나는 그녀의 제안을 조곤조곤 거절했다, 첫 영성체를 받기 전, 일주일 동안 피정에 들어가야 하니까 안 되겠다면서.

엄마는 울음을 터뜨렸다. 그리고 나는 아직도 슬픈 마음으로 추억한다. 엄마와는 반대로, 그것이 전혀 아무렇지도 않았다는 것을. 사람들은 모두 돌아갔고, 내가 이미 일주일 동안 머물고 있었으며 앞으로도 일주일간 더 머물러야 하는 조그마한 방으로 올라왔을 때 나는 고양된 마음으로 무릎을 꿇고서 선하신 하느님께 엄마의 슬픔을 봉헌했다.

"보셨죠, 주님, 저의 주님! 엄마가 우셨어요, 근데 저는 아무렇지도 않았어요!"

가엾게도 나는 모든 것들을 미친 듯이 과장하는 경향 속에서 그만 수도원 사람들이 내게 요구하는 것이 자상함과 헌신 그리고 동정에 대한 단호한 거부라고 생각했다. 다음날 성 소피아 수녀님은 나를 불러 부드럽게 타이르셨다. 내가 종교적 의무에 대해 그릇된 인식을 품고 있다고 했다. 그리고 어머니의 슬픔을 풀어드리도록 첫 영성체가 끝난 뒤 보름 동안의 휴가를 주겠다는 말씀도 하셨다.

첫 영성체는 세례 성사에 준하는 화려한 의식 속에서 이루어졌다. 학생들은 흰옷을 입었고 촛대를 들었다. 내 꼴은 일주일 전부터 어떤 것도 먹지 않으려 했기 때문에 극단적으로 창백했고 초췌했으며 끊임없는 법열에 의해 두 눈이 크게 확장되어 있었다. 나는 모든 것을 극단까지 밀어붙였다. 어머니와 함께 영성체에 참석하신 라레 남작님은 수도원에 부탁하여 내 건강을 되돌리기 위한 한 달간의 휴가를 얻어내었다. 엄마, 게라르 부인, 게라르 부인의 아들 에르네스트, 내 누이인 잔 그리고 나까지 해서, 우리는 모두 여행을 떠났다. 엄마는 우리를 피레네 산맥의 코트레로 데려갔다.

움직임, 트렁크들, 상자들, 짐들, 철로, 역마차, 끊임없이 흘러가는 풍경, 군중들, 시끌벅적함. 이 모든 것들이 결국 내 곤두선 신경을 무디게 했다. 나는 박수를 쳤고, 웃음을 터뜨렸다. 그리고 엄마에게 뛰어들어 그녀가 숨쉬기 힘들 정도로 꼭 껴안았다. 고래고래 성가들을 불렀다. 다시 배가 고팠고 목이 말랐다. 나는 먹었고, 마셨고, 살았다!

5

새로운 시련

당시의 코트레는 오늘날의 모습과는 달랐다. 코트레는 대단히 낙후되어도 매력적인, 나무와 풀이 우거진 조그마한 산촌에 지나지 않았다. 제대로 된 집들은 드물게 있었고, 대개는 산악주민들의 오두막집들이었다. 우리는 주민들에게 당나귀들을 빌려 타고 미칠 듯이 험난한 길을 따라 산맥을 타고 올라갔다.

나는 바다가 좋고, 평야가 좋다. 산이나 숲은 내 취향이 아니다. 산은 너무 위압적이어서 나를 내리누르는 듯하고, 숲은 나를 숨 막히게 한다. 어떤 일이 있더라도, 내게 필요한 것은 끝이 보이지 않는 수평선이고, 꿈을 끝까지 펼칠 수 있는 창공이다.

산이 더는 나를 짓누르지 않을 때까지 높이 올라가고 싶었다. 그런데 올라가도 올라가도! 아무리 올라가도 더 오를 데가 있었다!

엄마는 자상한 친구, 게라르 부인과 함께 숙소에 머물렀다. 엄마는 소설들을 읽었고, 게라르 부인은 자수를 놓았다. 그녀들은 둘 다 아무 말 없이 머물렀다. 각자가 혼자만의 몽상을 펼쳤다가 접었다가, 다시금 펼치곤 했다. 엄마가 유일하게 데려온 하녀는 이미 나이가 상당했던 마르그리트였는데, 우리와 등반을 함께했다. 잘 웃고 노골적인 농담을 즐기는 그녀는 언제나 남자들을 웃게끔 했는데, 그 말들의 의미며 노골성을 나는 나중에야 깨닫게 되었다. 그녀는 등반대의 분위기를 살려주는 사람이었다. 그녀는 우리 자매가 태어나는 것을 지켜봤던, 대단히 막역한 사이로 때로 무례하기까지 했다. 나는 그러한 무례를 참지 않았고, 그때마다 혹독한 말로 응수했다. 그러면 그녀는 그날 저녁에 내가 싫어하는 디저트를 차려서 복수했다.

나는 안색이 좋아졌다. 여전히 매우 종교적이기는 했으나, 신비주의적인 성향은 차츰 가라앉았다. 다만 무엇인가에 대한 정열 없이는 살 수가 없었으므로, 이번에는 염소들과 사랑에 빠졌다. 나는 엄마에게 아주 진지하게, 만약 내가 염소지기가 되고 싶다고 하면 허락해줄 수 있겠냐고 여쭤봤다. "염소지기가 수녀보다 더 좋은 것 같아요!" 그러면 어머니는 "나중에 다시 얘기하자!"라고 하셨다.

매일 매일 새끼 숫염소나 암염소를 품에 안아 올렸다. 엄마가 이 대단한 열광을 제지했을 때, 염소들은 이미 일곱 마리로 늘어났다. 이제는 수도원으로 돌아갈 시간이었다. 휴가는 끝났고 나는 건강한 상태였다.

다시 돌아가 공부를 계속해야 했다. 내가 이를 흔쾌히 받아들이자, 엄마는 무척 놀랐다. 엄마는 여행은 좋아했으나 이동하는 것은 싫어했기 때문이었다.

나는 다시 끊임없이 변화하는 풍경들을, 도시와 농촌 사람들과 나무들을 볼 것이었고, 훅훅 지나가는 사물들 가운데 앉아 있을 것이고, 다시금 크고 작은 짐들을 꾸릴 것이다. 그리고 나는 그런 경험이 신났다. 나는 돌아가는 길에 염소들을 데려가도 괜찮겠냐고 여쭤봤다. 가엾은 엄마는 하마터면 울화가 터질 뻔했다. "얘가 미쳤구나! 염소 일곱 마리를 기찻길에, 차에 어떻게 데려가려고? 그것들을 대체 어디 싣겠다는 거니? 안 돼! 절대 안 돼!" 염소 두 마리는 데려가도 좋다는 허락을 받았다. 여기에 더해, 현지 주민이 선물한 티티새 한 마리도.

그렇게 우리는 수도원으로 돌아갔다. 수녀원 사람들이 진정 기뻐하며 맞이해줘서 나는 다시금 행복해졌다. 두 마리 염소들은 수녀원에서 맡아 기르기로 했는데 쉬는 시간마다 염소들을 볼 수 있게 허락받았다. 친구들과 함께, 그리고 염소들과 함께 정말이지 미친 듯이 즐겁게 놀았다. 우리가 염소들을 업기도 하고, 염소들이 우리를 태우기도 하고… 그리고 큰 소리로 웃고, 엉덩방아를 찧고, 이런저런 멍청한 짓들을 하고… 그러는 동안, 나는 14살을 앞두고 있었다. 그러나 내 몸은 아직 연약했고 정신은 아직 유치했다.

그렇게 수녀원 기숙학교에 10개월 동안 더 머물렀다. 아무것도 배우지 않으면서, 그리고 이제는 전혀 신비주의적이지 않았지만, 여전히 수녀가 되어야겠다는 생각에 사로잡혀서 말이다. 대부님께서는 내가 자기가 본 아이 중에서 가장 멍청한 축이라고 판단했다.

어쨌든, 나는 방학 기간에도 공부했다. 그리고 시골집에서 가까운 곳에 살고 있던, 소피 크루아제트가 내 공부 친구가 되었다. 함께 공부하는 친구가 있다는 것은 향학열에 약간의 자극이 되었으나, 그리 많이 되지는 않았다. 소피는 잘 웃는 친구였다. 우리는 함께 미술관에 가는 것을 좋아했다. 거기서 훗날 카롤뤼 뒤랑 부인이 되는, 소피의 자매 폴린은 대가들의 그림을 모사하곤 했다.

소피가 시끄럽고 말 많고 매력적이었던 만큼, 폴린은 성정이 조용하고 차가웠다. 폴린 크루아제트는 아름다웠다. 그래도 그녀보다는 소피가 더 좋았다. 소피가 폴린보다 더 붙임성 좋게 예뻤다.

그녀들의 어머니, 크루아제트 부인은 어딘가 슬픔과 체념이 깃든 것처럼 보였다. 그녀는 상트페테르부르크 오페라 좌(座)에서 사랑받고,

극찬받고, 애지중지 되던 무용수였으나, 일찌감치 직업 경력이 끊어졌다. 내 생각으로는, 아마도 소피가 태어나면서 어쩔 수 없이 일을 그만두어야 하지 않았나 싶다.

또한, 여러 차례의 잘못된 투자가 그녀를 파산시켰다. 그녀의 인품에 깃든 탁월한 우아함, 얼굴에 보이는 선량함, 그리고 한도 끝도 없는 우수가 사람들의 마음에 연민의 감정을 불러일으켰다.

그녀와 엄마는 베르사유 공원 음악회에서 처음 알게 되었고, 서로의 가족 간에도 얼마간 교분을 쌓게 되었다. 소피와 함께, 이 멋진 공원에서 함께 어울렸다.

우리의 가장 큰 기쁨은 가르 거리에서 골동품점을 운영하던 마송 부인 댁에 놀러 가는 것이었다. 그녀에게는 세실 마송이라는 딸이 있었는데, 사랑처럼 아름다운 아이였다. 소피와 세실, 그리고 나 셋이서 화병, 담뱃갑, 부채, 보석들을 가리지 않고, 가게 안의 물건 가격표들을 모두 바꿔놓는 짓을 했다. 그리고 온 세상에 이름이 알려진, 가엾은 골동품 상인 마송 씨가 부유한 고객과 함께 가게로 들어오면, 소피와 나는 숨어서 마송 씨가 격노하는 장면을 훔쳐보곤 했다. 그러면 세실은 아무렇지도 않은 표정으로 그녀의 어머니와 함께 청소하면서, 우리에게 은근슬쩍 눈짓했다.

어느날 삶의 소용돌이가 일어나서, 내가 사랑했던 사람들로부터 나를 갑작스레 갈라놓았다. 그리고 한 사건이, 그 자체로는 정말이지 별것도 아닌 일이지만 내가 엄마가 원했던 것보다 훨씬 빨리 수녀원 기숙학교를 나가게 했다.

그날은 축일이었다. 우리에게는 두 시간의 휴식이 주어졌다. 우리는 일렬로 줄을 지어, 파리 좌안을 달리는 기찻길의 경사면을 접한 담장을 따라 걸었다. 내가 아끼던 도마뱀이 죽어서 땅에 묻고 오는 길이었기 때문에, 우리는 깊은 곳에서[1](De profundis)를 부르면서 걷고 있었다. 내 뒤로 스무 명 가량의 친구들이 따라왔다. 그때 갑자기 우리 발치에 병사의 원통형 제모(制帽)가 하나 떨어졌다.

"이게 뭐람?"

"군모네!"

"벽 반대편에서 떨어졌어!"

"맞아! 맞아!"

"잠깐 들어봐… 저기서 싸우는 소리가 나는데?"

우리는 즉시 목소리를 죽이고, 벽 너머의 대화를 들었다.

"넌 멍청이야! 이런 얼빠진! 여기는 그랑-샹 수도원이잖아! 이제 어떻게 내 모자를 찾을 거야?" 그리고 잠시 침묵이 이어졌다. 그 침묵은 우리 놀란 아이들의 비명과 격노한 수녀들의 고함에 의해 깨졌다. 그 병사가, 말에 올라탄 채 담장 위로 모습을 드러낸 것이었다.

마치 더 먼 곳에 내려앉기 위해 날아오르는 겁먹은 참새 떼처럼, 우리는 순식간에 벽에서 20미터 정도 떨어졌다. 호기심이 동한 채로, 그러나 경계심을 품고서 말이다.

"내 군모를 보지 못했니, 꼬마 아가씨들…?"

그 불행한 병사가 애원하는 듯한 목소리로 외쳤다. 나는 문제의 모자를 등 뒤로 숨기며 "아니! 아니!"라고 외쳤다. 다른 모든 개구쟁이 소녀들도 웃음을 터뜨리며 "아니! 아니!"를 외치기 시작했다. 이윽고 곳곳에서 "아니!"라는 외침 소리가 커졌다. 조롱하듯, 비아냥거리듯,

---

1 구약 성경 「시편」 130편을 여는 첫 구절로, 장송곡 가사로 쓰이곤 했다.("주님, 깊은 곳에서 당신께 부르짖습니다. / 주님, 제 소리를 들으소서. 제가 애원하는 소리에 당신의 귀를 기울이소서. / 주님, 당신께서 죄악을 살피신다면 주님, 누가 감당할 수 있겠습니까? / 그러나 당신께는 용서가 있으니 사람들이 당신을 경외하리다." 「시편」 130:1-4)

무례하게 말이다. 우리는 계속해서 뒷걸음질 치고 있었다. 급히 베일을 내리고 나무 뒤로 숨은 수녀님들이 절망에 차서 우리를 부르고 있었기 때문이다.

몇 미터 떨어진 곳에는 아주 커다랗고 높은 운동기구가 설치되어 있었다. 그래서 재빨리 숨을 헐떡이며 그 꼭대기로 뛰어 올라갔다. 내가 그렇게 빨리 올라갈 수 있었던 것은 기구 아래로 드리워진 나무 사다리 덕분이었는데, 그 사다리를 걷어 올리기에는 힘에 부쳤으므로, 나는 대신 사다리를 매어두던 고리들을 풀어버렸다. 사다리는 큰 소리를 내며 땅에 떨어져 부서졌다. 그리고 기구 꼭대기 위에 서서, 나는 의기양양하게, 악마가 들린 것처럼 외쳤다.

"아저씨 모자는 여기 있지요! 다시 찾지 못할걸요!"

나는 밧줄로 된, 또 다른 사다리를 걷어 올렸고, 이제 이 꼭대기까지 나를 쫓아 올라올 수 있는 사람은 없었다. 그 위를 이리저리 거닐며 나는 모자를 머리 위로 꼿꼿이 들어 올렸다.

아마도 내 원래 의도는 그저 아이들의 장난에 지나지 않았던 것 같은데 친구들이 웃어줬고 박수를 쳤다. 내 우스꽝스러운 희극은 기대를 훨씬 넘긴 성공을 거두었다. 나는 미쳐버렸다. 더는 무엇도 나를 멈출 수가 없었다.

젊은 병사는 화가 머리끝까지 솟아 벽을 뛰어넘고, 부딪치는 어린 학생들을 떠밀면서 내 쪽으로 달려왔다. 경악한 수녀님들은 도와달라는 비명을 지르며 달아났다.

부속 사제님, 교장 수녀님, 그리고 라르셰 신부님까지 모든 이들이 급히 달려왔다. 내 기억으로는 그 병사가 마치 성전기사단원[2]처럼 저

---

2 성전기사단(1119-1312)은 프랑스에 근거지를 두었던 유력 기사수도회이다. 프랑스왕 및 교황

주를 퍼부었던 것 같다. 그 가엾은 사람은 정말이지 그럴만했다.

성 소피아 수녀님께서는 내게 기구 아래에서 내려와 군모를 병사에게 돌려주라고 호소했다. 병사는 내가 있는 곳까지 올라오려고 공중 그네를 붙잡기도 하고, 매듭이 매인 밧줄을 타고 오르려 시도했지만… 모두 허사였고, 일찌감치 멀리 떨어져 있을 것을 명받은 아이들은 그의 발버둥 치는 모습에 거의 졸도할 정도로 웃어댔다.

결국 접수 담당 수녀님은 비상종을 울렸다. 그리고 5분 뒤, 사토리 병영에서 병사들이 파견되었다. 그들은 수도원에 불이 난 줄 알고 도우러 온 것이었다. 사건의 전말이 병사들을 이끌고 온 장교에게 전해지자, 그는 병사들을 돌려보내고 교장 수녀님께 면담을 청했다. 사람들은 그를 성 소피아 수녀님께로 데려왔고, 그가 본 것은 기구 아래에서 부끄러움과 무력감에 울고 있는 수녀님이었다.

장교는 모자를 잃어버린 병사에게 즉시 병영으로 복귀할 것을 명령했다. 병사는 내게 주먹을 들어 올리며 할 수 없이 그 명령에 따랐다. 그러나 그는 다시 한번 고개를 들어 나를 바라보고는 웃음을 참을 수가 없었다. 나는 크기가 커서 헐렁거리는 군모를 억지로 쓰기 위해 귀까지 접었고, 그 때문에 군모가 두 눈까지 내려와서 무척 우스꽝스러웠기 때문이었다.

장난이 받아들여지는 모양새에 극도로 흥분한 나머지 "여기, 당신 군모예요!"라고 외치며 기구 옆에 있는 담장 건너편, 공동묘지로 그 모자를 날려버렸다. "아! 못된 계집애 같으니!"라고 장교가 중얼거렸다. 그리고 그는 양해를 구하고, 수녀님들께 인사를 한 뒤에 라르셰 신

과의 알력다툼 끝에, 조직적인 신성모독혐의로 모진 종교재판을 받고 와해당했다. 이때 성전기사단의 마지막 총장이었던 자크 드 몰레가 화형을 받으며 프랑스왕과 교황에게 저주를 퍼부었다고 전해진다.

부님을 따라 공동묘지 안으로 들어갔다.

나로 말할 것 같으면, 내 꼴은 진작에 꼬리를 잘라냈어야 하는 한 마리 여우와도 같았다. 그순간 "싫어요! 다들 들어간 다음에 내려갈 거예요!"라고 말했다.

모든 학급이 처벌을 받았다. 나는 기구 위에 홀로 남았다. 해가 졌다. 공동묘지의 적막이 끔찍하게 무서워졌다. 어두운 나무들은 마치 울고 있는 듯하고, 위협하는 것 같기도 했다. 나무로부터 뿜어져 나온 습기가 내 어깨 위를 덮었고, 그 습기의 무게는 시간이 갈수록 더해만 갔다.

버림받은 기분이었고 그래서 울기 시작했다. 나 자신이 원망스러웠고, 병사와 교장 수녀님이 원망스러웠고, 괜히 웃어서 날 부추겼던 친구들이 원망스러웠고, 내게 모욕을 준 장교가 원망스러웠고, 멍청하게 비상종을 울린 접수 담당 수녀님이 원망스러웠다.

내가 끌어올려 꼭대기 위에 걸쳐두었던 밧줄 사다리를 타고 내려가기로 했다. 서툴게, 그리고 아주 조그만 소리에도 놀라 벌벌 떨며 귀를 쫑긋 세우고, 눈알을 좌우로 빙빙 돌리며, 천천히 사다리를 내렸다, 돌연 고리가 떨어지지나 않을까 불안해하면서 말이다. 마침내 사다리가 땅에 안착하고 내가 막 내려가려는 순간, 세자르가 무섭게 짖는 소리가 들렸다.

세자르는 숲 안쪽에서부터 달려왔다. 충견 세자르에게 있어, 운동 기구 위에 꿈쩍도 하지 않고 있던 그림자는 별문제가 안 되었으나, 이젠 상황이 달라졌다. 흥분한 채로 세자르는 땅까지 닿은 그 묵직한 나무 사다리 발판까지 뛰어왔다.

나는 부드러운 목소리로 말했다. "착하지, 세자르. 네 친구를 몰라보는 건 아니겠지?" 하지만 세자르는 으르렁 거렸다. 그리하여 성난 목소리로, 외쳤다. "아! 세자르, 이 나쁜 것!… 친구도 몰라보고 으르렁 대는 이 더러운 짐승 같으니!" 세자르는 더 크게 짖기 시작했다.

미칠 것 같은 공포심이 날 사로잡기 시작했다… 나는 내려가던 사다리를 다시 올라, 기구 꼭대기 위에 주저앉았다. 세자르는 기구 아래쪽에 자리를 잡고 누웠다. 꼬리를 뻣뻣이 하고, 양쪽 귀를 쫑긋 세우고, 등 털도 바짝 세운 채, 들릴락 말락 낮게 으르렁거렸다.

나는 성모 마리아님께 도움을 청했으며 열정적으로 기도했다. 하루에 세 번씩, 추가로, *성모송*과 *사도신경*과 *주님의 기도*를 올리겠노라고 성모님께 맹세했다. 그리고, 약간은 진정된 채, 비굴한 목소리로 세자르를 불렀다. "세자르! 우리 이쁜 세자르야!… 나 몰라보겠니? 라파엘 천사란다!" 아! 어림도 없지! 그처럼 늦은 시간에, 정원 놀이기구 위에 홀로 앉아 있는 나를, 세자르는 알아볼 수가 없었다. 어째서 나는 식당에 있지 않았던 걸까?

세자르가 짖었다. 가엾은 녀석. 그리고 정말 배가 고팠다. 이 상황이 부당하게 느껴지기 시작했다. 물론 내가 병사의 군모를 가져간 것은 잘못이었다. 하지만 장난을 시작한 것은 그쪽이 먼저였다. 그는 왜 모자를 던진 걸까? 내 상상력의 부추김을 받아, 마침내 나 스스로를 희생자로 여기기 시작했다. 그리하여 다음과 같은 망상을 펼쳤다. 사람들은 내가 개에게 잡아먹히게끔 나를 버려두었다. 등 뒤 공동묘지의 망자들이 무섭게 느껴진다. 수도원 사람들도 물론 내가 무서워하고 있다는 것을 알고 있을 것이다. 그들은 내 폐가 약하다는 것을 알면서도, 못된 마음으로 내가 무방비하게 추위에 뜯어 먹히게 버려두었다. 그리고 성 소피아 수녀님은 더는 날 사랑하지 않아서 그토록 잔인하게 날 버렸다 등등…

나는 기구 꼭대기에 배를 깔고 누워서 미칠 듯한 절망에 빠졌다. 엄마를 불렀고, 아빠를 불렀고, 성 소피아 수녀님을 부르면서 오열했다. 당장이라도 죽고만 싶었다…

조금 진정되어 울음을 그쳤을 때, 누군가 부드러운 목소리로 내 이름을 불렀다. 벌떡 일어났다. 희미한 빛 속으로 사랑하는 성 소피아 수녀님의 얼굴이 떠올랐다. 그녀, 이 사랑받으실 성녀께서는 줄곧 거기에 계셨던 것이다. 그녀는 반항하는 어린아이 곁을 떠난 적이 없었다. 성 아우구스티누스 조각상 뒤에 몸을 숨긴 채, 그녀는 내 발작이 끝나길 기다리며 기도를 올리고 있던 것이다. 그녀의 소박한 생각에, 이번 발작은 내 이성뿐만 아니라, 어쩌면 나의 구원을 위협하는 위험했다.

그녀는 다른 사람들을 모두 돌려보내고, 홀로 남아 있었다. 그리고 그녀 역시 저녁을 굶었다. 나는 회개하는 마음으로 또 죄송한 마음으로 기구를 내려와 그녀의 모성 어린 품속에 쓰러졌다. 그녀는 조금 전 내 못된 짓에 대해서는 한마디도 하지 않고, 재빨리 나를 수녀원으로 데려갔다. 나는 얼음장 같은 찬 이슬에 흠뻑 젖어 있었다. 두 뺨이 불타는 듯 뜨거웠고, 손발은 모두 싸늘했다.

나는 23일간 늑막염에 걸려 사경을 헤맸다. 성 소피아 수녀님은 한시도 내 곁을 떠나지 않았다. 맙소사! 우리 선량한 수녀님은 내가 병에 걸린 것이 자신의 탓이라고 자책하고 계셨다. "내가 그 아이를 너무 오래 방치했어!" 수녀님은 가슴을 치며 이렇게 말씀하셨다. "내 잘못이야! 내 잘못이야!"

포르 이모는 매일 같이 나를 찾아왔다. 스코틀랜드에 있던 엄마도 귀국을 서둘렀다. 로진 이모는 바덴-바덴에서 훗날 우리 일가를 파산시킬 도박에 빠졌다. 때때로 편지를 보내 나의 안부를 물으면서, "곧 갈게… 가고 있어…"라고 글을 적었다.

나를 진찰한 데스파뉴 선생님과 모노 선생님은 내가 위중하다는 결론을 내렸다. 날 무척 좋아했던 라레 남작님도 자주 날 찾아주셨다. 그는 내게 어느 정도 이상의 영향력을 갖고 있었다. 나는 그가 하라는 것들을 기꺼이 했다.

엄마는 내 병세가 호전되기 조금 전에 도착해서, 줄곧 내 곁을 지켰다. 그리고, 내가 어느 정도 걸어 다닐 수 있게 되자, 나를 파리로 데려가셨다. 엄마는 내게 병이 다 나으면 수녀원 기숙학교로 다시 데려오겠다고 약속하셨다.

실제로는 그것이 마지막 외출이었다. 다시는 이 정겨운 기숙학교로 돌아오지 못했다. 그렇다고 해서, 내가 성 소피아 수녀님까지 영영 떠나버린 것은 아니었다. 나는 그녀를 마음속에 품고 있었다. 그녀는 오래도록 내 삶의 일부를 이루었다. 그녀가 세상을 떠난 지 수년이 지난 지금도, 그녀의 추억은 내 안에 옛 시절의 소박한 생각들을 불러일으키며 유년기의 소박한 꽃들을 피워낸다.

내게 진정한 의미의 인생은 이때부터 시작되었다.

수도원에서의 삶은 모두의 삶이다. 백 명이 되었든, 천 명이 되었든, 수도원에서는 모두가 단 하나의 동일한 삶을 살아간다. 바깥세상의 잡음들은 수도원의 육중한 철문 앞에서 부서져 내린다. 이곳에서의 야망이라고 해봐야, 저녁 기도 때 다른 친구들보다 조금 더 크게 노래 부르기, 장의자에서 조금 더 넓은 자리를 차지하기, 식탁 맨 끝자리에 앉기, 우등생 명부에 이름 올리기 따위에 관한 것이다…

다시는 수도원으로 돌아갈 수 없음을 깨닫자, 나는 바닷물 속에 수장된 느낌이었고 수영도 할 줄 몰랐다. 나는 대부님께 날 다시 수녀원 기숙학교로 돌려보내달라고 애원했다. 아버지께서 남겨주신 유산은 수녀원에 지참금으로 가고도 남을 정도로 많았다. 나는 수녀가 되고 싶었다.

"그렇게 해라!" 대부님께서 말씀하셨다. "다만 2년 뒤에 그렇게 하렴. 그전에는 안 된다. 그동안 네가 모르는 것들을, 사실상 모든 것들이지, 어쨌든 이것저것을 네 엄마가 너를 위해 고용한 선생님께 배우도록 하렴."

그리고 바로 그날, 드 브라방데르 양이라고 하는 나이 지긋한 여자 선생님이 날 보러 오셨다. 온화함이 가득한 잿빛 눈동자의 그 선생님은 이제 하루에 여덟 시간 동안 내 인생을, 내 두뇌와 의식을 점령하러 왔다… 그녀는 러시아에서 어느 대공비의 가정교사를 맡기도 했었다. 그녀는 부드러운 목소리를 갖고 있었지만, 코밑에는 붉은 기가 도는 수염이 제법 두껍게 돋아나 있었고 코의 생김새 역시 기괴했다. 하나 그녀가 걷는 모습, 그녀의 말 씀씀이, 그녀의 인사법에는 누구라도 공손하게 될 수밖에 없는 힘이 있었다.

그녀는 노트르담-데-샹 거리에 있는 어느 수녀원에 기거했다. 그래서 엄마의 간청에도 불구하고 우리 집에 들어와 사는 것은 거절했다. 그녀는 어떻게 하면 내 마음을 사로잡을 수 있을지를 알고 있었다. 나는 그녀가 가르치고자 했던 모든 것들을, 그녀와 함께 별 어려움 없이 습득했다. 나는 열성적으로 공부했다. 수녀원 기숙학교로 돌아가겠다는 꿈이 있기 때문이었다. 학생으로 재입학하고 싶었던 것은 아니다. 나는 교육 담당 수녀님이 되어 그곳에 돌아가고 싶었다.

6

나의 첫 극장 방문

9월의 어느 날 아침, 막연한 기쁨으로 가슴이 벅차오른 채, 잠자리에서 일어났다. 여덟 시였다. 나는 이마를 창에 붙이고 밖을 내다보았다. 왜 그랬을까? 나도 모른다! 어떤 꿈인지 기억도 안 나는 꿈의 한복판에서 벌떡 깨어나 빛을 찾아 달려 나갔었다. 그리고 끝도 없이 펼쳐진 회색 하늘 속에서 광원을 찾고 있었다. 빛이 조마조마하고 설레는 내 기대의 정체를 밝혀줄 거란 생각이었다.

대체 무엇에 대한 기대 말인가? 그때였던들 내가 정확히 말할 수 있었을까? 긴긴 회상을 거친 오늘날의 나는, 그것이 무엇이었다고 말할 수 있을까? 그렇지 않다. 그것이 무엇이었는지 지금도 모르겠다.

곧 15세가 될 때였다. 나는 이후의 삶에 대한 기대감에 차 있었다. 그리고 내 느낌으로는 이날 아침이 인생의 새로운 시기를 여는 시작점인 것 같았다. 내 예상은 조금도 빗나가지 않았다. 바로 이 9월의 어느 날이 나의 장래를 결정했으니까 말이다.

이런저런 생각들에 취해 몽롱한 상태로, 나는 계속해서 이마를 창에 대고 있었다. 입김에 유리창이 흐려졌다. 그리고 그 흐려진 부분 너머로, 집들과 궁전들, 마차들과 패물들, 진주들—그렇다. 진주가 있었다!—왕과 왕자들의 모습이 스쳐 지나갔다… 그렇다. 나는 왕들이 있는 곳까지 달려갔다! 오! 상상력은 발이 빠르다. 그리고 그의 적인 이성은 상상력이 언제나 홀로 방황하게 둔다. 당당하게, 계시를 받아 빛나면서, 나는 왕자들과 왕들, 진주와 궁전들을 내쳤고, "저는 수녀가 되고 싶어요!"라고 외쳤다. 끝없이 펼쳐진 우중충한 하늘 가운데, 얼핏 그랑-샹 수도원의 모습이, 새하얀 우리 기숙사가, 학생들의 손으로 장식한 자그마한 성모상과 그 위에 밝힌 자그마한 등불의 흔들림이 보였다.

나는 왕이 건네주는 옥좌보다도 교장 수녀의 자리가 더 좋았다. 나중에, 아주 나중에는 교장 수녀님이 되고 싶다는 어렴풋한 꿈을 갖고 있었다. 왕은 절망에 차서 죽어갔다… 아, 주님! 나는 왕자들이 건네주는 진주들보다도, 손안에서 구르는 묵주 알이 더 좋았다! 또한 어떤 다른 복장도 검은 바레주 천으로 된 수녀의 베일에 비할 바가 못 되었다. 그랑-샹 수도원 수녀들의 사랑스러운 얼굴을 감싸고 있는, 눈처럼 새하얀 바티스트 천 위로 옅은 그림자처럼 드리워진, 바로 그 베일 말이다.

얼마나 오래도록 그러한 몽상 속에 빠져 있었는지는 모르겠다. 돌연 현실에서 늙은 하녀 마르그리트에게 내가 일어났는지를 묻는 엄마의 목소리가 들렸다. 나는 다시 침대로 풀쩍 뛰어들어 얼굴을 이불 아래에 묻었다.

엄마는 방문을 살짝 열어 보았고 나는 그제야 잠에서 깬 척했다. "오늘 왜 이렇게 게으르니!" 엄마가 말했다. 나는 엄마를 끌어안고, 어리광 섞인 목소리로 말했다. "오늘은 목요일이에요. 피아노 레슨이 없는 걸요."

"그래서 기쁘니?"

"아! 그럼요!"

엄마는 이맛살을 찌푸렸다. 나는 피아노를 싫어했는데, 엄마는 음악을 무척 사랑했다. 엄마는 음악을 너무도 좋아한 나머지 내게 강제로 피아노를 가르치셨고, 당신 나이가 이미 서른을 향해 가는데도 불구하고 내게 경쟁심을 불러일으킨다는 명목으로 본인 역시 레슨을 받았다.

그 얼마나 무시무시한 고문이었던가! 그래서 나는 못되게도, 우리엄마와 피아노 선생님의 사이를 틀어지게 하고자 애를 썼다. 피아노선생님인 클라리스 양은 엄청난 근시였다. 그리고 엄마는 한 곡을 사나흘 정도 연습하고 나면, 그 곡을 완전히 외워서 클라리스 양이 놀랄정도로 훌륭한 연주를 펼쳤다. 엄마가 암기한 곡을 치는 동안, 이 나이 많고 끔찍한 선생은 손에 쥔 악보 위에 코를 박은 채로 선율을 따라갔다.

어느 날, 엄마와 이 못된 클라리스 사이에 말싸움이 붙었다. 나는 그들의 말다툼이 커지는 것을 기쁜 마음으로 들었다.

"거기, 거기는 8분음표가 있는 자리에요!"

"아니에요!"

"그건 반음 내려야죠!"

"아니에요, 거기는 반음 올려야죠!"

엄마는 "당신 미쳤군요, 선생!"이라는 말을 마지막으로 덧붙였다. 그리고 잠시 뒤, 엄마는 엄마 방으로 돌아갔고, 클라리스 양은 욕지거리를 중얼대며 떠나갔다. 나는 내 방에서 거의 숨이 막힐 정도로 웃어댔다. 실은 내가 음악에 조예가 깊은 내 사촌들의 도움을 받아, 악보의 4분음표를 8분음표로 고치고, 음들에 올림표와 내림표들을 그려놓았기 때문이었다. 결과물이 얼마나 그럴싸했는지, 아마 전문가의 눈으

로 그보았더라도 곧바로 변조를 알아보기는 힘들었을 것이다. 클라리
스 양은 해고되었다. 난 그날 레슨을 받지 않았다.

✠

엄마는 신비로운 두 눈으로 나를 오래도록 바라보았다. 내 인생에서
보아온 눈동자들 가운데 가장 아름다운 눈이었다. 그러다가 천천히
이렇게 말씀하셨다. "오늘 점심 식사 후에, 친족회[1](conseil de famille)
가 열린단다." 나는 얼굴이 파래졌다.

"좋아요. 어떤 옷을 입는 게 좋을까요, 엄마?"

나는 말하기 위해, 그리고 울지 않기 위해 말했다.

"네 푸른 비단 원피스를 입으렴. 좀 더 진중한 분위기가 날 거야."

그때였다. 여동생인 잔이 문을 거칠게 열고 들어와 폭소를 터뜨리
며 내 침대 속으로 뛰어와 그대로 이불 속으로 미끄러져 들어갔다. 그
녀는 외쳤다. "결승점에 도착!" 마르그리트가 숨이 찬 상태로, 투덜거
리면서, 뒤따라 들어왔다. 마르그리트가 잔을 막 씻기려 할 때, 잔이
"결승점은 우리 언니 침대예요!"라고 외치며 그녀를 따돌리고 달려왔
던 것이었다.

언니인 내가 중압감을 느끼고 있던 바로 그때 여동생이 보여준 저
천진난만한 기쁨에 나는 울음을 터뜨렸다. 내가 슬퍼하는 원인을 이
해할 수 없었던 엄마는 고개를 한 번 으쓱하고는 마르그리트에게 잔
의 실내화를 찾아오게 했다. 그런 뒤에 엄마는 잔의 두 발을 손에 쥐

---

1 법률에 의해 정의된, 미성년자의 재산 운용 및 후견인의 의사 결정 따위를 심사하는 모임이다. 엄
격한 의미에서의 '친족'이 아니더라도, 상황에 따라 친족회의 구성원이 될 수 있었다.

고 부드럽게 입 맞췄다. 내 감정적인 동요는 배가 되었다. 엄마는 눈에 빤히 보이게, 동생을 더 챙기고 있었다. 그리고 평상시에는 괴롭게 느껴지지 않던 이 내리사랑이, 이날은 좀처럼 견딜 수가 없었다. 엄마는 내 짜증을 참지 못하고 나가버렸다.

나는 다 잊기 위해 잤고, 마르그리트가 깨워서 일어났다. 마르그리트가 옷을 입는 것을 도와줬다. 안 그랬으면 아마 점심 식사에 늦었으리라.

점심 식사는 로진 이모, 드 브라방데르 양, 대부님, 그리고 부모님의 절친이었던 모르니 공작님이 함께 했다. 내게는 무척이나 침울한 식사였다. 난 식욕도 없이 그저 친족회만 기다렸다. 드 브라방데르 선생님은 상냥한 어조와 부드러운 몸짓으로 내게 식사를 종용했다. 잔은 그런 나를 바라보며, 웃음을 터뜨렸다. "언니 눈이 요만해" 그녀는 조그마한 손의 엄지와 검지 끝을 맞댔다. "잘됐지, 뭐람! 언니, 아까 울었잖아? 엄마는 우는 사람 싫어하는데… 그렇죠, 엄마?"

"어째서 울었던 거니?" 모르니 공작님은 내게 물어보셨고, 드 브라방데르 양이 팔꿈치로 가볍게 날 찔렀지만, 나는 전혀 대답하지 않았다. 나는 모르니 공작님이 조금은 무서웠다. 그는 온화하고, 장난을 좋아하는 성격이었고, 궁정에서 높은 자리를 차지하고 있다고 했다. 우리 가족은 그와 친분을 가지게 된 것을 자랑스럽게 생각했다.

"제가 식사 뒤에 친족회가 열린다고 말해서 그래요." 어머니께서 느리게 입을 떼셨다. "가끔 이 아이가 절 실망하게 하는군요."

"자! 그런 말씀 마시고!" 대부님이 외쳤다. 로진 이모는 모르니 공작님께 영어로, 내가 알아듣지 못하는 얘기들을 말했고, 공작님은 잘 손질된 수염을 슬쩍 움직이며 섬세한 미소를 지었다. 드 브라방데르 양은 무척 낮은 목소리로 날 꾸짖었다. 내게는 그 목소리가 하늘에서 들려오는 꾸짖음처럼 들렸다.

마침내 식사가 끝났고, 엄마는 내게 손님들께 커피를 내어드리라고 하셨다. 마르그리트의 도움을 받아 나는 커피잔들을 준비하여 응접실로 날랐다.

응접실에는 이미 르아브르의 공증인인 C모 선생이 와 있었다. 나는 이 사람을 싫어했다. 그는 피사에서 돌아가신 아버지의 유가족 대리인을 맡고 있었다. 아버지가 어떻게 돌아가셨는지에 대해 우리는 당시에도 듣지 못했고, 지금도 그 정황을 알 수 없다.

내 어린 시절의 증오는 틀린 것이 아니었다. 나는 훗날, 이 자가 아빠의 악착같은 적이었다는 사실을 알게 되었다. 그리고 이 작자, 이 공증인은 무척이나 못생겼었다! 그의 얼굴은 온통 위쪽으로 쏠려 있었다. 어떤 느낌이었냐면, 머리 타래가 꽁꽁 묶인 채로 오래도록 어딘가에 매달려 있던 바람에, 눈이며 입, 볼, 코가 모두 후두부 쪽으로 쏠린 느낌이었달까. 그렇게 뒤로 젖혀진 얼굴이라면 보기에 유쾌할 법도 한데, 깨끗이 면도 된 그 얼굴은 오히려 음울한 느낌을 주었다. 그의 적갈색 머리카락은 개밀의 뿌리털처럼 거칠게 자라나 있었고 그의 코에는 금테가 둘린 둥근 안경이 얹혀 있었다. 아! 이 못된 작자! 이 자에 관한 기억은 끔찍한 악몽 같다. 우리 아버지에 대해 악령 같았던 자, 증오심에 나를 쫓아온 자!

그토록 사랑했던 요절한 아들의 죽음을 슬퍼하며 두문불출했던 가엾은 할머니는 그만 이 못된 공증인을 전적으로 신임하고 말았다. 그는 아버지의 유언 집행인이기도 했고, 따라서 사랑하는 아버지가 내게 남겨주신 약간의 재산은 그가 관리했다. 나는 결혼을 하기 전까지는 그 재산을 가질 수가 없었고, 엄마는 교육비 명목으로 그 돈의 일부를 가져가고 있었다.

펠릭스 포르 이모부는 벽난로 가까운 곳에 앉아 있었다. 안락의자에 앉아 투덜거리던 메이디유 씨는, 품속에서 회중시계를 꺼냈다. 그는 우리 가족의 오랜 친구였고, 날 언제나 "아가"라고 불렀는데, 그것이 못내 불쾌했다. 그는 내게 말을 놓았고 날 멍청하다고 생각했다. 내가 그에게 커피를 가져다주었을 때, 그는 날 위아래로 훑으며 빈정거렸다. "그래, 우리 아가, 코흘리개의 미래를 걱정하는 일 말고도 할 일이 정말 많은 이 훌륭한 분들을, 네가 모두 불러냈구나… 아! 차라리 네 동생 일이었다면 얘기가 빠를 텐데… 귀찮을 일도 없이." 그리고 그는 서늘한 손가락으로, 그가 앉아 있던 안락의자 옆에 쭈그리고 앉아 장식 술을 꼬고 있던 동생의 머리를 쓰다듬었다.

커피를 다 마시고, 잔이 치워졌다. 동생도 밖으로 데리고 나갔다. 잠시 정적이 감돌았다. 모르니 공작님은 작별 인사를 하고 떠나려 하셨지만, 어머니께서 그를 붙잡았다.

"좀 더 계셔요, 저희에게 조언을 주셔야죠."

그러자 공작님은 이모 곁에 자리를 잡았다. 그는 이모에게 다소간 추파를 흘리고 있었다.

엄마는 창가 자리로 갔다. 그 앞에는 태피스트리 틀이 놓여 있었다. 엄마의 아름다운 옆얼굴이 맑고 선명하게 드러났다. 그 모습은 곧 시작될 친족회 일과는 아무래도 상관이 없어 보였다.

그 끔찍한 공증인이 자리에서 일어섰다. 포르 이모부는 나를 그의 곁에 앉혔다. 레지스 대부님은 메이디유 씨와 한패를 이룬 듯이 앉아 있었다. 그들은 둘 다 고집스러운 부르주아의 영혼을 갖고 있었다. 그들 모두 휘스트[2] 놀이와 고급 포도주를 좋아했으며, 내가 기러기조차

---

2 카드 놀이의 일종

울고 도망가게 할 정도로 말랐다고 생각했다.

조용히 문이 열리고, 창백한 갈색 머리의 시적이고도 매혹적인 인물이 들어왔다. 마르그리트가 "윗집의 부인"이라고 부르던 게라르 부인이었다. 어머니와 게라르 부인은 친분을 맺었지만, 어머니는 다소 윗사람처럼 구는 경향이 있었다. 그렇지만 게라르 부인은 나를 무척이나 사랑했기에, 가끔 어머니가 보이는 사소한 무례는 인내하고 있었다. 그녀는 키가 컸고, 몸매는 실처럼 가늘었으며, 성격은 유연하지만 진중함이 있었다. 그녀는 우리 위층 집에 살고 있었는데, 이날은 조그만 밤색 나뭇가지들의 문양이 새겨진, 인도산 사라사 가운을 걸치고 모자를 쓰지 않은 채 우리 집으로 내려왔다.

메이디유 씨가 잘 들리지 않는 목소리로 투덜거렸다. 가증스러운 공증인은 게라르 부인을 본체만체 했다. 모르니 공작은 우아한 태도로 그녀에게 인사했다. 게라르 부인은 무척 아름다웠다! 대부님은 가볍게 고개를 끄덕이는 것으로 인사를 갈음했다. 게라르 부인은 그의 안중에 없었다! 로진 이모는 그녀를 가볍게 위아래로 훑어보았다. 드 브라방데르 양은 그녀의 손을 부드럽게 잡고 인사했다. 게라르 부인은 나를 무척 좋아했다! 펠릭스 포르 이모부는 그녀에게 의자를 내어 주고 살가운 태도로 그녀를 거기 앉혔다. 그러면서 게라르 부인에게 남편의 안부를 물었다. 남편은 학자였는데, 이모부는 자신이 쓰고 있던 책 『성 루이의 삶』의 집필을 위해 때때로 그의 자문을 얻곤 했다. 엄마는 그녀에게 슬쩍 시선을 주기는 했지만, 숙이고 있던 머리를 들지는 않았다. 게라르 부인은 나보다 내 동생을 더 좋아하는 사람이 아니었다!

"자 여러분, 우리는 이 꼬마 아가씨를 위해 이 자리에 모였습니다. 아무튼 이제 친족회와 관련한 이야기를 해야겠군요." 대부님께서 말

쓰하셨다. 몸이 떨리기 시작했다. 나는 '귀여운 부인'(어렸을 적에 게라르 부인을 이렇게 불렀다)과 드 브라방데르 양 사이로 파고들었다. 두 사람은 내게 용기를 주고자 양쪽에서 내 손을 잡아주었다.

메이디유 씨가 크게 한 번 웃고는 말을 이었다. "좋습니다. 아가, 너는 장래에 수녀가 되고 싶다지?" 모르니 공작님이 로진 이모에게, "아! 그럴 리가!"라고 말하자, 이모는 웃으면서 '쉿'이라고 주의를 당부했다. 엄마는 태피스트리에 짜 넣을 실을 고르려고 실타래들을 눈앞에 갖다 대며 한숨을 쉬었다.

"하지만 수녀원에 들어가려면, 돈이 많아야 한단다, 그런데 너한테는 한 푼도 없잖니!" 르아브르의 공증인이 으르렁댔다. 나는 드 브라방데르 양에게로 고개를 기울이고, 그녀의 귓가에 대고 속삭였다. "아니에요, 아빠가 남겨준 유산이 있거든요." 못된 공증인은 그 말을 듣고 말했다. "네 아빠가 너에게 남겨준 건, 네 결혼 지참금이란다!" 나는 "좋아요, 그럼 선량하신 하느님과 결혼하면 되죠!"라고 답했다.

내 목소리는 이번에는 단호했다. 나는 얼굴이 붉어졌다. 그리고 태어나서 두 번째로, 싸우고자 하는 욕망과 의지를 느꼈다. 더 이상 겁도 나지 않았다. 공증인이 내 심기를 건드려도 너무 지나치게 건들었다.

나는 두 보호자의 손을 놓은 다음, 사람들을 향해 나아갔다. "수녀가 되고 싶어요! 그러길 원해요! 아빠가 남겨준 돈이 내 결혼을 위한 돈인 건 알고 있어요. 하지만 수녀님은 우리 구원자 예수 그리스도와 결혼하는걸요. 엄마는 내가 수녀가 돼도 상관없다고 하셨어요. 그러니, 내가 수녀가 되더라도 엄마는 괴롭지 않을 거예요. 여기 사람들보다, 수녀원 사람들이 날 더 사랑한다고요!"

그러자 이모부는 내 몸을 잡아끌며 말했다. "얘야, 내가 보기에, 네 신앙은 사랑하고자 하는 욕구가 아닐까 싶구나."

"그리고 사랑받고자 하는 욕구도요." 게라르 부인이 속삭이듯, 낮은 목소리로 덧붙였다.

모든 이들의 시선이 엄마에게로 꽂혔고, 엄마는 가볍게 어깨를 들썩였다. 그 시선은 비난으로 가득 차 있는 것 같았다. 후회가 가슴을 물어뜯는 기분이었다. 나는 엄마에게 다가가 양팔로 그녀의 목을 끌어안고 이렇게 물어보았다. "엄마도 제가 수녀가 되기를 바라시는 거죠? 그렇게 된다고 해도 마음 상하지 않죠?"

엄마는 내 머리를 어루만지시더니, "아니! 물론 네가 수녀가 된다고 하면, 마음이 아프지! 너도 잘 알잖니, 너는 네 동생 다음으로, 내가 세상에서 가장 사랑하는 사람이란다." 엄마의 목소리는 느리고 부드러웠다. 당시 내게는 이 맑고 느릿느릿한 목소리가 어떻게 들렸던가? 마치 처음에는 조그만 자갈들을 실어 나르며 노래하듯 흘러내리는 맑고 조그만 폭포였다가, 녹아내린 얼음물이 흘러들면서 큰 폭포가 되어 바위들과 나무들을 휩쓰는 것 같았다.

난 엄마에게서 떨어져 나와서, 지극히 경솔했던 그녀의 독설로 인해 어안이 벙벙해진 사람들 가운데로 뛰어들었으며 그들 한 사람 한 사람에게 내가 결심한 이유를 설명하려 했다. 나는 이유 같지도 않은 이유를 늘어놓았다. 한 사람씩 번갈아 말을 걸면서 내 편을 찾고자 했다.

마침내 이 상황에 싫증이 났던 모르니 공작이 자리에서 일어서며 말했다. "여러분, 이 아이에게 뭐가 필요한지 아십니까? 제 생각에는… 예술학교 입학입니다." 공작님은 내 뺨을 가볍게 두드리고, 이모의 손에 입을 맞춘 뒤에 다른 사람들에게도 작별 인사를 하고 엄마에게로 갔다. 그가 엄마의 손에 몸을 기울인 채 말하는 것을 들었다. "외교관을 하셨다면 끔찍할 뻔했군요. 제 조언입니다, 들어주세요. 저 아이를 예술학교에 입학시키십쇼." 그리고 그는 사라졌다.

나는 이 '예술학교'라는 말에 무척 불안해져서 좌중의 사람들을 바라보고 있었다. '예술학교'라니, 그게 뭐지? 그리고 내 선생님, 드 브라방데르 양을 힐끗 바라보았다. 그녀는 입을 꼭 다물고 있었고, 조금 전 식사 자리에서 대부님이 몇 차례인가, 다소 무거운 농담을 던졌을 때와 마찬가지로 충격을 받은 것처럼 보였다.

펠릭스 포르 이모부는 마룻바닥만 '뚫어져라' 바라봤다. 공증인은 원한에 찬 눈빛이었다. 이모는 무척 흥분하여 자아도취에 빠진 장광설을 늘어놓았다. 메이디유 씨는 혼자 고개를 끄덕거리며, "어쩌면 괜찮을지도", "누가 알겠어?", "음, 음!" 같은 말들을 늘어놓았다. 게라르 부인은 계속해서 창백한 얼굴로, 슬픈 표정을 짓고 있었다. 나를 바라보는 그녀의 시선 속에는 무한한 자상함이 담겨 있었다.

대체 이 '예술학교'라는 것이 뭐길래? 가볍게 내뱉어진 이 말이 모두를 동요하는 걸까? 각자 이 제안에 대해 다르게 생각하는 것처럼 느껴졌지만, 어쨌든 그 누구도 즐거워 보이지는 않았다.

모두가 거북해하는 상황이 이어지던 중, 돌연 대부님께서 거칠게 목소리를 높이셨다. "얘는 배우 하기에 너무 말랐어!"

나는 "저는 배우 하고 싶지 않아요!"라고 외쳤다. 이모는 "너는 배우가 뭔지 모르잖아!"라고 했다. "모르긴 왜 몰라요? 알아요! 라셸 (Rachel)[3]같은 사람이 여배우잖아요!"

"너 라셸을 아니?"

엄마가 자리에서 일어서며 물어보셨다.

"네, 알아요. 수녀원 기숙학교에 있을 때, 어느 날 라셸이 내 친구 아델 사로니를 보러 온 적이 있어요. 그녀는 방문했을 때, 호흡곤란을 보

---

[3] 단명한 프랑스의 여배우 엘리자베트 펠릭스(1821-1858)의 예명.

이는 바람에 우리는 그녀를 정원에 데려다 앉혀야 했어요. 우리는 그녀가 기운을 되찾을 수 있도록 이런저런 것들을 가져다줬죠. 그녀의 얼굴은 창백했어요, 얼굴이 지나치게 창백해서 내가 다 괴로울 정도였어요. 그리고 성 아폴로니아 수녀님께서 이렇게 얘기해줬어요. 그녀는 자기 직업 때문에 죽어가고 있고, 그 직업이 바로 여배우라고요. 그러니까 나는 여배우하기 싫어요! 싫다구요!"

나는 이 모든 말을 한 호흡에 뱉어냈다. 볼은 붉게 달아올랐고, 목소리는 거칠었다. 나는 성 아폴로니아 수녀님과 성 소피아 수녀님께서 내게 들려주셨던 이야기들이 생각났다. 그리고 온통 창백한 얼굴로 부인 한 사람의 부축을 받으며 라셀이 정원을 떠나갈 때, 어린 여자아이 하나가 그녀의 뒤에서 혀를 내밀고 조롱했던 일도 생각났다.

나는 어른이 되었을 때, 누군가 내 뒤에서 혀를 내미는 일이 없었으면 싶었다. 그리고 어쨌든 간에 내가 들은 기억이 있는 여배우에 관한 이런저런 막연한 일들을 원치 않았다.

대부님은 몸이 들썩거리도록 웃었다. 펠릭스 이모부는 계속해서 진지하게 고민 중이었고, 다른 사람들은 어찌하면 좋을지 이야기를 나누고 있었다. 이모는 엄마에게 열변을 토했고, 엄마는 질린 것처럼 보였다. 브라방데르 양과 게라르 부인도 나지막한 목소리로 토론 중이었다.

나는 방금 막 자리를 떠난, 저 우아한 모르니 공작을 생각하고 있었다. 연극 학교라는 생각을 떠올린 것이 그였기 때문에 그가 원망스러웠다. 그 단어가 날 무섭게 했다. 내가 여배우가 되었으면 좋겠다는 말은 했던 그는 사라졌고, 난 그와 의견을 나눌 수도 없었다. 그는 내 볼을 친근하고도 평범하게 어루만지고서는 미소 띤 얼굴로 조용히 떠났다. 이 비썩 마른 꼬맹이의 장래에 관해 사람들이 열띤 논의를 나누는 동안, 그는 아무래도 상관없다는 듯이 떠나버렸다. "예술학교에 입학시키십쇼!" 그의 입술에서 흘러나온 이 한 문장은 내 삶에 폭탄처럼 떨어졌다.

나는 몽상을 좋아하는 아이였다. 그날 아침만 하더라도 왕과 왕자들의 제안을 뿌리쳤고, 떨리는 손으로 꿈의 묵주 알을 돌렸었다. 그날 아침에, 불과 몇 시간 전에도 미지의 감정에 심장이 뛰었다. 무엇인가 대단한 사건이 일어나리라는 기대감을 품고 잠자리에서 일어났던 나였다! 이 모든 것들이 납덩이처럼 무겁고 대포알처럼 살인적인 한 마디 문장 아래 으깨어졌다. "예술학교에 입학시키십쇼!" 그리고 이 문장이 내 삶에 있어 중대한 이정표가 되리라는 예감이 들었다.

자리에 모인 사람들은 "예술학교에 입학시키십쇼!"라는 사거리에서 우왕좌왕하고 있었다.

나는 수녀님이 되고 싶었다. 사람들은 이 생각을 부조리하고, 멍청하고, 말이 되지 않는다고 여겼다. 반면, "예술학교에 입학시키십쇼"는 토론의 장을 열어젖혔고 미래의 지평을 열어보였다.

단 두 사람, 펠릭스 포르 이모부와 드 브라방데르 양만이 이 생각에 반대했다. 그들은 엄마에게 아버지가 내게 남겨주신 10만 프랑이면 내 신랑감을 충분히 찾을 수 있다는 것을 설득하려 했으나 허사였다. 내가 결혼하는 것을 무서워하며 성년이 될 때 수녀원에 들어가겠다고 선언했다고 엄마는 밝혔다.

"이대로라면, 사라는 유산을 받지 못할 거예요!"

"물론 그렇습니다." 공증인이 다시 한번 못을 박았다.

"그리고…" 엄마가 말을 이었다. "사라는 수녀원에 하녀로 들어가게 되겠죠. 난 그런 건 바라지 않아요! 내 재산은 종신연금 형태로 되어 있어서 아이들에게 한 푼도 물려줄 수가 없답니다. 난 애들한테 살

길을 찾아주고 싶어요!"

병약했던 엄마는 많은 말들을 쏟아낸 것에 지쳐 그만 안락의자 위로 뻗어버렸다. 나는 짜증이 폭발할 지경이었다. 엄마는 내게 제발 얌전히 있어 달라고 부탁했다.

드 브라방데르 양은 나를 위로해주려 했다. 게라르 부인은 수녀원에 들어간다는 진로에 어느 정도의 이점이 있을 수 있다는 점에 동의했고, 드 브라방데르 양은, 나처럼 몽상을 좋아하는 천성을 가진 아이에게 수도원 생활이 큰 매력으로 다가올 것이리란 점을 인정했다. 드 브라방데르 양은 독실한 가톨릭 신자고, 매주 미사에 참석하는 사람이었던 반면에, 나의 '귀여운 부인'은 가장 순수한 의미에서 '이교도'였다. 그러나 두 여인은 서로 잘 통하였는데, 왜냐하면 그들 모두 나에 대한 열렬한 애정을 공유했기 때문이었다. 게라르 부인은 내 오만한 반항 기질을 사랑했고, 내 예쁜 얼굴과 호리호리한 몸매를 사랑했다. 드 브라방데르 양은 내 건강이 안 좋은 것에 연민의 정을 느꼈다. 그녀는 내가 여동생처럼 사랑받지 못한 데서 비롯된 우울을 위로해주었다. 무엇보다도 그녀는 나의 목소리를 좋아했는데 기도를 위해 타고난 목소리라고 말해주곤 했다. 그러니 내가 수도원에 관심을 가지는 것은 그녀가 보기에는 지극히 당연한 일이었다.

드 브라방데르 양은 가톨릭적인 부드러운 애정으로 날 대해주었고, 그리고 게라르 부인은 이교도적인 격정으로 날 사랑해주었다. 지금까지 내가 그 추억을 소중히 간직하고 있는, 두 여인은 나와 나 자신을 공유하고 있는 것이나 마찬가지였고, 내 결점과 장점들을 놀라울 정도로 있는 그대로 받아들여 주었다. 확실히 말해 내가 자기 자신을 성찰할 수 있고, 그리하여 자아상을 구축할 수 있었던 것은 이 두 사람의 공이다.

이날의 모임은 분명 가장 기괴한 방식으로 마무리되었다. 나는 드 브라방데르 양의 손을 쥔 채로 내 방의 조그만 밀짚 안락의자에 뻗어 있었다. 그 의자는 어린 소녀의 방에서 가장 아름다운 장식품이었다. 게라르 부인은 위층의 자기 집으로 돌아갔다.

그렇게 설핏 잠이 들려는데, 문이 열리고 이모가 들어왔다. 이모의 뒤를 따라 엄마도 함께 들어왔다. 아직도 모피를 덧댄 적갈색 비단 원피스를 입고, 커다랗고 긴 두 줄의 턱 끈으로 밤색 벨벳 모자를 동여 맸던 이 날의 이모의 모습이 두 눈에 선하다. 이모와 함께 방에 들어온 엄마는 이미 원피스를 벗어 두고 새하얀 모직 가운으로 갈아입은 상태였다. 엄마는 원피스 차림으로 있는 것을 갑갑히 여겼다. 그순간 모여 있던 사람들이 모두 떠나갔으며, 이모도 그만 집을 나설 채비를 한다는 것을 알았다. 나는 자리에서 일어났다. 하지만 엄마는 나를 다시 앉히며 말씀하셨다. "조금 더 쉬고 있으렴, 오늘 저녁에는 너를 테아트르-프랑세에 데려갈 거니까."

나는 이 조치가 나를 꼬드기기 위한 것임을 눈치채고, 아무런 기쁨도 내비치지 않았다. 사실 내심 깊은 곳에서는 테아트르-프랑세에 간다는 것이 즐거웠지만 말이다. 그때까지 난 극장이라고는 로베르-우댕 극장[4] 밖에 몰랐다. 엄마는 가끔 나와 동생을 그 극장에 데려갔는데, 내 생각에 나보다는 동생을 위한 일이었다. 왜냐하면 난 그런 공연을 보고 기뻐하기에는 조금 나이가 많은 축이었기 때문이다.

"선생님께서도 같이 안 가실래요?" 엄마가 드 브라방데르 양에게 물었다.

---

4 근대 마술의 아버지로 불리는 19세기 프랑스 마술사 장-외젠 로베르-우댕(Jean-Eugène Robert-Houdin, 1805-1871)이 마술 공연을 위해 연 극장을 말한다.

"기꺼이 동반하겠습니다, 부인. 그 전에, 가서 옷 좀 갈아입어도 괜찮을까요?" 드 브라방데르 양이 답했다.

이모는 내 불만스러운 표정을 보고 놀랐다.

"아! 요 귀여운 표정 좀 봐!" 방을 나서려던 그녀가 말했다.

"기쁜 데도 안 기쁜 척하고 있구나. 뭐 아무렴 어때, 오늘 저녁 너는 여배우들을 보게 될 거야."

"라셸도 공연을 하나요?"

"아! 그건 아니란다. 라셸은 몸이 아프대."

이모는 날 포옹하고, 방을 나서며 말했다.

"저녁에 보자!"

엄마도 이모의 뒤를 따라 방을 나섰다. 드 브라방데르 양도 허둥지둥 자리에서 일어섰다. 옷을 갈아입고 다시 나오려면, 당장 집을 나서야 했다. 게다가 그녀가 머물고 있던 수녀원에서는 밤 열 시 통금이 있어서 그 이후로 출입하려면 특별 허가를 받아야 했다.

나는 전혀 흔들의자 같지 않은 내 밀짚 안락의자에 몸을 파묻고 흔들거리다가 이내 깊은 생각에 잠겼다. 그리고 처음으로 사건에 대한 비판적인 이해라는 것을 시도했다.

생각해보면 르아브르에서 불려온 공증인, 책을 쓰던 중에 불려온 펠릭스 이모부, 자기 일상을 방해받은, 나잇값 못하는 메이디유 씨, 증권거래소에 있다가 불려온 대부님, 그리고 이 보잘것없는 부르주아 무리 속에 두 시간 동안이나 발붙이고 앉아 있어야 했던, 우아하고 의심 많은 모르니 공작까지, 그 많은 근엄한 어른들이 모여서 빚어낸 이 모든 혼란이 결국 "사라를 극장으로 데려가자"란 결심으로 이어진 것이었다.

사실 펠릭스 이모부가 이 우스꽝스러운 계획에 어떻게 관련된 것인지 짐작이 가질 않는다. 하지만 분명 이모부의 취향에 맞는 계획은 아니었을 것이다. 어쨌든 나는 극장에 간다는 것이 만족스러웠다. 난 이전보다 더 중요한 사람이 된 것 같았다. 그날 아침에 일어났을 때만 해도 아직 '아이'였는데, 몇 시간이 지난 뒤에는, 일련의 사건들이 나를 소녀로 만들었다.

사람들은 나에 관한 이야기들을 나눴고, 나는 내 의지를 표명할 수가 있었다. 물론 그것이 결론에 영향을 주지는 않았지만, 어쨌든 내가 내 의지를 스스로 표명한 것도 사실이다. 또한 사람들은 내 동의를 얻기 위해, 내게 잘 보이고 잘해 줄 필요를 느꼈다. 그들은 그들이 원하는 것을 내가 원하도록 강요하지 못했다. 일을 진행하려면 반드시 내동의가 필요했다. 이 사실이 너무나도 즐겁고 또 자랑스러워서 하마터면 감동한 마음에 덜컥 동의해줄 뻔했다. 하지만 나는 쉽사리 동의해주지 않으리라고 결심했다.

저녁 식사를 마치고, 우리는 삯마차에 올라탔다. 우리 일행은 엄마, 대부님, 드 브라방데르 양과 나였다. 대부님은 내게 흰 장갑 열두 켤레를 선물로 쥐여 주셨다.

열주가 세워진, 테아트르-프랑세의 입구를 오르다가, 나는 어느 부인의 드레스 끝자락을 밟게 되었다. 그녀는 뒤돌아서, 나를 "멍청한 계집애"라고 불렀고, 난 놀라 뒷걸음질 치다가 이번에는 어느 나이 든 신사의 거대한 뱃살에 부딪혔다. 그는 나를 거세게 밀쳤다.

우리 일행은 무대 전면에 있는 칸막이 좌석에 착석했다. 나와 엄마는 1열에 자리 잡았고, 드 브라방데르 양은 내 뒤에 앉았다. 일단 무사히 착석하자, 조금은 안심된 기분이었다.

나는 앞쪽 칸막이에 몸을 딱 붙이고 있었다. 뒤쪽으로는 좌석 벨벳 커버 너머로 드 브라방데르 양의 무릎이 닿았다. 그녀의 무릎이 느껴진다는 것은 내게 안정감을 주었다. 나는 그녀 무릎의 압력을 좀 더 잘 느끼기 위해 등을 등받이에 붙였다.

무대의 막이 천천히 올라갔다. 나는 기절할 것만 같았다. 실로 올라가고 있는 것은 내 인생의 막이었다. 무대 위의 기둥들은—『브리타니쿠스』[5] 공연이었다—내 궁전이 될 터였다. 무대의 천장은 나의 하늘이 될 터였다. 그리고 무대 바닥은 내 가냘픈 몸뚱이의 무게 아래 휘게 될 터였다. 내게는 『브리타니쿠스』의 대사들이 전혀 들리지 않았다. 나는 멀리, 저 멀리, 추억 속 그랑-샹에, 내 기숙사 안에 있었다.

막이 내려가고, 대부님께서는 큰 소리로 이렇게 물으셨다. "그래, 어땠니?" 나는 아무 답도 하지 않았다. 그는 손으로, 내 고개를 돌렸다. 나는 닭똥 같은 눈물을 흘리고 있었다. 소리 내지 않는 울음, 천천히 내 볼을 타고 흘러내리며, 결코 마를 생각이 없는 것 같은 눈물이었다. 대부님께서는 어깨를 으쓱하시더니 칸막이 좌석의 문을 소리 나게 닫으며 나가버렸다.

엄마는 안절부절못하며 주변 관객의 눈치를 살폈다. 드 브라방데르 양이 내게 자신의 손수건을 건네주었다. 내 손수건은 바닥에 떨어졌었는데, 나는 차마 주울 엄두를 못 냈다.

두 번째 작품의 막이 올랐다. 이번에는 『암피트리온』[6]이었다. 나는 너무도 자상하고, 내 마음을 잘 헤아려주는 선생님을 안심시키고 싶은 마음에 대사에 집중하려 애썼다.

그날 『암피트리온』 공연에서 아직 기억나는 것은 알크메네가 너무 가엾은 나머지 내가 그만 큰 소리로 오열을 터뜨렸다는 사실이다. 그

---

5 5막으로 이루어진 장 라신(Jean Racine, 1639-1699)의 비극. 고대 로마 황실이 배경이다.
6 3막으로 이루어진 몰리에르(Molière, 1622-1673)의 희극.

리고 다른 모든 관객이 대단히 흥미 있어 하며[7] 우리 쪽을 바라보았다는 것도.

짜증이 솟구친 엄마는 드 브라방데르 양과 함께 날 이끌고 밖으로 나왔다. 그리고 마찬가지로 화가 나 투덜거리는 대부님도 제지하지 않았다.

"걔 그냥 수녀원 들여보냅시다! 영영 거기서 살라고 해요! 빌어먹을! 얘는 어쩜 이렇게 멍청한 걸까?"

내 예술 경력은, 그렇게 시작되었다.

---

7 『암피트리온』은 희극이다.

7

첫 번째 수업

어쨌든 나는 새로운 진로에 대해 진지하게 생각하기 시작했다. 사방 팔방에서 나를 위한 참고 서적들이 도착하고 있었다. 라신, 코르네유, 몰리에르, 카시미르 들라비뉴, 기타 등등. 나는 그들의 작품을 펼쳐 보았지만 한 줄도 이해할 수가 없었고, 그래서 재빨리 책장을 닫고서 는 내가 무척 좋아하던 라퐁텐 우화집을 재독하곤 했다. 나는 라퐁텐 의 모든 우화를 알고 있었다. 그리고 내 낙 중의 하나는, 라퐁텐을 두 고 지식인인 대부님 그리고 불쾌한 친구인 메이디유 씨와 내기를 하 는 것이었다. 나는 만약에 내가, 라퐁텐 우화를 끝줄부터 첫 줄로 한 줄씩 거슬러 올라가며 들려준다면, 그들이 모든 우화의 제목을 맞추 지는 못할 거라는 데에 걸었다. 그 내기는 대개 나의 승리로 끝났다.

어느 날, 이모로부터 짧은 소식이 도착했다. 당시 예술학교의 교장 을 맡고 있던 오베르 씨가 우리를 보자고 했다. 면접은 다음 날 아침 9 시였다. 내 여정이 시작되려 했다.

엄마는 나를 게라르 부인과 함께 보냈다.

모르니 공작에게서 미리 연락을 받은 오베르 씨는 우리를 친절히 맞 아주었다. 그는 백발의 잘 다듬어진 머리를 하고 있었고, 피부는 상아 같았으며, 칠흑처럼 검은 두 눈은 멋지게 이글거리고 있었다. 호리호리하며 우아한 인상, 고운 목소리, 그리고 그 이름의 유명세에 나는 대단히 깊은 인상을 받았다.

나는 그가 하는 질문들에 감히 대답하기가 힘들 지경이었다. 그러자 그는 자상한 태도로 나를 그의 곁에 앉히며 내게 물었다.

"그래, 너는 연극을 무척 좋아하는 거지?"

"오! 아니에요, 선생님."

나의 예상치 못한 답이 그를 당황케 했다. 그는 무거운 눈꺼풀을 치켜올리고 게라르 부인 쪽을 바라보았다. 그러자 게라르 부인은 이렇게 답했다.

"맞아요, 이 아이는 연극을 좋아하지 않습니다. 다만 결혼하기 싫어할 뿐인데 결혼을 하지 않으면 재산을 얻지 못한다는 게 문제죠. 이 아이 아버지가 남겨준 유산은 고작 10만 프랑인데 그마저도 결혼 전에는 상속받지 못하거든요. 그래서 아이의 어머니인 베르나르 부인은 이 아이에게 직업을 만들어주고 싶은 거랍니다. 그녀는 종신연금으로 상당히 많은 수입을 얻고 있지만 어디까지나 그건 종신연금일 뿐이어서 자식들에게 상속할 수 없거든요. 상황이 이러니, 베르나르 부인은 사라가 독립할 수 있기를 원합니다. 하지만 사라는 연극을 배우기보다는 수녀원에 들어가고 싶어 해요."

오베르 씨가 천천히 입을 뗐다.

"수녀원에 들어간다…. 아가, 그건 별로 재정 독립적인 직업이 아니란다. 아이가 몇 살이죠?"

"열네 살 하고 반이에요." 게라르 부인이 답했다.

"아니에요! 곧 열다섯이에요!" 내가 외쳤다.

그러자 사랑스러운 이 노인은 미소를 지었다. 그는 내게 말했다.

"20년쯤 뒤에는 너도 숫자의 정확성에 덜 집착하게 될 거란다."

그리고 오베르 씨는 면담이 상당히 길어졌다고 판단하고, 자리에서 일어서며 '나의 귀여운 부인'에게 말했다.

"여기 이 소녀의 어머니께서는 무척 아름답다고 생각되는군요, 맞습니까?"

"아! 그럼요, 무척 아름답죠." 게라르 부인이 답했다.

"어머니께 전해주십시오, 그녀를 보지 못해서 무척 아쉬우며, 또 이처럼 유혹적인 방식으로 본인의 대리인을 세워주셔서 감사하다고요."

그리고 그는 게라르 부인의 손에 입을 맞추었다. 게라르 부인의 얼굴이 살짝 붉어졌다.

이상의 대화는 실제로 있었던 대화와 한 구절 한 구절 단위로 정확하게 일치한다. 이날 오베르 씨의 움직임과 몸짓 하나하나까지도 내 뇌리에 그대로 새겨져 있다. 매력과 상냥함으로 가득 찬 이 조그만 남자의 창백한 손안에 내 미래가 쥐어져 있었기 때문이다.

오베르 씨는 응접실의 문을 열고, 내 어깨에 손을 짚으며 말했다.

"자, 우리 어린 친구, 힘을 내려무나. 그리고 날 믿어다오. 언젠가는 억지로 네 등을 떼민 네 어머니께 감사하게 될 거다. 그렇게 슬픈 표정은 하지 말아라. 삶은 진지하게 살아갈 만한 가치가 있는 것이지. 또한, 그러면서도 즐겁게 살아야 한단다."

나는 몇 마디 감사의 말을 웅얼거렸다.

응접실 밖으로 나서려 할 때였다. 나는 어느 예쁜 얼굴의, 그러나 살집이 좀 많고 좀 심하다 싶게 출렁거리는 사람과 부딪혔다. 오베르 씨는 내 쪽으로 고개를 숙이고 나지막한 목소리로 속삭였다. "그리고 무엇보다도 말이다. 저 뚱뚱한 여가수처럼 살이 찌는 말아라. 지방은 여자의 적이고 또한 예술가의 적이니까."

우리가 문을 나설 수 있도록 하인 한 사람이 계속해서 문을 열어두고 있었다. 나는 바깥으로 나서며, 응접실로 발길을 되돌린 오베르 씨가 말하는 것을 들었다. "좋아, 가장 이상적인 여성상이란 것은 말이지…"

나는 약간 얼빠진 상태로 건물을 나섰다. 그리고 돌아가는 차 안에서 한마디도 하지 않았다.

게라르 부인은 엄마에게 면접 이야기를 들려주었다. "좋아요, 좋네요. 감사합니다." 엄마는 게라르 부인이 말을 마치기도 전에 그녀의 말을 끊어버렸다. 한 달 뒤에는 입학시험이 있을 예정이었다. 시험 준비를 해야 했다. 엄마가 알고 있는 사람 중에 연극 관계자는 아무도 없었다. 대부님께서는 내게 페드르(Phèdre) 역을 공부해 보라고 조언하셨지만 드 브라방데르 양은 반대했다. 페드르 역은 어린 내게 다소 충격적일 것이라는 이유[1]였다. 그녀는 만일 내가 기어이 페드르 역을 준비하겠다면 날 돕는 걸 거절하겠다고도 했다.

우리 가족의 오래된 친구 메이디유 씨는 내가 『르 시드Le Cid』의 시멘느(Chimène) 역을 공부하길 바랐다. 하지만 그는 그 이전에 내가 말을 할 때 지나치게 이를 악무는 버릇이 있다고 했는데 사실이었다. 또한 그는 내가 오(o) 발음을 할 때 충분히 입을 벌리지 않으며, 에르(r) 발음을 할 때는 충분히 음을 울리지 않는다고도 지적했다. 그는 나를 위해 얇은 지침서를 써 주었는데, 게라르 부인 덕에 지금도 그 내용의 완벽한 사본을 간직하고 있다. 친애하는 게라르 부인은 나와 관계된 모든 것들을 소중하게 간직했다. 이 밖에도 오늘날 내가 기꺼이 참조하고 있는 상당한 양의 문서들은 모두 게라르 부인이 양도한 것들이다.

---

1 장 라신의 비극 『페드르』에서, 페드르는 자신의 의붓아들인 이폴리트를 사랑하게 된다.

메이디유 씨, 이 끔직한 친구의 지침은 아래와 같았다.

"매일 아침 한 시간 동안, 도, 레, 미 음계에 맞추어 '트, 드, 드' 발음
을 충분히 울리게끔 연습할 것.
점심 식사 전에 에르(r) 발음이 충분히 울리게끔 다음 문구를 40회 발
음할 것. '엉-트레-그로-라-당-정-트레-그로-트루…(한 마리 무척 통통한
쥐가 무척 큰 구멍 속에…)'
저녁 식사 전에, 에스(s) 발음이 새지 않도록 다음 문구를 40회 발음
할 것. '꽁비앙 쎄 씨 쏘씨즈-씨? - 쎄 씨 쑤 쎄 씨 쏘씨즈-씨! - 씨 쑤
쎄 씨 쏘씨쏭-씨? - 씨 쑤 쐬-씨! 씨 쑤 쐬-라! 씨 쑤 쎄 씨 쏘씨쏭-
씨!(여기 이 소시지 여섯 개에 얼만가요? - 엿 푼입니다! - 여기 커다란 소시지 여섯 개도
엿 푼인가요? - 이것들이 엿 푼, 저것들이 엿 푼이고 커다란 소시지 여섯 개도 엿 푼이요!)'
저녁에 잠들기 전에는 다음 문구를 20회 발음할 것. '디동 디나, 디-
통, 뒤 도 덩 도뒤 멍동…(사람들이 말하길, 디도는 살 오른 칠면조 등살로 저녁을
먹었고…)' 그리고 다음 문구도 20회 발음할 것. '르 플뤼 프티 빠빠, 프
티 삐삐, 프티 뽀뽀, 프티 쀠쀠…(가장 작은 아빠, 작은 오줌, 작은 똥, 작은…)'
데(d) 발음에서는 입을 각지게 열고, 뻬(p) 발음에서는 입을 둥글게 말
고 닫힌 발음을 낼 것…"

메이디유 씨는 그의 이런 작업물을 대단히 진지한 표정으로 드 브
라방데르 양에게 넘겨주었다. 그리고 드 브라방데르 양은 그녀 역시
도 무척 진지하게, 내게 위의 연습을 시키려 했다. 드 브라방데르 양
은 매력적이었고 난 그녀를 좋아했다. 그렇지만 그녀가 내게 발음 연
습을 시키기 위해 시범을 보이기 시작하자, 그만 참지 못하고 미칠 듯
한 웃음을 터뜨리고 말았다. '트, 드, 드'를 따라 하는 것까지는 좋
았고, '르 트레 그로 라…'도 마찬가지로 무사히 넘어갔다. 그런데 그

녀가 '쏘씨쏭…'을 읊기 시작하자 상황이 달라졌다. 이것은 그저 불협화음의 향연일 뿐이었다. 그녀의 이빨 빠진 입에서 끔찍하게도 '에스' 발음이 새어 나와 파리 시내의 개들이 그에 반응해 짖을 정도였다. 그리고 '디동 디나…'의 차례가 오자, 발음들이 일부 뒤섞이기 시작했으며 뒤를 이어 '르 플뤼 프티 파파…'의 차례가 오자, 난 우리 친애하는 선생님께서 이성을 잃으셨나 하는 생각이 들었다. 그녀는 두 눈을 반쯤 감고, 옅은 수염이 곤두선 얼굴을 붉혀가며, 비장하고도 다급하게, 때로는 저금통의 홈 모양으로 입을 벌리고, 때로는 조그맣고 둥근 모양으로 입술을 말아가며, 쉬지도 않고 '에르, 에르, 에스, 에스, 데, 데, 뻬, 뻬'를 내뱉고 있었으니 말이다.

결국 참지 못하고 내 밀짚 안락의자에 앉아 폭소를 터뜨렸다. 너무 웃어서 숨이 막힐 지경이었다. 굵은 눈물방울들이 눈꺼풀에서 솟아 나왔다. 나는 두 발을 마룻바닥에 동동 굴렀다. 내 두 팔은 과한 웃음에 뒤따르는 경련 때문에 무엇인가를 찾는 듯, 좌로 우로 멋대로 던져지고 뒤틀렸다. 나는 몸을 앞으로 굽혀 의자에서 앞쪽으로 뛰어내렸다.

이처럼 요란한 소동을 들은 엄마는 내 방을 찾아와 방문을 슬쩍 열어 보았다. 드 브라방데르 양은 무척 근엄하게 그녀가 메이디유 씨의 '연습 방법'을 시연 중이었음을 밝혔다. 엄마는 내게 훈계하려 했으나, 나는 한마디도 들으려 하지 않았다. 그도 그럴 것이 웃음에 짓눌려 거의 미쳐버릴 지경이었다. 엄마는 선생님을 데리고 방을 나갔다. 그녀는 내가 신경 발작을 일으키지나 않을까 걱정이 되었다.

혼자 남겨지고서야 조금씩 평정심을 되찾게 되었다. 그리고 두 눈을 감고 수녀원 기숙학교에서의 생활을 떠올렸다. 그러자 '트, 드, 드'가, 내 마비된 두뇌 속에서, 순간적으로 '주님의 기도'와 혼동되는 것 같았다. 내가 보속(補贖)으로 열다섯 번에서 스무 번을 반복해 뇌어야 했던 그 주님의 기도 말이다.

마침내 이성을 되찾고 일어나 찬물로 세수를 했다. 그리고 다시 엄마를 찾아갔다. 엄마는 선생님 그리고 대부님과 함께 휘스트 놀이를 하던 참이었다. 나는 드 브라방데르 양을 가볍게 포옹하고 볼 인사를 했다. 그러자 그녀는 송구스러워질 정도로 관대한 선함을 보여주며 내게 볼 인사를 돌려주었다.

하루하루 날들이 흘러갔다. 메이디유 씨의 연습 방법 중에서 난 오직 '트, 드, 드'만을 피아노 반주에 맞춰 반복했다. 내가 무척 고통스러워한 이 연습을 위해, 엄마는 매일 아침 나를 깨우러 오셨다. 대부님께서는 내게 아리시²(Aricie) 배역을 공부하게 시켰다. 그런데 운문에 관한 대부님의 지론은 조금도 이해되지 않는 것이었다. 대부님께서 내게 설명하기로는, 운문 대사는 억양을 실어 읊어서는 안 되는 것이며, 운문의 가치는 오직 각운을 통해 매겨져야 한다는 것이었다. 이런 이야기를 듣는 것은 무척 지겨웠으며, 또한 그 말대로 실천하는 것은 불가능한 일이었다. 게다가 아리시라는 캐릭터가 잘 이해되지 않았다. 내가 보기에 그녀는 이폴리트를 전혀 사랑하지 않는 것 같았으며, 다만 속에 다른 꿍꿍이를 품고 아양이나 부리는 여자 같았다.

대부님께서는 내게, 아리시가 이폴리트를 사랑하는 것은 고대의 사랑 방식에 따른 것이라고 설명했다. 그리고 내가 그에게, 내 생각으로는 페드르(Phèdre)가 이폴리트를 더 잘 사랑하는 것 같다고 말하자 그는 내 턱을 어루만지며 이렇게 말하는 것이었다.

"어이구, 요 귀여운 얼굴 좀 보게! 전혀 이해를 못 하는 것 같구먼!

---

2 장 라신의 비극 『페드르』의 등장인물로 또 다른 등장인물인 이폴리트를 사랑한다.

누군가 설명해주길 바라는 얼굴이야…"

이건 말도 못 하게 멍청한 얘기였다. 나는 이해할 수 없지만 설명해 달라고 한 적도 없다. 그런데 대부님은 음험하고 추잡한 부르주아의 영혼을 가진 분이었다. 그는 내가 말랐기 때문에 나를 좋아하지 않았고 내가 여배우가 될 것이라서 내게 관심을 보였다. '여배우'란 말은 그에게 우리 예술의 모든 약점을 일깨우는 단어였다. 그는 연극에서 아름다움이나 기품 그리고 유익한 영향력을 보는 것도 아니었다.

당시에는 내가 이 모든 것들을 꿰뚫어 보긴 힘들었다. 하지만 내가 어린 시절부터 봐왔으며, 거의 아버지 노릇을 하고 있던 이 남자의 곁에 있는 것이 직관적으로 불편했다.

아리시 배역을 더 공부하고 싶지 않았다. 다른 것을 떠나서 드 브라방데르 양이 『페드르』의 이야기를 듣고 싶어 하지 않았기 때문에, 이 배역에 관한 이야기는 그녀와 나눌 수가 없었다.

그래서 『아내들의 학교』를 공부하기 시작했고 이번에는 드 브라방데르 양이 아녜스(Agnès) 배역에 대해 설명해주었다. 아! 우리 친애하는 드 브라방데르 양은 이 작품에서 별다른 속뜻을 찾아내지 못하고 있었다. 그녀에게 이 작품은 그저 어린아이와 같은 순진함에 관한 이야기로 생각되었다. 그리하여 내가 "그가 내게서… 당신이 제게 주었던 리본을 그가 내게서 앗아갔어요."라는 대사를 되뇔 때 드 브라방데르 양은 메이디유 씨와 대부님의 음흉한 웃음을[3] 의심치도 않고 미소를 지었다.

---

3 원작의 해당 대사는 의도적으로 "그가 내게서 순결을 앗아갔어요."라는 말로 오해되게끔 반복된다.

8

음악원 시험

마침내 시험 날이 밝았다. 모든 사람이 내게 숱한 조언을 해주었다. 한 마디로 끝내는 사람은 한 사람도 없었다. 그들은 내 시험 준비를 위해 전문가를 고용해야겠다는 생각은 끝내 하지 못했다.

그날 아침 나는 막막한 가슴과 피폐한 정신인 채로 일어났다. 엄마는 내게 검은 비단 드레스를 입혔다. 주름진 장식깃이 달린 살짝 노골적으로 패여 있는 옷이었다. 드레스 길이가 약간 짧아서, 아래로는 영국 자수로 장식된 속바지가 비쳐 보였다. 속바지의 바짓가랑이는 금갈색 가죽 장화 위까지 내려와 있었다. 위쪽의 패인 부분을 가리는 새하얀 가슴받이는 안 그래도 지나치게 가는 목을 조이고 있었다. 어떤 핀으로도 어떤 리본으로도 고정되지 않았던 마구잡이로 퍼진 앞머리는 제멋대로 내 얼굴을 감싸고 있었다. 나는 계절상 너무 늦어버린 복장인데도 커다란 밀짚모자를 쓸 수밖에 없었다.

모든 이들이 다가와 내 옷매무새를 다듬었다. 나는 스무 번 정도 돌고, 또 돌았다. 사람들은 내게, 연습 삼아 정중한 인사를 한번 해보라고도 했다. 마침내 모두가 만족한 것 같았다. 뚱뚱한 남편과 함께 위층에서 내려온 '나의 귀여운 부인'도 무척 감동한 표정으로 날 포용해

주었다. 늙은 마르그리트는 날 앉히고서 내 앞에 식은 수프가 담긴 잔을 내어 주었다. 그 수프는 그녀가 무척이나 오래도록 그리고 세심하게 끓여내어 꽤나 맛 좋은 젤리 상태가 되어 있어서 한입에 꿀꺽 삼킬 수 있었다. 시간이 촉박했다. 출발을 서둘러야 했다.

그런데 의자에서 일어나는 동작이 너무 거칠었는지, 눈에 띄지 않던 나무 조각에 걸려 드레스가 찢어지는 사태가 벌어졌다. 엄마는 성난 표정으로 누군가를 향해 돌아섰다. 한 오 분 전부터 들어와 있던, 그리고 내게 경탄의 눈길을 보내고 서 있던 어느 방문객이었다.

"자 보세요, 제 말이 맞잖아요. 당신이 파는 옷들은 어디 조금 움직이기만 해도 찢어진다니까요?"

"하지만 부인." 방문객은 재빨리 말을 이었다.

"제가 저 옷은 지나치게 삶은 비단으로 만든 제품이라고 말씀드렸잖습니까? 그래서 부인께 정말이지 헐값으로 넘겨드린 거였고요."

이렇게 말하는 이 방문객은 인물이 썩 나쁘지 않은 젊은 유대인이었다. 그는 소심한 성격의 네덜란드인으로 폭력적이지 않은 성격이었지만 고집이 셌다. 그를 어린 시절부터 알고 있었다. 내 외조부님의 친구였던 그의 아버지는 부유한 상인이었으며 자식들이 무척 많았다. 그는 자식들에게 약간의 돈을 쥐여주고 각자 자기 좋을 곳으로 떠나 운명을 개척하게 했다. 우리의 방문객 자크는 파리행을 선택했다. 그는 파리에 도착하여 우선 부활절 빵을 파는 장사를 시작했다. 내가 수녀원 기숙학교에 있던 시절에도, 이 젊은 청년은 엄마의 심부름으로 내게 사탕이며 과자 따위를 전해주러 오곤 했었다. 그를 볼 적마다 뜻밖의 기쁨을 느끼지 않았던 적이 언제일까, 한 번은 수녀원의 외출 날에 그가 돌돌 말린 기름천들을 가져와 엄마에게 드린 적이 있다. 아침 식사 테이블의 식탁보로 쓰이던 물건들이었다. 나는 지금도 그 기름

천 중의 한 장이 생각난다. 프랑스 역대 왕들의 초상이 테두리를 따라 그려져 있던 천이었다. 나는 살면서 그 천 위에서 배운 것만큼 역사를 잘 배운 적이 없다. 내가 시험을 보던 날로부터 한 달 전쯤에, 마침내 그는 조그만 실내장식 가게의 주인이 되었는데 지나치게 삶아진 비단으로 만든 옷들도 취급했다… 지금 그는 파리에서 가장 잘 나가는 보석상 중 한 사람이다.

드레스의 찢긴 부분을 재빨리 꿰맸다. 그리고 내 드레스가 지나치게 삶은 비단으로 만든 옷임을 알고, 나는 좀 더 조심스럽게 입게 되었다.

마침내 드 브라방데르 양, 그리고 게라르 부인과 함께 집을 나섰다. 우리는 좌석이 둘밖에 없는 조그만 삯마차를 타고 갔는데, 이 두 상냥한 여인들 사이에 꼭 낀 채로 갈 수 있었기 때문에 행복했다. 내 지나치게 삶아진 드레스 자락은 그녀들의 무릎 위에 조심스럽게 펼쳐져 있었다.

내가 오디션 장소 앞에 있는 대기실에 입장했을 때 이미 그곳에는 열다섯 명 남짓한 소년들과 스무 명 남짓한 소녀들이 대기 중이었다. 그들 모두 엄마, 아빠, 이모, 형제, 자매 및 기타 등등의 친척들과 함께였다. 바닐라 향료를 친 소 골수 요리의 냄새가 내 목을 조르듯이 올라와서 구역질이 날 지경이었다.

문이 열리고 내가 들어갈 차례가 되자, 모든 시선이 내 쪽으로 쏟아졌고 난 뒤통수까지 얼굴이 빨개졌다. 게라르 부인이 부드럽게 날 이끌었다. 그리고 나는 뒤를 돌아보며 드 브라방데르 양의 손을 찾았다. 그런데 드 브라방데르 양은 나보다 더 얼굴이 붉어진 채로, 그리고 한층 더 거북한 모양새로 소심하게 걷고 있었다. 사람들이 모두 그녀를 바라봤다. 어린 소녀들이 서로의 옆구리를 쿡쿡 찌르며 턱짓으로 그녀를 가리키는 것을 보았다. 한 소녀는 자리에서 펄쩍 뛰어내리더니 제 엄마를 향해 달려가며 외쳤다. "아! 재밌어라! 저 우스꽝스러운 아줌마를 좀 봐요!"

가엾은 나의 선생님께서는 심기가 불편한 상태였고, 나는 화가 치밀어 올랐다. 과도하게 멋을 부린 저 모든 시시한 뚱뚱보 엄마들보다 우리 선생님이 천 배는 더 낫다고 생각했다. 물론 드 브라방데르 양은 다른 모든 이들과 영 동떨어진 차림이긴 했다. 그녀는 연한 장밋빛 드레스를 입고 인도산 숄을 어깨에 꼭 끼게 두르고 있었으며 그 앞에는 큼지막한 카메오를 달았다. 그녀의 모자에 달린 장식 레이스는 지나치게 촘촘해서 마치 수녀의 머리쓰개처럼 보였다. 그리고 무엇보다도, 그녀는 전혀 이 못된 계층, 즉 부르주아답지 않아 보였다. 나와 게라르 부인이 속한 계층 그리고 이 방을 통틀어 많아 봐야 열 명 남짓을 제외한 모두가 속했던 그 계층 말이다. 일군의 남자아이들이 창가쪽에 모여 있었다. 내 생각에 그들은 아마 좋다고 할 수 없는 선생님의 취향을 비웃고 손가락질하고 있었으리라.

문이 열렸다. 이제 막 그들의 연기를 선보이고 온 얼굴이 빨개진 소년 소녀가 각자의 가족들 쪽으로 돌아갔다. 그들은 잡담과 험담을 떠벌리고 투덜대었다. 다음 차례 지원자의 이름이 불렸다. "디카-프티 양 들어오세요." 그순간 키가 크고 우아한 금발의 소녀가 당황한 기색 없이 앞으로 나서는 것을 보았다. 그녀는 잠시 멈춰 서서 한껏 치장한, 살집이 좋고 피부가 희고 혈색도 좋은 한 아름다운 부인을 껴안았다. "걱정하지 마세요, 엄마." 그리고 네덜란드어로 한 마디를 더 건넨 다음 시험장으로 들어갔다. 소년 한 사람과 비쩍 마른 소녀 한 사람이 그녀의 뒤를 따라 들어갔다. 두 사람은 디카-프티 양의 연기에서 상대방 역일 터였다. 이런 세세한 사실을 레오토라는 사람의 설명을 통해 알게 되었는데 그는 수험생을 호명하는 역할을 맡고 있었으며 수험생과 그 상대방 역할의 명부를 갖고 있었다.

그때까지도 상대방 역을 준비해야 한다는 것을 전혀 모르고 있었다. 그러니 대체 누가 내가 준비한 아녜스(Agnès)의 대사에서 상대방 역을 해줄 것이란 말인가? 레오토는 내게 상대 역할로 등록된 여러 젊은이들의 이름을 불러주었다. 나는 그의 말을 멈췄다. "아뇨, 아뇨, 괜찮습니다. 저는 상대방 역을 누구에게도 부탁할 생각이 없어요. 그 사람들 전부 모르는 사람들인걸요. 괜찮아요!"

"그럼, 아가씨는 대체 뭘 선보일 생각이죠?"

레오토가 무척 짙은 오베르뉴 억양으로 물었다.

"우화를 공연할 거예요."

그는 참지 못하겠다는 듯이 웃음을 터뜨리며, 내 이름과 공연 제목을 적었다. "두 마리 비둘기Les Deux Pigeons[1]" 그것이 내가 통보한 제목이었다. 레오토가 방안을 오가면서도 계속해서 두꺼운 콧수염을 실룩거리며 키득대는 소리가 들렸다. 그런 뒤에 그는 보고를 위해 면접장 안으로 들어갔다.

나는 열이 나기 시작했다. 그리하여 게라르 부인에게 심려를 끼치고 말았다. 나는 몸이 무척 예민한 아이였으니까 말이다. 그녀는 나를 자리에 앉히고 오 드 콜로뉴 몇 방울을 내 귀 뒤쪽에 떨어트려 주었다.

그때 '짝!' 소리가 나서 돌아보니 그것은 아마도 세상에서 가장 예쁜 것만 같은 여자아이의 얼굴 위로 무지막지한 따귀가 쏟아지는 소리였다. "꼴 좋다! 누가 그렇게 눈을 깜빡이랬니?" 나탈리 망부아라는 소녀의 어머니가 그녀를 때리는 소리였다.

그순간 공포와 분노로 떨며, 마치 수탉처럼 격노에 사로잡힌 상태로 자리에서 일어섰다. 나는 저 못된 부인에게 따귀를 갚아주고 싶었다.

---

1 라 퐁텐의 우화집에 수록된 우화 중 하나다.

그리고 따귀로 모욕받은 저 예쁜 나탈리의 얼굴을 감싸 안아주고 싶었다. 나의 보호자 두 사람은 그런 나를 힘주어 붙잡았다.

오디션장에서 막 걸어 나오는 디카-프티의 모습이 이 작은 세계에 대한 내 사고의 흐름을 바꿔놓았다. 그녀에게서는 빛이 났으며 그녀는 스스로 만족하고 있는 듯했다. 아! 그것도 무척이나 만족하는 듯했다! 그녀의 형제는 그녀에게, 강심제가 담겨 있는 것 같은 조그만 수통을 건네주었다(그리고 나 역시도 몹시 목이 말라 타들어 가는 듯해서 그런 수통을 준비했으면 좋을 뻔했다.) 그녀의 어머니는 그녀의 가슴께에 네모난 모직 숄을 둘러주고서 망토를 입혀 주었다. 그리고 세 사람은 함께 시험장을 떠났다.

다른 소년 소녀들이 한 사람씩 호명되었고, 점점 내 차례가 다가왔다. 마침내 내 이름이 불리자마자 커다란 물고기에 쫓기는 정어리처럼 펄쩍 뛰고 말았다. 나는 고개를 흔들어 머리 타래를 앞으로 쓸어내렸다. '내 귀여운 부인'께서 지나치게 삶아진 내 비단 드레스 위를 톡톡 두드렸다. 드 브라방데르 양은 내게 다시 한번, '오, 아, 에르, 페, 테' 발음에 유의할 것을 일깨워줬다. 그리고 나 혼자서 시험장에 들어가게 되었다.

나는 그간의 인생에서 나 홀로 한 시간 이상 있었던 적이 없었다. 어려서는 언제나 유모의 치맛자락에 매달려 있었다. 수녀원 기숙학교에서는 언제나 친구 한 사람에게 또는 수녀님께 붙어 있었다. 집에서는 언제나 드 브라방데르 양과 게라르 부인과 함께였고 그녀들이 없을 때는 부엌에 가서 마르그리트와 함께 있었다.

그런데 이제 이 기이한 방에 오직 나 홀로 입장했다. 한쪽 끝에 무대가 마련되어 있고 가운데에는 커다란 테이블이 있으며, 그 테이블을 둘러싸고 불평 늘어놓기 좋아하고 빈정대기 좋아하는 남자들이 앉아 있는 기이한 방이었다. 심사 위원 중 홍일점은 목소리가 크고 안경을 낀 사람이었는데, 그녀가 그 안경을 벗을 때는 오직 오페라글라스를 쓸 때뿐이었다.

나는 힘겹게 무대 계단을 오르며, 등 뒤로 쏟아지는 만인의 시선을 느꼈다. 무대 위에 서자 레오토가 고개를 숙여 내게 속삭였다.

"먼저 인사를 하고, 준비해 온 연기를 시작하세요. 심사 위원장께서 벨을 울리시면, 그때 연기를 멈추면 됩니다."

그순간 심사 위원장을 바라보았다, 오베르 씨였다. 그렇다, 나는 그가 예술학교 교장 선생님이라는 사실을 잊고 있었다. 정말이지 깜빡 잊고 있었다. 나는 허리를 숙여 인사를 올리고 오디션을 시작했다.

서로를 무척 사랑하는 두 비둘기가 있었습니다.
그중 한 마리는 둥지가 너무도 지겨웠…

어렴풋하게 혀 차는 소리가 났고, 복화술사처럼 생긴 심사위원이 낮은 목소리로 이렇게 투덜거렸다.

"여긴 교실이 아닙니다. 세상에 오디션에서 우화 공연을 하겠다는 학생이 다 있네요."

그는 보발레(Beauvallet), 코메디-프랑세즈 소속의 저음이 매력적인 비극 배우였다. 나는 요동치는 심장을 안고 연기를 멈췄다.

"아가, 계속하렴", 은발의 남자 심사위원이 말했다. 프로보스트(Provost)였다.

"그래요, 그래도 우화 공연이니까 다른 학생들이 하는 연극 한 대목보다는 짧겠죠." 유일한 여자 심사위원이었던 오귀스틴 브로앙(Augustine Brohan)이 외쳤다. 나는 연기를 재개했다.

서로를 무척 사랑하는 두 비둘기가 있었습니다.
그중 한 마리는 둥지가 너무도 지겨웠던 나머지
그만 제정신을 잃고 먼 나라로 여행을…

"더 큰 목소리로, 아가, 더 큰 목소리로"

심하게 곱슬곱슬한 백발 머리의 키 작은 남자가 호의적인 목소리로 말했다. 상송(Samson)이었다.

나는 당황하고 미칠 것만 같은 상태로 끓어오르는 짜증에 사로잡혀 연기를 멈췄다. 그리고 거의 울며 소리 지르기 직전까지 갔다. 이런 내 모습을 보자 방금 전까지 나지막한 목소리로 오베르 씨와 이야기를 나누던 상송 씨는 말했다.

"진정하렴, 우리는 사람 잡아먹는 괴물이 아니란다. 자, 더 큰 목소리로, 다시 시작하려무나."

"아! 안 돼요!" 오귀스틴 브로앙이 외쳤다.

"처음부터 다시 시작하면, 연극 한 대목보다도 길어질 거란 말입니다!"

그녀의 농담에 좌중의 모든 심사위원은 웃음을 터뜨렸다. 그러는 동안 나는 제정신을 되찾을 수 있었다. 나는 손발이 묶인 채 그들에게 내맡겨져 떨고 있는 이 가엾은 소녀를 두고 조롱거리로 삼는 저 사람들이 참 못됐다고 생각했다. 명확한 감정은 아니었지만, 이 무정한 심판관들에게 가벼운 경멸마저 느끼고 있었다. 그로부터 난 꽤 자주 이때의 시련에 대해 생각했다. 그리고 내가 이해한 바로는 똑똑하고 자비심 많고 좋은 사람들이라 할지라도 집단을 이루게 되었을 때는 못나지는 것 같다. 개인적인 책임을 지지 않는다는 느낌이 그들의 악한 본능을 일깨우는 것이다. 조롱거리가 될까 봐 두려워하는 마음이 선한 성질들을 내쫓는다.

내 의지를 다시금 되찾고 이번에는 어떤 일들이 일어나더라도 괘념치 않으리라 생각하며 연기를 재개했다. 내 목소리는 감정에 물들어 갔다. 대사를 좀 더 잘 전달하고 싶다는 욕심은 내 음색을 노래하듯 울리게 했다. 심사위원 테이블에는 고요가 내려앉았다.

우화 한 편을 다 끝내기 전에 작은 종소리가 울렸다. 나는 인사를 하고, 피로에 절어 무대 계단을 내려갔다.

계단을 내려가던 중에 오베르 씨가 날 멈춰 세웠다. "좋아요, 우리 학생, 정말 잘했습니다. 여기 프로보스트 선생과 보발레 선생 두 사람이, 학생을 본인 반에 받아들이고 싶다는군요."

나는 오베르 씨가 보발레 선생을 가리켰을 때 약간 뒷걸음질을 쳤다. 그는 조금 전에 날 그토록 겁먹게 했던 그 복화술사였다.

"좋습니다. 학생은 어느 선생님 반에 들어가고 싶나요?"

나는 말없이 검지 손가락을 들어 프로보스트 선생님을 가리켰다.

"완벽해. 자, 가엾은 보발레 선생은 손수건을 다시 주워가면[2] 되겠습니다. 친애하는 프로보스트 선생, 이 아이는 당신에게 맡기죠."

나는 이 말뜻을 이해하고, 미칠 듯이 기뻐하며 외쳤다.

"그럼, 저는 합격인 거네요!"

"그렇단다 얘야, 그리고 내게 한 가지 아쉬운 게 있다면, 네가 그렇게 예쁜 목소리를 갖고 음악을 선택하지 않았다는 것 정도로구나."

하지만 내게는 더 이상 그의 말이 들리지 않았다. 기뻐서 제정신이 아니었다. 나는 누구에게도 감사하다는 인사를 하지 않고, 시험장 문을 향해 달려갔다.

---

2 다른 여자들보다 어떤 여자를 더 좋아한다는 표현으로 쓰는 '여자에게 손수건을 던지다(jeter le mouchoir à une femme)'를 참조한 표현이다.

"선생님, 게라르 아주머니… 저 합격했어요!"

그녀들은 내 손을 꼭 잡고 이런저런 질문들을 퍼부었다. 그 모든 질문에 대하여 나는 그저 "맞아요, 맞아요, 저 합격이에요!"라고 답했을 뿐이다.

다른 사람들도 날 둘러싸고 내게 말을 걸기 시작했다.

"어떻게 네가 합격인 걸 알았니?"

"합격 여부는 절대 미리 알 수 없는 건데…"

"아니에요, 전 알아요, 안다고요! 오베르 씨가 제게 합격이라고 했어요! 저는 프로보스트 선생님 반으로 들어가요! 보발레 선생님도 절 원했지만, 제가 거절했어요. 보발레 선생님은 목소리가 너무 굵더군요!"

어느 못된 계집애가 외쳤다.

"자랑질은 다 끝났니? 선생들이 자길 두고 경쟁하셨다나!"

내 취향의 기준으로는 지나칠 정도의 갈색 머리이긴 했지만, 그래도 예뻤던 어느 소녀는, 슬그머니 내 쪽으로 다가와 이렇게 물었다.

"저기… 혹시 뭘 연기했는지 물어봐도 될까?"

"나는 「두 비둘기」 우화를 공연했어."

그녀는 놀란 기색이었다. 대기실의 모든 이들이 놀랐다. 나는 그들을 놀라게 했다는 사실이 정말 기뻐 죽을 정도로 행복했다.

나는 머리에 모자를 눌러쓰고, 지나치게 삶긴 내 드레스의 옷매무새를 마구잡이로 매만진 다음, 두 어른 친구들을 이끌고 재빠른 걸음으로 춤추듯이 그곳을 떠났다. 게라르 부인과 드 브라방데르 양은 과자점에서 내게 뭔가를 먹이고 싶어 했지만, 내가 사양했다. 우리는 마차에 올랐다. 아! 더 빨리 갈 수만 있다면 마차 뒤를 밀고 싶은 심정이었다. 스쳐 지나가는 모든 상점의 전면에 "합격!"이란 글씨가 어른거리는 것 같았다.

그리고 마차의 앞길이 막혀서 정차해야 할 때마다, 주변 사람들이 나를 놀란 눈초리로 바라보는 듯했다. 그러면 어깨를 들썩이며 이렇게 말해야 할 것만 같았다. "맞아요, 사실이에요, 저 합격이라니까요!"

나는 더는 수녀원에 대해 생각하지 않았다. 오직 첫 번째 시도에서 성공을 거두었다는 자부심만이 가슴 속에 가득했다. 그리고 그 성공은 오직 내 힘으로만 일구어낸 성공이었다.

마차는 영영 생-토노레가 265번지에 이르지 못할 것 같았다. 나는 끊임없이 문밖으로 머리를 내밀고 마부를 향해 소리쳤다. "좀 더 빨리 가주세요, 좀 더 빨리요, 부탁합니다!"

마침내 우리는 집에 도착했다. 나는 재빨리 엄마에게 가서 좋은 소식을 전해드리기 위해 마차 밖으로 풀쩍 뛰어내렸다. 가장 먼저 나와 마주치고 내 발걸음을 멈춰 세운 이는 우리 집 관리인의 딸이었다. 그녀는 식사를 위한 방의 창문을 면한 다락방에 기거하며 코르셋 제조인으로 일하고 있었다. 식사를 위한 방은 또한 내 공부방으로도 쓰였기 때문에, 어쩔수 없이 그녀의 쾌활하고 불그스름한 얼굴과 끊임없이 마주쳐야 했다. 나는 그전까지 그녀와 이야기를 나눈 적이 없었지만 그녀가 누구인지는 알고 있었다.

"어머, 사라 아가씨. 시험은 잘 보셨어요?"

"응, 응. 나 합격했어!"

그녀를 비롯한 관리인 가족들의 기쁨과 놀라움에 찬 축하 세례를 무시할 수가 없어 잠시 앞마당에 못 박힌 듯이 멈춰 섰다.

잠시 뒤 이들에게서 벗어나 엄마가 있는 곳으로 달려갔다. 그리고 분노와 슬픔이 나를 사로잡았다. 나는 "나의 귀여운 부인"이 허공에 머리를 내밀고 양손을 확성기처럼 말아서 마찬가지로 창문 밖으로 몸을 내민 엄마에게 "네, 맞아요. 사라가 합격했다니까요!"를 외치고 있는 모습을 보게 되었다.

나는 등 뒤로 몰래 그녀에게 주먹을 쥐어 보였다. 그리고 분노로 울음을 터뜨릴 지경에 이르렀는데, 엄마를 위해 놀랍고 기쁜 결말을 지닌 짧은 연극을 준비하고 있었기 때문이다. 그 계획에 따르면 이와 같았다. 나는 슬픈 기색으로 문을 열고 들어온다. 비탄에 빠지고 당황한 표정으로. 그러면 엄마는 "별로 놀랍지도 않단다. 너는 주의력이 매우 부족하니까 말이야, 우리 가엾은 아가…"라고 말씀할 것이고, 이 말을 다 듣자마자 그녀에게 뛰어들어 목을 감싸 안고, 이렇게 말하는 것이었다. "거짓말이었지요, 거짓말이었어요, 사실은 합격했는걸요!" 그리고 내 머릿속에는 여러 사람들이 환히 웃는 장면들이 지나갔다. 늙은 마르그리트, 너털웃음을 터뜨리는 대부님, 춤추는 여동생들… 한데 이 모든 공들인 계획을 게라르 부인이 손나팔을 불어 날려버린 것이었다.

이 말은 꼭 해야겠다. 게라르 부인, 이 사랑스러운 여인은 그녀가 죽을 때까지 그러니까 내 인생의 대부분에 있어 나의 의도를 망쳤다. 내가 그녀에게 아무리 격하게 화를 내도 소용이 없었다. 내가 사람들의 감탄을 기대하고 모험 이야기를 꺼내면, 그녀는 그 이야기가 끝나기도 전에 웃음을 터뜨리곤 했다. 그녀는 웃음을 멈출 수가 없었다. 내가 애처로운 결말로 끝나는 이야기를 지어내면, 그녀는 한숨을 쉬고 하늘을 올려다보며 '맙소사!'라고 중얼거렸다. 정말이지 김새는 일이 아닐 수가 없었다.

그녀의 이 버릇이 어찌나 나를 분노케 했는지 거의 미쳐버릴 정도가 되어 결국 어떤 이야기를 시작하기 전에는 게라르 부인에게 이렇게 말할 정도가 되었다. "친애하는 게라르 부인, 나가주세요." 그러면 그녀는 방을 나서며 계속 머물렀다면 그녀가 저질렀을지도 모르는 실언들을 생각하며 웃음을 터뜨렸다.

게라르 부인에게 계속해서 투덜거리며, 나는 엄마가 있는 방으로 올라갔다. 방문은 활짝 열려 있었다. 엄마는 부드럽게 나를 안고 뾰로통한 얼굴을 바라보며 말했다.

"아니 아가, 기쁘지 않은 거니?"

"기뻐요. 하지만 게라르 부인이… 난 그녀에게 화가 났어요… 제발 엄마, 부탁이에요. 아무것도 못 들은 것처럼 해주세요. 문을 다시 닫고 계세요. 제가 초인종을 누를게요."

나는 다시 문밖으로 나가서 초인종을 울렸다. 마르그리트가 문을 열어주었다. 엄마가 왔다. 엄마는 놀란 척을 했다. 그리고 내 여동생들과 대부님, 이모가 모습을 드러냈다… 그리고 내가 엄마를 끌어안으며, "저 합격했어요!"라고 외치자 모든 이들이 기쁨의 탄성을 터뜨렸다. 나는 다시금 쾌활한 기분이 되었다. 어쨌거나 사람들에게 강한 인상을 남겼다. 이는 나도 모르는 사이에 나를 사로잡기 시작한 내 직업의식의 발로였다.

나의 여동생 레지나, 사람들이 수녀원 기숙학교에 계속해서 맡기고 싶지 않아 했고 그리하여 수녀님들이 엄마에게로 돌려보냈던, 레지나는 오베르뉴 지방의 민속춤인 부레(bourrée)를 추기 시작했다. 그녀는 유모에게서 이 춤을 배워서 시도 때도 없이 추곤 했는데, 그 춤은 언제나 다음과 같은 짤막한 노래 한 소절로 끝났다.

우리 아가, 이리와 기뻐하렴,
내 가져온 모든 것은 널 위한 거란다…

그리고 진지한 표정을 짓고 있는 이 큰 얘기의 모습처럼 우스꽝스러운 것은 없었다. 레지나는 결코 웃는 법이 없었다. 기껏해야 미소를 지을 정도로 그녀가 미소를 지을 때면 그 가느다란 입술이 살짝 열리고, 너무도 작은 입의 긴장이 다소 풀어지곤 했다. 그렇다, 그 어떤 것도 부레를 추고 있는 저 심각하고 격한 표정의 레지나보다 흥미롭지는 않았다. 이날 그녀의 모습은 특히 더 웃겼는데, 사람들이 모두 기뻐하는 가운데 그녀도 평소보다 흥분했기 때문이었다.

레지나는 네 살이었고 그 어떤 것도 신경 쓰거나 조심하지 않았다. 그녀는 야만적이었고 후안무치했다. 그녀는 사회를, 사교계를 싫어했다. 누군가 그녀를 억지로 응접실에 데려가면, 그녀는 이상야릇한 날것의 말들을 내뱉어 모든 이들을 불편하게 했으며, 거친 대답들과 발길질, 주먹질로 사람들을 괴롭혔다. 그녀는 끔찍한 아이였다. 레지나의 머리에는 은빛이 감돌았고, 피부색은 진줏빛이었으며, 푸른 두 눈은 얼굴에 비해 지나칠 정도로 컸다. 빽빽하게 돋은 짙은 속눈썹은 그녀가 눈꺼풀을 내릴 때마다 뺨에 그림자를 드리웠으며, 그녀가 눈을 뜨면 눈썹에 가 닿았다. 그녀는 고집쟁이였고 음울했다. 가끔 그녀는 네다섯 시간 동안이나 입을 떼지 않았으며, 누군가 그녀에게 무엇을 묻더라도 대답하지 않았다. 그러다가 그녀는 갑자기 제 조그만 의자에서 뛰어내리고 고래고래 노래를 부르며 부레를 추기 시작했다. 이날은 그래도 그녀의 기분이 좋은 날이었다. 레지나는 나를 부드럽게 어루만졌고, 조그만 입술로 내게 미소를 지어주었다. 또 다른 여동생인 잔은 나를 한 차례 끌어안더니, 내게 오디션 이야기를 들려달라고 했다.

대부님께서는 내게 100프랑의 용돈을 주셨다. 그리고 오디션 결과를 듣기 위해 막 우리 집에 도착한 메이디유 씨는 다음날 바르브디엔느 씨의 가게에 날 데려가서, 내 방을 장식할 괘종시계를 고르게 하겠다는 약속을 해주었다. 방에 괘종시계를 두는 것은 내 꿈 중의 하나였다.

9

콩쿠르의 날

이날 이후로 내 안에서 변화가 시작되었다. 나는 그때까지도 어린아이의 영혼을 너무 오래도록 못 버리고 있었다. 그러나 이제 내 두뇌는 더 명확하게 삶을 인식하게 되었다. 나는 내 '개성'을 만들어낼 필요를 느꼈는데 내 의지가 처음 깨어난 것이다.

'누군가'가 되는 것, 나는 그것을 바랐다.

우선 드 브라방데르 양은 나의 그러한 욕망이 자존심에서 기인했다고 반응했다. 내 생각으로 그러한 분석은 완벽하게 들어맞지는 않는다. 다만 그 당시에 어떤 감정에 의해 내가 그러한 욕망을 품게 되었는지를 명확히 정의하지 못했을 뿐이었다. 내가 스스로 '누군가'가 되기를 바랐던 정확한 이유가 무엇인지, 몇 달이 지나고서야 나는 깨달았다.

대부님의 한 친구가 내게 구혼했다. 그 남자는 부유한 피혁공으로 사랑받을만한 남자였을테지만 그의 피부색이 지나치게 어둡고 거뭇거뭇하고 털 많은 수염쟁이인 것이 마음에 들지 않았다. 나는 구혼을 거절했다. 그러자 대부님은 엄마에게 나와 독대하게 해달라고 요구했다. 그는 나를 엄마 방에 앉히고 내게 말했다.

"가엾은 아가, 베드OO 씨의 구혼을 거절하는 것은 바보짓이란다. 그에게는 6만 프랑의 연금 수입이 있고, 또 추가로 상속받게 될 재산도 있거든."

이러한 종류의 이야기를 듣는 것은 처음이었다. 그리고 대부님의 위와 같은 설명을 들으며, 혼담이 오갈 때 원래 이런 이야기를 하는 것이 맞는지 의아했다. 대부님은 내게 말했다. "그럼 물론이지. 넌 공상적인 감정에 사로잡혀 멍청하게 굴고 있어. 결혼은 사업이고, 또 사업으로서 봐야 마땅한 거란다. 네 미래의 시부모님도 너나 나처럼 언젠가 죽을 운명이야. 그들이 자식들에게 이백만 프랑의 유산을 남길 거라는 사실을 안다는 게 불쾌한 일은 아니잖니. 베드OO 씨와 결혼하면, 너도 자연스럽게 그 유산을 누릴 수 있지!"

"나는 그와 결혼하고 싶지 않아요."

"어째서?"

"그를 사랑하지 않으니까요."

"하지만 그 누구도 뭐 이전에는… 사랑을 하지 않는단다"

내 현실적인 조언자가 말을 이어갔다.

"너는 이후에 그를 사랑하게 될 거야."

"뭐 이후에요?"

"그건 네 엄마에게 물어보거라. 어쨌든 내 말을 들어보렴. 지금 그게 중요한 게 아니란다. 너는 결혼을 해야만 해. 네 엄마는 네 아빠에게서 물려받은 종신연금을 받고 있지. 하지만 그 연금의 근거는 네 할머니가 가진 공장의 수익이란다. 그리고 할머니는 엄마를 정말로 못마땅해하고 있지. 이대로라면 엄마는 연금을 박탈당할 것이고, 그러면 그녀는 아무 재산도 없이 슬하에 세 자녀를 두고 살아야만 해. 이모든 건 저 르아브르의 못된 공증인이 꾸며낸 일이란다. 뭐가 어째서 이렇게 되었고, 또 왜 그러한지를 모두 이야기하기에는 너무 길구나. 네 아빠가 생전에 사업들을 참 개판으로 벌려놨어. 어쨌든 그런 이유에서 너는 결혼을 해야 한다. 비록 널 위한 일은 아닐지라도 네 엄마와 동생들을 위하는 길이긴 해. 그럼 너는 엄마에게, 네 아버지가 너에게 남겨주셨고 또 아무도 건드릴 수 없는 유산인 10만 프랑을 드릴 수 있겠지. 베드OO 씨도 네게 30만 프랑의 신붓값을 지불할 용의가 있다더라. 네가 원한다면 그 돈도 어머니께 드리렴. 그럼 총 40만 프랑을 가지고 엄마는 무척 잘 살 수 있게 되는 거야."

나는 울음을 터트리고 오열하며 생각할 시간을 달라고 했다.

그리고 식사하는 방에 계시던 엄마를 찾았다. 그녀는 내게 부드럽고, 다소 소심해진 듯한 목소리로 이렇게 물었다.

"대부님하고 얘기 끝났니?"

"네 엄마, 생각할 시간을 좀 주세요, 괜찮죠?"

그순간 엄마의 목을 오래도록 끌어안고 목 놓아 울었다. 나는 방에 틀어박혔다. 그리고 정말로 오랜만에 수녀원 기숙학교가 그리웠다. 내 모든 유년기가 눈 앞에 펼쳐지는 듯했다. 그리고 더 펑펑 울기 시작했다. 죽어버리고 싶을 정도로 불행한 느낌이었다.

그래도 조금씩 안정을 되찾으면서 제정신을 차리고 상황을 정확하게 인지했으며, 대부님의 말이 어떤 의미인지를 파악하게 되었다. 결단코 그 남자와 결혼하고 싶지 않았다.

예술학교에 다니기 시작한 이래로 막연하지만 많은 것들을 배우고 있었다. 아! 그것은 무척 막연한 앎이기는 했다, 그 이전에는 결코 홀로서기를 해본 적이 없으니까 말이다. 어쨌든 그 정도의 배움만으로도 사랑 없는 결혼을 거절하기에는 충분했다.

그러나 나는 예상치 못한 기습을 한 번 당해야만 했다. 하루는 게라르 부인이 엄마의 축일 선물로 수놓고 있던 작품을 봐달라고 해서 위층으로 올라간 적이 있다. 어찌나 놀랐는지 모른다, 그곳에서 문제의 베드OO 씨와 마주치게 되었다. 그는 내게 생각을 바꿔 달라고 애원했다. 까무잡잡한 피부의 이 남자는 눈물까지 터뜨려가며 나를 힘겹게 했다. 그는 내게 말했다.

"좀 더 많은 신붓값을 원하는 건가요? 그럼 50만 프랑까지도 드릴 용의가 있습니다."

하지만 이건 돈 문제가 아니었다. 나는 그에게 나지막한 목소리로 말했다.

"베드OO 씨, 저는 당신을 사랑하지 않아요!"

"그래도, 아가씨, 만약 당신이 결혼해주지 않는다면, 저는 슬픔으로 죽어버릴 거예요."

그 남자를 빤히 바라보았다. 슬픔으로 죽어버릴 것이라니… 나는 혼란스러워졌고 가엾은 마음이 들기 시작했고, 조금은 황홀하기도 했다… 그가 마치 연극 작품에서 그려지는 사랑처럼 나를 사랑하고 있기 때문이었다. 내가 읽었거나 귀동냥으로 들었던 대사들을 어렴풋이 떠올리고 그대로 그에게 건성으로 읊어주었다. 그리고 어떤 아양도 떠는 일 없이 그 앞에서 사라졌다.

베드OO 씨는 죽지 않았다. 아직도 살아있고 현재는 유력한 재산가의 지위를 누리고 있다. 그는 옛날보다 팔자가 훨씬 나아 보인다. 예전에는 그렇게 까무잡잡하더니 지금은 새하얀 걸 보면.

뭐가 어쨌든 이 시기의 나는 첫 콩쿠르에서 눈부신 성공을 거두고 있던 참이다. 특히 비극 부문에서 말이다. 지도 교수였던 프로보스트 선생님께서는 내가 『자이르Zaïre[1]』 공연의 콩쿠르에 참가하는 것을 원치 않으셨으나, 나는 참가하기를 고집했다.

　나는 자이르가 그녀의 형제인 네레스탕(Nérestan)과 대사를 주고받는 장면이 무척 아름답다고 생각했고, 그것이 내가 연기로 표현할 수 있는 범위 내에 있다고 생각했다. 프로보스트 선생님께서는 네레스탕에게서 갖은 비난을 받게 된 자이르가 그의 발치에 무릎 꿇고 하는 대사인 "찌를 테면 찔러 봐! 내가 분명히 말할게, 나는 그를 사랑해!"를 격정적으로 연기하길 바라셨지만, 나는 이 대사를 조곤조곤히, 거의 확실한 죽음 앞에서 모든 것을 단념한 태도로 내뱉고 싶었다. 이러한 해석의 차이로 인해 꽤 오랫동안 선생님과 싸웠다. 그리고 결국 수업 시간 동안에는 그의 의견을 따르는 척했다.

　그러나 콩쿠르 당일은 달랐다, 나는 네레스탕 앞에 무릎을 꿇고, 모든 것을 받아들인 듯한 오열을 내질렀다. 두 팔을 벌려, 치명적인 일격을 맞이할 준비가 된, 사랑으로 가득 찬 가슴을 열어 보였고 무척 조곤조곤히 다음 대사를 읊었다.

　"찌를 테면 찔러 봐! 내가 분명히 말할게, 나는 그를 사랑해!…"

　그러자 모든 관중이 박수갈채를 보냈다. 그것도 두 차례에 걸쳐서 말이다.

　내가 수석으로 뽑히길 바랐던 관중들의 불만에도 불구하고, 나는 비극 부문 차석에 뽑혔다. 어쩌면 이는 마땅한 결정이라고 할 수 있다. 나는 수석으로 뽑히기에는 너무도 어렸고, 예술학교에서 수학한 기간도 짧았다. 나는 희극 부문에서는 「가짜 아녜스La Fausse Agnès」의 연

---

1 볼테르(Voltaire)의 5막 짜리 운문 비극 작품으로, '자이르'는 작품의 제목과 동명의 여주인공이다. 그녀는 기독교인인 아버지와 형제의 반대를 무릅쓰고, 연인 사이인 무슬림 군주 오로스만과 결혼하고자 했으나, 결국 오로스만의 오해로 인해 살해당하고 만다.

기로 장려상 수상자 중 으뜸의 자리에 올랐다.

사정이 이러했으므로 나는 스스로 구혼을 거절할 자격이 충분하다고 느꼈다. 내 장래는 충분히 밝았다. 따라서 설령 엄마가 종신연금 수입을 잃게 되더라도, 그녀에게 외부의 도움은 전혀 필요 없을 터였다.

실제로 콩쿠르가 끝나고 며칠 뒤, 연극학교의 교수이자 코메디-프랑세즈의 연기자 협회 회원인 레니에 씨가 엄마를 찾아와 보드빌 극장에서 공연될 그의 연극(「제르멘Germaine」이란 작품이었다)에 나를 세워도 되겠냐는 허락을 구했다. 그러면 극장 관계자들이 매 공연마다 내게 25프랑을 지불할 거였다.

황홀감에 눈이 멀 것만 같았다. 내 데뷔 공연의 수입이 매달 750프랑에 달하다니, 기쁨에 미쳐버릴 지경이었다. 나는 엄마에게 출연 허락을 해달라고 애원했다. 엄마는 그 제안을 받아들였고, 내 맘대로 하라는 허락을 내주었다. 그리하여 예술부에서 연극 행정 총책을 맡고 계시던 카미유 두세(Camille Doucet) 씨와의 면담을 청했다. 엄마는 이번에도 동행하기를 거부했다. 그래서 이번에도 게라르 부인이 나와 동행하게 되었다. 레지나는 내게 자기도 함께 데려가 달라고 간청했다. 나는 여동생의 청을 받아들였다. 그리고 이 결정은 명백한 실수였다. 우리가 사무실에 들어온 지 5분이 채 안 되어서, 당시 다섯 살이던 그녀는 대리석 가구들 위로 기어오르고, 두 발을 모아 조그만 의자에 뛰어내리는가 하면, 땅바닥에 주저앉고, 책상 아래 놓여 있던 휴지통을 끄집어내어 그 안에 담겨 있던 찢긴 종이들을 여기저기 흩뿌렸으니 말이다. 이러한 참상을 바라보며, 카미유 두세 씨는 자상한 목소리로, 그녀가 '착한 아이'가 아니라는 것을 지적했다.

그러자 내 여동생은, 고개를 휴지통 안에 처박은 채, 거친 목소리로 대꾸했다.

"아저씨, 아저씨가 날 귀찮게 하면, 당신이 '공수표나 남발하는 허풍쟁이'라는 걸 온 세상에 밝힐 거예요. 당신이 그런 사람이라는 건 우리 이모가 말해줬거든요!"

내 얼굴은 부끄러움으로 벌겋게 달아올랐고, 더듬거리며 말했다.

"얘 말 듣지 마세요, 카미유 두세 선생님. 여동생이 턱없는 말을 다 하네요…" 그러나 레지나는 펄쩍 뛰어올라 두 주먹을 꽉 쥐고, 작은 짐승마냥 내게로 달려들었다.

"로진 이모가 그런 말을 했잖아? 언니는 거짓말쟁이야. 모르니 공작님도 이모 말을 들었는걸? 그리고 공작님은 대답하시길…"

그 뒤로는 더는 기억이 나지 않는다. 모르니 공작이 대체 뭐라고 대답했었다는 건지도 기억이 나지 않는다. 다만 미칠 듯이 당황하여, 한 손으로 여동생의 입을 막고 그녀를 질질 끌어내듯 뛰쳐나온 기억만이 있다. 여동생은 고래고래 소리를 질렀다. 그리고 그런 그녀를 이끌고, 사람들로 빼곡한 사무실 바로 앞 대기실을 빠져나오는 일은 정말이지 고역이었다.

나는 내 유년기를 뒤집어엎었던 분노 발작 속으로 빠져들었다. 나는 처음 눈앞을 스치는 마차에 올라탔고, 마차에 모두가 올라타자마자 여동생을 극심한 분노와 함께 두들겨 패기 시작했다. 내 분노의 격렬함은 사태의 심각성에 놀란 게라르 부인이 온 몸을 던져 여동생을 감싸 안고 내 발길질과 손찌검을 받아내야 할 정도였다. 나는 분노, 슬픔, 그리고 수치심에 사로잡혀 손발은 물론 좌반신, 우반신, 거의 전신을 내던지는 듯한 살벌한 구타를 가하고 있던 것이었다.

내 슬픔은 카미유 두세라는 사람을 끝도 없이 존경하고 있었기 때문에 더더욱 컸다. 그는 자상하고 매력적이었으며, 친절하고 감수성이 풍부한 인물이었다. 그가 뭔지는 잘 모르겠지만 이모의 어떤 제안을 거절했다는 것을 알고 있었다. 그리고 거절에 익숙지 않았던 이모는 이로 인해 그에게 앙심을 품고 있었던 것이었다. 하지만 내가 이런 일과 무슨 상관이 있단 말인가.

카미유 두세 씨는 이번 일에 대해 어떻게 생각할까? 게다가 나는 원래 그에게 하고자 했던, 보드빌 공연에 대한 제안조차 입 밖으로 꺼내지 못했다. 내 모든 아름다운 꿈들이 흐르는 물에 떠내려간 것이었다. 그리고 내 첫 꿈을 산산조각 낸 범인은 세라핌(六翼天使)처럼 새하얗고 금발머리인 저 조그만 괴물 여동생이었다.

그녀는 마차 안에 몸을 웅크려 말고, 공포가 아로새겨진 고집스러운 이마를 구겨가며, 그리고 가느다란 두 입술을 앙다문 채 날 바라봤다. 그녀의 기다란 속눈썹 아래로 두 눈을 게슴츠레 뜨고서 말이다.

집에 돌아와 이 모든 이야기를 엄마에게 전달했고, 엄마는 레지나에게 이틀 동안 후식을 먹지 말라는 엄명을 내렸다. 레지나는 먹보였다. 하지만 먹보인 것보다도 자존심이 강한 아이였다. 그녀는 조그마한 발뒤꿈치를 딛고 서서 부레 춤을 추며 노래하기 시작했다. "내 조그만 위장은 즐기지를 못한다네…."

나는 저 못돼먹은 계집애에게 달려들고만 싶었다.

며칠 뒤 교실에서, 예술부가 결국 내 보드빌 공연 출연을 불허했다는 사실을 알게 되었다. 레니에 씨는 이 결정에 대한 깊은 아쉬움을 드러냈다. 그는 고맙게도 이러한 말을 덧붙여 주었다.

"아! 맙소사! 얘야, 예술학교는 네게 큰 기대를 걸고 있단다. 그리고 내가 보기에도, 충분히 그럴만해. 그러니까 너무 상심하지는 말아라."

그리고 내가 "잘은 모르겠지만, 분명 카미유 두세 씨가 안 된다고 한 거겠죠."라고 하자, 그는 외쳤다.

"아냐, 결코 아니란다! 카미유 두세 씨는 네 가장 열정적인 대변인이었어. 다만 예술부에서는 네가 내년에 데뷔할 때 화제의 신선함을 잃을 수도 있다면서, 어떻게든 출연을 막고 싶어 하더구나.”

나는 저 사랑스러운 카미유 두세 씨에게 감사함이 깃든 깊은 애정을 느꼈다. 여동생의 멍청한 막말에 대해, 그는 어떤 뒤끝도 갖지 않았다.

다시 한번 열정적으로 연극 공부를 하기 시작했고 단 하나의 수업도 빠지지 않았다. 매일 아침 나는 드 브라방데르 양과 함께 예술학교로 등교했다. 우리는 아침 일찍 집을 나섰는데, 내가 합승마차보다 도보로 등교하는 것을 선호했기 때문이었다. 나는 엄마가 나와 선생님의 합승마차비 명목으로 잡아준 20수와 간식비 8수를 챙겼다. 돌아올 때도 도보였다. 그렇지만 이틀에 한 번꼴로 위와 같은 이유로 수중에 간직하고 있던 40수를 써서 삯마차를 타고 등교했다. 엄마는 이러한 작은 기만을 결코 눈치채지 못했다. 드 브라방데르 양이 양심의 가책에도 불구하고 내 공모자가 되어주었기 때문이었다.

나는 모든 수업에 다 참여했다. 심지어 나이 든 멋쟁이 영감 엘리(Élie) 씨의 예절 수업에도 출석했다. 그는 얼굴에 분칠하고 가슴팍에는 레이스 장식을 단 곱슬머리 노인이었으며 상상할 수 있는 가장 우스꽝스러운 수업을 하고 있었다. 예절 수업에는 수강생이 거의 없었다.

엘리 영감은 자기 수업이 인기가 없다는 것에 대한 앙심을 우리에게 풀고 있었다. 매 수업마다 우리는 그의 복수를 경험해야 했다. 그는 우리에게 경칭을 쓰지 않았고 우리를 마치 소유물처럼 취급했다. 수강생 수는 기껏해야 다섯, 여섯 정도였다. 우리는 그의 지시에 따라 무대에 올라섰다. 그러면 그는 손에 검은 지휘봉을 쥔 채로(그런 게 왜 필요했을까?) 말했다.

“자, 자 아가씨들. 몸은 뒤로 당기고, 머리는 높이 들고, 발끝은 까치

발로 들어서…. 그래, 그렇게, 완벽해. 하나, 둘, 셋, 걸어!"

그렇게 우리는 까치발을 하고 머리를 쳐들고 자기 발이 대체 어딜 밟는 건지 알고자 눈을 잔뜩 내리깐 채로 걸어갔다. 마치 낙타의 고결함과 점잖음을 품은 듯한 걸음이었다.

그가 가르치는 예법에는 또한 각각 무관심과 우아함, 분노를 드러내며 자리를 떠나는 법도 들어 있었다. 우리 어린 소녀들이 각각 어떤 감정을 표현하는지에 따라 발을 끌고, 세우고, 재촉하며 출입구 쪽을 향하는 모습은 정말이지 참 볼 만 했다.

그쯤 되면 수강생들의 표정에는 "그만, 이제 그만 하세요! 수업 끝내주세요!"라는 무언의 외침이 떠오르곤 했다. 어째서 무언이었는가 하면, 엘리 씨는 수업 중에 수강생이 한마디라도 입에 담는 것을 싫어했기 때문이었다. "모든 것은 그 사람의 눈빛과 몸짓, 그리고 태도 안에 담겨 있다."라는 것이 그의 지론이었다.

그에게는 또한 '앉음새'라고 부르는 교수 내용이 있었다. '앉음새'라는 것은 앉는 자세로 품위를 표현하거나 싫증을 표현하거나, 또는 '자 당신의 말에 귀 기울이고 있으니까 말씀하세요, 신사분!' 같은 것을 표현하는 방식이었다. 아! 이 '앉음새'라는 건 정말이지 미쳐버릴 정도로 복잡했다. 우리는 '앉음새' 안에 모든 것들을, 그러니까 알고자 하는 욕망이나 듣기의 저어함, 거리를 두겠다는 결의, 상대방을 좀 더 붙잡겠다는 의지 등을 모두 밀어 넣어야만 했… 아! 이 앉음새 교육이 내게 얼마나 많은 눈물을 흘리게 했는지! 가엾은 엘리 영감, 나는 그를 원망하지 않는다. 다만 온 힘을 다해 그가 내게 가르쳤던 것들을 잊고자 노력했을 뿐이다. 이 예절 교실의 가르침처럼 쓸모없는 것도 없었으니까 말이다.

모든 사람은 각자 자신의 비율에 맞게 움직인다. 예컨대. 체구가 무척 큰 여자들이라면 보폭도 크게 띄울 것이고 허리가 굽은 여자들은 동양 여자들처럼 좁은 보폭으로 걷게 된다. 지나치게 뚱뚱한 여자들은 뒤뚱거리며 걷고, 다리가 짧은 여자들은 다리를 저는 듯한 걸음을 갖게 된다. 키가 작은 여자들은 깡충 거리며 걷고, 길쭉길쭉한 여자들은 학처럼 걷게 된다. 이러한 차이에 대체 무슨 의미가 있을까.

예절 수업은 결국 폐지되었다. 그 결정은 옳은 것이었다. 몸짓은 그 사람의 사유를 드러낼 수밖에 없다. 따라서 예술가가 지적인지 아닌지에 따라 그의 몸짓도 조화로워지거나 멍청해지는 것이다.

연극에 있어서는 긴 팔을 갖는 것이 절대적으로 유리하다. 짧은 팔보다는 차라리 지나치게 긴 팔이 낫다. 짧은 팔을 가진 예술가는 절대로, 죽어도 아름다운 몸짓을 표현할 수 없다!

가엾은 엘리 영감이 무슨 말을 하든 간에, 우리에게는 아무 소용이 없었다. 아마도 그의 말마따나 우리는 너무도 멍청하고 미숙했나 보다. 엘리 영감은 끝까지 우스꽝스럽고 가여운 사람으로 남게 되었다. 오! 너무나도 우스꽝스러운 사람으로!

✠

나는 검술 수업도 받았다. 내게 검술을 가르치자는 생각을 엄마에게 주입한 사람은 로진 이모였다. 일주일에 한 번씩 우리에게 검술을 가르쳐주던 교관은 저 유명한 퐁스(Pons) 씨였다. 오! 이 퐁스라는 남자는 어찌나 무시무시한 사람이던가! 난폭하고, 잔인하고, 빈정거리기 좋아하던 이 남자는 아주 탁월한 검술 교관이긴 했으나, 우리 같은 '코흘리개들'(그는 우리를 이렇게 불렀다)을 지도해야 한다는 것을 스스로 탐탁지 않게 여기고 있었다. 그에게는 돈이 모자랐고, 그 수업은 내 생각에(확실치는 않지만), 그를 두둔하던 어느 지위 높은 후원자에 의해 마련된 일자리였다.

퐁스 씨는 언제나 머리 위에 모자를 눌러쓰고 있었고—드 브라방데르 양은 그 모습을 보고 기겁을 했다—입에는 여송연을 물고 있었다. 이미 반복되는 연습 시합으로 숨이 턱까지 차가 있던 학생들은 그의 담배 연기를 맡고 기침을 해야 했다.

매번의 수업이 얼마나 고되었는지! 그는 때때로 수업 시간에 자기 친구들을 데려오곤 했고, 그들은 우리의 서툰 검술을 바라보며 낄낄 거리곤 했다. 하루는 이 때문에 큰 소란이 일어나기도 했다. 샤틀랭이란 이름의 학생이 있었는데 퐁스 씨의 친구 중 한 사람이 그에게 무척 무례한 지적을 했다. 그러자 샤틀랭은 재빨리 돌아서서 이 호사가에게 따귀를 날린 것이었다. 곧바로 두 사람 사이에는 주먹다짐이 벌어졌고 퐁스 씨 역시 끼어들었다가 두 대의 따귀를 얻어맞았다. 결국 이 사건은 상당한 추문을 낳았다. 그리고 그날 이후로 검술 수업에는 외부인의 입장이 금지되었다. 나는 엄마에게 더는 이 수업에 참석하지 않아도 된다는 허가를 받았다. 정말이지 다행이었다.

모든 수업 중에서 단연코 레니에 선생님의 수업을 가장 좋아했다. 그는 우아하고 품위 있었으며 우리에게 '진실'을 이야기하는 법을 가르쳤다. 그래도 어쨌든 나의 지식을 많은 분들의 다양한 가르침에 빚지고 있다. 나는 그분들의 수업을 열정적으로 따라갔다.

프로보스트 선생님께서는 담대한 연극을 가르치셨다. 그의 발성은 다소 과장된 듯했으나 우아했다. 무엇보다도 그분께서는 큼직큼직한 몸동작, 그리고 큰 폭의 어조 변화를 권장하셨다.

보발레 선생님께서는 그 어떤 훌륭한 것도 가르쳐 주신 적이 없다. 그는 아주 깊고 매력적인 목소리를 갖고 있었지만 그건 오직 그의 것이었고 다른 누구에게 내어 줄 수 있는 것이 아니었으며, 매혹적인 도구이긴 했으나 연극의 재능까지 부여해주진 못했다. 그는 몸동작이 어색한 배우였고 두 팔은 너무도 짧았으며 얼굴도 그저 그랬다. 이 선생님이 싫었다.

한편 상송 선생님은 그와 정반대의 인물이었다. 그분의 목소리는 가늘고 날카로웠으며, 이는 이론의 여지가 없는 약점이었으나, 대신에 무척 발음이 정확했다. 간결함이 그의 연기 방법론이었다.

프로보스트 선생님께서는 담대함을 가르치셨다. 상송 선생님께서는 정확함을 가르치셨으며, 특히 어말음(語末音)을 정확하게 발음하는 데 신경을 기울이셨다. 그분에게 문장의 끝을 흐린다는 것은 있을 수 없었다. 상송 선생님의 발성법은 사견이지만, 레니에 선생님의 제자였던 코클랭[2]에 의해 상당 부분 계승되었다고 생각한다. 그는 자기 지도교수의 가르침에서 벗어나지 않으면서도 상송의 방식에서 많은 것을 받아들였다. 나로 말하자면 레니에, 프로보스트, 상송 이 세 분 선생님의 가르침을 마치 어제 들은 것처럼 똑똑히 기억하고 있다.

예술학교에서의 배움의 시절은 내 삶에 큰 변화를 일으키는 일 없이 무난히 흘러갔다. 다만 슬펐던 일이 하나 있다면, 내가 두 번째 콩쿠르를 치르기 두 달 전에 우리 지도교수님이 바뀌었다는 사실 정도였다. 프로보스트 선생님이 중병에 걸려 쓰러지시는 바람에 나는 상송 선생님의 반으로 옮겨 가게 되었다.

상송 선생님은 내게 기대하는 바가 컸다. 그런데 선생님은 강압적이고 고집이 센 성격이셨다. 그는 내게 두 편의 매우 나쁜 작품 속, 매

---

2 사라 베르나르의 동료 배우였던 브누아 콩스탕 코클랭(Benoît Constant Coquelin, 1842-1909)을 말한다.

우 나쁜 두 개의 장면을 연기할 것을 강요했다. 나는 희극 부문에서는 카시미르 들라비뉴가 쓴 「노인들의 학교L'École des Vieillards」에서의 오르탕스 역을 연기해야 했고, 비극 부문에서는 카시미르 들라비뉴 작인, 「시드의 딸La Fille du Cid」의 한 장면을 연기해야 했다.

나는 이 두 역할을 맡게 된 것에 대해 마음이 썩 좋지 않았다. 두 작품 모두 너무 딱딱하고 과장된 언어로 쓰였기 때문이었다.

콩쿠르 날이 밝았다. 나는 추한 모습이었다. 사연인즉 이러하다. 엄마는 내가 단골 미용사에게서 손질받아야 한다고 강력하게 주장하셨다. 그리고 그 미용사가 내 덥수룩하고 말 안 듣는 머릿결을 정돈하려고 거의 모든 방향으로, 이리저리 가르마를 타는 꼴을 바라보며, 나는 눈물을 쏙 빼고 울부짖었다. 콩쿠르 전에 머리를 해야 한다는 생각을 엄마에게 제안했던 것은 바로 저 멍청이 같은 미용사였다.

그는 내 머리처럼 덥수룩한 머릿결을 이전에는 결코 만져본 적이 없었던 탓에, 내 머리는 그의 멍청한 손아귀에 한 시간 하고도 반이 넘게 내맡겨져 있었다. 그동안에 그는 5분 간격으로 이마의 땀을 훔치며 말했다.

"무슨 머릿결이! 하느님 맙소사! 끔찍해! 대마 부스러기도 아니고! 금발 머리 흑인이라고 해도 믿겠군요!"

그러고 나서는 엄마 쪽을 돌아보며, "차라리 아가씨 머리를 밀어버리고, 새 머리가 자라는 동안 머릿결을 고정하는 게 낫겠어요."라고 내뱉다. 엄마는 멍한 목소리로 "네, 그 방법도 생각해보죠."라고 답했다. 그 말을 듣고 나는 엄마 쪽으로 격하게 몸을 틀었다가, 그만 미용사가 들고 있던 머리 마는 인두에 이마를 데고 말았다. 내 경우에는 머리를 마는 게 아니라 풀기 위해 쓰이고 있었지만!

그랬다. 그는 내 머리가 지나치게 제멋대로 구불댄다고 생각했고,

따라서 보다 고상한 인상을 줄 수 있도록 내 머릿결이 적절히 구불거리게 하려면 먼저 머리를 전부 펴야 한다고 생각했다.

미용사는 엄마 쪽으로 몸을 기울이고, 감탄 어린 존경심을 표해가며 말했다.

"아가씨의 머릿결은 이 미쳐버린 곱슬기 때문에 성장이 멈췄어요! 탕헤르[3]의 모든 소녀, 그리고 모든 흑인 여자들은 아가씨와 비슷한 머릿결을 갖고 있죠! 아가씨는 무대 위에 올라가야 하죠? 아마 부인의 머릿결을 닮을 수 있다면, 훨씬 더 아름답게 보일 겁니다."

엄마는 실제로 세상에서 가장 아름다운 머릿결을 갖고 있었다. 엄마의 머리는 금발이었고 또 길이는 어찌나 길던지, 엄마는 당신 머리카락의 끝을 밟고 서서, 그러고도 다시 고개를 숙이는 것이 가능할 정도였다. 물론 엄마의 체구가 작았다는 점도 있지만.

결국 나는 죽기 직전의 녹초가 되어서야 이 파렴치한의 손아귀에서 벗어날 수 있었다. 한 시간 반 동안 내 머리는 무수한 빗질과 솔질, 인두 지짐을 당해야 했고, 그동안 무수히 많은 핀이 머리에 꽂혔으며, 미용사의 손가락은 계속해서 내 고개를 좌에서 우로, 우에서 좌로, 이쪽저쪽으로 돌려댔다. 내 얼굴은 흉측해졌다. 더 이상 내가 나 스스로를 알아보기 힘들 지경이었다.

내 머리카락은 양쪽 관자놀이 쪽으로 당겨져 있었고, 그래서 양쪽 귀가 파렴치한 모습으로 고스란히 드러났다. 또한 조그만 소시지 같은 모양의 머리핀들이 무더기로, 촘촘히 꽂혀있었다. 티아라를 쓴 것처럼 연출하기 위한 핀들이었다.

내 모습은 끔찍했다! 번쩍거리는 무스가 감도는 머릿결 아래로 휜

---

3 모로코 북부의 항구도시.

히 드러난 이마는 내가 보기에 너무 넓고 냉혹해 보였다. 평소에는 앞머리 그림자에 가려있던 두 눈 역시도 무척 낯설게 보였다. 이 머리의 무게는 거의 1kg은 나가는 것 같았다.

나는 평소 머리 손질을 할 때 두 개의 머리핀을 사용했고, 그건 지금도 마찬가지다. 그런데 이 미용사란 작자는 내 머리를 손질하며 대, 여섯 꾸러미 머리핀을 몽땅 꽂아버렸다. 결과물은 내 가엾은 고개가 견디기에는 너무 무거운 머리였다!

난 이미 콩쿠르에 늦은 상태였다. 서둘러 옷을 갈아입어야만 했다. 분노에 찬 울음이 터지고 말았다. 내 눈은 퉁퉁 부었고 코는 커졌으며 혈관이 부풀어 올랐다.

이 불행에 정점을 찍는 것은 내가 모자조차 맘대로 쓸 수 없다는 사실이었다. 미용사가 머리핀을 어찌나 많이 꽂아 놨는지, 그 위로 도저히 모자가 올라가지 않았다. 엄마는 재빨리 내 머리를 레이스 머리쓰개로 감쌌다. 그리고 내 등을 떼밀며 출발을 서둘렀다.

예술학교에 도착하고 내 '귀여운 부인'과 함께 서둘러 대기실로 향했다. 엄마는 먼저 경연장에 가 계셨다. 나는 곧장 머리에서 레이스 머리쓰개를 뜯어냈다. 그리고 대기실의 친구들에게 몇 마디로 요약된 내 머리의 '오디세이'를 들려준 뒤, 긴 의자에 쪼그린 채로 머리 꼴을 보여줬다.

친구들은 모두 내 머릿결을 좋아했으며. 내 머리가 무척 탄력이 좋고, 가볍고, 금빛으로 반짝인다며 부러워했었다. 따라서 친구들 모두가 내 슬픔을 이해하고 동정했다. 대기실의 모든 이들이 내 추한 꼴을 보고 가슴 먹먹했다. 기쁨의 빛을 숨길 수가 없었던 뚱뚱하고 못된 그들의 어머니들을 제외하고 말이다.

내 친구들은 모두 달려들어 내 머리핀을 제거해주었다. 그중에서도 나와 가장 친했던 마리 로이드, 이 매력적인 피조물은 내 머리를 부드럽게 안고 매만지며 이렇게 말하는 것이었다. "아! 네 머릿결은 원래 고운데 말이지! 그자가 대체 무슨 짓을 한 거람?"

마지막 남은 머리핀을 제거한 것도 그녀였다. 그리고 그녀의 이러한 상냥함은 내가 또다시 눈물을 쏟게 했다.

마침내 당당하게 몸을 일으켰다, 소시지처럼 생긴 머리핀들을 모두 제거한 채로! 내 가엾은 머릿결은 눈물 흘리듯 맥없는 모양새로 늘어진, 기름 먹은 여러 갈래의 머리 타래가 되어 있었다. 미용사가 머리핀들을 티아라 모양으로 꽂기 위해 내 머리에 포마드를 잔뜩 먹여 여러 갈래로 갈라놓았던 탓이었다. 나는 격노에 휩싸인 상태로 거의 5분간 머리를 흔들었고, 일부 머리카락을 뜯기까지 했다. 그러고 나서 두 개의 머리핀으로 그럭저럭 머리를 원상복구하는 데 성공했다.

콩쿠르는 이미 막이 오른 상태였다. 나는 열 번째로 무대에 서게 되었다. 그런데 더는, 내가 말해야 할 대사조차 머릿속에 떠오르지 않았다. 게라르 부인은 시원한 물로 내 관자놀이를 적셔주었다.

이제 막 대기실에 도착한 드 브라방데르 양은 나와 눈이 마주치고도 날 알아보지 못하고, 계속해서 날 찾아 이곳저곳을 두리번대고 있었다. 가엾은 드 브라방데르 양은 이때 다리가 부러지고 고작 석 달 정도밖에 흐르지 않은 부상자였다. 그녀는 목발을 짚고 있었다. 그런데 날 응원해 주기 위해 그녀는 콩쿠르 장까지 왔다.

게라르 부인은 그녀에게 내 머릿결이 겪은 참사에 관해 들려주기 시작했다. 그때 공연장에서 내 이름을 부르는 소리가 들렸다.

"사라 베르나르 양!"

레오토의 목소리였다. 그는 훗날 코메디-프랑세즈 극장의 프롬프터가 될 것이었고, 오베르뉴 억양이 강했다.

"사라 베르나르 양!"

나는 아무 생각도 하지 않고, 아무 말도 없이 자리를 훌훌 털고 일어났다. 그리고 눈으로는 상대역을 하기로 한 학생을 찾고 있었다. 그리고 그와 함께 무대 위에 섰다. 나는 내 목소리를 알아들을 수 없게 된 것에 놀랐다. 아까 너무 울었던 탓에, 내 두뇌는 굳어버렸고 목소리에는 콧소리가 지나치게 섞여 있었다.

관객석의 어떤 여자가 말하는 소리가 들렸다.

"가엾은 아이 같으니, 어떻게 저런 상태의 아이를 콩쿠르에 내보낼 생각을 했을까요? 감기가 독하게 들어서 코가 흐르고 얼굴이 부은 아이를…"

나는 준비한 연기를 마무리 짓고 관객석을 향해 인사했다. 그리고 애처롭게 울려 퍼지는 조그만 박수 소리 가운데 퇴장했다. 마치 몽유병자처럼 걸어갔다. 그리고 그대로 졸도해서 게라르 부인과 드 브라방데르 양의 품에 안겼다.

사람들은 공연장에 의사가 없는지 물어보았다. 웅성거리는 소리가 커졌다.

"베르나르 양이 기절했다는군!"

"베르나르 양이 쓰러져 의식을 잃었다네요!"

그리고 내가 쓰러졌다는 이야기는 칸막이 좌석 가장 안쪽에 몸을 기댄 채, 죽을 정도로 지겨워하고 있던 엄마의 귀에까지 들어갔다. 내가 다시 정신 차리고 두 눈을 떴을 때, 엄마의 아름다운 얼굴이 보였다. 방울진 눈물이 엄마의 긴 속눈썹에 매달려 있었다. 나는 엄마의 이마에 내 이마를 맞대고 조용히 울었다. 하지만 이번에 흐르는 눈물은 소금기가 없는 눈물, 내 눈꺼풀을 태우지 않는 부드러운 눈물이었다.

나는 몸을 일으켜 옷매무시를 다시 가다듬고 푸르스름한 낡은 거울을 바라보았다. 아까보다는 덜 추한 모습이었다. 내 얼굴은 어느 정도 회복이 된 상태였다. 머릿결도 본래의 탄성을 되찾았다. 요컨대 나는 확실히 아까 전보다 나은 상태였다. 기절해있는 동안 비극 부문은 끝나 있었다. 수상자들의 호명도 끝났다고 했다. 결국 어떤 상도 받지 못했다. 사람들은 지난해에 내가 비극 부문에서 차석이었다는 사실을 떠올렸다. 그랬던 내가 이번에는 수상을 실패했다. 오! 하지만 슬프지 않았다. 충분히 예상할 수 있는 결과였으니까 말이다.

나를 위해 판정에 항의한 사람도 몇 명 있었다. 심사 위원단으로 참여했던 카미유 두세 씨는 콩쿠르에서의 내 나쁜 연기에도 불구하고 내게 일등상을 안겨주기 위해 이런 논거를 들었다고 한다. 그동안의 시험 성적이 무척 좋다는 점과 종합 성적으로 따지면 내가 최상위권이라는 점을 이번 심사에 고려해야 하지 않겠냐고 말이다. 그러나 어떠한 것도 콩쿠르 당일의 무대에서 선보인 내 나쁜 연기를 무마할 수는 없었다. 콧소리, 부은 얼굴, 그리고 여러 갈래로 뭉친 머리 타래가 남긴 나쁜 인상을 만회할 수 있는 것은 아무것도 없었다.

30분의 휴식 시간 동안 포르투갈산 포도주를 마시고 브리오슈 빵을 먹었다. 이제 희극 부문의 콩쿠르를 준비해야 할 시간이었다. 희극 부문에서 나는 14번째 연기자였다. 따라서 내게는 나 자신을 추스를 충분한 시간이 있었다.

나는 내 호전적인 본능에 삼켜지는 듯한 느낌이었다. 심사가 부당했다는 생각이 나를 격분시켰다. 물론 나는 이날 상을 받을 자격이 없긴 했다. 하지만 당시에는 그래도 사람들이 내게 상을 주어야만 했다는 생각이 들었다. 나는 희극 부문에서는 꼭 일등상을 받고 말겠다는 결심을 했다.

나는 항상 만사를 과장하는 습성이 있었다. 이날도 고개를 들어 올리고 과장되게도 스스로에게 이렇게 선언했던 것이다. 만약 희극 부문 일등상을 받지 못한다면 반드시 연극을 그만둬야 할 것이라고. 신비주의적인 사랑과 수녀원에 대한 가슴 뭉클한 애정이 다시 한번 나를 사로잡고 있었다. 그렇다, 나는 수녀원에 갈 것이었다. 하지만 만약 일등상을 받게 된다면 이야기가 달랐다.

내 연약한 두뇌 속에서는 사람이 상상할 수 있는 가장 미친, 그리고 가장 비논리적인 전투가 벌어졌다. 한편으로 비극 부문 수상을 놓친 것에 대한 실망 속에서, 수녀가 되겠다는 강한 소명 의식을 느꼈고, 동시에 또 다른 한편으로는 희극 부문 수상에 대한 희망 속에서 연극에 대한 강한 소명 의식을 느꼈다. 물론 내게 유리할 대로의 해석이었지만, 나는 나 스스로에게서 희생의 재능, 금욕의 재능, 그리고 헌신의 재능을 강하게 느꼈다. 수녀원에 들어간다면, 이러한 재능들 덕분에 그랑-샹 수녀원의 원장 수녀 자리에 안착할 것이 분명했다. 그리고 다른 한편으로 나는 너무나 관대하게도 최고의 연기자가 되기, 가장 유명해지기, 가장 부러움 받는 사람이 되기라는 또 다른 나의 꿈이 꽃피기 충분한 재능들을 내가 모두 갖췄다고 생각했다. 내가 가진 모든 재질을 손가락으로 꼽아보았다. 우아함, 매력, 탁월함, 아름다움, 신비로움, 그리고 톡 쏘는 매력…

오! 나는 이것들 전부가! 전부가! 빠짐없이 나의 재능이라고 생각했다. 그리고 내 이성과 양식이 저 화려한 재질 목록에 깊은 의문을 품고, '하지만 말이야…' 같은 생각이 시작될 때마다, 나의 전투적이고 모순적인 '자아'는 더 이상 재론의 여지는 없다며 명확하고 칼 같은 답을 내놓았다. 나는 이런 특수한 상황 속, 이러한 정신 상태로 무대 위에 올랐다.

내 출품작은 멍청했다. 합리적이고, 또 따지기 좋아하는 유부녀를 연기해야 했기 때문이다. 그리고 나는 내 나이보다도 훨씬 어려 보이는 아이였다. 그래도 나는 무척 똘똘했고 이치를 따지는 것도 좋아했으며 무척 쾌활했다. 내 연기는 놀랄만한 호평을 받았다.

나는 반색했다. 기쁨으로 가득 차, 일등상을 품에 안는 상상을 했다! 오! 나는 일등상이 만장일치로 내게 수여되리라는 것을 조금도 의심치 않았다.

희극 부문 콩쿠르가 끝났다. 심사 위원단의 최종 판정을 기다리는 동안 뭔가 기운을 차릴 수 있는 먹을거리를 청했다. 게라르 부인과 드 브라방데르 양은 예술학교 구내 과자점에서 갈비를 배달시켰고 나는 남김없이 먹어 치웠다. 두 보호자는 이를 보고 무척 기뻐했는데, 나는 고기를 좋아하지 않아서 먹길 거부했기 때문이었다.

마침내 심사위원단이 그들의 원래 자리인 넓은 칸막이 좌석에 모습을 드러냈다. 장중에 고요가 흘렀다. 무대 위로 먼저 이름이 불린 것은 소년 배우들이었다.

그중에 일등상은 없었다.

파르푸뤼(Parfouru)라는 이름이 희극 부문 이등상 수상자로 호명되었다. 파르푸뤼는 오늘날 보드빌 극장의 지배인이자 레잔[4](Réjane)의 남편인 폴 포렐(Paul Porel) 씨이다.

이제 소녀 배우들의 차례가 되었다.

나는 언제라도 무대 위로 뛰쳐나갈 수 있도록 대기실 문간을 서성였다. "희극 부문 1위…" 나는 나보다 머리 하나가 더 큰, 키 큰 소녀를 떼밀며 한 발짝 앞으로 나섰다. "만장일치로 1위입니다. 마리 로

---

4 가브리엘 레잔(Gabrielle Réjane, 1856-1920)은 사라 베르나르와 더불어, 20세기 초반 가장 유명했던 프랑스 여배우로 꼽힌다.

이드 양!"

그리고 내가 밀친 그 키 큰 소녀가 우아하고 찬란하게 무대 위로 뛰어올랐다. 이 결정에 대해 몇몇 항의하는 소리가 있긴 했다. 하지만 그녀의 아름다움, 우아함, 그리고 다소 겁먹은 듯한 모습에서 우러나오는 매력이 그 모든 항변을 이겼다. 마리 로이드는 박수갈채를 받았다.

그녀는 내 곁으로 다가와 부드럽게 나를 안아주었다. 우리는 무척 가까운 사이였고 난 그녀를 무척 좋아했다. 하지만 그와는 별개로 그녀가 예술학교 학생으로서는 정말이지 아무것도 아니라고 생각하고 있었다. 그녀가 그 전 해도 수상을 했었는지에 대해서는 기억이 나지 않는다. 어쨌든 그녀가 상을 받으리라고 예상하던 사람은 아무도 없었다. 나는 돌처럼 굳어버렸다.

"희극 부문 2등상은… 베르나르 양!"

내 귀에는 그 소리가 들리지 않았다. 사람들이 날 무대 위로 떼밀었다. 그리고 나는 관객들에게 인사하는 동안, 백 명이나 되는 마리 로이드들이 내 앞에서 춤추고 있는 환영을 보았다. 일부는 내게 인상을 찌푸려 보였고 또 다른 일부는 내게 입맞춤을 날리고 있었다. 일부는 부채질을 했고, 또 다른 일부는 인사를 했으며… 그녀는 몹시 키가 컸고… 컸고… 이 모든 마리 로이드들이… 그녀들의 키가 천장을 뚫고 자라났으며… 그녀들은 사람들 머리 위로 걸어갔다. 그리고 그녀들은 내 쪽으로 다가왔다, 내 목을 조르고, 숨 막히게 하고, 내 심장을 부수면서. 나중에 들은 얘기지만, 그때 내 얼굴은 입고 있던 드레스보다도 더 새하였다고 한다.

무대 뒤편으로 돌아와 아무 말 없이 긴 의자에 앉아 마리 로이드를 바라보았다. 그녀는 수많은 이들에게 둘러싸여 축하 세례를 받고 있었는데, 물망초 다발이 수 놓인 연청색의 얇은 모슬린 드레스를 입었고, 검은빛 머릿결에 물망초 가지 하나를 꽂고 있었다.

그녀는 키가 무척 컸다. 그리고 다 보일 정도는 아니었지만… 드레스의 무척 깊게 파인 부위로, 그녀의 가냘프고 새하얀 어깨가 수줍은 듯이 드러나 있었다. 그녀의 세련된 얼굴은 다소 도도해 보였고, 무척 우아했으며, 대단히 아름다웠다. 아직 다들 어린 나이이긴 했으나, 그녀는 우리 중 어떤 사람보다도 어른스러운 매력을 갖고 있었다.

그녀의 커다란 금갈색 눈에서는 동그란 눈동자가 돌아갔고, 조그맣고 둥근 입술은 옆쪽으로 장난기가 가득 담긴 미소를 띠었다. 훌륭한 윤곽을 지닌 그녀의 코는 깃을 치며 날아오르는 듯했으며, 아름다운 타원형 얼굴은 머리카락이 시작되는 지점에서 두 조그만 귀로 감싸여 있었다. 그것은 가장 순수한 윤곽선으로 인해 투명해 보이기까지 하는 진줏빛 귀였다. 그리고 이 매혹적인 머리를, 길고, 유연하고, 하얀 목덜미가 받치고 있었다. 심사위원들이 마리 로이드에게 수여한 것은 아름다움에 대한 상이었던 셈이다! 그리고 그들의 결정은 정직했다.

그녀는 환히 웃으며, 그녀가 준비한 연극의 셀리멘[5](Célimène)이라는 인물 속으로 들어갔다. 그리고 단조로운 어조, 맥 빠진 발성과 연기의 몰개성에도 불구하고, 그녀는 심사위원들의 표를 쓸어가고야 말았다. 그녀는 셀리멘, 이 자각 없이 잔인한 스무 살짜리 불여우를 그대로 육화해 놓은 배우였으니 말이다.

그녀는 몰리에르가 꿈꾸었던 이상을 실현해냈다. 모두가 그렇게 생각했다. 이러한 결론은 나중에 내 머릿속에 정리된 것이다. 그리고 이를 통해 배운 무척 고통스러웠던 첫 교훈은 내 경력에 많은 도움이 되었다.

---

5 몰리에르의 작품 『인간혐오자 Le Misanthrope』의 등장인물로, 젊고 아름다운 스무 살 과부다.

나는 결코 마리 로이드의 수상을 잊지 않았다. 매번 내가 어떤 역할을 만들어낼 때마다, 그 인물은 복장을 갖춰 입은 채로 제게 어울리는 머리를 하고, 걷고, 인사하고, 앉고, 일어나며 내 앞에 모습을 드러낸다.

하지만 이는 인물을 구체화한 상에 지나지 않으며, 인물을 지배해야 하는 것은 그로부터 돌연 스며든 인물의 영혼이다. 나는 작가가 그의 작품을 읽는 것에 귀 기울이며 작가의 생각이 바라는 바를 정의하고자 노력한다. 그리고 그 바람에 나 스스로 동화되고자 하는 것이다.

나는 때때로 작가와 더불어 대중이 진실을 바라보게 하길 원했고, 현대 역사학의 도움으로 몇몇 인물들의 전설적인 면모를 파괴하고자 했다. 오늘날의 자료에 기반한 역사학은 우리에게 그 인물들이 살았던 역사적 현실을 알려주니 말이다. 하지만 대중은 나를 따라오지 않았고, 나는 오래지 않아 이를 이해했다. 역사적 사실에도 불구하고 전설은 승리한다는 것을 말이다. 그리고 이는 어쩌면 사람들의 영혼을 위해서도 좋은 일이다. 예수 그리스도, 잔다르크, 셰익스피어, 동정녀 마리아, 무함마드, 나폴레옹 1세 등은 이미 전설 속의 인물들이다.

이제 우리는, 예수 그리스도와 동정녀 마리아가 수치스러운 인간적인 기능을 수행하는 장면을 머릿속에 그리는 것이 불가능하다. 그분들께서도 우리가 살아가는 삶을 사셨다. 그분들의 거룩한 사지도 죽음을 맞아 차게 식었다. 하지만 우리가 이러한 진실을 받아들이는 것은 반감과 슬픔 없이는 불가능하다. 우리는 그분들의 뒤를 쫓아 지극히 숭고한 하늘 속으로 영원한 꿈속으로 뛰어든다. 그분들께 오직 이상적인 면모만을 남기기 위해, 그리고 그분들을 사랑의 권좌에 앉혀 드리기 위해 우리는 그분들에게 남아있는 모든 인간적인 찌꺼기들을 제거한다.

우리는 잔다르크가 거칠고 천박한 시골 여자이길 바라지 않는다. 잔다르크가 그녀를 희롱하는 병사를 냅다 떠밀친다거나, 남자처럼 거대한 짐말 위에 올라타 있다거나, 병사들의 상스러운 농담에 기꺼이 웃는 모습을 상상하고 싶지 않다. 그리고 그 와중에 영웅적인 동정녀로 남은 것이 비록 그녀의 덕성을 더하긴 하지만, 아직은 야만적이었던 그 시대에 그녀가 남자 병사들과 부대끼며 함께 생활했다는 것을 떠올리고 싶지 않다. 우리는 이 쓸모없는 진실들을 전혀 달가워하지 않는다. 전설 속에서 그녀는 성령의 인도를 받는 가냘픈 소녀로 남아있다. 그녀의 여린 팔이 무거운 군기를 지탱할 때면, 그녀는 보이지 않는 천사의 도움을 받고 있다. 어린아이처럼 무구한 그녀의 눈동자 속에 비치는 것은 저 너머의 세계이다, 그리고 바로 그 눈동자 속에서, 모든 병사는 힘과 용기를 기른다. 우리는 잔다르크가 그런 잔다르크이길 바란다.

그렇게 전설은 계속해서 승리자로 남는다.

10

코메디 프랑세즈에서의 첫 만남

다시 예술학교의 이야기로 돌아가자. 대부분 학생은 이미 콩쿠르 장을 떠난 상태였다. 나는 말없이 혼란스러운 상태로 의자 위를 떠나지 못했다. 마리 로이드가 내 곁에 다가와 앉았다.

"슬퍼하고 있는 거니?"

"그래, 난 일등상이 타고 싶었는데, 그걸 탄 것은 너로구나. 이건 정당하지 않아!"

마리 로이드는 이렇게 대답했다.

"정당한지 아닌지는 모르겠지만, 내가 일부러 그런 건 아니야!"

나는 터져 나오는 웃음을 참을 수 없었다.

"너희 집에 밥 먹으러 가도 될까?"

그녀는 이렇게 묻고 애원하듯, 촉촉하고 아름다운 눈빛을 보냈다. 그녀는 고아였고 별로 행복하지 않았다. 그래서 그녀는 승리의 날을 함께 축하해줄 몇 사람의 '가족'이 필요했다.

순간 끝없이 자상한 연민의 감정으로 마음이 녹아내리는 듯했다. 나는 그녀를 꼭 안아주었고, 우리는 집으로 향했다. 마리 로이드, 게라르 부인, 드 브라방데르 양, 그리고 나까지 넷이서. 엄마는 내게, 먼저 집에 가서 기다리겠다는 전언을 남겼었다. 마차 안에서 나의 "아무래도 상관없어" 주의가 부활해서 나는 다시금 기운을 되찾았다. 우리는 이 남자, 저 여자를 가리지 않고 이런저런 사람들에 대한 수다를 떨었다.

"오! 얘, 걔 정말 웃겼던 거 있지!"

"오! 그리고 걔네 엄마는 또 어떤지… 너 걔네 엄마 모자 봤니?"

"에스트브네의 아빠는 또 어떻고… 그 사람이 낀 흰 장갑 봤어? 분명 헌병에게 훔친 걸 거야, 틀림없어!"

우리는 미친 여자들처럼 웃었다.

"그리고 저 가엾은 샤틀랭은 어떻고, 걔가 머리를 어떤 꼴로 볶았는지 봤어?"

마리가 덧붙였다. 나는 이 말에는 웃을 수가 없었다. 나는 억지로 펴진 내 머릿결이 생각났고, 또 그 때문에 비극 부문 일등상을 놓쳐버린 것도 생각났다.

집에 도착해보니, 이미 많은 사람이 와서 진을 치고 있었다. 집에는 이모, 대부님, 우리 가족의 오랜 친구인 메이디유 씨, 게라르 부인의 남편, 그리고 내 여동생인 잔이 있었다. 잔의 머리는 온통 곱슬머리였고, 그것을 보는 나는 가슴이 미어지는 듯했다. 그녀는 원래 곧은 머릿결을 갖고 있었다. 사람들은 안 그래도 눈부시게 아름다운 잔을 데려다가 곱슬머리로 만들어 더 아름답게 꾸며주었다. 구불거리던 내 머리를 기어이 곧게 펴서 더 못나 보이게 만들었는데 말이다.

엄마는 그녀의 고유한 태도였던, 매혹적이고 우아한 무관심으로 마리 로이드를 맞았다. 대부님은 감격한 태도로 마리 로이드 곁에 달라붙었다. 이 부르주아에게 있어, 성공은 곧 모든 것을 의미했다. 대부님은 이전에도 한 백번은 마리 로이드와 만났지만, 단 한 번도 그녀의 아름다움에 감격하거나 그녀의 가난함에 가슴 아파하지 않았다. 그런데 그런 대부님이, 이날은, 오래전부터 자신이 마리 로이드의 수상을 점쳐왔노라고 단언까지 했다. 그리고 그는 내 쪽으로 다가와, 내 어깨에 두 손을 얹고, 그를 바라보게 했다. "자 그런데, 우리 사라는 완전히 실패해버렸어! 너는 어째서 연극을 한다고 고집부리는 거니? 너는 말랐고, 키도 작아. 그리고 네 얼굴은 말이다, 가까이서 보면 그럭저럭 봐줄 만 하지만 거리를 두고 보면 참 못났단 말이다! 게다가 네 목소리는 멀리까지 들리지도 않아!"

메이디유 씨도 한 마디 끼어들었다.

"그래, 아가. 대부님 말씀이 옳다. 그러니 네게 구혼한다는 그 제분업자와 결혼이나 하렴. 아니면 네 눈동자에 반해 미쳐버린 그 뇌 없는 스페인 무두장이 멍청이랑 결혼하던가. 연극 해봐야 네가 이룰 수 있는 건 아무것도 없어! 시집이나 가거라!"

게라르 씨가 다가와 내 두 손을 잡아주었다. 당시 게라르 부인은 서른도 채 되지 않는 나이였으나, 그는 예순에 가까운 나이였다. 게라르 씨는 슬퍼 보이는 인상이었고, 자상하고, 내성적인 성격이었다. 그는 귀족적인 몸가짐을 가졌고, 레종 도뇌르 훈장의 수훈자였으며, 기장이 긴 낡은 프록코트를 입고 다녔다. 또한 그는 인기 좋은 국회의원인 드 라 투르 데물랭 씨의 개인비서였다. 게라르 씨는 정말이지 박식한 사람이었다.

잔은 낮은 목소리로 내게 말했다. "우리 언니 대부님이(그녀가 내 대부를 지칭할 때는 항상 이렇게 말했다) 콩쿠르 끝나고 집으로 오면서, 언니는 말도 못 하게 못생겼다고 했어." 나는 그녀를 가볍게 밀쳐냈다.

우리는 식탁에 둘러앉았다. 식사 시간 내내 내게는 수녀원에 들어가고 싶다는 열망이 다시금 꿈틀거렸다. 나는 거의 먹지 않았다. 그리고 무척이나 피곤해져서 점심 식사를 마치고, 나는 침대에 몸을 누여야만 했다. 일단 내 방에 돌아와 홀로 이불을 덮고 누우니까 사지는 끊어질 것만 같고, 머리는 무겁고, 가슴은 내뱉지 못한 한숨으로 부풀어 오르는 듯했다. 내가 처한 슬픈 상황을 차분히 검토해보려 했다. 하지만 모든 것을 고쳐주는 잠기운이 찾아와 내 어린 마음을 구해주었다. 나는 깊은 잠 속으로 빠져들었다.

잠에서 깨어났을 때, 여러 정리되지 않는 생각들로 머리가 혼란스러웠다. 지금이 몇 시지? 나는 손목시계를 보았다. 10시! 그리고 내가 잠든 시각은 오후 3시였다. 나는 잠시 바깥에 귀를 기울였다. 집안사람들 모두가 잠든 듯했다. 그리고 내 침대 곁의 탁자에 조그만 쟁반 하나가 올려져 있었고, 쟁반에는 초콜릿 음료 한 잔과 브리오슈 하나가 놓여 있었다. 초콜릿 음료가 담긴 잔 옆에는 무슨 글자들이 적힌 쪽지 하나가 잘 보이게끔, 반듯하게 세워져 있었다. 나는 떨면서 그 쪽지를 집었다. 그때까지 편지나 쪽지를 받아본 적이 없었다. 야간등에서 새어나오는 미약한 불빛에 의지하여 힘겹게 그 내용을 읽어냈다. 그것은 '내 귀여운 부인'(게라르 부인)의 쪽지였다.

네가 잠들어 있는 동안, 모르니 공작께서 너희 어머니께 전보를 한 통보내셨어. 카미유 두세 씨가 그분께 확언하기를, 사라 네가 코메디-프랑세즈와 계약하는 것은 기정사실이라고 했다는구나. 그러니 오늘 일로 너무 상심치 말거라, 사랑하는 아가, 그리고 너의 미래에 대해 자신을 갖도록. - 너의 귀여운 부인이.

이것이 꿈은 아닌지 확인하기 위해 내 볼을 꼬집어 보았다. 나는 창가로 달려가 바깥을 내다보았다. 하늘이 온통 검었다. 그래, 온 세상 사람들 모두에게 검은 하늘이었다. 하지만 내게는 별이 빛나는 밤이었다. 그랬다, 하늘에 별들이 반짝이고 있었다. 그중에서 나의 별을 찾았다. 별 중에서도 가장 크고 가장 빛나는 별을 찾았고 그것을 나의 별로 삼았다.

나는 침대 쪽으로 돌아와, 두 발을 붙인 채 침대 위로 풀쩍 뛰어오르는 장난을 쳤다. 그 시도는 실패로 끝났다. 그래도 미친 듯이 웃음을 터뜨렸다. 초콜릿 음료를 몽땅 들이마셨다. 그리고 브리오슈를 집어삼키다가 하마터면 목이 막힐 뻔했다.

나는 베개를 밟고 서서, 침대 머리맡에 세워져 있던 조그만 성모상과 오랜 대화를 나눴다. 나는 성모님을 무척 좋아했다. 그분께 어째서 나의 종교적 소명에도 불구하고, 내가 수녀의 베일을 쓸 수 없었는지를 설명했다. 나는 애교를 부렸다. 나는 성모님을 설득하려 했고, 뱀의 머리를 밟아 짓이기신 그분의 발에 살포시 입을 맞추었다. 그리고 어둠 속에서 엄마의 초상화를 찾았다. 나는 어둠 속에서 얼핏 보이는 그 얼굴에 입맞춤들을 보냈다.

나는 '내 귀여운 부인'의 편지를 손에 쥔 채로, 다시 잠에 빠져들었다. 그날 밤 나는 어떤 꿈들을 꾸었던가?

다음 날에는 모든 사람이 내게 친절했다. 이른 시각에 우리 집을 찾아온 대부님은 만족스러운 표정으로 고개를 한 번 끄덕인 뒤에, 엄마에게 말했다. "사라에게 바깥 공기를 좀 쏘여야겠습니다. 제가 4륜 마차를 불러 놨어요."

그러한 산책은 내게 감미로운 것으로 보였다. 엄마는 마차 안에서 이야기하는 것을 싫어했기 때문에 나는 마차 안에서 한껏 몽상에 잠길 수 있었다.

이틀 뒤, 나이 든 하녀 마르그리트가 숨을 헐떡거리며 뛰어와 내게 편지 하나를 건네주었다. 편지 봉투의 귀퉁이에는 커다란 우표가 붙어있었고, 그 둘레에는 '코메디-프랑세즈'라는 글자가 번뜩였다.

나는 엄마에게 편지를 열어봐도 괜찮겠냐는 허락을 구하는 눈빛을 보냈다. 엄마는 어쨌거나 그녀의 승낙 없이 내게 바로 편지를 건넨 마르그리트를 나무라고 나서, 편지를 열어 봐도 좋다는 신호를 보냈다.

"내일이에요, 엄마! 내일! 코메디-프랑세즈에서 저를 소집했어요! 자, 읽어 보세요!"

여동생들이 달려왔다. 그녀들은 내 두 손을 잡아주었고, 나는 그녀들과 함께 빙글빙글 돌며 노래를 부르기 시작했다. "내일이라네! 내일이라네!…"

막내 여동생은 당시 여덟 살이었고 나는 열여섯 살이었다.

나는 이 소식을 게라르 부인에게 알려주기 위해 위층으로 올라갔다. 게라르 부인은 비누를 쥐고 새하얀 드레스들과 함께 그녀 자녀들의 덧옷을 빨래하던 중이었다. 내가 코메디-프랑세즈의 부름을 받았다는 소식을 들은 그녀는 내 머리를 쓰다듬으며, 나를 자상하게 안아주었다. 그녀의 두 손에는 비누 거품이 가득했으므로 내 양 옆구리에도 커다랗고 새하얀 비누 거품을 남겼다. 난 그 상태로 네 계단씩 시끄럽게 뛰어 내려가 우리 집 응접실에 들어섰다. 응접실에서는 대부님과 메이디유 씨, 이모와 엄마가 막 휘스트 게임을 시작하려던 참이었다. 그들을 한 사람씩 돌아가며 포옹했고, 깔깔 웃으며 그들의 얼굴에 비누 거품을 조금씩 묻혔다. 이날은 내가 무슨 짓을 하더라도 용서받을 수 있었다. 나는 이날의 주인공이었다.

나는 다음 날인 화요일 1시에 테아트르-프랑세에 가서 극장 지배인인 티에리 씨를 만나 뵈어야 했다. 무슨 옷을 입어야 할 것인가? 이건 중요한 문제였다.

엄마는 여성용 모자 가게에 연락을 넣었다. 모자 가게 주인은 모자 여러 개를 갖고 우리 집으로 달려왔다. 그중에서 하늘색 테를 두르고, 푸른색 끈과 흰 리본이 달린 하얀 누비 모자를 골랐다. 로진 이모는 내게 자기가 가진 드레스 중 한 벌을 보내주었다. 엄마 생각에는 내가 가진 드레스들이 전부 너무 소녀스럽다는 이유에서였다.

아! 이 드레스! 평생토록 이 드레스가 눈에 아른거릴 터였다. 그것은 검은 벨벳으로 된 요철무늬 장식을 붙인 배춧빛 드레스였다. 그 옷을 입고 있는 내 모습은 마치 원숭이 같았지만 결국 입을 수밖에 없었다. 다행히도 이 추한 드레스를 대부님이 선물로 주신 멋진 외투로 가릴 수 있었다. 검은색 능직 비단을 흰 실선으로 휘감아 장식한 두툼하고 멋진 외투였다. 사람들은 나를 성숙한 여인처럼 옷 입혀야 한다고 생각했다. 그런데 내 옷장에는 소녀풍의 옷들뿐이었다.

드 브라방데르 양은 그녀가 직접 수를 놓은 손수건을 선물했다. 게라르 부인은 작은 양산을 선물했고, 엄마는 예쁜 터키옥이 박힌 반지 하나를 내게 주었다.

다음날, 그렇게 잘 차려입고 게라르 부인과 함께 티에르 씨를 만나러 갔다. 흰 모자는 예뻤지만 배춧빛 드레스는 짜증이 났고, 그러한 짜증을 부인용 외투가 대신 달래줬다. 우리는 이모가 빌려준 그녀의 마차를 타고 있었다. 이모는 구태여 마차를 내게 빌려주겠다고 고집했다. 그렇게 하는 편이 내 첫인상에 더 적절할 거로 생각했기 때문이었다.

하지만 나중에 듣기로는 내가 마부까지 딸린 마차를 타고 등장한 것은 테아트르-프랑세 사람들에게 무척 나쁜 인상을 주었다고 한다. 극장 사람들이 대체 어떻게 생각했겠는가? 나는 더 깊이 생각하고 싶지 않았다. 내 생각에는 아마도 내 어린 나이 덕분에, 사람들이 선입견을 품고 바라보는 사태를 피한 것이 아닐까 싶다.

티에리 씨는 나를 상냥하게 맞이해주었고 내게 몇 마디 뜬구름 잡는 인사말들을 늘어놓았다. 그러고 나서 무슨 종이 한 장을 펼쳐 게라르 부인에게 건네주더니, 그 내용을 잘 인지한 뒤에 서명해 달라고 부탁하는 것이었다. 그것은 내 계약서였다. '내 귀여운 부인'은 그녀는 내 어머니가 아니라고 대답했다. 그러자 티에리 씨는 자리에서 일어서며 말했다.

"아! 그렇다면 이 계약서를 베르나르 양의 어머니께 드리고, 서명을 부탁한다고 좀 전해주세요."

그가 내 손을 잡았다. 그의 힘없이 흐물거리고 맥 빠진 손아귀는 내게 반감을 불러일으켰다. 나는 재빨리 손을 빼내고 그를 똑바로 바라보았다. 그는 추남이었다. 그의 얼굴은 붉었고, 눈은 내 시선을 회피하고 있는 듯했다.

티에리 씨의 사무실을 나서는 길에 코클랭과 마주쳤다. 내가 여기 왔다는 이야기를 듣고 그는 문 앞에서 날 기다리고 있었다. 코클랭은 이제 데뷔 1년 차로 성공적인 경력을 쌓아나가고 있었다. "좋아, 드디어 너도 데뷔하는구나!" 그가 쾌활하게 외쳤다. 나는 그에게 내 계약서를 보여주고 악수했다.

나는 한 번에 네 계단씩 내려가 건물의 출구로 향했다. 그리고 막 건물을 나오려던 참에, 정문을 가로막고 서 있던 한 무리의 사람들과 맞닥뜨렸다.

"계약하게 되어 만족스럽니?"

어느 부드러운 목소리가 내게 말했다. 카미유 두세 씨였다.

"아! 네, 두세 씨, 너무 감사드려요."

"아니란다, 네 계약에 나는 아무런 공이 없어. 콩쿠르에서 네가 보여준 모습은 무척 별로였단다. 하지만…"

"그렇다고 해서 우리가 네게 거는 기대를 막을 수는 없었지."

레니에 선생님께서 말을 이었다. 그리고 레니에 선생님은 카미유 두세 씨에게 몸을 돌리며 물었다.

"그 점에 대해서 어떻게 생각하시는지요, 각하?"

"저도 이 아이가 무척 훌륭한 예술가가 될 거로 생각합니다."

그리고 잠시 침묵이 흘렀다. 그때

"아니, 너 수행원까지 딸린 마차를 다 갖고 왔니!"

보발레 선생님께서 거칠게 끼어들었다. 그는 코메디-프랑세즈 제일의 비극 배우이자 프랑스에서 가장 막돼먹은 인간이었고 또한… 어쨌든!

카미유 두세 씨는 자상하게 내 손을 잡으며 해명해줬다.

"아뇨, 이 마차는 베르나르 양의 이모 소유랍니다."

그러자 보발레 선생님은 말했다.

"아! 그러면 좀 낫군요!"

나는 테아트르-프랑세를 뒤흔들어 놓은 문제의 마차에 다시 올라탔다. 집에 도착했다. 엄마는 내가 건넨 계약서를 읽지도 않은 채 거기 서명을 했다.

그리고 굳게 결심했다. 어떻게든 중요한 사람이 되자고 말이다!

코메디-프랑세즈와의 계약이 성립하고 며칠 뒤에 이모는 나를 위해 성대한 만찬회를 열어주었다. 참석자는 모르니 공작, 카미유 두세 씨, 예술부의 장관님이셨던 드 발레프스키 씨, 로시니, 엄마, 드 브라방데르 양, 그리고 나였다. 해가 졌다. 많은 사람들이 이모 댁으로 모여들었다.

엄마는 내게 무척 우아한 옷들을 입혔다. 그렇게 깊이 파인 옷을 입는 것은 처음이었다. 신이시여, 얼마나 난처했던지! 어쨌든 참석자들이 열성적으로 내 곁에 몰려들었다. 로시니 씨는 내게 시를 몇 구절 읊어달라고 요청했다. 나는 미약하게나마 '중요한 인물'이 되었다는 기쁨과 자부심 속에서 기꺼이 그 요청을 수락했다. 나는 카미시르 들라비뉴의 시 「연옥의 영혼L'Âme du purgatoire」을 낭송했다.

내가 낭송을 마치자, 로시니 씨는 외쳤다.

"이 낭송에는 반주가 붙어야 할 것 같군요."

모든 이들이 그 생각에 박수를 보냈다. 그리고 발레프스키 씨는 로시니 씨에게 말했다.

"우리 친애하는 로시니 선생, 베르나르 양은 시를 다시 읊고 당신은 즉흥 연주로 반주를 한 번 넣어보시오."

이건 당치도 않은 일이었다만 나는 지시대로 다시 시를 읊기 시작했다. 그리고 로시니 씨의 감미로운 즉흥 연주가 흘러나오자 내 감성은 그 조화로운 음률로 가득 메워졌다. 나도 모르는 새, 두 눈에서는 눈물이 흘렀다. 낭송이 끝나자 엄마는 날 끌어안으며 말했다.

"네가 날 진짜로 감동을 준 건 이번이 처음이로구나!"

엄마는 엄청난 음악 애호가였다. 그러니 그녀의 마음을 움직인 것은 분명 로시니 씨의 즉흥 연주였을 테다.

자리에는 젊고 우아한 기병인 드 케라트리 백작도 있었다. 그는 나를 무척이나 추켜세웠고, 언젠가 그의 어머니 댁에 와서 시 낭송을 해달라고 초대를 했다. 이모는 당시 유행하던 연가(戀歌)를 노래하여 큰 성공을 거두었다. 이모는 매혹적이었고 남자들의 마음을 사로잡는 데 열심이었다. 그리하여 잠시나마 자기 찬미자들의 관심을 훔친, 이 아무것도 아닌 조카딸에게 그녀는 약간의 질투심을 품었다.

전혀 다른 사람이 된 나는 집으로 돌아와서 옷도 갈아입지 않은 채, 침대 위에 오래도록 걸터앉아 있었다.

그동안 내가 알았던 삶은 오직 일이나 가족과 관계된 삶이었다. 나는 이제 막 사교계 생활의 일면을 엿보고 온 참이었다. 이 사람들의 위선, 저 사람들의 교만, 나는 그러한 것들에 충격을 받고 왔다.

나는 불안에 휩싸여 나처럼 소심하고 솔직하기 그지없는 사람은 앞으로 어떻게 행동해야 할지를 자문했다. 그리고 엄마의 행동 양식에 대해 생각했다. 그러나 엄마는 아무것도 하지 않았다. 세상만사에 대해 그녀는 시큰둥했다. 이번에는 로진 이모의 행동 양식에 대해 생각했다. 그녀는 엄마와는 정반대로 모든 일에 끼어들곤 했다.

나는 땅바닥에 시선을 고정한 채로 부글부글 끓는 머리와 근심스러운 가슴을 안고, 가만히 침대 위에 머물렀다. 새벽의 한기가 몸을 사로잡고서야 비로소 이불을 덮고 잘 생각이 들었다.

별일 없이 무탈한 나날이 이어졌다. 티에리 씨가 내 데뷔 역이 될 것이라고 말해준, 이피제니(Iphigénie[1])역의 연구에 심혈을 기울였다. 8월 말에, 실제로 나는 『이피제니』의 리허설에 참석하라는 통보를 받았다. 아! 이 첫 번째 리허설 참석 통보! 그것이 내 가슴을 얼마나 떨리게 했던지!

밤잠을 설쳤다. 낮이 밝아오는 속도가 내게는 너무 느리게 느껴졌다. 나는 계속해서 자리에서 일어나 시간을 확인했다. 시계추는 마치 멈춰져 있는 것처럼 보였다. 이제 이른 아침이겠거니 생각해서 일어나보면 당황스럽게도 여전히 밤이었다.

마침내 창유리를 뚫고 들어온 가느다란 아침 햇살은 내게 방안을 환히 밝혀주는 승리의 햇빛처럼 보였다. 나는 잠자리를 박차고 일어나 창문을 가리고 있던 커튼을 열었다. 그리고 옷을 갈아입으며 내가 맡

---

1 장 라신의 5막 운문 비극 『이피제니』의 등장인물.

은 배역의 대사를 중얼거렸다.

이제 곧 나와 함께 리허설을 하게 될 배우들을 생각했다. 코메디-프랑세즈에서 제일가는 비극 여배우인 드부아요드 부인, 모방, 또... 그리고 나는 두려움에 떨었다. 드부아요드 부인의 성격은 그다지 너그럽지 않다고 알려졌기 때문이었다.

나는 리허설에 한 시간 일찍 도착했다.

무대 감독인 선량한 다반(Davenne) 씨는 내게 미소 짓더니, 역할을 숙지하고 있는지를 물었다. 나는 확신에 차서 외쳤다.

"아! 그럼요."

"그럼 이리로 와서 연습한 걸 보여줄 수 있겠니?"

그는 날 무대 쪽으로 데려갔다.

나는 그와 함께 출연자 대기실에서 무대로 이어지는 긴 복도를 지났다. 복도에는 그간 극장이 배출한 유명인들의 흉상들이 세워져 있었다. 그는 그 흉상들이 누구의 모습을 나타내고 있는 것인지 이름을 열거해주었다. 나는 아드리안 르쿠브뢰르(Adrienne Lecouvreur)의 흉상 앞에서 잠시 멈춰 섰다. 그리고 그에게 말했다.

"저 이 배우 좋아해요!"

"그녀의 이야기를 알고 있니?"

"네, 사람들이 그녀에 대해서 쓴 모든 글을 읽었는걸요."

"아주 좋구나, 애야."

사랑스러운 이 무대 감독이 내게 말했다.

"네 예술에 관계되는 글들은 모두 읽어야만 해. 나도 몇 권 재미있는 책들을 빌려주마."

그리고 그는 날 무대로 데려갔다.

비밀스러워 보이는 미광, 바로 세워져 벽처럼 쌓인 대도구들, 아무

것도 깔리지 않은 바닥, 무수히 많은 밧줄들, 짐들, 굴대들, 머리 위에 매달린 현수막과 조명, 온통 깜깜해서 마치 심연처럼 보이는 관객석, 고요를 깨치고 삐걱거리는 바닥의 소리, 그리고 온몸을 사로잡는 지하실에서나 느낄 법한 한기… 이 모든 것들이 날 두렵게 만들었다. 여기 더 이상 살아있는 연기자들이 매일 밤 그들의 웃음과 눈물로 관객들의 박수갈채를 이끌어 내는 빛나는 무대가 아닌 듯했다. 그러기는 커녕 나는 죽은 영광이 묻힌 지하 묘실에 서 있는 느낌이었다. 무대 위가 방금 복도에서 무대 감독이 이름들을 열거했던 유명인들의 그림자들로 북적이는 것만 같았다.

신경질적이고 언제나 환영을 불러내곤 하는 상상력에 의해 나는 그들이 앞으로 나아와 내게 손을 뻗치는 환상을 보았다. 이 망령들은 나를 끌어가고 싶어 했다. 나는 두 손으로 내 눈을 가리고 잠시 움직이지 않고 있었다.

망령들을 쫓아내 준 것은 다반 씨의 목소리였다.

"몸이 안 좋니?"

"아뇨, 괜찮아요… 잠깐 현기증이 온 것뿐이에요. 걱정해 주셔서 감사합니다."

나는 다시 눈을 떴다. 이 선량한 남자는 손에 대본을 쥔 채로, 내가 서야 하는 위치, 나의 동선, 기타 등등을 설명해 주었고, 나는 기꺼이 그의 지시에 따랐다. 그는 내 연기에 대해 무척 만족하면서 몇 가지 전설적인 이야기들도 들려주었는데, 그중에서도 특히 파바르(Favart)양[2]의 이야기가 기억에 남는다.

2 파바르(Favart, 1833-1908)는 코메디-프랑세즈의 여배우로, 1844년생인 사라 베르나르보다 한 세대 위다.

"바로 이 대목에서, 파바르 양의 연기가 큰 성공을 거두었었지."

그 구절은 이것이었다.

유리바트, 희생 제물을 제단으로 데려가세요.[3]

다른 배우들도 서서히 도착하기 시작했다. 그들은 뾰로통한 얼굴로 나를 한 번 흘깃 바라보더니 더는 날 신경 쓰지 않고 자기 배역의 리허설에 몰두했다.

난 울고 싶은 심정이었다. 무엇보다도 모욕당하는 것이 힘들었다. 이미 리허설 중에 이 사람 저 사람들로부터 세 차례의 욕지거리를 들었다. 나는 그때까지만 해도 그와 같은 다소 거친 말 씀씀이에 면역이 없었다. 우리 집에 드나드는 사람들은 말 씀씀이를 무척 조심히 했고, 이모 집에 드나드는 사람들은 세련되고 섬세한 언어를 구사했다. 수녀원에서의 언어생활은 더 말할 것도 없다. 거기서는 단 한마디라도 무례한 이야기가 오가는 적이 없었다. 물론 나는 예술학교 출신이었다, 그건 맞다. 하지만 거기서도 마리 로이드와 로즈 바레타 정도를 제외하면 누구와도 어울린 적이 없었다. 로즈 바레타는 오늘날 코메디-프랑세즈 배우 협회의 회원인 블랑슈 바레타의 언니이다.

리허설이 끝났다. 다음 리허설은 다음날 같은 시각에 코메디-프랑세즈 휴게실에서 진행하는 것으로 약속이 잡혔다.

무대 의상업자가 날 찾아왔다. 의상을 시착하기 위해서였다. 나는 리허설 중에 날 찾아와 합류한 드 브라방데르 양과 함께 의상실로 올라갔다. 드 브라방데르 양은 내 의상의 팔 부분이 덮여있기를 바랐으나, 의상업자는 그녀에게 부드러운 목소리로 비극에서는 그런 의상이 불가능하다고 말했다.

---

3 라신의 『이피제니』에서 이피제니의 대사 중 한 대목.

의상업자는 내게 무척이나 추한 흰색 모직 드레스를 입혔고 머리에는 베일을 씌워 주었다. 그 베일은 너무 뻣뻣해서 쓰는 것을 거절했다. 그들은 또한 내 머리에 장미 화관을 얹어주었는데, 그것 역시도 너무나 볼품이 없어서 거절했다.

의상 업자가 내게 다소 무뚝뚝한 목소리로 말했다.

"그러실 거라면 아가씨 베일은 아가씨께서 직접 구매하셔야 합니다. 방금 보여드린 것까지가 극장에서 지불하는 의상들이거든요."

"좋아요, 그럼 제가 알아서 사 오죠."

나는 얼굴을 붉히며 답했다.

집으로 돌아와 엄마에게 내 의상과 관련된 불운에 대해 말씀드렸다. 그러자 무척 관대한 우리 엄마는 내게 즉시 흰 바레주 베일을 사게 했다. 굵고 탄력 있어 보이는 주름이 잡힌 멋진 베일이었다. 또한 엄마는 울에 핀 장미들로 만든 화관도 사주었는데, 그 관은 저녁이면 부드럽고 소박한 흰 빛을 띠는 것처럼 보였다. 엄마는 코메디-프랑세즈의 신발 가게에서 연극용 장화 한 켤레도 주문해주셨다.

그뿐만 아니라 내가 쓸 화장품 통을 구입해야 했다. 엄마는 이 일을 내 예술학교 친구인 디카-프티 양의 어머니에게 맡기기로 했다.

나는 디카-프티 부인과 함께 레옹틴 마생의 아버지가 운영하는 가게로 향했다. 레옹틴 마생 역시 예술학교의 학생이었으며 그 아버지는 화장품 통을 만드는 장인이었다.

우리는 레아뮈르 거리에 있는 7층 건물로 올라갔다. 그리고 '마생, 화장품 통 제조인'이라는 문구가 적힌 초라한 문 앞에 멈춰 섰다. 문을 두드렸다. 그러자 허리가 굽은 어린 여자아이가 나와 문을 열어주었는데 곧바로 그녀가 레옹틴의 여동생이라는 것을 알아보았다. 그녀는 종종 예술학교에 놀러 오곤 했었다. 그녀가 외쳤다.

"아! 깜짝이야! 이리 와봐, 티틴(Titine⁴)! 여기 사라 언니가 왔어!"

그러자 옆방에서 레옹틴 마생이 달려왔다. 그녀는 자상하고 차분하고 예쁜 친구였다. 레옹틴이 날 꼭 끌어안고 말했다.

"아! 널 봐서 얼마나 기쁜지 몰라! 코메디-프랑세즈에서 데뷔한다면서! 신문에서 읽었어."

나는 귀 끝까지 얼굴이 빨개졌다. 내가 신문에 실렸다니!

"바리에테(Variétés) 극장⁵에서 데뷔하게 됐어!"

그리고 그녀는 이야기하고, 이야기하고, 이야기를 멈추지 않았다. 그녀가 얼마나 오래, 또 빠른 속도로 수다를 떠는지 나는 정신이 어질어질할 지경이었다. 프티 부인은 냉랭한 기색이었고 왜 그러는지 모르겠지만 우리를 떨어트려 놓으려 했다. 레옹틴이 디카-프티의 안부를 묻는 말을 몇 마디 던지자 그녀는 그저 고개를 까딱하거나, "나쁘지 않아 물어봐줘서 고맙다."라고 짤막하게 답했다.

마침내 레옹틴의 수다가 끝나고 나서야, 프티 부인은 내게 말할 수 있었다.

"네 화장품 통을 주문해야 해, 우리 그러려고 여기 온 거잖니."

"아! 그랬구나, 아빠는 저 안쪽 작업실에 계셔. 주문하는 데 오래 걸리지 않는다면 나도 여기서 기다리고 있을게. 지금 바리에테 극장에 리허설 연습하러 갈 거거든, 같이 가지 않을래?"

그러자 프티 부인은 숨이 턱 막힌 표정으로 외쳤다.

"안 돼! 절대 안 돼!"

프티 부인은 레옹틴 마생을 좋아하지 않았다. 짜증이 난 레옹틴은

---

4 레옹틴(Léontine)의 애칭이다.
5 바리에테 극장(théâtre des Variétés)은 파리 몽마르트르 대로 7번지에 위치한 극장이다.

어깨를 한 번 으쓱해 보이며 그녀를 등지고 돌아섰다. 그리고 외출용 모자를 쓰고 날 포옹한 다음에, 프티 부인에게는 무거운 어조로 이런 작별 인사를 남겼다.

"육중하신 우리 부인, 바라건대 두 번 다시 안 뵈었으면 좋겠네요!"

그리고 그녀는 상쾌한 소녀의 웃음을 터뜨리며 사라져갔다. 나는 프티 부인이 네덜란드어로 뭔가 못된 말들을 웅얼거리는 것을 들었는데 그 욕지거리의 의미를 나중에 가서야 알게 되었다.

우리는 집의 가장 마지막 방으로 들어갔다. 마생 씨는 자기 작업대에서 조그만 흰 목재들에 대패질을 하고 있었다. 등이 굽은 레옹틴의 여동생은 계속해서 왔다 갔다 돌아다니고 기쁜 기색으로 노래를 불렀다. 반면에 아버지인 마생 씨는 줄곧 우울해 보였고 굳은 표정이었으며, 불편한 기색이었다.

화장품 통의 주문이 끝나고 우리는 작업실을 빠져나왔다. 프티 부인이 먼저 방을 나가고, 나도 뒤따라 방을 나가려는데, 레옹틴의 여동생이 내 손을 붙잡고 말했다.

"언니, 아빠가 좀 많이 퉁명스러웠지... 언니한테 질투나서 그래, 레옹틴 언니는 테아트르-프랑세에 못 갔잖아."

그녀의 비밀 이야기를 듣자 내 마음 속에서는 가벼운 동요가 일어났다. 나는 막연하게나마 이 가난한 집안에서 벌어진 일을 짐작할 수 있었다. 레옹틴의 집에서는 가족구성원들의 마음을 이토록 서로 다르게 휘적거린, 숨 막히게 괴로운 극(劇)이 펼쳐졌던 것이었다.

11

몰리에르의 집에서의 데뷔

1862년 9월 1일, 내가 데뷔하던 날이었다. 나는 뒤포 가에 붙은 연극 포스터들 앞에 못 박힌 듯이 서 있었다. 당시의 연극 포스터들은 뒤포 가와 생토노레 가가 맞닿는 부근에서 넓은 자리를 차지하고 부착되었었다.

그중 코메디-프랑세즈의 벽보 위에는, 이런 구절이 서 있었다. '사라 베르나르 양의 데뷔 공연.'

그렇게 얼마나 오래 동안 벽보에 새겨진 내 이름자들에 홀려 있었는지 모르겠다. 다만 벽보를 읽게 된 모든 행인이 지나던 발걸음을 멈추고 날 바라보는 것처럼 생각되었고, 그래서 귀 끝까지 얼굴이 빨개졌다는 것은 기억난다. 다섯 시가 되어서야 테아트르-프랑세로 발걸음을 옮겼다.

나는 코블랑츠 양과 대기실을 함께 썼다. 우리 대기실은 코메디-프랑세즈와 골목 하나를 사이에 두고 떨어진 건물 다락방이었다. 코메디-프랑세즈가 통째로 임대한 그 건물에는 외부인이 이용할 수 없는 작은 다리가 하나 설치되어 있었고 도로 위로 난 그 다리를 복도 삼아 우리는 코메디-프랑세즈와 대기실을 오갔다.

나는 의상을 입는 데 무진히 시간을 썼다. 내 상태가 괜찮은지 아닌지, 판단이 서지 않았다. '내 귀여운 부인'은 내 얼굴이 너무 창백하다고 말했고 드 브라방데르 양은 내 얼굴이 너무 붉다고 말했다.

엄마는 곧바로 공연장에 오신다고 했었다. 로진 이모는 휴양지에 있었다. 사회자가 곧 공연이 시작된다고 외쳤을 때는 머리부터 발끝까지 식은땀이 차올랐다. 거의 기절할 뻔했던 나는 덜덜 떨며 비틀비틀, 이를 딱딱 부딪쳐가며 대기실을 빠져나왔다. 나는 무대 쪽에 도착했다. 그리고 막이 올라갔다.

그날 서서히, 장엄하게 올라가던 막이 내게는 찢어진 베일처럼 보였다. 그 틈으로 내가 미래를 엿볼 수 있는 찢긴 베일 말이다.

그때 중후하고도 상냥한 목소리의 누군가가 날 불렀다. 돌아보니 내 첫 번째 은사이신 프로보스트 선생님이셨다. 선생님께서 나를 격려해주시고자 온 것이었다. 나는 재회의 기쁨에 차, 그분에게 달려들어 목을 껴안았다. 프로보스트 선생님 곁에는 상송 선생님도 와 계셨다. 내 기억으로 상송 선생님 본인 역시, 심지어 같은 날 저녁 몰리에르의 희극 공연을 앞두고 계셨다.

프로보스트 선생님은 체구가 크고 풀어헤친 은발 머리였으며, 폴리치넬라(어릿광대)와 같은 인상을 주는 분이셨고, 상송 선생님께서는 체구가 작은 신사로 머릿결은 희고 밝았으며(고불고불하게 말려들어 작고 촘촘한 고리 모양을 이룬, 아주 질긴 곱슬머리였다), 뾰족한 인상을 주는 분이셨다. 이처럼 판이한 두 남자가 똑같이 보호하려는 감정으로 마음이 동했다. 이 연약하고, 신경질적이고, 하지만 신념으로 가득 차 있는 가엾은 사라를 감싸줘야겠다는 감정 말이다. 그도 그럴 것이 두 분은 연극에 대한 나의 열정을 잘 알고 계셨고, 또한 자기 자신의 육체적인 약함과 끊임없이 맞서 싸우는 내 불굴의 의지도 알고 계셨다.

두 분은 내 신조인 "그럼에도 불구하고"가 우연의 산물이 아니라는 것을 알고 계셨다. 그것은 깊은 성찰을 거친 내 의지의 표명이었다. 엄마는 전에 두 분께 내가 9살의 어린 나이에 그러한 신조를 품게 된 유래를 설명했었다. 그때 나는 누구도 감히 뛸 엄두를 내지 못한, 나역시 뛰지 못할 것이라고 사촌이 도발했던 도랑을 뛰어넘으려 시도했다. 한 차례의 멋진 도약 끝에 나는 떨어져 도랑에 얼굴을 빠트렸고 한쪽 손목이 부러졌으며 온몸을 다쳤었다. 그리고 부축을 받으며 옮겨지는 동안, 나는 분에 찬 목소리로 외쳤다. "아냐, 그럼에도 불구하고, 다시 뛸 거야! 한번 더 너는 못 뛸 거라고 도발해봐! 난 평생 내가 하고 싶은 걸 하고 살 테다!" 그날 저녁, 포르 이모는 내가 다친 것을 마음 아파하면서 내가 무엇을 해주면 즐거울지 말해보라고 했다. 붕대를 둘둘 감은 내 작고 가엾은 몸이 환희로 떨렸다. 나는 위안 받은 마음으로 어리광을 부리며 이모에게 나지막하게 말했다. "편지지에 제 신조를 써 주셨으면 좋겠어요." 그러자 엄마는 다소 가소롭다는 듯이 그 신조가 무엇이냐고 재촉했다. 나는 잠시 아무 말 없이 있다가, 기다리는 이들의 침묵 속에서 외쳤다. "그럼에도 불구하고!" 그때의 내 목소리가 어찌나 격렬했던지, 우리 포르 이모는 뒷걸음치며 중얼거렸다. "어쩜, 애가 이렇게 무섭니!"

상송 선생님과 프로보스트 선생님은 이 이야기를 내게 환기하며 용기를 주려 하셨다. 하지만 나는 피가 끓어오르는 상태였고 혈기에 두 귓구멍이 윙윙거려 아무 말도 들리지 않았다. 그리하여 그 대사가 들리면 내가 등장해야 하는, 등장 직전의 대사조차 듣지 못했다. 문제의 대사를 포착한 것은 프로보스트 선생님이셨고, 나는 그분께서 등을 떠밀어 주신 덕에 무대에 오를 수 있었다.

그순간 극중 아버지인 아가멤논을 향해 달려 나갔다. 그에게서 더는 떨어지고 싶지 않았다. 그때 내게는 붙잡고 매달릴 누군가가 필요했기 때문이었다. 그리하여 어머니 역인 클리탕네스트르에게 몸을 던졌다. 결국 대사를 더듬거리기까지 했다. 무대에서 퇴장하고 나는 네 계단씩 한 번에 뛰어올라 분장실로 줄달음쳤다.

나는 벌컥 성을 내며 옷을 벗어 던졌다. 당황한 게라르 부인은 내게 미쳤느냐고 물어보았다. 이제 1막을 연기했을 뿐이었고 연극은 아직 4막이 남아있었다. 그때 신경이 계속해서 이 모양으로 날뛰다가는 이제 정말 위험할지도 모르겠다는 생각이 들었다. 나는 내 의지 어린 신조에 호소하였고, 거울 속의 나 자신을 노려보면서, 진정하라, 침착하라는 명령을 내렸다! 그러자 부끄러움 속에서 내 신경은 다시금 뇌에 복종했다. 그리고 나머지 연기를 마무리 지었다. 하찮은 연기였다.

「로피니옹 나시오날L'Opinion Nationale」 지(誌)에 실린 사르세[1] 씨의 연극 비평을 읽은 엄마는 아침 일찍 날 찾아와 직접 다음과 같은 구절을 읽어주셨다.

어제 「이피제니」 공연에서 데뷔한 베르나르 양은 장신의 미인으로 몸매는 날씬하고, 무척 보기 좋은 외양의 젊은이다. 특히 그녀의 얼굴 윗부분은 특이할 정도로 아름답다. 연기는 무난하고 발음은 완벽하게 명료하다. 그녀에 대해 말할 수 있는 것은, 지금 시점에서는 이 정도가 다다.

엄마는 날 끌어안았다. "이놈은 바보야[2], 넌 정말 매력적이었단다." 엄마는 손수 나를 위해 크림을 얹은 카페오레를 준비해서 작은 잔에

---

1 연극비평가 프랑시스크 사르세(Francisque Sarcey, 1827-1899)를 말한다.
2 사르세의 평이 반어와 비꼼으로 가득차 있기 때문에 하는 말이다.

내어주셨다. 난 행복했다. 하지만 온전히 행복하지는 못했다.

오후에는 대부님이 날 찾아와 외쳤다.

"맙소사, 가엾은 아가, 네 팔뚝은 어쩜 그렇게 말랐니!" 대부님의 말에는 일리가 있었다. 실제로 공연 중에도 누군가 가벼운 웃음을 터뜨렸었다. 오! 나는 그 웃음소리를 똑똑히 듣고 말았다. 유리바트 역의 배우에게 팔을 뻗으며 내가 그 유명한 구절인 '희생 제물을 제단으로 데려가세요'를 읊었을 때 말이다. 파바르가 해당 대사로 주목받은 이래, 이피제니 역이 그 대사로 성공하는 것은 거의 전통과도 같았다. 오! 하지만 나는 그 대사를 통해서도 전혀 주목받지 못했다, 나는 주목을 끌기는커녕 길쭉하고 여윈 팔 때문에 관객의 웃음을 자아냈다.

✠

내 두 번째 작품은 「발레리」였고 그 공연에서 조그마한 성공을 거두었다. 그러나 내가 세 번째 작품에서 연기를 펼쳤을 때, 사르세 씨는 코메디-프랑세즈에 대해 다음과 같은 독설을 퍼부었다. 그렇다, 이번에도 사르세 씨였다.

「로피니옹 나시오날」, 9월 12일.
같은 날 저녁, 몰리에르의 「학식을 뽐내는 여인들」도 공연되었다. 이는 베르나르 양의 세 번째 무대로 그녀는 본작에서 앙리에트 역으로 분했다. 베르나르 양은 여전히 아름다운 모습을 선보였으나, 그녀의 연기는 이전의 「쥐니」(여기서 그는 작품 이름을 착각했다. 내 데뷔작은 「이피제니」였다)나 「발레리」에서와 마찬가지로, 이번에도 형편없었다. 공연은 전반적으로 참담했으며, 그리 유쾌하지 못한 생각들을 품게 한다. 우선 첫 번째, 베르나르 양에게는 재능이 없는 게 아닌지 하는 생각. 하지만 이는 사실 별로 중요한 문제가 못 된다. 데뷔하는 배우들은 한둘이 아니며, 그 중 전혀 성공을 거두지 못하는 자가 있다고 하더라도 전혀 이상한 일은 아니다. 여럿을 데뷔시켜 그중에서 좋은 배우를 골라내면 그만인 것이다. 정말로 날 슬프게 하는 것은 코메디-프랑세즈의 다른 배우들이 그런 베르나르 양과 비교했을 때 딱히 더 잘난 점을 보여주지 않았다는 사실이다. 그들은 배우 협회 회원인데도 말이다! 그들이 저 어린 베르나르양보다 뛰어났던 점은 무대가 좀 더 익숙해보였다는 점 뿐이었다. 아마 베르나르 양이 앞으로도 계속 코메디-프랑세즈에 남는다면, 20년 뒤에는 그녀도 저들과 같은 모습이리라.

결국 코메디-프랑세즈에 남지 못했다.

실로 정말 별것도 아닌 일들이 인생을 좌우하곤 한다. 내 인생을 결정지은 것도 분명 그런 별것도 아닌 일 중 하나였다.

나는 코메디-프랑세즈에 뼈를 묻을 생각으로 입단했었다. 대부님이 엄마에게 내 경력에 따라 예상되는 미래에 관해 설명하는 것을 들은 적도 있었다. "사라는 처음에는 얼마를 벌 것이고, 첫 5년 동안에는 얼마를… 좀 지나면… 결국에는… 30년 뒤에는 배우협회 회원이 되어 연금을 받을 것이고… 물론 그녀가 협회원이 될 수 있다면…" 그는 이 점에 대해서는 회의적으로 보였다. 내가 코메디-프랑세즈를 떠나게 된 것은 사소한 비극이 시발이었고 그 비극의 원인에는 이번에도 (비록 이번에는 의도치 않은 것이긴 했으나) 여동생인 레지나가 있었다.

그날은 몰리에르의 생일이었다. 코메디-프랑세즈의 모든 예술가는, 전통에 따라, 그 천재 작가의 흉상 앞에 모여 다 함께 인사를 드려야 했다[3]. 내가 공식 행사에 참여하는 것은 처음이었다. 그리고 어린

---

3 코메디-프랑세즈의 별칭이 '몰리에르의 집'일 정도로, 몰리에르는 연극사에 커다란 족적을 남

여동생은 자신도 행사에 데려가 달라고 졸라대었다. 결국 동생을 데려가도 좋다는 엄마의 허가를 받아냈다. 엄마는 우리에게 우리의 나이 든 하녀 마르그리트를 동행시켰다.

코메디-프랑세즈의 전원이 휴게실에 모여 있었다. 남자고 여자고 다들 가지각색의 복장이었으나, 그들 모두 저 유명한 '의사Docteur'의 망토[4]를 착용하고 있었다. 사회자가 와서, 곧 행사가 시작된다고 공지했다. 모두 자리에서 일어났다. 복닥거리는 사람들 무리는 흉상들이 늘어서 있는 복도를 향했다.

나는 레지나의 손을 잡았다. 우리 앞에는 민 나탈리라는 육중한 몸매의 배우가 자못 점잔을 빼며 걷고 있었다. 그녀는 코메디-프랑세즈 배우 협회 회원이었으며, 늙고, 못되고, 심술궂은 여자였다. 레지나는 마리 루아이예의 망토 끝자락을 피하려다가, 그만 그 나탈리의 옷자락을 밟고 말았다. 그러자 나탈리는 몸을 돌려 갑작스레 레지나의 몸을 밀쳤다. 그녀가 얼마나 세게 밀쳤는지, 레지나는 흉상을 받치고 있는 지지대 중 하나에 머리를 찧고 말았다. 레지나는 울음을 터뜨리며 내 쪽으로 돌아왔다. 그녀의 예쁜 얼굴은 피로 물들어 있었다. "이 못된 년아!" 나는 소리 지르며 나탈리에게 달려들었다. 그리고 나탈리가 뭐라고 대꾸하려던 참에 그녀의 양 뺨을 후려쳤다.

나탈리, 이 늙은 배우협회 회원은 정신을 잃고 쓰러졌다. 소란과 동요가 일어났고, 일부는 분개했으며 일부는 칭찬하기도 했다. 억지로 눌러 참는 웃음소리가 났다. 몇몇 이들의 복수심이 충족된 것 같았다. 아이가 있는 여배우들은 다친 내 동생에게 측은한 연민의 시선을 보

긴 작가였다.

4 몰리에르는 '의사'의 모습을 작품 속에서 우스꽝스럽게 그려내는 것으로 유명하다.

내고 있었다. 기타 등등, 기타 등등…

사람들은 두 그룹으로 나뉘었다. 계속해서 기절 상태에 있는 못된 나탈리를 둘러싼 그룹과 동생 레지나를 중심으로 한 그룹으로 말이다. 두 그룹의 인적 구성이며 외양은 기이할 정도로 달랐다. 먼저 나탈리 그룹의 사람들은 남자고 여자고 모두 점잔 빼는 태도로 침착하게 나탈리 주위를 둘러서서, 좌초된 짐 덩이 같은 그녀의 거구에 부채질해주었다. 부채가 없는 이들은 손수건을 펄럭여 바람을 보내고 있었다. 젊지만 엄격한 성격이던 어느 여자 배우 협회원이 그녀에게 몇 방울의 물방울을 떨어트리고 있었다. 하지만 나탈리는 그 물방울이 닿자마자 돌연 정신을 되찾고 두 손으로 얼굴을 가리며 아직 몽롱한 목소리로 중얼거렸다. "멍청한 짓을! 그러면 내 화장이 지워지잖아요!"

한편 레지나의 주위에서는 젊은 여자들이 웅크려 앉아 그녀의 예쁜 얼굴을 닦아주었다. 그러자 레지나는 거친 목소리로 말했다. "내가 일부러 그런 거 아니야, 언니. 맹세할 수 있어! 저 커다란 암소 같은 여자가 아무것도 아닌 일로 뒷발질 한 거야!" 레지나, 천사들마저 질투심을 품게 할 정도로 아름다운 금발의 세라핌, 저 이상적이고 시적인 아름다움의 소유자는 입버릇이 마부처럼 거칠었다. 그리고 그 무엇도, 어떤 것도, 그녀의 거친 말씀씀이를 교정할 수는 없었다.

레지나의 거친 욕설은 그녀의 편을 들고 있던 소그룹 사람들에게서 웃음이 터지게 했다. 반대그룹의 사람들은 그 독설에 어깨를 한 차례 으쓱해 보였다. 배우 중에서 가장 매력적이고 사랑받는 사람이던 브레상(Bressant) 씨는 내게로 다가와 말했다. "우리는 어쨌든 이 일을 잘 해결해야 해요, 친애하는 베르나르 양. 나탈리가 팔은 짧아도, 발은 참 넓거든요. 우리끼리 하는 얘기지만 당신이 좀 욱하기는 했어요. 하지만 난 그런 점이 좋습니다. 그리고 저기 저 꼬맹이는 참 재밌고 예쁘군요." 그는 그렇게 말하며 여동생을 가리켰다.

사람들은 공연장에서 발만 동동 구르고 있었다. 레지나와 나탈리의 사건 때문에 행사가 20분 지연되었다. 우리는 무대로 가야만 했다. 마리 루아이예는 날 끌어안으며 말했다. "우리 작은 친구, 네가 용자다!" 그리고 로즈 바레타는 내게 바싹 몸을 붙이고 말했다. "오! 너 무슨 배짱으로 그런 거니? 나탈리는 배우 협회 회원이라고…"

나로 말할 것 같으면, 아직 내가 저지른 일에 대한 자각이 없었다. 하지만 내가 이 일에 대해 비싼 대가를 치를 것임을 직감했다.

다음날 극장 지배인인 티에리 씨로부터 편지 한 통을 받았다. 내가 얽힌 사건과 관련해 할 말이 있으니 코메디-프랑세즈 지배인에게 1시까지 찾아오라는 얘기였다. 나는 밤새 울었다. 내 행동이 후회되어서 운 것이 아니라 짜증이 나서 울었다. 무엇보다도 나와 더불어 우리 온 가족이 공격 받을 거라는 생각에 짜증이 났다. 엄마에게는 그 편지를 숨겼다. 코메디-프랑세즈에 입단하던 날을 기해 엄마는 나를 피후견인 상태에서 해제해 주셨으므로 내게 오는 편지들을 그녀의 통제 없이 직접 받고 있었다. 나는 홀로 코메디-프랑세즈를 찾아갔다.

한 시 정각이었다. 지배인 실에 내가 도착했음을 알렸다.

티에리 씨는 매우 냉랭했다. 그의 코는 어느 때보다도 더 붉게 충혈되었고, 눈은 지금껏 본 것 중에서 가장 음침했다. 그는 내게 죽일 것 같은 설교를 늘어놓았고 내 규율 없는 태도와 존경심의 결여, 그리고 큰 문제를 일으킨 행동을 비난했다. 그는 우울한 장광설을 나탈리 부인에게서 용서를 구하라는 충고로 마무리 지었다. 그리고 이렇게 덧붙였다. "나탈리에게도 이리로 오도록 했네. 나탈리가 오면 사건 해결 위원회로 소집한 배우 협회원 세 사람 앞에서 그녀에게 용서를 구하도록 하게. 만약 나탈리가 자네를 용서한다면, 위원회는 자네에게 벌금을 매길 여지가 있는지 그리고 자네와의 계약을 해지할 여지가 있는지 심사에 들어갈 걸세."

나는 잠시 아무 답도 하지 못한 채로 있었다.

눈앞에 상심한 어머니의 모습이 어른거리는 듯했다. 부르주아다운 웃음을 터뜨리는 대부님의 모습도 눈앞에 어른거렸다. 그리고 "이 아이는 끔찍해요!"라는 자신의 혜안을 의기양양하게 자랑할 포르 이모의 모습이며, 두 손을 모으고 수염조차 슬픔에 잠겨, 두 눈에 눈물이 고인 채로 말없이 가슴 아픈 기도를 올릴 우리 브라방데르 양의 모습도 눈앞에 선했다. 나는 상냥하고 소심한 게라르 부인이 내 미래에 관한 자신의 믿음을 용기 있게 피력하며 모든 이들과 맞서 싸우는 환청을 들었다.

"그래서 베르나르 양, 대답은?" 티에리 씨가 건조하게 말했다. 나는 아무 말 없이 그를 바라보았다.

그는 더는 내 답을 기다리지 않았다. 그는 말했다.

"좋아, 이제 나탈리 부인을 부르겠네. 부탁하건대 최대한 신속하게 사과하기를 바라네. 그것 말고는 자네의 명청한 짓을 무마해줄 방법이 없으니까 말이야."

"오! 아니에요, 지배인님. 나탈리를 부르지 마세요. 전 사과 안 할 거예요. 제가 나가겠어요, 지금 당장 계약을 해지하도록 하죠!"

그는 잠시 당황한 기색이었다. 그에게서는 고압적인 태도가 사라졌고 대신 길들이기 힘든 고집쟁이 소녀를 향한 크나큰 연민이 자리 잡았다. 그가 보기에 나는 고작 자존심 때문에 미래를 부수려 하고 있었다. 그는 좀 더 상냥하고 정중한 태도가 되었다. 그는 비로소 내게 자리를 권하였고 날 마주하고 앉아 부드러운 목소리로 설득을 시작했다. 코메디-프랑세즈 극장 소속 여배우로서 얻을 수 있는 각종 이점에 관해, 영광스럽게도 입단을 허가받은 이 찬란한 몰리에르의 '집'을 자기 스스로 박차고 나갔을 때 겪을 여러 위험에 관해 설명했다. 그 외에도 그는 무척 일리 있고 현명한 수십 가지 이유를 대었고, 나는 그의 논변에 마음이 약해지고 있었다.

하지만 내 마음이 약해진 것을 보고 그가 나탈리 부인을 부르려던 순간, 내 안의 조그만 야수가 다시금 기지개를 켰다.

"나탈리 부르지 마세요! 오면 또다시 그녀의 따귀를 갈기겠어요!"

"자네가 그렇게 나온다면, 자네 어머니를 소환하겠네."

"오! 지배인님, 저희 어머니께서는 집에서 꼼짝도 안 하시는걸요!"

"좋아, 그럼 내가 자네 어머니를 뵈러 가지."

"소용없어요, 지배인님. 어머니께서는 제 피후견 상태를 해제하셨습니다. 전 자유롭게 제 삶을 좌우할 수 있어요. 제 모든 행동에 대한 책임은 오직 제게 있습니다."

"베르나르 양, 알겠네. 그럼 나중에 다시 연락하겠네."

그는 자리에서 일어났다. 이 면담이 끝났음을 알리는 신호였다.

나는 어머니께 어떤 이야기도 하지 않겠다고 굳게 결심한 상태로 귀가했다. 하지만 집에서는 어쩌다가 이마에 상처가 났냐는 질문을 받은 레지나가 이미 모든 이야기를 털어놓은 상태였다. 대체 그것이 가능한 일이었나 싶지만, 그녀는 자기 방식에 따라 나탈리의 흉포함과 내 행동의 대담함을 한층 부풀려 전한 상태였다.

로즈 바레타는 나를 찾아와 코메디-프랑세즈가 계약을 해지할 것이 확실하다고 말하며 울음을 터뜨렸다. 집안사람들 모두가 흥분했고 대책을 논의했으며 실의에 잠겼다. 나는 짜증 속으로 빠져들었다.

나는 이 사람 저 사람에게서 쏟아지는 비난들을 귓등으로 흘렸다. 조언들은 더 말할 것도 없었다. 나는 방문을 이중으로 잠그고 방안에 틀어박혔다.

다음날이 되었다. 온 집안사람들이 내게 불만스러운 표정을 보였다. 나는 게라르 부인이 사는 윗집으로 올라갔다. 거기서라면 내가 다시금 힘을 얻을 수 있었고 위안을 받을 수 있었기 때문이다. 그렇게 극장으로부터 어떤 일감도 주어지지 않은 채, 며칠이 흘러갔다.

그러던 어느 날 아침 작품 낭독회에 참석하라는 소집장을 받게 되었다. 낭독할 작품은 부이예[5] 씨의 신작인 「돌로레스」였다. 내가 신작 희곡 작품의 낭독회에 소집된 것은 이때가 처음이었다.

코메디-프랑세즈에서 내게 작품의 '초연(création)'을 맡기려 하는 것이었다. 내 모든 슬픔은 한 무리 검은 나비 떼가 날아오르듯 사라져버렸다.

나는 이 기쁜 소식을 엄마에게 알렸다. 그러자 엄마는 내가 낭독회에 소집된 것으로 보아 두 가지 논리적인 추론이 가능하다는 결론을 내렸다. 첫째, 코메디-프랑세즈는 나와의 계약을 해지하려는 생각을 관뒀다, 둘째, 코메디-프랑세즈는 내게 나탈리에 대한 사과를 강요하려는 생각을 단념했다.

나는 극장으로 갔다. 다반 씨가 내게 돌로레스 역을, 그러니까 신작 희곡의 주인공 역을 맡겼을 때의 놀라움은 말로 다 형용할 수가 없다. 으레 신작 희곡의 주인공 역이 돌아가던 파바르 양이 몸져누웠다는 사실을 알고 있었지만, 그걸 고려하더라도 코메디-프랑세즈에 여배우가 나뿐인 것은 아니었다. 나는 그중에서 선택되었기 때문에 기쁨과 놀라움에서 좀처럼 깨어나기 힘들었다. 그렇지만 불안감도 느끼고 있었다. 계속해서 모종의 불안스러운 예감이 곧 내게 들이닥칠 일련의 사건들에 대비하라며 경고를 주고 있었다.

---

5 프랑스의 시인이자 극작가였던 루이-야생트 부이예(Louis-Hyacinthe Bouilhet, 1821-1869)를 말한다.

신작 희곡의 연습이 시작된 지 닷새째 되던 날이었다. 계단을 올라가다가, 앞에 나탈리가 있는 것을 발견했다. 그녀는 제롬[6]의 작품이자, "붉은 피망"이란 별칭으로 불리던 라셀의 거대 초상화 아래 앉아 있었다. 이대로 다시 계단을 내려가야 할지, 아니면 그대로 무시하고 지나쳐야 할지 알 수 없었다. 내가 망설이는 동안, 저 못된 나탈리가 내 존재를 눈치챘다. 나탈리는 내게 말했다.

"지나가, 지나가렴. 난 너를 용서하기로 했어. 내 복수는 이미 이뤄졌거든. 네가 그토록 마음에 들어 하던 그 역할 있지? 곧 너 말고 다른 배우에게 갈 거야!"

나는 아무 말도 하지 않고 나탈리를 지나쳤다. 그녀의 말에 정신을 못 차릴 지경이었다. 그 말이 사실이라는 직감이 들었기 때문이었다.

이날은 화요일이었다. 이 일을 누구에게도 말하지 않았고 조용히 연습에 임했다. 그리고 시간이 흘러, 같은 주 금요일 연습 장소에 도착한 나는 이날 다반 씨가 오지 않았으며, 연습이 취소되었다는 슬픈 소식을 들었다.

집으로 돌아가는 마차를 타러 가는데, 수위가 날 쫓아 달려왔다. 그는 내게 다반 씨의 편지 한 통을 건네주었다. 다반 씨, 이 가엾은 남자는 분명 내게 큰 고통을 안길 소식을 도저히 직접 전달할 수가 없었던 것이었다. 그의 편지에는 다음과 같은 말들이 적혀 있었다. 지나치게 어린 내 나이를 고려 해 볼 때 그 역할이 지닌 지나친 무거움이 어쩌고… 그토록 가녀린 어깨 위에 그러한 책임을 얹을 수는 없으며… 그리고 파바르 부인이 병석을 털고 일어나서 그 역할은 그녀에게 맡기는 것이 더 현명하고… 등등.

---

6 장-레옹 제롬(Jean-Léon Gérôme, 1824-1904), 프랑스의 화가이자 조각가.

나는 편지를 읽어나가며 눈물을 흘렸다. 하지만 나의 슬픔은 재빨리 분노로 바뀌었다. 나는 코메디-프랑세즈로 돌아가 지배인 사무실로 뛰어 올라가서 면담을 요청했지만, 그는 이때 날 맞이할 형편이 못 되었다. 나는 "괜찮아요, 기다릴게요."라고 말했다. 그리고 한 시간 뒤, 인내심이 바닥난 나는, 나를 말리려 했던 하인 한 사람과 비서 한 사람의 손을 뿌리치고 티에리 씨의 사무실에 난입했다.

그리고 절망과 부당함에 대한 분노와 거짓에 대한 격분을 쏟아냈다. 그것은 오열로 인해 중간중간 흐름이 끊어지는 말들의 파도였다. 티에리 씨는 얼빠진 얼굴로 날 바라보았다. 그는 이렇게 어린 소녀에게서 그토록 무례하고, 격렬한 모습을 볼 거라고는 상상 못 했으리라.

모든 기력을 다 쏟아낸 내가 안락의자 위로 쓰러지자, 그는 날 진정시키려 했다. 하지만 허사였다. 나는 외쳤다. "지배인님! 전 지금 당장 여길 떠나겠습니다! 제 계약서를 돌려주세요, 저도 계약서를 돌려드릴 테니까."

마침내 티에리 씨의 인내심도 바닥이 났다. 그는 비서 한 사람을 불러 내 계약서를 가져오라고 지시했다. "베르나르 양, 자네 어머니 서명이 적힌 계약서네. 자네에게는 이 계약서를 여기 내게 48시간 내로 다시 제출할 수 있는 여지를 주겠네. 그 기간이 지나면, 난 자네를 더는 코메디-프랑세즈의 일원이 아니라고 간주하겠네. 하지만 내 말을 믿게, 자넨 지금 실수하는 거야. 48시간 동안 곰곰이 생각해보게나." 나는 아무 답 없이 방을 나왔다.

그날 저녁, 티에리 씨에게 그의 서명이 적힌 계약서를 돌려보내고 엄마의 서명이 적힌 내 계약서를 찢어버렸다.

그렇게 나와 '몰리에르의 집'과의 관계는 단절되었다. 나는 그 후로도 12년이 지나고 나서야 코메디-프랑세즈 무대에 복귀할 수 있었다.

12

스페인 여행

지나치게 단호했던 이 행동은 온 가족을 뒤집어놓았다. 나는 가족들과 함께 있는 것이 전처럼 행복하지 않았다. 사람들은 내 욱하는 성격에 대해 쉴 없는 비난을 늘어놓았다. 이모와 여동생은 은근한 말로 내화를 돋우었다. 내게 단호한 거절을 당한 바 있는 대부님은 더는 대놓고 날 공격할 생각을 하지 못했다. 대신 그는 엄마를 약 올리는 것으로 만족했다.

내 마음이 평온했던 장소는 오직 게라르 부인 댁뿐이었다. 나는 시도 때도 없이 위층을 드나들었는데 그녀의 살림살이를 돕는 것이 즐거웠다. 그녀는 내게 스크램플드 에그, 갈레트, 그리고 초콜릿을 만드는 법을 가르쳐 주었는데 기분전환에 도움이 되었고 나는 곧장 유쾌해졌다.

어느 날 아침의 일이었다. 그날 엄마의 모습은 기이해 보였다. 엄마는 시계를 하염없이 바라보며 대부님이 언제나 오실까 하고 기다렸다. 대부님은 점심 식사와 저녁 식사를 언제나 우리 집에서 함께 하셨다. 엄마가 말했다. "이상하네. 어제 휘스트 놀이를 마치고, 분명 '내일 점심 전에 거기 들렀다 오겠습니다'라고 하셨는데, 안 오시네..." 그녀는 입을 꾹 다문 채로 집안을 오갔다. 마르그리트가 점심상을 차려야 할지 묻기 위해 나타났다. 엄마는 "조금 더 기다려주세요."라고 말했다. 마침내 초인종 소리가 딸랑딸랑 울렸다. 엄마, 그리고 아마도 엄마가 왜 그토록 대부님을 기다리고 있었는지, 그 비밀을 공유하고 있던 잔이 문으로 뛰쳐나갔다. "아! 마침 사라도 거기 있구나." 대부님은 모자에 쌓인 눈을 가볍게 털어내며, 이렇게 말을 걸어왔다. "자, 우리 반항아! 이리 와서, 이거 읽어보렴." 나는 그에게서 편지 한 통을 받아들었다. 편지 겉봉에는 짐나즈-드라마티크 극장[1]의 이름이 적혀 있었다.

그것은 짐나즈 극장의 지배인인 몽티니 씨가 드 제르부아 씨에게 보낸 편지였다. 드 제르부아 씨는 대부님의 친구였고 나도 그를 잘 알고 있었다. 드 제르부아 씨에 대한 깊은 우정이 담긴 그 편지는 다음과 같은 문구로 마무리 되었다. "그러면 자네 얼굴을 보아, 자네가 예뻐한다는 그 친구를 고용하겠네. 성격이 보통이 아닌 것으로 생각되긴 하네만…"

나는 이 구절을 읽으며 얼굴을 붉혔고, 우리 대부님은 참 요령이 없다고 생각했다. 비록 마음을 살짝 긁는 정도의 별것 아닌 구절이긴 했지만, 굳이 저 내용을 보여주지 않았더라면 내게 진실한 기쁨을 선사해 줄 수도 있었을 텐데 말이다. 하지만 어쩌겠는가, 대부님은 역사상 가장 아둔한 영혼의 소유자였던 것을. 나는 대부님에게 감사 인사를 드리고 엄마의 예쁜 얼굴에 키스했다. 엄마는 그런 내 모습을 보고 무척 행복해하시는 것 같았다.

아! 엄마의 얼굴에, 언제나 풋풋하고 언제나 연한 장밋빛을 띠던 진

---

1 현재의 짐나즈-마리벨 극장(Théâtre du Gymnase Marie-Bell)으로, 파리 10구에 위치하며 1820년에 개관했다.

줏빛 그 얼굴에 입 맞추는 것을 어찌나 좋아했던지! 내가 어릴 때, 그녀에게 '나비'를 해달라고 했다. '나비'는 엄마의 긴 속눈썹과 내 뺨으로 하는 놀이였다. 그럼 엄마는 엄마의 얼굴을 내 얼굴 가까이 가져와, 눈꺼풀을 열었다 닫았다 하며 내 뺨 위에 '간질간질'을 해주었고, 나는 기쁨에 자지러지게 웃으며 몸을 뒤로 젖히곤 했다.

그리고 그날, 갑작스레 나는 엄마의 얼굴을 잡고 그녀에게 말했다. "엄마, 엄마의 큰 딸 뺨에 '나비' 해주세요." 그러자 엄마는 날 그녀 쪽으로 끌어당기며 말했다. "넌 어쩜 이렇게 다 커서 아기 흉내를 내고 있니! 부끄럽지도 않은가 봐." 그리고 그녀는 내 뺨에 '나비'를 해주었다. 그날 내 하루는 그녀의 긴 속눈썹이 해준 입맞춤 덕에 종일토록 밝았다.

다음날 짐나즈 극장에 방문했다. 나는 다른 젊은 여자 다섯과 함께 잠시 대기해야 했다. 잠시 뒤, 몽발 씨라는 사람이 나와서 우리를 차례대로 한 사람씩 면접했다. 그는 무례한 태도의 나이 든 남자로, 무대감독을 담당하지만 거의 경영자나 마찬가지인 사람이었다.

몽발 씨의 첫인상은 꽤 좋았다. 그가 게라르 씨와 닮아 보였기 때문인데, 그 첫인상은 얼마 지나지 않아 빠르게 무너지고 말았다. 그가 날 바라보는 방식과 내게 말을 거는 방식은 모두 도발적이었고, 날 위 아래로 훑어보는 눈빛은 참아주기 힘들었다. 그의 태도는 나를 곧장 전투태세에 들어가게 했다. 나는 그의 질문들을 무뚝뚝한 태도로 답했다. 전운이 짙게 드리워져 가던 이 대화는 몽티니 씨가 와 준 덕에 중단되었다.

"누가 사라 베르나르 양이죠?" 나는 몽티니 씨의 말을 듣고 자리에서 일어났다. "제 사무실로 좀 따라올래요?"

몽티니 씨는 배우 출신으로, 둥글둥글하고 사람 좋아 보이는 인상이었다. 그는 자아도취가 무척 심해 보였다. 하지만 나는 그런 건 아무래도 좋았다.

　우리는 잠시 사담을 나누었다. 그는 코메디-프랑세즈를 멋대로 박차고 나온 내 행동에 대해 약간의 훈계를 늘어놓았고, 그가 앞으로 내게 맡길 역할들에 관하여 상당히 많은 약속을 했다. 사담이 끝나고 나서, 그는 계약서를 준비했다. 그는 계약서에 친족회 이름의 서명과 엄마의 서명을 받아 오라고 했다. 나는 그에게 답했다. "전 피후견인 상태를 벗어났어요. 제 서명으로도 충분합니다." 그러자 그는 외쳤다. "아! 그래? 자네와 같은 고삐 풀린 망아지의 피후견 상태를 해제하다니, 부모님께서 잘못 생각하셨구먼. 부모님께서 내린 결정이겠지만, 진심으로 자네에게 도움이 되는 일은 아니라고 생각하네!"

　나는 하마터면 부모님이 어떤 결정을 내리든 당신과는 상관없다는 대답을 할 뻔했다. 결국 참아냈고 무사히 사인했으며 즐거운 마음으로 귀가했다.

　처음에는 몽티니 씨가 약속을 지켰다. 그는 내게 빅토리아 라퐁텐의 대역을 맡겼다. 그녀는 매력적인 재능을 가진 젊은 배우로 당시 많은 인기를 누리고 있었다.

　나는 「아이들 없는 집La maison sans enfants」에서 빅토리아의 대역을 맡았고, 「도박의 악마Le Démon du jeu」에서는 사전 예고도 없이 그녀와 교체되었다. 그리고 「도박의 악마」는 큰 성공을 거두었다. 나는 위의 두 작품에서 그럭저럭 나쁘지 않은 연기를 보여주었다. 그러나 몽티니 씨는 내 간청에도 불구하고 한 번도 내 연기를 보러오지 않았다. 그리고 저 못된 무대 감독 몽발 씨는 날 골탕 먹이려고 갖은 장난질을 쳤다.

　나는 말 없는 분노가 끓어오르는 것을 느꼈다. 나는 사력을 다해 곤두선 신경을 가라앉혔다. 어느 날 저녁 퇴근길, 나는 다음날로 예정된 작품 낭독회의 공지를 받았다. 몽티니는 분명 내게 훌륭한 역을 맡길 것이라 약속했었다. 그날 밤 나는 나를 성공과 영광의 나라로 데려가 줄 요정들의 시중을 받으며 잠이 들었다.

다음날 극장에 도착하자 거기에는 이미 블랑슈 피에르종과 셀린 몽탈랑이 와 있었다. 두 사람은 아마 주님께서도 그들을 빚어내며 즐거워하셨을 가장 아름다운 피조물들이었다. 한 사람은 떠오르는 태양처럼 찬란한 금발 머리였고, 다른 한 사람은 별이 총총한 밤하늘처럼 어둔 갈색 머리였다. 별이 총총하다는 표현을 쓴 것은 그녀의 머리가 색이 어두운 계열임에도 불구하고 무척 반짝거렸기 때문이다. 두 사람 말고도 극장에는 또한 많은 다른 여배우들이 와 있었다. 다들 무척 아름다웠다.

우리가 읽게 될 작품의 제목은 「자기 부인을 집어던지는 남편」이었는데 레이몽 델랑드(Raymond Deslandes)의 작품이었다. 나는 별 흥미를 느끼지 못한 채로 낭독회를 마쳤다. 멍청한 작품이었다. 나는 대체 어떤 역을 맡게 될 것인지를 생각하며 근심스럽게 기다렸다. 내 역을 알게 되기까지 그리 오랜 시간이 걸리지는 않았다. 내게 주어진 역할은 경박하고 미쳤고 우스꽝스럽고, 언제나 무엇인가를 먹고 있으며, 언제나 춤을 추고 있는 덩셴카 공주라는 역할이었다. 어떻게 생각해도 나와 어울리지 않는 역할이었다.

나는 본래 무대 예술에 대한 경험이 없었고 다소 부자연스럽게 보일 정도의 소심함을 가진 아이였다. 정말이지 그런 내가 3년 동안 그토록 집요하게, 그리고 그토록 강한 신념을 갖고 연극 공부를 한 것은 어느 멍청한 연극의 초연에서 바보 역할이나 맡기 위한 것이 아니었다.

절망이 멈추지 않았다. 정신 나간 생각 중에서도 가장 상태가 안 좋은 것들이 뇌리를 스쳤다. 연극을 그만두고, 장사를 시작하고 싶었다. 나는 이 이야기를 우리 가족의 오래된 친구, 저 참아주기 힘든 성격의 메이디유 씨에게 털어놓았다. 그는 예전부터 내가 장사를 해야한다고 생각했고, 그의 바람은 내가 이탈리앙 대로에 가게를, 정확히 말하면 과자점을 운영하는 것이었다! 그랬다. 그것이 메이디유 씨의 오랜 생각이었다. 그는 과자를 무척 좋아했고 아직 세상에 알려지지 않은 수많은 과자의 제조법을 알고 있었다. 그는 그 과자들을 널리 전파하고 싶어 했다. 그중 하나인 '봉봉 네그르'라는 과자가 생각난다. 이름은 메이디유 씨가 직접 붙였는데 초콜릿과 커피 엑기스 혼합물을 구운 감초에 돌돌 말아낸 과자로 검은색 프랄린[2] 과자처럼 보였으며, 무척 맛이 좋았다. 나는 장사를 하겠다는 생각에 사로잡힌 채로 메이디유 씨와 함께 가게를 보러 갔다. 하지만 그가 앞으로 내 거주 공간이 될 조그마한 중이층(中二層) 방을 보여주었을 때, 숨이 막힐 듯한 답답함을 느꼈다. 그 뒤로 다시는 '장사'하겠다는 생각을 품지 않았다. 그러는 동안에도 매일같이 저 매력이라곤 없는 연극의 리허설에 나갔다. 나는 우울감에 사로잡혔다.

마침내 「자기 부인을 집어던지는 남편」이 초연되었다. 나는 성공을 거두지도 않았고 반대로 실패하지도 않았다. 아무런 인상도 남기지 못했다. 그리고 그날 저녁 엄마는 내게 말했다. "가엾은 사라, 러시아 공주를 연기하는 네 모습은 참 우스꽝스럽더구나! 보면서 마음이 무척 아팠단다."

나는 아무 대답도 하지 않았다. 마음속으로는 정말이지 자살하고 싶은 기분이었다. 나는 잠자리를 설쳤고, 새벽 여섯 시 경에 일어나 위

---

2 땅콩이나 아몬드 따위 견과류에 설탕을 입힌 과자.

층의 게라르 부인 댁을 방문했다. 나는 그녀에게 아편 정기를 달라고 요구했지만, 그녀는 거절했다. 게라르 부인은 또한, 계속해서 아편 정기를 조르는 내 꼴을 보고 자살 기도를 눈치챘다. 돌연 나는 이런 말을 꺼냈다. "그럼, 아주머니 아이들의 목숨을 걸고 맹세해주세요, 지금부터 제가 할 일을 누구에게도 말하지 않겠다고 말이에요. 그럼 자살 안 할게요."

갑작스러운 계획 하나가 막 내 뇌리에서 싹트고 있었다. 더 깊은 생각 없이, 곧장 그 계획을 실행하고 싶었다. 게라르 부인은 누구에게도 내 계획을 발설치 않겠다고 맹세했다. 나는 그녀에게 곧장 스페인으로 떠나겠다고 선언했다. 스페인은 내가 몇 년 전부터 계속해서 가보고 싶어 했던 곳이었다.

게라르 부인은 펄쩍 뛰었다!

"뭐? 스페인에 가겠다고? 누구랑? 언제?"

"저금해 놨던 돈으로 갈 수 있어요! 오늘 아침에 바로 떠날 거예요! 지금 가족들은 모두 잠들어 있어요, 내려가서 짐 꾸리는 즉시, 아주머니랑 같이 떠날 거예요!"

"뭐라고? 안 돼. 그건 안 된단다. 나는 여길 떠날 수가 없어!"

게라르 부인은 넋이 나간 채 소리쳤다.

"내 남편은 어떡하고? 또 내 아이들은?"

그녀의 딸은 이제 갓 두 살이었다.

"그럼, '저의 귀여운 부인'. 저와 함께 떠날 수 있을 만한 다른 사람을 소개해 주세요."

"하지만 내게는 아무도 없는걸. 맙소사, 오 신이시여!"

그녀는 울면서 말을 이었다.

"사라, 제발 부탁이니 그 계획은 포기하렴!"

하지만 내 생각은 이미 정해져 있었고, 의지는 굳건했다. 아래층으로 내려가 짐을 싼 뒤에, 다시 게라르 부인 댁으로 올라왔다. 그러고 나서 주석제 포크 하나를 종이에 감싸 그대로 반대편 창문에 던져버렸다. 포크가 명중한 창문이 벌컥 열리고 잠에서 덜 깬 얼굴을 한 어느 젊은 여자가 성을 내며 모습을 드러내었다. 나는 손나팔을 만들어 입에 가져다 대고 외쳤다. "카롤린, 나랑 함께 스페인으로 떠나지 않을래? 지금 당장!" 젊은 여자의 얼빠진 표정은 내 말을 잘 이해하지 못했음을 나타내주고 있었다. 그러나 어쨌든 그녀는 활기차게 창문을 닫으며 말했다. "곧 그쪽으로 갈게요, 아가씨!"

10분 뒤, 카롤린이 슬며시 문을 두들기는 소리가 났다. 게라르 부인은 망연자실한 표정으로 안락의자에 몸을 파묻고 있었다. 게라르 씨는 이미 두 차례나 방문 너머에서 대체 무슨 일이 벌어지고 있는 것인지를 물어보았다. 그때마다 게라르 부인은 외쳤다. "아래 집 사라가 와 있을 뿐이에요, 조금 있다가 다 말씀드릴게요."

카롤린은 때때로 게라르 부인 댁에 와서 삯바느질하는 여자였고, 내게는 전에 자신을 하녀로 고용하는 것이 어떻겠냐는 제안을 하기도 했었다. 그녀는 성격이 싹싹했고 제법 무모한 구석 또한 있는 사람이었으며 내 제안을 즉시 받아들였다. 하지만 그녀가 말도 없이 멀리 떠난다는 것을 수위가 눈치 채어서는 안 되었다. 우리는 그녀의 겉옷들은 내 짐가방에 싸되, 속옷은 배낭에 싸서 그녀가 드는 것으로 합의했다. 그녀가 맬 배낭은 게라르 부인이 빌려주었다. 가엾은 게라르 부인은 결국 내 고집을 못 이기고 출발 준비를 도와주었다. 출발 준비는 그리 오래 걸리지 않았다!

나는 어떤 경로를 통해 스페인으로 가야 하는지도 몰랐다. 게라르 부인은 "보르도를 경유해서 가야지."라고 말했다. 그러자 카롤린은

"오! 아니에요, 그보다는 마르세유를 경유해서 가는 편이 날 거예요. 제 형부가 원양 항해선 선장인데 마르세유에서 스페인으로 출항하는 일이 잦거든요."라고 말했다.

내겐 900프랑의 저금이 있었다. 여기에 더해, 게라르 부인이 내게 600프랑을 빌려주었다. 난 세상을 정복할 준비를 마친 기분이었다. 미친 생각이었다! 당시에는, 세상 그 어떤 것도 내 계획을 말릴 수 없었으리라. 게다가 난 굉장히 오래전부터 스페인에 가보고 싶어 했다. 더는 참을 수 없을 것 같았다. 난 운명이 스페인행을 원한다고 확신했고 내 운명의 별의 지시를 따라야만 한다고 생각했다. 그 밖에도 이보다 막연한 수백 가지의 생각들이 내 결심을 굳혀주고 있었다, 그래야만 하노라고.

나는 다시 우리 집으로 내려갔다. 집의 문은 계속해서 살짝 열려있었다. 카롤린의 도움을 받아 빈 여행용 트렁크를 게라르 부인 댁으로 가져갔고 카롤린은 장롱이며 서랍을 모두 뒤져내어 내 짐을 쌌다. 아! 이 감미롭던 순간을 영영 잊지 못할 것이다! 세계를 거머쥘 것 같은 기분이었다. 나는 시중을 들 하녀 한 사람만을 두고 홀로 여행을 떠날 것이다. 그리고 여행 중에는 그 누구도 내 결정에 토를 달지 못할 것이다. 꿈꿔왔던 미지의 나라를 보게 될 것이며, 바다를 건너게 될 것이다. 아! 그때 내 기분이 얼마나 행복하던지! 나는 게라르 부인 댁과 우리 집 사이를 스무 번 정도 왕복했다.

집안 사람들은 아직 모두 취침 중이었다. 그리고 당시 우리 가족이 살고 있던 방의 구조 덕분에 우리는 엄마의 잠을 깨우지 않고 오갈 수 있었다.

여행용 트렁크를 잠갔다. 카롤린의 짐도 꾸려졌다. 내가 따로 매고 갈 작은 가방도 속이 가득 찼다. 떠날 준비가 되었다. 시곗바늘은 그동안 돌고 또 돌아 있었다. 나는 시간이 벌써 8시임을 깨닫고 경악했다. 곧 마르그리트가 내려와 엄마를 위한 카페오레, 나를 위한 초콜릿, 그리고 동생들을 위한 수프를 준비할 시간이었다.

내 안에서는 절망감 그리고 악착스러운 의지가 폭발했다. 게라르 부인이 숨 막혀 할 정도로 그녀를 껴안은 뒤, 서둘러 방으로 내려가 조그만 성모상을 챙겼다. 단 한순간도 내 곁을 떠난 적이 없는 물건이었다. 나는 엄마의 방을 향해 수백 번의 입맞춤을 날리고, 눈은 눈물에 젖고 가슴은 기쁨으로 가득 찬 채 계단을 내려왔다.

'내 귀여운 부인'은 마룻바닥을 닦던 하인에게 우리의 여행 짐을 내려다 달라고 부탁했다. 카롤린은 마차를 부르러 갔다. 수위는 문을 등진 채 자기 방을 쓸고 있었다. 나는 수위실 앞을 폭풍처럼 뛰어 지나갔다. 그리고 카롤린이 불러온 마차에 올라, 마부에게 출발하자는 신호를 보냈다. 가자, 스페인으로!

엄마 앞으로 다정한 편지 한 통을 썼다. 나를 용서해 달라는 내용과 슬퍼하지 마시라는 내용이 담긴 편지였다. 짐나즈 극장의 지배인인 몽티니 씨에게도 편지를 썼다. 갑작스러운 사직을 설명하기에는 너무나도 멍청한 편지였다. 실로 그 편지에는 어떤 설명도 담겨 있지 않았다. 그것은 다만, 약간 돌아버린 것이 분명한 어느 어린아이의 편지일 뿐이었다. 나도 모르는 바 아니었다. 그 편지를 다음과 같은 문구로 마무리 지었다. "이 가여운 미치광이 소녀에게 연민을 품어주세요."

훗날 사르두[3] 씨는 몽티니 씨가 내 편지를 받았을 때, 그도 몽티니 씨의 사무실에 함께 있었다는 사실을 내게 말해주었다.

"난 그때 몽티니 씨와 내 차기작과 관련된 얘기를 나누고 있었어. 얘

---

3 프랑스의 극작가인 빅토리앙 사르두(Victorien Sardou, 1831-1908)를 말한다.

기를 시작한 지 벌써 한 시간째였고, 대화는 뜨겁게 달아오른 참이었지. 그때 문이 열리고 몽발 씨가 들어왔다네. 몽티니 씨는 화를 내며 외쳤지. "아무도 방해하지 말라고 했잖소!" 하지만 몽발 씨의 초조한 표정과 간절한 눈빛을 보자, 그도 조금은 화를 누그러뜨릴 수밖에 없었어. 몽티니는 늙은 몽발 씨에게서 편지를 받아들며 말했지. "오! 이건 또 뭡니까?"(그는 회색 테두리를 두른 편지지를 보고, 그것이 내가 보낸 편지임을 알아보았다고 한다.) "아! 그 분노조절 장애인 꼬맹이가 보낸 편지로군. 왜요, 아프기라도 하답니까?" – "아뇨, 스페인으로 떠났답니다." 몽발 씨의 말에 몽티니 씨는 이렇게 외쳤다네. "악마에게 잡혀갈 년!" 그러고 계속해서 이렇게 말을 이었지. "디유도네 부인을 불러서 그녀의 대역을 맡기세요. 어느 정도는 대본을 기억하고 있을 겁니다. 그리고 해당 배역의 대사를 절반까지 줄여버리세요." 나는 몽티니 씨에게 물었어. "뭔가 골치 아픈 일이라도 있는 겁니까?" – "아! 아무 것도 아니에요. 사라 베르나르가 스페인으로 날랐다지 뭡니까!" – "테아트르-프랑세에서 나탈리에게 따귀를 갈겼다던 그 여자애요?" – "네." – "애가 참, 재밌군요." – "재밌죠. 하지만 지배인들에게는 그렇지 않답니다." 그러고 나서 몽티니 씨는 다시 내 차기작 이야기로 돌아갔었지."(이상 빅토리앙 사르두 씨의 이야기를 정확히 옮겨옴)

✠

우리 두 사람은 마르세유에 도착했다. 카롤린은 스페인행 배편을 구하러 갔다. 그리고 그녀가 알아 온 배는 기름 냄새와 부패한 생선 냄새가 눌어붙은 더럽고 끔찍한 원양어선이었다. 그건 배라기보다는 그저 공포였다. 나는 그때까지 바닷길로 여행을 나선 적이 없었다. 그래서 세상 모든 배들이 으레 다 그 모양일 것이란 착각을 했고 그러니 불평해서는 안 된다고 생각했다. 잘못된 생각이었다.

풍랑이 이는 바다에서 6일을 견딘 뒤, 배는 알리칸테에 도착했다. 아! 배에서 내리는 일도 얼마나 힘들었던지! 배에서 배로, 널빤지에서 널빤지로 건너가야 했고, 그 와중에 수십 차례나 바다에 빠질 뻔했다. 현기증이 일었다. 내가 밟고 건너간 조그만 선교(船橋)들은 붙잡을 밧줄도, 난간도, 그 무엇도 없이 그저 배에서 배를 잇게끔 던져져 있었고, 내 가냘픈 몸무게도 이기지 못하고 휘어졌다. 나는 그것들이 꼭 허공에 매인 밧줄처럼 느껴졌다.

나는 피로와 굶주림에 절어있었다. 현지인에게서 가까운 호텔의 정보를 듣고서 곧바로 그 호텔로 향했다. 호텔의 꼴은 또 어땠는지! 호텔은 낮은 아치형 통로를 가진 석조 건물이었고, 우리는 2층에 객실을 얻었다. 이 호텔이 여자 둘을 투숙객으로 받는 것은 사상 처음이라고 했다.

객실은 널따랗고, 천장이 낮은 방이었다. 방을 장식하고 있던 것은 생선 대가리 부위를 통해 화환 모양으로 묶인 무수한 양의 생선 뼈들이었다. 눈을 가늘게 뜨고 봤다면 아마 정교한 고대의 조각품처럼 보였을지도 모르겠다. 그런데 아니었다. 분명 생선 뼈였다.

이 을씨년스러운 방에 카롤린을 위한 침대를 하나 더 설치하게 했다. 우리는 방의 가구들을 밀어 모든 출입구를 막았다. 그리고 나는 외출복을 그대로 껴입고 잠들었다.

도저히 호텔 이불을 덮고 잘 수가 없었다. 붓꽃 향이 은은히 밴 고급 침구를 덮고 자는 데 익숙했기 때문이다. 내 아름다운 어머니께서는 다른 모든 네덜란드 여인들처럼 침구류와 청결에 대한 광적인 집착이 있었다. 그리고 그 감미로운 증상은 그녀를 통해 내게도 주입되어 있던 것이다. 내가 눈을 뜬 것은 필경 아침 다섯 시 정도였으리라. 어떤 소리가 들려서 깬 것도 아니었으니까 나를 깨운 것은 아마도 본능이었을 거다. 정확히 어느 쪽 문인지는 기억나지 않지만, 여하튼 문 하나가 열렸고 남자 하나가 들어왔다. 나는 날카로운 비명을 질렀고 조그만 성모상 쪽으로 몸을 날렸다. 성모상을 둔기처럼 쥐고 위협적으로 흔들어댔다. 무서워서 미칠 것만 같았다.

용감한 카롤린은 내 비명에 벌떡 일어나 창가로 달려갔다. 그녀는 창문을 열고 이렇게 소리쳐댔다. "불이야! 도둑이야! 어쨌든… 뭔가 비상!" 방에 무단 침입했던 남자는 사라졌다. 그리고 경찰이 호텔을 덮쳤다. 40년 전 알리칸테의 경찰 수준이 어떠했을지는 독자 여러분의 상상에 맡기겠다.

나는 프랑스어를 할 줄 아는 헝가리인 부영사를 만나 그의 질문들에 대답했다. 머리쓰개를 두르고, 수염을 기르고, 망토를 입은 어떤 남자를 보았으며 그것이 내가 아는 전부라고 답했다.

이 헝가리인 부영사는 아마도 프랑스와 오스트리아, 그리고 헝가리의 3국을 대변하고 있었던 것 같다. 그는 내게 방에 침입한 불한당의 수염, 머리쓰개, 그리고 망토의 색을 물어보았다.

그러나 그를 목격한 시간대는 정확한 색을 구분하기에는 너무 어두운 시간대였다. 헝가리인은 내 대답에 무척 짜증을 내었다. 그는 몇 가지 필기를 한 뒤에, 잠시 깊은 생각에 잠기는 것 같더니 사람을 불러 그의 집으로 전언 한 마디를 보냈다. 알고 보니 그는 자기 부인에게 나를 데려갈 마차를 보내달라고 부탁했고, 또한 곤경에 빠진 젊은 외국인 여인을 위하여 방을 하나 준비할 것을 부탁했다.

나는 그를 따라갈 채비를 했다. 우리는 호텔 주인에게 잔금을 치른 뒤에, 이 선량한 헝가리인의 마차를 타고 출발했다. 그리고 그의 부인은 정말이지 감격스러운 환대의 태도로 나를 맞이해주었다.

나는 크림을 듬뿍 얹은 카페오레를 들이켰다. 그리고 이날 점심을 먹으면서 내가 누구고, 어떤 사람이며, 어딜 가고 있는지를 이 사랑스러운 부인에게 모두 털어놓았다. 그러자 그녀는 자기 부친이 보헤미아 출신의 유력 침구 제조업자였으며 우리 아버지와는 절친한 관계였다는 사실을 알려주었다.

그녀는 나를 위해 준비한 방으로 안내했다. 내게 한숨 잘 것을 권하였고, 또한 내가 잠들어 있는 동안, 자신은 마드리드에 보내는 추천장을 준비하겠다고 이야기했다. 나는 열 시간 동안 잤다. 열 시간을 자고 일어나니 영혼도 육신도 모두 회복된 기분이었다. 엄마에게 전보를 보내고 싶었으나 불가능했다. 당시 알리칸테에는 전신국이 없었기 때문이다. 나는 그래서 사랑하는 엄마, 가엾은 엄마에게 편지를 썼다. 내가 지금 아버지 친구들의 집에 묵고 있다는 이야기와 기타 등등의 이야기들을 적었다.

다음날 마드리드로 출발했다. 그리고 마드리드에 도착하여 푸에르타 델 솔 호텔을 찾았다. 나에 대한 추천장은 그 호텔의 주인 앞으로 쓰여 있었기 때문이다. 나는 하녀와 함께 아름답고 넓은 객실에 자리를 잡았다. 그리고 심부름꾼을 시켜 루드코비츠(Rudcowitz) 부인의 추천장을 보냈다. 나는 극진한 대접과 환대를 받으며 2주간 마드리드에 머물렀다. 그동안 거기서 열린 모든 투우 경기들을 참관했다. 투우는 내 피를 미친 듯이 끓어오르게 했다. 나는 비토리오 에마누엘레[4]에 대한 환영의 의미로 특별히 열린 큰 규모의 투우 경기에도 초대되는 영광을 누렸다. 당시 비토리오 에마누엘레는 스페인 여왕의 손님으로

---

[4] 이탈리아 왕국의 초대 국왕이었던 비토리오 에마누엘레 2세(1820-1878)를 말한다.

스페인을 국빈 방문 중이었다.

　나는 파리를 잊었고 내 슬픔과 환멸 그리고 야망까지도 잊었다. 모든 것을 잊었다. 이대로 스페인에서 살고 싶었다. 그런데 게라르 부인이 보내온 전보 한 통에 의해 내 계획들을 재빨리 포기하게 되었다. 엄마가 아팠다. 그것도 전보에 따르면 '많이' 편찮으셨다.

　나는 짐을 꾸리고, 즉시 떠나겠다고 말했다. 하지만 호텔 요금을 계산하고 나니, 이젠 기차표를 끊을 돈도 남아있지 않았다. 호텔 경영인은 나 대신 두 장의 표를 끊어주었고 음식물이 가득 담긴 바구니 하나를 준비해 주었으며 역에서는 200프랑을 건네주기까지 했다. 그는 내게 루드코비츠 부부가 내게 모자람이 없게 하라고 신신당부했다고 알려주었다. 그들은 정말이지 상냥한 부부였다.

　파리에 도착하고 엄마의 집 앞에 서자 내 심장은 격하게 요동치기 시작했다. 내가 온다는 것을 미리 전해 들은 '내 귀여운 부인'은 수위실에서 나를 기다렸다. 그녀는 내 안색이 좋은 것을 보고 황홀해했으며, 기쁨의 눈물을 흘리며 날 껴안아 주었다. 수위 부부도 날 보며 찬사를 아끼지 않았다.

　게라르 부인은 엄마에게 내 도착을 알리기 위해 먼저 방으로 올라갔다. 그리고 나는 잠시 늙은 하녀 마르그리트의 떨리는 품에 안긴 채 부엌에서 대기했다. 두 여동생들도 달려왔다. 잔은 날 껴안았고 내 몸을 돌려봤고 내 냄새를 맡았다. 반면 레지나는 화덕 옆에 몸을 붙인 채로 뒷짐을 지고 날 노려보고 있었다. "레지나, 너는 언니를 안아주지 않을 거니?" 나는 그녀 쪽으로 몸을 숙이며 말했다.

　"싫어! 난 이제 언니 싫어. 나만 놔두고 떠났잖아. 언니는 이제 싫어!" 레지나는 그렇게 외치고서 몸을 획 돌리고 머리를 화덕에 대며 입맞춤을 거절했다.

마침내 게라르 부인이 모습을 드러내었고, 그녀를 따라갔다. 오! 그때 나는 얼마나 감격에 겨워했고, 후회가 막심했던지! 엄마의 방문을 천천히 열었다. 옅은 청색 빛을 띤 질긴 벽지가 발린 방이었다. 엄마는 이불에 누워 계셨고 무척 창백해 보였다. 엄마의 모습은 가냘프고 놀랄 정도로 아름다웠다. 엄마는 날개 두 장을 펼치듯 나를 향해 두 팔을 벌렸다. 나는 그 새하얗고, 사랑으로 가득한 둥지 속으로 달려들었다. 엄마는 언제나 그랬듯 소리 내지 않고 우셨다. 그러고 나서 가녀리고 긴 손가락으로 내 머리를 쓸어주시고는 장난스럽게 다시 헝클어트리기 시작했다.

우리는 서로에게 무수한 질문들을 던져대었다. 나는 엄마가 겪었던 일들을, 엄마는 내가 겪었던 일들을 알고 싶어 했다. 마치 결투와도 같았다. 단어와 문장과 입맞춤을 주고받는 재미있는 결투 말이다.

그때 엄마가 심한 늑막염을 앓고 있음을 알았다. 그녀는 병세가 회복 중이었으나, 완쾌하지는 못하고 있었다. 그리하여 엄마 곁에 있기로 했고, 잠시 소녀 시절의 방을 그대로 사용하기로 했다. 게라르 부인은 내게 쓴 편지에서 친할머니가 드디어 엄마가 제안한 합의안을 받아들였다는 것을 알려주었었다. 엄마는 할머니께 언젠가 내가 결혼하면 쓸 수 있도록 아버지가 남겨줬던 유산의 절반을 결혼 여부와 상관없이 내게 줄 수 없겠냐고 부탁했었다. 그 제안은 받아들여졌다. 단, 나머지 절반의 유산에 대해서는 할머니 자신이 용익권(用益權)을 갖겠다는 조건이었다. 할머니께서는 내가 마음을 고쳐먹고, 결혼을 결심하게 된다면 그 소유권은 여전히 내게 남게 되리라는 말도 덧붙였다.

따라서 내 삶을 살기로 결심했고, 어머니에게서 떨어지기로 결심했다. 나는 나만의 집에서 독립적으로 살기로 결심했다. 엄마를 무척 사랑했지만, 우리 두 사람의 생각은 거의 일치하는 일이 없었다.

엄마의 집에는 대부님께서 아주 오래전부터, 매일 같이 점심을 먹고, 저녁을 먹고, 휘스트 놀이를 하러 찾아왔었다. 나는 대부님이 혐오스러웠다. 그는 끊임없이 내 심기를 불편하게 했다. 노총각이었고 큰 부자이면서 가족이 없는 그는 우리 엄마를 무척 좋아했었다. 물론 엄마는 계속해서 그의 구애를 거절했다. 처음에는 그가 아버지의 친구라는 이유로 그가 주는 불쾌함을 견뎌내었다. 그리고 아버지가 죽고 난 이후로는 엄마는 대부님의 존재를 '습관처럼' 견뎠다. 그리고 이제 대부님이 아프거나 여행 중이어서 집에 찾아오지 않을 때면, 대부님이 없는 시간을 지겨워하기조차 했다.

우리 엄마는 온화하고도 독선적인 성격이어서 어떤 제약도 참아내기 힘들어했다. 그런 그녀가 자진해서 새로운 부군(夫君)을 맞이한다는 것은 견디기 힘든 생각이었다.

엄마는 부드러움으로 가득 찬 고집이라고 부를만한 태도가 있었고 이는 때때로 가장 격렬한 분노로까지 이어졌다. 엄마는 격분에 이르면, 얼굴이 점점 더 창백하게 바뀌었다. 두 눈 주위는 보라색이 되어갔고, 입술은 떨렸으며, 이빨은 사정없이 서로 부딪혔다. 아름다운 두 눈은 굳어갔고 말마디는 목 안에서 분절되고 쪼개어져 거친 휘파람 소리처럼 들렸다. 그러면 목덜미의 혈관은 부풀어 오르고 손발은 얼음장처럼 차가워진 채로, 그녀는 정신을 잃고 쓰러졌다. 때로 기절한 엄마를 소생시키는 데는 몇 시간씩이 걸리기도 했다.

의사는 우리에게, 언젠가 엄마가 돌아가실 때도 비슷한 발작으로 인해 돌아가실 거라는 말을 했었다. 우리는 그런 끔찍한 사고를 피하고자 주의를 기울였다. 엄마는 우리가 그녀 앞에서 그렇게 조심한다는 점을 알고 있었고, 약간은 그 점을 악용하기도 했다. 그리고 내가 그녀와 더는 함께 살 수 없으며, 함께 살기 힘들다고 생각한 이유는 바로 가엾은 엄마가 그러한 자신의 분노 발작을 내게 물려주었기 때문이었다. 나는 엄마와는 달리 성격이 온화하지 못하며 적극적이고 전투적이며 내가 바라는 것이 있으면 즉각적으로 실행해야 하는 사람이다. 나는 엄마처럼 바라는 것이 있을 때 부드러운 고집을 부리지 않는다. 마음을 다스릴 시간도 없이, 머리끝까지 피가 끓어오르기 때문이다. 물론 세월이 흐르면서 내 성격도 조금은 나긋나긋해졌다. 그러나 지금도 그 정도가 충분하다고 볼 수는 없다. 나는 그 점을 인정하는 바이고, 그래서 마음이 괴롭다.

병석에 누워계신 엄마에게는 내 독립 계획을 전혀 밝히지 않았다. 다른 한 편으로 난 이미 늙은 친구 메이디유 씨에게 나를 위한 아파트를 하나 구해달라며 부탁해 둔 상태였다. 메이디유 씨, 어린 시절에는 날 그토록 괴롭혀댔던 이 늙은 남자는, 내가 테아트르-프랑세에서 데뷔한 이후로는 내게 호의를 품었다. 내가 나탈리의 뺨을 갈긴 사건에도 불구하고, 그리고 짐나즈 극장에 있었을 때의 무단 사직에도 불구하고, 나를 매우 좋게 평가했다.

내가 스페인에서 돌아온 다음 날, 그가 집을 찾아왔고 그와 둘이서 잠시 응접실에 머무르며 내 독립 계획을 알렸다. 그는 내 계획에 동의했다. 그러면서, 내가 독립한다면 엄마와 나의 관계가 더 좋아지면 좋아졌지, 나빠질 리는 없을 거라고 했다.

나는 우리 집과 무척 가까운 곳에 있는 뒤포 가의 한 아파트를 구했다. 게라르 부인은 새 집에 가구를 들여놓는 일을 맡아주었다. 엄마가 완쾌하자 엄마를 붙들고 여러 날에 걸쳐 내 멋대로 따로 사는 편이 더 낫다고 설득했다.

결국 엄마도 동의했다. 만사가 이상적이었다. 그때 두 여동생이 대화에 끼어들었다. 잔은 엄마 곁으로 달려왔다. 그리고 돌연 내가 스페인에서 돌아온 이래 3주간 내게 말을 걸거나 쳐다보는 것도 거부해왔던 레지나가 내 무릎 위로 달려들며 외쳤다. "이번에는 나도 데려가 줘. 이제 언니 안아줄게."

나는 약간 당황하여 엄마를 바라보았다. 엄마는 말했다. "오! 레지나도 같이 데려가렴. 나는 그 애를 도저히 못 견디겠구나." 레지나는 마룻바닥으로 폴짝 뛰어내리더니, 미치광이 같은 거친 말들을 중얼거리며 부레 춤을 추기 시작했다. 그리고 나를 숨 막히게 끌어안은 다음, 엄마가 앉아 있던 안락의자 위로 뛰어올라 그녀를 오른쪽 왼쪽 번갈아 안으며 머리카락과 두 눈을 가리면서 말했다. "말해봐요, 엄마, 내가 떠난다니까 만족스럽죠? 이제 엄마가 좋아하는 잔에게만 집중할 수 있겠네요!"

레지나의 말을 들은 엄마의 얼굴이 살짝 붉어졌다. 하지만 그녀의 시선이 잔에게 멈춰서자, 그녀의 분노는 잔에 대한 형용하기 힘든 사랑으로 누그러졌다. 엄마는 다시금 부레 춤을 추기 시작한 레지나를 가볍게 밀쳐냈고, 잔의 어깨에 고개를 기대며 말했다. "잔, 이제 너랑 나랑 둘이서 남겠네." 나는 엄마의 시선과 말에 담긴 경솔함에 놀라 어안이 벙벙한 채로 몸이 굳어버렸으며, 더는 아무것도 보지 않으려 눈을 감았다. 그러자 내 귀에는 가장 어린 동생인 레지나가 부레 춤의 박자에 맞춰 마룻바닥을 두드려가며 연호하는 소리만이 먼 곳에서 들려왔다. "우리도 마찬가지야. 우리도 둘만 남아, 우리도 둘만 남아!"

그것은 이 부르주아 가정에서 네 사람의 가슴을 뒤흔드는 무척이나 고통스러운 드라마였다.

13

마르탱 극장에서 오데옹까지

결국 레지나와 함께 뒤포 가에서 살게 되었다. 나는 계속해서 카롤린을 하녀로 삼았고 식모도 새로이 고용했다. '내 귀여운 부인'은 거의 매일 같이 내 집에 들러 함께 시간을 보냈다. 그리고 매일 저녁 엄마 집에서 함께 저녁 식사를 했다.

나는 포르트-생-마르탱 극장의 한 배우와 계속해서 교분을 유지했다. 그는 당시 마르크 푸르니에가 지배인으로 있던 해당 극장의 무대 감독이었다. 포르트-생-마르탱 극장에서는 장안의 화제가 된 요정극을 무대에 올리고 있었다. 제목은 「숲의 암사슴La Biche au bois」이었고, 주연으로 기용된 이는 오데옹 극장 소속의 재능 넘치는 예술가인 드베이(Debay) 양이었다. 드베이 양은 자신의 천부적인 매력으로 비극의 여주인공들을 연기하곤 했다. 나는 포르트-생-마르탱 극장에 자주 놀러 갔다. 「숲의 암사슴」 관람은 내게 무척 큰 즐거움을 안겨 주었다. 젊은 왕자 역을 멋지게 소화한 위갈드(Ugalde) 부인은 찬탄을 불러일으켰다. 그리고 춤을 추던 마리키타의 모습은 내 마음을 사로잡았다. 아! 마리키타의 춤은 얼마나 매력적이었는지! 그녀의 춤은 언제나 활력이 넘쳐흘렀고 무척 개성적이었다.

내 오랜 친구인 조스(Josse) 덕택에 나는 이들 모두와도 어느 정도 면식을 트게 되었다. 어느 날 오후 다섯 시, 극장 관객석을 찾은 날 보고, 조스는 "아, 친애하는 사라, 우리 공주님이 계셨군! 우리 '숲의 암사슴[1]'이 오셨어! 분명 연극의 신께서 자넬 우리에게 보내주신 거야!"라고 외쳤다. 그때 내가 얼마나 놀랍고 또 두려웠는지 모른다. 대역을 맡으라는 얘기였다. 나는 어망에 걸린 뱀장어처럼 몸을 바둥거렸으나, 소용없는 저항이었다.

지배인인 마르크 푸르니에 씨는 무척 매력적인 사람이었다. 그는 내가 그에게 정말 큰 힘이 되어줄 것이며 이번 공연을 구할 주역임을 이해시켰다. 조스는 내 망설임을 파악했다. "사라, 자네 어차피 계속해서 연극 예술을 하는 사람이지 않나? 알다시피 원래 이 공주역을 연기하는 사람은, 오데옹 극장 소속의 드베이 양이라네. 그녀는 오데옹에서도 으뜸가는 여배우인데다가, 오데옹 극장은 제국극장이야. 그런 이의 대역이라면, 자네 경력에도 결코 부끄러운 일이 아닌 셈이지."

막 극장에 도착한 마리키타 역시 내게 달라붙어 설득을 시작했다. 사람들은 내가 왕자와의 이중창을 연습해야 한다며 위갈드 부인을 불러왔다. 그랬다. 나는 '진짜' 여가수와 함께 노래를 불러야 했다. 오페라-코믹 극장의 제일가는 예술가와 함께 말이다.

시간은 흘러갔다. 조스는 내게 공주 배역의 연습을 시켰다. 나는 공주 역의 대사와 동선을 거의 모조리 외우고 있었다. 그만큼 자주 같은 연극을 관람하기도 했거니와 내 기억력은 비상했기 때문이다.

초와 분이 흘러 15분이 되었다. 15분이 더 흘러 30분이 되었고 다시 한 시간이 되었다. 그렇게 꽉 찬 몇 시간이 흘러갔다. 나는 그동안

---

1 「숲의 암사슴」에서 주인공인 공주는 샘의 요정의 저주를 받아 암사슴의 모습을 하고 있다.

지배인실에 머물러 있었고, 벽에 걸린 커다란 괘종시계에서 눈을 떼지 못했다.

위갈드 부인이 노래 연습을 지도했다. 그녀는 내 목소리가 아름답다고 했지만, 내 음정은 자꾸만 어긋났다. 위갈드 부인은 그런 내게 괜찮다며 격려해 주었다. 사람들은 나를 본래 드베이 양이 입어야 했던 의상으로 갈아입혔다. 그리고 막이 올라갔다.

아! 가엾은 나! 나는 산 사람보다는 차라리 죽은 사람에 가까운 기분이었다. 하지만 공주가 깨어나며 내뱉는 대사 뒤에 세 차례의 박수갈채가 쏟아지면서 용기를 되찾을 수 있었다. 나는 해당 대사를 라신의 운문을 읊조린다는 느낌으로 내뱉었다.

공연이 끝났다. 마르크 푸르니에 씨는 조스를 통해 내게 3년간의 계약을 제안해 왔다. 나는 일단 생각할 시간을 조금 달라고 했다.

조스는 내게 극작가 한 사람도 소개했다. 그는 랑베르 티부(Lambert-Thiboust)란 이름으로 매우 매력적이며 출중한 재능을 가진 사람이었다. 랑베르-티부는 내가 그의 작품 「이브리의 양치기 여인」의 여주인공으로 이상적인 배우라고 생각했다. 반면 앙비귀-코믹 극장의 신임 지배인이었던, 파이유(Faille) 씨는 금액이야 어쨌건 드 실리(De Chilly)라는 작자에게 투자를 받았었다. 드 실리는 왕년에 「방황하는 유대인」의 로댕 역으로 인기를 누린 배우였지만, 꽤나 부유한 여인과 결혼한 뒤에는 배우를 은퇴한 뒤 극장 경영에 종사하고 있었다. 확실하지는 않지만, 아마도 이때는 막 드 실리가 파이유 씨에게 앙비귀 극장을 넘긴 직후였을 거다. 드 실리 씨는 로랑스 제라르(Laurence Gérard)라는 예쁘장한 여배우의 뒤를 밀어주었는데, 그녀는 온화하고, 속물적인 성격이었고, 제법 예쁘장했으나 진정한 아름다움이라곤 없었고, 재능도 찾아볼 수 없었다.

파이유 씨는 랑베르 티부에게 그가 '이브리의 양치기 여인'역으로 로랑스 제라르와 협상 중이라고 대답했다. 나를 여주인공으로 삼고 싶다는 원작자의 뜻에 못 이겨, 그는 이런 단서를 달았다. "좋아. 다만, 오디션은 봐야겠네. 자네가 미는 여배우에게 오디션을 보러오라고 하게."

예술가로서도, 지배인으로서도 무능함에 틀림이 없는 저 가엾은 악마의 요청에 따라, 나는 앙비귀 극장의 무대 위에 올라, 음산한 "하녀"(조그마한 탈부착식 램프)의 조명을 받으며 오디션을 치렀다. 무대 아래 약 1미터 떨어진 곳에서는 파이유 씨가 의자에 앉아 꼼지락거리고 있었다. 한 손은 배 위에 얹고, 다른 한 손의 손가락은 커다란 콧구멍을 쑤시고 있는 꼴이라니, 정말 소름 끼치도록 역겨웠다.

파이유의 곁에는 랑베르 티부가 앉아 있었다. 그는 미소 띤 얼굴로 나를 격려했는데 「우리는 사랑으로 장난치지 않는다네」[2]의 한 장면으로 오디션을 치렀다. 내가 공연하게 될 「이브리의 양치기 여인」이 산문 희곡인 이상, 오디션에서도 운문을 읊는 일은 피하고 싶었기 때문이다. 지금도 난 그때 무척이나 매력적인 연기를 펼쳤다고 생각한다. 그리고 그것이 당시 랑베르 티부의 견해이기도 했다. 내가 연기를 마치자, 저 한심한 파이유라는 작자는 쓸데없는 무게를 잡아가며 자리에서 일어나더니, 원작자에게 나지막이 몇 마디 말을 던지고 나를 사무실로 데려갔다. 사무실에서 그 순진하고 멍청한 지배인은 내게 말했다. "우리 사라 양, 당신은 정말이지 연극에 재능이 하나도 없군요!" 나는 반발했다. "뭐라구요? 하나도?" 그가 말을 이으려던 참에, 문이 열렸다. 그는 새로이 들어온 사람을 가리키며 내게 말을 이었다. "들

2 알프레드 드 뮈세(1810-1857)가 1834년에 발표한 산문 희곡.

어봐요. 여기 드 실리 씨도 당신의 오디션을 보러 관객석에 계셨습니다. 드 실리 씨도 나와 똑같은 말씀을 하실 거요."

드 실리는 그의 말에 고개를 한 번 끄덕인 뒤, 어깨를 으쓱하며 투덜거렸다. "랑베르 티부는 미쳤어. 난 살면서 저렇게 빼빼 마른 양치기 여자는 못 봤네!" 그러고 그는 벨을 울려 하인을 부르더니, "로랑스 제라르 양 들어오라고 하게."라는 명을 내렸다.

그제서야 모든 상황을 이해했으며 저 두 불한당에게 작별 인사도 하지 않은채 지배인실을 나왔다. 통탄한 마음이었다. 나는 오디션을 보기 전에 잠시 머물렀던, 휴게실에 들러 벗어둔 모자를 찾았다. 그리고 거기서 지배인실로 불려가기 직전의 로랑스 제라르와 마주쳤다.

거울 속에 비친 그녀와 내 모습을 서로 비교해보면서 우리 두 사람이 깜짝 놀랄 정도로 다르다는 것을 깨달았다. 그녀는 포동포동한 편이었고 큰 얼굴과 아름다운 검은 눈동자를 갖고 있었으며, 코는 다소 천박해 보였고, 입술은 두꺼웠다. 그녀의 존재에는 일종의 고색창연함이, 아니 차라리 낡은 진부함이 감돌고 있었다. 반면 나는 금발이었고, 갈대처럼 호리호리한 몸매는 하늘거렸으며, 얼굴은 길고 창백했고, 눈동자는 푸르렀고, 입가에는 슬픔이 어려 있었다. 그리고, 내 존재에는 뚜렷한 개성이 깃들어 있었다. 비록 짧은 순간의 관찰에 지나지 않았으나, 이러한 인상의 비교는 오디션 탈락으로 슬퍼진 마음에 위안이 되었다. 그리고 나서 파이유 씨도 참 어지간한 무능력자요, 드실리 씨도 어지간히 안목이 없다고 느꼈다!

나는 훗날 저 두 사람 모두와 재회할 것이다. 먼저 실리와는, 이로부터 얼마 되지 않아, 오데옹 극장의 지배인과 배우의 관계로 재회했다. 그리고 파이유와는 20년 뒤에나 재회했다. 20년 뒤의 그는 나를 찾아와 연기를 해달라고 애원했다. 그 가엾은 남자는 말했다. "아! 제발 부탁드립니다. 부디 절 위해 연기해 주세요. 당신이야말로 이번 공연의 매력 그 자체란 말입니다. 이번 공연을 성공시키기 위해 전 오직 당신에게 의지할 수밖에 없답니다." 당시 상황은 무척 애절해서 내 두 눈에서 눈물이 흘러나올 지경이었다. 나는 파이유 씨의 두 손을 맞잡아주었다.

파이유 씨가 당시 과거의 면담과 오디션 때를 기억했는지는 모르겠다. 다만 내게는 20년 전의 일들에 대한 기억이 또렷이 남았고, 그래서 오직 하나만을 바랐다. '그에게는 당시의 기억이 없기를'.

닷새가 지났다. 병석에 누워있던 드베이 양의 건강이 회복되어, 공주역은 다시 그녀에게로 돌아갔다.

나는 포르트-생-마르탱 극장과 전속계약을 체결하기 전에, 카미유 두세 씨에게 편지를 보냈다. 다음날 나는 예술부 청사에서 보자는 카미유 두세 씨의 짧은 답신을 받았다.

이 친절한 남자와 재회하게 된다는 것이 적잖이 감격스러웠다. 경비원의 안내를 받고 카미유 두세 씨의 집무실에 들어갔을 때, 그는 자리에서 일어선 채로 날 기다리고 있었다. 그는 두 팔을 내 쪽으로 치켜들고 다정하게 날 맞이했다. "아! 우리 '무서운 아이' 사라가 왔군." 그리고 그는 자리를 권하며 말을 이어갔다. "자, 자, 이제는 좀 더 차분한 사람이 되어야 한단다. 네 눈부신 재능들을 여행과 무단 사직, 그리고 뺨 때리기에 흘려보내는 건 안 될 말이야."

나는 카미유 씨의 선량한 마음 씀씀이에 감동했다. 나의 눈빛은 회한에 가득 젖었다. "우리 귀여운 사라, 울지 말거라. 울지 말아. 자, 이제 진지한 얘기를 좀 해보자고. 지금까지 네가 저지른 미친 짓거리들을 어떻게 만회할까?"

그는 잠시 말을 아끼다가 서랍 하나를 열고 편지 한 통을 꺼냈다. "여기 우리 두 사람을 구할 길이 있단다." 그것은 뒤케넬(Duquesnel) 씨의 편지였다. 뒤케넬 씨는 실리 씨와 함께 이제 막 오데옹 극장의 공동 지배인으로 임명된 참이었다. "오데옹 극장의 배우진을 쇄신하기 위해 젊은 예술가들을 구한다는군, 내게 추천해 줄 사람이 없는지 묻는 편지야. 물론, 나는 너를 추천할 거란다."

그리고 그는 자리에서 일어서서, 문까지 날 바래다주며 말했다. "넌 오데옹 극장의 배우가 되는 거야."

집으로 돌아온 나는 내가 아는 모든 라신 희곡의 역할들을 복습했다. 며칠 동안이나 가슴을 졸이며, 추가적인 연락을 기다렸다. 그동안 게라를 부인은 나를 진정시켰고, 내게 다시금 자신감을 불어넣어 주었다. 마침내 카미유 씨에게서 소식이 왔다. 나는 곧장 예술부로 달려갔다.

카미유 두세 씨는 빛나는 미소로 날 맞이했다.

"추천은 성공했어! 하지만 조건이 아예 없지는 않아. 사라야, 너는 아직 무척 어리지만, 성질이 고약한 것으로 벌써 유명하단다. 그래서 나는 내 이름을 걸고 널 보증했단다. 네가 어린 양처럼 순하게 굴 것이라고 약속했지."

"오! 네, 순하게 지낼 거예요. 맹세해요."

내가 그에게 말했다. 감사의 마음에서 비롯된 빈말이긴 했지만 말이다.

"그래서 저는 뭘 하면 될까요?"

"자, 여기 펠릭스 뒤케넬 씨 앞으로 보내는 추천서야. 이걸 가지고 뒤케넬 씨를 만나러 가렴. 그가 널 기다리고 있단다."

나는 카미유 두세 씨에게 거듭거듭 사의를 표했다. 그러자 그는 말했다. "다음에는 좀 더 편한 자리에서 보자꾸나. 실은 오늘 아침에 네 이모에게서 저녁 식사 초대를 받았거든. 목요일 저녁 네 이모 집에서 보자. 뒤케넬이 뭐라고 했는지는 그때 들려주렴."

카미유 두세 씨의 사무실을 나선 시각은 아침 10시 반이었다. 나는 집으로 돌아가 몸치장을 했는데 윗부분에 검은색 비단 레이스 장식이 달려 있는 연노랑 드레스를 입었고, 이삭 모양 장식들이 얹힌, 굵은 밀짚으로 짠 삿갓을 썼다. 삿갓을 내 머리 위에 고정하고 있는 것은 검은 비로드로 된 턱끈이었다. 내 모습은 분명 매력적인 괴짜처럼 보였으리라.

그렇게 치장을 끝낸 나는 즐거운 마음으로, 자신감에 가득 찬 채 펠릭스 뒤케넬을 찾아갔다. 그를 만나기 전, 나는 무척 예술적으로 꾸며진 작은 응접실에서 잠시 대기했다.

내 앞에 나타난 것은 우아하고, 매력적인 청년이었다. 펠릭스 뒤케넬의 얼굴에는 미소가 감돌았다. 생글생글한 얼굴의 저 금발 청년이 나의 극장 지배인이 될 거라는 생각이 좀처럼 믿기지 않았다.

짧은 대화 끝에 우리는 채용과 관계된 모든 조건을 합의했다. 뒤케넬은 그만 돌아가라는 작별 인사의 뜻으로 내게 말했다. "2시에 오데옹 극장으로 오세요. 당신을 다른 공동 지배인에게도 소개할게요." 그리고 그는 웃으면서 덧붙였다. "사교계 관례대로라면 '공동 지배인을 당신에게 소개시켜 줄게요'라고 해야 맞겠지만, 우리는 모두 연극계 사람들이잖아요?"

그는 몇 계단을 함께 내려오며 날 배웅해주었다. 그리고 난간 너머로 날 내려다보며 말했다. "조금 후에 봐요." 2시 정각, 나는 오데옹 극장에 도착했고, 그후 1시간도 넘게 기다렸다. 이가 갈리기 시작했다. 자리를 박차고 일어나지 않은 것은 다만 카미유 두세와의 약속 때문이었다.

마침내 뒤케넬이 모습을 드러냈다. "갑시다. 또 다른 식인귀(食人鬼)를 만나봐야죠." 그는 날 오데옹 극장 지배인실로 데려갔다.

뒤케넬을 따라가며, 나는 마음속으로 뒤케넬만큼이나 매력적인 또 다른 '식인귀'의 모습을 그려보았다. 그런 상상을 했던 만큼, 저 되먹지 못한 소인배를 보게 되었을 때의 실망감은 이만저만이 아니었다. 오데옹 극장의 공동 지배인의 정체는 드 실리 씨였다.

실리는 날 위아래로 무례하게 훑어보았고, 날 알아보지 못한 척을 했다. 그는 내게 앉으라는 신호를 보냈고, 아무 말도 없이 계약서상 내가 서명해야 하는 자리를 가리키며 펜을 건넸다.

게라르 부인은 서명하려는 내 손을 멈춰 세웠다. "읽기도 전에 서명하지 말거라!" 실리가 머리를 치켜들고 말했다.

"베르나르 양의 어머님 되시는지요?"

"아뇨, 하지만 거의 엄마나 마찬가집니다."

"뭐 좋습니다, 부인 말씀이 맞아요. 어서 계약서를 읽게. 그리고 서명을 하든지 말든지 선택하라고. 하지만 뭐가 됐든, 서두르게나!"

나는 분노로 얼굴이 붉게 달아올랐다. 실리, 이 자는 정말이지 가증스러운 인간이었다. 뒤케넬이 아주 낮은 목소리로 속삭였다. "격식이 없어서 그렇지, 좋은 분이에요. 너무 언짢아하진 말아 주세요."

나는 계약서에 서명을 마치고, 저 추악한 공동 지배인에게 돌려주었다.

실리는 내게 말했다.

"자네를 뽑은 책임이 있는 것은 저쪽의 뒤케넬이네. 나였다면 절대로 자넬 채용 안 했을 테니까."

나는 그에게 대답했다.

"맙소사, 공동 지배인님. 만약 오데옹 극장 지배인이 당신분이었다면, 저도 계약서에 서명하지 않았을 겁니다. 그러니 서로 빚진 건 없는 셈 치시죠."

그리고 곧바로 지배인실을 나왔다.

나는 엄마에게로 갔다. 오데옹 극장과의 계약 성사 건이 그녀에게 큰 기쁨을 줄 것을 알고 있었다. 엄마에게 계약 성사를 알리고 나서, 게라르 부인과 함께 배우 휴게실에 들여놓을 필수적인 가구들을 사러 갔다.

다음날 나는 노트르-담-데-샹 거리에 있는 한 수녀원을 찾았다. 사랑스러운 가정교사, 드 바라방데르 양을 방문하기 위해서였다. 그녀는 13개월 전부터 투병 중이었다. 사지 관절에 심한 류머티즘이 온 그녀는 침상 위에 못 박히듯 누워 꼼짝할 수 없었다. 고통으로 인해 그녀의 얼굴은 알아보기 힘들 정도로 변해버렸다. 그녀는 하얗고 조그만 침대 위에 정자세로 누워 있었는데 머리띠로 머리카락을 쓸어 올려, 뒤로 숨기고 있었다. 커다란 코는 병마로 인해 무너져 내린 듯했으며, 창백한 두 눈에는 홍채가 거의 보이지 않았다. 오직 그녀의 무성한 수염만이 반복되는 류머티즘의 고통 속에 뻣뻣이 곤두서있었다.

그 외에도 그녀에게는 이상할 정도로 느껴지는 변화가 있었다. 나는 심한 위화감 속에서 그 원인을 찾고자 애썼다.

나는 그녀를 포옹하기 위해 다가갔고, 그러면서 그녀의 몸 구석구석을 살펴보았다. 본능적으로 그녀는 내 호기심 어린 태도를 눈치챘다. 그러자 그녀는 가볍게 눈짓하며 내 시선을 그녀 옆에 있던 탁자 위로 돌렸는데, 탁자 위에 놓인 물병에 늙은 친구에게서 뽑혀진 이빨들이 담겨 있다는 사실을 깨달았다. 나는 그 물병에 그녀를 위해 가져온 장미 세 송이를 꽂았다. 그리고 무례한 호기심을 용서해달라고 빌며 그녀를 껴안았다.

나는 무척 상심한 마음으로 수녀원에서 나왔다. 정원까지 바래다준 원장 수녀님은 드 브라방데르 양의 수명이 이젠 얼마 남지 않았음을 알려주었다.

그리하여 매일 같이 수녀원으로 자상한 가정교사 선생님을 찾아뵈었다.

✠

오데옹 극장에서 작품 리허설이 시작되면서, 어쩔 수 없이 드 브라방데르 양을 방문하는 주기를 늘려야 했다. 어느 날 아침 7시, 수녀원에서 사람을 보내 급히 날 찾았다. 그리하여 드 브라방데르 선생님의 임종, 이 사랑스러운 피조물의 슬픈 임종을 지키게 되었다. 최후의 순간, 그녀의 얼굴은 성스러운 지복(至福)에 환히 감싸였다. 그녀의 얼굴은 얼마나 행복해 보였는지 돌연 나 역시 죽고 싶을 정도였다. 나는 십자상을 움켜쥔, 이미 차갑게 식어버린 그녀의 손에 입을 맞추었다. 그리고 수녀원 관계자에게 드 브라방데르 양의 입관식에도 참석할 수 있겠냐고 문의했다. 수녀원 측에서는 입관식 참석을 허가했다.

다음날 내가 정해진 입관 시간에 맞춰 수녀원을 방문했을 때, 경악에 떨고 있는 몇몇 수녀들을 보았다. 그녀들이 어찌나 벌벌 떨고 있는지, 내가 다 무서울 지경이었다. "오, 저의 주님, 이게 대체 무슨 일입니까?" 아무 말 없이, 누군가 내게 드 브라방데르 양의 것이었던 작은 방의 문을 가리켰다. 안으로 들어가니, 수녀 열 분이 고인의 침대를 둘러싸고 있었다. 그리고 침대 위에 누워있는 것은 세상에서 가장 기이한 존재였다. 가엾은 가정교사 선생님의 얼굴은 영락없는 남자의 얼굴이었다. 콧수염은 어제보다도 더 길게 늘어졌고, 1센티미터 쯤 되는 턱수염에 덮여 있었다. 얼굴을 감싸는 긴 머리카락은 백색인 반면, 콧수염과 턱수염은 모두 적갈색이었다. 치아의 지지를 받지 못하고 합죽해진 입 탓에 코 또한 적갈색 콧수염 위로 무너져 내려와 있었다. 드브라방데르 양의 상냥한 얼굴을 대체한 것은 이 끔찍하고 이상야릇한 얼굴이었다. 그녀의 얼굴은 남자의 것이었던데 반해, 조그맣고 가는 두 손은 분명 여자의 것이었다.

어린 수녀들의 두 눈이 공포로 인해 커졌다. 그리고 이 가엾은 시신에 염을 했던 간호 수녀가 고인의 몸이 분명 여자의 것임을 확언했지만, 어린 수녀들은 계속 떨면서 끊임없이 성호를 그어대었다.

장례식 다음 날, 마리보(Marivaux)의 작품인 「사랑과 우연의 장난」으로 오데옹 극장에서의 첫 무대를 가졌다. 나는 마리보의 작품에 어울리는 배우가 아니었다. 그의 작품을 연기하기 위해서는 교태와 세련되게 꾸민 태도가 필요했는데, 이것들은 당시나 지금이나 내게는 없는 자질들이었다. 사실 내 몸매는 이 작품에 어울리기에는 좀 지나치게 호리호리했다. 나는 어떤 반향도 얻지 못했다.

뒤케넬은 이런저런 말들로 날 격려했다. 그때였다. 복도를 지나가던 실리가 날 가리키며 뒤케넬에게 말했다. "사교계 부르주아들을 위한 막대 빵 같은 배우로군, 심지어 속은 텅텅 비었고 말이야."

나는 실리의 무례함에 격분했다. 피가 거꾸로 솟아올라 얼굴이 붉어졌다. 그러나 내가 눈을 반쯤 감자, 후광을 두른 카미유 두세 씨의 얼굴이 떠올랐다. 언제나 젊은 청년처럼 보이는, 깨끗이 면도가 된 그의 얼굴이, 새하얀 백발을 왕관처럼 쓴 것처럼 보였다.

그것은 카미유 씨와의 약속을 곱씹을 때마다 머릿속에 떠오르던 환영이었다. 하지만 이번에는 환영이 아니었다. 내가 본 것은 진짜 카미유 두세 씨였다. 그가 나를 보러 온 것이었다. "네 목소리가 얼마나 아름답던지! 아, 다음 공연이 정말로 기대되는구나!" 카미유 씨는 언제나 상냥했지만, 그렇다고 거짓을 말하는 성격은 아니었다. 실제로 그는 내 첫 공연에서는 어떤 만족도 얻지 못한 것이었고, 다만 내 두 번째 공연에 큰 기대를 걸었다.

그의 말은 사실이었다. 내게는 아름다운 목소리가 있었다. 그리고 이 정도가, 내 첫 공연에 대해 말할 수 있는 전부였다. 그리하여 나는 오데옹 극장에 남아 거의 살다시피 했다. 나는 열심히 일했고, 모든 배역을 외워 언제든 다른 배우의 대역이 될 수 있었다. 그 후로 난 몇 차례의 자잘한 성공을 거뒀다. 대학생들은 이미 날 편애하다시피 사랑했다. 내가 무대에 입장하면 언제나 젊은이들의 환호가 쏟아지곤 했다. 몇몇 나이든 잔소리꾼들은 그때마다 1층의 싸구려 좌석 쪽으로 고개를 돌려 시끄럽다는 눈총을 주곤 했으나, 젊은이들은 전혀, 조금도 개의치 않았다.

마침내 내가 큰 성공을 거두는 날이 다가왔다.

뒤케넬은 라신의 「아탈리」를 멘델스존의 합창곡과 함께 다시금 무대 위에 올리자는 기획을 구상했다.

보발레는 선생으로서는 끔찍했지만, 동료로서는 무척 매력적이었다. 그는 예술부의 특별 인가를 받고[3], 「아탈리」에서 조아드(Joad)를 연기했다. 나는 자카리(Zacharie) 배역을 맡게 되었다. 연극학교의 몇몇 학생들은 합창시를 읊는 역할을 맡았고, 음악학교에서 성악을 전공하는 학생들은 합창단을 맡았다. 그런데 이들의 화음은 어찌나 끔찍했는지, 뒤케넬과 실리 모두가 절망에 빠질 지경이었다.

---

3 앞에서도 언급되었다시피 보발레는 국립 연극 학교의 선생님으로 재직 중이었고, 해당 학교는 예술부(현재의 문화부)의 감독 아래 놓여 있었다.

보발레는 선생님으로 뵈었을 때보다 훨씬 자상했다. 그래도 보발레는 여전히 입이 거칠어서, 학생들의 화음을 들으며 끊임없이 '빌어먹을'이나 '끔찍하군'이란 말을 내뱉었다. 연습은 되풀이하고, 또 되풀이했다. 그래도 구제 불능 상태였다. 특히 합창시를 맡은 학생들의 화음은 정말이지 끔찍했다. 그때 돌연 실리가 소리를 질렀다. "좋아, 됐어! 우리 막내 여배우더러 모든 합창시 부분을 읊으라고 하자구. 베르나르 양 혼자서도 충분할 거야. 목소리 하나는 예쁘니까 말이지!"

뒤케넬은 이 말에 가타부타하지 않았다. 다만 콧수염을 잡아당기며 애써 터져 나오는 웃음을 감췄다. 그의 동료가 드디어 자신이 미는 여배우의 역량을 인정한 것이었다!

뒤케넬은 무심한 태도로 고개를 끄덕여 동의를 구하는 듯한 실리의 눈빛에 답했다. 그리고 연습은 재개되었다. 이번에는 나 홀로 모든 합창시를 읊었다.

모든 이들이 박수를 쳤고, 특히 오케스트라의 단장은 기뻐서 어쩔 줄 몰라 했다. 이 불쌍한 남자가 받았던 고통은 그 정도로 심각했다! 「아탈리」가 처음으로 공연된 날은 비록 조그마한 승리였지만 진정한 승리의 날이라 할 만했다. 오! 그것은 정말이지 조그마한 승리였다, 그러나 그것이 가져다준 빛은 내 미래를 밝혀주기에 충분했다. 관객들은 내 감미로운 목소리의 투명함과 순수함에 마음을 뺏겼고, 내 이름을 연호하며 합창시 부분을 반복해주길 청했다. 그날 내게는 세 차례의 박수갈채가 쏟아졌다.

공연 중 막간의 시간에 실리가 나를 찾아왔다. 그래서 날 바라보며, "세상에, 너(tu) 참 여신 같더구나!"라고 외쳤다. 나는 느닷없이 바뀐 그의 '너(tu)'라는 칭호[4]가 다소 언짢았다. 나는 장난스럽게 그에게 대꾸했다. "드디어 내 몸에 살이 좀 붙었나 보군요!" 그는 미친 듯이 웃으며 사라졌다.

이날 이후로 실리 씨와 나는 서로를 '너(tu)'로 지칭하게 되었고, 세상에서 가장 친한 친구 사이가 되었다.

✠

아! 오데옹 극장이여! 오데옹은 내가 가장 사랑한 극장이었다. 그리하여 내가 훗날 오데옹 극장을 떠나게 되었을 때, 오직 아쉬움뿐이었다. 오데옹의 모든 이들은 서로 사랑했으며, 다들 유쾌했다. 또한 이 극장은 연극학교 출신의 젊은 배우들이 모두 거기 포진해 있어서 어느 정도 연극학교의 연장선에 있었다. 뒤케넬은 재기에 넘치는 지배인이었고, 몸에 밴 정중함과 함께 젊음의 패기 또한 갖추고 있었다.

리허설 기간에는 종종 연습 중인 공연에 출연하던 배우들끼리 모여 뤽상부르 공원에 공놀이를 하러 가곤 했다.

나는 몇 달 전까지 재직했던 코메디-프랑세즈에서의 일들을 떠올렸다. 코메디-프랑세즈 사람들은 부자연스러울 정도로 젠체하고 험담하기 좋아했으며 질투심이 많았다.

자연스럽게 짐나즈 극장에 재직했던 몇 개월간의 일들도 떠올렸다. 짐나즈 극장 사람들은 오직 드레스와 모자밖에 이야기하지 않았다. 그들은 예술과는 무척 거리가 먼 수백 가지 주제들로 잡담을 해댔다.

---

4 프랑스어에서의 2인칭 단수 주어는 말하는 이와 듣는 이의 친소 관계 및 공사의 구분에 따라 'vous'와 'tu'가 병용된다. 실리는 그간 사라 베르나르에게 'vous'를 써왔다.

나는 오데옹 극장에 있는 것이 행복했다. 오데옹 극장 사람들은 오직 공연만을 생각했다. 우리는 아침에도 연습하고, 점심에도 연습하고 언제나 연습 중이었다. 그런 점이 아주 좋았다.

여름이면 나는 오퇴이 소재의 빌라 몽모랑시(villa Montmorency)에 있는 별장에서 지냈다. 그리고 별장에서 돌아올 때면 '작은 부엉이'라고 이름 붙인 마차를 손수 몰았다. 그것은 로진 이모가 양도한 두 마리 조랑말들이 끄는 마차였다. 이 말들은 생-클루 지역의 어느 회전목마 곁을 지나다가 흥분하고 폭주한 나머지, 하마터면 이모의 머리를 깨부술 뻔했었다.

나는 전속력으로 마차를 몰았다. 7월의 햇살로 반짝이는 대기도, 바깥의 이런저런 소리들이 가져다주는 쾌활함도, 오데옹 극장 배우 대기실로 이어지는, 차갑고 낡아빠진 계단을 밟아 오를 때의 진정한 기쁨에 비하자면 아무 것도 아니었다. 나는 마주치는 사람들에게 재빠른 인사를 건네며, 서둘러 대기실로 올라갔다. 그렇게 외투와 모자와 장갑을 벗어 던지고 마침내 무대 위로 뛰어오르면, 이 끝도 없는 어둠 속에서 행복해지는 것이었다. "하녀[5](servante)"의 가녀린 빛은 여기 걸렸다가, 저기 걸렸다가 하며 때로는 나무를, 때로는 벽에 붙은 망루를, 때로는 긴 의자를 비추었다. 배우들의 얼굴이 빛을 받을 수 있는 것도 정말 찰나의 순간에 지나지 않았다.

나는 미생물들로 가득 찬, 무대 위의 공기보다 활기찬 것을 알지 못했다. 그 어떤 것도 저 그림자보다 더 유쾌하지 않았으며, 그 어떤 것도 저 어둠보다 더 밝지 않았다!

하루는 엄마가 무대 뒤쪽의 모습을 궁금해하시길래, 그곳으로 모신

---

5 매우 약한 빛을 발하는 조명의 일종.

적이 있다. 그리고 엄마는 환멸 때문에 거의 돌아가실 뻔했다. 엄마는 중얼거리셨다. "아! 가엾은 아가! 어떻게 저런 데서 지낸다니?" 그리고 다시 바깥으로 나오자, 엄마는 몇 차례고 반복해서 바깥의 신선한 공기를 들이마셨다.

엄마는 사람이 어떻게 저런 데서 지낼 수 있냐고 물어보았지만, 그래, 난 바로 저곳에서 지내었으며, 나아가 저곳에서만 살아갈 수 있었다. 물론 그 후로 내 사정도 조금은 변했다. 난 지금까지도, 저 어두운 공장과도 같은 무대 뒤편에 대해 애정을 품었다. 그곳에서 배우들은 시인들이 제공한 '예술'이라는 보석을 세공하는 흥겨운 보석 세공인들과 같아서, 우리 관객들에게 선보일 보석을, 더욱 찬란히 다듬고 있었다.

조그만 희망들과 그에 대한 환멸의 나날이 지나갔다. 새롭게 찾아든 나날들은 새로운 꿈들을 품고 있었다. 삶은 이제 영원한 행복인 것처럼 느껴졌다. 나는 계속해서 무대에 올랐다. 「드 빌메르 후작」에서는 미치광이 남작 부인 역을 맡았다. 서른다섯 살의 나이에 이미 노련한 수완가의 모습을 보여주는 인물이었다. 당시 내 나이는 고작 스물한 살이었고, 겉보기로는 열일곱 살로밖에는 보이지 않았지만 말이다. 「프랑수아 르 샹피」에서는 마리에트 역을 맡았다. 그리고 이 배역으로 난 큰 성공을 거두었다.[6] 상기 두 작품을 공연하던 시절은 내 추억 속에서 무척이나 감미로운 시기로 남아있다.

조르주 상드 부인, 이 감미롭고 매력적인 피조물은 극도로 낯가림이 심했다. 그녀는 말수가 적었고, 시도 때도 없이 담배를 태웠다. 그녀의

---

6 「드 빌메르 후작」과 「프랑수아 르 샹피」 모두 조르주 상드(George Sand, 1804-1876)의 작품이다.

커다란 두 눈은 항상 꿈속에 잠겨 있었다. 그녀의 입은 워낙 무겁기도 했고, 말투가 딱히 문학적이지도 않았으나, 일단 말을 하면 무척 상냥했다. 키는 아마 평균 정도였으리라 생각하지만, 등이 좀 굽어 보였다.

나는 문학적인 동경을 품은 채 그녀를 바라보았다. 그녀가 쓴 아름다운 연애 소설, 그 여주인공의 모델은 바로 그녀 자신이 아니었을까? 나는 조르주 상드의 바로 곁에 앉아, 가능한 오랜 시간 동안 그녀의 손을 붙잡고 있곤 했다. 그녀의 목소리는 감미롭고 매력적이었다.

대중에 의해 '플롱-플롱'이란 별명으로 불리던 나폴레옹 전하[7]도 조르주 상드 원작의 공연들을 보려고 자주 극장을 찾았다. 그는 조르주 상드에 대한 무한한 애정을 품고 있었다.

나폴레옹-제롬 보나파르트를 처음으로 보았을 때, 나는 얼굴이 창백해지고 심장이 멎는 줄 알았다. 나폴레옹 1세가 되살아난 것은 아닌가 싶을 정도로 그와 닮았었기 때문이다. 그리고 난 곧바로 그를 원망하기 시작했다. 그는 자기 삼촌인 나폴레옹 1세를 닮았지만 그의 위대함을 깎아 먹고 그를 일반 대중과 가까운 존재로 끌어내렸다.

내 심리적 저항감을 아는지 모르는지, 조르주 상드는 그에게 나를 소개했다. 그는 도도한 표정으로 날 바라보았다. 난 그가 마음에 들지 않았다.

나는 그가 내게 던진 칭찬에 거의 화답하지 않았다. 그리고 슬그머니 조르주 상드의 곁에 다가가 그녀와 꼭 붙어있었다. 그러자 나폴레옹-제롬 보나파르트는 웃기 시작하며 외쳤다. "이것 보게, 이 아가씨가 당신을 사랑하나 보구려!" 조르주 상드는 내 뺨을 부드럽게 어

7   제2제정의 상원의원으로 활동했던, 나폴레옹 1세의 조카 나폴레옹-제롬 보나파르트(1822-1891)을 말한다. 아버지인 제롬 보나파르트는 나폴레옹 1세의 막내 동생이었다.

루만졌다. "제 귀여운 '마돈느Madone'예요. 너무 괴롭히지 말아요."
나는 그녀 옆에 붙어 전하를 향해 몰래 불만스러운 눈빛을 던져댔다.

시간이 가면 갈수록 그의 이야기를 듣는 것이 즐거워졌다. 그는 진중하면서도 재기발랄한 이야기꾼이었다. 물론 그의 이야기 중간에는 다소 노골적인 표현들이 장식처럼 끼워져 있었지만, 전반적으로 그가 하는 이야기들은 하나같이 재미있고 유익했다. 그는 독설가였다. 나는 그가 티에르[8] 씨가 얼마나 믿을 수 없고 끔찍한 사람인지에 대해 말하는 것을 듣기도 했다. 나는 그 이야기들에 대해 그다지 신뢰하진 않았다. 또한 하루는 그가 저 상냥한 루이 부이예[9]에 대해 무척이나 우스꽝스러운 인물로 묘사했다. 그의 인물묘사가 어찌나 재미있던지, 루이 부이예를 인간적으로 좋아하던 조르주 상드조차 나폴레옹-제롬에게 '못된 사람'이라 하면서도 웃음을 터뜨렸다.

나폴레옹-제롬은 그리 격식을 따지는 사람은 아니었으나, 그렇다고 자신에 대한 무례를 참지도 않았다. 어느 날의 일이었다. 내가 나폴레옹-제롬, 조르주 상드, 그리고 이름을 잊어버린 어느 도서관 관리인과 함께 배우 휴게실에서 쉬고 있는데, 「프랑수아 르 샹피」의 출연진에 있던 폴 데예(Paul Deshayes)라는 배우가 들어왔다. 폴 데예는 서민 출신이었고, 약간 아나키스트적인 기질이 있었다. 그는 먼저 조르주 상드에게 인사를 건넸다. 그리고 나폴레옹-제롬에게 대뜸 이런 말을 던졌다. "선생(Monsieur), 제 장갑을 깔고 앉으셨군요." 그러자 나폴레옹 전하는 엉덩이만을 살짝 들어 올려 장갑 한 짝을 빼낸 뒤, 그대로 땅에 내던지며 말했다. "받게나. 의자는 깨끗했다네." 폴 데예의 얼굴

<hr>

8 프랑스의 정치가이자 역사가인 아돌프 티에르(Adolphe Thiers, 1797-1877)를 말한다. 제2제정 몰락 후, 프랑스 제3공화국의 초대 대통령으로 취임한다.
9 각주 45번 참조.

이 붉어졌다. 그는 장갑을 주워 들고, 파리 코뮌[10] 가담자들이 내뱉을 법한 저주의 말을 중얼거리며 휴게실을 나갔다.

나는 「세자르 지로도의 유언장」에서 오르탕스 역을 맡았다. 그리고 알렉상드르 뒤마의 「킨」에서는 안나 댐비 역을 맡았다. 「킨」을 처음으로 무대에 올렸던 날[11], 관객들은 무척 질이 좋지 않았다. 그들은 원작자인 아버지 알렉상드르 뒤마[12]에 단단히 화가 나 있었다. 아버지 알렉상드르 뒤마의 극히 개인적인, 그리고 예술과는 전혀 상관없는 연애 스캔들[13] 때문이었다. 이미 몇 달 전부터, 사람들의 뇌는 정치 문제로 인해 부글부글 끓고 있었다. 사람들은 빅토르 위고의 귀환[14]을 바라고 있었다.

공연을 보러 온 뒤마가 그의 칸막이 좌석에 입장할 때는 엄청난 야유가 쏟아졌다. 그리고 그 머릿수가 상당했던 대학생들의 무리가 함께 박자에 맞춰 '루이 블라스[15]Ruy Blas'를 연호하기 시작했다. 뒤마가 자리에서 일어나 발언을 요청했다. 극장에 적막이 내렸다. 뒤마는 "내 젊은 친구들…"이라는 말로 운을 뗐다. 그런데 이때 누군가가 외쳤다. "우리는 물론 뒤마 선생님 말씀을 듣고 싶습니다! 하지만 그

───────────────

10 1867년의 일을 기술하며 파리 코뮌을 언급하고 있으나, 파리 코뮌의 성립은 이보다 약간 뒤인 1871년이다.

11 1868년 2월 18일.

12 아버지 알렉상드르 뒤마(Alexandre Dumas père, 1802-1870)는 프랑스의 소설가, 극작가이다. 같은 이름의 아들 역시도 유명한 소설가 겸 극작가였기에, 편의상 아버지(père)와 아들(fils) 알렉상드르 뒤마로 구분하곤 한다.

13 아버지 알렉상드르 뒤마는 이때, 미국인 여배우 겸 시인인 아다 아이작스 멘켄(Adah Isaacs Menken, 1835-1868)과의 염문이 있었다.

14 때는 제2제정 말기였고, 빅토르 위고(Victor Hugo, 1802-1885)는 제2제정에 반대하는 입장을 표명하며 망명 중이었다. 실제로 그는 제2제정 붕괴 이후에야 프랑스로 귀국한다.

15 아버지 알렉상드르 뒤마의 「킨」(1838)과 같은 연도에 발표되었던 빅토르 위고의 희곡이다.

전에 칸막이 좌석에 있는 동행인을 좀 치워주시죠!" 뒤마는 이 발언에 대해 격렬히 항의했다. 무대 앞쪽 상등 관람석에 앉아 있던 많은 관객도 뒤마의 편을 들었다. 실제로 아버지 알렉상드르 뒤마가 자기 칸막이 좌석에 여자 한 사람을 들였던 것은 맞다. 하지만 그녀가 어떤 사람이든 간에, 이토록 무례하게 그를 모욕할 권리 같은 건 누구에게도 없었다. 사실 그처럼 모욕적인 광경은 처음 보았다.

나는 가림막에 뚫린 구멍 너머로 그 광경을 지켜보았다. 흥미롭고도 짜증 나는 상황이었다. 위대한 알렉상드르 뒤마는 분노로 얼굴이 새하얘졌다. 그는 주먹을 휘두르며 위협했고, 고함을 지르고 욕설을 퍼붓고 호통도 쳤다. 그러다가 돌연 관객석에서 박수갈채가 쏟아졌다. 문제의 여인이 칸막이 좌석에서 사라진 것이었다. 뒤마가 좌석 밖으로 나와, "아니! 아니오! 이 사람이 좌석에서 나갈 일은 없을 겁니다!"라고 대답하던 바로 그 때를 틈타, 그녀는 조용히 밖으로 빠져나갔다. 그러자 "브라보!"라는 함성이 터졌고, 뒤마는 비로소 발언권을 얻을 수 있었다.

하지만 뒤마의 목소리가 제대로 들린 것은 불과 몇 초뿐이었다. 다시금 지옥과도 같은 소란 속에서 "루이 블라스! 루이 블라스! 빅토르 위고! 빅토르 위고!"라는 연호가 터져 나왔다.

우리는 막 뒤의 무대에서 벌써 한 시간 째 대기 중이었다. 나는 무척 격앙되었다. 결국 실리와 뒤케넬이 무대로 달려왔다. "단원 여러분, 힘냅시다! 관객석은 지금 난장판이요, 하지만 뭐 될 대로 되라고 하지요. 시작합시다!"

나는 뒤케넬 씨에게 말했다. "아! 뒤케넬 씨, 기절이라도 할까 봐 무서워요." 실로 두 손은 얼음장처럼 찼고, 심장은 요동쳤다. "저기… 무서워도 너무 무서운데, 이걸 어쩌죠?" 그러자 뒤케넬은 말했다. "어쩌긴 뭘 어쩌겠어요! 그냥 겁먹어! 그리고 연기를 하시오! 절대로 무슨 일이 있더라도 기절은 하지 말고!"

새들 짹짹거리는 소리, 고양이 야옹거리는 소리, 그리고 박자에 맞춰 귀가 먹먹해질 정도로 우렁차게 들려오는 '루이 블라스! 루이 블라스! 빅토르 위고! 빅토르 위고!'. 그러한 폭풍의 한가운데에서 막은 올라갔다.

내가 등장할 차례였다. '킨'을 연기한 아버지 베르통(Berton père)은 관객들에게서 미적지근한 반응을 얻었다. 나는 '1820년대 영국 여인풍'을 의도한 우스꽝스러운 복장을 하고 무대에 섰다. 몇몇 관객들에게서 웃음소리가 터져 나왔고, 그것을 들은 나는 이제 막 그곳을 지나 무대 위에 오른 문가에 못 박히듯 멈춰 섰다. 바로 그 순간 내 소중한 친구들, 대학생들의 박수 소리가 못된 관객들의 비웃음을 덮었다. 나는 이에 용기를 되찾았을 뿐만 아니라 관객석의 아수라장과 맞서 싸우고 싶다는 욕망마저 느꼈다. 굳이 내가 싸울 필요는 없었다. '킨'에 대한 '나'의 사랑을 슬쩍 드러내는 긴 독백이 시작되자마자, 관객들이 홀린 듯 박수갈채를 보냈기 때문이다.

아래는 「피가로Figaro」지에 익명의 누군가가 기고한 글이다.

사라 베르나르 양은 상궤를 벗어난 의상을 입고 나타났고, 이는 관객석의 소요를 한층 더 부추겼다. 그러나 그녀의 따스한 목소리, 저 놀라운 목소리가 관객들의 마음을 움직였다. 귀여운 여자 오르페우스, 그녀가 관객을 길들였다.

「킨」 공연 이후 나는 「결혼의 제비뽑기La Loterie du Mariage」에 출연했다. 한번은 해당 공연을 연습하고 있던 시기에, 아가르(Agar) 부인이

날 찾아왔다. 나는 그때 대기실에 놓인 작은 안락의자에 몸을 파묻고 두 다리는 짚으로 된 작은 의자에 올려둔 채였다. 그곳은 대기실 방 한구석이었고, 거기서 머무는 것이 습관이었는데 그곳이 좋았다. 거기에는 어둠을 밝히는 가스등이 하나 있었고, 난 거기서 등장할 차례를 기다리며 이런저런 잡일을 할 수 있는데 자수를 좋아해서 대기 중에는 목면에 줄무늬를 새겨 넣거나, 태피스트리를 짜곤 했다. 그러한 일감들을 한 무더기는 갖고 있었다. 출연을 기다리는 동안, 내 마음 내키는 대로 때로는 이걸 집고, 때로는 저걸 집어 작업을 이어갔다.

아가르 부인은 아마도 바라보는 즐거움을 위해 창조된, 경탄스러운 피조물이었다. 그녀는 키가 컸고, 피부가 새하얗고, 갈색 머리에다 커다란 검은 두 눈에서는 감미로운 시선이 흘러나왔다. 그녀의 입은 무척 조그마했고, 이빨은 눈부실 정도로 건치였다. 입술은 두껍고 동글동글했으며, 미묘한 미소로 인해 양 끝이 올라가 있었다. 풍성한 머리카락은 경이롭게 찰랑거렸고 윤기가 흘렀다. 그녀는 고대 그리스의 미적 전형에 대한 살아있는 견본이었다. 그녀의 손은 예쁘고 길쭉하며, 만져보면 살짝 말랑말랑했다. 그리고 그녀의 느릿느릿하고 다소 무게가 실린 듯한 걸음걸이는 '고대 그리스의 아름다움'이란 연상에 화룡정점을 찍었다.

그녀는 오데옹 극장의 위대한 비극 여배우였다. 그녀는 특유의 절제된 걸음으로 내게 다가왔다. 그녀 뒤로는 처음 보는 젊은 남자가 따라오고 있었다. 겉보기에 스물넷에서 스물여섯 사이로 보이는 청년이었다. 아가르 부인이 날 포옹하며 말했다. "사라, 시인을 한 사람 소개해 줄게. 너라면 그를 행복하게 해줄 거야."

그리고 그녀는 내게 프랑수아 코페[16]를 소개했다.

나는 코페에게 자리를 권했다. 그리고 그를 좀 더 자세히 관찰했다. 수척하고 창백하지만 아름다운 그의 얼굴은 불멸의 보나파르트와 판박이처럼 닮았다. 감동이 솟구쳤다. 나는 나폴레옹 1세 보나파르트를 누구보다 열렬히 사모했기 때문이다.

"시인이신가요, 선생님?"

"그렇습니다, 아가씨. (이때 나뿐만 아니라 그의 목소리도 떨리고 있었다. 그는 나보다도 더 낯을 가리는 성격이었다.) 맞아요. 졸작 운문 희곡을 하나 쓰긴 했죠. 그런데 아가르 아가씨는 당신이 제 희곡을 연기해 줄 거라 확신하시더군요."

그러자 아가르가 말을 받았다. "맞아, 사라 너도 그를 위해 연기를 해줬으면 해. 젊은 시인의 걸작이거든! 내가 장담하는데, 너 이거 맡잖아? 어마어마한 성공을 거두게 될 거다!"

코페는 아가르에게 반짝이는 눈빛을 퍼부으며 말했다.

"오! 그러는 당신은요? 당신께서도 무척이나 아름다울 겁니다!"

난 리허설 공연에 출연할 차례가 되어 잠시 무대에 올라갔다가 대기실로 돌아왔다. 젊은 시인은 아름다운 비극 여배우와 나지막한 목소리로 대화를 나누고 있었다. 나는 헛기침을 했다. 아가르는 내 안락의자 자리를 차지하고 있었다. 내가 연기를 마치고 돌아온 것을 보자, 그녀는 자리를 돌려주고자 했다. 내가 사양하자 그녀는 자기 무릎을 내주었다. 나는 그녀의 무릎 위에 앉고, 젊은 시인은 의자를 끌어 우리쪽에 가까이 붙었다. 우리는 그렇게 머리를 맞대고, 셋이서 잡담을 나누었다. 우리는 내가 먼저 코페의 희곡을 읽어 본 뒤, 뒤케넬에게 가

---

16 프랑스의 시인, 극작가, 소설가인 프랑수아 코페(François Coppée, 1842-1908)를 말한다.

져다 읽히기로 합의했다. 뒤케넬은 우리 극장에서 유일하게 '운문'의 가치를 판단할 수 있는 사람이었다. 또한 우리는 뒤케넬의 일독이 끝나는 대로, 두 사람의 극장 지배인에게 이 희곡을 '자선' 공연 때 올려도 좋다는 허가를 받기로 합의했다. 「결혼의 제비뽑기」의 초연 뒤에는 자선 공연이 예정되어 있었기 때문이다.

코페는 황홀에 감싸여 한결 더 창백해진 얼굴에 감사의 미소를 보냈다. 그리고 흥분한 마음이 그대로 느껴지는 손으로 내 손을 꼭 쥐고 흔들었다.

아가르는 그를 무대 단 위로 튀어나온 조그만 층계참까지 배웅했다. 나는 아가르, 저 장엄한 입상 같은 여인이 젊은 작가의 호리호리한 실루엣 옆에 서 있는 모습을 바라봤다. 아가르는 당시 나이가 서른다섯 정도 되었을 것이다. 그녀는 정말이지 아름다웠으나, 나는 그녀에게서 어떤 '매력'도 느낄 수가 없었다. 어째서 저 시인 보나파르트가 아가르 같은 중늙은이 여인에게 누가 봐도 뻔히 보일 정도로 푹 빠졌는지 이해할 수 없었다. 아가르 역시 코페를 정열적으로 사랑하는 듯했다. 그들의 사랑은 내게 말로 형용하기 힘들 정도로 흥미로웠다. 나는 두 사람이 오래도록 손을 붙잡고 있는 것을 보았다. 그러고 나서 코페는 돌연히 거의 어색하다고 말해도 좋을 만한 동작으로 허리를 굽혀 아가르의 아름다운 손에 오래 입을 맞추었다.

아가르는 두 뺨이 약간 장밋빛으로 물든 채 내 쪽으로 돌아왔다. 그녀의 뺨이 붉게 물든 것은 무척 드문 일이었다. 그녀의 안색은 본래 대리석과도 같은 흰색이었으니까. "받아, 여기 희곡 원고야!" 그렇게 말하며, 그녀는 내게 돌돌 말린 원고를 건네주었다.

리허설이 끝났다. 나는 아가르와 헤어진 뒤 돌아가는 마차 안에서 코페의 희곡을 읽었다. 그 희곡이 나를 얼마나 감동케 했는지, 나는 그대로 왔던 길을 돌아갔다. 곧바로 뒤케넬에게도 그 글을 읽혀야만 했다.

나는 계단에서 뒤케넬과 마주쳤다.

"뒤케넬 씨! 부탁이에요, 도로 올라가세요!"

"오! 맙소사. 무슨 일이에요, 사라? 복권이라도 당첨됐어요?"

"뭐, 거의 그런 셈이죠. 어서요!"

그리고 난 뒤케넬의 사무실에 들어가자마자 재촉했다.

"이걸 좀 읽어주세요, 부탁이에요!"

"주세요, 집에 가져가서 읽게."

"안 돼요! 지금 당장, 여기서 읽으세요! 아니면 제가 읽어드려요?"

"아뇨! 안 돼요! 당신 목소리로 읽으면 최악의 시구들도 매력적인 시가 되어버린단 말이오! 이리 내요!"

그리고 젊은 극장 지배인은 안락의자에 자리를 잡고 앉아 코페의 희곡을 읽기 시작했다. 나는 그가 글을 읽는 동안 신문들을 넘겨보며 기다렸다.

"멋지군!" 뒤케넬이 소리쳤다. "맙소사, 이건 흠잡을 데 없는 걸작입니다!" 나는 기쁨에 차 펄쩍 뛰어올랐다.

"그럼 실리의 허락도 받아 줄 건가요?"

"그럼요. 물론이죠. 진정해요, 사라. 그런데 이 공연은 언제 올리고 싶은데요?"

"아! 들어보세요. 제가 보기에 원작자는 하루빨리 공연을 올리고 싶어서 초조해했고, 아가르도 그와 마찬가지더라구요."

"그리고 당신도 마찬가지군요!" 그가 웃으면서 말했다. "그도 그럴 만한 게, 당신이 꿈꾸던 배역이 하나 보이네요."

"맞아요, 뒤케넬. 사실 나도 그래요! 그리고 부탁 하나만 들어줄래요? 이 작품을 2주 뒤에 있을 ***부인을 위한 '자선 공연'에 올리게 해 주세요. 그럼 다른 어떤 공연 일정도 방해하지 않고, 우리 시인 선생께서도 무척 기뻐할 거예요!"

"좋습니다. 좋아요. 제가 책임지고 진행해보죠. 한데 무대 배경하고 소도구들은 어떻게 마련해야 하려나?" 뒤케넬은 중얼거리며 손톱을 물어뜯었다. 그는 근심에 잠길 때마다 손톱을 씹는 습관이 있었다.

그 점에 대해 이미 생각해 둔 바가 있었다. 나는 그를 아내가 있는 곳까지 배웅하겠다고 하고, 가는 길에 내 구체적인 계획을 밝혔다. "무대 배경은 얼마 전에 공연했던 「잔 드 리뉘리Jeanne de Ligneris」의 배경을 재활용하면 될 거예요. 관객들의 야유에 묻혀 망해버린 작품이었죠. 조각상들과 꽃들, 심지어 계단까지 포함된 멋진 이탈리아식 정원이 배경이었어요. 의상은 아가르와 제가 알아서 마련할게요. 아무리 값싼 의상을 매입한다고 하더라도, 새 옷을 구매하겠다는 얘기를 실리가 듣는다면 예전에 자기가 맡았던 '로댕' 역처럼 노발대발 소리를 지를 테니까요."

그렇게 이야기하다 보니, 어느새 뒤케넬의 집이었다. "사라, 들어와 우리 아내에게 인사하세요. 그리고 하는 김에 의상에 관해서도 얘기 나누죠."

그의 말에 따라 뒤케넬의 집을 방문했다. 그리고 상상 이상으로 아름다운 그의 처와 포옹 인사를 나눈 뒤에, 이 미인에게 우리의 모든 계획을 털어놓았다. 그녀는 우리의 모든 계획에 동의했다. 그리고 내게 공연 의상으로 어울릴 법한 예쁜 디자인의 옷들을 즉시 찾아보겠다고 약속했다.

그녀가 말을 하는 동안 나는 아가르의 생김새와 비교해보고 있었다. 오! 내 취향에는 아가르보다도 그녀 쪽이 훨씬 마음에 들었다. 그녀는 황홀한 금발 미녀였으며, 커다란 두 눈은 투명했고, 얼굴에는 불그스레한 보조개가 패어 있었다. 찰랑이는 머릿결은 후광처럼 드리워져 있고, 가느다란 손목 끝에는 아마도 세상에서 가장 고울 것 같은 손이 달려 있었다. 그녀의 손이 곱다는 평판은 그 뒤로도 오래도록 변함이 없었다.

나는 뒤케넬 부부와 작별한 뒤, 아가넬을 찾아갔다. 일의 진척을 말해 주기 위함이었다. 초조하게 결과를 기다리던 아가넬은 나를 수십 번도 더 끌어안았다.

아가르의 집에는 그녀의 사촌이라고 하는 신부님 한 분이 와 계셨다. 그 역시도 내 이야기를 듣고 대단히 만족해하는 모양새였다. 필경 아가르에게 모든 사정을 들어 알고 있었으리라.

수줍은 초인종 소리가 울렸다. 프랑수아 코페가 찾아온 것이었다. 나는 밖으로 나가 문 앞에서 코페와 악수하며 말했다. "저는 자리를 비켜드릴게요, 자세한 이야기는 아가르에게 들으세요."

14

틸르리에서

그로부터 얼마 지나지 않아, 「행인Passant」[1]의 리허설이 시작되었다. 나는 리허설 내내 즐거웠다. 내성적인 청년 시인인 줄 알았던 코페가 연습이 시작되자 재기 넘치는 달변가의 모습을 보여주었다.

「행인」의 초연 일자는 사전에 합의된 대로였다.

「행인」은 대단한 성공을 거뒀다. 관객석에서는 박수 소리가 멈추지 않았다. 공연이 끝나고 내려갔던 막은 아가르와 내가 보는 앞에서 여덟 차례나 다시 올라갔다. 관객들은 「행인」의 작가를 보고 싶어 했기 때문에, 우리는 그를 무대 위로 끌어내려 했지만 허사였다. 코페는 무대 위에 오르는 것을 거절하며 숨어버렸다. 거의 무명이나 마찬가지이던 코페는 몇 시간 만에 유명 인사가 되었다. 모든 이의 입에 그의 이름이 오르내렸다. 아가르와 내게도 어마어마한 찬사가 쏟아졌다. 실리는 우리가 마련한 옷값을 기꺼이 치렀다. 우리는 코페의 단막극을 연이어 수십 차례 공연했고 그때마다 극장은 만석이었다.

틸르리 궁과 마틸드 공주(princesse Mathilde)의 사저에서도 우리에게 공연 요청을 해왔다. 아! 틸르리 궁에서의 첫 공연, 그때의 기억은 내

---

1 프랑수아 코페의 운문 단막극.

뇌에 새겨져 있다시피 하다. 지금도 두 눈을 감으면 그날의 일들이 생생히 정말 생생히 눈 앞에 펼쳐진다.

궁정에서 보낸 사자와 뒤케넬의 합의에 따라 아가르와 나는 튈르리 궁에 사전 방문을 했다. 우리가 연기하게 될 장소를 미리 살피고 공연에 맞게 무대를 조정하려는 목적이었다.

나는 라페리에르 백작에 의해 황제 폐하께 소개될 예정이었고, 폐하는 몸소 나를 외제니 황후께 소개하실 예정이었다. 마틸드 공주가 아가르를 소개할 예정이었는데, 마틸드 공주는 그녀를 미네르바 여신처럼 여기고 있었다[2].

라페리에르 백작은 아침 아홉 시에 궁정 마차를 타고 마중 나왔다. 나는 게라르 부인과 함께 그 마차에 올라탔다. 백작은 태도가 다소 딱딱하긴 했으나 상냥한 사람이었다.

루아얄 거리를 돌 때였다. 마차가 잠시 멈춰선 때, 플뢰리 장군이 우리를 향해 다가왔다. 나는 모르니 공작의 소개로 익히 그를 알고 있었다. 라페리에르 백작은 장군에게 우리가 어떤 사정으로 어딜 향하고 있는지를 설명했다. 장군은 떠나며 내게 "행운을 빈다"라고 외쳤다. 그때 지나가던 한 남자가 이렇게 반응했다. "행운이라, 그럴지도 모르지. 그런데 오래가진 않을 거야, 쓸모없는 얼간이들 천지니까!"

튈르리 궁에 도착했다. 우리 세 사람은 마차에서 내렸다. 나는 온통 황색으로 뒤덮인 1층의 작은 응접실로 안내되었다.

라페리에르 백작은 우리를 떠나며 말했다. "폐하께 베르나르 양의 도착을 보고하겠습니다." 게라르 부인과 단 둘이 남겨진 나는 세 차

---

2 마틸드 공주는 아가르의 후원자였다.

례의 인사[3]를 연습하려 했다. "게라르 아주머니, 저 좀 잘하는지 봐주실래요?" 그리고 나는 "폐하… 폐하…"라고 중얼거리며 여러 차례 반복해서 인사 올리는 연습을 했다. "폐하…" 나는 드레스를 입은 상태로 몸을 숙였고, 눈을 내리깔았다. 그때 누군가 가볍게 웃음을 참는 소리가 들려왔다.

나는 화를 내며 게라르 부인 쪽으로 고개를 들어 올렸다. 그런데 내 앞에 보이는 것은, 조금 전의 나처럼 허리를 반으로 접은 게라르 부인이었다. 그리하여 재빨리 뒤를 돌아보았다. 황제 폐하께서 내 등 뒤에 서 계셨다. 그는 절제된 태도로 웃으며 조용한 박수를 보내고 있었다. 웃으면서 말이다.

나는 당황했고 얼굴이 붉어졌다. 언제부터 거기 계셨던 걸까? 나는 아까부터 몇 차례고 몸을 숙이며, 자세를 교정했고, 그러면서 이런 말도 내뱉었었다. "이건, 이건 너무 숙인 것 같고. 이번에는 됐다. 어때요, 게라르 아주머니?" 오, 신이시여. 맙소사! 폐하께서는 그런 말까지도 다 들으신 걸까? 당황한 가슴을 부여잡고 인사를 올리려는 그때 폐하께서는 내게 미소를 보내며 말씀하셨다. "또 안 해도 되네. 그리고 조금 전 인사는 더할 나위 없이 훌륭했다네. 아껴뒀다가, 지금 자네를 기다리고 있는 황후에게 올리도록 하게나."

아! "조금 전에"라고? 폐하께서 말씀하신 '조금 전'의 인사가 대체 몇 번째 연습 때의 인사였는지를 자문해 보았다. 게라르 부인에게 물어볼 수도 없는 노릇이었다. 그녀는 한참 떨어져서 라페리에르 백작과 함께 걸어오고 있었기 때문이다.

나는 폐하의 곁에서 함께 걸었다. 폐하께서는 내게 이런저런 많은

---

3 군주를 상대로 인사하는 예법이었다.

이야기를 해주셨지만, 그 '조금 전'이 도무지 마음에 걸려, 이야기에 집중이 되지 않았고 대답도 건성으로 하고 말았다.

가까이서 보는 폐하의 모습은 초상화로 보았을 때보다 훨씬 더 내 마음에 들었다. 그분의 반쯤 감긴 두 눈은 무척이나 아름다웠고, 그로부터 발하는 시선이 아주 긴 속눈썹을 뚫고 나왔다. 폐하의 미소는 한편으로 슬퍼 보이면서도, 또한 약간의 빈정거림이 섞여 있는 듯했다. 폐하의 안색은 창백했고, 목소리는 꺼질 듯 미약하면서도 매력적이었다.

우리는 황후 마마의 거처로 나아갔다. 마마는 커다란 안락의자에 앉아 계셨다. 그분의 몸을 감싸고 있는 잿빛 드레스는 마치 그분의 몸을 찍어내리려는 거푸집처럼도 보였다. 황후 마마는 무척 아름답다고 생각했고, 마마 역시도 내 초상화보다 실물이 더 아름답다고 말해줬다.

황제 폐하께서 웃는 듯한 눈으로 지켜보는 가운데, 나는 황후께 세 차례의 인사를 올렸다. 황후 마마께서 입을 여셨다. 그러자 그녀의 매력은 순식간에 사라지고 말았다. 이 금발의 황후의 입에서 흘러나온, 거세고 거친 목소리는 내게 큰 충격으로 다가왔다. 이때 이후로 나는 그녀 곁에 있는 것이 불편하게 느껴졌다. 그녀가 내게 보여준 호의와 친절에도 불구하고 말이다.

아가르가 도착하고, 곧이어 황후께 소개되었다. 황후마마께서는 우리 두 사람을 대응접실로 안내해주었다. 우리의 공연은 그곳에서 열릴 것이었다.

우리는 무대를 만들기 위한 조치를 했다. 기본적인 무대가 설비된 다음에는 계단이 하나 필요했다. 아가르는 그 계단 위에서, 돈으로 움직이는 사랑을 저주하며 이상적인 사랑을 꿈꾸는, 좌절한 화류계 여인을 연기하게 될 것이었다. 적절한 계단, 이것을 무대에 마련하는 것은 큰일이었다.

우리는 피렌체 풍 궁전의 웅장함을 상징하는, 저 3단 계단(trois marches)의 밑단을 가려야 했다. 나는 소관목들과 꽃이 핀 식물들을 달라고 요구했고, 그것들 모두를 3단 계단 앞에 늘어놓았다.

이때 당시 13살이던 황태자께서 도착하셨다. 그는 나를 도와 식물들을 배치했다. 아가르가 바뀐 계단의 모습이 주는 효과를 시험해보고자 그 위로 올라섰을 때, 황태자는 미친 듯이 웃음을 터뜨렸다.

이 매력적인 어린 황태자는 무척이나 아름다운 눈을 갖고 있었다. 황태자의 눈꺼풀은 황후 마마를 닮아 두터웠고, 속눈썹은 황제 폐하를 닮아 길었다.

황태자는 황제 폐하와 마찬가지로 재기발랄한 인물이었다. 비록 사람들이 폐하를 '멍청이 루이'라는 별명으로 부르긴 했으나, 내 생각은 다르다. 폐하께서는 동시대인들 가운데 가장 날카롭고 정묘하며 또한 관대한 정신의 소유자였다.

모든 것이 최상의 상태로 준비되었다. 우리는 이틀 뒤에 튈르리 궁으로 돌아와, 황제 내외의 면전에서 리허설을 가졌다. 또한 황태자 역시 리허설을 참관했다. 아, 리허설을 참관해도 되겠냐며 양해를 구하는 황태자의 모습은 얼마나 기품에 넘쳤던가!

황후 마마께서 작별 인사를 고하셨다. 무척 매력적인 태도였으나 끔찍한 목소리였다. 마마께서는 당신을 수행하던 두 부인에게 명을 내려, 우리에게 비스킷이며 스페인산 포도주를 하사하셨다. 또한 황후께서는, 우리가 원한다면 궁정 내부를 둘러보아도 된다는 허가를 내려주셨다.

후자의 제안에 별 관심이 없었다. 하지만 '내 귀여운 부인'과 아가르는 궁정 내부를 둘러봐도 좋다는 황후 마마의 윤허에 어지간히도 감격에 겨워했다. 나는 두 사람의 몽상에 어울려 주었다. 그리고 지금도 그때의 결정을 후회한다. 세상에 튈르리 궁의 방들보다 더러운 공간은 없었다. 튈르리 궁의 계단들과 황제 폐하의 서재를 제외하면 말이다. 나는 궁정을 둘러보는 동안 끔찍할 정도의 권태를 느꼈다. 정말이지 아름다운 몇몇 그림들이 내 마음을 다소 위로해 줄 뿐이었다. 나는 빈터할터[4]가 그린 외제니 황후의 초상화 앞에서 잠시 걸음을 멈추고 황홀감에 사로잡히기도 했다.

그림은 외제니 황후와 꼭 닮았다. 또한 말을 할 수 없는(주님의 은총이다!) 이 초상화는 외제니 황후의 예상치 못했던 행운[5]을 설명하고 정당화하고 있었다.

리허설은 별 탈 없이 끝났다. 어린 황태자는 우리에게 감사한 마음과 기쁨을 표현하려 애를 썼다. 우리는 그를 위해 본공연이 아닌데도 불구하고 무대 의상을 입었었다. 본공연은 저녁이었으나, 황태자는 저녁 모임에 참석할 수가 없었다. 황태자는 내 무대 의상을 데생했다. 가장무도회가 황태자를 위해 열릴 예정이었다. 그는 내게 내 옷의 복제품을 만들어 가장무도회 때 사용하겠다는 약속을 했다.

본공연은 프랑스를 방문 중이던 네덜란드의 여왕에게 바쳐졌다. 오라녜 공[6]이 그녀를 수행했는데, 파리 사람들은 평소 그를 "레몬 왕자"라고 칭하곤 했다.

이 저녁 공연에서는 무척 재미난 일이 하나 벌어졌다. 황후 마마는 놀라울 정도로 발이 작았다. 안 그래도 작은 발을 더 작게 하고 싶었는

---

4 왕족 및 귀족들의 초상화로 유명세를 떨친 독일의 화가 프란츠 크사버 빈터할터(Franz Xaver Winterhalter, 1805-1873)를 말한다.

5 나폴레옹 3세와의 결혼을 말한다.

6 네덜란드의 왕위 계승자.

지 그녀는 지나칠 정도로 꼭 조이는 구두를 신었다.

그날 외제니 황후는 황홀할 정도로 아름다우셨다! 마마의 두 어깨는 은실 자수가 놓인 옅은 청색의 사틴 드레스 위로, 섬세하고도 날카롭게 각이 선 모습을 드러냈다. 그녀의 아름다운 머릿결 위에는 터키석들과 다이아몬드들로 장식된 작은 관이 씌어졌고, 조그마한 두 발은 은실로 화려하게 장식된 방석 위에 놓여 있었다.

공연이 진행되는 동안, 나는 계속해서 외제니 황후의 발이 놓인 쿠션 쪽으로 눈길을 빼앗겼다. 나는 마마의 두 발이 움찔거리는 것을 보고 있었다. 마침내 마마의 한쪽 신발은 천천히, 천천히, 다른 쪽 신발 한 짝을 밀어대었다. 그리고 황후 마마의 한쪽 발뒤꿈치가 신발이란 감옥을 탈출하는 모습을 똑똑히 보게 되었다. 마마의 신은 이제 발끝에 겨우 걸려있을 뿐이었다. 마마께서 어떻게 벗겨진 신발을 다시 신으실 수 있을지가 걱정되었다. 그리고 이 걱정에는 충분한 이유가 있었다. 한번 부풀어 오른 발은 지나치게 좁은 신발 안으로 다시 밀어 넣기 불가능하니까 말이다.

공연이 끝났다. 우리는 박수갈채를 받고, 두 차례 다시 무대 앞으로 불려 나갔다. 박수를 유도한 것은 황후 마마셨다. 나는 그녀가 자리에서 일어날 시기를 늦추고 있다는 것을 짐작했다. 내게는 황후께서 고통받는 한쪽 발을 애써 신발 속으로 밀어 넣고 있는 모습이 보였기 때문이다.

얇은 막이 다시금 우리 앞에 내려갔다. 나는 아가르에게 황후 마마의 신발에 관한 이야기를 들려주었다. 우리 두 사람은 막의 틈을 열고 관객석에서 일어나는 일들을 지켜보았다.

황제 폐하께서 기립하시자 다른 모든 이들도 그를 따랐다. 폐하께서는 네덜란드의 여왕을 에스코트하기 위해 팔을 내밀었다. 그분의 시선은 아직까지 자리에 앉아계신 황후 마마에게 가서 멈췄다. 폐하의 얼굴에 익히 내가 봐서 아는 미소가 번졌다. 그는 플뢰리 장군에게 무엇인가 명을 내렸다. 그러자 곧바로 군주들의 뒤편에 앉아 있던 많은 장군과 부관들이 일어나 관객들과 황후 마마 사이에 진을 치고 인간의 벽을 세웠다.

폐하와 네덜란드의 여왕께서는 황후 마마의 짜증 섞인 불안을 못 본 채 지나치셨다. 그리고 오라녜 공은 한쪽 무릎을 꿇은 채, 아름다운 황후가 신데렐라의 신발을 신는 것을 도왔다.

나는 황후 마마께서 오라녜 공의 팔을 붙들고, 거기 본의 아니게 강하게 기대는 모습을 바라보았다. 그녀의 아름다운 발이 오라녜 공을 살짝 밟아버린 것이었다.

우리는 치하를 받기 위해 불려 나갔다. 우리는 관객 여러분께 둘러싸여 찬사를 받았고, 마침내, 저녁 공연의 성공을 맘껏 기뻐할 수 있었다.

아가르와 내가 그 공로자라 할 수 있는 「행인」이라는 이 멋진 작품이 거둔 눈부신 성공 이후로, 실리는 나를 중요한 여배우로 생각하고 자상하게 대했다. 그는 기꺼이(맙소사!) 우리들의 의상 값을 지불하려 했다.

나는 대학생들이 흠모하는 여왕이 되었다. 제비꽃다발들을 받았고, 내게 바쳐지는 소네트들을 받았고, 길고, 길고, 너무 길어서 차마 다 읽지도 못할 시들을 받았다.

때로 내가 극장에 도착하여 마차에서 막 내리는 순간이면, 꽃다발들이 빗발쳐 나를 거의 묻어버리곤 했다. 기쁘게 받아들였고, 젊은 찬양자들에게 감사의 인사를 표했다. 그들에게 문제가 있다면 나에 대한 찬양이 거의 맹목적인 지경에 이르렀다는 점이었다. 이 대학생 군단은, 내 연기가 다른 때보다 시원찮았을 때, 그리하여 다른 관객들이 다소 뜨뜻미지근하게 평가했을 때, 이에 반발하듯 극장이 떠나갈 듯한 박수갈채를 보냈다. 아무런 이유도 근거도 없는 박수갈채였다. 그리고 이러한 행위는 오데옹 극장의 오래된 단골손님들을 짜증 나게 했다. 나는 그들의 감정을 이해한다. 그들 역시도 내게 호의적이고, 날 아껴주는 관객 여러분이었다. 다만 그들은 내가 좀 더 겸손하고, 상냥하기를, 그리고 덜 반항적이기를 바랐을 뿐이리라.

이 나이 든 단골손님들이 날 찾아온 것이 대체 몇 번이던가.

"베르나르 양, 당신이 「쥐니」에서 보여준 모습은 정말이지 매력적이었소. 하지만 당신은 거기서 입술을 깨물더군요, 그러면 안 됩니다. 로마 여인들은 결코 입술을 깨물지 않았으니까요!"

"베르나르 양, 「프랑수아 르 샹피」에서 아주 매력적인 연기를 보여주더군. 하지만 브르타뉴의, 진짜 브르타뉴 여인 중에는, 자네처럼 곱슬머리를 한 사람이 없어."

하루는 소르본 대학의 어느 교수가 다소 건조한 목소리로 내게 이렇게 말한 적도 있었다.

"베르나르 양, 아까 관객을 향해 등을 돌리더군요! 이건 관객에 대한 무례입니다!"

"하지만 선생님, 저는 무대 뒤편의 문으로 나이 든 부인을 배웅하던 중이었어요, 뒷걸음질로 그분을 모셔다드릴 수는 없잖아요."

"당신 선배 배우들, 당신보다 재능이 더 뛰어났거나, 적어도 당신만큼 재능을 가졌던 이들은 어떻게든 관객들에게 뒤를 보이지 않고 무대에 오르는 방법을 찾아냈었다오."

그리고 그는 휑하니 뒤돌아가려 했으나 그를 붙잡았다.

"실례합니다, 선생님. 혹시 제게 등을 돌리지 않은 채 저 문까지 나가주실 수 있을까요?"

그는 잠시 내 말대로 동작을 하려 시도하더니, 이내 길길이 화를 내며 등을 돌린 채, 문을 쾅 닫고 사라졌다.

나는 얼마 전부터 오베르 가 16번지의 한 아파트 건물 2층에서 살고 있었다. 내 거처는 무척 아름답게 꾸며져 있었고, 가구들은 할머니께서 내게 보내주신 오래된 네덜란드산 가구들이었다. 대부님께서는 내게 화재 보험에 들 것을 권했다. 대부님 말씀으로는 할머님께서 보내주신 가구들은 제법 값진 가구들뿐이라는 것이었다. 나는 그의 조언을 따랐다. 그리고 내 '귀여운 부인'에게 화재 보험을 알아봐 달라고 부탁했다. 며칠 뒤, 그녀는 내게 화재 보험회사에서 12일인 수요일에 서명을 받으러 방문할 거라고 알려주었다.

12일 2시경, 예고된 대로 화재 보험사에서 찾아왔다. 이때, 나는 극단적인 신경과민 상태였다. "안 돼, 오늘은 다들 날 가만히 내버려 두면 좋겠어. 돌아가라고 전해주세요. 오늘은 그 누구도 보고 싶지 않아." 그리고 난 무시무시한 슬픔에 사로잡힌 채 방에 틀어박혔다.

그날 저녁, 화재 보험 회사인 '라 퐁시에르(La Foncière)' 명의로 발송된 편지 한 통을 받았다. '계약 체결을 위해서는 귀하의 사인을 받아야 하는데, 언제쯤 찾아뵈면 좋을까요?'라는 내용이었다. 나는 '토요일'이라는 답신을 보냈다.

혼자서는 슬픔을 견디기가 힘들었다. 그리하여 엄마에게 점심식사를 하러 찾아와달라고 빌었다. 그날은 내가 공연을 하지 않는 날이었다. 당시 화요일과 금요일에는 공연이 거의 없었다. 사람들은 내게 화, 금에는 연습만 하라고 했다. 그들은 날 너무 혹사하는 게 아닌가 두려워했고, 실제 나는 모든 신작 공연들에 출연 중이었으니까.

엄마는 내게 안색이 창백하다고 했다. 나는 그녀에게 말했다.

"맞아요. 저도 제가 왜 이런지 모르겠네요. 신경과민과 불안증에 시달리고 있어요."

가정부가 방에 들어왔다. 그녀가 내 어린 아들[7]을 데리고 산책을 나가도 되겠냐고 묻길래, 나는 외쳤다.

"오! 안돼요! 아이는 오늘 제 곁을 떠나지 않을 거예요! 불행해질까봐 무서운 날이거든요."

다행히도 사랑하는 사람들 가운데 있을 때면, 불행은 두려워했던 것보다는 덜 심각했다.

당시 나는 두 눈이 먼 할머니를 모시고 살고 있었다. 가구류 대부분은 할머니께서 선물로 내어주신 것들이었다. 이 유령 같은 여인에게는 차갑고 싸늘한 아름다움이 있었다. 그녀의 키는 183㎝로 무시무시하게 커서 거인 여자처럼 보였다. 그녀의 몸은 마르고도 꼿꼿했고, 긴 팔은 언제나 앞쪽을 향해 뻗어있었다. 무엇인가 장애물에 부딪힐까 두려워, 그녀는 언제나 손을 뻗어 앞쪽을 더듬었다. 전담 안내인을 붙여주었지만, 그녀는 여전히 손을 앞으로 향하고 있었다. 그녀의 길쭉한 몸통 위에는 무척 조그마한 머리가 얹혀 있었고, 다시 그 머리에는 커다란 두 눈이 달려 있었다. 연한 청색을 띤 그 두 눈은 언제나 뜬 상태였다. 밤에 그녀가 자고 있을 때도 말이다. 할머니는 평소 머리부터 발끝까지 회색의 옷을 입곤 했다. 이 무채색 색조는 그녀에게 뭔가 비현실적인 면모를 부여했다.

엄마는 두 시경에 집을 떠났다. 떠나면서도 그녀는 나를 위로하려 했다.

---

7 앞부분에 전혀 언급된 바가 없어 당황스러울 수 있으나, 이 아이는 사라 베르나르가 스무 살에 출산한 아들인 모리스 베르나르(Maurice Bernhardt, 1864-1928)다. 벨기에 왕자의 사생아로 태어난 모리스는 그녀의 유일한 자식이었다.

커다란 볼테르 안락의자[8]에 앉은 할머니는 내게 물어보셨다.

"사라, 네가 두려워하는 게 뭐니? 어째서 그렇게 슬픈 거니? 오늘은 종일 네 웃음소리를 듣지 못했구나."

나는 대꾸 없이 가만히 있었다. 그리고 할머니의 얼굴을 바라보았다. 내게는 불행이 마치, 그녀로부터 유래하는 것만 같았다. 할머니는 고집스레 질문을 이어갔다.

"사라, 거기 없는 게냐?"

"아뇨, 있어요. 그런데 부탁이 있어요. 제게 말 걸지 말아주세요."

할머니는 입을 닫으셨다. 그리고 두 팔을 무릎 위에 얹으신 채, 몇 시간이고 그대로 머물러계셨다.

나는 이 기이하고도 운명을 예고하는 듯한 그녀의 모습을 데생했다.

밤이 찾아왔다. 나는 할머니와 어린 아들의 식사를 지켜본 뒤, 손님 맞이를 위해 옷을 갈아입기로 했다. 그날은 저녁 약속이 잡혀 있었다. 친구인 로즈 바레타(Rose Baretta), 매우 뛰어난 재사(才士)이자 매력적인 젊은이였던 샤를 아스(Charles Haas), 그리고 당대에 이미 유명인이었던 젊은 언론인 아르튀르 메이에르(Arthur Meyer)와의 저녁 약속이었다. 그들에게 '오늘'에 대한 내 불안감을 알리고 자정이 되기 전에는 떠나지 말아달라고 부탁했다.

"자정만 지나면, 더는 '오늘'이 아닐 거예요. 그럼 호시탐탐 날 노리고 있는 땅 요정들(gnomes)의 간계도 실패로 돌아가게 되겠죠."

그들은 내 바람을 들어주었다. 그중 아르튀르 메이에르는 참석하기로 했던 어느 연극의 초연을 포기하기까지 했다.

점심 식사와는 달리, 저녁 식사는 대단히 즐거운 분위기에서 이루

---

8 등받이가 높고, 팔걸이가 달린 안락의자의 일종.

어졌다. 우리가 식탁에서 물러난 것은 저녁 아홉 시였다. 로즈 바레타는 우리를 위해 아름다운 옛 노래들을 불러주었다.

나는 할머니 방에 이상이 없는지를 잠시 확인하러 갔다. 그리고 거기서 진통액에 적신 헝겊을 머리에 감싸 매고 있는 하녀를 발견했다. 왜 그러고 있는지 묻자, 그녀는 끔찍한 두통에 시달리고 있다고 말했다. 그녀에게 그럼 목욕물과 저녁에 갈아입을 옷만 준비해두면 그만 자러 가도 좋다고 허락했다.

그녀는 감사를 표하며 내가 시킨 대로 했다.

응접실로 돌아와, 나는 피아노를 연주하기 시작했다. 「일 바쵸(Il Bacio)」, 멘델스존의 「종들Les Cloches」, 그리고 「베베르의 마지막 생각La Dernière pensée de Weber」. 하지만 나는 이 곡을 끝마치지 못했다. 바깥에서 들려오는 고함에 놀라서 연주를 멈춘 것이었다. 거리에서는 "불이야! 불이야!"라는 소리가 들려오고 있었다.

"불났다는데요?" 아르튀르 메이에르가 말했다.

"상관없어요."

나는 어깨를 한번 으쓱하고 말을 이었다.

"아직 자정이 아닌걸요. 전 제게 닥칠 불행을 기다릴 뿐이에요."

샤를 아스는 응접실의 창문을 열고, 고함이 들리는 근원지를 확인했다. 그리고 그는 발코니로 나갔다가, 재빨리 뛰어 돌아오며 외쳤다. "하지만 불이 난 건 당신네 집인걸! 저길 봐봐요!"

시선을 돌려 보자, 내 침실 창문에서 불길이 솟구치고 있었다. 나는 재빨리 복도로 나가, 내 아이와 유모, 가정부가 잠든 방으로 뛰어갔다. 모두 깊은 잠에 빠져 있었다. 밖에서는 사람들이 미친 듯 초인종을 울려댔다. 아르튀르 메이에르는 현관문을 열러 뛰쳐나갔다.

나는 아이의 유모와 하녀를 격하게 깨웠다. 그리고 자고 있는 아이를 강보에 싸서, 그 소중한 핏덩이를 끌어안고 문을 나왔다. 그리고 집을 뛰쳐나와 거리를 가로질러 과다쳴리(Guadacelli) 초콜릿 가게로 향했다. 코마르탱 거리의 구석에 있는 그 가게는 우리 집 바로 맞은편이었다. 나는 상냥한 가게 주인에게 아이를 맡겼다. 아이는 과다쳴리 씨의 장의자 위에 누워 깨는 일 없이 깊은 잠을 이어갔다.

나는 유모와 젊은 하녀 역시 초콜릿 가게에 둔 채로, 불길에 감싸인 집을 향해 있는 힘껏 달려갔다. 소방서에 연락하긴 했으나, 소방관들은 아직 도착하지 않은 상태였다. 무슨 일이 있더라도 가엾은 할머니를 구하고 싶었다. 중앙 계단으로 올라가는 것은 불가능했다. 짙은 연기가 이미 계단을 가득 채우고 있었다. 내 뒤를 따라온 샤를 아스는 장식 단추에 치자나무 꽃을 꽂은 연미복을 입고 있었고, 모자는 집에 두고 맨머리로 빠져나온 상태였다. 나는 그런 샤를 아스와 함께 좁디좁은 하인용 계단으로 뛰어올랐다. 우리는 재빨리 2층에 이르렀다. 순간 거기서 내 다리는 덜덜 떨려왔고, 심장이 멎는 듯했다. 절망감이 나를 사로잡았다. 주방의 문은 삼중으로 잠겨 있었다. 내 사랑스러운 동행인, 샤를 아스는 키가 크고, 호리호리하고, 우아했지만, 완력은 부족했다. 나는 망치가 되었든 도끼가 되었든 뭔가 문을 부술 도구를 찾아와 달라고 그에게 애원했다. 이때 우리를 도와줄 새로운 인물이 도착했다. 그는 잠긴 문에 거세게 어깨를 부딪쳤고, 문은 그 충격에 굴복해 열렸다. 이 구원자의 이름은 소에쥬(Sohège)로, 또 다른 나의 친구였다. 소에쥬 씨는 매력적이고 친절한 사람이었다. 그는 넓은 어깨를 가진 알자스 출신의 사내로, 파리 시민이라면 그를 모르는 사람이 없었다. 유쾌하고 선량한 소에쥬는 모든 이에게 친절을 베푸는 사람이었기 때문이다.

나는 친구들과 할머니의 방으로 갔다. 할머니는 침대 위에 앉아 목이 쉬도록 하녀의 이름을 부르고 있었다. 하녀의 이름은 카트린이었고, 스물다섯 살의 혈기방장한 부르고뉴 여자였다. 그녀는 내가 할머니의 편의를 봐 드리기 위해 고용한 전담 하녀였다. 카트린은 세상모르고 숙면 중이었다. 거리의 소음과, 마침내 도착한 소방관들의 소란과, 같은 건물 주민들의 혼비백산한 아우성에도 불구하고 말이다.

소에쥬는 카트린을 흔들어 깨웠고, 그동안 나는 할머니께 바깥이 이토록 소란스러운 이유를 설명해드렸다.

"알겠어."

할머니께서 이렇게 말씀하시고, 차가운 목소리로 한 마디를 더 덧붙이셨다.

"사라, 부탁인데, 내 여행 가방을 꺼내주지 않으련? 저기 커다란 장롱 아래쪽에 들어 있고, 장롱 열쇠는 여기 있단다."

"하지만 할머니, 연기가 이제 여기까지 들어오기 시작했어요. 허비할 시간이 없다고요."

"그럼 네가 하고 싶은 대로 하거라. 나는 여행 가방 없이는 여기서 안 나갈 테다."

할머니의 이러한 거부 의사에도 불구하고, 샤를 아스와 아르튀르 메이에르의 도움을 받아 그녀를 소에쥬의 등에 업혔다. 소에쥬는 중간 키인데 할머니는 무척 장신이었다. 그래서 할머니를 그의 등에 업히고 보니, 그녀의 긴 두 다리가 땅에 질질 끌렸다. 나는 할머니의 다리가 부러지나 않을까 걱정되어 발을 동동 굴렀다. 그러자 소에쥬는 자세를 고쳐 할머니를 두 팔로 안아들었다. 샤를 아스는 할머니의 두 무릎을 떠받쳤고, 우리는 그 상태에서 밖을 향해 나아가기 시작했다. 그런데 이미 연기가 우리를 질식시키고 있었다. 열 걸음을 떼고 난 뒤에, 나는 그만 정신을 잃고 바닥에 쓰러졌다.

내가 다시 깨어난 것은 엄마의 침상에서였다. 어린 아들은 여동생의 침대 위에서 잠들어 있었고, 할머니께서는 커다란 안락의자에 몸을 묻고 앉아계셨다. 할머니는 몸을 꼿꼿이 세우고, 미간을 찌푸린 채 심통이 난 것처럼 입을 삐죽 내밀고 있었다. 그녀는 오직 자기 여행 가방만을 걱정하고 있었다. 불길 속에 두고 온 여행 가방에 관한 이야기를 그녀가 얼마나 지겹게 했던지, 신경질이 난 엄마는 네덜란드어로 비난하기 시작했다. 당신은 어떻게 자기 생각만 하고 있을 수 있냐는 비난이었다. 비난을 들은 할머니는 노기 띤 목소리로 즉시 반발했다. 잔뜩 힘을 준 할머니의 목이 앞으로 불쑥 내민 두상을 지탱하고 있었다. 그녀의 두상은 자기 자신을 감싸고 있는 영원한 밤을 뚫어버리려는 듯 했고, 목은 그러한 두상의 노력을 지지하고 있는 듯했다. 화려한 색상의 인도산 숄에 감싸여진 할머니의 호리호리한 몸, 쥐어짠 듯하고, 날카로운 그녀 목소리에 섞여드는 '시잇 시잇' 소리. 이 모든 것들은 마치 악몽 속의 뱀과 같은 인상을 부여했다.

엄마는 할머니를 사랑하지 않았다. 할머니가 할아버지와 결혼했을 때, 슬하에 이미 여섯 명의 자녀를 두고 있었다. 할아버지는 재혼이었다. 장녀였던 첫째 이모의 나이가 열셋이었고, 가장 막내였던 삼촌의 나이는 다섯이었다. 후처로 들어온 할머니는 자식을 한 사람도 낳지 못했지만 남편 자식들의 뒷바라지를 꿋꿋이 견뎌냈다. 그리하여 우리 외가는 비록 할머니를 사랑하지는 않았어도 존경하고는 있었으며, 그럼에도 불구하고 사랑하지는 않았다.

내가 그녀를 집에 모셨던 것은, 그녀가 기숙하고 있던 하숙집의 주인 가족이 줄줄이 천연두에 걸린 탓이었다. 그녀는 한 번 우리 집에 들어오더니, 더는 나가고 싶어 하지 않았다. 그리고 내게는 그녀의 의사에 반할 용기가 없었다. 하지만 이날 엄마와 말다툼을 벌이는 할머니의 모습은 얼마나 못되 보였더란 말인가. 나는 이를 계기로 그녀에 대해 철저히 부정적인 생각을 갖게 되었다. 더는 그녀를 모시지 않겠다고 결단 내렸다.

바깥으로부터 화재에 관한 소식들이 속속 전해져 왔다. 우리 집을 태운 불은 계속 맹위를 떨치고 있었다. 결국 모든 것이 다 타버렸다. 전소. 불은 서재에 꽂혀있던 마지막 한 권의 책까지 모두 태워버렸다. 특히 나를 절망케 한 것은, 집에 걸어 둔 그림들이 타버린 일이었다. 화재로 인해 엄마를 그린 멋진 파스텔 초상화 한 점을 잃고 말았다. 제정 시절 무척 인기를 끈 파스텔 화가 바송피에르 세브랭(Bassompierre Séverin)의 작품이었다. 그 밖에도 나는 아빠를 그린 유화 초상화 한 점, 그리고 여동생 잔을 그린 귀여운 파스텔화 한 점도 화마에 잃고 말았다.

패물은 그리 많지 않았지만, 그중에는 황제 폐하께서 하사하신 팔찌도 하나 있었다. 타버린 집의 잔해에서 되찾은 그 팔찌는 형태를 알아볼 수 없는 커다란 금속 덩어리가 되어 있었다. 나는 아직도 그 덩어리를 간직하고 있다. 집에는 또한 칼릴 베이[9](Kalil Bey)가 선물해 주었던 예쁜 관(冠)도 있었다. 그의 거처에서 공연한 대가로 얻은, 다이아몬드들과 고급 진주들로 장식된 관이었다. 잔해를 뒤져보니, 진주들은 이미 불길에 녹아 없어진 뒤였다. 다이아몬드들이라도 건져내기 위해서는 잿더미를 체에 거르는 작업이 필요했다.

하룻밤 사이에 모든 것을 잃은 기분이었다. 타 버린 집에는 아버지와 친할머니의 유산뿐 아니라 내가 사 모은 각종 가구와 골동품들, 그

---

9 칼릴 베이(Kalil Bey, 1831-1879) 또는 할릴 세리프 파샤는 오스만 제국의 외교관이자 정치인이었으며, 명화 수집가로도 유명했다.

리고 별 쓸모없이 예쁘기만 한 수많은 잡동사니가 있었다. 그것들은 내 삶의 낙이었다. 또한 타 버린 집에는(미친 짓거리였음을 이젠 인정하지만) 내가 '크리자르제르'라고 이름 붙인 거북이가 있었다. 등딱지에 금박을 입히고, 다시 그 위에 푸른색, 분홍색, 노란색의 조그만 토파즈들을 박아 넣은 거북이었다. 오! 내 거북이는 얼마나 예뻤던가! 거북이가 집안을 돌아다니는 모습을 관찰하는 것은, 또 얼마나 즐거웠던가! 크리자르제르의 뒤에는, 언제나 그보다 크기가 조금 더 작은 '제르비네트'란 거북이가 따라붙었다. 크리자르제르의 시녀 거북이었다. 오! 햇빛과 달빛을 받고, 크리자르제르가 형형색색의 빛으로 밝혀지는 것을 바라보는 시간, 나는 그 시간이 얼마나 즐거웠던가! 화재는 이 두 마리 거북이들마저 모두 죽여버린 것이었다.

오늘날 무척 성업 중인 한 호텔에서는 내게 다음과 같은 편지를 보냈다. 원문 그대로 옮겨 적어본다.

부인,
만약 부인께서 한 달 동안 저희 호텔 대식당에서 열리는 만찬에 꼬박꼬박 참석해 주신다면, 2층에 있는 객실 하나를 부인을 위해 내어드리겠습니다. 해당 객실에는 침실이 둘, 대형 응접실이 하나, 조그만 규방이 하나, 그리고 욕실 하나를 갖추고 있습니다. 부인께서 저희 요구 조건을 수락하신다면, 당연히 숙박료는 무료입니다. 그럼 안녕히, 기타 등등… 기타 등등….
주의. 응접실 식물들에 대한 관리비는 별도입니다.

(서명)

이렇게 무례할 수는 없었다. 나는 친구 한 사람에게 이 무뢰한을 잘 좀 손봐달라는 부탁을 했다.

몇 주 뒤, 당시 한결같이 내게 무척 호의적이었던 뒤케넬이 찾아왔다. 그는 막 「라 퐁시에르」 사에서 문서 한 통을 전달받은 참이었다. 화재 사건이 있기 24시간 전에, 내가 그곳과의 계약서에 서명하기를 거절했던 바로 그 화재 보험 회사 말이다. 이 회사는 임차인의 손해 배상의무에 따른 배상액을 요구했다. 상당히 많은 액수였다. 실로 내가 입주해 있던 건물 전체가 파손되었고, 3층은 거의 완전하게 파괴된 상태였다. 그리하여 나는 또한 상당히 긴 기간 동안, 임대인이 건물로 얻을 수 있었을 수익을 벌충해야만 했다.

　라 퐁시에르 회사에서 요구한 액수는 4만 프랑이었으나, 내게는 그만큼의 돈이 없었다. 뒤케넬은 나를 돕기 위한 "자선 공연"을 열자고 제안했다. 그는 자선 공연이 내 모든 곤경으로부터 구해줄 줄 것이라고도 말했다. 드 실리 또한 기꺼이 내게 도움이 될법한 모든 일에 뛰어들었다.

　'자선 공연'은 정말로 환상적이었다. 찬탄 받아 마땅한, 여가수 아델리나 파티(Adelina Patti)의 출연 덕분이었다. 당시 코(Caux) 후작 부인이었던 이 젊은 여가수가 '자선 공연'에서 노래를 부른 것은 이번이 처음이었다. 파티가 나를 위해 노래할 것이라는 소식을 전해준 것은 아르튀르 메이에르였다. 같은 날 오후에는, 파티의 남편인 코 후작이 나를 찾아와, 그녀가 얼마나 기꺼이 나를 도우려 하고 있는지에 대해 말해 주었다.

　인간의 모습을 한 요정 새, 아델리나 파티가 출연한다는 소식이 알려지자마자, 자선 공연의 전 좌석은 정가를 훨씬 웃도는 가격에 매진되었다. 그녀는 그 우정 어린 결정을 후회하지 않았으리라, 자선 공연에서 그녀는 완벽한 성공을 거두었으니 말이다. 그때까지 거두었던 성공 중에서도 최고의 성공이었다. 대학생들은 그녀의 무대 입장을 삼박자의 구호로 환영했다. '브라보'를 연호하는 소리에, 그녀는 살짝 놀란 상태였다. 나는 지금도, 장밋빛 비단 천을 덧댄 신을 신고, 그녀가 그 조그만 두 발을 움직여 무대 앞으로 나아가던 장면이 눈에 선하다. 그 모습은 마치 날아오를까 착륙할까를 망설이는 한 마리 새와도 같았다.

그녀는 무척이나 아름다웠고, 얼굴에는 미소가 그득했다. 그녀의 천상의 목소리로부터 수백 가지의 기쁜 음정이 흘러나오자, 장중은 열광으로 가득 찼다. 모든 관객이 기립했다. 대학생들은 좌석을 밟고 올라서서 손수건과 모자를 흔들어댔고, 예술에 대한 열광으로 가득 찬 젊은 머리를 앞뒤로 흔들며 "앙코르!"를 외쳐대었다. 감동에 찬 그들의 목소리는 마치 단체로 올리는 기도와도 같았다. 천상의 여가수는 관객의 요청에 따라 불렀던 노래를 다시 불러야 했다. 그녀는 「세비야의 이발사」의 카바티나, '우나 보체 포코 파(Una voce poco fa)'를 연속으로 세 차례나 불렀다.

나는 그녀에게 감사를 표했고, 그녀는 대학생들의 전송을 받으며 떠났다. 대학생들은 수백 차례 반복해서 "아델리나 파티 만세!"를 외치며, 오래도록 그녀가 탄 마차를 호위했다.

이날 저녁의 자선 공연 덕분에 나는 보험 회사가 요구한 배상금을 지불할 수 있었다. 어쨌든 내가 심각한 경제적 타격을 입은 것에는 변함이 없었다.

나는 절망에 빠졌다. 안락과 사치 없이는 살아갈 수 없다는 생각이 들었기 때문이다. 나는 얼마간 엄마의 집에 얹혀살기로 했지만, 그곳은 지나치게 옹색하게 느껴졌다. 나는 아르카드 가 소재의 아파트에 방 하나를 얻었다. 가구는 모두 갖춰져 있다고 했다. 슬픈 느낌을 물씬 풍기는 어두운 건물이었다.

나는 어떻게 이 우울로부터 빠져나올 수 있을지 생각했다. 그러던 어느 날 아침, 사용인이 내게 공증인 C선생의 방문을 알렸는데 우리 아버지의 공증인이었고, 내가 무척이나 싫어하던 남자였다. 나는 그를 보지 않은 지 무척이나 오래되었다는 사실에 놀라며, 그를 집에 들였다.

C선생은 자신이 함부르크에서 오는 길이며, 내게 닥친 불행한 사건을 신문의 단신으로 읽어서 날 돕기 위해 찾아왔다고 말했다. 그에 대한 나의 불신에도 불구하고 나는 감동을 받았다. 그리고 그에게 이 불행한 화재 사건에 관한 이야기를 털어놓았다. 정확한 화재 원인은 알려지지 않았다. 다만 어렴풋하게나마 불을 낸 범인이 젊은 하녀 조제핀일 거라고 짐작했다. 그녀는 반복된 지적에도 불구하고, 내 침대 곁에 촛불을 밝혀두곤 했었다. 내 침대의 왼쪽 머리맡에는 조그마한 탁자가 하나 있었는데, 조제핀은 계속해서 그 위에 촛대를 올려두었다. 그 탁자는 조제핀이 나를 위해 물병과 잔과 작센산 자기 그릇을 놓아두던 곳이다. 나는 매일 밤 잠들기 전에 사과를 먹는 것을 좋아했기 때문에, 자기 그릇에는 언제나 사과 두 알이 담겨 있었다. 내 방의 창문들은 취침 전에는 언제나 열려있었다. 그리고 내 방의 문이 열릴 때면, 창문에서 들어오는 바람과 문 밖에서 불어오는 바람이 어우러져 격한 공기의 흐름을 일으키곤 했다. 그날 촛대의 불은 그러한 바람을 타고 침대를 둘러싸고 있던 레이스 장막에 옮겨붙었으리라. 그날의 갑작스러운 화재를 달리 설명할 자신이 없다. 나는 젊은 하녀가 침대 곁에 촛불을 밝혀놓는 바보짓을 여러 차례 목격했었다. 그날 밤 그녀는 내 잠자리를 마련하는 일을 서둘렀고, 심한 두통을 겪고 있던 탓에 내게 "부인, 잠자리 정리가 끝났습니다"라는 보고를 하지 않고 퇴근해버렸다. 보고 없는 퇴근은 내가 그녀의 도움 없이 먼저 잠이 들었을 때나 가능한 일이었다. 평소에 나는, 보고를 들으면 모

든 것이 제대로 정리되었는지를 직접 확인했기 때문이었다. 이미 여러 차례 나는 손수 문제의 촛대를 치워왔었다. 그 날은 내 인생에 이미 불행이 정해진 날이었다. 무엇이 되었든 불행은, 오! 그리 대단한 것은 아니지만, 내게 닥쳐야만 했다.

이와 같은 나의 이야기가 끝나자, 공증인은 내게 말했다.

"그럼, 보험에 들지 않은 상태였던 겁니까?"

"네. 보험 회사와 계약은 하기로 했었는데, 계약일이 화재 다음날이었거든요."

"아!"

공증인이 탄식을 터뜨렸다.

"누군가 말하길, 당신이 거액의 보험금을 노리고 스스로 불을 질렀다고 하던데, 헛소리였군요."

나는 어깨를 으쓱해 보였다. 그가 한 말을 나도 어느 일간지에서 읽은 바 있었다. 비록 에둘러 표현하기는 했지만, 요지는 같았다. 당시 무척 젊은 나이였음에도 나는 사람들의 험담에 대해 이골이 나 있었다.

"좋습니다. 지금 상황이 그러하시다니, 제가 베르나르 씨 재정 상황을 개선해드리죠. 베르나르 씨는 현재 아버님의 유산 덕택에 본인 생각 이상으로 부유하십니다. 게다가 할머님께서도 베르나르 씨에게 종신 연금을 물려주셨죠. 만약 베르나르 씨가 구매자를 위해 40년간 25만 프랑을 지불하는 생명보험 가입에 동의하신다면 연금을 대단히 좋은 가격에 되살 수 있답니다."

나는 그가 제시한 모든 것에 동의했고 횡재를 얻게 되어 말도 못 하게 기뻤다. 그는 자신이 함부르크로 돌아가면, 그로부터 이틀 뒤에 내게 12만 프랑을 보내주겠다고 했고, 실제로 그렇게 했다. 어쨌든 내가 삶의 일부에 속하는 뜻밖의 횡재에 대해 털어놓은 이유는, 인생이란 것이 얼마나 논리의 궤에서 벗어나 있는지, 달리 말하면 인생이 얼마나 예측 불가능한 것인지를 말하기 위해서이다.

어쨌든, 내가 갖고 있던 삶의 희망이 화재 사건으로 인해 산산히 부서졌었다. 나는 부모님에게서 받은 돈으로 집안 내부를 호화롭게 장식했었다. 또한, 향후 2년에 걸쳐 매달 부족한 월급을 벌충할 생각으로 충분한 양의 돈을 집안에 저금해두고 있었다. 나는 넉넉잡아 2년 뒤에는 무척 거액의 급여를 요구할 수 있으리라고 생각했었는데, 이 모든 계획은 하녀의 부주의 한 번에 와르르 무너져 내렸다.

내게는 부유한 친척들이 있었고, 부유한 친구들도 있었다. 하지만 그들 중 누구도 내가 이 진흙탕을 빠져나올 수 있게끔 손을 뻗어주지는 않았다. 부유한 친척들은 내가 연극에 투신한 것을 용납하려 하지 않았다. 내가 운명처럼 주어진 연극의 길을 택하기 위해 얼마나 많은 눈물을 흘렸는지 주님께서는 알고 계실 것이다.

포르 이모부께서는 나를 보러 엄마의 집으로 찾아오셨다. 그러나 이모는 더는 내 소식을 듣는 것조차 원치 않았다. 그리하여 남자 사촌을 만날 때, 그리고 때로는 아름다운 여자 사촌을 만날 때마다, 이모 몰래 만나야 했다.

내 부유한 친구들은 내게 광적인 낭비벽이 있다고 생각했다. 그들은 내가 유산을 수익이 보장된 좋은 상품인 국채에 투자하지 않는 것을 납득하지 못했다.

그로부터 얼마 되지 않아, 프랑스를 떠날 결심을 했다. 가슴이 아팠지만 어쩔 수 없었다. 대단히 매력적인 조건의 계약을 제안받았기 때문에 러시아로 갈 생각이었다. 나는 이 계획을 누구에게도 털어놓지 않았다. 오직 한 사람, 게라르 부인만이 내 비밀을 공유했는데, 동시에 그녀는 내 계획을 두려워하기도 했다. 당시 나는 폐가 무척 예민했고 추위가 가장 끔찍한 적이었기 때문이다.

그 남자[10]가 날 찾아온 것은 내가 러시아로 떠날 결단을 내렸을 때였다. 짭짤한 수익을 (그에게) 가져다줄 저 교묘한 술책을 생각해 낸 것은 탐욕스럽고 교활한 그의 뇌였다. 그리고 이 술책은 또다시 내 온 인생을 바꾸어 놓았다.

나는 롬(Rome) 가에 있는 아파트를 얻었다. 이층이었고 볕이 잘 드는 집이었다. 볕이 잘 든다는 점이 무엇보다도 마음에 들었다. 그 집에는 응접실이 두 개 있었고, 커다란 식사용 방도 하나 딸려 있었다. 한편, 나는 할머니를 양로원에 집어넣었다. 그곳은 수녀님들과 평신도들이 함께 운영하는 양로원이었다. 유대인인 할머니는 유대교의 율법들을 철저하게 따르고 있었다. 할머니는 그 양로원을 무척 편하게 여겼다. 그녀는 부르기뇽 출신의 젊은 하녀를 계속해서 그녀 곁에 두고 있었다. 언젠가 할머니를 찾아뵈었을 때, 그녀는 내게 말했다. "여기가 너희 집에 있는 것보다 훨씬 낫구나. 너희 집에 있으면, 네 아들이 너무 시끄러워서 말이다." 어쨌든 나는 그녀를 거의 방문하지 않았다. 그녀가 내뱉은 독설에 엄마의 얼굴이 하얗게 질리는 것을 목격한 이래로, 나는 그녀를 조금도 사랑하지 않았으니까 말이다. 그녀는 양로원에서 행복하게 지냈다. 중요한 것은 그 사실이다.

나는 계속해서 다음과 같은 작품들을 공연했다. 「사생아Le Bâtard」, 이 작품에서 큰 성공을 거두었다. 조르주 상드의 「해방된 자L'Affranchi」와 「타인L'Autre」. 그리고 눈부신 성공을 거둔, 앙드레 퇴리에(André Theuriet)의 걸작 「장-마리Jean-Marie」. 이 마지막 작품에서 주인

---

10 자세한 정황은 그려지지 않았으나, 공증인 'C'모 씨로 추정된다.

공 장-마리 역할을 맡은 것은 포렐(Porel)[11]이었다. 당시 그는 몸은 호리호리했으나, 미래에 대한 희망으로 가득 차 있는 배우였다. 그리고 훗날 그의 호리호리한 몸은 포동포동해졌으며, 그의 희망은 확실한 사실이 되었다.

그리고 우리에게는 나쁜 나날들이 찾아왔다! 파리 사람들은 흥분에 차 있었다. 거리마다 군중이 운집하여 몸짓을 섞어가며 토론을 나누었다. 그리고 이러한 파리의 시끌벅적함은 다만 저 멀리 독일의 거리에 모여든 또 다른 군중들의 반향일 뿐이었다. 그들도 소리 높여 토론을 나눈 것은 마찬가지였는데, 적어도 그들은 알고 있었다, 우리, 파리 사람들이 알지 못하던 것을 말이다!

나는 좌불안석이었다. 온 신경이 곤두서는 바람에, 몸이 심하게 쇠약해졌다. 마침내 나는 병석에 눕게 되었다.

---

11 프랑스의 배우 폴 포렐(Paul Porel, 1843-1917)을 말한다. 여배우 레잔(Réjane)의 남편이었다.

15

보불전쟁

전쟁이 선포되었다! 그리고 나는 전쟁을 증오한다! 전쟁은 나를 격노케 하고, 내 머리부터 발끝에 이르기까지 오한을 불러일으킨다. 이따금 나는 멀리서 들려오는 사람 비명에 놀라, 겁에 질린 채로 몸을 일으키기도 했다.

아! 전쟁! 수치! 부끄러운 일이자, 고통! 아! 전쟁! 대중의 지지를 통해 용서받고 찬양받는 약탈과 중범죄여! 최근에 나는 규모가 큰 어느 제강소를 방문했었다. (어느 나라 제강소인지는 말하고 싶지 않다. 모두가 날 환대해줬으니 말이다. 나는 첩보원도 아니고, 고발자도 아니다. 나는 단지 환기할 뿐이다!) 세상에서 가장 치명적인 물건들을 제조해 내는 저 무시무시한 공장 중 한 곳에서 공장주를 소개받았다. 그는 친절한 억만장자였으나, 우리 사이에는 별 대화가 오가지 않았다. 단지 불만족스러운 표정으로 몽상에 잠겨 있는 듯했다. 그리고 안내자를 통해 그가 막 거액의 금액을 잃었다는 사실을 알게 되었다. 안내자의 말에 따르면, 공장주는 거의 6천만 프랑이 넘는 손실을 보았다고 한다.

"세상에! 어떻게 해서 그런 거액을 잃게 된 거예요?"

내가 묻자, 안내인은 설명했다.

"오! 정확히 말하면 그가 가진 돈을 '잃어버린' 것은 아니에요. 다만 돈을 버는 기회를 놓쳤지요. 따지고 보면 결국 같은 의미입니다."

내가 얼빠진 표정으로 그를 바라보자, 그는 다시금 말을 이었다.

"사실을 다 털어놓자면 이래요. 얼마 전까지 모로코의 일 때문에, 프랑스와 독일 사이에 전쟁 얘기가 오갔다는 것[1]은 알고 계시죠?"

"네."

"여기 제강소 주인은 말입니다, 대포 팔아먹을 생각에 신이 나서 한 달 전부터 공장들을 독촉했고, 밤낮으로 공장을 돌려 생산량을 두 배로 늘렸어요. 또한 정부 요인들에게 막대한 양의 뇌물을 줬고요. 프랑스와 독일의 신문사들을 사들여서 두 나라간 적대감을 자극하기도 했지요. 그런데 지혜롭고도 인도적인 사람들이 개입한 덕분에 그 모든 계획이 물거품이 된 겁니다! 그래서 억만장자 사장은 지금 절망에 빠져있지요. 손실액을 따져보면 6천만, 아니 어쩌면 1억 프랑에 달할 겁니다."

파렴치한 억만장자를 경멸의 눈빛으로 바라보았다. 그가 제 억만금에 파묻혀 질식하는 모습을 보고 싶었다. 양심의 가책에 시달리는 것을 기대할만한 사람은 아니니까 말이다.

이렇게 파렴치한 인간들이 또 얼마나 많았던가! 전 세계에 무기를 납품하는 군수업자들은 대개 전쟁의 가장 열정적인 옹호자였다.

'위기 상황에서는 모든 이들이 병사가 되어야 한다.' 맞는 말이다, 물론이고말고! '모든 이는 자기 조국의 방위를 위해 무장해야 하며, 자신의 생명과 재산을 지키기 위해 타인을 죽일 수도 있다.' 그래, 여기까지도 이해될 수 있는 범위다. 하지만 우리 시대에는 이런 젊은이

---

1 제1차 모로코 위기(1905-1906)를 가리킨다.

들도 있었다. 자신의 출세와 성공을 위해, 오직 다른 이들을 살해하는 것만을 꿈꾸는 젊은이들이. 그리고·이는 상상력의 한계조차 벗어나는 일이다!

우리가 국경과 식민지들을 지켜야 한다. 그런데 정말로 모든 사람이 병사라면, 어째서 그 수비병들을 이 '모든 사람' 가운데서 뽑지 않을까? 그렇게 된다면, 학교라고는 사관학교밖에 남지 않을 것이요, 건물이라고는 주변 경관을 해치는 저 끔찍한 병영밖에 남지 않을 것이다.

만약 그렇게 된다면, 군주들이 병영을 방문했을 때, 그리하여 그들 앞에서 분열식이 거행될 때, 군주들도 백성들의 실상에 대해 좀 더 똑똑히 깨닫게 되지 않을까? 군주가 보게 될 것은 기강 잡힌 군대의 우아한 행진이 아니라, 수많은 백성 가운데 무작위로 뽑힌, 천분의 일의 행진일 테니 말이다.

나는 역사를 통해 알고 있다. 민간인 앞에서 그토록 패기에 넘치던 군대들이 적 앞에서는 별 이유도 없이 패주했다는 사실을 말이다.

7월 19일, 엄숙하게 전쟁이 선포되었다. 파리는 눈물겹고도 우스꽝스러운 장면들이 넘쳐나는 연극 무대가 되었다. 신경쇠약에 시달리던 나로서는 라 마르세예즈를 기쁨에 넘쳐 열창하는 젊은이들의 꼴을 도저히 참고 바라보기 힘들었다. 그들은 떼를 지어 거리를 메우고 행진을 하며 "베를린으로! 베를린으로 가자!"를 반복해 외쳤다.

내 심장은 요동쳤다. 실은 나 역시도, 우리가 베를린으로 진격해야 한다고 생각했기 때문이다. 하지만 프랑스는 이 대업(大業)을 준비하면서 어떠한 존중과 고결함도 고려하지 않았다. 사람들의 분노가 영 이해되지 않는 것은 아니었다. 독일인들이 우리를 도발한 이유는 결코 박수받을 만할 것은 아니었으니 말이다.

내가 아무것도 할 수 있는 일이 없다는 생각에 괴로웠다. 그리하여 절망에 가득 차 전장에 나갈 자식들을 품에 안고, 창백한 낯빛에 눈물이 그렁그렁한 저 어머니들을 바라볼 때면, 무시무시한 불안감이 차올라 숨이 막힐 것만 같았다.

나는 쇠약해졌고, 끊임없이 눈물을 흘렸다. 그래도 그때까지도 끔찍한 파국을 전혀 예상치 못했다. 의사들은 내가 지체하지 않고 오-본느(Eaux-Bonnes²)에 가야 한다는 결론을 내렸다. 나는 파리를 떠나고 싶지 않았지만, 주변인들의 열정적인 설득에 고집을 꺾었다. 나는 하루가 다르게 쇠약해지고 있었다. 결국 7월 27일, 나는 거의 실려 가다시피 열차 객석에 올랐다. 게라르 부인, 집사, 그리고 하녀 한 사람이 날 수행했다. 내 아이도 함께 데려갔다.

열차가 들리는 역마다 벽보가 붙어있었고, 그 벽보들은 다음과 같은 사실을 알렸다. 나폴레옹 3세께서 친히 군대를 지휘하시기 위해 메스(Metz)에 가셨다는 것이다.

나는 오-본느에 도착하자마자 곧바로 병석에 누워야 했다. 병세가 어찌나 중했던지, 당시 나를 진찰했던 뢰데 박사님은 내가 당연히 죽을 거로 생각했다고 훗날 털어놓았다. 나는 토혈을 했고, 입안에 얼음 조각을 물고 있지 않고는 한시도 견딜 수 없었다.

12일간의 요양 끝에, 가까스로 기운을 차렸다. 내 기력과 마음의 평정을 재빨리 되찾았고, 때로는 말을 타고 꽤 먼 곳까지 산책을 다녀오기도 했다.

들려오는 전황은 프랑스의 승리를 예감케 했다. 어린 황태자가 '총알 세례'를 받았다는 소식을 들었을 때는 대단히 정겹고도 대견한 감

---

2 탕치(湯治)로 유명한 프랑스의 온천 마을. 프랑스 남서부 끝자락에 있는 피레네-아틀랑티크(Pyrénées-Atlantiques)의 누벨-아키텐(Nouvelle-Aquitaine)에 위치한다.

정에 휩싸이기도 했다. 황태자는 자르브뤽에서 프로싸르(Frossard) 장군의 지휘 아래 첫 전투에 참가했었다[3].

삶이 다시금 아름답게 보였다. 전쟁이 곧 끝나리라고 확신했으며, 이와 같은 모험에 뛰어든 독일인들을 가엾게 여겼다.

아! 그러나 내 머릿속에서 벌어지던 영광의 행진은 생-프리바 전투에 관한 끔찍한 소식들로 중단되었다. 오-본느의 유희장에 딸린 작은 정원에는 매일같이 새로운 정치 뉴스가 공시되었다. 사람들은 그곳에 모여들어 정보를 얻었다. 나는 떠들썩한 군중을 싫어했기 때문에, 집사를 보내 그곳에 공시된 전보문들을 베껴오게 했다.

아! 생-프리바에서 온 전보가, 특유의 간결한 문체로 무시무시한 살육전에 관해 알려주었을 때, 얼마나 내 마음이 고통스러웠던가! 전보에 적혀 있기로는, 캉로베르(Canrobert) 원수가 영웅적인 방어전을 치렀으나, 바젠(Bazaine) 원수는 구원병을 보내주지 않는, 최악의 배신행위를 저질렀다고 했다.

나는 개인적으로 캉로베르 원수를 알 뿐만 아니라 무척 좋아했다. 훗날의 일이지만, 그는 가장 친한 친구 중의 한 사람이었다. 아직도 그가 다른 이들의 업적에 관해(그는 결코 자기 자신의 업적에 대해서는 말하지 않았다) 이야기하던, 그 즐거웠던 시간을 기억하고 있다. 그의 이야기에는 얼마나 일화들이 풍부했던지! 그는 어찌나 재기발랄하고 매력적이었는지!

어쨌든 생-프리바 전투에 관한 소식은 다시금 내게서 열병이 들끓게 했다. 밤마다 악몽을 꾸기 시작했고, 다시 몸져누웠다.

---

3 나폴레옹3세의 아들 나폴레옹 외젠 루이 장 조제프 보나파르트(1856-1879)는 아버지 나폴레옹 3세의 결정에 의해, 어린 나이에도 불구하고 1870년의 보불전쟁에 뛰어들어야 했다.

하루하루가 지날수록 점점 더 나쁜 소식들이 들려왔다. 생-프리바 전투에 이어 그라블로트(Gravelotte) 전투 소식이 들려왔다. 거기서는 불과 몇 시간 사이에 3만6천명의 프랑스와 독일 병사들이 스러져갔다. 그리고 프랑스군이 스당(Sedan)까지 내몰리게 되자, 막-마옹(Mac-Mahon) 원수의 숭고하지만 무력한 저항이 있었고, 마침내 스당! 스당[4]...

아! 꿈에서 깨어나는 끔찍함이여!

8월은 이미 요란한 총성과 포성 속에서, 격돌하는 군대의 소란 속에서 죽어있었다. 그러나 죽어가는 자들의 신음 소리는 아직 희망을 향해 나아가고 있었다.

9월은 태어나자마자 저주받았다[5]. 9월이 내뱉은 첫 번째 전투의 함성은 잔혹하고 비열한 운명의 손에 의해 억눌리고 말았다. 10만 명의 프랑스인이 항복해야 했다. 그리고 프랑스인들의 황제는 프로이센의 왕 앞에 굴복해야 했다.

아! 그날 나라 전체가 내지른 고통과 격분의 울부짖음이여! 누구도 그것을 잊을 수는 없으리라.

9월 1일, 저녁 10시 경이었다. 집사인 클로드가 방문을 두드리는 소리가 들렸다. 나는 아직 잠자리에 들지 않았다. 그는 내게 긴급전보의 사본을 건네주었다. "스당에서 전투 발발. 막-마옹 원수 부상…"

나는 클로드에게 말했다. "아! 부탁이니까, 이만 물러가세요. 그리고 새로운 전보가 도착하거든 그때 다시 가져오세요. 뭔가 믿기 힘들

4 스당 전투에서 나폴레옹3세는 프로이센군의 포로로 붙잡히며, 프로이센의 빌헬름 1세에게 항복하게 된다.
5 스당 전투는 1870년 9월 1일에서 2일 사이에 벌어졌다. 스당 전투의 결과로 프랑스 제2제정은 붕괴하게 되나, 보불전쟁은 프랑스 제3공화정이 1871년까지 이어가게 된다.

정도로 엄청난 일이 벌어질 거란 예감이 들거든요! 지금까지와는 다른 소식이 전해질 거예요. 지난 한 달 동안 그렇게나 고통스러웠으니, 다음에는 기쁜 소식일 수밖에 없을 겁니다. 선하신 주님께서는 기쁨과 고통을 공평히 안배하시니까 말이에요. 그러니까 자, 클로드, 그만 물러가세요."

그리고 확신 속에 잠이 들었다. 무척 피곤했던 나는 다음날 오후 1시가 다 되어서야 일어날 수 있었다. 일어나보니, 침대 곁에는 하녀인 펠리시가 앉아 있었다. 펠리시는 어쩌면 이렇게 매력적일 수 있을까 싶을 정도로 아름다운 젊은 여인이었다. 그런데 그녀의 예쁜 얼굴이, 그녀의 크고 검은 눈동자가 온통 극심한 슬픔에 젖어 있었다. 그순간 심장이 멎는 듯했다. 내가 근심스럽게 바라보자, 그녀는 내게 다음과 같은 한 통의 전보를 건네주었다. "나폴레옹 3세 폐하 항복." 피가 거꾸로 솟아올라 내 얼굴이 발그스름해지고, 내 폐도 격한 혈류를 감당해 내기에는 너무나 연약했다. 나는 머리를 베개 위로 떨구듯 묻었고, 피를 토하는 심경으로 탄식을 토해냈다.

나는 사흘 동안 사경을 헤맸다. 뢰데 박사는 아버지의 친구이자 선주(船主)였던 모누아르(Maunoir) 씨를 불렀다. 그는 자기 부인과 함께 달려왔다. 모누아르 씨의 젊은 부인 역시 병자여서, 겉으로는 멀쩡해 보였을지언정 실상 나보다도 더욱 몸이 아픈 상태였다. 그녀는 6개월 뒤에 죽고 말았다.

그들의 살뜰한 염려와 함께 뢰데 박사의 정성 어린 간병 덕분에, 나는 죽을 고비를 넘기고 살아남았다. 병석에서 일어나자마자, 파리에 돌아가기로 결심했다. 곧 계엄령이 선포될 예정이었다. 엄마, 여동생들, 그리고 조카딸이 수도에 머무르는 것은 바람직하지 않았다. 게다가 오-본느의 사람들 역시 병자들과 관광객들을 가리지 않고 무엇인가에 홀린 듯 떠날 채비를 했다.

나는 거액의 삯을 지불하는 조건으로 우리 일행을 가장 가까운 기차 역까지 태워줄 우편 마차를 구하는 데 성공했다.

마차 안에는 좁게나마 어떻게든 다 붙어 탈 수 있었다. 그렇게 우리는 보르도에 도착했지만, 파리행 급행열차에서 다섯 좌석을 구하는 것은 불가능했다. 결국 집사는 기관사 옆자리를 얻어 탔고, 게라르 부인과 하녀는, 어딘가 다른 객차에 몸을 밀어 넣었다. 나도 이미 아홉 사람이 비좁게 몰린 객차에 올랐다.

내가 어린 아들을 차에 태우려 하자, 늙고 추한 남자 한 사람이 아이를 떼밀었다. 그순간 그를 격하게 밀어붙이며 말했다. "추잡한 노인네! 어떤 인간도 우리를 이 차에서 내리게 할 수는 없어요. 알아들었어요? 우리는 여기 있을 거고, 안 내릴 겁니다!"

평범한 사람이라면 셋은 들어갈 수 있을 공간을 혼자 독차지하고 있던, 어느 뚱뚱한 부인이 외쳤다. "잘된 일이군, 지금도 숨이 막힐 것 같은데 말이지! 여덟 좌석밖에 없는 객차에 열한 명을 태우다니 이게 무슨 말도 안 되는 일이람."

나는 그녀 쪽으로 몸을 획 돌리며 대꾸했다. "그럼 부인이 내리시죠, 당신만 없으면, 일곱 사람이 남게 될 것 같은데 말입니다!"

다른 승객들이 숨죽여 웃었다. 나는 그 소리를 듣고 내 이야기를 들어줄 청중을 얻었음을 깨달았다. 세 명의 젊은 남자가 내게 자리를 양보하겠다고 제의했지만 그들의 제의를 거절하고, 서 있겠다는 뜻을 밝혔다. 그러자 그 젊은이들은 기어코 자리에서 일어나더니, 나와 함께 그들도 서서 가겠다고 했다. 그때였다. 조금 전의 뚱뚱한 부인이 지나가던 승무원을 잡아 세웠다. "이보세요! 여기 내 말 좀 들어보세요." 승무원은 급히 멈춰 섰다.

"승무원 씨, 한 객차 안에 열한 사람이나 태우다니, 부끄러운 일이 아닌가요? 옴짝달싹도 못 하겠단 말이에요."

"승무원 양반, 그 말 믿지 마세요!" 일어나 있던 젊은 남자 중 한 사람이 외쳤다. "봐요, 아직 세 자리 비었잖아요? 우리는 계속해서 서 있겠습니다, 가서 다른 승객들을 더 보내주세요!"

승무원은 뚱뚱한 부인에 대한 비웃음을 머금은 채 투덜거리며 객차를 나섰다. 부인은 자신의 항의에 끼어든 젊은 남자에게 격분했다. 그러자 그는 허리를 숙인 뒤에 정중히 말했다.

"부인, 진정하시고 잘 생각해보시면, 지금 상황이 무척 마음에 드실 겁니다. 우리는 어린아이를 포함하여 이쪽에 일곱 명이 될 테고, 부인 쪽에는 네 명만 남을 테니 말입니다."

몸이 호리호리하고 체구가 작은 편이었던, 늙고 추한 남자도 저 뚱뚱한 부인을 위아래로 살피며 이렇게 중얼거리기 시작했다.

"네 명, 네 명이라…"

그의 어조, 그리고 그의 시선은 뚱뚱한 부인이 홀로 한 자리 이상을 차지하고 있음을 시사했다. 젊은 남자는 늙은 남자의 어조와 시선을 놓치지 않고 포착했다. 늙은 남자 본인이 자기의 어조와 시선에 담긴 함의를 채 깨닫기도 전에, 젊은 남자는 그에게 이런 제안을 했다.

"자, 선생님. 선생님께서도 저희 쪽으로 오시죠. 우리 홀쭉이들은 다 같이 여기 구석 쪽에 모이자고요."

그리고 청년은 그 늙은이의 자리에, 열여덟에서 스무살 사이로 보이는 젊은 영국인을 앉혔다. 그는 온화하고 순한 사람처럼 보였으나, 금발의 동안 아래 다부진 전사의 상반신이 자리 잡고 있었다. 뚱뚱한 부인의 맞은편에 앉아 있던 젊은 여인은 눈물이 나도록 웃었다. '홀쭉이들'의 편에 선 것은 모두 여섯 명이었다. 다소 비좁기는 했으나, 우리는 이 사소한 장난질로 정말이지 즐거웠다. 그리고 이 시기에 우리는 조금은 즐거워질 필요가 있었다.

무척이나 재기발랄하게 일을 꾸며냈던 그 젊은 남자는 대단히 잘생긴 장신의 청년이었다. 그의 눈은 푸른색이었고, 은발에 가까운 금발이었는데, 이 머리색이 그의 얼굴에 매력적인 생기와 젊음을 불어넣고 있었다. 그는 밤새 내 아이를 자기 무릎에 앉히고 품어주었다.

그날 밤 나의 아이, 뚱뚱한 부인, 그리고 젊은 영국인을 제외하고는 누구도 잠들지 못했다. 참기 힘들 정도의 더위 탓이었다. 우리는 전쟁에 관한 이야기를 나누었다.

젊은이 중 한 사람은 약간의 망설임 끝에, 내가 배우 사라 베르나르 양을 닮았다는 말을 꺼냈다. 그에게, 그녀와 내가 닮은 데에는 충분한 이유가 있다고 답했다. 젊은이들이 차례로 자기소개를 했다. 먼저 내 얼굴을 알아본 젊은이의 이름은 알베르 델피였다. 다음으로 반 젤레른 남작이 자기소개를 했다. 네덜란드 사람이었는데, 어쩌면 반 젤레른이 아니라 반 제를렌인지도 모르겠다. 지금은 그의 이름이 정확히 기억나지 않는다. 마지막으로 은발에 가까운 금발머리 청년의 이름은 펠릭스 포르, 그는 내게 자신이 르 아브르 출신이라고 말했고, 내 할머니를 잘 알고 있다고도 했다.

이후로도 이 세 젊은이와의 우정을 이어갔다. 다만 알베르 델피는 훗날 내 적이 되고 만다. 지금은 이 세 사람 모두 고인이다. 알베르 델피는 여러 일을 했으나, 어느 분야에서도 이렇다 할 성취를 이루지 못한 채 절망 속에서 죽고 말았다. 네덜란드인 남작은 열차 사고로 죽었다. 그리고 펠릭스 포르는 프랑스 공화국 대통령으로 죽었다[6].

---

6 훗날 프랑스 제7대 대통령이 된 펠릭스 포르(Félix Faure)는 재임중이던 1899년에 사망했다.

뚱뚱한 부인 맞은편에 앉아 있던 젊은 여인이 내 이름을 듣고 말을 걸어왔다.

"우리는 인척(姻戚)인 것 같네요. 저는 라로크 부인이라고 합니다."

"보르도 출신이세요?"

"네."

우리는 가족에 관한 이야기를 나누었다. 내 외숙모의 고향이 보르도 였고, 본래 성이 라로크였으니, 우리는 먼 인척 뻘에 해당했다.

여행 중의 시간은 금세 흘러갔다. 더위에도, 비좁은 공간과 갈등에 도 불구하고 말이다. 기차가 파리에 도착했다. 우리는 서로 힘주어 악 수를 나눈 뒤, 서글픈 마음으로 헤어졌다. 역에서는 뚱뚱한 부인의 남 편으로 보이는 사람이 그녀를 기다렸다. 그는 아무 말도 없이 그녀에 게 전보 한 통을 내밀었고, 그 불행한 여인은 전보에 적힌 소식을 읽 더니 오열하며 그의 품속에 쓰러졌다.

그녀를 덮친 것은 어떤 불행일까? 나는 그녀를 주의 깊게 바라보았 다. 아! 나는 더는 그녀가 우스꽝스럽게 보이지 않았다. 불쌍한 여자 같으니! 가슴이 아팠다. 이미 불행에 젖어 있었을 한 여인을 두고, 우 리는 얼마나 많은 비웃음을 터뜨렸더란 말인가.

집으로 돌아온 뒤, 나는 엄마에게 그날 중으로 방문하겠다는 뜻을 전했다. 내 연락을 받은 엄마는 곧바로 나를 찾아왔다. 내 건강 상태 가 어떤지 궁금하셨던 것이다. 우리는 그 자리에서, 나를 제외한 우리 가족 전체의 피난 계획을 짰는데 파리가 포위되더라도 파리에 머무르 기로 했다. 그렇게 엄마, 나의 아들, 유모, 여동생들, 우리 집을 관리 해주고 있던 아네트 이모, 그리고 엄마의 하녀까지, 모든 가족이 이틀 뒤에 파리를 떠날 채비를 마쳤다. 나는 아브르의 프라스카티 호텔에, 이 대가족이 생활하는데 필요한 모든 것들을 준비해두었다.

물론 파리를 떠나고자 마음먹는 것은 아무 일도 아니었다. 실제로 떠날 수 있느냐가 문제였다. 우리 가족과 마찬가지로, 많은 가족들이 파리를 벗어나 다른 지역으로 가려고 역마다 떼로 몰려들었다.

나는 집사를 보내어 열차 한 량을 잡아두려 했다. 세 시간 뒤에 그가 옷이 엉망진창으로 찢긴 채 돌아왔다. 주먹질이며 발길질을 무수히 얻어맞은 모양이었다.

"부인의 어머님을 모시고 저 인파를 뚫고 갈 수는 없습니다. 불가능한 일이에요. 저 혼자서는 어머님을 지키기 힘들 겁니다. 게다가 어머님 혼자라면 또 몰라도… 다른 아가씨들이며, 자제분들까지 모시는 것은 불가능한 일입니다. 불가능한 일이에요."

나는 급히 사람을 보내 세 명의 친구들을 불렀다. 그들에게 내가 처한 곤경에 관해 설명했고, 나와 동행해달라고 부탁했다.

그리고 시종장과 엄마의 하인에게 집사를 도와 일행을 이루도록 일렀다. 또한 엄마의 하인은 신부인 자기 남동생을 데려왔는데, 그 역시도 기꺼이 우리와 동행하기로 했다. 그렇게 모인 사람들 모두가 기차역으로 향하는 마차 한 대에 올라 출발했다. 우리는 열일곱 명이었지만 실제로 파리를 떠나는 여행객은 아홉 명이었다. 글쎄, 나는 독자 여러분께 다음과 같은 사실을 분명히 밝혀둔다. 당시는 여덟 명의 호위도 결코 과한 것이 아니었다. 이 시기에 기차표를 쥐고 있던 이들은 인간이라기보다는, 도망가고자 하는 욕망에 발길질 당하며 공포에 쫓기던 야생동물들이었으니 말이다.

이 짐승들 눈에는 아무것도 보이는 게 없었다. 오직 열차표를 받는 작은 창구, 열차로 이어지는 문, 그리고 도주를 보장하는 열차 그 자체를 제외하면 말이다.

젊은 신부님의 존재는 우리에게 큰 힘이 되어주었다. 종교인이 동행하고 있다는 사실이 때때로 폭언을 애써 참게 했다.

열차가 출발했다. 예약된 칸에 자리 잡은 가족들이 내게 손 인사를 보냈다. 나는 순식간에 홀로 남은 데 대해 공포에 찬 전율을 느꼈다. 이 세상 모든 것보다도 더욱 내게 소중했던, 내 아이와 떨어진 것은 이때가 처음이었다.

두 팔이 나를 부드럽게 감싸 안아주었다. 그리고 목소리 하나가 속삭였다. "사라, 어째서 너는 떠나지 않은 거니? 몸도 이렇게 약한데, 소중한 네 아가 없이 너 홀로 고독을 견딜 수 있겠니?"

나를 안아준 사람은 게라르 부인이었다. 그녀는 내 아이를 안아주기에는 너무 늦게 역에 도착했지만, 아이 엄마인 나를 위로해주기 위해 거기 머물렀다.

나는 맘 놓고 절망 속으로 빠져들었다. 벌써 아이를 다른 지역에 떠나보낸 것이 후회스러웠다. 만약 파리에서 전투가 벌어지기라도 하면 어쩔 텐가. 나는 단 한 순간도 아이와 함께 파리를 떠날 수 있다고는 생각하지 않았고 나 스스로 파리에 도움이 될 만하다고 생각했다. 대체 어디에? 그러한 내 믿음은 멍청한 것이었으나, 어쨌든 나의 믿음이었다. 나는 당시 사지가 멀쩡하여 무슨 일에든 도움이 될 수 있다면 누구든 파리에 남아야만 한다고 생각했다. (비록 내 몸이 약했지만, 나는 파리에 도움이 될 수 있는 사람이라고 생각했다. 근거 없는 자신감이였으나, 그날 이후 내가 실제로 도움이 되는 사람임을 증명할 수 있었다.) 그렇게 내가 거기에서 무엇을 할 수 있을지 모르는 상태로, 나는 파리에 남게 되었다.

며칠간 나는 멍한 상태로 지냈다. 내 곁에서 삶이, 그리고 사랑이 떠나가 버렸으니까.

16

오데옹 극장에서:
사라 베르나르의 구급차

어쨌든, 파리는 방어전을 준비 중이었다. 나는 내 기력과 지력을 부상자들을 돌보는 데 쏟기로 마음먹었다. 야전 병원은 어디에 설치할 것인가? 그리하여 갖은 수단을 동원하여 휴관한 오데옹 극장에 야전 병원을 설치하는 허가를 받았다. 에밀 드 지라르댕과 뒤케넬 덕분에 내 이런 소망은 이루어졌다.

하지만 야전 병원을 운영하려면 충분한 양의 식량이 필요했다. 나는 경찰청장에게 전보를 하나 보냈다. 그리고 얼마 지나지 않아, 전령 한 사람이 달려와 내게 청장의 서신을 전해주었다.

부인, 만약 오늘 중으로 방문해 주실 수 있다면, 여섯 시까지 당신을 기다리겠습니다. 그렇지 않다면, 내일 아침 여덟 시에 찾아와 주십쇼. 아침 이른 시간에 찾아오라고 해서 죄송합니다만, 아침 9시부터는 제가 의회에 나가 있어야 하거든요. 게다가 부인의 요청이 무척 긴급해 보이는 만큼, 저 역시도 제 권한 내의 일이라면 조속히 부인의 편의를 봐 드리고 싶답니다.

- 케라트리 백작 드림

그때 이모네 집에서 케라트리 백작을 소개받았던 때를 떠올렸다. 내가 로시니의 반주에 맞춰 시를 낭송했던 밤이었는데, 당시 젊은 중위였던 그는 재기발랄하고 씩씩한 미남 청년이었다. 그는 나를 자기 어머니 댁에 초대했었다. 나는 그의 어머니인 백작부인이 주최한 야회에서 시를 암송하곤 했었다.

젊은 중위였던 케라트리 백작은 멕시코에 파병되었었다. 그 후로도 우리는 얼마간 서신을 교환했었으나, 이런저런 삶의 우연들이 겹쳐 연락이 끊어진 상태였다.

게라르 부인에게, '케라트리 백작'이란 이름의 경찰청장이 내 젊은 친구 케라트리의 근친일지 물어보았다. 그녀는 "맞을 것 같은데."라고 답했다. 우리는 튈르리 궁으로 가는 마차 안에서 이에 관한 이야기를 더 나누었다. 나는 청장의 서신을 받는 즉시 청장의 사무실이 위치한 튈르리 궁으로 향했던 것이다.

튈르리 궁 앞의 층계에 도착하자, 나는 가슴이 옥죄이는 듯한 기분이었다. 몇 달 전인 4월의 어느 날 아침, 나는 게라르 부인과 함께 똑같은 곳을 방문했었다. 그때도 이날과 마찬가지로, 문지기 한 사람이 마차가 드나드는 문을 열어주었었다. 당시에는 4월의 부드러운 햇살이 계단들을 비추고 있었고, 또한 수행원들을 거느린 호화로운 마차 행렬의 랜턴 위로 반짝이는 빛을 던지고 있었다. 궁정 안에는 사방에서 마차들이 분주히 돌아다녔다.

몇 달 전까지 이곳은 열성 넘치고 즐거워 보이는 젊은 장교들이 오가며 품위 있는 인사를 나누던 곳이었다. 이제 이곳은 11월의 흐릿하고 음험한 햇빛 속에 잠겨 있었다. 검고 더러운 삯마차들이 줄지어 들어와, 철문을 들이받고 계단의 일부를 깨뜨렸다. 삯마차들은 마부들이 짧고 거친 말로 인사말을 주고 받으며 이동하고 있었다.

"이봐! 어떻게 지내?"

"오! 숙취 때문에 죽겠어!"

"그렇군, 뭐 새로운 소식이라도 있나?"

"있지! 우리는 이제 끝장이라는군!"

튈르리 궁은 더 이상 예전 같지 않았다. 공기부터가 예전과는 달랐다. 우아한 여인들이 지나가며 남긴 옅은 향수 냄새는 오래전에 사라졌고, 대신 희미한 담배 냄새, 기름 떼에 절은 옷 냄새와 더러운 머리칼에서 풍기는 냄새가 공기를 무겁게 만들었다.

아! 아름다우셨던 프랑스인들의 황후시여! 나는 황후마마의 모습을 회상했다. 은실 자수가 된 푸른 드레스를 입고서, 조그만 신발을 다시 신으시기 위해 신데렐라에 나오는 요정의 도움을 구하시던 황후마마의 모습을 말이다. 또한 나는 황태자 저하의 매력적인 모습도 회상했다. 그가 나를 도와 마편초와 데이지가 담긴 화분들을 늘어놓던 모습, 그리고 아직 가녀린 두 팔을 벌려, 자기 얼굴을 다 가릴 정도로 커다란 진달래 화분을 끌어안던 모습을.

마지막으로 나는 나폴레옹 3세 폐하를 생각했다. 내가 본인에게 올릴 인사를 연습하는 것을 보고, 박수를 보내주시던 황제 폐하, 나는 그분의 반쯤 감긴 듯한 두 눈을 회상했다.

금발의 황후마마께서는 이상야릇한 복장을 차려 입고 미국인 치과의사의 2인승 마차에 올라 피난하셨다. 이 불행한 여인을 보호하겠다는 용기를 낸 것은 심지어 프랑스인도 아닌 외국인이었던 것이다. 온화한 이상주의자였던 황제 폐하는 스스로 전장 한복판에서 죽고자 하였으나 허사였다. 폐하를 태운 군마 두 마리가 죽어갈 동안, 그분의 옥체에는 생채기 하나 나지 않았다. 그러자 그는 항복을 결심했다. 이 항복 소식을 전해 듣고, 모두가 울분에 찬 눈물을, 수치스러움과 고통으로 가득 찬 눈물을 터뜨렸다. 그러니 항복을 했던 이 용감한 남자 본인은 대체 얼마나 많은 용기를 필요로 했을까! 폐하는 10만 명의 목숨을 구하고자 했고, 10만 명의 어머니들을 안심시키고자 했던 것뿐이다.

가엾은 폐하! 언젠가는 역사가 그분을 올바로 평가하는 날이 올 것이다. 그분께서는 훌륭한 분이셨고, 인도주의자셨으며, 믿음으로 가득 찬 분이셨으니 말이다. 오오! 오호통재라!

경찰청장 집무실로 쓰이고 있던 방 안으로 들어가기 전, 나는 잠시 자리에 멈춰 서서 두 눈을 부볐다. 그리고 근심을 덜기 위해 내 '귀여운 부인'께 여쭤보았다.

"게라르 아주머니, 아주머니가 만약 오늘 절 처음 본다고 한다면, 제가 예쁘다고 생각했을 거 같아요?"

"그럼! 물론이지."

그녀가 즉답했다.

"잘됐네요! 저는 오늘 경찰청장 늙은이에게 반드시 예쁘게 보여야 하거든요. 그에게 요구할 것이 참 많아요."

그러니 거기서 내 예전 지인이었던 중위를 알아보았을 때, 나중에 대위가 되었다가, 이제는 경찰청장이 된 옛 중위의 얼굴을 알아보았을 때, 내가 얼마나 놀랐겠는가. 손님맞이를 하는 하인이 나의 방문을 알리며 내 이름을 외치자, 그는 거의 의자에서 뛰어오르듯 일어났다. 그리고 그는 두 팔을 뻗치고 생글생글 웃는 얼굴로 내게 다가왔다.

"세상에, 당신은 나를 잊어버린 겁니까?"

그는 내게 그렇게 말한 다음에, 게라르 부인에게도 우정어린 인사를 건넸다.

"하지만 경찰청장인 '케라트리 백작'이 당신일 줄은 몰랐는걸요! 이것 참 기쁜 일이네요. 당신이라면 제가 원하는 모든 걸 내어주실 테니까요."

"이것 보게나!"

그가 웃음을 터뜨리며 말했다.

"좋습니다, 명령만 내려보세요, 부인!"

나는 한 호흡에 다음과 같은 필수물품 목록을 읊어나갔다.

"다음과 같은 게 필요해요. 빵, 우유, 고기, 채소, 설탕, 술, 브랜디, 감자, 계란, 커피…"

"아! 잠시만요, 나도 숨 좀 쉽시다!"

경찰청장 케라트리 백작이 외쳤다.

"당신이 너무 빨리 말해서 숨이 막힐 지경이라오."

나는 말을 멈췄다가, 잠시 뒤에 다시 말을 이어갔다.

"저는 오데옹 극장에 야전 병원을 설치했어요. 그런데 시 당국에 식량 지원을 요청하니, 우리가 군 소속이라는 이유로 거절하더군요. 나는 벌써 다섯 명의 부상자를 받았어요. 여기까지는 어떻게든 제 힘으로 해결했습니다. 하지만 곧 우리 쪽에 새로운 부상자들을 보내겠다는 연락이 와서요. 그들에게 먹일 식량이 필요해요."

"당신이 바라는 것보다도 더 많은 식량을 얻게 될 겁니다. 튈르리 궁 안에는 저 불운의 황후 마마께서 여러 달에 걸쳐 비축해두신 식량이 있어요. 당신께 모두 내어드리리다. 다만 고기, 빵, 그리고 우유는 안 됩니다. 위의 세 가지 품목에 대해서는 시를 통해 지원받도록 제가 손을 써 두겠습니다. 비록 당신의 야전 병원이 군 소속이긴 하지만, 시 영 사업에도 포함되도록 명령을 내려두죠. 그리고 여기, 받으세요. 소금을 비롯한 기타 식료품들을 지급하라는 명령서입니다. 이걸 들고 신

(新) 오페라 극장[1]에 가서 수령하세요."

나는 믿기 힘들다는 표정으로 그를 바라보았다. "신 오페라 극장이요? 하지만 거긴 아직 건설 중이잖아요? 지금 가봤자 공사를 위한 비계(飛階)들밖에 없을 텐데…"

"맞아요. 그곳으로 가서, 스크리브 거리 맞은편 비계의 아래쪽에 난 작은 문으로 들어가세요. 그럼 식료품 사무소로 이어지는 나선형 계단이 나오면, 그 계단을 올라가서 사무실을 찾으세요. 그쪽 담당자가 식량을 내어줄 겁니다."

"아! 당신께 부탁드릴 게 또 있어요."

"말씀하시죠! 명을 받들겠습니다."

"군이 오데옹 극장 지하실을 화약 저장고로 삼는 바람에, 걱정이 아주 많아요. 파리가 포격이라도 당하는 날이면, 포탄 한 발이 우리 건축물에 떨어지는 날이면, 우리 모두 폭사해버릴 거예요."

그러자 상냥한 케라트리 백작은 이렇게 말을 받았다.

"지당하신 말씀입니다. 오데옹 극장 같은 곳에 화약을 쌓아두다니, 이보다 더 멍청한 일이 없군요. 그렇다고 해서 멋대로 화약 저장고를 옮겼다가는 제 입장이 곤란해질 겁니다. 자기들에게 유리한 방식으로 방어 태세를 갖추려는 수많은 고집쟁이 부르주아들을 제가 상대해야 하거든요. 그러니 이렇게 하죠. 수고스럽겠지만, 오데옹 극장 주변에서 가장 유력한 건물주들과 상인들의 서명을 받은 탄원서를 제게 제출해주세요. 그러면 저도 손을 써보겠습니다. 이견 있나요?"

그의 두 손을 살갑게 붙잡으며 대답했다.

"아뇨, 당신은 참 자상하고, 좋은 분이에요. 고맙습니다."

---

1 현재의 오페라 가르니에(Opéra Garnier) 극장을 말한다.

나는 사무실에서 나가려고 문을 향하다가, 의자 위에 놓인 외투 한 벌을 보고 홀린 듯 제자리에 멈춰 섰다. 내 시선을 눈치챈 게라르 부인은 내 소매를 부드럽게 끌어당기며 말했다. "오! 사라, 그건 아니야!" 하지만 나는 이미 젊은 경찰청장에게 애원의 눈빛을 보내고 있었다. 내 시선의 의미를 이해하지 못한 그는 내게 물어봤다. "제가 도와드릴 일이 아직 남아있나요, 아름다운 부인?" 나는 가능한 한 가장 매력적인 자세를 취하며, 그 외투를 손가락으로 가리켰다.

그는 어리둥절하여 말했다. "미안합니다, 부인. 무슨 뜻인지 전혀 모르겠는데요." 내 손가락은 여전히 그 외투를 가리켰다.

"저 외투를 제게 주실 수 있나요?"

"제 외투요?"

"네"

"외투는 왜요?"

"저희 부상병들에게 주려고요."

그러자 그는 자리에 주저앉으며 웃음을 터뜨렸다.

그의 웃음은 진정될 기미가 보이지 않았다. 나는 약간 기분이 상한 채, 다시금 말을 이었다.

"그렇게 이상한 얘기도 아니에요, 제 말 좀 들어보세요. 우리 쪽에서 받은 부상병 중에, 손가락 두 개가 날아간 가엾은 젊은이가 있어요. 부상이라고 해도 고작 손가락 둘이 날아간 것이니만큼, 자기 침대에 머물러있는 걸 원치 않더군요. 충분히 이해되는 일이죠. 그런데 오데옹 극장에는 사지 멀쩡한 사람들이 중앙 난로 옆에 모여들어 그 거대한 난로를 지피려고 무진 애를 먹고 있거든요. 그리고 그의 군용 외투는 별로 따뜻하지 않아요. 다행히도 이 젊은 부상병이 따뜻하게 지내고 있습니다. 앙리 풀드가 절 찾아왔을 때, 제가 그에게서 외투를 뺏어줬거든요. 젊은 부상병은 체구가 거대했고, 앙리 풀드 역시 대단한 거구죠. 아마 앙리가 방문했을 때 외투를 얻지 못했다면, 이 부상병에게 맞는 외투를 찾기 힘들었을 거예요. 그런데 앞으로 이런 일이 또 없을까요? 제게는 앞으로 무척 많은 외투들이 필요할 겁니다. 그리고 당신 외투는 무척 따뜻해 보이는군요."

나는 모피를 덧댄 그의 외투 안감을 어루만졌다.

젊은 청장은 숨이 막히도록 웃어댄 뒤, 자기 외투 주머니들을 비웠다. 그리고 외투 가장 깊은 곳에서 꺼낸 새하얗고 멋진 비단 스카프를 보여주면서 말했다.

"제 스카프 정도는 챙겨도 괜찮겠죠?"

체념한 듯한 표정으로 그래도 좋다는 신호를 보냈다. 케라트리 백작이 종을 울려 하인을 불렀다. 눈가에 아직 웃음기가 남아있었으나, 다시금 위엄 어린 분위기를 갖추고 있었다. 그는 자기 외투를 하인에게 건네주며 분부했다.

"이걸 여기 두 부인의 마차에 실어두게."

그에게 감사를 표하고, 완벽하게 행복한 기분으로 자리를 떴다.

12일 뒤, 나는 오데옹 구역에 있는 건물주들과 상인들의 서명이 담긴 탄원서를 들고 다시 경찰청장을 찾았다. 그러나 나는 청장 사무실의 문턱에서 문자 그대로 돌처럼 굳어버렸다. 드 케라트리 백작은, 나를 맞이하러 다가오는 대신, 벽장 문을 급히 열고 그 안에 뭔가를 던져 넣더니, 벽장 문을 열었을 때처럼 황급히 닫아버렸다. 그리고 나서 그는, 마치 내 접근을 온몸으로 막겠다는 듯 벽장을 기대고 섰다. 그는 내게 재기발랄하고 장난기 많은 어조로 말했다.

"미안합니다. 지난번 당신이 방문한 이후로, 전 심한 감기에 걸렸어요. 그래서 막 제 외투를 벽장 안에 넣어뒀죠. 오! 낡아빠진 못된 외투!

전혀 따뜻하지 않아요! 하지만 아무리 그렇다 하더라도, 여전히 외투는 외투지요. 당신에게 뺏길까 봐 저 안에 넣어뒀고, 보세요! 여기 열쇠도 있답니다!"

그리고 그는 그 열쇠를 자기 주머니 안에 넣은 후에야 나를 맞이하며 자리를 권했다. 본격적인 대화가 시작되자, 그는 장난기를 잃어버렸다. 우리가 나눈 소식들이 하나같이 슬픈 소식이었던 탓이다. 12일 전부터 야전 병원마다 부상병들이 쌓여만 갔다. 국외이든 국내이든, 모든 정치 상황이 나쁘게 돌아갔다. 독일인들이 파리로 진격 중이었다. 우리는 루아르에서 군대를 징집했고, 강베타(Gambetta), 샹지(Chanzy), 부르바키(Bourbaki), 트로쉬(Trochu) 등에서 절망적인 방어전을 준비하고 있었다.

우리는 이러한 슬픈 소식들에 관하여 오래도록 이야기를 나누었다. 나는 그에게, 내가 일전에 이곳 튈르리를 방문했을 때 느꼈던 고통스러운 인상에 관해 들려주었다. 한때는 그토록 발랄하고, 사려 깊고, 행복했던 사람들, 그리고 오늘날에는 가슴 아플 정도로 동정심이 드는 사람들에 관한 추억을 환기했다. 우리는 할 말을 잃고 묵묵히 앉아 있었다. 나는 그가 보내준 모든 물자를 잘 수령했으며, 이제 다시 야전병원으로 돌아가 보겠다는 말을 건네며 그의 손을 잡았다.

경찰청장이 내게 보내준 물자는 다음과 같다. 200리터 들이 적포도주 열 통, 브랜디 두 통, 석회와 톱밥으로 가득 찬 상자들 안에 담긴 계란 3만 알, 커피 100부대, 차 20상자, 알버트 비스킷[2] 40상자, 통조림 1000상자, 그리고 기타 등등의 수많은 물자.

유명한 초콜릿 장인이었던 므니에(Menier) 씨는 내게 500파운드의

---

2 영국 빅토리아 여왕의 남편인 알버트 공의 이름을 딴, 비스킷의 일종.

초콜릿을 보내주었다. 제분업자로 일하던 친구는 내게 밀가루 14부대와 옥수수 가루 6부대를 기부해주었다. 이 제분업자는, 내가 연극학교에 있던 시절 내게 구혼했던 바로 그 사람이다. 내가 말제르브 대로 11번가에 살던 시절의 옛 이웃이던 펠릭스 포탱(Félix Potin)은 내게 건포도 2통, 정어리 100상자, 쌀 3부대, 렌즈콩 2부대, 그리고 설탕 덩어리 20개를 보내 주었다. 또한 드 로쉴드(de Rothschild) 씨[3]에게서도 요양중인 부상병들을 위해 써달라며 200리터 들이 브랜디 두 통과 포도주 100병을 받았다.

전혀 기대하지 않았던 선물 또한 들어왔다. 그랑-샹 수도원 기숙학교 시절의 친구였던 레오니 뒤부르가 양철 캔 50통을 보내줬다. 그녀가 보내준 캔에는 각각 4파운드씩의 가염 버터가 담겨 있었다. 레오니 뒤부르는 어느 시골 귀족의 부인이었는데, 그녀의 남편이 상당히 많은 농지를 보유하고 있었던 모양이다. 그녀가 나를 기억해준 것이 무척 감동스러웠다. 수녀원을 떠난 이래, 우리는 한 차례도 재회한 적이 없었는데 말이다.

나는 또한 친구들이 가진 외투와 실내화들을 모조리 징발했고 플란넬 조끼 200벌을 염가에 구입했다. 그리고 그때나 지금이나 네덜란드에 살고 계신, 베지(Betzy)라는 이름의 고모할머니(그녀는 눈이 먼 내 할머니의 자매였으며, 현재 93세로 살아계신다)께서도 내게 구호물자를 보낼 방법을 찾아내셨다. 그녀는 친절한 네덜란드 대사 편을 통해, 훌륭한 네덜란드산 옷감으로 만든 잠옷 300벌과 침대 시트 100벌을 함께 보내주셨다.

---

3 에드몽 드 로쉴드(Edmond de Rothschild, 1845-1934)는 프랑스의 유력한 은행가이자, 예술품 수집가였다. 유대인으로, 열렬한 시오니스트 활동가들 중 한 사람이기도 했다.

파리 각지로부터 헌 붕대와 새 붕대들이 도착했다. 그중에서도 내가 가장 많은 붕대와 지혈 용품을 보급 받은 곳은, 산업궁[4](Palais de l'Industrie)이다.

산업궁에는 오키니(Hocquigny) 양이라는 이름을 가진 매력적인 여인이 있었다. 이를테면, 그녀는 모든 야전병원의 수장에 해당하는 인물이었다. 그녀는 언제나 우아한 웃음을 머금고 일을 처리했다. 그녀가 뭔가를 거절할 때조차 슬픈 우아함이 깃들어 있었다. 오키니 양은 30대를 넘긴 나이였다. 그녀는 젊은 부인처럼 보이는 나이 든 처녀였다. 그녀의 커다랗고 푸른 눈은 꿈결에 잠긴 듯했고, 입가에는 미소가 떠나질 않았으며, 얼굴형은 매력적인 타원형이었고, 뺨에는 자그마한 보조개가 있었다. 그리고 그녀의 우아한 턱선 위, 꿈결 같은 푸른 눈과 매력적인 입술 위로는, 원초주의 화가들이 묘사한 동정녀 마리아의 이마처럼, 넓디넓은 이마가 드러나 있었다. 그녀의 넓은 이마는 살짝 튀어나왔는데, 다시 그 위로는 양쪽으로 가르마를 탄 머리가 이마를 감싸고 있었다. 그 머릿결은 무척 곧고 매끈했으며, 정중앙을 수직으로 가르는 가느다란 가르마는 그야말로 완전무결해 보였다. 그녀의 이마는 매력적인 얼굴을 지키는 방벽과도 같아 보였다.

오키니 양은 무척이나 사랑받았으며, 아첨하는 사람들 또한 적지 않았다. 하지만 그녀는 자신에게 바쳐진 모든 경의에 대해 초연한 태도를 보였다. 물론 그녀는 사람들에게서 사랑받는 것을 기뻐했지만, 그 점을 면전에서 지적하는 것 또한 누구에게도 용납하지 않았다.

산업궁에는 고명한 내과, 외과 의사들이 포진해 있었고, 그들은 비

---

4 파리 샹젤리제 거리에 세워져 있던 건물로, 1855년의 만국박람회를 위해 건설되었으며, 1896년에 해체되었다.

범할 정도로 놀라운 의료 봉사 활동을 수행했다. 다들 오키니 양을 좋아했다, 심지어는 부상에서 회복 중인 환자들조차 말이다. 오키니 양은 내게 커다란 우정을 품고 있었기에, 그녀에게서 그녀가 느낀 것과 관찰한 것들, 그리고 서글픈 경멸감에 관한 이야기들을 들을 수 있었다. 그녀 덕분에 나는 단 한 번도 헝겊이나 붕대가 부족했던 적이 없었다.

아주 적은 인원만 갖추고 야전병원을 열었다. 나는 요리사를 오데옹 극장의 공용 휴게실에서 근무하게 했는데 대형 화덕을 하나 사주었고, 그녀는 그 화덕을 이용해서 50인분의 수프와 탕약을 끓였다. 요리사의 남편을 수간호사로 앉히고, 그에게 두 사람의 조수를 붙여주었다. 그리고 게라르 부인과 랑캥(Lambquin) 부인과 나, 우리 세 사람은 간호사로 활동했다. 우리는 2인 1조로 밤샘 간호를 섰다. 한 사람당 사흘에 이틀로 밤을 지샌 셈이었다. 그래도 내가 모르는 여자를 한 명 더 뽑아서 2교대를 서는 것보다는 사흘에 이틀 밤을 새우는 것이 낫다고 생각했다.

랑캥 부인은 오데옹 극장에서 샤프롱[5] 역할을 전담하던 배우였다. 그녀는 얼굴이 추했고, 풍채도 보잘것없었으나 재능이 넘치는 여자였다. 랑캥 부인은 목소리가 컸고 언제나 솔직담백했다. 그녀에게 있어 '고양이'라는 말은 언제나 진짜 '고양이'를 가리키는 것이었다. 언어를 사용할 때 그녀는 음험한 암시와 같은 표현은 결코 용납지 않았다. 때때로 그녀의 말과 생각 속에 담긴 노골성이 짜증스럽기도 했지만, 어쨌든 그녀는 선량하고 행동력이 있으며, 기민하고도 헌신적인 사람이었다.

---

5 귀족가의 젊은 여인에게 품행 지도 및 감시역으로 따라붙는 나이 많은 부인을 일컬음.

성벽 위에서 복무하던 친구들은 비번 때마다 나를 비서처럼 도와줬다. 우리는 매일 발-드-그라스의 어느 중사에게 야전병원의 운영일지를 제출해야 했기 때문이다. 중사는 매일 나를 찾아와 우리 쪽의 입원 인원과 사망 인원, 그리고 퇴원 인원을 확인했다.

파리는 포위되어 있었다. 더는 파리를 벗어나 먼 곳까지 나갈 수 없었다. 더는 새로운 소식을 전해 듣지도 못했다. 그렇다고 독일의 포위망이 파리의 모든 문들을 옥죄지는 않았다.

나는 간간히 라레 남작님의 방문을 받았다. 그리고 우리 야전 병원의 수석 외과의는 뒤셴(Duchesne) 박사였다. 이 무시무시한 현실의 악몽이 이어진 다섯 달 동안, 그는 밤낮을 가리지 않고 모든 재주를 동원하여 저 불행한 부상병들을 위해 헌신했다.

나는 아직도 깊은 슬픔 없이는 이 끔찍했던 시기를 회상하기 힘들다. 내게 중요한 것은, 더는 위기에 처한 국가 자체가 아니라, 국가의 모든 아들딸에게 닥친 실제적인 고통이었다. 전장에서 싸우는 사람들, 몸의 이곳저곳이 부러지거나 빈사 상태가 되어 실려 온 사람들의 고통. 가엾은 갓난아기들에게 먹일 빵과 고기 쪼가리, 그리고 우유 한 병을 얻으려고 몇 시간이고 줄을 지어 대기하던 고결한 서민 여인들의 고통. 아! 가엾은 여인들! 오데옹 극장의 창문 너머로 그들의 모습을 지켜봤다. 추위에 파랗게 질린 그녀들이 서로 거의 달라붙다시피 줄을 서며 자기 두 발을 마구 때리는 모습을 보았다. 발이 얼어붙지 않게 하기 위해서였다. 그해 겨울 추위는 근 20년 가운데 가장 가혹했으니 말이다.

이 조용한 여자 영웅들 중 끝내 우리 쪽으로 실려 온 여자들도 적지 않았다. 피로로 인해 기절했거나 추위로 인해 급성 울혈이 도진 사람들이었다.

한번은 세 여인이 우리 병원으로 실려 왔었는데, 그들 중 한 사람은 양발에 동상을 입어서 결국 오른쪽 엄지발가락을 잃고 말았다. 또 다른 한 명은 젖먹이 아기가 딸린 뚱뚱하고 체구가 큰 부인이었는데, 추위에 노출된 탓에 양쪽 가슴 모두가 나무토막처럼 딱딱하게 굳어 있었다. 그녀는 고통으로 울부짖었다. 마지막으로 가장 어린 여자는 16살에서 18살 사이로 보였다. 나는 들것 위에 태워 자택까지 실어주려 했으나, 소녀는 끝내 들것 위에서 동사하고 말았다. 1870년 12월 24일이었고, 이날은 영하 15도였다.

식량을 배급받기 위해 줄을 서 있는 여인들에게 기운을 북돋워 주려고, 여러 차례 우리 병원의 간호인으로 있던 기욤을 시켜 약간의 브랜디를 그녀들에게 들려 보내곤 했다. 비탄에 빠진 어머니들과 두려움에 떠는 자매들, 그리고 불안에 떠는 약혼녀들은 이 세상 온갖 고통을 다 겪어내고 있었다! 바로 그렇기에 그녀들이 파리 코뮌의 반란에 참여한 것을 이해할 수 있다. 그들이 코뮌에서 보여줬던 피비린내 나는 광기마저도 말이다!

야전 병원은 인원수용의 한계에 도달했다. 우리는 60개의 병상을 갖추고 있었지만, 그걸로는 모자라 부랴부랴 병상 10개를 추가해야만 했다. 병사들은 오데옹의 배우 휴게실과 공용 휴게실에 수용되었고, 장교들은 본래 구내식당으로 쓰였던 넓은 방에 수용되었다.

어느 날, 마리 르 갈렉이란 이름의 젊은 브르타뉴인 병사가 병원에 실려 왔다. 그는 총탄을 두 발 맞은 부상병이었다. 한 발은 그의 가슴을 꿰뚫었고, 다른 한 발은 그의 한쪽 손목을 분질러 놓았다. 뒤셴 박사는 그의 흉부를 커다란 붕대로 단단히 감싸고 부서진 손목은 조그마한 부목 몇 개로 지지한 뒤에, 내게 짤막한 언질을 주었다.

"이 사람이 원하는 것을 내어주시오. 곧 죽을 겁니다."

나는 부상병을 향해 다가갔다.

"마리 르 갈렉, 원하는 걸 말해 보세요."

"수프!"

그에게서 거칠고 짧은 대답이 튀어나왔다. 게라르 부인은 서둘러 부엌을 향했고, 잠시 뒤 커다란 사발 하나에 가득 담긴 고기 수프를 가져왔다. 사발 안에는 약간의 구운 빵 쪼가리도 있었다. 나는 그 수프 사발을 휴대용 쟁반에 놓았다. 야전 병원에서 부상병들에게 식사를 제공할 때 쓰던 쟁반이었는데, 쟁반 바닥에 다리가 네 개 달린 덕분에 무척 편리했다.

죽어가던 부상병은 날 똑바로 주시하며 입을 열었다.

"바라(Barra)!"

나는 그에게 숟가락을 건넸지만, 그는 '바라'가 아니라는 듯 고개를 가로저었다. 연달아 소금이나 후추를 건네줘 봤지만, 계속해서 그는 "바라! 바라!"만을 외쳤다. 가엾은 부상병이 간절하고도 집요하게 요구하는 동안, 그의 구멍 난 폐에서는 '시익' 바람 빠지는 소리가 계속 들렸다.

그 즉시 해군성에 전보를 보냈다. 거기라면 분명 브르타뉴 출신 수병들이 근무할 터였다. 내가 처한 슬픈 곤경에 관해 설명했고, 또한 브르타뉴 방언에 대한 나의 무지를 밝혔다. 그들은 내게 다음과 같은 답변을 보내주었다. "바라(Barra)는 빵을 의미함." 나는 기쁜 마음으로 커다란 빵 한 덩이를 안고 르 갈렉에게 달려갔다. 그의 얼굴이 밝게 펴졌다. 이윽고 그는 성한 손으로 그 빵을 집고 이빨로 물어뜯더니, 그렇게 찢은 빵조각들을 수프 사발에 담기 시작했다.

그는 이 기이한 수프 속에 숟가락을 담근 뒤, 숟가락이 바로 설 때까지 빵조각들을 담았다. 마침내 숟가락이 미동도 없이 꼿꼿이 서자,

젊은 병사는 미소 지었다. 그가 곤죽이 다 된 그 끔찍한 수프를 막 먹고자 했을 때, 생-쉴피스 성당에서 파견된 젊은 신부가 들어왔다. 우리 야전 병원의 종부 성사를 담당하던 신부님이었다. 나는 뒤셴 박사로부터 젊은 병사가 곧 죽게 되리라는 선고를 들은 뒤 사람을 보내 그를 찾았다. 신부는 부드러운 손짓으로 병사의 팔에 손을 얹었고, 그렇게 식사를 향한 그의 게걸스러운 손놀림을 멈춰 세웠다. 병사는 자신에게 조그마한 성합을 내미는 신부를 바라보며, "오!"라는 한 마디를 내뱉었다. 그리고 자신의 기다란 수염을 김이 오르는 수프 속에 담가둔 채, 두 손을 앞으로 모았다. 우리는 그가 누운 병상 좌우로 두 개의 칸막이를 쳐 두었다. 죽어가는 자와 죽은 자를 다른 부상병들과 분리해두기 위한 칸막이였다.

종부 성사가 진행되는 동안, 나는 다른 부상병들의 병상을 순회했다. 나는 빈정거리는 병사들을 조용히 시키고, 독실한 병사들이 기도를 올리려고 몸을 일으키는 것을 도와주었다. 성사가 끝났다. 젊은 신부가 임시 칸막이를 슬쩍 열어주었다.

마리 르 갈렉은 무척 밝아진 표정으로 끔찍한 수프를 먹고 있었다. 식사를 마치고 그는 잠들었다가 깨어나서 뭔가 마실 것을 달라고 했다. 잠시 뒤, 그는 호흡곤란과 경련을 일으키며 임종했다.

다행히도 우리 야전 병원을 거쳐 간 약 300명의 부상병 중 사망까지 이른 병사들은 그리 많지 않다. 사망자가 나올 때면, 나는 그들의 불운에 가슴이 찢어졌다. 아직 내가 무척 젊었지만(당시 나는 24세였다), 몇몇 이들의 비겁함과 다른 많은 이들의 용맹함을 깨닫게 되었다.

하루는 우리 병원에 사보이 출신의 열여덟 살짜리 병사가 입원했다. 그는 검지 손가락을 잃은 상태였다. 라레 남작의 말에 따르면, 이 젊은 병사는 자기 소총으로 자기 손가락을 날려버렸음이 분명했다. 나는 그러한 짐작을 믿고 싶지 않았다. 하지만 그를 실제로 돌보면서 지켜보니, 뭔가가 이상했다. 다친 손가락을 아무리 정성스럽게 돌보아도 도통 낫지 않았다. 그래서 그 병사 몰래 붕대를 묶는 방식을 바꾸어 보았다. 다음날 내가 묶어준 붕대에 누군가 손을 댄 흔적이 있다는 것을 확인했으며 랑캥 부인에게 이 사실을 전달했다. 그날 밤은 그녀와 게라르 부인이 밤샘 근무를 설 차례였다. 랑캥 부인은 내게 말해주었다. "알겠네, 내가 밤새 지켜보도록 하지. 날 믿고 푹 자게."

다음 날 출근한 내게 랑캥 부인은 지난밤에 일어난 일을 들려주었다. 문제의 병사가 자기 손가락에 난 상처를 단도로 긁는 현장을 적발했다고 했다. 나는 그 젊은 사보이 인을 불러내어 발-드-그라스 육군병원에 이 사실을 보고하겠다고 알렸다. 그러자 그는 울음을 터트렸고, 내게 다시는 그러지 않겠다는 맹세를 했다.

닷새 뒤, 그는 회복되었다. 나는 그의 퇴원 서류에 서명했고, 그는 파리 방어 전선에 보내졌다. 이후로 그는 어떻게 되었을까?

만만치 않게 우리를 놀라게 했던 또 다른 부상병도 있다. 상처가 아물려 들 때마다 무시무시한 이질에 걸려, 퇴원이 미뤄지고 있던 환자였다. 이점을 수상히 여긴 뒤셴 박사는 그를 감시해 달라고 부탁했다. 제법 오랜 감시 끝에, 우리는 그 부상병이 정말이지 우스꽝스럽기 짝이 없는 술책을 고안해 냈음을 알게 되었다.

그의 침상은 벽에 붙어 있었으며, 한쪽 옆에는 이웃하는 부상병이 없었다. 그는 밤마다 자기 침대에 줄질을 해서 동(銅)을 벗겨내었다. 그리고 그렇게 얻어낸 얇은 금속 조각들을 연고인지 뭔지가 담겨 있는 조그마한 약통 안에 집어넣고서, 이 혼합물에 몇 방울의 물과 굵은 소금을 뿌려 섞는 것이었다. 이 화합물은 중독성 물질을 내뿜었고, 하루는 이 때문에 거의 생명을 잃을 뻔한 적도 있었다. 나는 이러한 잔꾀에 격분했다. 나는 발-드-그라스 육군 병원에 서면 보고를 제출했고, 그러자 수송 차량이 와서 그 못된 프랑스인을 잡아갔다.

이런 슬픈 중생들도 있는 한편, 영웅적인 용맹함을 보인 병사들도 얼마나 많았던지! 하루는 어느 젊은 대위 한 사람이 실려 온 적이 있었다. 건장한 체구는 장사 같았고, 멋진 얼굴에 호방한 시선을 가진 군인이었다.

일지에 그의 이름을 기록했다. 그는 '므네쏭 대위'였다. 그는 팔의 위쪽, 어깨 관절 부위에 총탄 한 발을 맞은 상태라고 했다. 그런데 내가, 다른 간호사의 도움을 받아, 조심스럽게 그의 군용외투를 벗기자, 머리 위 두건에서 세 발의 총알이 더 쏟아져 나왔다. 그의 외투에서 모두 열여섯 개의 총알 자국을 발견했다.

이 젊은 장교는 총탄이 빗발치는 전장에 세 시간 동안이나 서 있었다. 물러설 생각도 없이 끊임없이 적군에 사격을 가하고, 자기 부하들의 퇴각을 엄호할 시간을 버느라 본인이 계속 표적이 되었다. 샹피니의 포도밭에서 벌어진 전투였다.

그는 결국 정신을 잃고 쓰러진 후 응급 차량에 실려 왔다.

당시 그는 출혈이 많았고, 피로와 쇠약으로 인해 반사(半死) 상태였다. 그는 상냥하고 매력적인 사람이었다. 이틀 뒤에 그는 스스로 전장에 복귀하기에 충분할 정도로 회복되었다고 주장했지만, 의료진들은 퇴원을 반대했다. 젊은 장교에게는 수녀인 누이가 있었는데, 그녀는 그에게 몸이 '거의' 회복될 때까지만이라도 전선 복귀를 참아달라고 애원했다. 그녀는 부드러운 목소리로 말했다.

"아! '완쾌'될 때까지 기다리라는 것도 아니잖아, 나는 그저 네가 싸울 힘을 얻기 충분할 때까지만 회복을 기다렸으면 좋겠어."

젊은 장교가 입원한 지 얼마 되지 않았을 때였다. 정부 측에서 찾아와 그에게 레지옹 도뇌르 훈장을 수여했다. 그러자 우리 야전 병원에 잠시 무척 가슴을 에는 순간이 찾아왔다. 몸 하나 까딱하기 힘든 가엾은 부상병들이, 그들의 고통스러운 머리를 젊은 장교 쪽으로 돌리고, 눈물로 부예진 두 눈을 빛내며 그에게 우정 어린 시선을 보냈다. 상대적으로 몸 상태가 좋았던 부상병들은, 그들의 두 손을 뻗어 이 젊은 거인의 두 손을 맞잡았다.

같은 날 저녁, 때는 성탄절이었다. 나는 우리 야전병원을 생화로 엮은 커다란 화환들로 장식해 두었다. 또한 성모상들 앞에 여러 개의 조그맣고 예쁜 제단들을 꾸며두었다. 생-쉴피스의 젊은 신부님 또한 우리들의 가난하고도 시적인 성탄절 행사에 함께했다. 신부님은 감미로운 기도들을 낭송하셨고, (그중 많은 이들이 브르타뉴 출신이었던) 우리 부상병들은 노래를 합창했다. 슬프고 장중하나 매력으로 가득 찬 노래들이었다.

오늘날 보드빌 극장의 지배인으로 있는 포렐(Porel)은, 아브롱(Avron) 고원에서 펼쳐진 전투에서 입은 부상에서 회복 중이었다. 나는 퇴원 준비를 마친 다른 두 명의 장교와 함께 그를 성탄절 저녁 식사 자리에 초대했다.

이날의 성탄절 만찬은 내 기억 속에 가장 매력적이고도, 우울했던 시간의 하나로 남아있다. 나와 게라르 부인과 랑캥 부인 세 사람의 숙소로 사용되고 있던 무척 작은 방에서 우리는 저녁 만찬을 즐겼다. 손님들과 나는 세 개의 침대 위에 자리를 잡고 앉았다. 나는 사람을 시켜 집에서 가져온 천들과 모피들을 그 침대들 위에 덧씌워 자리를 만들어 두었다. 오키니 양은 내게 5m 길이의 백순대를 보내주었다. 다소나마 원기를 되찾은 가엾은 군인들은 이 별식을 즐겁게 맛보았다. 한 친구는 나를 위해 스무 개의 커다란 브리오슈 빵을 만들어 주었다. 또한 나는 커다란 대접에 담긴 펀치(punch)를 여러 개 주문했는데, 펀치 그릇에 불을 붙이자 영롱한 불꽃이 타올라서 커다란 아이들 같은 부상병들을 즐겁게 해주었다. 생-쉴피스의 젊은 신부님은 약간의 브리오슈 빵과 백포도주의 한 모금만을 맛본 뒤에 자리를 떴다.

아! 이 젊은 신부님은 어찌나 매력적이었고 선량했던가! 우리 병원에는 포르탱이라는 이름의 부상병이 있었다. 참아줄 수 없을 만큼 성격이 고약했지만, 생-쉴피스의 신부님은 그의 입을 효과적으로 닫게 하는 법을 잘 알고 계셨다. 시간이 지나면서, 포르탱은 점점 신부님께 교화되었고, 마침내 자신이 실제로는 "좋은 녀석"이었음을 깨달았다. 가엾은 우리 신부님! 그는 파리 코뮌 사람들에 의해 총살되었다. 나는 이 젊은 신부의 죽음을 두고 며칠이고, 며칠이고 눈물을 흘렸다.

17

파리 포격

시간은 흘러 1월이 되었다. 파리를 옥죄어오는 적군의 포위망은 매일같이 점점 좁혀졌다. 물자는 부족해졌고, 파리는 무시무시한 추위에 뒤덮였다. 혹한 속에 쓰러진 가엾은 병사들은, 때때로 가벼운 부상을 입은 자들조차도, 머리가 멍해지고 몸뚱이는 반쯤 얼어붙은 채 영원한 잠속으로 빠져들기 일쑤였다.

더는 새로운 소식들이 들어오지 않았지만, 파리에 계속해서 남기를 원한 주불 미국 공사 덕분에 편지 한 통씩 정도는 간간이 받아볼 수 있었다. 나도 그를 통해 엄마에게서 조그마한 종이쪽지 한 장을 받아보았다. 앵초 꽃잎처럼 얇고도 탄력적인 그 종이 위에는 이러한 말이 적혀 있었다. "우리 모두 라 에(La Haye)로 떠난단다. 다들 건강히 잘 지낸다. 힘내렴. 네게 천 번의 입맞춤을 보낸다." 거의 보이지 않을 정도로 작은 이 편지지에 적힌 발신일은 17일 전이었다.

그렇게 엄마, 여동생들과 내 어린 아들은 17일 전부터 라 에에 머무르고 있었다. 끊임없이 그들을 찾아 르아브르로 향했던 내 정신은 그만 길을 잃고 말았다. 나는 그들이 르아브르에 있는 친할머니의 사촌 집에 정착해서 평안히 머무르고 있을 거로 생각했었다. 라 에에서,

그들은 어떻게 살고 있을까? 대체 누구네 집에서? 라 에에는 내 이모 뻘 되는 친척이 두 명 살고 있었다. 그렇지만 그들이 여전히 거기 살고 있다는 보장은? 나는 더는 생각을 이어갈 수 없었다. 그리고 이때를 기점으로 나는 불안과 고통 속에서 끝도 없는 번민에 빠져들었다.

✠

나는 땔감을 구하기 위해 온갖 애를 썼다. 케라트리 백작은 기구를 타고 파리를 탈출(10월 9일이었다)하기 전에[1], 내게 많은 양의 땔감 비축분을 보내주었다. 이젠 그가 보내준 땔감도 떨어지고 있었다. 나는 훗날 더 심각한 상황이 오면 쓸 수 있도록, 지하실에 보관한 땔감에 손대는 것을 금지했다.

그리하여 오데옹 극장의 모든 나무 좌석들을 떼어다 태웠고, 액세서리 함으로 쓰이던 나무 상자들도 죄다 가져와 불태웠다. 적지 않은 수의 오래된 로마풍 벤치도, 지하실에 파묻혀 있던 고급스러운 안락의자들도 마찬가지였다. 나는 손에 집히는 것들을 닥치는 대로 가져와 땔감으로 썼다.

마침내, 아름다운 오키니 양이 나의 절망적인 상황을 안쓰럽게 여기고 1만 킬로그램의 땔감을 보내주었다. 나는 다시금 용기를 얻었다.

당시에는 고기를 보존하는 새로운 기술이 사람들의 화제거리였다. 사람들의 말에 따르면, 새로운 보존 기술이 적용된 고기는 핏기를 잃거나 영양분이 빠져나가지 않는다는 것이다. 나는 게라르 부인을 이

---

1 케라트리 백작은 제2제정 붕괴 후 파리 경찰청장직에 임명되었으나, 얼마 되지 않아 사임한 뒤 열기구를 타고 파리를 탈출했다. 그는 강베타에 의해 신설 브르타뉴 여단의 여단장으로 임명되지만, 브르타뉴 여단의 장비 부족 및 훈련 부족으로 인해 별다른 활약은 보여주지 못했다.

새로운 보존식품을 배급한다는 오데옹 구역의 청사로 보냈다. 그런데 막돼먹은 그곳 직원이 그녀에게 식량을 배급받고 싶거든 먼저 우리 야 전병원에서 종교와 관련된 모든 물품을 치우라고 답변했다.

실제로 오데옹 구역의 장(長)을 맡고 있던 에리쏭(Hérisson) 씨가 다른 고위 공직자 한 사람과 우리 야전병원을 방문했다. 고위 공직자는, 우리 야전 병원의 벽난로들과 탁자 위에 자리 잡고 있던 하얗고 예쁜 성모상들을 치울 것을, 그리고 부상병들이 머무는 방마다 걸려있던 십자상들을 떼어낼 것을 요구했다. 내가 다소 무례하게, 그리고 아주 단호하게 그들의 의사에 따를 것을 거절하자, 저명한 공화주의자였던 그 고위 공직자는 우리 야전 병원에 대한 모든 관(官)의 지원을 끊으라고 명령내렸다. 알다시피 나는 고집쟁이였다. 저 높으신 분의 명령에도 아랑곳없이, 우리 야전 병원은 수단과 방법을 가리지 않은 내 노력에 힘입어 결국 생필품 지원 대상 명단에 포함되었다. 사실을 말하자면, 우리 구역장은 그의 수장과는 달리 상냥한 인물이었다.

그리하여, 게라르 부인은 관청 방문 3번 만에 손수레를 끄는 아이 한 사람을 대동하고 우리 야전 병원으로 귀환했다. 그 수레에는 열 개의 커다란 항아리가 담겨 있었고, 각각의 항아리에는 말로만 듣던 저 기적의 고기가 담겨 있었다. 이 소중한 물자를 수령한 나는 더할 나위 없이 기뻤다. 부상병들이 사흘 전부터 거진 고기 한 점을 먹지 못하고 있었기 때문이다. 이 가엾은 부상병들이 가장 좋아하는 음식은 고기 스튜였고, 그들의 원기 회복에 꼭 필요한 음식이었다.

각 항아리에는 개봉 절차에 관한 설명문이 붙어있었다. "고기를 일정 시간 동안 물에 적시고, 그리고…" 랑캥 부인, 게라르 부인, 나, 그리고 다른 모든 간호 인력들은 초조하고도 호기심 어린 마음으로 고기가 담긴 항아리 주변에 모여들었다.

나는 수간호사에게 가장 커다란 항아리를 개봉하는 일을 맡겼다. 그 항아리의 두꺼운 유리 너머로 진하고 탁한 용액에 잠긴 커다란 소고기 한 덩이가 얼핏 보였다. 수간호사는 항아리 뚜껑 위에 덮인 커다란 종이를 묶은 노끈을 잘라냈다. 그리고 뚜껑 따개를 사용할 준비를 했다. 그때였다. 돌연 우레와 같은 폭발음이 들려왔고 역한 냄새가 방안을 가득 채웠다. 우리는 모두 겁에 질려 방을 뛰쳐나갔다.

나는 질겁한 이들과 구역질에 시달리는 이들을 다시금 불러 모아 설명서를 보여주었다. 거기에는 "항아리 개봉 시 풍기는 악취는 정상입니다."라고 적혀 있었다. 용기를 되찾은, 그리고 어느 정도는 될 대로 되라는 심정이 된 우리는 끔찍한 악취 때문에 속이 뒤집히는 것을 참으며, 다시금 우리 할 일을 하기 시작했다.

그리하여 항아리 속에서 고깃덩이를 꺼내 준비해둔 커다란 접시 위에 담았다. 5분이 지나자, 그 고기는 색이 파래졌고, 조금 더 나중에는 검어졌다. 검어진 고기가 도저히 견딜 수 없는 악취를 풍기기에 내다 버리자고 주장했다. 그런데 나보다 더 신중하고 사려 깊은 성격이었던 랑캥 부인은 나를 만류했다.

"안 돼! 오! 사라, 나는 반댈세. 지금은 감히 고기를 버리거나 할 수 있는 시대가 아니야, 썩은 고기라도 말이지. 버리지 말고, 항아리에 도로 담아서 관청에 반송시키세."

결국 그녀의 현명한 조언을 따랐고, 그것은 무척 잘한 일이었다. 메디씨스 대로에 자리 잡고 있던 또 다른 사설 야전 병원은, 우리가 항아리를 개봉했을 때 겪은 것과 마찬가지로 끔찍한 악취를 경험한 뒤, 그 내용물을 길거리에 던져버렸었다. 그리고 얼마 지나지 않아, 그 야전 병원 앞에는 어떤 해명도 듣고자 하지 않는 성난 군중들이 모여 들었다. 그들은 고기를 내다버린 야전 병원 관계자들을 "귀족들", "성직자들" 또는 "간첩들"이라 부르며 온갖 욕설을 고래고래 퍼부었다. 야전 병원 측이 부상병들을 위해 주어진 질 좋은 고기를 거리에 내던졌으며, 덕분에 민중은 굶어 죽어가고 있는 판에 들개들은 버려진 고기로 포식을 한다…, 기타 등등.

메디시스 대로의 야전 병원 사람들은 이들 가엾은 남녀 미치광이들이 병원을 습격하는 것을 막기 위해 무진 애를 써야 했다. 그 와중에 불행하게도 한 여자 간호사가 밖으로 끌려가 두들겨 맞고 모욕당하다가 결국 반죽음 상태로 방치되었다. 그녀는 자신이 근무하던 야전 병원으로 이송되기를 원치 않았다. 우리쪽 약사도 그녀를 우리 병원에 입원시키자고 간청했다. 그리하여 그녀를 우리 병원 3층에 입원시켜 돌봐주었다. 몸을 회복한 그녀는 우리 병원에서 간호사로 머물며 일하겠다는 뜻을 밝혔고, 그녀의 청을 들어주었다. 그녀는 처음에는 간호사로 일하다가, 곧 내 두 번째 하녀가 되었다.

유순하고 낯을 가리는 성격이던 이 금발의 젊은 처녀는 불행이 깃든 운명을 타고났다. 어느 날, 베르사유의 정규군과, 그들에게 쫓기던 파리 코뮌군 사이에 소규모 난전이 벌어졌을 때의 일이다. 그녀는 교전 지역 근처였던 페르-라셰즈 묘지에서 시체로 발견되었다. 잘못 발사된 눈먼 총탄 한 발이 그녀의 목덜미를 꿰뚫었던 것이다. 당시 그녀는 이틀 전에 천연두로 사망한 자기 여동생을 위해 기도를 바치고 있었다.

파리 코뮌의 공포가 지속되는 동안, 생-제르맹으로 거처를 옮겼고, 그녀 역시 생-제르맹에 함께 있었다. 파리에 가겠다는 그녀를 내가 얼마나 만류했었는지 모른다. 그녀는 무진 고집을 부린 끝에 파리로 가도록 허락을 받았었다. 가엾은 사람!

어쨌든 보존식으로 배급된 고기에 기댈 수 없게 된 나는 폐사한 짐승 사체를 취급하는 해체업자와 계약을 맺고, 말고기를 상당한 고가를 주고 공급받기로 했다. 그렇게 해서 얻은 말고기가 전쟁이 끝날 때까지 우리가 먹은 유일한 고기였다. 정성 들여 손질하고 밑간하니까 먹을 만한 고기가 되었다.

모든 이의 가슴에서 희망이 사라졌다. 우리는 무엇인지도 모를 것에 대한 막연한 기다림 속에서 살고 있었다. 불행한 공기가 하늘을 가득 메웠다. 그리하여 12월 27일, 포격이 시작되자 사람들은 외려 안도감마저 느꼈다.

마침내 무엇인가 새로운 사건이 벌어졌다! 우리에게는 새로운 고통의 시대가 열렸고, 시끌벅적한 소란이 찾아왔다. 앞일을 알 수 없다는 바로 그 사실 때문에 두 주 째 죽을 것만 같았는데 말이다.

1871년 1월 1일. 우리는 퇴원한 자들의 건강과 죽은 자들의 안식을 빌며 새해를 자축하는 술잔을 들었다. 건배사를 할 때, 나는 목이 메어 도무지 제대로 된 말을 뱉을 수가 없었다.

매일 밤 우리는 오데옹 극장 창가 아래에서 올라오는 비통한 외침을 들었다. "부상병! 부상병 받으시오!"라는 소리가 들려오면, 우리는 아래로 내려가 그 구슬픈 부상병 무리를 맞이했다.

한 대, 두 대, 때로는 세 대의 수송차들이 가엾은 부상병들을 가득 실은 채 잇따라 우리 야전 병원을 찾아왔다. 수송차에는 열 명 혹은 열두 명의 부상병들이 바닥에 깔린 짚더미 위에 앉거나 누워있었다.

우리에게 남은 병상이 한두 개뿐이었다. 그리고 랜턴을 들어 수송차 내부를 살펴보면, 부상병들은 서서히 랜턴 쪽을 돌아본다. 그들은 랜턴의 미약한 빛조차 견디기 힘들 정도로 시력이 약해졌지만, 누구 하나 눈을 감지 않는다. 수송차를 끌고 온 하사 또는 우리 측 간호사의 도움을 받아 이 불쌍한 부상병 중 한 명을 힘겹게 폭이 좁은 들것에 신고 병원까지 올려보내려 했다.

아! 부상병의 머리를 받쳐 들었는데, 그것이 지나치게, 지나치게 무겁게 느껴질 때의 괴로운 불안감이여! 그 움직임 없는 두상 위로 귀를 기울였을 때, 더는 어떤 숨소리도 들려오지 않을 때의 공포여! 그러면 하사의 명령에 따라 그 가엾은 망자는 다시금 수송차에 실리고, 새롭게 선택된 다른 부상자가 내려졌다. 그러면 수송차 안의 다른 빈사자들은 죽은 자를 모독하지 않기 위해 몸을 약간 뒤로 비켜줬다.

아! 수송차의 하사가 내게 말했을 때, 어찌나 큰 슬픔에 잠겼던가!

"부탁합니다. 부디, 억지로라도 한 두 명만 더 받아주시오. 이 가엾은 친구들을 이 병원 저 병원으로 계속 끌고 다니는 건 너무 안타까워서 말입니다. 발-드-그라스 육군 병원은 이미 꽉 찼거든요."

"알겠습니다. 그럼 저희 쪽에서 두 사람을 더 맡도록 하죠."

추가로 받은 부상병들의 잠자리를 어떻게 마련할지에 대해 고민했다. 고민 끝에 나는 나와 랑캥 부인, 그리고 게라르 부인이 쓰던 침대를 내어주기로 했고, 그리하여 그 가엾은 부상병들이 살게 되었다.

사실 우리 세 사람은 1월 1일 이래로, 누구도 퇴근하지 않고 매일 밤 병원에서 머물렀다. 우리는 회색 플란넬 천으로 만든 헐렁한 실내 가운을 입고 있었는데, 그 가운들은 병사들에게 지급된 외투처럼도 보였다. 한밤중에 누군가 간호사를 찾거나 신음을 내거나 하면, 가장 먼저 깨어난 사람이 침대를 뛰쳐 내려가 일을 처리했다. 혼자 처리하기 곤란한 일이 생기면, 먼저 일어난 사람이 나머지 두 사람을 마저 깨웠다.

1월 10일 밤, 게라르 부인과 나는 배우 휴게실에 있는 장의자에 앉아, "부상병 받으시오!"라는 괴로운 외침을 기다리고 있었다. 우리는 클라마르(Clamart)에서 격렬한 전투가 벌어졌다는 것을 알고 있었다.

부상자들이 많이 몰려들 것이 불 보듯 뻔한 일이었다.

　나는 게라르 부인에게 오데옹도 곧 포격을 받지 않을까 두렵다고 말했다. 프로이센의 포격은 이미 파리 자연사 박물관, 소르본 대학, 살페트리에르 병원, 발-드-그라스 육군 병원, 기타 등등의 장소들 위로 쏟아지고 있었다. 상냥한 게라르 부인은 내게 답했다.

　"아! 사라, 야전 병원 깃발이 저렇게 높은 데서 펄럭이고 있으니, 그들이 목표를 착각하는 일은 없을 거야. 만약 우리가 포격을 받는다고 하면, 그건 아주 끔찍한 일이 되겠지. 일부러 야전 병원을 노렸다는 얘기니까 말이야."

　"게라르 아주머니, 저는 잘 모르겠어요. 어째서 저 끔찍한 적들이 우리보다 낫길 기대하실 수 있죠? 1806년에 우리 프랑스인들은 베를린에서 야만인들처럼 굴었는걸요[2]?"

　"하지만 파리에는 눈부시게 아름다운 기념물들이 있잖니."

　"그래요? 그럼 모스크바에서는요? 모스크바에도 걸작들이 가득하지 않았나요? 게다가 크렘린궁은 세상에서 가장 아름다운 기념물 중 하나인데 말이죠! 그러한 사실들은 프랑스군의 모스크바 약탈을 막지 못했어요[3]... 그래요, '귀여운 부인', 환상을 가져선 안 돼요. 러시아군이든 독일군이든, 프랑스군이든 스페인군이든, 군대는 모두 군대일 뿐이에요. 그들은 비개별적인 '전체', 가혹하고 자의식 없는, 하나의 '전체'를 이룬 존재들이라고요! 할 수만 있다면 독일인들은 온 파리 구석구석까지 포격을 가할 거예요. 게라르 부인, 싫더라도 그러한 사실을 받아들여야만 해요."

---

2 1806년에는 나폴레옹이 이끄는 프랑스 군대가 프로이센의 수도 베를린을 점령했었다.
3 1812년에 이루어진, 나폴레옹에 의한 프랑스 군의 러시아 원정을 참조하고 있다.

내가 막 위의 말을 마무리 지었을 때, 무시무시한 폭발음이 들려왔다. 모든 지역주민이 잠에서 깨어났다. 마주 보고 앉아 있던 게라르 부인과 나는 방 한가운데에서 겁에 질린 채 서로를 꼭 끌어안았다. 가엾은 요리사 역시 얼굴이 새하얘져서 살려달라고 비명 지르며 우리 쪽으로 달려왔다.

무척 짧은 주기로 여러 발의 포격이 잇따랐다. 이날 저녁, 포격이 시작된 지점이 마침 우리 동네 쪽이었다.

나는 부상병들을 보러 갔다. 포격이고 뭐고, 그들은 별 신경도 쓰지 않고 누워있었다. 다만 한 사람, 우리가 "장밋빛 아가"라는 별명을 붙였던 15살 소년병만이 침상 위에 걸터앉아 있었다. 내가 그를 진정시키기 위해 다가가자, 그는 자기 목에 걸려있던 조그마한 성모 마리아 메달을 보여주었다.

"제가 전사하지 않은 건 성모님 덕분이에요. 파리의 성벽 위에도 성모님을 모셔둔다면, 포격이 떨어지지 않을 텐데 말이에요."

그리고 그는 다시 잠자리에 들었다. 한 손에 성모님의 작은 메달을 꼭 쥔 채였다.

포격은 아침 6시까지 이어졌다.

"부상병 받으시오! 부상병입니다!"

바깥에서 부르는 소리가 들려와, 게라르와 나는 아래로 내려갔다. 호송을 담당하는 하사는 우리에게 말했다.

"여기 이 사람을 좀 맡아주세요. 피를 전부 잃었어요. 계속해서 제가 이렇게 끌고 다니면 결코 살아남지 못할 겁니다."

부상병은 들것에 실려 올라갔다. 그는 독일인이었기 때문에, 나는 하사에게 모든 증빙서류를 떼달라고 부탁했다. 관련 부처에 제출하기 위해서였다. 원래 있던 부상병 한 사람을 다른 곳으로 옮기고, 그곳에 그 독일 병사를 눕혔다. 내가 그에게 이름을 묻자, 그는 "프란츠 마이어, 프로이센군 슐레지엔 연대 소속 일등병"이란 말을 내뱉고 기절했다. 피를 너무 많이 흘려 쇠약해진 탓이었다.

응급조치를 받은 프란츠 마이어는 의식을 되찾았다. 그에게 무엇인가 원하는 것이 있는지 물어보았으나, 그는 아무 말도 하지 않았다. 그는 프랑스어를 모르는 것 같았고, 반대로 우리 야전 병원에서 독일어를 할 줄 아는 사람도 없었다. 다음날까지 기다렸다가, 독일어를 구사할 줄 아는 사람을 한 명 초빙했다.

이 가엾은 부상병은, 같은 병실을 쓰는 동료들에게 박대받는 처지였음을 말해 두어야겠다. 예컨대 23살의 파리 토박이인 포르탱(Fortin)은 이 젊은 독일인에게 모욕을 퍼붓는 일을 멈추지 않았다. 포르탱은 천성은 좋은 사람이었으나, 악마 같이 집요하게 거친 재담과 우스꽝스러운 욕설을 늘어놓던 부상병이었다. 그런데 프란츠 마이어는 어떤 모욕을 받더라도 반발하지 않았다. 나는 몇 번이고 포르탱에게 가서 제발 그 입을 다물어달라고 부탁했으나 허사였다. 포르탱이 새로운 독설을 던질 때마다, 병실 동료들은 폭소를 터뜨렸다. 이 성공에 기분이 좋아진 그는 점점 거칠은 독설을 자주 내뱉었다. 포르탱, 이 불행한 병사는 총탄에 좌골 신경을 다친 상태였기 때문에, 갑자기 몸을 틀거나 하면 격통에 시달리곤 했다. 그러면 그는 이불 안에서 미친 듯이 꿈틀대며 큰 목소리로 욕설을 내뱉어 다른 병실 사람들의 잠을 설치게 했다.

세 차례나 조용히 하라고 주의했지만 아무 변화가 없자, 두 간호사를 시켜 포르탱을 독방으로 옮겼다. 그러자 그는 내게 밤새 얌전히 지내겠다는 약속을 했다. 나는 그를 제자리로 돌려보냈고, 그는 약속을 지켰다. 하지만 다음날에는 프란츠 마이어를 다른 방으로 옮겼다. 포탄 파편에 두개골이 깨져서 절대 안정을 취해야 하는 젊은 브르타뉴인 병사가 머무는 방이었다.

독일어가 매우 유창한 친구가 찾아와 프란츠 마이어의 통역을 맡아주었는데 그를 통해 이 슐레지엔 병사가 무엇을 바라는지 알고자 했다. 프란츠 마이어는 독일어를 듣자 얼굴이 밝아지더니, 나를 향해 얼굴을 돌리고 이런 말을 했다.

"부인, 저는 프랑스어를 아주 잘 압니다. 제가 당신네 프랑스 병사의 끔찍한 욕설을 듣고도 가만히 있었던 것은, 첫 번째로 당신들이 앞으로 이틀을 더 버티기 힘들 정도로 어려운 상황임을 알기 때문이고, 두 번째로 그의 분노도 이해 못 할 것은 아니기 때문이었어요."

"어째서 우리가 더 버티기 힘들 거로 생각하죠?"

"당신들이 쥐들을 잡아먹을 정도로 궁지에 몰렸음을 알고 있으니까요."

이때 뒤셴 박사가 와서 프란츠 마이어의 상처에 붕대를 감아주었다. 그는 넓적다리 위쪽에 끔찍한 자상을 입고 있었다. 뒤셴 박사는 마이어에게 말했다.

"좋아, 이제 열만 좀 떨어지면, 자네는 맛 좋은 닭 날개 고기를 먹을 수 있을 걸세."

독일 병사는 어깨를 한 차례 으쓱해 보였다.

"열이 내리기를 기다리면서, 이걸 마시고 있게나."

그리고 뒤셴 박사는 프란츠 마이어에게 고급 코냑을 탄 물 한 잔을 건네었다. 이 물에 탄 코냑이 우리 야전 병원의 부상병들에게 제공된 유일한 탕약이었다. 독일 병사는 더는 아무 말도 하지 않았다. 대신 그는 말을 할 수는 있지만 말을 하고 싶어 하지 않는 자들 특유의, 폐쇄적이고도 조심스러운 태도를 선택했다.

어쨌든 우리는 계속해서 포격을 맞았다. 야전병원의 깃발은 분명 적들의 표적이 된 듯했다. 그들은 놀라울 정도의 정밀함으로 우리를 노렸다. 포탄 한 발이 뤽상부르궁[4]에서 얼마 떨어지지 않은 곳에 떨어진 이후에 그들은 좌표를 더 정확하게 수정했다. 우리는 그렇게 하룻밤 만에 12발도 넘는 포탄 세례를 받기도 했다. 이 끔찍한 포탄들이 공중에서 터질 때면, 마치 축제 때 쏘아 올리는 불꽃놀이처럼 보이기도 했다. 그러고 나면 그 빛나는 파편들이 검고, 사람을 죽이는 것이되어 땅으로 떨어졌다.

야전병원을 찾아온, 당시 젊은 기자였던 조르주 부아이에(George Boyer)에게 나는 밤마다 펼쳐지던, 저 끔찍한 아름다움들에 관한 이야기를 들려주었다. 그러자 그는 내게 "오! 저도 꼭 그 광경을 보고 싶군요!"라고 말했고, 나는 "오늘 저녁 9시에서 10시 사이에 다시 오세요, 그럼 볼 수 있을 겁니다."라고 답해주었다.

그날 저녁, 조르주 부아이에와 나는 분장실 창가에서 몇 시간 동안을 함께 보냈다. 내 분장실의 둥글고 작은 창은 샤티용(Châtillon) 방면을 향해 나 있었는데, 독일인들이 가장 포격을 많이 쏘는 지점은 바로 그쪽이었다. 우리는 프로이센군의 진지로부터 찾아든, 밤의 정적을 찢는 먹먹한 포탄 소리를 들었다. 빛이 보였고, 저 먼 곳에서 환상적인 발포가 있었고, 그러면 포탄 한 발이 우리 쪽으로 날아들었다. 포탄은 앞으로 떨어지고, 뒤로 떨어지고, 목표에 부딪혀 깨어지거나 혹은 공중에서 폭발하기도 했다.

그렇게 포격을 바라보던 중에, 포탄 한 발이 창가 아래에 떨어졌다. 우리는 다만 황급히 뒷걸음질 칠 수밖에 없었다. 공기의 진동이 어찌

---

4 사라 베르나르가 야전 병원으로 사용하고 있던 오데옹 극장 건물의 바로 옆이다.

나 거세게 흔들리던지, 잠시 포격에 우리가 직접 적중당한 것처럼 착각할 정도였다. 그 포탄은 땅바닥으로 낙하하면서 오데옹의 바깥 기둥 위 돌출부를 깎아냈고, 지면 위에서는 약한 폭발음을 일으켰다.

그 뜨거운 포탄 파편들을 향해 몰려드는, 구름 떼 같은 아이들의 모습을 보고 나는 얼마나 놀랐던지! 그 꼴은 꼭 마차가 지나간 자리에 남은 뜨끈한 말똥 주위로 몰려드는 꼬맹이들의 모습과 같았다. 저 들뜬 아이들은 전쟁 도구의 파편을 둘러싸고, 니 것, 내 것을 다투고 있었다.

아이들이 포탄 파편을 주워서 무엇을 어쩔 것인지 자문해 보았다. 그러자 부아이에는 내게 말했다.

"아! 어렵게 생각할 거 없습니다. 이 굶주려 죽기 직전의 어린이들은 포탄 파편들을 주워 팔려는 거예요."

그리고 그의 말은 사실이었다. 나는 진상을 알아보기 위해 밖으로 간호사 한 사람을 보냈고, 간호사는 열 몇 살 남짓의 아이 한 명을 데려왔다. 나는 그 아이에게서 포탄 파편을 뺏어 들었다. 파편은 아직 뜨거운 상태였고, 뾰족뾰족한 부분들 때문에 여전히 위험했기 때문이다. 나는 아이에게 물어보았다.

"아가, 이런 거 주워서 뭘 하려고 그러니?"

"팔 거예요!"

"이걸 팔아서 어쩌려고?"

"고기 배급 대기줄에서 빠른 순번을 사려구요!"

"불쌍한 것, 하지만 이건 네 목숨을 거는 짓이란다. 가끔은 포탄 여러 발이 무척 짧은 틈을 두고 떨어지기도 하지. 포탄이 떨어질 때 넌 대체 어디 숨어있던 거니?"

"저쪽, 쇠창살을 지지하고 있는 돌로 된 난간 테두리 쪽에 누워 있었죠."

아이는 손가락으로 뤽상부르 공원 쪽을 가리켜 보였다. 뤽상부르 공원은, 배우들의 출입문 쪽을 기준으로 오데옹 극장의 맞은편에 있었다.

우리는 이 아이에게서 그가 가진 모든 포탄 파편들을 샀다. 차마 아이에게 '현명한' 조언 따위 건넬 엄두가 안 났다. 어떻게 그에게 그런 조언을 할 수 있었겠는가, 이 조그만 아이가 들어온 거라곤 오직 학살과 화재, 복수와 보복뿐이었는데 말이다. 게다가 이 모든 것들이 명예의 이름으로, 신념의 이름으로, 또한 정의의 이름으로 말해지고 있었는데 말이다! 게다가 설령 아이가 현명한 조언을 따른다고 해서, 포격을 피할 수 있을까? 그렇지 않았다. 포부르 생-제르맹에 있는 모든 주민들은 포격을 맞을 위험에 노출되어 있었다. 왜냐하면, 물론 무척 다행한 일이긴 했지만, 적들은 아직 파리 전역이 아니라 오직 이곳 근처만을 포격할 수 있었기 때문이었다. 그랬다. 전 파리에서도 상대적으로 가장 위험한 곳은 우리 지역이었다.

하루는 상태가 무척 안 좋아진 프란츠 마이어를 진료하기 위해 라레 남작님이 왕진을 왔었다. 라레 남작은 처방전을 썼고, 우리 측의 어린 보조 간호사에게 전달하며 빨리, 가능한 한 빨리 처방전에 실린 약재를 조달해올 것을 명했다. 이 어린 보조 간호사는 게으름 부리는 일을 무척 좋아했기 때문에, 나는 창가에 몸을 기울여 실명이 '빅토르'였던 그의 별명을 부르며 재촉했다.

"토토!"

약국은 메디씨스 광장의 구석에 있었고, 시간은 오후 여섯 시였다. 토토는 고개를 들어 나를 올려다보고 활짝 웃고 깡충 뛰어오르며 약국을 향해 달려갔다. 그리고 4m, 아니 5m나 달려갔을까, 그가 다시 뒤를 돌아 창가 쪽을 바라보길래, 나는 손뼉을 치며 그에게 외쳤다.

"좋아! 가능한 한 빨리 돌아오렴!"

맙소사! 가엾은 토토! 그가 내 말에 답하기 위해 입을 벌리기도 전에 포탄에 몸이 두 동강나고 말았다. 막 지면에 떨어진 뒤, 폭발하지 않고 1m 높이로 튕겨 오른 포탄이 그 아이의 가슴팍에 적중하고 만 것이었다.

내가 어찌나 무시무시한 비명을 질렀는지, 야전 병원의 모든 이들이 달려왔다. 무슨 일이 일어났는지 묻는 그들의 질문에 나는 답할 수가 없었다. 나는 사람들을 밀어젖히고, 계단을 내려와 다른 이들에게 날 따라오라는 신호를 보냈다. 그리고 나오지 않는 말을 억지로 조합하여, 더듬더듬 "들것을 가져오세요… 우리 어린… 약국 가다가…" 아! 무서운 일이었다! 끔찍한 일이었다! 우리가 토토의 곁에 도착했을 때, 그의 가엾은 내장은 땅바닥 위에 흩어져 있었고, 그의 가슴은, 붉고 조그만 아이의 얼굴은 제 모든 살점을 잃어버린 채였다. 토토의 시신에는 더는 눈이 없었고, 코도 없었고, 입도 없었고, 아무것도 남지 않았다. 다만 피에 절은 넝마 떼기의 끝자락에, 머리에서 1m 정도 떨어진 곳에 그의 머리카락이 남아 있을 뿐이었다. 그 끔찍한 모습은 마치 발톱을 세운 호랑이가 가슴을 열어젖히고 격하고도 정교하게 피부 가죽을 벗겨버린 가엾은 말라깽이의 몰골과도 같았다. 남자 중의 남자인 라레 남작 역시 이 처참한 광경을 목도하고 얼굴이 창백해졌다. 물론 그는 이런 시체들을 전에도 많이 보아왔었다. 그러나 이 가엾은 어린 아이는 조금도 죽을 이유가 없었던 희생양이었다.

아! 전쟁의 부당함이여! 전쟁의 파렴치함이여! 더는 어떠한 전쟁도 일어나지 않는, 꿈과 같은 시대는 결코 오지 않을 것인가? 전쟁을 원하는 군주는 악인으로서 폐위되고 투옥되는 세상이 오지 않을 것이란 말인가? 각국의 현인들이 자기 나라를 대표하여, 인류의 권리를 논하고 또 존중하는 국제적인 모임을 결성할 시대는 결코 오지 않을 것이란 말인가?

얼마나 많은 남성이 나와 같은 생각을 하고 있는가! 얼마나 많은 여성이 나와 같은 말을 하고 있는가! 그런데도 어떠한 변화도 일어나지 않는다. 한 동방 군주의 불안과 한 서방 군주의 불만은 여전히 몇 십만 명의 병사들을 대치하게 했다! 또한 세상에는 '화학자'라는 이름을 가진 무척이나 똑똑한 사람들이 있다. 그들은 자기 모든 시간을 투자하여, 모든 것을 박살 내는 화약을, 그리고 20, 30명을 단번에 부상시킬 수 있는 폭탄과 소총을 탐구한다. 탄환 한 발이 열에서 열두 사람의 가슴팍을 꿰뚫고 지나간 뒤 마침내 땅바닥에 떨어질 때까지 그들의 치명적인 사명이 이어졌다.

예전에 나는 어느 열기구 연구가를 알고 있었고, 그를 무척 좋아했었다. 열기구가 나아가는 방향을 연구하는 일은, 내게 있어 꿈의 실현을 연구하는 것이나 마찬가지였다. 공기 속을 날아오르기, 천상에 가까이 다가가기, 길 없는 길을 따라 앞으로 뒤로 나아가기, 위로는 하늘의 대기뿐이요, 아래로는 촉촉한 구름 뭉치만을 둔 채 유유히 떠 다니기…

아! 나는 그 친구의 연구에 얼마나 깊은 관심을 두었던가! 그러던 어느 날의 일이었다. 그는 자기 새로운 발견에 싱글벙글하며 나를 찾아와 말을 꺼냈다.

"아! 새로운 발견을 해냈어요. 정말 미칠 듯이 기쁘군요!"

그리고 그는 자기 열기구가 앞으로 안전하게 인화성 물질들을 수송할 수 있게 되었다고 설명했다. 어떤 원리 덕분에, 이런 장치 덕분에, 그리고 또한 무엇 덕분에…

"근데 인화성 물질은 왜 실으려는 데요?"

긴 설명과 수많은 기술 용어들의 나열에 얼빠진 내가 묻자, 그는 대답했다.

"왜냐니요? 당연히 전쟁을 위해서죠! 제 열기구를 통해서라면, 이제 10만 미터에서 12만 미터, 아니 15만 미터 상공에서 강력한 폭탄들을 투하할 수 있어요. 그리고 그 정도 높이라면, 어떤 공격도 받을 염려가 없죠. 제가 개발한 특수 도료를 열기구에 입힐 겁니다, 그럼 불도! 가스도! 더는 두려워할 필요가 없어요!"

나는 그의 말을 재빨리 가로막고 말했다.

"더는 아무것도 알고 싶지 않아요. 당신에 대해서도, 당신 발명품에 대해서도 말입니다. 나는 당신이 인도주의적인 지식인이라고 생각했는데, 알고 보니까 야만적인 짐승이었군요! 당신이 연구하던 것은 인간 본성의 가장 아름다운 발현이었고, 내가 예전부터 무척이나 사랑하던 하늘의 축제였어요. 그런데 이제 당신은 그 아름다운 것을 지상에 대한 비겁한 공격으로 바꾸려 하는군요. 당신은 끔찍해요! 이만 가주세요!"

내 친구는 자신의 잔인한 발명과 함께, 그리고 잠깐의 수치심과 함께 날 떠났다. 그의 연구는 결국 그가 꿈꾸던 결실을 맺지는 못했다.

✠

우리는 가엾은 토토의 잔해를 무척 작은 관 하나에 수습했다. 게라르 부인과 나는 어느 추운 아침 토토의 시신을 실은 초라한 운구차를 따라갔다. 날씨가 몹시 추웠기 때문에, 운구차를 끌던 사람은 중간에 멈춰 서서 데운 포도주를 마셔야만 했다. 아마 그러지 않았더라면, 그에게 울혈 증상이 찾아왔으리라.

게라르 부인과 나 둘이서 마차에 타고 있었다. 빅토르는 할머니 손에 키워진 아이였고, 할머니는 반신불수였다. 그녀는 가디건과 털양말을 만들어 파는 돈으로 생활했다. 내가 그녀를 처음 알게 된 것도, 실은 우리 병원의 남성 근무진에게 줄 편물(編物)과 양말 등속을 주문하기 위해 그녀를 찾아갔을 때였다. 사람들은 그녀를 트리코탱(Tricottin, 뜨개질꾼)이라 불렀고, 이 뜨개질꾼의 손자가 바로 빅토르 뒤리외(Victor Durieux)였다. 나는 그녀의 부탁으로 빅토르를 우리 야전 병원의 심부름꾼으로 삼았었다. 그녀는 이 건으로 인해 내게 무척 감사해 했었는데, 차마 빅토르의 죽음을 알리러 그녀를 찾아갈 면목이 없었다.

결국 노인이 살고 있던 보지라르(Vaugirard) 거리를 찾아간 이는 게라르 부인이었다. 게라르 부인이 집에 들어서자마자, 노인은 그녀의 슬픔에 잠긴 얼굴을 보고 무엇인가 불행이 닥쳤음을 깨달았다.

"맙소사, 부인, 혹시 그 젊은 말라깽이 부인(나를 지칭하는 말이었다)이 죽은 건가요?"

게라르 부인은, 죽은 것은 내가 아니라 그녀의 손자라는 고통스러운 소식을, 가능한 한 부드러운 말투로 전했다. 노인은 그 소식에 대해 그리 슬픈 반응을 보이지는 않았다. 그녀는 다만 안경을 벗고, 게라르 부인을 바라본 뒤, 안경알을 닦고 다시 안경을 썼으며, 그러고 나서 죽은 아이의 아버지, 그러니까 자기 아들에 대해 격렬한 불평을 늘어놓기 시작했다. 그녀의 말에 따르면, 빅토르는 자기 아들과 어느 거지 여자 사이에서 나온 손자이며, 자신은 언젠가 불행이 자신들에게 닥칠 것을 충분히 예상하고 있었다는 것이었다. 그녀는 가엾은 손자를 그리워하는 대신에, 아들에 대한 욕설을 이어나갔다. 그는 당시 루아르(Loire) 군에 복무 중인 병사였다.

비록 트리코탱은 손자의 죽음을 크게 애석해하지 않았으나, 그래도 나는 빅토르의 매장이 끝난 뒤에 그녀를 찾아갔다.

"뒤리외 부인, 매장은 무사히 마쳤습니다. 가엾은 빅토르를 위해 제가 5년간 무덤을 임대[5]해두었어요."

그러자 트리코탱은 우스꽝스럽게 화를 내며 뒤돌아섰다.

"무슨 쓸데없는 짓을! 그 아이는 이제 주님과 함께 있고, 더는 아무것도 필요로 하지 않습니다! 차라리 제게 조그만 땅 한 뙈기를 사주는 게 나았을 거예요, 농지가 있으면 거기서 뭔가 기르기라도 하죠! 죽은 자들이 채소를 자라나게 하는 것도 아니고!"

이 독설은 끔찍하리만치 논리적이었다. 그래서 그 추악하고, 갑작스러운 요망에 따라, 트리코탱 부인에게 그녀의 손자에게 준 선물과 같은 선물을 주었다. 할머니와 손자는 각각 조그만 땅 한 뙈기를 얻게 되었다. 빅토르, 살아갈 권리가 있던 이 아이는, 자기 땅에서 영면을 취했고, 노인은 자기 땅에서 자신을 호시탐탐 노리는 '죽음'과 여생을 다투게 되었다.

나는 슬픔과 무기력에 빠진 채 야전병원으로 돌아왔다. 거기서는 기쁜 소식이 날 기다리고 있었다. 친구 한 사람이 아주 아주 작은 크기의 고급 종이 한 장을 가져왔는데, 그것은 엄마가 내게 보낸 쪽지였다. 쪽지에는 다음과 같은 두 줄이 수기로 적혀 있었다.

"우리는 홈부르크[6](Hombourg)에 있단다. 모두 대단히 잘 지낸다."

나는 놀란 마음에 펄쩍 뛰어올랐다. 홈부르크라! 내 온가족이 홈부

---

5 공동묘지의 자리를 임대받는 일을 말한다.
6 프랑스에서 부르는 이름은 '옹부르(Hombourg)'. 프랑스 동북부에서 독일과 국경지대를 이루는, 알자스(Alsace) 지방에 속한 작은 마을이다. 알자스는 프랑스와 독일 사이의 국경분쟁을 겪었던 곳으로, 보불전쟁 직후 독일 제국에 병합되었다가, 현재는 다시 프랑스의 영토를 이루고 있다.

르크에 있었다니! 적진 가운데 유유히 자리 잡고 있었다니! 대체 어떤 기묘한 술책에 의해 엄마의 홈부르크 행이 결정된 것이었는지, 머리를 싸잡고 궁리해보았다. 생각해보니, 로진 이모에게는 동성 친구한 사람이 있어서, 이모는 매년 그녀가 머무는 곳을 방문해 놀다 오곤 했었다. 그렇게 로진 이모, 아마도 주님께서 창조하신 이들 중에 가장 놀기 좋아하는 이 미인은, 해마다 두 달은 홈부르크에서, 두 달은 바덴-바덴에서, 그리고 한 달은 스파[7](Spa)에서 보냈다. 됐다! 내 소중한 이들은 모두 잘 지내고 있었고, 바로 그 사실이 중요했다. 그래도 하필이면 홈부르크로 간 엄마가 미웠다.

나는 주불 미국 공사가 파견한, 쪽지를 전달해준 친구에게 깊은 감사 인사를 전했다. 주불 미국 공사는 파리인들에게 도움과 위안을 주기 위해 기존에 하던 것보다도 두 배는 더 분투하고 있었다. 혹시나 한 마음에서 어머니에게 보낼 서신을 적어 파견인에게 의탁했다.

파리에는 계속해서 포격이 이어졌다. 어느 날 밤, 가톨릭계 학교를 운영하는 수도사들이 찾아와 일손과 수레들을 빌려달란 적이 있었다. 샤티용 고지에 널려 있는 시신들을 수습할 목적이었다. 나는 마차 두 대를 내어주었고, 나 역시 그들과 함께 샤티용 전장으로 가겠다고 밝혔다.

아! 단테의 작품 속에 묘사될 법한 무시무시한 기억이여! 얼어붙을 것만 같이 추운 밤이었다. 우리는 조금씩 조금씩 힘겹게 앞으로 나아갔다. 마침내 횃불과 랜턴 불빛이 우리가 샤티용 고지에 도착했다는 것을 알려주었다. 나는 간호사와 보조 간호사와 함께 마차에서 내렸다. 손에 랜턴을 쥔 채, 아주 천천히 나아갔다. 발걸음마다 시신 혹은

---

7 온천으로 유명한 벨기에의 휴양지.

빈사자들이 채였으므로, 느리게 걸을 수밖에 없었다. 우리는 "야전병원입니다! 야전병원입니다!"를 중얼거리며 나아갔고, 그러면 신음 소리가 우리 발걸음을 인도해 주었다.

아! 그렇게 찾아낸 첫 번째 부상병의 모습은 어떠했던가? 그는 시체 더미에 등을 기댄 채 애매하게 누워있었다. 나는 랜턴을 들어 그의 얼굴 가까이 가져갔다. 병사는 한쪽 귀, 그리고 턱의 절반이 날아가 있었다. 추위에 얼어붙은 커다란 핏덩이들이 그의 아래턱에 길게 매달려 있었다. 그의 눈빛은 제정신이 아니었다. 나는 빨대 하나를 집고, 브랜디가 든 수통에 넣어 적셨다. 그리고서 몇 모금의 브랜디를 빨아들인 뒤, 그것을 그 가엾은 병사의 이빨 사이로 불어넣어 주었다. 이일을 세 차례, 혹은 네 차례나 반복했을까, 부상병에게 약간의 생기가 돌아온 것이 느껴졌다. 우리는 그를 마차로 옮겼다. 이와 같은 일이 다른 부상병들에게도 반복되었다. 그중 몇 사람은 스스로 수통을 집어 브랜드를 마실 수 있었고, 그래서 우리 일손을 덜어주었다.

불행한 이 부상병 중 한 사람은 차마 눈 뜨고 보기 힘들 정도로 끔찍한 상태였다. 가까운 거리에서 포탄 폭발에 휘말린 사람이었는데, 상반신 전체의 의복이 날아갔고 다만 어깨 부위에 너덜너덜한 소매가 조금 남아있을 뿐이었다. 몸뚱이 전체에 부상을 당해서 딱히 상흔이랄 것도 짚어낼 수 없었다. 가엾은 그의 헐벗은 상반신은 커다랗고 검은 반점들에 뒤덮여 있었고, 두 입술 사이에서는 서서히 피가 흘러나왔다. 나는 그에게 가까이 다가갔다. 분명 그가 아직 숨을 쉬는 것처럼 느껴졌기 때문이었다. 그에게 몇 방울의 브랜디를 먹여주자, 그는 두 눈을 게슴츠레 뜨고서는 "감사합니다."라고 말했다.

우리는 그도 마차에 태웠다. 그는 마차 안에서 출혈성 경련을 일으키며 죽었다. 시신에서 뿜어져 나온 검은 피는 피바다를 이루어 다른 부상병들의 몸을 적셨다. 점점 날이 밝아왔다. 어딘지 모르게 갑갑하고 음험한 아침 햇살이었다. 랜턴 불빛이 하나둘씩 꺼지고, 우리는 서로의 얼굴을 확연히 알아볼 수 있게 되었다. 샤티용 고원에는 백 명 가까운 이들이 모여 있었다. 자선 수녀회의 어린 수녀님들, 군 소속 혹은 관 소속의 야전병원 간병인들, 가톨릭계 학교를 운영하는 수사님들, 그 외에 신부님 몇 분과 몇 명의 부인들, 그리고 나, 우리 모두가 각자의 열과 성을 다하여 부상병들을 돌보았다. 전장의 풍경은 밤이었을 때보다도 한층 더 음울했다. 1월의 생기 없고 때늦은 아침 햇살이, 밤이 어둠 속에 감춰주고 있던 모든 것들을 여실히 드러냈기 때문이었다.

부상병들의 수가 너무 많아서, 우리가 준비한 마차에 그들 모두를 태우는 것은 불가능했다. 나는 자신의 무력함을 한탄하며 목 놓아 울었다. 그러는 동안, 또 다른 수송마차들이 도착하긴 했다. 그렇지만 부상병들의 수는 너무도, 너무도, 너무도 많았다! 그들 중 많은 이가 동사했다. 모두 경상자들이었다.

야전병원으로 돌아오자, 내 친구 중 한 사람이 문 앞에서 날 기다리고 있었다. 해군 장교로 복무 중이던 그는, 이브리 요새에서 부상을 입은 부하 한 사람을 우리 병원으로 데려온 것이었다. 부상자는 오른쪽 눈 아래에 총탄을 맞은 상태였다. 서류에 기재된 바로는, 부상자의 이름은 데지레 블로아스(Désiré Bloas), 27살의 부사관이었다. 데지레 블로아스는 무척 쾌활한 청년이었다. 눈빛은 투명했고, 말씀씀이는 간결했다.

블로아스를 병상에 눕히자, 뒤셴 박사는 환부 주변을 면도해 줄 이발사를 불러오게 했다. 블로아스는 짙고 긴 구레나룻을 기르고 있었는데, 총탄이 구레나룻을 지나는 바람에 온통 털로 엉망진창이 되어 있었다. 총탄이 블로아스의 침샘에 파묻혀 있었고, 환부 안에는 총탄에 묻어온 블로아스의 살점이며 털들이 엉겨붙어 있었다. 뒤셴 박사는 핀셋을 들고 환부 안쪽을 헤집어 구멍을 가로막고 있는 살점들을 떼어 내었다. 살점을 제거한 뒤에도, 뒤셴 박사는 수술을 속행하기 위해 아까보다도 더 세밀한, 극도로 정밀한 핀셋이 필요했다. 그는 그 핀셋들을 이용해서 엉겨 붙을 대로 엉겨 붙은 환부 안의 털들을 골라내야 했다. 이발사가 도착했다. 이발사가 부드러운 손길로 환부 주변에 면도칼을 갖다 대자, 가엾은 블로아스는 낯빛이 새하얘져서 욕지거리가 튀어나왔다. 블로아스는 내 쪽으로 눈길을 돌리고 사과했다.

"욕해서 죄송합니다, 아가씨."

나는 무척 어렸고, 겉보기에는 내 어린 나이보다도 한층 더 어려 보여 어린 소녀처럼 보였다. 그럼에도 저 불쌍한 부상자의 손을 꼭 잡고 온갖 말들로써 용기를 북돋워 주었다. 정신적이거나 육체적인 고통을 겪는 이들을 위로하기 위해 여인들이 심장에서 입술로 올려보내는, 그런 다정다감한 말들 말이다. 수술이 끝나고 붕대를 감는 일까지 마쳤을 때, 블로아스는 내게 말했다.

"아! 아가씨! 아가씨께서 제게 용기를 주었습니다."

안정이 찾아오자, 무언가 먹고 싶은 것이 있는지 물어보았다. 그러자 그는 이렇게 답했다.

"네, 있어요."

그 말을 들은 랑캥 부인은 외쳤다.

"좋아, 우리 젊은이, 내가 수프를 내줄까요, 치즈를 줄까요, 아니면 설탕에 절인 과일을 좀 줄까요?"

건장하고 쾌활한 블로아스는 미소를 지으며 이렇게 답했다.

"설탕에 절인 과일이 좋겠어요."

데지레 블로아스는 종종 내게 브레스트 근교에 살고 있다는 자신의 어머니 이야기를 들려주었다. 그는 어머니에 대해서는 진정한 사랑을 품고 있었으나, 아버지에 대해서는 무시무시한 원한을 품고 있는 듯했다. 하루는 그에게 아버지가 아직 살아 계시는지 물어본 적이 있었는데, 그때 그는 두 눈을 희번덕하게 치켜뜨고, 오직 그에게만 보이는 존재를 향해 믿기지 않을 정도로 반항적인 경멸의 눈빛을 보냈다. 아! 어쨌든 이 선량한 청년은 비참한 최후를 맞이했다. 이에 관한 자세한 이야기는 나중에 하도록 하겠다.

포위되었다는 데서 오는 고통은 서서히 파리 사람들의 사기를 좀먹기 시작했다. 빵의 배급이 제한되기 시작했다. 이제 성인은 인당 300그램의 빵을, 아이들은 인당 150그램의 빵을 배급받게 되었다.

이 소식을 들은 파리 시민들은, 너나 할 것 없이 먹먹한 분노에 사로잡혔다. 여자들은 줄곧 꿋꿋함을 유지했다. 그러나 남자들은, 그만 짜증을 폭발시키고 말았다. 여기저기서 갈등이 격화되어 갔다. 어떤 이들은 악에 받쳐 더 전면적인 전쟁을 요구했고, 다른 이들은 화친을 요구했다.

하루는 이런 일도 있었다. 내가 프란츠 마이어에게 식사를 가져다주기 위해 병실에 들어갔을 때였다. 그는 분노를 터뜨리며, 식사로 가져온 닭고기를 땅바닥에 집어던지면서 더는 아무 것도 먹지 않겠다는 뜻을 밝혔다. 분명 상관들로부터 파리가 이틀 안에 항복할 거라고 이야기를 들었는데, 다 거짓부렁이었다는 것이다. 그도 그럴 것이, 그가 우리 야전 병원에 입원한 지 벌써 17일째였고, 식사로 나온 것은 무려 닭고기였으니 말이다.

프란츠 마이어, 이 불쌍한 독일 병사는, 실은 파리 포위 초기에 내가 닭 40마리와 거위 6마리를 사두었다는 사실을 몰랐다. 나는 그것들을 롬 거리에 있는 자택 화장실에서 기르고 있었다. 아! 그때 내 화장실 꼴은, 정말이지 멋졌다! 나는 계속해서 프란츠가 착각하도록 내버려 두었다. 그는 아마도 온 파리에 닭, 오리, 거위와 기타 가금류들이 넘쳐나는 줄 알았으리라.

✠

포격은 계속되었다. 그리고 어느 날 밤, 환자들을 오데옹 극장 지하실로 대피시켜야 했다. 그날 게라르 부인이 어느 부상 당한 장교를 침대에 눕히고 있었는데, 포탄 한 발이 그녀와 그 장교의 사이, 바로 그 침대 위로 떨어진 것이었다. 포탄이 삼분만 늦게 떨어졌어도, 이 불쌍한 남자는 죽었을 것이다. 포탄이 터졌든 안 터졌든, 침대 위로 직격을 당했을 테니 말이다. 나는 지금도 이 일을 생각하면 몸이 다 떨려온다.

우리는 오데옹 극장 지하실에 오래 머물 수는 없었다. 물이 새고 있었고, 쥐들이 설치는 것도 고역이었다. 나는 야전 병원의 이사를 결정했고, 가장 병세가 심각한 이들을 추려내어 발-드-그라스 육군 병원으로 옮겨 보냈다. 이제 내가 돌봐야 하는 이들은 스무 명 남짓의 회복 중인 환자들이었다. 그들을 수용하기 위해 태부 거리 58번지에 있는 넓은 아파트 공실을 임대했다. 그리고 거기서 독일과의 휴전을 기다렸다. 나는 죽을 정도로 초조한 상태였다. 꽤 오래 전부터, 가족들에게서 어떤 새로운 소식도 들려오지 않았기 때문이었다. 그래서일까. 밤잠을 설쳤다. 꼭 나 자신의 그림자가 되어버린 것만 같았다.

휴전 교섭을 담당하게 된 이는 쥘 파브르(Jules Favre)였다. 아! 쥘 파브르와 비스마르크가 사전 협상을 하는 이틀 동안, 포위된 파리 시민들은 더할 나위 없이 초조한 마음이었다. 곳곳에서 거짓 소식들이 전해져 왔다. 독일 측에서 말도 안 되는 요구, 상궤를 벗어난 요구를 해왔다는 소식이었다. 그들은 패배자들에 대해 자비롭지 않았다. 나중에 우리가 알게 된, 독일 측의 진짜 요구 조건은 다음과 같았다. 2억 프랑의 돈을 당장 지불할 것. 우리는 그 사실을 전해 듣고 잠시 정신이 나갈 정도로 충격을 받았다. 프랑스의 재정은 무척이나 암울한 상태였고, 우리는 2억 프랑을 모을 수 없으리란 생각에 몸을 덜덜 떨었다.

부인과 형제들과 함께 파리에 갇혀 있던 알퐁스 드 로쉴드 남작께서 문제의 2억 프랑을 지불하겠다는 서명을 했다. 이 훌륭한 행동은 금세 사람들의 뇌리에서 잊혀졌다. 심지어 어떤 사람은, 로쉴드 남작이 그런 일을 했다는 사실 자체를 부정하기도 한다. 아! 대중의 배은망덕은 문명화된 사람들에게 있어 수치이다. 어느 아메리카 원주민이 말했던 것과 마찬가지로, 고마워할 줄 모르는 것이 백인들의 악덕이다.

✠

20일간의 휴전에 관한 협정이 체결되었다는 소식이 파리에 알려졌고, 모두 어마어마한 슬픔에 사로잡혔다. 가장 격렬하게 평화 교섭을 원했던 이들조차 슬퍼하기는 마찬가지였다.

모든 파리 시민들은 자기 뺨에 승리자의 손바닥이 닿았다고 느꼈다. 저 가증스러운 '평화 조약'은 우리 뺨을 후려친 모욕이었고, 뺨에 남은 손바닥 자국은 우리의 낙인이었다. 아! 1871년 1월 31일, 이날의 일을 아직 기억한다. 궁핍으로 인한 빈혈에 시달리며, 수심으로 인해 망가진 몸을 이끌고, 또한 친지들에 대한 걱정 때문에 괴로워하면서 게라르 부인과 또 다른 두 친구와 함께 몽소(Monceau) 공원을 향했다. 그때였다. 돌연 우리 일행 중 한 사람이었던 드 플랑시 씨의 안색이 시체처럼 창백해졌다. 나는 그의 시선을 쫓아갔다. 그는 병사 한 사람이 지나가는 것을 바라보고 있었는데, 그 병사는 무장이 해제된 상태였다. 우리는 또 다른 두 병사를 보았다. 그들 역시 무장 해제된 상태였다. 그리고 이 가엾고 비천한 영웅들은 하나같이 안색이 창백했다. 그들의 발걸음에는 그토록 비통한 절망감이 묻어났고, 여인들을 향한 그들의 눈빛에는 "이건 우리 잘못이 아니에요."라는 메시지가 담긴 듯했다. 그들의 모습이 어찌나 가엾고 슬펐던지 나는 그만 오열을 터뜨렸다. 더는 저 무장 해제된 프랑스 병사들의 모습을 보고 싶지 않아서 곧장 집으로 돌아가고 싶었다. 그리고 결심했다. 가능한 한 빠른 시일 안에 내 가족의 행방을 찾아 떠나기로 말이다.

나는 티에르(Thiers)에게 통행증을 신청했고, 폴 드 레뮈자(Paul de Rémusat)는 통행증을 받아주게 하겠다고 약속했다. 홀몸으로 파리를 떠날 수는 없었다. 내가 계획하고 있는 여행이 위험천만하다는 사실은 명약관화했다. 티에르와 폴 드 레뮈자 역시 내 여행이 위험하리라는 경고를 해주었다. 그리고 길동무와 더불어 끊이지 않는 혼잡 속으로 뛰어들게 될 것임을 충분히 예상했다.

그래서 여행에 하인들을 데려가려는 생각을 접었으며, 길동무로 딱 한 사람의 동성 친구만을 데려가겠다고 결심했다. 너무도 자연스럽게 내가 가장 먼저 달려간 곳은 게라르 부인의 집이었다. 그런데 그녀의 남편은 무척이나 부드러운 어조로, 정중하게 게라르 부인을 길동무로 삼게 해달라는 내 부탁을 거절했다. 그는 이 여행계획을 위험천만한 미친짓으로 간주하고 있었다. 정말로 미친짓이었을까? 실로 그랬다. 정말로 위험한 일이었을까? 그러했다.

나는 더는 고집을 부리지 않았다. 그리고 내 아들의 젊은 가정교사였던 셰노(Chesneau) 양을 불렀다. 그녀에게 내 길동무가 될 생각이 있는지 물어보았고, 이번 여행의 위험성에 대해 조금도 숨김없이 이야기해 주었다. 그러자 그녀는 기쁨에 차 펄펄 뛰었고, 반나절 만에 떠날 준비를 마쳤다.

셰노 양은 현재 몽피스 소령의 아내이다. 그녀는 또한 (삶이란 어쩜 이렇게 예상치 못한 일들로 가득한지!) 훗날 내 두 손녀의 가정교사가 되었다.

당시 아직 대단히 젊은 나이였던 셰노 양은 상냥하고도 수줍어 보이는, 무척 아름다운 검은 두 눈을 갖고 있었으며, 목소리는 아이와 같은 음색이었고, 전반적으로 식민지 태생의 백인과 같은 인상을 주었다. 우리 두 사람이 나란히 있으면 꼭 두 명의 어린 소녀들과도 같았다. 나는 비록 셰노양보다 연상이었지만, 호리호리한 몸과 동안 탓에 얼핏 보면 그녀보다도 더 어려 보였다.

그런 우리가 여행을 떠나는데, 대형 가방을 들고 간다는 것은 도저히 무리였다. 그래서 배낭 하나만을 챙겼다. 배낭에 담은 것은 갈아입을 속옷들과 양말뿐이었다. 그리고 권총 한 정을 챙겼고, 셰노 양에게도 한 정을 챙기길 권했지만, 그녀는 기겁을 하며 내가 내민 권총을 거절했다. 그녀는 대신 내게 커다란 상자 안에 담긴 커다란 가위 하나를 보여주었다.

"가위는 뭐하러 챙겼어요?"

내가 묻자, 그녀는 무척 부드러운 어조로 답변했다.

"만약 누군가 우리를 덮치면, 자결하려고요."

우리 두 사람의 성격 차이를 깨닫고 놀라워했다. 나는 나 자신을 지키기 위해 다른 이를 죽일 각오로 권총을 챙겼다. 반면에 그녀는 스스로를 지키기 위해 자결할 각오였다.

18

대담한 여정

2월 4일, 우리는 마침내 여행길에 올랐다. 원래 계획은 사흘이었으나, 실제로는 11일이 걸린 여행이었다. 파리를 빠져나가기 위해 내가 처음으로 방문한 관문은 나를 내보내려 하지 않았다. 문을 지키고 있던 자들은 폭력적으로 나를 밀쳐내고 다시 파리 안으로 되돌려 보냈다.

파리 밖으로 나갈 수 있다는 허락을 얻으려면, 독일군 전방 초소에서 승인받아야만 했다. 나는 또 다른 관문으로 향했다. 마침내 나는 푸아쏘니에 문에 이르러서야 내 통행증을 내밀 수 있었다.

우리는 프로이센군의 사무실로 용도가 변경된, 어느 작은 헛간으로 안내되었다. 거기에는 프로이센의 장군 한 사람이 앉아 있었다. 그는 나를 아래위로 훑어보며 입을 열었다.

"당신이 사라 베르나르입니까?"

"그렇습니다."

"저 아가씨는 당신 동행인가요?"

"네."

"여길 쉽게 통과할 수 있을 거로 생각합니까?"

"그러길 바라요."

"글쎄, 그렇게 생각한다면 오산입니다. 두 사람 다 파리로 돌아가는 게 좋을 거요."

"안 돼요, 저는 떠나고 싶습니다. 제게 어떤 곤란이 닥치게 될지, 아주 잘 알고 있어요. 그래도 저는 떠나고자 합니다."

그는 어깨를 한 번 으쓱해 보이더니, 다른 장교 한 사람을 불러 내가 알아듣지 못하는 독일어로 지시를 내린 뒤에 방에서 나갔다. 우리는 통행증을 빼앗긴 상태로 방에 남게 되었다.

15분이나 지났을까, 어딘가에서 귀에 익은 목소리가 들려왔다. 내 친구인 르네 그리퐁(René Griffon)이었다. 그는 내가 떠난다는 소식을 듣고, 나를 말리려고 달려온 것이었다. 그의 고생은 헛수고였다. 파리를 떠나겠다는 내 결심은 흔들리지 않았다.

잠시 뒤 프로이센의 장군이 돌아왔다. 그리퐁은 그를 붙잡고, 우리에게 닥칠 위험에 대해 알려달라고 했다.

"상상할 수 있는 모든 일이 일어날 수 있지요! 그리고 아마, 뭘 상상하든 실제는 그것보다 고약할 겁니다!"

그리퐁은 독일어를 할 줄 알았다. 그는 저 독일인 장군과 함께 우리의 처분을 두고 대화를 나눴다. 약간 짜증 났다. 대화의 내용은 알아들을 수 없었으나, 왠지 그리퐁이 장군을 부추겨 우리가 떠나지 못하게 막으려 한다는 생각이 들었기 때문이다. 물론 나는 굴하지 않았다. 떠나지 말라는 간청에도, 애원에도, 심지어는 협박에도 굴하지 않았다. 잠시 뒤, 무척 튼튼해 보이는 마차 한 대가 우리가 있던 헛간 앞에 멈춰 섰다. 프로이센 장군은 돌연 내게 말을 걸어왔다.

"도착했군! 제가 당신들을 고네쓰(Gonesse)까지 데려다 주겠습니다. 고네쓰에는 보급품 수송 임무를 가진 열차 하나가 대기 중인데, 출발은 한 시간 뒤입니다. 당신들을 해당 역의 책임자인 X소령에게 인도

하겠소. 그리고 뒷일은 주님의 가호가 있기를!"

나는 장군의 마차에 올라탔고, 절망에 빠진 가엾은 친구에게 작별 인사를 했다. 우리는 고네쓰 기차역 앞에 내렸다. 일군의 무리가 낮은 목소리로 잡담을 나누고 있는 것이 보였다. 나는 마부에게 소정의 보상을 주고자 했으나, 그는 사양했다. 마부는 내게 군대식의 인사를 건넨 뒤에, 전속력으로 말을 몰아 떠나갔다.

나는 잡담을 나누고 있던 무리에게로 다가갔다. 대체 누구에게 말을 걸어야 할까 고민하던 차에, 친근한 목소리 하나가 먼저 내게 말을 걸어왔다.

"세상에, 여기서 당신을 만나네요! 어디로 가려고요?"

목소리의 주인은 오페라 극장에서 대호평을 받던 테너 빌라레(Villaret)였다. 그는 아마 소식이 끊긴 지 5개월이 넘었다는 그의 젊은 부인을 만나러 가는 길 같았다.

빌라레는 내게 그와 동행 중인 친구 한 사람을 소개해 주었지만, 그의 이름이 무엇이었는지는 기억나지 않는다. 빌라레는 뒤이어 펠리씨에(Pélissier) 장군의 아들이라는 사람과, 나이가 무척 많은 어느 노인을 소개했다. 노인의 얼굴은 어찌나 창백하고 슬퍼 보이고 엉망진창인지 내 마음속에 자연스레 연민이 일 정도였다. 그의 이름은 제르송(Gerson)이었고, 손자를 그의 대모에게 데려다주기 위해 벨기에로 향하는 길이었다. 노인의 두 아들은 이 고통스러운 전쟁통에 살해당했다. 두 아들 중 한 사람은 기혼자였는데, 그의 아내도 절망을 견디지 못하고 죽었다. 제르송은 홀로 남은 손자를 그의 대모에게 데려다주려 했고, 그 일을 끝내고 나면 가능한 한 빨리 자신도 죽고 싶어 했다.

아! 가엾은 노인! 그의 실제 나이는 59세에 불과했으나, 절망이 그의 외관을 어찌나 잔인하게 망쳐놓았는지 내 눈에는 그가 70세 정도로 보일 지경이었다.

지금까지 언급한 다섯 사람 이외에도 무리 중에는 견디기 힘들 정도로 떠벌리는 사람이 있었다. 테오도르 주시앙(Théodore Joussian)이라는 이름의 주류 판매원이었다. 아! 그는 대뜸 자기소개를 시작하며 말했다.

"안녕하십니까, 부인! 부인과 함께 여행을 하게 되다니, 어쩜 이렇게 운이 좋을까요? 아! 하지만 이번 여행은 무척 고될 겁니다! 어디로 가시는 길이십니까? 여자 둘이서 여행이라니, 그리 신중한 결정은 아니네요. 노상 가득 독일 의용병이며 프랑스 의용병, 도둑과 강도들이 들끓는 현 상황에서는 더더욱 말입니다. 아! 저는 독일 의용병들을 많이도 때려눕혔죠! 하지만 쉿! 좀 낮은 목소리로 이야기하도록 합시다. 저 교활한 놈들이 귀는 참 밝거든요."

그는 근처를 이리저리 오가고 있는 독일 병사들을 가리키며 말을 이었다.

"아! 개 같은 놈들! 제게 군복과 소총만 있었어도… 그랬더라면 저들은 감히 이 테오도르 주시앙 앞에서 저렇게 당당히 돌아다니지 못했을 겁니다. 저희 집에 저것들 철모만 여섯 개가 있어요."

나는 이 사람이 짜증 났다. 나는 테오도르 주시앙에게 등을 돌리고, 역의 책임자가 누구일지 눈으로 찾기 시작했다.

키가 큰 젊은 독일인 한 사람이 내 쪽으로 걸어왔다. 팔에는 붕대가 메여있고, 한쪽 다리는 심하게 절고 있었다. 그는 내게 쪽지 한 장을 내밀었다. 독일 장군의 마부가 그에게 전달한, 장군의 명령서였다.

그는 내게 부상 당하지 않은 쪽의 손을 내밀어 악수를 청했다. 내가 악수를 거절하자, 그도 손을 거두었다. 나는 아무 말도 없이, 셰노 양과 함께 그를 따라갔다.

그의 사무실에 도착하자, 그는 우리를 작은 테이블에 앉혔다. 테이블 위에는 식기 두 벌이 준비되어 있었다. 오후 세 시였고, 우리는 공복이었다. 전날 저녁부터, 우리는 물 한 방울도 입에 댄 적이 없었다. 나는 그의 호의를 감사히 받아들였다. 그리고 이 젊은 장교가 제공한, 소박하지만 무척 기운이 나는 음식들을 맛좋게 먹었다.

식사하는 동안, 나는 이 독일인의 모습을 남몰래 관찰했다. 그는 무척 젊은 나이였지만, 얼굴에는 최근의 고통이 남긴 흔적들이 가득했다. 나는 평생 다리를 절게 생긴, 이 불행한 장교를 동정하게 되었다. 그러자 전쟁에 대한 나의 증오는 한층 더 깊어졌다.

갑자기 독일 장교가 무척 서툰 불어로 내게 말을 걸어왔다.

"당신 친구 중 한 사람의 소식을 전해드릴 수도 있습니다만."

"친구 누구요?"

"엠마뉘엘 보셰(Emmanuel Bocher)요."

"아! 제 친구가 맞아요, 참 좋은 사람이죠. 어떻게 지낸답니까?"

"여전히 포로이긴 합니다만, 무척 잘 지내고 있습니다."

"포로라구요? 풀려난 걸로 알고 있었는데요?"

"그와 함께 붙잡혔던 몇몇 이들은 풀려났습니다. 그들은 더는 우리에 맞서 무기를 들지 않겠다는 맹세를 했거든요. 한데 엠마뉘엘 보셰는 그 맹세를 하길 거부했어요."

나는 나도 모르게 외치고 말았다.

"아! 용감한 군인이여!"

그러자 젊은 독일인은 나를 향해 투명하고도, 슬픈 시선을 들어 올리며, 단지 말했다.

"네, 참 용감한 군인이에요."

식사를 마치고, 나는 다른 여행객들과 합류하기 위해 일어섰다. 하나 장교는 내게 우리를 실어 나를 차량은 두 시간 뒤에나 도착한다면서, 말했다.

"그러니 여기서 좀 더 쉬고 계세요, 때가 되면 제가 다시 모시러 오겠습니다."

그리고 그는 방에서 나갔다. 나는 즉시 깊은 잠에 빠져들었다. 피곤해 죽을 것 같았기 때문이다. 출발할 때가 되자, 셰노 양이 내 어깨를 흔들어 나를 깨워주었다. 젊은 독일 장교는 내 곁에 붙어 차량까지 인도해주었다.

나는 내가 타야 하는 열차 앞에서 잠시 망설였다. 해당 칸은 무개차량인 데다가 석탄이 가득 실려 있었다. 독일 장교는 차량 안에 빈 마대자루 여러 개를 쌓아 올리게 했다. 내가 앉을 자리를 좀 더 편하게 만들어 주려는 배려였다. 장교는 부하에게 일러 자신의 장교용 군용 외투를 가져오게 했다. 그리고 내게 빌려줄 테니 나중에 돌려달라고 말했다. 나는 이 추악한 위장을 단호히 거절했다. 물론 날씨가 끔찍하게 춥긴 했지만, 적의 군용외투를 우스꽝스럽게 껴입느니, 차라리 동사하는 편이 나을 것 같았기 때문이다.

기적 소리가 울렸다. 다리를 저는 장교가 인사를 했다. 그리고 화물열차는 덜커덩거리며 출발했다. 차량 내부에는 여러 명의 프로이센 군인들이 타고 있었다. 독일 장교들이 정중하고 친절했던 만큼, 그들의 부하들, 피고용인들과 병사들은 거칠고 난폭했다.

열차는 그럴만한 이유 없이 멈춰 서곤 했다. 열차는 출발했다가 멈춰섰다가 반복하면서 얼음장처럼 추운 밤에 한 시간 이상을 정차하기도 했다.

크레이(Creil)에 도착하자, 화부, 기관사, 병사들을 가리지 않고 모두 하차했다. 나는 그들이 휘파람을 불고, 큰 소리로 떠들며 침을 뱉고, 또한 우리를 향해 손가락질하고 웃음을 터뜨리는 모습을 지켜보았다. 승리자는 분명 그들이 아니었던가? 그리고 우리는 패배자들이 아니었던가?

크레이에서 두 시간도 더 넘게 꼼짝도 못하고 머물렀다. 먼 곳으로부터, 낯선 타국 음악의 아련한 화음 소리가 들려왔다. 흥에 겨운 독일인들이 내지르는 환호 소리 또한 들려왔다.

이 모든 시끌벅적한 소음들은 우리로부터 500m 떨어진 곳에 있는, 어느 흰 집에서 흘러나왔다. 창가에 비친 실루엣으로부터, 안쪽에 있는 이들이 현기증 나는 춤판 속에 돌고 돌리며, 서로를 껴안고 왈츠를 추고 있다는 것을 봤다. 나는 참기 힘들 정도로 짜증이 솟아올랐다. 그들의 춤판이 다음날까지 이어질 것 같았기 때문이다.

나는 빌라레와 함께 하차했다. 하다못해 얼어가는 우리의 팔다리라도 풀어주기 위함이었다. 그를 대동하고 문제의 흰 집 쪽으로 향했다. 그에게 내 계획을 알릴 생각은 없었으므로, 다만 길가에서 날 기다려달라고 부탁한 뒤 나 홀로 집 안에 들어가려 했다. 그런데 무척 다행스럽게도 이 역겨운 집안에 발을 들일 필요가 없었다. 독일 장교 한 사람이 담배를 피우며, 작은 문을 열고 밖으로 나왔던 것이다. 나를 보자 그는 독일어로 말을 붙였다. 나는 그에게 "프랑스인입니다."라고 답했다. 그러자 그는 내 쪽으로 다가와, 프랑스어로(그들은 모두 프랑스어를 할 줄 알았다), 여기서 내가 무엇을 하려고 했는지 물어보았다.

나는 신경이 곤두선 상태였다. 따라서 열광적인 어조로 고네쓰를 출발한 이래 우리가 겪어야 했던 눈물겨운 여정에 대해 들려주었다. 그리고 차부며 기관사며 운전사들이 죄다 이 집에 틀어박혀 춤추는 동안, 우리는 벌써 두 시간 째 얼어붙은 차량에서 대기 중이라는 것을 밝혔다.

"이 열차 안에 여행객들이 타고 있을 줄은 몰랐네요. 저 사람들에게 음주와 춤을 허가한 사람이 바로 접니다. 차장이 제게 말하기로, 열차 안에 있는 건 가축들과 화물들뿐이고, 내일 아침 8시까지만 도착하면 된다고 했거든요. 그래서 저도 그렇게 생각했죠."

"그랬군요, 하지만 들어보세요. 저 열차 안에 타고 있는 '가축'이라곤, 우리 여덟 명의 프랑스인뿐이랍니다. 그리고 당신께서 기차를 운행하도록 명령해서 우리 여행을 재개시켜주신다면, 당신께 무척 감사할 겁니다."

"진정하세요, 부인. 제 방에 들어와서 좀 쉬지 않겠습니까? 저는 여기 감독관으로 온 거라, 며칠 동안은 이 여인숙에서 묵어야 하거든요. 몸도 녹일 겸, 차 한 잔 드실래요?"

그에게 내게는 노상에서 날 기다리고 있는 친구 한 사람이 있고, 열차 안에도 날 기다리는 동성 친구 한 사람이 있다고 밝혔다. 그러자 그는, "그게 무슨 문제입니까, 가서 그들을 찾아오도록 하죠!"라고 하는 것이었다.

잠시 뒤, 나와 독일인 장교는 돌로 된 이정표 위에 앉아 있는, 가엾은 빌라레를 발견했다. 그는 머리를 두 무릎 위에 파묻은 채 졸고 있었다. 나는 그에게 셰노 양을 데려와 달라고 부탁했다. 그러자 독일 장교는 다음과 같은 말을 덧붙였다.

"당신의 다른 동행들도, 혹시 차 한 잔을 들고 싶은 이가 있다면 오라고 하세요. 누구든 환영합니다."

나는 독일 장교를 따라 흰 집으로 돌아갔다. 그리고 그가 밖으로 나올 때 이용했던 작은 문을 통해 안쪽으로 들어갔다. 문 뒤에 있던 것은 제법 넓은 방이었다. 지면의 높이가 바깥의 들판과 별반 다르지 않은 곳이었다. 바닥에는 돗자리들이 깔려 있었고, 무척 높이가 낮은 침대도 하나 놓여 있었다. 두 장의 대형 프랑스 지도가 붙어있는(그중 한 장에는 무수한 구멍이 나 있었는데, 압정과 조그만 깃발들을 꽂은 자국이었다) 커다란 게시판도 하나 있었고, 그 한 켠에는 판지로 주변을 둘러싼 빌헬름 황제의 초상화가 네 개의 압정으로 꽂혀있었다. 여기까지는 독일 장교의 물건들이었다. 한편, 벽난로 위에는 커다란 지구본이 하나 놓여 있었고, 그 아래에는 결혼식에서 신부가 쓰는 관(冠)이 하나, 군에서 내린 훈장이 하나, 그리고 백발로 뙇은 한 줌의 머리 타래가 놓여 있었다. 또한 지구본 주변에는, 안에 회양목 가지를 담고 있는 동양풍의 도자기들도 놓여 있었다. 식탁, 침대와 함께 이 모든 것들은 독일 장교에게 방을 내어준 여인숙 주인의 소유물이었다. 식탁 둘레에는 밀짚으로 만든 의자 다섯 개가 놓여 있었고, 비로드를 덮은 안락의자도 하나 놓여 있었다. 또한 목재 벤치 하나가 벽 가까이 붙어 있었는데, 그 위에는 수많은 책들이 얹혀 있었다. 테이블 위에는 군도와 요대, 그리고 두 정의 기병 권총이 놓여 있었다.

셰노 양, 빌라레, 제르송 씨의 어린 손자, 그리고 참을 수 없을 정도로 짜증 나는 테오도르 주시앙(이 가엾은 남자가 아직 살아있다면, 부디 이런 표현을 용서하기를 바란다. 그런데 정말이지, 지금도 그를 떠올리면 짜증이 난다)이 방에 들어왔을 때, 나는 마음속으로 이 모든 기묘한 사물들에 대한 사색에 잠겨 있었다.

독일 장교는 사람을 불러 우리 모두에게 따뜻한 차 한 잔씩을 대접했다. 허기와 추위로 탈진 상태였던 우리는 정말로 맛있게 이 차를 들이켰다.

우리에게 차를 들여보내기 위해 잠시 문이 열렸을 때, 테오도르 주시앙은 열린 문틈으로 얼핏 독일인들의 춤판을 엿보게 되었다. 소녀들과 군인들, 그리고 기타 잡다한 이들이 무리 지어 얽혀있는 광경이었다. 테오도르 주시앙은 큰 소리로 웃음을 터뜨리며 빈정대기 시작했다.

"아! 친구들! 우리가 아무래도 빌헬름 폐하의 황궁에 와 있나 봅니다. 저기 접대연이 벌어지고 있군요. 아주 멋져요. 정말이지, 멋져!"

그러고 나서 그는 두어 차례 혀 차는 소리를 내었다. 빌라레는 독일인의 손님으로 왔으니까 그만 입을 닫는 것이 좋겠다고 그에게 충고했다. 그러자 주시앙은 "알겠소, 잔소리는 그만두시오"라고 말하며, 담배를 꺼내 불을 붙였다. 그때였다. 바깥에서 돌연, 시끄럽게 들려오던 악단의 연주 소리를 대신해서 온갖 험상궂은 욕설과 비명이 뒤섞인 끔찍한 소란이 들려왔다. 그리고 주시앙, 이 교정 불가능한 남프랑스인은 호기심을 참지 못하고 문을 살짝 열어보았다.

열린 문을 통해 나는 독일 장교가 두 사람의 부사관들에게 명령을 내리는 것을 보았다. 그들은 그룹을 나누어 화부, 기관사와 열차 관계자들을 폭행하고 있던 것이었다. 열차 관계자들이 얼마나 무참하게 얻어맞았는지, 나는 그들에게 동정심이 일 지경이었다. 군인들은 그들의 허리에 발길질했고, 그들의 어깨를 군도의 칼등으로 내리찍었으며, 차장은 군인들에게 떼밀려 땅바닥에 쓰러지기까지 했다(여담이지만, 이 자는 내가 본 그 어떤 악당보다도 짐승 같은 놈이긴 했다). 잠시 뒤에 술이 깨자 다들 밖으로 나와 차량으로 돌아갔다. 그들도 부끄러운 줄은 아는지 고개를 숙인 상태였지만, 표정만큼은 여전히 위협적이었다.

우리는 그들의 뒤를 따라갔다. 나는 저런 막돼먹은 건달들과 함께하는 여행길에서 무슨 일이 일어날지 몰라 불안했다.

독일 장교도 아마 나와 같은 염려를 한 모양이었다. 그는 부사관 한 사람에게 명령을 내려 아미앙(Amiens)까지 우리를 호위하게 했다. 이 부사관은 우리가 탄 차량에 함께 올랐고, 열차는 다시 출발했다.

우리가 아미앙에 도착한 것은 아침 여섯 시였다. 햇살은 아직 지난 밤의 구름을 찢어내지 못했고, 추위에 얼어붙은 보슬비가 떨어지고 있었다. 마차도 없었고, 짐꾼도 없었다. 나는 '오텔 뒤 슈발-블랑(Hôtel du Cheval-Blanc)'에 가서 묵고 싶었다. 하지만 옆에서 내 이야기를 들은 누군가가 말했다.

"소용없어요, 아가씨. 공실이 없거든요. 당신처럼 비쩍 마른 사람이라고 하더라도 거기에 묵을 자리가 없을 겁니다. 저쪽 발코니가 있는 집으로 한 번 가보세요. 다른 사람들은 다 저기 묵거든요."

그리고 그는 내게 등을 돌렸다.

빌라레는 아무 작별 인사도 없이 사라졌다. 제르송 씨와 그의 손자역시 묵묵히 그들을 마중 나온 시골 마차에 올랐다. 마차 안에서 그들을 기다리고 있던 것은 땅딸막하고 얼굴이 불긋한 중년 부인이었다. 다만 기품 있는 마부의 행색으로 보아, 그녀는 명문가 사람인 듯했다.

고네쓰에서부터 아무 소리 한 적 없었던 펠리시에 장군의 아들은, 마술사의 손 안에서 조그만 코르크 공이 사라지듯 사라져버렸다. 테오도르 주시앙은 신사적인 태도로 우리를 숙소까지 데려다주겠다는 제안을 했다. 나는 무척 피곤한 상태였기 때문에 그 제안을 내치지 못했다. 그는 우리 짐을 들고 무시무시한 속도로 걷기 시작했다. 그가 빨리 걷는 바람에, 우리는 그 뒤를 쫓아가는데 애먹었다. 그는 걸어가며 무진장 숨을 헐떡였고, 그래서 재잘거리는 일도 할 수 없었다. 나는 그의 말을 듣지 않아도 되는 것만으로도 마음이 평화로웠다.

마침내 우리는 숙소에 도착했다. 호텔의 현관이 기숙사처럼 탈바꿈된 광경을 보고 얼마나 놀랐던가. 우리는 현관 바닥에 펼쳐진 잠자리들 사이를 겨우 지나갈 수 있었다. 그리고 잠을 청하던 사람들의 구시렁대는 소리는 결코 우리에게 호의적이지 않았다.

그렇게 우리는 호텔 사무실에 도착했지만, 접수원은 남는 방이 하나도 없다고 답변할 뿐이었다. 그 젊은 여자는 검은 상복을 입고 있었다. 나는 의자 위로 쓰러지듯이 앉았고, 셰노 양은 기력 잃은 팔을 흔들거리며 벽에 몸을 기대었다.

주시앙은 이토록 젊은 두 여성을 한밤의 길거리에 재울 수는 없다며 목소리를 높였다. 그리고 호텔의 여인에게 다가가 뭔가 잘 들리지 않는 말들을 속삭였다. 그래도 내 이름만큼은 무척 분명히 들렸고, 그 속삭임은 아마 내가 누구인지에 관한 이야기였을 게다. 상복을 입은 여인은 촉촉이 젖은 눈빛으로 내게 말했다.

"제 오빠는 시인이었어요. 그는 당신에 관한 아주 아름다운 소네트 한 편을 짓기도 했답니다, 당신이 출연한 『행인』을 열 번도 넘게 감상했거든요. 그가 당신을 보러 가자며 절 극장에 데려간 적도 있었어요. 저도 그날 당신의 공연을 보고 무척 즐거워했답니다. 그런데 그런 시절은 끝났어요."

그녀는 두 팔에 머리를 파묻고 오열하기 시작했다. 그리고 비탄을 멈추려고 애를 쓰며 말을 이어갔다.

"끝났어요! 오빠는 죽었어요! 그놈들이 오빠를 죽였다고요! 다 끝났어요! 끝장났어요!"

그녀의 무시무시한 고통에 가슴이 쥐어뜯기는 듯했다. 나는 자리에서 일어나 눈물을 흘리며 그 젊은 여인을 꽉 안아주었다. 그리고 낮은 목소리로 그녀를 진정시켜줄 수 있는 말들을, 그녀의 마음에 위안이 될 수 있는 희망의 말들을 속삭였다.

내 말들에 위로받고, 나의 우애에 감동 받은 그녀는 눈가를 훔친 뒤 내 손을 잡고 부드럽게 날 끌었다. 셰노 양이 우리 뒤를 따라왔다. 나는 엄격한 태도로 주시앙에게 우리를 따라오지 말라고 지시 내렸다.

그리고 호텔 여인의 뒤를 따라 두 개 층을 묵묵히 올라갔다.

좁다란 복도 끝에 다다르자 젊은 여인이 문을 열었다. 우리는 그녀의 안내에 따라 온통 담배 연기에 절어 있는 무척 넓은 방에 들어갔다. 방 안에는 침대가 하나 놓여 있었고, 침대 머리맡 탁자 위에는 조그마한 등 하나가 켜져 있었다. 이 넓은 방에 빛을 던지고 있는 것이라곤 오직 그 조그만 등불뿐이었다. 방 안에서는 사람의 폐가 뱉어내는 시익 거리는 호흡소리가 정적을 깨고 있었다. 나는 침대에 누가 있는지를 보았다. 그리고 희미한 불빛을 통해 침대 위에 누워있는 한 남자를 보았다. 그는 베개 더미에 상반신을 기대어 거의 앉아 있듯 누워있었다. 그는 노인이라기보다는 무엇인가를 계기로 훌쩍 늙어버린 사람처럼 보였다. 수염과 머리카락은 새하얬고, 얼굴에는 고통의 흔적들이 남아 있었다. 눈가부터 입술에 이르기까지 두 줄기 도랑처럼 눈물 자국이 패여 있었다. 이 가엾고 여윈 얼굴 위로 대체 얼마나 많은 눈물이 흘러내렸을 것인가.

호텔의 여인은 우리에게 방 한구석에 가 있으라는 신호를 보내며 천천히 침대 곁으로 다가갔다. 그녀는 방문을 닫았다. 우리는 발끝을 세우고 팔을 앞으로 내밀어 더듬거리면서 방 끝까지 나아갔다.

나는 제정 시대에 만들어진 커다란 소파 위에 조심스럽게 자리를 잡고 앉았다. 셰노 양은 내 곁에 앉았다. 누워있던 남자가 두 눈을 살짝 뜨고 말했다.

"우리 딸, 무슨 일이니?"

"아무것도 아니에요, 아버지. 별일은 아니고, 그저 내일 아침 일어나셨을 때 놀라지 마시라고요. 숙소가 없는 부인이 두 분 계셔서 아버지 방 한켠을 내어 드렸답니다. 지금 저쪽에 계세요."

남자는 침울한 표정으로 고개를 돌려 어둠 속에 있는 우리의 모습을 확인하려 애썼다. 호텔의 여인은 이렇게 말을 이어갔다.

"두 사람 중 금발의 부인이 바로 사라 베르나르랍니다. 아버지도 아시죠, 뤼시앙 오빠가 그토록 좋아했던, 그 여배우예요."

딸의 이야기를 들은 남자는 불쑥 몸을 일으키더니, 안경을 찾아 쓰고 어두운 방 안을 헤매기 시작했다.

나는 그에게 다가갔다. 그는 아무 말 없이 나를 바라보다가 호텔의 여인에게 무엇인가를 가져오라는 듯한 손짓을 했다. 그녀는 조그만 책상 서랍에서 봉투 하나를 꺼내어 그에게 가져다주었다. 이 불행한 아버지의 두 손은 떨리고 있었다. 그는 아주 천천히 봉투에서 세 장의 종이와 사진 한 장을 꺼냈다. 그리고 손에 쥔 사진과 나를 번갈아 뚫어지게 바라보다가 중얼거렸다.

"맞는군요, 당신이에요, 당신이 바로 사라 베르나르야."

나는 그가 보고 있는 것이 내 사진임을 확인했다. 그것은 「행인」의 한 장면으로, 내가 장미 향을 맡는 모습을 찍은 사진이었다.

가여운 남자는 온통 눈물에 뒤덮여서 내게 말했다.

"이보시오, 당신은 내 아들의 우상이었다오. 여기 그가 당신에게 바친 시가 있소."

그는 약간의 피카르디 억양이 섞인 부드러운 목소리로, 내게 자기 아들의 시를 읽어주었다. 무척 아름다운 소네트였다. 나는 그것을 내게 달라고 했지만, 그는 거절했다.

그러고 나서 그는 두 번째 종이를 펼쳤다. 거기에는 휘갈겨 쓴 글씨로, '사라 베르나르'에게 바친다고 하는 또 다른 시구들이 적혀 있었다. 세 번째 종이에 적혀 있던 것은 일종의 개선가(凱旋歌)였다. 거기에는, 우리가 적들에게 거둔 모든 승리를 찬양하는 내용이 담겨 있었다. 남자는 말을 이었다.

"가엾은 우리 아들은 죽을 때까지도 희망의 끈을 놓지 않았다오. 그런데 결국은 죽고 말았지. 불과 5주 전에 말이요. 그 아이는 머리에 총알 세 발을 맞았소. 첫째 총알이 그 아이의 턱을 부쉈지만, 그 아이는 쓰러지지 않았소. 대신 신들린 듯이 저 불한당들을 향해 사격을 이어갔지. 두 번째 총알은 그 아이의 한쪽 귀를 가져갔소. 다음으로 세 번째 총알이 아들의 오른쪽 눈에 적중했소. 내 아들은 쓰러져 다시는 일어나지 못했소. 그 아이의 전우가 이 모든 이야기를 내게 들려주었다오. 아이는 스물두 살이었소. 그리고… 이젠 다 끝이라오."

그리고 이 불행한 남자의 머리는 힘없이 베개 더미 위에 파묻혔다. 기력을 잃은 그의 두 손에서 종이들이 떨어졌다. 그의 얼굴에서는 고통이 파놓은 고랑을 따라 굵직한 눈물 줄기가 창백한 뺨을 타고 흘러내렸다. 숨이 막힐 듯한 탄식이 그의 입술로부터 새어 나왔다. 그의 어린 딸은 무릎을 꿇은 채, 이불 사이로 아버지의 머리를 밀어 넣었다. 터져 나오는 오열의 소리를 줄이기 위해서였다.

이들의 모습에 셰노 양과 나는 큰 충격을 받았다. 아! 이 숨죽인 오열, 끅끅대는 탄식소리는 내 고막에 붙어 떠나지 않는 느낌이었다. 슬픔에 내 가슴도 무너져 내리는 듯했다. 나는 두 손을 허공을 향해 뻗고, 두 눈을 감았다.

먼 곳으로부터 함성이 들려오는 듯했다. 함성이 커져간다, 함성이 다가온다, 그리고 들려오는 것은 고통에 찬 비명, 뼈와 뼈가 맞부딪는 소리, 인간의 머리통을 짓이기는 말발굽 소리 그리고 뇌수가 튀기는 둔탁하고 물컹한 소리였다. 철갑을 입은 남자들이 지나갔다. 그들은 모든 것을 파괴하는 폭풍우처럼 몰아치며, "전쟁 만세!"를 외쳤다. 그리고 여자들은 무릎을 꿇고 팔을 벌린 채 외쳤다. "전쟁은 수치스러운 일이에요! 당신들을 잉태했던 우리 배의 이름으로, 당신들을 먹였던 우리 가슴의 이름으로, 당신들을 출산할 때 우리가 겪었던 고통의 이름으로, 당신들의 요람을 살피느라 우리가 겪었던 고뇌의 이름으로 말하노니, 당장 멈추세요!"

야만적인 철갑의 선풍은 여인들을 짓밟으며 지나갔다. 나는 마지막 힘을 다해 두 팔을 앞으로 뻗으며 잠에서 깨어났다. 호텔 여인의 침대 위였다. 셰노 양이 내 곁에서 한쪽 손을 잡아줬다. 처음 보는 이가 부드러운 손길로 나를 다시 침대에 눕혔다. 그가 의사라는 것을 깨달았다.

생각을 정리하는 데 다소 애를 먹었다.

"제가 언제부터 여기 누워있었죠?"

"지난 밤부터예요."

셰노 양이 부드러운 목소리로 설명해주었다.

"기절해서 쓰러지셨어요. 의사 말로는, 당신에게 발열이 심했다고 하더군요. 아! 참 무서웠어요!"

나는 의사를 돌아보았다. 의사는 내게 말했다.

"그렇습니다, 부인. 앞으로 48시간 동안은 절대 안정을 취하세요. 그리고 나면, 다시 여행을 재개하셔도 좋습니다. 하나 요즘 세상에는 당신과 같은 허약체질이 견디기 힘들 정도로 충격적인 일들이 참 많지요. 부디 조심하세요, 조심하셔야 합니다!"

나는 의사가 건네준 물약을 복용했다. 그리고 막 방에 들어온 호텔 주인에게 양해를 구한 뒤, 머리를 벽 쪽으로 돌려버렸다. 내게는 휴식이 무척이나 필요했다.

이틀 뒤, 호텔의 두 부녀와 작별했다. 그들은 대단히 슬픈 이들이었고, 나는 그들을 심히 동정했다. 그동안 여행을 함께했던 동료들은 다들 먼저 떠났다.

계단을 내려가는 중에 나는 수많은 프로이센 군인들과 마주쳤다. 아들을 잃은 불행한 남자의 호텔은 프로이센군에게 점령당한 상태였다. 수많은 프로이센 군인들이 권위를 앞세우며 이곳에 들이닥쳤다. 호텔 주인은 그들의 얼굴을 하나하나 뚫어지게 살펴보았다. 그는 마치 누가 그의 가엾은 아들을 죽였는지 알아보기 위하려는 듯, 모든 병사와 장교의 얼굴을 꼼꼼이 살펴보았다. 물론 단지 내 생각일 뿐이며, 그가 이런 말을 했던 것은 아니다. 다만 내게 비친 그의 눈빛에 담긴 뜻이 그렇게 해석되었다.

역으로 가기 위해 마차에 올라탔다. 친절한 호텔 주인은 먹을거리가 담긴 작은 바구니 하나를 마차 안에 놓아 주었다. 그리고 내게 자기 아들이 쓴 소네트의 사본과 아들이 갖고 있던 내 사진의 사본 한 장을 건네주었다.

나는 슬픔에 잠긴 두 부녀와 작별하며 깊은 감동에 사로잡혔다. 출발 전에 나는 호텔 주인의 딸을 안아주었다. 셰노 양과 나는 역까지 가는 동안 서로 한 마디도 주고받지 않았다. 다만 우리 모두 같은 종류의 애상(哀想)에 잠겨 있었던 것만은 분명하다.

우리는 역에 도착했다. 이곳도 마찬가지로 역에서도 독일인들이 주인 노릇을 하고 있었다. 나는 매표창구에서 우리 둘만을 위한 일등석, 혹은 한 줄짜리 좌석만 있는 열차 맨 앞 자리를 달라고 요구했다. 어느 쪽이든 간에, 나와 셰노 양 단 둘이 탑승할 수 있는 자리라면 상관없었다.

하지만 그 말을 매표원에게 이해시키기는 쉽지 않았다. 그때였다. 객차 바퀴에 기름칠하고 있던 한 남자가 내 눈에 들어왔다. 왠지 프랑스인일 것 같았는데 예상이 빗나가지 않았다. 그 남자는 상당히 나이가 많았지만, 반쯤은 자비에 의해, 그리고 나머지 반쯤은 그가 열차의 구석구석까지 잘 알고 있고 알자스 사람이라서 독일어를 할 줄 안다는 이유로 일자리를 유지할 수 있었다. 이 선량한 남자는 내 이야기를 듣더니 나를 이끌고 매표창구에 갔다. 그리고 내가 일등칸을 전세 내길 원한다는 사실을 독일어로 설명했다. 매표원은 그 이야기에 웃음을 터뜨렸다. 이것은 독일의 열차로 일등칸이나 이등칸이 존재하지 않으며, 나는 다른 모든 이들과 마찬가지로 특별 대접이 없는 여행을 하게 될 거라고 했다.

친절한 노인은 분노로 인해 얼굴이 붉으락푸르락해졌지만 참을 수밖에 없었다. 그는 자기 일자리를 보전해야만 했다. 아내는 결핵 환자였고, 아들은 잘린 다리가 아물지 않았다. 게다가 그의 아들은 막 병원에서 입원을 거부당했다. 당시 병원에는 환자가 너무도 많았다!

그는 이런 이야기들을 역장 사무실로 데려다주며 내게 털어놓았다.

역장은 불어가 매우 능숙했지만, 그간 내가 만나봤던 다른 독일 장교들과는 조금도 닮은 구석이 없었다. 그는 내게 인사를 건네는 둥 마는 둥 했다. 내가 내 희망사항을 전달하자, 그는 건조한 태도로 답변했다. "그건 안 됩니다. 다만 장교들이 타는 칸에 두 자리를 예약해 드릴 수는 있소."

그의 답변을 들은 나는 소리쳤다.

"내가 피하고 싶은 일이 바로 그거라고요! 독일 장교들과 함께 여행하고 싶지 않습니다!"

"그렇습니까? 그럼 독일 병사들이 타는 칸으로 두 자리 예약해 드리죠."

그는 분노에 찬 목소리로 투덜거린 뒤, 군모를 쓰고 문을 쾅 닫으며 나가버렸다. 나는 이 역겨운 짐승이 보인 무례에 충격을 받아 어안이 벙벙했다. 나중에 셰노 양에게서 들은 얘기지만, 이때 나는 온 얼굴이 창백해지고, 두 눈의 푸른빛이 형형할 정도로 불탔더란다. 분노에 사로잡기 쉬운 내 기질을 알고 있던 셰노 양은 그 눈빛을 보고 크나큰 공포에 사로잡혔다.

"제발, 부인. 부탁이니까 진정하세요. 우리는 여자고, 단둘이고, 저 못된 놈들 한가운데 있다고요! 저들이 우리에게 나쁜 짓을 하려고 마음만 먹으면, 충분히 그럴 수 있겠죠. 여행의 목적이 뭐였는지 잊지 마세요. 부인의 귀여운 아들, 모리스(Maurice)를 봐야 할 것 아닙니까?"

셰노 양은 무척이나 영특한 조치를 취한 셈이었다. 그녀의 짤막한 논변은 기대했던 대로의 효과를 얻어내었다. 아들을 다시 보는 것. 그래, 그것이 내 목적이었다! 나는 흥분된 마음을 가라앉혔다. 그리고 이와 같은 일들이 무수히 일어날 게 뻔한, 남은 여행 기간에 절대로 분노에 사로잡히지 않겠다고 맹세했다. 나는 이 맹세를 거의 완벽하게 지켜내었다.

우리는 역장의 사무실에서 나왔다. 문간에는 아직 가엾은 알자스인 노인이 서성이고 있었다. 내가 그에게 2루이를 건네주자, 그는 재빨리 그 돈을 감추고 내 손을 꼭 쥐었다. 그리고 그는 내가 옆구리에 매고 있던 가방을 가리키며 말했다.

"가방을 그렇게 뻔히 보이게 두면 안 됩니다. 부인, 아주 위험해요."

그의 조언에 감사함을 표시했지만, 그 말을 전혀 새겨듣지는 않았다.

열차가 출발할 시각이 되었다. 나는 열차에 단 한 칸뿐인 일등석 객실에 올라탔다. 거기에는 두 사람의 젊은 독일 장교가 올라타 있었다. 그들은 우리에게 인사를 건넸다. 두 사람뿐이라니, 참 운도 좋다는 생각이 들었다. 열차의 기적소리가 울려 퍼졌다. 이 무슨 행운이란 말인가! 아무도 더는 우리 칸에 오르지 않았다. 아, 좋아! 이거야! 그런데 열차가 열 바퀴나 굴러갔을까, 갑자기 다시 문이 열리고, 독일군 장교

다섯 명이 우리 객실로 밀려들었다. 객실 안에는 이제 아홉 사람이 있게 되었다. 이 무슨 고문이란 말인가!

역장이 새로 올라탄 장교 중 한 사람에게 작별 인사를 건네는 것이 보였다. 그리고 역장과 역장의 인사를 받은 장교, 두 사람은 동시에 나를 가리키며 웃음을 터뜨렸다. 나는 역장의 친구로 생각되는 그를 찬찬히 살펴보았다. 군의관이었다. 그는 한쪽 팔에 의료부대의 완장을 차고 있었다. 그의 커다란 얼굴은 붉게 상기되어 있었고, 얼굴에는 다갈색의 수염이 무성하게 자라서 꼭 목줄처럼 보였다. 끊임없이 움직이는 총총하고 작은 두 눈은 음험한 빛을 던지고 있었다. 어깨는 넓고 다리는 짧아 땅딸막한 체구는 꼭 감정 없는 힘의 일면을 나타내는 듯했다. 이 못된 남자는, 역과 역장의 모습이 진작 우리 뒤로 멀리 사라질 때까지도 웃고 있었다. 아마도 헤어지기 전 역장이 들려줬던 말이 그토록 웃긴 듯했다.

나는 구석진 자리에 앉았고, 맞은편에는 셰노 양이 앉았다. 그리고 우리 각각의 옆자리에는 두 사람의 젊은 독일 장교가 착석했다. 이 둘은 상냥하고도 정중했다. 그들 중 한 사람은 특히 젊은이다운 매력을 갖춘 대단히 멋진 사내였다.

군의관이 철모를 벗었는데 머리는 거의 대머리였고, 좁은 이마는 무척이나 완고해 보였다. 그는 큰 소리로 다른 장교들과 이야기를 나누었다. 우리 몸을 지키는 방패 역할을 하던 두 젊은 장교들은 그 대화에 거의 끼어들지 않았다. 그런데 군의관과 대화를 나누는 이들 가운데, 무척이나 자부심이 강한 장신의 젊은이가 한 사람 있었다. 그는 남작 작위를 가진 이였고, 호리호리하지만 건장한 체격인데다 무척 말쑥한 차림새였다. 우리가 독일어를 이해하지 못하는 것처럼 보이자, 그는 우리에게 영어로 말을 걸어왔다. 셰노 양은 그의 말에 답하기에는 너무나 소심했으며, 나는 영어가 대단히 서툴렀다. 우리가 답변하지 않는 모습을 보고, 그는 애석해하며, 어쩔 수 없다는 듯이 불어로 말을 걸어왔다. 그는 상냥했다. 아니, 지나칠 정도로 상냥했다. 그에게 교양이 모자란 것 같지는 않았다. 다만 그에게 모자란 것은 눈치였다. 나는 그에게 그 사실을 이해시키고, 바깥 풍경이 비치는 창가 쪽으로 고개를 돌려버렸다.

나와 셰노 양은 꽤 오랜 시간 동안 넋을 놓고 바깥 경치를 바라보았다. 그때였다. 갑자기 숨이 막힐 듯했다. 무엇인가의 연기가 차량 내부에 번지고 있던 것이다. 순간 연기가 뿜어져 나오는 근원지를 향해 고개를 돌렸다. 그리고 불붙인 파이프 담배를 물고 있는 군의관을 보았다. 그는 두 눈을 반쯤 감은 채, 천장을 향해 담배 연기를 뿜어댔다.

분노로 목이 잠겼고, 눈은 담배 연기로 인해 따가웠다. 나는 기침을 내뱉었다. 야만적인 군의관의 주의를 끌려고 일부러 기침 소리를 과장해 내었다. 결국 그의 주의를 끈 것은 남작이었다. 남작은 군의관의 무릎을 두드리며, 그의 담배 연기가 나를 괴롭히고 있다는 사실을 지적했다. 하지만 군의관은 어깨를 한 차례 들썩이며 내가 이해할 수 없는 욕설로 대신 대답할 뿐이었다. 군의관은 계속해서 흡연을 이어갔다. 짜증이 극에 달한 나는 창문을 열어젖혔다. 살을 에는 듯한 찬바람이 빠르게 객실 안에 흘러들어왔다. 그래도 구역질나는 담배 연기에 고통 받느니, 차라리 찬바람 쪽이 더 나았다.

군의관은 갑자기 자리에서 일어나 손으로 한쪽 귀를 감쌌다. 그의 한쪽 귀에 솜이 한가득 박혀 있다는 것을 그순간 깨달았다. 그는 거친 욕설을 내뱉으며 창가 쪽으로 다가왔다. 사람들을 떠밀고 와서, 나와 셰노 양의 발등을 짓밟고 선 군의관은 잔뜩 화를 내며 창문을 쾅 닫았다. 그는 창문을 닫는 와중에도 욕설을 이어나갔으나 소용없는 일이었다. 어차피 그의 말을 알아듣지 못했으니까. 그러고 나서 그는 아까와 똑같이 무례한 태도로 계속해서 자욱한 담배 연기들을 뿜어내었다. 말은 알아들을 수 없었지만, 남작과 열차에 가장 먼저 탔던 두 사람의 독일 장교는 군의관에게 담배를 꺼달라고 부탁하는 듯했다. 그런데 군의관은 그들의 말을 모조리 무시했고, 심지어는 그들에게까지 욕설을 퍼부었다.

못된 군의관 때문에 솟아올랐던 분노가 제법 진정된 채, 그리고 그가 한쪽 귀에서 느끼고 있을 고통에 무척 고소한 마음을 품은 채, 나는 다시금 창문을 열어젖혔다. 그는 격노하며 다시 자리에서 일어났고, 내게 그의 다친 귀와 부풀어 오른 한쪽 뺨을 내보였다. 그는 창문을 다시 닫고, 내게 위협을 가하며 자기 몸 상태에 관해 설명했다. 그의 설명에서 어쨌든 '골막염(périostite[1])'이란 병명을 알아들었다. 나는 폐가 약해서 담배 연기를 맡으면 기침을 할 수밖에 없다는 것을 그에게 이해시키려 했다. 남작은 내 통역이 되어서 이런 내용을 군의관에게 독일어로 설명했지만 군의관이 내 사정을 조금도 신경 쓰지 않는다는 것은 너무나 명약관화했다. 그는 다시금 자신이 가장 좋아하는 자세를 취하고 흡연을 이어나갔다.

나는 그를 5분 정도 내버려 두었다. 아마 이 시간 동안, 그는 스스로 승리자로 여겼으리라. 그러나 5분의 인내가 끝난 뒤, 나는 팔꿈치로 단박에 창유리를 부숴버렸다. 새하얗게 질린 군의관의 얼굴에 경악이 번져갔다. 그는 자리에서 똑바로 일어섰다. 일어선 사람은 그 남자만이 아니었다. 동시에 우리 옆자리의 두 젊은이도 자리에서 일어났다. 남작은 계속해서 배꼽이 빠지라 웃어댔다. 군의관이 우리 쪽을

---

1 독어로는 'Periostitis'로, 불어와 유사한 발음이다.

향해 한 발짝 다가오려 했으나 동료 장교 세 사람의 인간 벽에 가로막히게 되었다. 우리 옆의 두 젊은이 말고도, 또 다른 장교 한 사람이 우리 편을 들기 시작했다. 그 장교는 무척 건장하고, 거칠고, 강인해 보이는 사내였다. 그가 당시 군의관에게 무엇이라고 말했는지 알지 못한다. 다만 또박또박하고 냉랭한 어조였다. 더는 자기 분노를 어떻게 풀어야 할지 알 수 없게 된 군의관은 비난의 표적을 남작에게로 돌렸다. 남작은 창이 깨져나간 후부터 그때까지 웃음을 멈추지 못하고 있었다. 군의관이 남작을 향해 꽤나 심한 모욕을 던졌는지, 남작에게서 돌연 웃음기가 사라졌다. 남작도 군의관에게 거친 말을 되받아쳤다. 말을 알아듣지는 못했지만, 두 사람이 서로 결투를 신청했다는 것쯤은 뻔히 짐작할 수 있었다. 어쨌든, 그들이 서로를 죽인다고 한들 나로서는 아무래도 상관없는 일이었다. 이쪽이든 저쪽이든, 행실이 나쁜 이들이었다.

객실은 조용해졌다. 깨진 유리창을 통해 찬바람이 무시무시한 기세로 스며들어와 객실 안은 얼어붙을 정도로 추워졌다. 해가 졌다. 하늘에는 안개가 꼈다. 오후 다섯 시 반 경이었을 게다. 열차는 테르니에(Tergnier) 인근을 지나고 있었다. 군의관은 자기 동료와 자리를 바꿔 앉았다. 찬바람으로부터 조금이라도 더 자기 귀를 보호하기 위해서였다. 그는 도살이 되다만 소처럼 서러운 신음을 내뱉었다.

갑자기 먼 곳에서 기적소리가 반복적으로 울려 퍼졌다. 우리는 그 소리에 귀를 기울였다. 바퀴 쪽에서는 두 차례, 세 차례, 아니 네 차례의 폭음이 일어났다. 우리는 기관사가 열차의 속도를 늦추기 위해 무진 애쓰고 있다는 것을 확실히 알 수 있었다. 기관사의 시도는 성공하지 못했다. 승객들은 무시무시한 충격에 나뒹굴고 말았다. 열차가 삐걱대고 끼익거리는 소리가 단속적으로 들려왔고, 불규칙적으로 짙은 연기가 뿜어져 나왔다. 절망에 찬 비명과 욕설, 도움을 구하는 소리가 들려왔고, 잠시 사그라졌나 싶더니 다시금 차체가 요동쳤다. 객실 내에 짙은 연기가 차올랐고, 곳곳에서 화재가 발생했다. 우리 열차는 전력으로 뒷발질을 하는 말의 형세로 전복되었다. 우리는 균형을 잡고 다시 일어서는 것이 불가능했다.

이 와중에 멀쩡한 사람이 누가 있었겠는가? 우리 객실에는 모두 아홉 명이 있었다. 우선 나는 온몸의 뼈가 부러졌다고 느꼈지만, 실제로는 그렇지 않았다. 나는 먼저 다리 한쪽을 움직여 보았고, 다음으로 나머지 한쪽을 움직였다. 두 쪽 모두 부러진 곳은 없는 듯했다. 다리가 부러지지 않았다는 사실에 기뻐하며, 양 팔도 조금씩 움직여 보았다. 다행히 사지 어느 곳에도 골절은 없었고, 이는 셰노 양도 마찬가지였다. 다만 셰노 양은 혀를 깨무는 바람에 입에서 피를 흘렸다. 나는 행여 셰노 양이 잘못될까봐 두려움에 떨었다. 그녀는 내 말을 전혀 알아듣지 못하는 듯했다. 지나치게 큰 충격 때문에 정신이 나간 것이었다. 그녀는 결국 그날 이후로 며칠은 아무런 기억이 없이 지냈다.

나는 미간에 깊은 찰과상을 입었다. 앞쪽으로 튕겨 나갈 때, 맞은편 자리 장교의 군도 장식에 이마를 찧은 것이었다. 셰노 양의 옆자리에 있던 그 장교는 자기 군도를 똑바로 세워 쥐고 있었고, 나는 튕겨 나갈 때 손을 앞으로 뻗어 이마를 보호할 여유가 없었다.

이곳저곳에서 구조대가 달려왔다.

구조대가 우리 객실의 문을 뜯는 데는 오랜 시간이 걸렸다. 그 사이에 밤이 깊었다. 마침내 문이 열리고, 랜턴의 미약한 불빛이 엉망진창이 된 객실 내부를 밝혔다.

나는 두리번거리며 나와 셰노 양의 유일한 짐인 가방을 찾았다. 그런데 가방을 손에 쥐자마자, 그만 손을 놓아버렸다. 가방에 묻어있던

피로 내 손은 피투성이가 되었다. 대체 누구의 피였을까? 객실 내에
는 남자 셋이 미동도 없이 쓰러져 있었다. 개중에는 군의관도 있었는
데, 낯빛이 죽은 사람처럼 창백했다. 나는 그의 생사를 확인하지 않기
위해 두 눈을 질끈 감은 채로 구조대의 손에 이끌려 차량 밖으로 나왔
다. 내 뒤를 이어 젊은 장교 한 사람이 밖으로 나왔다. 그는 아직 안쪽
에 남아 있는 동료로부터 거의 기절한 상태인 셰노 양을 인도받아 밖
으로 데려와줬다.

남작 작위를 가진 얼간이 장교 역시 구조되었다. 그는 어깨가 탈구
된 상태였다. 구조대원들 가운데 의사 한 사람이 그에게 달려왔다. 남
작은 의사에게 한쪽 팔을 내밀며, 힘껏 잡아당기라는 지시를 내렸다.
이 지시는 즉각 취해졌다. 프랑스인이었던 그 의사는 먼저 남작의 장
교 외투를 벗긴 뒤에, 다른 대원 두 사람에게 잠시 맡아달라고 했다.
그리고 그는 남작의 몸을 힘껏 발로 밀어내면서 남작의 탈구된 팔을
잡아당겼다. 남작은 무척이나 얼굴이 창백해졌지만, 입으로는 계속
휘파람을 불었다. 마침내 남작의 빠져나간 팔이 맞춰졌다. 의사는 남
작의 멀쩡한 손에 악수하며 말했다. "세상에, 무척 아팠을 텐데, 대단
하네요. 참으로 자랑할 만한 용기를 가지셨소."

남작은 의사에게 경례를 보냈다. 그 사이에 사람들은 그에게 다시
장교 외투를 입혀주었다. 사람들이 의사를 찾으러 왔다. 그들은 의사
를 우리가 타고 있던 차량으로 데려갔다. 내 몸은 나의 의지와는 무
관하게 떨렸다.

마침내 우리는 사고의 원인을 알게 되었다. 우리 앞에는 석탄이 실
린 두 량의 화물을 싣고 달리던 또 다른 열차가 있었다. 열차는 우리에
게 길을 양보하기 위해, 측로(側路)로 접어들려 했는데, 조작 과정에서
한 량의 화물차가 탈선하게 되었다. 선두의 기관차는 반복적으로 경

적을 울려 우리에게 위험을 알리고자 했고, 해당 열차의 승무원들은 급히 우리가 지나갈 철로로 달려와 신호뇌관(信號雷管)을 터뜨려 댔다. 위험을 알리기 위한 그들의 노력은 결실을 맺지 못했고, 우리는 철로 앞을 막고 있던 탈선 화물차와 충돌했다.

우리는 이제 어째야 할지 막막했다. 육로는 땅이 질퍽했고, 포격으로 인해 곳곳이 패여 있었다. 그리고 테르니에에 도착하려면 아직도 6km는 더 가야 했다. 가랑비가 스며들어 우리 옷은 몸에 딱 달라붙었다.

현장에는 네 대의 마차가 와 있었다. 하지만 그 마차들은 부상자 수송을 위했다. 또 다른 마차들이 곧 도착할 예정이었지만, 그것들은 죽은 자들을 실어 나르기 위한 마차였다.

두 사람의 구조대원이 임시 들것을 즉석에서 만들어 부상자를 나르고 있었다. 그리고 들것 위에 누워있는 사람은 군의관이었다. 그의 출혈이 얼마나 심한지, 나는 나도 모르게 내 두 주먹을 꽉 쥐고, 손톱으로 손바닥을 누르고 있었다. 장교 한 사람이 들것을 따라가던 의사에게 군의관의 생사를 묻고자 했다. 그를 향해 외쳤다.

"오! 안 돼요, 제발 부탁이에요, 부탁인데 그런 거 묻지 말아 주세요. 가엾은 사람 같으니!"

나는 마치 누군가 내게 무시무시한 이야기를 외치기라도 할 것처럼, 두 귀를 꼭 틀어막았다. 끝내 군의관의 생사를 알지 못하고 지나갔다.

어쨌든 체념하고 걸어가는 수밖에 없었다. 대략 2km 조금 넘는 거리까지는 우리 모두 씩씩하게 걸어갔다. 여기서 나는 기진맥진하여 멈춰 섰다. 신발 바닥에 진흙이 들러붙는 바람에 발이 무거워졌다. 진창에서 빠진 발을 한 걸음 한 걸음씩 힘들게 옮기느라, 우리는 진이 다 빠질 지경이었다. 나는 가까운 표석 위에 주저앉아, 더는 걷지 못하겠다고 선언했다. 셰노 양, 내 상냥한 길동무는 울음을 터뜨렸다. 그러자 기차 안에서 우리 몸을 지켜주었던 두 명의 젊은 독일 장교가 나를 앉은 자세 그대로 번쩍 들어올렸다. 우리는 그 상태로 1km를 더 갔다. 그런데 이번에는 셰노 양이 한계에 다다랐다. 그녀에게 나 대신 독일 장교들에게 부축받겠느냐고 제안했지만, 그녀는 거절했다.

"좋아요. 그럼 우리 저기서 좀 쉬도록 하죠."

그렇게 나와 셰노 양은 탈진한 채, 부러진 작은 나무에 등을 기대고 쉬기 시작했다.

밤이 찾아왔다. 무척이나 추운 밤이었다! 우리는 조금이나마 몸을 덥히려고 서로의 곁에 찰싹 붙어 있었다. 나는 잠 속으로 빠져들었다. 잠이 오는 가운데, 눈앞에 환영이 펼쳐졌다. 샤티용 고원에서 조그마한 나무들에 몸을 기댄 채 추위로 죽어가는 부상자들의 환영이었다. 나는 이제 꼼짝하기도 싫었다. 그리고 이러한 마비 상태는 당시의 내게 무척이나 감미롭게 느껴졌다.

그러던 중 우리 곁으로 짐수레 한 대가 지나갔다. 수레의 주인은 테르니에에 있는 집으로 돌아가는 길이었다. 젊은 장교 중 한 사람이 수레를 불러 멈춰 세웠다. 그는 우리를 실어달라며, 수레 주인에게 약간의 대가를 지불했다. 나는 장교들에게 다시 들어 올려져 수레 위에 실렸다. 바퀴가 두 개 달린 수레는 무척 덜컹거리며 앞으로 나아갔다. 수레는 작은 언덕을 넘고, 진창 속에 빠져들었다가, 자갈밭 위를 튀어 오르듯이 지나기도 했다. 수레 주인은 수레를 끄는 짐승들에게 채찍질하고 소리를 내지르며 몰았다. 그때 수레 주인이 수레를 몰던 방식 안에는, 이를테면 "모르겠다, 될 대로 되라!"로 요약되는 태도가 담겨 있었다. 그리고 그러한 것이 당대의 시대정신이었다.

나는 이 모든 감각을 비몽사몽 한 상태에서 겪었다. 완전히 잠이 든 것은 아니었지만, 어떤 질문에도 대답하고 싶지 않았다. 그리하여 모종의 기쁨마저 느끼며 이런 무아지경 속으로 빠져들었다.

돌연 수레가 멈춰 섰다. 우리는 테르니에에 도착했다.

수레는 호텔 앞에 멈춰 섰다. 내릴 때가 되었다. 무겁게 늘어진 나는 깊이 잠든 사람처럼 보였다. 아무튼 이제 잠에서 깰 시간이었다. 두 젊은 장교들은 내가 호텔 방까지 올라가도록 부축해주었다.

셰노 양에게 우리들의 선량한 길동무들이 떠나기 전에 수레값을 치러달라고 부탁했다. 그들은 우리에게 작별 인사를 건네며 무척이나 아쉬워했었다. 나는 호텔에서 종이를 빌린 후, 그들 각자에게 언젠가 나의 사진과 교환할 수 있는 증서를 써주었다. 두 사람 중 그 증서를 사용한 사람은 한 사람뿐이다. 6년 뒤, 나는 옛 증서를 보내온 그에게 약속한 사진 한 장을 보내주었다.

우리는 두 사람이었지만, 테르니에 호텔이 내어줄 수 있는 방은 하나뿐이었다. 셰노 양에게 침대에 눕길 권하고, 나는 옷을 모두 껴입은 채 소파에서 잠을 청했다.

아침이 밝았다. 나는 카토(Cateau)행 열차를 타고자 했다. 그런데 열차 정보를 알아본 결과, 테르니에에서 카토로 가는 열차는 존재하지 않았다. 카토행 마차를 구하려면 기적이라도 일어나야 했다. 결국 우리는 뫼니에(혹은 메니에였을 지도 모르겠다.)라는 의사로부터 2륜 마차 한 대를 빌렸다. 여기까지만 해도 기적이었다. 다만 그는 우리에게 말을 빌려줄 수는 없다고 했다. 그 의사의 가엾은 말은 적군에게 징발당했다고 했다.

나는 어느 수레꾼에게 망아지에 마차를 매어 달고 다시금 길을 떠났다. 망아지는 무척 즐거워 보였다. 망아지는 땅을 박차고 가볍게 뒷발질을 하더니, 제법 고른 보조로 전진하기 시작했다.

못된 노부부는 우리에게 생-캉탱(Saint-Quentin)으로 가는 길을 알려주었었다. 가엾은 망아지가 몇 번이고 멈춰 서려 했지만, 우리는 결국 그 길을 따라 나아갔다.

나는 죽을 것 같은 피로감 속에서 잠이 들었다. 한 시간 정도나 나아갔을까, 차가 갑자기 멈추는 것이 느껴졌다. 눈을 떠보니, 불쌍한 우리 망아지가 후들거리는 네 다리로 겨우 몸을 지탱하면서 거친 콧김을 내뿜고 있었다.

어둑어둑한 날이었다. 한층 낮아진 하늘이 서서히 땅 위로 쏟아지는 듯했다. 우리는 들판 한가운데 멈췄다. 들판 곳곳에 대포를 끌던 무거운 수레가 남긴 바퀴 자국들이 있었다. 바퀴 자국이 남지 않은 곳은 온통 군마가 짓밟아 남긴 말발굽 자국들이었다. 추위로 인해 말발굽의 모양 그대로 땅이 굳어버렸고 곳곳에 얼음이 얼어 우중충한 분위기 속에서 불길하게 반짝였다.

우리는 무엇이 망아지를 그리도 떨게 만든 것인지 알아보기 위해 차에서 내렸다. 그리고 공포의 비명을 내질렀다. 5m 정도 떨어진 곳에서, 몸의 반쪽이 아직 땅 아래 묻혀 있는 시체를, 들개들이 미친 듯이 뜯어먹고 있었다.

다행이라고 해야 할지, 적군의 시체였다. 나는 마부 소년에게서 채찍을 받아들고, 있는 힘껏 저 못된 짐승들에게 휘둘렀다. 들개들은 이빨을 드러내 보이며 흩어지는가 싶더니, 다시금 시체에 몰려들어 우리를 향해 낮게 으르렁대며 게걸스럽고 끔찍한 식사를 이어갔다.

마부 소년은 마차에서 내려 굴레를 쥐고 저항하는 망아지를 직접 끌고 갔다. 엉망진창으로 파인 들판 속에서 길을 헤매며, 우리는 힘겹게 앞으로 나아갔다. 차디찬 밤이 내려왔다. 달은 미약한 힘을 펼쳐 슬프고 창백한 빛으로 풍경을 밝혔다.

공포에 짓눌려 죽을 것만 같았다. 내게는 밤의 정적이, 지하에서 울부짖는 자들의 고함이 가득한 듯했다. 발길에 채는 조그만 흙더미들이 모두 사람의 머리통처럼 보였다. 셰노 양은 두 손으로 얼굴을 가린 채 흐느꼈다.

그렇게 30분 정도 걸었을 때였다. 맞은편에서 손에 랜턴을 쥔 일군의 무리가 다가왔다. 나는 그들을 향해 나아갔다. 어느 쪽으로 가야 하는지 길을 물어볼 생각이었다. 그런데 그들의 모습이 가까워지면서, 당황할 수밖에 없었다. 소리 내어 우는 소리가 들려오기 시작했다.

오열하던 이는 뚱뚱한 중년 부인이었다. 가엾은 그녀는 젊은 사제의 부축을 받고 있었다. 그녀는 심적 고통으로 인해 온몸을 바들거렸다. 사제와 여인의 뒤에는 두 사람의 부사관을 포함한 다섯 사람이 따라오고 있었다.

우는 여인이 지나간 뒤, 뒤따라오던 이들에게 여인의 사연을 물어보았다. 그들은 그녀가 남편과 아들의 시체를 찾는 중이라고 알려주었다. 부인의 남편과 아들은 얼마 전 생-캉탱의 평원에서 모두 전사했다는 것이었다.

사람들의 호기심 어린 시선을 피하려고 그녀는 매일 해 질 무렵에 들판을 찾았다. 남편과 아들의 시신을 찾는 수색은 이제껏 전혀 소득이 없었다. 그런 그녀도 이번에는 희망을 품을 만했다. 이날 그들을 그곳까지 인도한 사람은 막 병원에서 퇴원한 부사관으로, 부인의 남편이 쓰러지는 것을 본 목격자였다. 부사관은 이 가엾은 부인의 남편이 최후의 일격을 맞고 쓰러지는 것을 똑똑히 보았다고 했다. 그리고 자신도 같은 장소에 쓰러진 후 야전병원으로 옮겨졌다고 증언했다.

그들은 내게 길을 알려주었고, 나는 감사를 표했다. 그들이 알려준 길, 우리가 선택할 수 있었던 최선의 길 위에는 공동묘지처럼 시체가 가득 널려 있었다. 그것은 얼음이 얇게 깔린 아래에 아직 온기가 채 식지도 않은 시체들이 파묻혀 있는 슬픔의 길이었다.

곳곳에서 사람들이 땅을 파헤쳐 시신을 수습하고 있었다. 나는 비명이 새어 나올 정도로 공포를 느꼈다.

돌연, 마부 소년이 내 외투의 소맷자락을 끌며 말을 걸었다.

"아! 부인! 저기 저 거지를 좀 보세요, 시체에서 물건들을 훔치고 있어요!"

소년이 가리키는 곳을 바라보았다. 웬 남자 한 사람이 커다란 자루를 곁에 둔 채, 몸을 길게 뻗고 엎드려 있었다. 그는 랜턴의 어두운 불빛을 땅에 비추며 인근을 더듬거렸다. 그리고는 잠시 일어나 어둠 속에 자기 그림자를 드러내며 주변을 살피더니, 다시금 머리를 박고 작업에 몰두했다.

그는 우리를 보자 랜턴의 불을 끄고 땅에 납작 엎드렸다. 우리는 묵묵히 그를 향해 다가갔다. 나는 마부 소년의 반대편에서 굴레를 쥐고 걸어갔다. 마부 소년 역시 내 생각을 알아챈 듯, 내가 끌어가는 방향대로 따라왔다. 우리는 남자를 못 본 척하면서 그를 향해 다가갔다.

망아지는 걸음을 주저하고 있었고 우리는 망아지를 억지로 끌어 앞으로 계속 나아가게 했다. 남자와의 거리가 무척 가까워지자, 나는 두려움에 몸서리쳤다. 혹시나 이자가 자기 모습을 드러내느니 마차에 밟히는 것을 선택하지는 않을까 두려웠다.

다행히도 내 걱정은 기우였다. 마차 바퀴가 코앞까지 이르자, 그는 숨 막힌 목소리로 중얼거리기 시작했다.

"조심하세요! 멈춰요! 전 부상병입니다! 당신들이 나를 깔아뭉갤 거 같아요!"

마차에 놔두었던 랜턴을 집어 들고(우리는 랜턴 위에 웃옷을 덮어두고 있었다, 달빛이 랜턴 빛보다 밝았기 때문이다) 이 비참한 인간의 얼굴에 그 빛을 비춰보았다.

그의 정체를 확인한 나는 어안이 벙벙해졌다. 남자는 65살에서 70살 사이의 노인으로 보였다. 얼굴에는 깊은 주름이 잡혀 있었고, 더럽고 희끗희끗한 긴 구레나룻이 나 있었다. 목에는 스카프를 감고 있었고, 그 아래로는 짙은 색 외투가 보였다. 달빛이 그의 주변에 쌓인 사물들에 빛을 비추었다. 구리 재질의 장식 단추, 군도 손잡이, 기타 잡다한 물건들. 이것들은 모두 이 부끄러움을 모르는 노인이 가엾은 전사자들의 시체에서 훔친 물건들이었다.

"당신은 부상병이 아니라 도둑일 뿐이에요! 도굴꾼 같으니! 소리를 질러 사람들을 불러 모으겠어요. 그럼 당신은 죽은 목숨이죠! 알아듣겠어요? 파렴치한 건달 같으니!"

나는 그렇게 외치며, 그가 내뱉는 숨에 내 숨결이 더럽힐 정도로 가까이 다가갔다. 남자는 무릎을 꿇고 범죄를 저지른 두 손을 모은 뒤, 내게 애원하기 시작했다. 벌벌 떨리는, 울음 섞인 목소리였다. 애원에 이기지 못한 나는 그를 향해 말했다.

"거기 당신 자루를 두고 가세요. 당신이 훔친 모든 물건을 이곳에 두고, 양쪽 주머니도 다 비운 다음에, 여기서 빨리 떠나시오! 당신이 내 시야 밖으로 사라지고 나면, 시신을 수습 중인 병사를 불러 당신 장물들을 넘기도록 하지요. 당신을 그들에게 넘기지 않는 것만 해도 감사히 생각하십시오. 그것만으로도 충분히 내 양심에 거리끼는 일이니까요."

그는 가벼운 신음을 내며 자기 주머니에 있던 물건들을 모두 꺼냈다. 주머니까지 비운 그가 자리를 뜨려 할 때였다. 마부 소년이 내 귓가에 대고 속삭였다.

"부인, 아직 저놈이 망토 아래 신발들을 숨기고 있어요."

나는 이 역겨운 도둑에 대한 분노에 사로잡혔다. 나는 그의 긴 망토를 잡아끌며 외쳤다.

"훔친 물건을 전부 두고 가라고! 파렴치한 인간 같으니, 아니면 지금 바로 사람을 부르겠어요."

얼어붙은 땅 위로 여섯 켤레의 신발이 털썩 떨어졌다. 모두 죽은 병사의 시신에서 훔친 물건들이었다.

남자는 주머니에서 훔친 물건들을 빼낼 때 함께 떨어진 권총 한 정을 집으려고 허리를 숙였다. 나는 그런 그에게 말했다.

"그것도 내버려 두시죠, 그리고 빨리 사라지세요! 이젠 나도 인내심의 한계입니다!"

그러자 그는 한없이 절망적인 어조로 벌컥 화를 냈다.

"하지만 누가 날 습격하면요? 나는 내 몸을 지킬 수단이 없다고요!"

"그럼 주님께서 그걸 원하시는 거겠죠! 그만 가세요! 아니면 지금 당장 사람들을 부를 거예요!"

남자는 내게 욕설을 퍼부으며, 그 자리에서 달아났다.

마부 소년이 병사 한 사람을 불러왔다. 나는 그 병사에게 바닥의 장물들을 가리켜 보이며, 사정을 설명해주었다. 그러자 그는 말했다.

"아! 알겠습니다, 다만 지금 그 도둑놈을 쫓아가는 건 힘들 것 같네요. 수습해야 할 시신들이 워낙 많아서요."

우리는 계속해서 길을 따라가 마침내 어느 사거리에 이르렀다. 거기서부터는 제법 차가 다닐 만했다.

뷔지니(Busigny)를 지난 뒤, 그리고 늪지에 빠져 하마터면 살아나지 못할 뻔했던 숲을 가로지른 뒤, 우리의 고통스러운 여행은 드디어 끝이 났다. 우리는 한밤중에 카토(Cateau)에 도착했다. 피로와 공포, 그리고 절망에 빠져 거의 죽기 직전이었다.

카토에서 한나절을 꼬박 쉬어야만 했다. 심한 열병에 걸렸기 때문이다. 우리는 벽에 석회를 덕지덕지 발라둔 작은 방 두 개를 빌렸다. 작아도 말끔한 방이었다. 바닥에는 붉게 빛나는 타일이 깔려 있었고, 나무 침대에는 니스가 칠해져 있었으며, 창가에는 흰 모직 재질의 커튼이 달려 있었다.

사랑스러운 셰노 양을 위해 의사를 한 사람 불렀다. 그녀의 건강 상태가 나보다도 더 나빠 보였기 때문이다. 의사는 우리 두 사람이 너나할 것 없이 중태라는 진단을 내렸다. 나는 신경성 열병 때문에 사지가 부서지는 듯했고 머리는 불타오르는 듯했다. 셰노 양은 환각 때문에 도저히 진정하지 못했다. 그녀는 끊임없이 사람들과 불의 환영을 보았고, 환청으로 비명을 들었으며, 누군가 자기 어깨를 만진다며 소스라치게 놀라곤 했다.

의사는 우리에게 진정제를 처방했는데, 좋은 판단이었다. 다음날 뜨거운 물로 목욕을 하자, 우리 사지에 잃어버렸던 활력이 돌아오는 듯했다.

파리를 떠난 지 6일 차였다. 이 시절의 기차는 오늘날보다 느렸으므로, 옹부르에 도착하려면 아직도 스무 시간 정도가 더 필요했다.

나는 브뤼셀로 가는 열차를 탔다. 그곳에서 대형 여행 가방을, 그리고 몇몇 꼭 필요한 옷가지들을 살 계획이었다. 카토에서 브뤼셀까지 가는 동안에는 별다른 사고가 없었다. 우리는 별 일없이, 브뤼셀에 도착한 날 밤에 또다시 열차를 탔다.

나는 옷가지들을 담은 대형 가방을 다시 열차에 실었다. 무척이나 내게 필요한 옷가지들이었다. 쾰른까지의 여행은 별 사고도 없이 쾌적했다. 그러나 이 도시에 도착하고 나서, 우리는 끔찍한 환멸을 느끼게 되었다.

열차가 막 역에 진입했을 때였다. 역무원 한 사람이 재빠른 걸음으로 객차 앞을 지나며, 독일어로 내가 알 수 없는 말을 소리쳤다. 남녀를 가리지 않고, 모든 승객이 서둘러 움직였다. 그들은 조금의 정중함도 없이 서로 떼밀며 발걸음을 옮겼다. 나는 역무원에게 표를 보여주었다. 그러자 그는 친절한 태도로 내 가방을 받아들더니, 군중들이 모인 곳을 향하여 급히 발걸음을 옮겼다. 우리는 그를 따라갔다. 다음에 일어난 상황을 도무지 이해할 수가 없다. 그는 우리 짐을 대뜸 어느 차량 안에 던져 넣고, 나를 향해 어서 타라는 신호를 보냈다.

셰노 양은 이미 열차 계단에 발을 걸친 상태였다. 그때였다. 승무원 한 사람이 셰노 양을 밀치고 그녀 앞에서 문을 거세게 닫았다. 그리고 사태 파악이 채 끝나기도 전에, 열차는 모습을 감추고 말았다. 내 작은 짐을 실은 열차는 그렇게 떠나갔다. 또한 우리 두 사람의 옷이 담긴 대형 가방은, 이전 열차의 화물칸에서 내려져 어느 급행열차의 화물칸에 옮겨 실린 상태였는데, 해당 급행열차 역시 우리를 쾰른역에 남겨둔 채 떠났다.

나는 분노로 인해 울기 시작했다. 그리고 그런 우리를 가엾게 여긴 역무원 한 사람이 우리를 역장에게 안내해 주었다.

역장은 매우 기품이 있었고, 불어에도 상당히 능통한 남자였다. 그는 선량해 보였고 자비심도 깊어 보였다. 나는 커다란 가죽 소파에 주저앉은 채, 안절부절 울음을 터뜨리며 그에게 내가 겪은 재난에 관해 이야기했다.

그는 내 이야기를 듣는 즉시 전보를 보내, 바로 다음 역의 역장이 내 작은 짐과 대형 여행 가방을 회수하도록 했다.

"됐습니다. 내일 정오에는 짐을 되찾을 수 있을 거예요."

"저기 그럼, 오늘 저녁에 여길 떠날 수는 없는 걸까요?"

"그건 안 됩니다. 그때 운행하는 열차가 없어요. 옹부르행 급행열차를 타실 거라면, 가장 빠른 것도 내일 아침이랍니다."

"오 맙소사! 하느님 맙소사!"

나는 진정한 절망에 사로잡혔다. 그리고 그 절망은 셰노 양에게까지 번졌다. 가엾은 역장은 그런 우리 모습을 보고 어쩔 줄 몰라 했다. 그는 당황한 표정으로 나를 진정시키려 애썼다.

"쾰른에 누구 아는 사람이 있습니까?"

"아뇨, 쾰른에는 제가 아는 사람이 아무도 없어요."

"그렇다면, 제가 두 분을 '오텔 뒤 노르(Hôtel du Nord)'라는 곳으로 모셔드리죠. 제 처제가 이틀 전부터 그 호텔에 묵고 있거든요. 일단 그곳으로 가면, 그녀가 당신들을 보살펴 줄 겁니다."

한 시간 반 뒤, 역장의 마차가 역에 도착했다. 우리는 그의 마차에 올라, '오텔 뒤 노르'로 안내되었다. 역장은 일부러 한참 돌아가는 길을 택했다. 우리에게 쾰른이란 도시의 풍경을 대강이나마 보여주기 위해서였다. 그러나 당시의 나는 독일인들의 것이라면 그 어떤 것에 대해서도 감탄하는 법이 없었다.

'오텔 뒤 노르'에 도착하자, 역장은 우리에게 그의 처제를 소개해 주었다. 그녀는 젊은 금발의 미인이었으나, 내 기준에서는 지나치게 인상이 강했으며, 또한 지나치게 키가 컸다. 다만 외관이 주는 인상과는 다르게 그녀가 무척 상냥했다는 이야기는 꼭 해둬야겠다. 그녀는 우리를 위해, 자신이 묵고 있는 방에서 가까운 방 두 개를 잡아 주었다. 그녀는 1층에서 기거하고 있었다. 그녀는 우리를 저녁 식사에 초대했으며, 기꺼이 우리를 손님으로 대접해주었다.

역장 또한 퇴근 후에 우리와 합류했다. 역장의 처제, 이 매력적인 여인은 무척이나 음악에 조예가 깊었다. 그녀는 우리를 위해 베를리오즈(Berlioz), 구노(Gounod), 심지어는 오베르(Auber)의 곡까지도 연주해 주었다. 그녀의 세심한 배려를 마음 깊이 느꼈다. 그녀는 나를 위해 일부러 프랑스 작곡가의 곡들만을 연주했던 것이다. 그녀에게 모차르트와 바그너도 연주해 달라고 청했다. 내 입에서 '바그너'라는 이름이 튀어나오자, 그녀는 내 쪽을 돌아보며 물었다.

"바그너를 좋아하세요?"

"그의 음악을 좋아하죠, 하지만 바그너라는 사람 자체는 싫어해요."

셰노 양은 내게 무척 작은 목소리로 속삭였다.

"저분께 리스트도 연주해줄 수 있냐고 물어봐 주세요."

그녀는 셰노 양의 말을 알아들었고, 이루 말할 수 없을 정도로 우아하게 리스트의 곡을 연주했다. 고백하건대, 나는 이날 밤을 무척 감미롭게 보내었다.

저녁 10시가 되자, 역장(멍청한 소리지만, 나는 그의 이름이 기억나지 않는다. 여기저기 일기장들을 뒤져봤지만, 거기에도 역장의 이름은 적혀 있지 않았다.)이 자리에서 일어났다. 그는 다음 날 아침 8시에 우리를 데리러 오겠다는 약속을 한 뒤, 호텔을 떠났다.

그날 밤, 모차르트와 구노, 그리고 또 다른 수많은 음악가의 선율을 떠올리며 잠이 들었다.

다음 날 아침 여덟 시, 하인 한 사람이 찾아와 마차가 바깥에서 우리를 기다리고 있다고 알려주었다. 뒤이어 '똑, 똑'하고 가벼운 노크 소리가 들리더니, 어젯밤 우리를 맞이해준 아름다운 여인이 방에 들어왔다. 그녀는 상냥한 목소리로 말했다.

"자, 출발하셔야죠!"

이 아름다운 독일인의 세심한 배려에 무척이나 감동했다.

그날은 날씨가 무척 좋았다. 나는 역장에게 혹시 마차가 아니라 도보로 가도 괜찮겠냐고 물어보았다. 역장은 그 정도 여유는 있다고 답했고, 그렇게 우리는 쾰른역을 향해 걸어가기 시작했다. 쾰른역은 호텔에서 꽤 가까운 거리였다. 역에 도착하자, 한 량 전체를 전세 낸 열차가 나를 기다리고 있었다. 우리는 가장 편한 자리를 골라 앉을 수 있었다. 역장과 그의 처제는 우리의 손을 붙잡아주며, 행복한 여행이 되길 빌어주었다.

열차가 출발했다. 우리가 탄 차량 한 켠에는 물망초 꽃다발 하나와 초콜릿 한 상자가 놓여 있었다. 초콜릿은 역장이 준비한 선물이었다. 그리고 물망초 꽃다발 안에는 역장의 처제가 쓴 그림엽서가 꽂혀 있었다.

마침내 여행의 종착지를 향해가고 있었다. 나는 미쳐버릴 것 같은 기분 속에 빠져들었다. 사랑하는 저 모든 이들과의 재회라! 나는 자고 싶었지만, 잘 수가 없었다. 초조함으로 인해 커진 나의 두 눈은, 기차가 달리는 속도보다도 더 빠르게 다가오는 풍경을 집어삼켰다. 기차가 정차할 때마다, 속으로 저주를 퍼부었다. 차창 밖으로 날아가는 새들이 부러웠다. 내가 곧 보게 될 이들의 놀란 표정을 상상하며 기쁨의 웃음을 터뜨렸다. 그러다가도 잠시 뒤에는 막연한 공포로 몸을 떨었다. 그들에게는 그동안 어떤 일이 있었을까?

과연 그들 '모두'와 재회할 수 있을까? 만약에... 아!... 내 머릿속은 '만약에', '왜냐하면', '그렇지만'으로 시작하는 수많은 끔찍한 상상들로 가득했다. 누군가 아프기라도 한다면, 사고라도 겪었다면, 그럼 어떡하지? 나는 울고 말았다. 그런 나를 본 셰노 양 역시 눈물을 흘리기 시작했다.

마침내 옹부르가 보이기 시작했다. 20분만 더 가면, 역에 도착할 터였다. 그때 기차가 멈춰 섰다. 마치 사악한 땅 요정들이 내 인내심의 한계를 시험하고자 작당을 한 듯했다.

승객들이 하나둘씩 문밖으로 머리를 내밀었다. 뭐지? 대체 무슨 일이 일어난 거야?

"어째서 열차가 멈췄답니까?"

"우리 앞에 고장 난 열차가 있답니다. 제동 장치가 부서졌대요. 이거 앞차가 치워질 때까지 여기서 꼼짝 못 하겠는데요."

나는 이빨을 악물고 주먹을 꼭 쥔 채로 다시 좌석에 주저앉았다. 허공을 잘 들여다보면, 끈질기게 날 괴롭히는 못된 귀신들의 형체가 보일 것도 같았다. 마음을 굳세게 먹고, 두 눈을 감았다. 그리고 보이지 않는 땅 요정들을 향해 몇 마디 저주의 말을 중얼거린 뒤, 더는 고통받고 싶지 않으니 그만 자겠다고 선언했다.

그리고 깊은 잠이 들었다. 자고 싶을 때 잠들 수 있는 능력은, 주님께서 내게 주신 귀한 선물이었다. 견디기 힘들 정도로 강하고 고통스러운 일들이 이어졌지만, 내가 이성의 끈을 놓칠 뻔할 때마다, 즉 내가 더할 나위 없이 두렵고 끔찍한 상황에 놓일 때마다, 내 의지는 사람을 물고자 하는 못된 강아지를 붙드는 것처럼 내 이성을 꽉 붙들었다. 이렇게 내 의지는 내 이성을 길들이며 스스로 다짐했다. "그만 충분해! 내일이면 너는 너의 고통을, 계획을, 걱정을, 괴로움을, 번민을 이어가겠지. 오늘은 이만 됐어. 내일이면 너는 거대한 충격 아래 짓눌려 무너질 테고, 너와 함께 나를 끌어가겠지. 하지만 그것을 원치 않아! 당분간 모든 것을 잊을 거야. 함께 자자꾸나!" 그러면 나는 잠이 들곤 했다. 정말이다!

셰노 양이 나를 깨운 것은 열차가 역에 들어온 직후였다. 나는 생기를 되찾고 마음을 진정시켰다. 잠시 뒤 우리는 마차 한 대를 잡았다.

"오버 슈트라서 7번 가로 가주세요."

마차가 오버 슈트라서 7번 가에 도착했다. 그리고 내가 사랑하는 모든 이들이 노소를 막론하고 모두 건강히 잘 지내고 있음을 확인했다. 아! 그때 얼마나 행복했던지! 모든 동맥이 요동칠 정도로 심장이 뛰었다. 그간 괴로워했던 것만큼 기쁨의 눈물과 함께 웃음을 터뜨렸다.

기쁨의 눈물이 지닌, 더할 나위 없는 환희, 그것을 대체 누가 정확하게 묘사할 수 있을까? 나는 옹부르에 이틀간 체류했다. 그런 사이에도 또 다른 정신 나간 사건들을 겪어야만 했지만 여기서 자세히 이야기하고 싶지는 않다. 그 정도로 내가 겪은 사건들은 믿기 힘든 것이었다. 예컨대 집에 갑자기 불이 번져, 우리 모두 잠옷 차림으로 뛰쳐나와 5피트 쌓인 눈밭 가운데 여섯 시간 동안이나 야영을 했다든가, 뭐 그런 이야기들이다.

19

파리로의 귀환

다들 건강하고 무사한 상태로 파리를 향해 출발했다. 생-드니에 다다르자, 더는 기차가 없었다. 새벽 4시였다. 당시 파리 주변은 독일인들이 지배했고, 기차는 오직 그들이 편할대로 운행했다.

교섭과 흥정, 그리고 매정한 거절이 한 시간 넘게 이어졌다. 마침내 상대적으로 교양 있고 상냥한 상급 장교와 면담을 가졌다. 그는 우리를 위해 기관차 한 대를 내어주었다. 르 아브르 노선의 생-라자르 역까지 우리를 데려다 줄 열차였다.

집으로 돌아가는 길은 무척 즐거웠다. 우리 일행은 엄마, 이모, 레지나, 셰노 양, 두 하녀 그리고 아이들과 나였다. 우리는 무척 비좁은 공간 속에 다닥다닥 붙어 있었다. 폭이 좁고 크기도 아주 작은 벤치 하나만 놓여 있었는데, 내 생각에 그 벤치는 전쟁기의 보초병을 위한 것이 아닐까 싶었다. 열차는 느리게 나아갔다. 크고 작은 수레들이 기찻길을 막아서는 일이 잦았기 때문이다.

아침 다섯 시에 출발한 열차는 일곱 시에 생-라자르 역에 도착했다. 정확히 어디였는지 기억이 안 나지만, 중간에 독일인 기관사들이 프랑스인 기관사들로 교체된 상태였다.

그들에게 파리의 소식을 물었다. 그리고 파리에 혁명의 기운이 감돌고 있다는 소식을 전해 들었다. 나와 대화를 나눈 기관사는 대단히 지적이고 진보적인 인물로 내게 이렇게 말해주었다.

"파리가 아닌 다른 곳으로 가는 게 좋을 겁니다. 조금 있으면, 싸움이 일어날 거거든요."

나는 대가족을 이끌고 생-라자르 역에 내렸다. 좁은 칸에서 이토록 많은 이들이 내리는 것을 보고, 역에 있던 사람들은 경악했다. 비록 내게 남은 돈이 많지는 않았지만, 역무원 한 사람과 협상하여, 우리 가족의 짐 가방 여섯 개를 들어주는 조건으로 그에게 20프랑을 지불했다. 화물차로 이송된 나와 가족의 대형 가방들 또한 찾아와야 했다.

우리가 역에 도착한 시각은 원래 어떤 열차의 도착도 예정되어 있지 않은 때였다. 따라서 역 근처에 대기 중인 마차는 한 대도 없었다. 아이들은 무척 지쳐 보였는데, 나는 대체 어떡해야 할지가 막막했다. 내가 살던 집은 롬(Rome) 가 4번지였는데, 생-라자르 역에서 그리 먼 곳은 아니었다. 하지만 엄마는 심장이 무척 약해서 조금만 걸어도 고통을 호소했으며, 반쯤 감긴 부은 눈을 한 아이들은 너무나도 지쳐 보였다. 아이들의 가냘픈 팔다리는 오랜 시간 움직이지도 못하고 추위에 시달린 탓에 제대로 펴지도 못했다.

내가 막 절망에 빠져들던 때였다. 저쪽에서 우유 배달차가 지나가는 것이 보였다. 나는 역무원에게 그 차를 멈춰 세우게 했다.

"우리 어머니와 두 아이를 롬 가 4번지까지 태워주실 수 있을까요?"

그러자 우유 배달부는 내게 말했다.

"당신도 같이 타세요, 귀여운 아가씨. 메뚜기보다 더 마른 사람을 하나 더 태운다고 해서 딱히 더 무거워질 것 같지는 않습니다."

나는 그의 말에 살짝 감정이 상하긴 했으나, 수레에 타라는 제안을 사양하지는 않았다. 다소 주저하는 듯한 엄마를 배달부와 가까운 자리에 앉히고, 나도 아이들과 함께 우유통 사이를 비집고 자리를 잡았다. 나는 차에 타지 못한 나머지 일행을 가리키며, 배달부에게 이렇게 제안했다.

"나중에 돌아와서, 저 사람들도 태워주시면 안 될까요? 20프랑 더 드릴게요."

친절한 젊은 배달부는 "그렇게 하도록 하죠!"라고 답한 뒤, 나머지 일행에게 외쳤다.

"안녕하세요! 괜히 고생하지 마시고, 여기서 기다려주세요! 제가 곧장 다시 돌아오겠습니다!"

그리고 배달부는 야윈 말에 채찍질했다. 마차는 우리를 싣고 미칠 듯한 속도로 달려갔다. 아이들은 거의 구를 지경이었다. 나 역시 수레에 매달리다시피 했다. 엄마는 이를 악문 채, 아무 말도 없었다. 엄마의 긴 속눈썹 아래에서는 나를 향한 불만의 시선이 느껴졌다.

마차가 우리 집 앞에 도착했다. 배달부가 얼마나 급하게 말을 멈춰 세웠는지, 엄마는 하마터면 말 궁둥이 쪽으로 떨어질 뻔했다. 마침내 우리는 수레에서 내려왔다. 배달부는 나머지 일행을 마저 실으려고, 왔던 방향으로 말머리를 돌려 전속력으로 차를 몰아 돌아갔다.

엄마는 그 후로도 한 시간 정도는 내게 토라져 있었다. 예쁜 엄마, 가엾은 우리 엄마. 하지만 그건 제 잘못이 아니었어요.

✠

나는 11일 동안 파리를 떠나 있었다. 떠날 때의 파리는 슬픔에 잠긴 도시였다. 그리고 돌아왔을 때의 파리는, 떠날 당시의 고통스러운 슬픔에서 자라난, 예상치도 못했던 큰 불행들에 잠긴 도시가 되어 있었다.[1] 당시 파리에서는 누구도 감히 고개를 들지 못했다. 불어오는 바람에 뺨을 맞지나 않을까 두려웠했다. 개선문 옆에 게양되어 힘차게 펄럭이는 독일 국기. 바람은 바로 그 독일 국기를 휘날리는 바람이었다.

다시 찾은 파리는 부글부글 끓어올라 으르렁대고 있었다. 벽마다 형형색색의 벽보들이 붙어 있었는데, 벽보들의 내용은 하나같이 열렬한 장광설이었다. 가장 아름답고 고귀한 생각들을 담은 벽보가, 부조리하기 짝이 없는 위협을 늘어놓은 벽보와 나란히 붙어 있곤 했다. 출근하던 노동자들이 그 벽보들 앞에 멈춰 선다. 그러면 그들 중 한 사람이 큰 소리로 벽보를 읽기 시작하고, 주위로 군중의 수가 불어나면, 또 다른 이들이 첫 번째 사람의 말을 복창하는 것이었다.

그들은 끔찍한 전쟁으로 인해 어마어마한 고통을 겪은 사람들이었다. 휴전한 지 얼마 되지도 않은 시기였지만, 그들은 복수를 부르짖는 이 벽보들에 찬동했다. 아! 충분히 그럴만한 일이었다! 전쟁은 그들의 발아래 폐허와 비통의 수렁을 파놓았다. 비참은 여인들의 옷을 찢어발겼고, 포위전으로 인한 궁핍은 어린 아이들의 몸을 빼빼 마르게 했으며, 패배의 수치는 남자들의 용기를 꺾어 놓았다. 그런데 지금, '바로 그런 당신'이 필요하다는 호소문이 곳곳에 붙어 있는 것이었다. 저항에 대한 호소, 무정부주의적인 호소, 그리고 다음과 같은 온갖 주장들을 담은 호소를 사람들은 울부짖듯이 토해내고 있었다.

"왕을 타도하자! 공화국을 타도하자! 부자들을 타도하자! 성직자들을 타도하자! 유대인들을 타도하자! 군대를 타도하자! 사장들을 타도

---

[1] 사라 베르나르가 파리에 부재하는 동안, 제3공화정의 첫 총선이 치러졌다. 선거 결과 의회의 다수를 차지하게 된 왕당파들은, 독일이 제시한 굴욕적인 강화 조건에도 불구하고 평화 협상을 서두르는 모습을 보였다.

하자! 노동자들을 타도하자! 모든 것을 타도하자!"

종류를 불문하고, 이러한 외침들은 마비되어 있던 이들의 정신을 일깨웠다.

실의에 빠져 무기력 상태에 빠져 있던 이들이 다시 일어나기 시작했다. 사람들의 감정이 이토록 뜨겁게 달아오른 원인은 독일인들이었으니, 그들은 의도치 않게 우리를 도운 셈이었다.

이러한 흐름 속에서, "복수"를 추구하던 다양한 집단들이 새로운 자양분을 얻고 무력한 상태를 벗어나기 시작했다. 물론 그들 사이에는 전혀 의견일치가 되지 않았다. 파리에는 서로를 물어뜯고, 위협하는, 열 개, 스무 개의 집단들이 공존하고 있었다. 끔찍한 일이었다! 그래도 그것은 각성이었고, 부활이었다. 당시 나는 서로 다른 의견을 가진 열 몇 개 분파 지도자들과 교분을 나눴다. 가장 정신 나간 이들에서부터 가장 현명한 이들에 이르기까지 그들은 모두 내게 관심을 보였다.

나는 자주 지라르댕[2](Girardin)의 집에서 강베타[3](Gambetta)를 만나봤다. 강베타, 이 매력적인 남자의 이야기를 듣는 것이 즐거웠다. 그의 이야기는 대단히 현명하고 생각이 깊었으며 듣는 이의 마음을 사로잡았다. 강베타는 배가 불쑥 나오고, 팔이 짧았으며, 머리는 지나칠 정도로 컸다. 그런 그가 이야기하는 때만은 미(美)의 후광이 비치곤 했다.

어쨌든 강베타는 결코 평범한 인물이 아니었다. 그는 코담배를 흡입했는데, 흩어진 담배 알갱이들을 치우는 그의 손놀림에는 우아함이 가득했다. 그는 굵직한 시가 담배 역시 태웠으며, 타인을 불편하지 않

---

2 언론인이자 정치인으로 활동했던 에밀 드 지라르댕(Émile de Girardin, 1802-1881)을 말한다.

3 프랑스의 정치인 레옹 강베타(Léon Gambetta, 1838-1882)를 말한다. 강베타는 제2제정 붕괴 후 성립된 프랑스 임시정부의 내무부 장관이었으며, 1871년 당시에는 국회의원으로 활동하고 있었다.

게 흡연하는 법을 알고 있었다.

정치 이야기로 피곤해지면, 그는 문학에 관한 이야기를 즐겨 꺼냈다. 그의 문학 이야기에는 독특한 매력이 있었는데 문학의 모든 주제에 관해 잘 알고 있었고, 시구들을 무척 아름답게 읊곤 했다.

하루는 지라르댕의 집에서 저녁 모임을 마친 뒤, 다 함께 『에르나니 Hernani』의 1막을 읽으며 논 적도 있었다. 나는 도냐 솔(doña Sol) 역할이었고, 강베타는 에르나니(Hernani) 역이었다. 비록 강베타가 무네-쉴리[4](Mounet-Sully)만큼 미남은 아니었으나, 에르나니를 연기하는 그는 무네-쉴리 못지않게 매력적이었다. 또 언젠가는 강베타가 '룻과 보아즈[5]'(Ruth et Booz)를 마지막 행에서부터 거꾸로 외우기도 했다.

내가 가장 좋아했던 것은 강베타가 정치토론에 임할 때의 모습이었고, 특히 그가 자신과 대립하는 의견을 반박할 때의 모습이었다. 정치인으로서 그가 지닌 훌륭한 자질은 논리와 중용이었다. 그리고 강베타를 이끄는 힘은 열렬한 애국주의였다. 이 위대한 정신이 그토록 보잘것없는 죽음[6]을 맞이했다니, 인간적인 위대함이란 것도 실은 교만이 아닐지 다시금 생각해봐야 할 일이다.

가끔 로슈포르[7](Rochefort)와 만났다. 그의 정신에 매료되었기 때문

---

4 장 무네-쉴리(Jean Mounet-Sully, 1841-1916)는 프랑스의 배우로, 빅토르 위고의 『에르나니』에서 주인공 에르나니 역을 맡았었다.

5 1859년에 발표된 빅토르 위고의 시 「잠든 보아즈」(Booz endormi)를 말하는 것으로 보인다.

6 강베타는 사망 한 달 전, 자택에서 총기 오발로 인한 팔 부상을 입었다. 강베타의 정적들은, 그의 애인인 레오니(Léonie)가 질투심 때문에 그를 쏘았으며, 여기에는 프리메이슨의 음모가 얽혀있다는 황당한 음모론을 펼치기도 했다. 사라 베르나르의 언급은 이러한 음모론을 참조하고 있는 것으로 보인다. 하나 강베타의 총상은 생명을 위협할 정도로 심각한 것은 아니었으며, 그의 공식적인 사인은 위암이다.

7 프랑스의 언론인 앙리 로슈포르(Henri Rochefort, 1831-1913)를 말한다. 일간지 「라 마르세예즈La Marseillaise」등을 창간하였으며, 제2제정 당시 신랄한 정부 비판 활동을 벌였다. 로슈포

인데, 그래도 그의 곁에 있으면 어떤 불편함을 자주 느꼈다. 로슈포르는 제2제정의 몰락을 초래한 인물이니 말이다. 비록 의심의 여지 없이 공화주의자였으나, 나는 나폴레옹 3세를 좋아했다. 나폴레옹 3세는 지나치게 낙관적이었고 무척 불행한 사람이었다. 내 생각에, 로슈포르는 이미 몰락한 나폴레옹 3세를 지나칠 정도로 모욕했었다.

티에르의 총애를 받던 폴 드 레뮈자와도 자주 보았다. 그는 섬세하고 우아한 정신의 소유자였으며 사고의 폭이 넓었다. 몇몇 이들은 그를 오를레앙 주의자로 몰아갔지만, 그는 분명 공화주의자였으며, 심지어는 티에르 씨보다도 훨씬 진보적인 공화주의자였다. 그가 스스로 규정한 정체성을 의심하는 것은 그를 잘 모르는 사람들뿐이다.

폴 드 레뮈자는 거짓말을 가증스럽게 여겼다. 그는 다정하고 곧고 완고했다. 그가 정치에 대해 능동적인 발언을 하는 것은 오직 폐쇄적인 모임에서였다. 그의 의견은 상원과 하원을 가리지 않고, 언제나 탁견으로 받아들여졌다. 그는 오직 살롱에서만 입을 열기를 원했다. 사람들이 그에게 예술부 장관을 제안한 것이 수십 번이었지만, 그때마다 그는 사양했다.

한번은 내 거듭된 간청에 못 이겨 그가 거의 예술부 장관직을 수락할 뻔했는데, 이때에도 마지막 순간에 그는 마음을 돌렸다. 그는 장관직을 거절한 뒤, 내게 감미로운 편지 한 통을 써주었다. 비록 애초에 공개를 염두에 둔 편지는 아니었고, 나 스스로 그것을 공개할 권리가 있다고 생각하지도 않지만, 다음 몇 줄은 여기 공개해도 좋다고 생각한다. 이하는 폴 드 레뮈자가 내가 보낸 편지를 발췌한 것이다.

르는 제2제정 말기에 체포되어 감옥살이를 하기도 했지만, 나폴레옹 3세의 몰락과 함께 다시 자유의 몸이 된다.

매력적인 친구여, 내가 그림자 속에 머무는 것을 용서해주세요. 눈부신 명예의 빛 속에서보다, 그림자 속에서 나는 세상을 더 분명히 볼 수 있습니다. 당신은 내가 당신 스스로 밝히지 못하는 괴로움까지도 주의 깊게 살펴주는 것이 고맙다고 했었죠. 그러니 내가 계속 어디에도 종속되지 않은 자유인으로 남게 해주세요. 상대를 가리지 않고 도와야 하는 의무를 짊어지는 것보다는, 내가 원할 때 원하는 모든 이의 짐을 덜어주는 편이 나는 더 좋습니다.

…(중략)… 게다가 저는 예술에 있어 미에 관한 확고한 이상을 갖고 있습니다. 그리고 이건 당연하게도 지나치게 편파적이지요…

이 섬세한 사내는 자기 자신의 강직함으로 인해 예술부 장관직을 수락할 수 없었다. 안타까운 일이다. 그가 평소 주장했던 개혁들은 당시에도, 그리고 지금도 꼭 필요한 개혁이었는데 말이다. 맙소사.

나는 또한 위대한 광인 한 사람을 알게 되었다. 유토피아적인 공상과 꿈으로 머리가 가득 찬 사람이었다. 그의 이름은 플루랑스[8](Flourens)다. 플루랑스는 체구가 크고 잘생긴 젊은이였다. 그는 만인의 행복을 바랐으며 만인이 부유하길 바랐다. 그렇게 '만인'만을 생각하던 그는 자신이 '한 명' 내지 '꽤 많은 이들'의 불행을 초래한다는 것은 생각하지 못한 채, 병사들을 쏘고 말았다. 플루랑스와 토론한다는 것은 불가능한 일이었다. 그렇지만 그는 매력적인 사람이었고, 선량했다. 나는 플루랑스가 죽기 이틀 전에 그를 만났다. 그때 그는, 연극계에 투신하려는 아주 어린 소녀를 한 명 데려왔는데 플루랑스에게 내가 그녀를 돕겠다고 약속했다.

---

[8] 파리 코뮌 관련 인사 중 한 사람이었던 귀스타브 플루랑스(Gustave Flourens, 1838-1871)를 말한다. 혁명 파리의 장군으로 임명된 그는, 1871년 4월 3일 코뮌군을 이끌고 정부군을 향해 공세를 취하던 중 붙잡혀 처형되었다.

이틀 뒤의 일이다. 그 가엾은 소녀가 날 찾아와서 플루랑스의 영웅적인 죽음에 대해 알려주었다. 소녀의 이야기에 따르면, 그는 항복하기를 원치 않았으며 두 팔을 크게 벌린 채 주저하는 정부군 병사들에게 외쳤다는 것이다.

"어서 쏘시오! 만약에 반대 입장이었다면, 난 당신들을 결코 살려두지 않았을 테니까!"

그리고 그는 총탄 세례를 맞고 쓰러졌다.

내가 알던 이들 중에는 라울 리고[9](Raoul Rigault)라는 작자도 있었다. 이 인물은 인품이 플루랑스만 못했고, 내가 정말이지 위험한 미치광이로 간주하던 사람이다. 라울 리고는 잠깐이지만 파리의 경찰서장직을 맡기도 했다.

라울 리고는 무척 젊고 오만했다. 그에게는 불타는 야심이 있었으며, 그것을 이루기 위해 무엇이든 할 준비가 되어 있었다. 내가 보기에 그는 선을 행하는 것보다 악을 행하는 것이 더 손쉬운 사람 같았다. 이 남자는 진정한 위험인물이었다.

그는 매일 같이 내게 광기 어린 열정이 담긴 시구들을 보내오던 대학생 무리에도 속해 있었다. 파리에서는 그들을 일컬어 "사라쟁이들(Saradoteurs)"이라 했었다.

하루는 그가 내게 1막으로 된 운문 희곡을 써서 가져왔다. 너무나도 끔찍한 희곡이었고 시구들도 조잡하기 짝이 없었다. 나는 짧은 논평과 함께 그에게 돌려보냈다. 그는 내 단평에 마음이 상했는지 내게 원한을 품고 말았다.

---

9 라울 리고(Raoul Rigault, 1846-1871)는 프랑스의 언론인, 정치인이며, 플루랑스와 마찬가지로 파리 코뮌 관련 인사이다. 파리 코뮌 체제에서 경찰서장직을 맡기도 했지만, 재임 기간은 불과 한 달이다. 라울 리고는 1871년 5월 24일, 정부군에 의해 재판 없이 처형되었다.

지금부터는 그가 내게 어떻게 복수하려 했는지에 관한 이야기이다. 어느 날 내가 게라르 부인과 함께 있는데, 하인이 라울 리고가 찾아왔음을 알렸다. 그는 집 안으로 들어와 나에게 말하기 시작했다.

"오늘날 제게 절대적인 권력이 있다는 걸 알고 있나요?"

나는 그에게 대답했다.

"요즘 돌아가는 정세를 보면, 그렇다고 해도 놀랄 일이 아니죠."

그러자 그는 이렇게 말하는 것이었다.

"내가 당신을 찾아온 것은 평화 혹은 전쟁 둘 중 하나를 선포하기 위해서입니다."

그가 내게 이따위로 말하는 것이 마음에 들지 않았기에, 자리에서 벌떡 일어나 대답했다.

"당신의 강화 조건은 들으나 마나 마음에 안 들 것 같네요. 리고 씨, 지금 당장 전쟁을 선포하시죠. 얼마나 못되게 굴든 상관없어요, 당신은 친구로 두기보다는 적으로 삼고 싶은 사람이니까."

그리고 집사를 불러 경찰서장을 대문까지 배웅하라고 명했다.

게라르 부인은 절망에 찬 표정으로 말했다.

"사라, 저 남자가 우리에게 못된 짓을 할 거야, 틀림없어!"

그녀의 예상은 빗나가지 않았다. 라울 리고의 마수는 내가 아니라 게라르 부인에게 먼저 뻗쳤다. 라울 리고의 첫 번째 복수는 다음과 같았다. 게라르 부인의 친척 한 사람이 경찰이었는데, 라울 리고의 명으로 좌천당하고 위험한 보직을 맡게 되었다. 그 뒤로도 그는 수많은 걱정거리를 만들어냈다. 하루는 내게 긴급한 일이 있으니 당장 경찰서에 출두하라는 명령을 받았는데 이 명령에 불응했다. 다음날이었다. 말을 탄 전령 한 사람이 나를 찾아와서, '라울 리고 서장님의 전언'이라며 쪽지 한 장을 전해주었다. 그가 죄수 호송차를 보내 나를 잡아갈 것이라는 협박문이었다. 나는 이 건달 같은 놈의 협박을 조금도 괘념치 않았다. 라울 리고는 그로부터 얼마 지나지 않아 총살형을 받았고 초라한 최후를 맞이했다.

✠

어쨌든, 파리의 상황은 더는 견디기 힘들 정도로 불안정했다. 나는 생-제르맹-앙-래로 떠나기로 결심했다. 엄마에게 함께 떠나자고 했지만, 엄마는 여동생과 함께 스위스로 떠나버렸다.

파리를 떠나는 일은 내가 예상했던 것보다 불편했다. 코뮈나르(communard, 코뮌 지지자)들이 소총을 어깨에 맨 채 기차를 멈춰 세웠고 구석구석을 샅샅이 뒤졌다. 그들은 승객들의 짐과 주머니, 심지어는 객차 좌석에 기댄 쿠션 아래까지 뒤졌다. 코뮈나르들은 승객들이 코뮌 치하에서 발간된 소식지들을 베르사유의 정규군에게 유출시킬까 염려했던 것이다. 그들의 수색은 대단히 거칠었다.

나는 생-제르맹-앙-래[10]에 도착했다. 이곳에서 당분간 살 곳을 마련하는 것도 쉬운 일은 아니었다. 거의 모든 파리 시민들이 이 권태롭고 아름다운 작은 마을로 피난하러 왔기 때문이었다. 사람들은 밤낮으로 무리를 이루어 높은 테라스에서 파리를 내려다봤다. 그렇게 우리는 파리 코뮌의 무시무시한 경과를 지켜보았다.

파리의 방방곡곡에서 불길이 피어올랐다. 불길은 모든 것을 집어삼키며 위풍당당하게 솟아올랐다. 불타는 문서들이 바람을 타고 우리

---

10 생-제르맹-앙-래(Saint-Germain-en-Laye)는 파리 중심에서 서쪽으로 19.1km 가량 떨어진 곳이다.

쪽까지 날아오는 일도 심심치 않게 있었다. 우리는 반쯤 타버린 그 문서들을 주워 곧바로 관공서에 제출했다. 센 강을 타고 떠내려오는 문서들 또한 많았다. 그것들을 가방에 담아 수거하는 것은 센 강 뱃사공들의 몫이었다. 어떤 날들에는 불투명한 연기의 장막이 온 파리를 뒤덮기도 했다. 그것은 강한 불길이 내뿜은 연기였고, 바람이 아무리 분들 흩어지지 않았다. 그런 날이면 나는 더할 나위 없이 불길한 상상에 빠져들곤 했다.

도시는 속절없이 타들어 갔다. 우리는 초조한 마음으로 분노에 제정신을 잃은 대중들이 이번에는 또 어떤 집에 불을 붙일지 살피려 했으나 허사였다.

나는 매일같이 말을 타고 숲을 가로질러 베르사유까지 나아갔다. 이 산책로는 그리 안전한 길이 못되었다. 숲속에서 나는 자주 아사하기 직전의 가엾은 사람들과 마주쳤고, 그럴 때마다 기쁜 마음으로 그들을 도와주었다. 단순히 굶주린 이들이 아닌, 푸아시(Poissy)의 교도소에서 도망한 탈옥수와 마주치는 일도 잦았으며, 코뮈나르 의용대원들과 마주치기도 했다. 코뮈나르 의용대, 이들은 베르사유 정규군 병사 한 사람을 죽이기 위해서라면 어떤 대가라도 기꺼이 치르고자 하는 사람들이었다.

하루는 내가 오코노르(O'Connor)라는 이름의 대위와 함께 트리엘(Triel)의 언덕들을 누비며 신나게 말을 달린 적이 있었다. 그렇게 종일 승마를 하다가 생-제르맹-앙-래로 돌아오는 길이었다. 이미 꽤 늦은 상태였기에, 우리는 지름길을 택하여 저녁의 숲속으로 접어들었다. 그때였다. 가까운 잡목림에서 총탄 한 발이 날아왔다. 총성에 놀란 내 말은 왼쪽으로 크게 날뛰었고, 그 움직임이 너무 거칠었던 탓에 나는 낙마하고 말았다. 다행히도 내 말은 금세 평정을 되찾았다. 오코노르가 재빨리 내 곁으로 다가왔다. 그는 내가 낙마한 상태에서 다시 말에 오르려한다는 것을 보고 양해를 구했다.

"잠시만 여기 있어 보세요. 저 잡목림을 좀 살펴봐야겠어요."

그는 힘차게 말을 몰아 삽시간에 잡목림 안으로 사라졌다. 또 한 번의 총성이 들렸고, 누군가 도망가며 발아래의 나뭇가지들을 밟는 소리가 들렸다. 앞서 두 번의 총성과는 전혀 다른, 세 번째 총성이 울려 퍼졌다. 그리고 내 친구, 오코노르 대위가 권총을 손에 쥔 채 다시 나타났다. 나는 그가 총상을 입었는지 걱정되어 물어보았다.

"총탄에 맞지는 않았어요?"

"맞았어요. 첫 번째 탄환이 다리를 살짝 스쳤네요. 저놈이 조준을 무척 낮게 했거든요. 하지만 놈이 그 이후에는 아무렇게나 쏘더군요. 아마 제가 쏜 권총탄이 녀석의 몸에 정확히 적중한 것 같습니다."

"하지만 그가 도망가는 소리가 들렸어요."

내가 걱정하자, 대위는 평소의 우아함과는 어울리지 않게 히죽히죽 비웃음을 터뜨리며 말을 이었다.

"오! 괜찮아요, 그놈은 멀리 못 갈 겁니다."

"가엾어라."

내 중얼거림을 들은 오코노르는 외쳤다.

"오! 안 돼요, 그럼 안 됩니다, 부탁이니까 저놈들을 동정하지 마세요. 의용대 놈들은 매일같이 우리를 죽이고 있습니다, 그것도 여럿이죠! 어제만 해도 말이죠, 우리 연대에 소속된 병사 다섯이 베르사유의 대로에서 시체로 발견되었습니다. 우리 병사들을 살해한 것만으로는 모자랐는지, 그놈들이 시체의 손발까지 잘라놓았더군요."

오코노르는 말을 마친 후 이를 부득부득 갈며 욕설을 내뱉었다.

나는 살짝 놀란 상태로 그를 돌아보았다. 그는 나의 시선을 신경 쓰지 않는 듯했다. 우리는 숲의 장애물들을 뚫고, 가능한 한 빠른 속도로 길을 나아갔다. 돌연 우리 말들이 콧김을 뿜고 멈춰 섰다. 오코노르는 손에 권총을 쥔 채 말에서 내려 말을 끌고 가기 시작했다.

우리 앞 몇 미터 정도 떨어진 곳에 사내 하나가 쓰러져 있었다.

"아까 제 탄환을 맞은 그놈이겠군요."

오코노르는 쓰러진 남자 위로 허리를 숙이고, 그에게 말을 붙였다. 쓰러진 남자가 신음 소리를 내었다. 대위는 괴한의 얼굴을 본 적이 없었으므로, 그를 알아보는 것 역시 불가능했다. 오코노르는 성냥에 불을 붙여 그 성냥 불빛으로 남자를 살펴보았다. 그자는 소총을 갖고 있지는 않았다.

나는 말에서 내려 쓰러진 남자의 머리를 일으켜주려 했다. 하지만 이내 손을 뺐다. 내 손 가득히 피가 묻었기 때문이다. 남자는 눈을 뜨고 오코노르에게 시선을 고정한 채 말했다.

"아! 너로구나, 베르사유의 개 같으니! 나를 쏜 게 네 놈이었어! 아까는 내가 너를 놓쳤지, 하지만…" 그리고 그는 자기 허리께에 꽂혀있던 권총을 빼내려 했으나 피를 철철 흘린 그에게 권총을 뽑는 동작은 무리였다. 그의 손은 힘없이 땅바닥에 떨어졌다.

오코노르 역시 권총으로 무장하고 있었다. 나는 쓰러진 남자 앞에서 오코노르를 가로막고, 그자를 그냥 내버려 두자고 간청했는데 이때 내 친구의 인상은 알아보기 힘들 정도로 변해 있었다. 이 금발의 미남, 예절 바르고 다소 속물기질이 있지만, 매력적인 내 친구 오코노르가 이때는 한 마리 짐승처럼 느껴졌다.

오코노르는 쓰러진 남자 쪽으로 몸을 기울인 채 아래턱을 비죽 내밀었다. 그는 이를 꽉 깨물고 잘 들리지 않게 몇 마디 중얼거렸다. 그는 주먹을 꼭 쥐고 화를 삭이는 듯했다. 마치 우리가 익명의 투서를 쓰다가 환멸에 휩싸여 구겨 던져버릴 때와 마찬가지로 말이다.

"오코노르 대위님, 이 자를 내버려 둡시다, 부탁이에요."

오코노르는 내 말을 들어주었다. 그는 훌륭한 군인이기도 했지만, 그에 못지않게 여자의 말을 잘 들어주는 사람이었기 때문이다. 그의 몸에서 긴장이 풀어졌다. 그는 진정된 마음으로 다시금 상황을 파악하더니, 내가 말에 오르는 것을 도와주며 말했다.

"그러도록 하지요! 당신을 숙소에 바래다준 뒤에, 이곳으로 다시 돌아오겠습니다. 부하들을 데려와서 저 작자를 끌어가야겠어요."

우리는 그 뒤로 30분에 걸쳐 생-제르맹-앙-래로 돌아왔다. 그동안 우리는 서로 아무 말도 주고받지 않았다.

나는 오코노르에 대해 큰 우정을 품고 있었다. 하지만 이날 이후로 그를 볼 때마다 이 유감스러운 장면을 떠올렸다. 그가 내게 말을 걸 때면, 사람 좋게 웃고 있는 그의 얼굴 위로, 이날 그가 잠시 보여주었던 짐승의 얼굴이 겹쳐 보였다.

오코노르를 마지막으로 본 것은 1905년 3월 모일 저녁, 내 휴게실에서였다. 당시 그는 오코노르 장군이 되어 있었고, 알제리의 병력을 지휘했다. 오코노르는 내게 프랑스군이 현지의 유력 아랍인 부족장들과 분쟁을 겪고 있다는 이야기를 들려주었고, 큰소리로 웃음을 터뜨리며 말했다.

"곧 놈들과 한판 붙어야 할 것 같소!"

그러자 내 기억 속 오코노르 '대위'의 짐승 같은 표정이 장군이 된 그의 얼굴 위로 들러붙듯이 겹쳐 보였다. 나는 이 이후로 더는 그를 보지 못했다. 그는 저 말을 하고 6개월 뒤에 죽었다.

마침내 우리는 파리로 돌아갈 수 있었다. 수치스럽고 가증스러운 평화 조약이 체결되었고, 가엾은 파리 코뮌도 무너졌다. 이제 모든 것이 다시금 질서를 되찾은 듯했다. 그동안 대체 얼마나 많은 피가 흘렀단 말인가! 얼마나 많은 것들이 잿더미가 되었던가! 얼마나 많은 여인들이 사랑하는 사람들을 잃었단 말인가! 얼마나 많은 것들이 폐허로 변하였던가!

파리 어딜 가든 매캐한 탄내가 피어올랐다. 집안 어느 곳에 손을 대더라도, 손끝에 미세하고 약간 끈적한 가루가 묻어났다. 전반적인 거북함이 온 프랑스를, 특히 파리를 뒤덮었다. 그런 상황에서 극장들이 영업을 재개한 것은 우리 모두에게 마음의 위안이 되었다.

어느 날 아침, 오데옹 극장으로부터 리허설에 참석하라는 소집장을 받았다. 나는 몸을 부르르 떠는 젊은 말처럼 숨을 크게 들이쉬며 머리를 흔들고 발을 굴렸다.

경기장이 다시 열렸다. 우리는 다시금 꿈들을 가로질러 질주할 것이다. 트랙이 열렸고, 경쟁이 재개되었다. 우리의 삶은 다시금 시작되었다. 인간의 정신이 영원한 삶의 투쟁을 향하게 한다는 것은 참으로 기이한 일이다. 꼭 전쟁 상황이 아니더라도 수많은 사람이 하나의 목표를 향해 있을 때, 그것은 여전히 전투다.

주님께서는 대지와 인간을, 서로를 위한 존재로 창조하셨다. 대지는 광활하다. 세상에 경작되지 않은 땅, 미개척의 땅이 얼마나 많은가! 엄청난 평수의 미개척지가, 그로부터 마르지 않는 자연의 선물을 캐낼 인간의 두 팔을 기다리고 있다. 그런데 인간은 기어이 옹기종기 모여 있다. 한껏 굶주린 무리끼리 각자가 각자를 노리면서 말이다.

오데옹 극장은 시민들에게 익숙한 레퍼토리를 걸고 영업을 재개했고, 몇 편인가 새로운 작품들의 초연을 기획하기도 했다.

신작 중 하나는 압도적으로 눈부신 성공을 거두었다. 1871년 10월에 초연된, 앙드레 퇴리에(André Theuriet)의 『장-마리Jean-Marie』라는 작품이었다. 이 단막극은 정말이지 작은 걸작이라고 할 만했다. 작가인 앙드레 퇴리에는 이 작품 덕인지 탄탄대로를 밟더니, 나중에는 아카데미[11] 회원의 지위를 차지하기에 이르렀다. 주인공인 장-마리 역할을 맡은 포렐(Porel)도 대단한 성공을 거뒀다. 당시의 그는 호리호리한 체형이었고, 기운이 넘쳤으며, 젊은이다운 열의에 가득 차 있었다. 그는 시심(詩心)이 살짝 모자라긴 했다. 그렇지만 서른두 개의 치아를 훤히 드러내고 즐겁게 웃는 그를 바라보고 있으면, 시적 열망의 빈자리를 타오르는 열정이 대신하고 있다는 느낌이었다. 어쨌든 그런 자세도 나쁘지 않았다.

나는 같은 작품에서 어느 젊은 브르타뉴 여인 역을 맡았다. 억지로 남편으로 맞이한 노인에게 종속된 채, 생사를 모르는 옛 약혼자를 추억하며 살아가는 여인이었다. 그녀는 아름답고 시적인 인물이었다. 또한 최후에 그녀가 보여준 희생은 가슴을 저미도록 슬펐다.

『장-마리』의 결말에는 모종의 위대함마저 느껴졌다. 다시 한번 강조하지만, 이 작품은 어마어마한 성공을 거두었고, 막 싹트기 시작한 내 명성을 한층 더 높여주었다.

비록 어느 정도의 명성을 얻긴 했지만, 여전히 나는 내 운명을 내맡길 대사건을 기다리고 있었다. 나 자신도 내가 무엇을 기다리는지 정확히 이해되지는 않았다. 그러나 내게는 곧 메시아가 찾아올 거라는 확신이 있었다. 내 이마에 선택받은 자들의 관을 씌워준 것은 지난 세기의 가장 위대한 시인이었다.

---

11 아카데미 프랑세즈(Académie française), 곧 프랑스 한림원.

20

빅토르 위고

1871년 연말이었다. 오데옹 극장 관계자는 다소 신비롭고 장엄한 어조로 우리가 빅토르 위고의 희곡을 올리게 되었다는 공지를 했다.

당시만 해도, 위대한 사상이란 것을 전혀 몰랐다. 나는 가족들과 다소간에 젠체하기 좋아하던 우리 가족의 지인과 친구들, 그리고 예술가로 독립한 뒤에 만난 소수 지인들에게 둘러싸여 살고 있었다. 나는 가족들의 영향을 받아 약간 부르주아스러웠고, 친구들의 영향을 받아 약간은 사해동포주의자이기도 했지만, 그게 다였다.

어린 시절부터 빅토르 위고가 반역자며 배신자라는 소리를 듣고 자랐다. 그의 작품들을 열정을 갖고 독파했지만, 그러한 독서 경험도 내가 빅토르 위고라는 개인을 지나치게 엄격한 잣대로 판단하는 것을 막지 못했다.

오늘날 이 시절에 내가 가졌던 모든 부조리한 선입견들을 생각하면, 부끄러움과 분노로 얼굴이 붉어진다. 빅토르 위고에 대한 내 선입견들은 간신과도 같은 몇몇 주변인들에 의해 유지되었다. 그들이 멍청했던 것인지, 혹은 기만적이었던 것인지는 알 수 없지만 말이다.

어쨌든 나는 빅토르 위고의 『뤼 블라스Ruy Blas』를 공연하길 열망했다. 『뤼 블라스』의 '여왕' 역할은 내게 너무나도 매력적으로 느껴졌다! 그리하여 뒤케넬에게 '여왕' 역을 맡고 싶다는 이야기를 전했고, 그는 내게 자신도 마찬가지 생각을 했다고 답해주었다.

불행하게도, 배역 선정에 있어서는 제인 에슬러(Jane Essler)가 나보다 훨씬 더 유리한 위치에 있었다. 그녀는 당대의 인기 여배우이긴 했으나, 약간은 저속한 사람이었다. 제인 에슬러는 당시 폴 뫼리스(Paul Meurice)와 무척 가까운 사이였는데, 폴 뫼리스는 빅토르 위고의 절친이자 조언자였던 것이다.

친구 한 사람이 우리 집에 오귀스트 박크리(Auguste Vacquerie)를 데려왔다. 그도 빅토르 위고의 친구였으며, 나아가 그의 친척이기도 했는데 위고에게 내 이야기를 잘해 주겠다고 약속했다. 이틀 뒤, 그는 다시 날 찾아와 일이 아주 잘 풀렸다는 기쁜 소식을 전해주었다. 심지어는 폴 뫼리스조차 위고에게 '여왕'역으로 나를 추천했다. 그는 공정하고 매력적인 영혼의 소유자였다. 또한 코메디-프랑세즈 출신의 존경스러운 은퇴 배우이며 오데옹에서 『뤼 블라스』의 동 살뤼스트(Don Salluste) 역으로 초빙되어 있던 제프루아(Geffroy) 역시 나를 추천했다는 것 같았다. 전해 듣기로는 그가 '오데옹 극장에서 왕관을 쓸 자격이 있는 귀여운 스페인 여왕이라고는 오직 한 사람뿐이다'라는 말을 했다고 한다. 그리고 그 한 사람이 다름아닌 나였다. 나는 폴 뫼리스와 면식이 없었다. 폴 뫼리스와 제프루아같은 인물들이 나를 알고 있다는 사실이 놀라웠다.

『뤼 블라스』의 낭독회는 1871년 12월 6일 오후 2시, 빅토르 위고의 자택에서 열리는 것으로 공지되었다. 나는 칭찬 듣고, 비위 맞춰지고, 아첨 듣는 것에 익숙했으므로, 위고가 거리낌 없이 배우들을 자택으로 오라 마라 하는 데 빈정이 상했다. 연극 오디션을 위해 만들어진 공간, 일종의 중립지대라 할 수 있는 '극장'이 있는데도, 그는 자택을 떠나 극장에 '왕림'하시는 대신 여배우들을 자기 집으로 초청하는 쪽을 선택했다. 공지를 받은 날 오후 다섯 시, 나는 이 믿기 힘든 사실을 내 측근들 앞에 공표했다. 그러자 남녀를 불문하고 나의 지지자들은 큰 목소리로 성토를 늘어놓았다.

"뭐라고? 지난날의 죄인이! 오늘날 비로소 용서받은 자가! 아무것도 아닌 놈이! 감히 우리 우상에게, 우리 마음을 사로잡은 여왕에게, 요정 중의 요정에게 오라 가라 한단 말이야?"

내 측근들은 모두 분통을 터뜨렸고, 남녀를 가리지 않고 부들거리기 시작했다. "사라 베르나르는 가지 않을거야!"

"빅토르 위고에게 이런 편지를 써서 보내세요. 아니, 저런 편지를 써서 보내세요." 그리고 사람들은 빅토르 위고에게 보낼 여러 통의 무례하고 건방진 편지 초안들을 작성했다. 하인이 캉로베르 원수의 도착을 알린 것은 그때였다. 캉로베르 원수는 당시에 오후 5시마다 우리 집에 모이던 소수 측근 중 한 사람이었다.

내 주변에서 소란을 피우는 측근들의 모습을 보고 그는 재빨리 사태를 파악했다. 캉로베르 원수는 그들이 위대한 시인에 대해 뱉어내는 멍청한 말들을 듣고 얼굴이 온통 붉어질 정도로 화를 내었다.

"물론 당신이 빅토르 위고 선생의 댁을 찾아가선 안 됩니다. 낭독회는 극장에서 여는 것이 관례인데, 위고 선생에게 그런 관례를 깰만한 명분은 없는 것 같군요. 하지만 그의 집에 가는 것을 거절하려면, 갑작스럽게 몸이 아파서 그렇다는 핑계를 대도록 하세요. 내 말에 따르기를 바라오. 천재에게는 그에 마땅한 존경을 바쳐야 합니다."

나는 다음과 같은 편지를 써서 빅토르 위고에게 보냈다.

선생님, 여왕은 감기에 걸렸습니다. 그리고 시녀장이 여왕의 외출을

금해버렸지요. 선생님이라면 그 누구보다도 여기 스페인 궁정의 예법을 잘 아시리라 생각합니다. 당신의 여왕을 가엾게 여겨주세요!

그리고 내가 시인에게서 받은 답장은 다음과 같다.

부인, 저는 당신의 하인이랍니다. - 빅토르 위고.

다음날 낭독회는 오데옹 극장의 무대 위에서 재개되었다. 내 생각에 낭독회는 결국 빅토르 위고 자택에서 열리지 않았거나, 혹은 적어도 처음부터 끝까지 진행되지는 않았던 것 같다.

어쨌든 덕분에 이 괴물 같은 작가와 처음으로 안면을 트게 되었다. 아! 그 뒤로 얼마나 오랫동안 나는 내 생각을 가둬두었던 멍청이 같은 측근들을 증오했던가. 이 괴물은 참으로 매력적인 사람이었다. 그는 무척이나 재치 있었고 섬세했으며 여자에게 친절했다.

그는 분명 우아함의 이상을 체현하는 사람은 아니었다. 하지만 그의 몸가짐 안에는 절제가 배어 있었고, 말 씀씀이에는 온화함이 깃들어 있었다. 이러한 점 때문에, 그는 마치 프랑스의 옛 대귀족과 같은 분위기를 풍겼다.

그의 대답은 날카롭고도 재빨랐고, 그의 관찰은 다정하고도 집요했다. 그는 시 낭송에 서툴렀지만, 훌륭한 낭송을 듣는 일은 무척 좋아했다. 그는 리허설 도중에 자주 크로키를 그렸다. 또한 그는 배우를 꾸짖어야 할 때 운문으로 자주 말했다. 어느 날 연습 도중에 있었던 일이다. 빅토르 위고는 가엾은 탈리앙(Talien)을 붙잡고 그의 나쁜 딕션을 지적했다. 두 사람의 이야기가 길어져 지루해진 나는 테이블 위에 걸터앉아 두 다리를 흔들거리고 있었다. 그때였다. 위고는 내가 참을 수 없이 지루해한다는 것을 알아채고, 자신이 앉아 있던 상등 관람석에서 벌떡 일어나더니 운문으로 외쳤다.

정숙하고 존경받는 스페인의 여왕께서,
테이블 위에 그렇게 앉으시면 안 되나이다.

나는 다소 불편한 마음이 되어 테이블에서 뛰어 내렸다.

리허설이 한 시간 정도 일찍 끝난 어느 날이었다. 창가에 이마를 붙인 채, 나를 마중 나오기로 한 게라르 부인을 기다리며 맞은편의 보도를 바라보고 있었다. 뤽상부르 궁전의 담장과 맞닿은 보도였다. 빅토르 위고가 걸어가는 모습이 시야에 들어왔다. 이윽고 노파 한 사람이 위고의 주의를 끌었다. 그녀는 막 무거운 빨래 더미를 땅에 내려둔 참이었다. 추운 날씨였는데도 그녀의 이마에는 땀방울이 흘러내렸다. 짐을 내려둔 노파는 이마의 땀을 닦고 이빨 빠진 입을 벌려 거친 숨을 내쉬었다. 건너야 하는 대로를 보는 노파의 두 눈에는 걱정이 서려 있어서 보는 이의 마음을 안타깝게 했다. 그녀가 건너야 하는 길 위로는 마차와 합승마차들이 여러 대 오가고 있었다. 빅토르 위고는 노파에게 가까이 다가갔다. 그는 노파와 짧은 대화를 나누더니, 주머니에서 작은 동전을 꺼내 그녀에게 건네주었다. 위고는 자기 모자를 벗어 노파에게 맡겼고, 재빠른 동작과 웃는 얼굴로 그녀에게서 짐을 뺏어 자기 어깨에 얹은 채 길을 건넜다. 노파는 당황한 표정으로 그의 뒤를 따라갔다.

나는 위고와 포옹하기 위해 계단을 뛰어 내려갔다. 그러나 복도를 달리는 사이에, 나를 멈춰 세우려던 실리(Chilly)를 떼밀고 계단을 내려가는 사이에, 빅토르 위고의 모습은 벌써 사라졌다. 나는 다만 멀어져가는 노파의 등만을 보았을 뿐이다. 그녀의 발걸음은 아까보다 한결 가벼워져 있었다. 다음날 위고에게 내가 그의 고결한 선행을 목격했노라고 밝혔다. 그러자 그의 곁에 있던 폴 뫼리스는 감동으로 눈이 촉촉해진 채 내게 말했다. "아! 위고에게는 하루하루가 선행의 날이죠."

나는 빅토르 위고를 포옹했다. 그리고 그와 함께 다시 리허설을 하러 갔다. 아! 「뤼 블라스」의 리허설을 하던 시절이여! 나는 매력과 멋으로 가득했던 그 시절을 결코 잊을 수가 없다.

빅토르 위고가 리허설 무대에 나타나면, 모두의 얼굴에 빛이 났다. 그리고 이 '대가'가 잠시 자리를 비울 때면, 거의 언제나 그의 곁에 붙어 있던 두 위성, 오귀스트 박크리와 폴 뫼리스가 위고라는 신을 찬양하는 성화(聖火)의 불씨를 지켰다.

나는 엄격하고 슬퍼 보이는 인상의 명배우, 제프루아에게서 많은 조언을 들었다. 쉬는 시간이면, 나는 그를 위해 몇몇 포즈를 취해주기도 했다. 제프루아는 화가이기도 했기 때문이다. 코메디-프랑세즈 극장의 휴게실에는 그가 그린 그림 두 점이 걸려있다. 두 세대에 걸친 남녀 배우협회원들의 모습을 그린 작품이었다. 그 그림들은 수법이 독창적이지도 않았고 채색이 아름답지도 않았으나, 실제 인물들의 모습을 충실히 묘사했고 인물 배치의 구도에 있어서도 탁월했다.

뤼 블라스 역을 맡은 라퐁텐(Lafontaine)은 이따금 위고와 함께 긴 논쟁을 벌였다. 이 논쟁들에서 빅토르 위고는 단 한 번도 자신의 의견을 굽힌 적이 없다. 고백하건대, 내 생각에도 언제나 위고 쪽의 의견이 옳았다. 라퐁텐에게는 배우로서의 신념과 위엄이 갖추어져 있었으나, 안타깝게도 운문 발성에 있어서는 매우 실력이 떨어졌다. 그는 많은 이빨을 잃은 탓에 틀니를 끼고 있었는데, 이 때문에 그의 어조는 다소 느릿했다. 또한 그가 말을 할 때면 아주 작고 기이한 마찰음이 새곤 했는데, 이는 그의 진짜 입천장과 고무로 된 가짜 입천장 사이에서 나는 소리였다. 운문의 아름다움을 포착하고자 주의 깊게 귀를 기울이는 관객에게는 이 소리가 거슬리는 일이 잦았다.

한편 동 귀리탕(don Guritan) 역을 맡고 있던 탈리앙, 이 가엾은 배우는 거의 언제나 잔소리를 들었다. 그는 자신의 역할을 정반대로 이해했으며, 빅토르 위고는 그러한 점을 그에게 확실하고 재치 있게 지적다. 탈리앙은 열정이 가득하고 일에 진심인 성실한 배우였으나, 안타깝게도 머리가 좋지 않았다. 그는 한 번 이해하지 못한 것은 두 번 다시 이해하지 못했다. 한 번 이해하지 못한 것은 그에게 평생 모르는 것이었다. 그런데 성실하고도 충직한 배우였던 그는 결국 위고에게 모든 것을 맡기기로 하고, 자기 자신을 내려놓았다. 그는 위고에게 말했다.

"저는 다르게 이해했습니다만, 그래도 선생님께서 지시하시는 대로 하지요."

그리고 그는 한 마디 한 마디, 동작 하나하나를 모두 빅토르 위고가 지시한 대로 고쳤다. 이러한 광경은 내게 고통스러웠다. 탈리앙과 같은 배우로서 연대감이 있었기 때문이다. 나는 나 자신의 예술적 긍지가 잔인하게 짓밟힌 기분이었다.

나는 자주 가엾은 탈리앙을 데리고 구석으로 가서 위고에게 반항해 보라고 그를 부추기곤 했으나 허사였다. 그는 키가 크고 지나치게 팔이 길었으며, 눈매는 피곤해 보였다. 하도 많이 눌린 탓에 힘없이 입술 위로 무너져 내린 코는 보는 사람의 마음을 아프게 했다. 이마 위로는 머리숱이 빽빽했다. 그리고 그의 턱은 대충 만들어진 이 얼굴에서 서둘러 달아나려는 듯했다.

탈리앙은 선량함 그 자체였고, 선함이란 곧 탈리앙이었다. 다른 이들 역시 그런 그를 한없이 사랑했다.

21

기억에 남는 만찬

1872년 1월 26일은 오데옹 극장의 예술 축제와도 같은 날이었다. 파리에서도 제일가는 명사들이, 청년들의 가슴을 뛰게 하는 모든 인사들이 이날 우리 극장의 장엄하고 먼지 쌓인 넓은 공연장에 모여들었다.

아! 정말로 멋지고 감동적인 공연이었다! 동 살뤼스트 역의 제프루아는 대단한 성공을 거두었다! 검은 의상을 입은 그는 정말이지 '동 살뤼스트'처럼 창백하고 음산하고 완고해 보였다. 다만 동 세자르 드 바장(don César de Bazan) 역의 멜랭그(Mélingue)는 다소 관객들을 실망시켰다. 하지만 이것은 해당 역활에 지나친 기대를 건 관객들의 잘못이다. 『뤼 블라스』의 '동 세자르 드 바장'은 빛 좋은 개살구 같은 역할이다. 이 캐릭터는 언제나 1막에서 보이는 탁월함으로 배우들을 유혹했지만, 온전히 '동 세자르 드 바장'에게 바쳐지는 『뤼 블라스』 4막은 한탄스러울 정도로 무겁고 쓸데없었다. 내 생각에, 『뤼 블라스』는 4막을 빼고 공연해도 무방하다. 지느러미가 손질된 생선을 먹더라도 영양가에는 손해가 없는 것처럼, 4막을 빼더라도 『뤼 블라스』의 작품성이 손해를 보지는 않을 것이다.

어쨌든 이날의 공연은 아직도 내 미래를 가리고 있던 얇은 장막을 찢어주었다. 공연을 마친 후, 나는 내가 유명해질 운명이었다는 느낌을 받았다. 이날까지 나는 대학생들만의 작은 요정에 불과했다. 드디어 이날 나는 만인의 여배우가 되었다.

눈부신 성공에 도취한 나는 당황하여 숨을 못 쉴 지경이었다. 내 연기에 감탄한 남녀들이 끊임없이 내게 몰려들어 말을 걸어왔다. 나는 대체 누구의 말에 답을 해줘야 할지 알 수 없었다.

그러던 중, 돌연 사람들이 양옆으로 열을 이루어 길을 트는 것이 보였다. 빅토르 위고와 지라르댕이 나를 향해 다가왔다. 위고의 모습이 보이자, 내가 이 위대한 천재에 대해 품었던 온갖 멍청한 선입견들을 떠올리고 말았다.

위고, 이 선량하고 관대한 분과 처음 대화를 나누었을 때, 나는 간신히 예의를 차리는 정도였고 무척 어색하게 굴었었다. 내 온 인생이 날개를 활짝 펼친 이 순간, 나는 위고에게 회개와 함께 열렬한 감사를 표하고 싶었다. 내가 입을 떼기도 전에, 그는 바닥에 무릎을 꿇고 내 두 손에 입술을 맞추었다. 그리고 그는 속삭였다.

"고맙습니다. 아주 잘해 주었어요."

빅토르 위고, 이 위대한 시인이 내게 감사 인사를 표했다. 그는 무척이나 아름다운 영혼을 가진 이였고, 광범위한 재능으로 세상을 석권한 이였다. 또한 그는 관대한 두 손으로, 자신을 모욕한 모든 이들에게 마치 보석을 뿌리듯 용서를 뿌려주었다!

아! 내 마음은 얼마나 작았던가, 나는 얼마나 부끄러운 사람이었던가, 그리고 또한 얼마나 행복한 사람이었던가!

위고가 다시 일어섰다. 그는 자신을 향해 뻗어오는 수많은 손을 잡으며 상대방에게 각각 적절한 말을 찾아 화답해주었다.

그날 저녁 빅토르 위고는 정말로 멋졌다. 그의 커다란 이마에서는 빛이 번뜩였고, 무성하게 돋은 은빛 터럭은 마치 달빛 아래 베어놓은 건초들처럼 보였다. 그리고 그의 빛나는 두 눈에는 웃음기가 서려 있었다.

나는 감히 빅토르 위고의 품속에 뛰어들 엄두가 나지 않았으므로, 대신 지라르댕의 품속에 안겨들었다. 그는 내가 첫발을 내밀던 시기를 함께 보낸 믿음직스러운 친구였다. 나는 지라르댕에게 안긴 채 기쁨의 눈물을 터뜨렸다. 그는 나를 휴게실로 데려가서 말했다.

"당신은 오늘 대성공을 거두었지만, 여기 안주해서는 안 됩니다. 월계관을 쓴 여배우가 된 이상, 이제 더는 위험한 행동들을 해서는 안 돼요. 당신은 이제 더 유순하고 온화하고 사교적이어야 합니다."

나는 지라르댕을 바라보며 대답했다.

"지라르댕 씨, 저는 결코 유순하거나, 온화해질 수는 없을 것 같아요. 다만 사교적인 사람이 될 수 있도록 노력할게요. 제가 약속드릴 수 있는 것은 이게 전부랍니다. 전 앞으로도 계속 위험한 행동들을 하고 말 거예요, 하지만 제 월계관은 절대 달아나지 않을 겁니다."

위의 대화는 사라 베르나르 극장에서 『앙젤로Angelo』가 공연되던 첫날인 1905년 2월 7일 저녁, 폴 뫼리스가 내게 상기시켜준 것이다. 그는 당시 막 우리를 향해 다가오던 중이었고, 그래서 나와 지라르댕의 대화를 들었다고 한다.

집으로 돌아온 나는 오래도록 게라르 부인과 잡담을 나누었다. 게라르 부인이 그만 자리에서 일어나고자 했을 때, 나는 그녀를 붙잡고 조금 더 머물러 달라고 애원했다. 그날 내 안에는 미래에 대한 꿈과 희망이 가득했다. 그리고 나는 누군가 그 꿈과 희망을 훔치러 오지나 않을까 두려웠다. '내 귀여운 부인'은 기꺼이 내 곁에 남아주었고, 우리는 다음날 아침이 밝아올 때까지 한담을 나누었다.

아침 7시에 우리는 마차 한 대를 잡았다. 나는 내 소중한 친구를 그녀의 집까지 배웅해주었다. 그리고 나 홀로 한 시간 정도를 산책했다.

나는 물론 『뤼 블라스』 이전에도 상당한 성공을 거둔 상태였다. 『행인Le Passant』, 『라 페 가의 비극Le Dreame de la Rue de la Paix』, 안나 템비 역을 맡았던 『킨Kean』, 그리고 『장-마리Jean-Marie』 등이 나의 성공작이었다. 그렇지만 『뤼 블라스』의 성공은 내가 느끼기에 저 모든 것들을 분명히 뛰어넘는 것이었다. 또한 내가 이번 공연을 통해 화제의 배우가 되었으며, 긍정적으로든 부정적으로든 꼭 언급해야 하는 배우가 되었음을 느꼈다.

✠

나는 자주 오전 중에 빅토르 위고의 자택을 방문했다. 그는 매력과 선량함으로 가득 찬 사람이었다.

빅토르 위고를 대면하는 것이 완전히 편안해졌을 때, 나는 그에 대한 첫인상들을, 내 과거의 어리석음과 신경질적인 반발심을, 주변인들이 내게 들려주었던 그에 관한 평판을, 그리고 정치적인 것들에 대한 순박한 무지 속에서 내가 덜컥 믿어버렸던 모든 것들을 그에게 털어놓았다.

그날 빅토르 위고는 내 고백을 들으며 크게 기뻐했다. 그는 사람을 시켜 드루에(Drouet) 부인을 초청했다. 그녀는 자상한 영혼의 소유자로, 빅토르 위고라는 영광스럽고도 반항적인 영혼의 동반자였다. 위고는 우수에 젖은 웃음을 터뜨리며 드루에 부인에게 말했다.

"못된 사람들의 악행은 밭이란 밭마다 잘못된 믿음의 씨를 뿌리는 것이지요. 그러나 그 땅은 씨앗에 호의적일 수도 있고, 아닐 수도 있습니다."

그리고 이날의 아침 모임은 내 정신 속에 영원히 새겨졌다. 이 위대한 시인이 나 한 사람을 위해서가 아니라, 내가 대변하고 있는 한 세대를 위해 길고 긴 조언을 해주었기 때문이다. 빅토르 위고에게 있어 나는 실로 젊은 세대의 대변인과도 같았다. 나는 부르주아적이고 성직자 지상주의적인 교육을 받고 영혼이 왜곡된 세대의 일원이지 않았던가? 우리가 받은 교육은 모든 고귀한 사상들에 대해, 그리고 새로운 미래를 향한 모든 도약에 대해 폐쇄적이었다.

이날 아침 빅토르 위고의 자택을 나섰을 때, 나는 조금은 더 그의 우정에 어울리는 사람이 된 것 같았다.

나는 지라르댕의 집으로 향했지만, 그는 외출 중이었다. 나는 누구라도 좋으니 빅토르 위고를 좋아하는 사람과 이야기를 나누고 싶었다. 나는 캉로베르 원수의 집으로 향했다.

캉로베르 원수의 자택 앞에서 나는 대단히 놀라고 말았다. 마차에서 내리면서 하마터면 원수의 품에 안길뻔해서였다. 그는 이제 막 그의 집에서 나온 참이었다.

"뭡니까? 무슨 일이에요? 우리 약속이 미뤄진 겁니까?"

그가 내게 웃으며 말했다. 나는 원수가 무슨 말을 하는지 이해할 수 없었다. 그렇게 내가 다소 얼빠진 눈으로 원수를 바라보자, 그는 내게 말했다.

"혹시 당신이 나를 점심 식사에 초대했다는 걸 잊은 거예요?"

나는 정신이 멍했다. 원수를 식사에 초대했다는 것을 완전히 잊어버리고 있던 것이다. 약속을 떠올린 나는 그에게 말했다.

"아! 잘됐어요! 당신과 무척 이야기를 나누고 싶었거든요. 오세요, 저희 집까지 함께 가지요."

나는 그에게 그날 아침 빅토르 위고를 방문한 이야기를 들려주었다.
내가 평소 그의 생각에 거슬리는 말들을 자주 내뱉곤 한다는 것도 잊
어버린 채, 나는 몇 번이고 위고가 내게 들려주었던 아름다운 말들을
반복했다. 더구나 캉로베르 원수, 이 훌륭한 사내는 순수하게 남의 이
야기에 감탄할 줄 아는 사람이었다. 그는 비록 자신의 의견을 바꿀 줄
도 몰랐고, 바꾸고 싶어 하지도 않는 사람이었지만, 적어도 훗날 거대
한 변화를 이끄는 위대한 사상들을 인정할 줄 알았다.

하루는 캉로베르 원수와 뷔스나크[1](Busnach)가 우리 집에서 제법 격
렬한 정치 논쟁을 벌였었다. 나는 잠시 둘 사이의 말다툼이 수습이 안
될 정도로 격화되지는 않을지 걱정했다. 뷔스나크는 프랑스에서 가
장 신랄하고 거친 사내였기 때문이다. 캉로베르 원수 역시, 물론 대단
히 교양 있고 정중했으나, 신랄함에 있어서는 조금도 뷔스나크에 밀
리지 않았다.

원수가 계속해서 자신의 말을 비꼬며 받아치자, 짜증이 솟구친 뷔
스나크는 외쳤다.

"원수 각하, 저랑 내기 하나 하시죠. 당신이 오늘 지지했던 그 가증
스러운 유토피아의 이야기를 꼭 글로 써주십쇼! 글로 쓸 수 있으면 당
신이 이기는 거고, 못 쓰겠으면 제가 이기는 겁니다!"

그러자 캉로베르 원수는, 냉철한 목소리로 대답했다.

"오! 뷔스나크 씨, 우리 두 사람은 '역사'를 써나가는 데 있어 서로
다른 도구를 사용한다오. 당신은 펜을 사용하지만, 저는 검을 사용하
지요!"

---

1 프랑스의 극작가, 소설가인 윌리앙-베르트랑 뷔스나크(William-Bertrand Busnach, 1832-
   1907)을 말한다.

비록 깜빡 잊어버리긴 했으나, 이날의 점심 모임은 내가 꽤 오래전부터 준비한 모임이었다. 집안에는 이미 폴 드 레뮈자, 매력적인 오키니 양, 그리고 젊은 대사관원인 몽벨(Montbel) 씨가 와 있었다. 나는 그럭저럭 지각한 이유를 둘러댔고, 이날 모임은 더할 나위 없이 감미로운 의견일치를 보고 끝났다.

다른 사람들의 이야기에 귀를 기울이는 데서 오는 한없는 즐거움, 그러한 즐거움을 이날보다 더 강렬하게 느껴본 적이 없다.

잠시 대화가 끊긴 사이에, 오키니 양은 캉로베르 원수에게 몸을 기울이며 말했다.

"원수님께서는 우리의 젊은 친구가 코메디-프랑세즈 극장으로 돌아가야 한다고 생각하지 않으세요?"

나는 질색하여 소리쳤다.

"아! 아니오! 저는 그러고 싶지 않아요! 저는 오데옹 극장에 있는 게 행복한걸요! 물론 제가 코메디-프랑세즈에서 데뷔하긴 했죠, 하지만 그곳에 소속된 짧은 기간 동안, 전 무척이나 불행했답니다."

"하지만 당신은 언젠가 코메디-프랑세즈로 돌아갈 수밖에 없을 거예요. 제 말 들으세요, 사라. 어차피 그래야 할 일이라면 빠른 것이 늦는 것보다 낫습니다."

"아! 제 오늘의 기쁨을 망치지 말아주세요, 전 오늘 인생에서 가장 행복하다고요!"

그리고 며칠 뒤의 아침이었다. 하녀가 내게 편지 한 통을 가져다주었다. 겉봉에 둥근 인장이 찍힌 편지였고, 인장 둘레에는 "코메디-프랑세즈"란 글씨가 적혀 있었다. 나는 10년 전의 일을 떠올렸다. 날짜도 거의 일치했다. 10년 전에는 늙은 하녀 마르그리트가 엄마의 허락을 얻은 뒤, 내게 똑같은 겉봉에 담긴 편지를 건네주었었다. 그때의 내 얼굴은 기쁨으로 붉게 물들었었다. 반면, 이날 내 얼굴을 스친 것은 창백함이었다.

예상치 못한 일들이 벌어질 때면, 언제나 한 발짝 뒤로 물러서는 편이다. 그순간 잠시 현재에 집중한다. 그러고 나서, 이성을 잃은 상태로 미래를 향해 몸을 날린다. 공중그네에 잠시 매달렸던 체조선수가 전력으로 허공을 향해 날아오르는 것처럼. 현재였던 것은 순식간에 과거가 된다. 나는 내 죽어버린 과거를 애정 어린 마음으로 바라본다. 내가 정말로 사랑하는 것은 아직 오지 않은 미래다. 그것은 알 수 없는 것이요, 신비한 끌림이다. 나는 언제나 내 미래가 놀라우리라 생각한다. 그리고 모종의 감미로운 불안 속에서 전율한다.

나는 수많은 편지를 받지만, 받아도 받아도 충분하다는 생각은 들지 않는다. 마치 바닷가에서 밀려드는 파도를 바라보듯 편지들이 쌓여가는 것을 지켜본다. 이 신비로운 봉투들, 작고, 크고, 장밋빛이고, 푸른빛이고, 노랗고, 하얀 봉투들, 이 파도들은 과연 내게 무엇을 실어 와줄까?

갈조류(褐藻類)들로 인해 어두워진 이 거대한 파도들. 이 격노한 파도들은 해안 절벽에 와 부서지며 무엇을 토해낼 것인가? 견습 선원의 시체라면, 어떤 시체일까? 난파선의 잔해라면, 어떤 잔해일까? 푸른 하늘의 반영과도 같은 이 조그만 파도들, 웃음 짓는 것 같은 파도들은 해안가에 무엇을 날라다 줄 것인가? 장밋빛 바다의 불가사리라면, 어떤 불가사리일까? 연보라색 말미잘이라면, 어떻게 생긴 말미잘일까? 진주모빛 조가비라면, 어떤 조가비일까?

그리하여 결코 내게 온 편지들을 바로 개봉하지 않는다. 나는 편지 봉투들을 바라보며, 필적과 인장을 통해 편지의 발신인이 누구일지 궁리한다. 그리고 편지를 보낸 이가 누구인지에 대해 확신이 서면, 그제야 그 편지를 열어본다.

나는 발신인이 짐작 가지 않는 편지들은 비서를 시켜 열어보게 하거나, 내 착한 친구인 쉬잔 세일로르(Suzanne Seylor)가 열어보게 한다. 이런 나의 습관을 너무도 잘 알고 있는 내 친구들은 언제나 그들 편지의 한구석에 자신들의 이름이나 두 문자를 적어놓는다. 코메디-프랑세즈에서 편지를 받고 얼굴이 창백해진 이때는 내게 비서가 없었다. 대신 '내 귀여운 부인'인 게라르 부인이 비서처럼 나를 돕고 있었다.

결국 문제의 편지를 오래도록 바라보다가, 마침내 게라르 부인에게 넘겼다. 편지의 내용을 확인한 그녀는 내게 말해주었다.

"코메디-프랑세즈 지배인 페랭(Perrin) 씨가 보낸 편지네. 화요일이나 수요일에, 네가 자기한테 한 시간 정도 시간을 내어줄 수 있겠냐고 묻는데? 장소는 극장이든 네 집이든 상관없다네."

"고마워요 게라르 아주머니. 오늘이 무슨 요일이죠?"

"월요일."

"제가 내일 세 시에 코메디-프랑세즈로 방문하겠다고 답장을 좀 보내주실래요?"

당시 오데옹 극장에서의 내 수입은 무척 별 볼 일 없었다. 나는 아버지가 남겨주신 유산으로 생활하고 있었다. 아브르의 공증인과 맺은 계약 덕분이었다. 그런데 그 유산마저도 이제 남은 액수가 그리 많지 않았다. 나는 뒤케넬을 찾아가 코메디-프랑세즈에서 받은 편지를 보여주었다.

"음, 그래서 어떻게 할 생각이죠?"

"아직 아무 생각 없어요. 뒤케넬 씨 조언을 좀 듣고 싶어서요."

"그렇다면, 오데옹에 남도록 해요 사라. 당신 아직 우리랑 맺은 계약기간도 1년이 남았다고요. 나는 당신을 떠나보내지 않을 겁니다!"

"그럼, 제 연봉을 올려주시겠어요? 코메디-프랑세즈에서는 제게 연봉 만 이천 프랑을 제시해왔어요. 그러니까 오데옹은 만 오천 프랑을 주세요. 그럼 기꺼이 오데옹에 남겠습니다. 저도 여길 떠나고 싶지 않은걸요."

그러자 이 매력적인 지배인은 대단히 우정 어린 음색으로 말을 이어 갔다. "사라, 내가 이런 종류의 결정을 혼자 내릴 수 없다는 건 잘 알 잖아요. 어쨌든 최선을 다해보리다, 약속할게요."

그리고 뒤케넬은 언제나 자신의 약속을 지키는 사람이었다.

"내일 코메디-프랑세즈에 들리기 전에 다시 날 찾아와요. 그럼 그 때 실리(Chilly)의 답변을 들려주겠어요. 하지만 만약 그가 당신의 연 봉 인상을 고집스럽게 반대하더라도, 절대 오데옹을 떠나지는 마세 요! 찾아보면 분명 방법이 있을 겁니다. 그리고... 아, 이상이에요, 더 는 해줄 수 있는 말이 없네요."

다음날 나는 약속대로 오데옹 극장을 찾았다. 뒤케넬은 실리와 함께 지배인 실에 있었다. 실리는 나를 보자마자 말을 걸어왔다.

"그래, 뒤케넬 말로 자네 이직할 거라면서? 멍청한 생각이야. 대체 어디로 가려고 그러나? 자네 자리는 바로 이곳이야! 잘 생각해보게. 짐 나즈(Gymnase) 극장에서는 거지 같은 현대극밖에 올리지 않지, 그리고 그건 자네가 할 일이 아니야. 보드빌 극장의 성향은 짐나즈 극장과 마 찬가지고. 개테(Gaîté) 극장에 간다면, 자네 목소리가 망가지고 말 테 야. 그렇다고 앙비귀(Ambigu) 극장에 가기에는 자네가 너무 고상하지."

나는 아무 대꾸도 없이 실리를 바라보았다. 아무래도 뒤케넬이 코 메디-프랑세즈에 관한 이야기는 꺼내지 않은 듯했다. 내가 묵묵부답 으로 서 있자 갑갑해진 실리가 이렇게 투덜거렸다.

"자네도 동의하지? 뭐라고 말 좀 해봐!"

"아뇨! 동의 못해요! 코메디-프랑세즈 극장이 빠졌잖아요!"

내 말을 듣자, 널찍한 소파에 앉아 있던 그는 갑자기 폭소를 터뜨리기 시작했다. "아! 안 돼, 이 친구야, 날 우롱할 생각은 말게나. 코메디-프랑세즈의 인간들은 진작에 자네 더러운 성격에 질렸다고. 저번에 나는 모방(Maubant)과 함께 저녁 식사를 했었어. 마침 그 자리에서 누군가 자네를 코메디-프랑세즈에 영입해야 하지 않을까 하는 이야기를 꺼내더군. 그랬더니 모방이 어떻게 반응했는지 아는가? 분노로 숨을 못 쉴 정도가 되었다네. 내가 자네에게 확실히 얘기하는데, 모방, 이 대배우는 자네에게 결코 호의적이지 않아."

나는 짜증이 솟구쳐 실리에게 소리쳤다.

"아니 지배인님! 그럼 당신이 저를 변호해줬어야죠! 제가 무척 성실한 단원이라는 걸 잘 아시잖아요?"

"물론 난 자네 편을 들었지! 심지어는 자네와 같은 열정을 가진 배우를 얻는다면 코메디-프랑세즈 입장에서 무척 행운일 거라는 얘기까지 했다고. 자네를 영입하면 코메디-프랑세즈의 단조로운 분위기가 쇄신될 거라는 얘기도 했고, 그 밖에도 내가 생각하는 바는 전부 말했다네. 하지만 모방, 이 가엾은 비극 배우는 내 말을 들으면서 펄펄 열을 내더군. 그가 주장하길, 자네는 운문을 어떻게 읽어야 하는지 모른다는 거야. 그리고 자네가 '아(a)' 발음을 할 때 지나치게 입을 크게 벌린다고도 했지. 결국 이런저런 이야기 끝에, 모방이 내린 결론은 이런 거였어. 자기가 살아 있는 한, 사라 베르나르가 코메디-프랑세즈에 들어오는 일은 결코 없을 거라더군."

나는 잠시 침묵을 지켰다. 머릿속으로는 내 연봉 인상 요구가 받아들여질지 아닐지를 점치고 있었다. 마침내 결과를 확인할 결심이 서자, 떨리는 목소리로 이렇게 물었다.

"그래서, 제 연봉은 올려주실 건가요?"

"아니, 그건 절대로 안 되네!"

실리가 소리쳤다.

"연봉 협상을 하려거든 계약기간이 끝나고 다시 찾아오게나. 그럼 그때 적절한 답을 들려주도록 하지. 여기 나는 자네가 서명한 계약서를 갖고 있고, 자네도 내가 서명한 계약서를 갖고 있네. 난 우리가 맺은 계약에 충실할 뿐이야. 어차피 자네에게 어울리는 장소는 여기 오데옹 극장이 아니면 테아트르-프랑세 뿐이야. 아무렴 그렇고 말고."

"어쩌면 당신이 틀렸을지도 몰라요."

그는 자리에서 벌떡 일어나, 두 주머니에 손을 꽂은 채 내 앞으로 다가와 섰다. 그리고 가증스럽고도 무례한 어조로 내게 말했다.

"그렇게 나오겠다 이거지! 너, 나를 바보로 아는구나!"

나도 냉랭한 표정으로 자리에서 일어섰다. 그리고 한 손으로 가볍게 그를 밀쳐내며 외쳤다.

"그래요! 당신은 바보, 바보, 바보야!"

그리고 계단을 향해 달려 나갔다. 뒤케넬이 날 부르는 소리가 들렸지만, 나는 돌아보지 않았다. 나는 두 계단씩 뛰어 내려갔다.

✠

내가 오데옹 극장의 전면 아케이드로 나왔을 때였다. 폴 뫼리스가 나를 멈춰 세웠다. 그는 빅토르 위고를 대리해서 뒤케넬과 실리를 『뤼 블라스』의 백 번째 공연을 기념하는 저녁 식사 자리에 초대하러 온 것이었다.

폴 뫼리스가 내게 말했다.

"방금 당신 집에 갔다 오는 길이에요. 집에 빅토르 위고의 전언을 남겨두었습니다. 당신도 올 거죠?"

"네, 그럼요. 물론이죠."

나는 마차에 뛰어오르며, 이렇게 말을 이었다.

"그럼 내일 뵙도록 해요."

"세상에, 무슨 일 있어요? 어디를 그렇게 급하게 가요?"

나는 앞으로 몸을 기울여, 마부에게 외쳤다.

"코메디-프랑세즈로 갑시다!"

그리고 나는 폴 뫼리스를 향해 눈짓으로 작별 인사를 보냈다. 그는 아케이드의 계단 위에 멈춰 서서 멍하게 입을 벌리고 있었다.

코메디-프랑세즈에 도착한 뒤, 나는 사람을 시켜 내 명함을 페랭에게 전달했다. 5분 뒤에 나는 페랭, 이 싸늘한 마네킹 같은 지배인 곁으로 안내되었다. 페랭은 서로 확연히 구분되는 두 개의 인격이 있었다. 하나는 그의 진짜 인격이었고, 다른 하나는 그가 직업상의 필요에 의해 꾸며낸 것이었다. 실제 페랭은 친절하고 상냥하고 재치 있으며 다소 내성적인 반면, 또 다른 인격은 차갑고 퉁명스럽고 말수가 적고 약간은 잘난 체하기를 좋아했다.

처음 나를 맞이한 것은 이 후자의 인격, 곧 마네킹의 인격이었다. 그는 자리에서 일어나 깍듯한 인사를 보낸 뒤, 팔을 쭉 펴서 내게 손님용 의자를 가리켰다.

그는 딱딱한 태도로 내가 앉기를 기다렸다가, 내가 앉은 뒤에 비로소 자리에 앉았다. 그리고 두 손으로 편지 뜯는 칼을 만지작거리며 약간 목이 멘 듯한 목소리로(그것이 '마네킹'의 목소리였다) 내게 말하기 시작했다.

"저희가 보낸 제안은 잘 생각해보셨는지요?"

"네. 지금 당장 사인하도록 하겠습니다."

나는 그가 계약에 필요한 물건들을 이것저것 챙겨주기도 전에, 의자를 앞으로 당기고 멋대로 펜 하나를 움켜쥐었다. 계약서에 사인할 준비가 끝났다. 그런데 내가 펜에 충분한 잉크를 찍지 않은 바람에, 나는 다시금 커다란 책상 너머로 팔을 뻗어야 했다. 나는 단호한 손동작으로 펜을 잉크병 깊숙이 담갔다. 그런데 이번에는 잉크가 지나치게 많이 찍힌 것이 문제였다. 내가 팔을 거두어들이다가, 페랭의 앞에 놓여 있던 커다랗고 하얀 종이 위에 큼지막한 잉크 한 방울을 흘리고 말았다.

페랭은 고개를 숙여 살짝 무서운 눈빛으로 그 잉크 자국을 바라보았다. 그 모습은 마치 맛있는 모이에 섞인 삼씨 한 알을 바라보는 새처럼 보였다. 그는 더럽혀진 종이를 치우려고 했다. 그리고 그때 나는 그 얼룩진 종이를 빼내며 외쳤다.

"기다리세요! 잠시만요! 계약에 사인하는 게 잘하는 짓인지 아닌지 점을 좀 쳐봐야겠어요. 얼룩이 나비 모양이면 올바른 선택이고, 그렇지 않다면 잘못된 결정인 거예요."

그리고 나는 잉크가 퍼진 커다란 얼룩을 기준으로 종이를 반으로 접어 그 위를 세게 눌렀다. 에밀 페랭은 웃음을 터뜨렸고, 마네킹의 인격을 가장하는 것도 그만두었다. 그리고 나와 함께 접힌 종이 위로 머리를 숙인 채, 날벌레를 손으로 가두었다가 그 손을 다시 열어볼 때처럼 아주 천천히 그 종이를 펼쳤다. 펼쳐진 종이에는 날개를 활짝 펼친 검은 나비 한 마리가 흰색 바탕 가운데 멋지게 찍혀 있었다.

페랭은 마네킹과도 같던 조금 전의 목소리와는 전혀 딴판의 목소리로 말했다. "나비네요? 계약을 맺기로 하길 참 잘했군요!"

그리고 우리는 회포를 푸는 친구들처럼 편한 대화를 나누었다.

페랭은 추남이었지만, 무척 매혹적인 인물이었다. 그날 내가 그의 사무실을 나섰을 때, 우리는 서로의 매력에 푹 빠진 친구가 되어 있었다.

그날 저녁에도 나는 오데옹 극장에서 『뤼 블라스』를 공연했다. 저녁 10시, 뒤케넬이 내 휴게실로 찾아왔다. "아까 실리 씨에게 보인 태도, 좀 거칠다고 생각하지 않아요? 게다가 당신 정말이지 아까는 내게 무례했어요. 내가 당신을 불렀으면, 응당 걸음을 멈추고 돌아왔어야죠. 그리고 폴 뫼리스 씨의 말이 사실입니까? 오데옹 극장에서 나간 뒤에 곧바로 테아트르-프랑세로 달려갔다면서요?"

나는 그에게 코메디-프랑세즈와 체결한 계약서를 건네주었다.

"자, 여기요. 읽어보세요."

뒤케넬은 계약서를 받아들고 내용을 검토해보았다.

"정녕 내가 이걸 실리에게 보여주기를 바라는 겁니까?"

"그러시죠. 실리에게도 그걸 보여주세요."

그러자 그는 내게 다가와 무겁고 슬픈 음색으로 말했다.

"내게 아무런 언질도 없이 이러면 안 됐어요. 이건 나에 대한 믿음의 부족이고, 나는 당신에게 그렇게 대우받을 이유가 없었습니다."

옳은 말이었다. 그러나 일은 이미 벌어진 뒤였다.

잠시 뒤에 실리가 도착했다. 그는 손짓 발짓을 해가며 고함을 내질렀고 분노를 토해냈다. "이건 모욕이야! 배신이라고! 자네는 이런 짓거리를 할 권리가 없어! 반드시 위약금을 물게 할 테다!"

나는 기분이 무척 안 좋았으므로 실리에게 등을 돌린 채, 다만 뒤케넬에게 미안하다는 사과를 했다. 뒤케넬은 무척이나 괴로워 보였다. 그리고 나는 그가 괴로워하는 모습에 부끄러움을 느꼈다. 그는 언제나 내 편에서 생각해주었다. 그리고 실리의 반대와 그 밖의 수많은 악의에도 불구하고, 내게 오데옹의 배우로서 길을 열어준 사람이 바로 뒤케넬이었다. 실리는 자신이 말한 대로 나와 코메디-프랑세즈를 상대로 소송을 걸었다. 나는 소송에서 졌고, 오데옹의 두 지배인에게

6천 프랑의 위약금을 물라는 판결을 받았다.

몇 주 뒤 빅토르 위고는 『뤼 블라스』의 백 회 공연을 기념하여 출연진 전원에게 성대한 저녁 연회를 베풀었다. 이날의 연회는 내게 대단한 기쁨이었다. 나는 그런 종류의 기념 연회를 가져본 게 처음이었다.

실리와는 소송 이후로 제대로 이야기를 나눈 적이 없었다. 공교롭게도 이날 밤 그는 내 옆자리였고, 우리는 자연스럽게 화해를 해야만 했다. 내 자리는 빅토르 위고의 오른쪽 자리였다. 위고의 왼쪽 자리에는 '시녀장' 역을 맡았던 랑캥 부인이 앉아 있었고, 그녀 곁에는 뒤케넬이 앉아 있었다.

빅토르 위고의 맞은편 자리에는 또 다른 시인이 앉아 있었다. 코끼리의 몸통 위에 사자의 머리를 얹어둔 듯한 테오필 고티에[2](Théophile Gautier)였다. 그는 매력적인 정신의 소유자였고, 호탕하게 웃었으며, 말을 할 때는 단어의 적절한 선택이 돋보였다. 얼굴에는 부드럽고 창백한 살이 통통히 올라 있었고, 눈 위의 눈꺼풀은 무거워 보였으며, 시선은 아련하고도 매혹적이었다.

서양인의 의복과 풍속에 짓눌려 가려졌으나, 고티에의 내면에는 분명 동양적인 기품이 서려 있었다. 나는 그의 모든 시구를 알고 있었다. 그리하여 미(美)로부터 사랑받는 이 시인을, 다정한 눈길로 바라보았다.

나는 상상 속에서 기꺼이 그에게 동양풍의 화려한 의복들을 입혀보았다. 그리고 그가 커다란 쿠션들 위에 누워 아름다운 두 손으로 온갖 색의 보석 더미를 헤집는 광경을 떠올렸다. 그가 쓴 몇몇 시구들이 내 입술에서 조그맣게 새어 나왔다. 나는 그와 함께 끝도 없는 꿈속으로

---

2 테오필 고티에(Théophile Gautier, 1811-1872)는 프랑스의 시인, 소설가, 예술 비평가이다.

빠져들었다. 그때였다. 빅토르 위고가 옆자리에서 내게 말을 걸어왔고, 나는 그를 향해 고개를 돌렸다.

테오필 고티에와 그는 어쩌면 이렇게 달랐단 말인가! 빅토르 위고, 이 대시인은 빛나는 지성을 가진 머리를 제외하면 그야말로 평범하디 평범한 인물일 뿐이었다. 그의 외관은 굼뜬 느낌을 주었다. 실제로 위고는 대단히 활동적인 사람이었는데도 말이다. 또한 그의 코는 보잘것없이 생겼고, 눈은 음탕해 보였으며, 입의 생김새에서는 어떤 아름다움도 느낄 수 없었다. 다만 그의 목소리에서는 기품과 매력이 느껴졌다. 나는 기꺼이 눈으로는 테오필 고티에를 바라보며, 귀로는 위고의 말을 들었다.

맞은편의 고티에를 바라보면서 나는 약간의 짜증을 느꼈다. 그의 곁에 가증스러운 폴 드 생-빅토르[3](Paul de Saint-Victor)가 자리 잡고 있었기 때문이다. 폴 드 생-빅토르의 뺨은 그 안에서 기름이 줄줄 새는 두 개의 자루처럼 보였다. 까마귀 부리처럼 굽은 코에서는 못된 성품이 느껴졌고, 시선 또한 거칠고 못되었다. 그는 팔은 지나치게 짧았고, 배는 지나치게 튀어나왔다. 그는 꼭 황달에 걸린 것 같았다.

폴 드 생-빅토르는 재치도 있고 재능도 있었다. 하지만 그가 그 재치와 재능을 발휘하여 말을 하고 글을 쓸 때, 그의 말과 글은 선을 행하기보다는 악을 행할 때가 더 많았다. 그가 나를 미워한다는 것을 알고 있었다. 그리고 그 사실을 알게 된 즉시, 미움을 똑같은 미움으로 갚아주었다.

자기 작품을 다시 무대에 올리고자[4] 열과 성을 다한 이들에게 감사

---

3 폴 드 생-빅토르(Paul de Saint-Victor, 1827-1881)는 프랑스의 문예 비평가이다.
4 1838년 작인 『뤼 블라스』는 제2제정 기간 동안 공연금지처분을 받고 있었다. 1872년 오데옹에서의 공연은 『뤼 블라스』의 공연금지처분이 풀린 이후 첫 공연이었다.

를 표하기 위해, 빅토르 위고가 건배를 제의했다. 모든 이들이 위고에게 몸을 기울인 채, 자기 잔을 들어 올렸다. 그때였다. 건배사를 하던 위고가 나를 향해 고개를 돌리고 말했다.

"그리고 당신에 대해서 말입니다만, 부인…"

그리고 바로 같은 때에, 폴 드 생-빅토르가 잔을 내려놓았다. 대단히 거친 동작이었기 때문에, 잔이 탁자에 부딪혀 깨졌다. 잠시 사람들 사이에 경악스러운 정적이 흘렀다. 나는 전혀 당황하지 않고, 테이블 너머로 몸을 숙여 폴 드 생-빅토르에게 내 잔을 내밀었다.

"본인 생각을 무척 분명하게도 표명하시는군요. 제 잔을 대신 받으세요, 선생님. 그걸 마시면 제가 무슨 생각을 하는지 알게 되실 겁니다. 그리고 바로 그게 당신 생각에 대한 제 답변이에요."

폴 드 생-빅토르, 이 못된 작자가 내가 내민 잔을 받아들었다. 그때 그의 눈빛이란! 빅토르 위고는 만인의 박수갈채 속에서 축배사를 마쳤다. 뒤케넬은 고개를 살짝 뒤로 빼고 낮은 목소리로 나를 부르더니 실리에게 축배사에 대한 답사를 준비하라는 말을 전해달라고 부탁했다.

나는 실리에게 뒤케넬의 부탁을 전달해주었는데 실리는 나를 음산한 눈으로 바라보며, 다 죽어가는 목소리로 말했다.

"누가 내 두 다리를 꼭 붙잡고 있는 것 같아요."

뒤케넬이 좌중을 향해 곧 실리 씨의 답사가 있을 테니 조용히 해 달라고 부탁하는 동안, 나는 그를 보다 주의 깊게 살펴보았다. 그는 절망적인 손짓으로 자기 포크를 붙잡고 있었다. 실리의 손가락 끝은 새하얬고, 손의 나머지 부분은 온통 푸르뎅뎅했다. 나는 그의 한쪽 손을 붙잡았다. 내가 잡은 손은 얼음장처럼 차가웠고, 반대편 손은 힘없이 테이블 아래로 늘어져 있었다.

좌중이 조용해졌다. 모든 이의 시선이 실리를 향해 쏟아졌다. 나는 공포에 사로잡혀 그에게 "일어나세요."라고 속삭였다. 그가 움직이기 시작했다. 그리고 그는 갑작스레 자기 접시에 머리를 박고 쓰러지고 말았다. 소리죽인 웅성거림이 일어났다! 몇 명 안 되는 여인들이 이 가 없는 남자의 주변을 둘러쌌다. 격의 없는 기도문이라도 외는 것처럼 몇 마디의 명청하고 시시하고 무심한 말들이 오갔다.

우리는 사람을 보내 그의 아들을 데려오게 시켰다. 식당 종업원 두 사람이 와서 실리를 조그만 살롱으로 실어 날랐다. 그는 아직 살아 있 었지만, 꼼짝도 하지 않았다. 뒤케넬은 실리의 곁에 머물렀다. 나도 그를 따라갔지만, 그는 내게 손님들 곁으로 돌아가 있으라고 당부했 다. 나는 연회장으로 돌아갔다. 연회장에서는 사람들이 몇몇 그룹들 로 나뉘어 이야기를 나누고 있었다. 그들은 내가 연회장으로 돌아오 는 것을 보고, "그래서, 실리의 상태는 어떤가요?"라고 물어보았다.

"여전히 안 좋아요. 이제 막 의사가 도착했어요. 실리는 아직 말을 못 하는 상태예요."

'뤼 블라스' 역을 맡은 라퐁텐은 브랜디 잔을 들이키며 새는 발음으 로 "소화불량 때문에 그런 걸 거야!"라고 말했다. 지독한 건망증이 있 는 배우이자, '동 귀리탕' 역을 맡고 있던 탈리앙은 "빈혈 때문일 거 야!"라고 단언했다.

그때 우리에게 빅토르 위고가 다가왔다. 그리고 짤막하게 이런 말을 했다. "만약 죽는다고 하더라도, 참으로 아름다운 죽음일세."

그리고 그는 내 팔을 잡고 나를 연회장의 한구석으로 데려갔다. 그 는 갖가지 자상하고 시적인 속삭임들로 내 기분을 전환시키려고 노력 했다. 무거운 슬픔 속에서 잠시 시간이 흘러갔다. 그리고 뒤케넬이 다 시 모습을 드러내었다.

뒤케넬의 얼굴은 창백했다. 그는 사교계 인사로서 적절한 얼굴을 꾸며낸 뒤에, 그에게 쏟아지는 질문들에 답변하기 시작했다. "아 네, 맞아요. 막 그를 자택으로 돌려보냈습니다. 별일 아닐 거예요, 아마 이틀 정도 휴식하면 낫겠죠. 네, 식사 중에 하반신이 추웠던 게 원인 같아요."

그러자 손님 중 한 사람이 소리쳤다.

"맞아요! 확실히 테이블 아래쪽에 외풍이 심하긴 했습니다!"

그리고 뒤케넬은 그를 향해 집요하게 자신의 가설을 제기하는 또 다른 인물에게 이렇게 답했다.

"그래요! 아마 그럴 수도 있겠죠. 네, 머리가 지나치게 열을 받은 게 이유일 수도 있어요."

그러자 또 다른 손님이 의견을 덧붙였다.

"실제로는 가스가 원인일 수도 있어요. 우리 머리 위에 놓인 가스등에서 고약한 가스가 샌 거죠."

일촉즉발의 상황이었다. 나는 자리에 모인 모두가 빅토르 위고에게 연회장의 추위며, 더위며, 그가 베푼 음식물이며 술의 문제를 따지려드는 순간을 목격했다.

이 모든 멍청한 가설들에 짜증이 솟구친 뒤케넬은 어깨를 한 번 으쓱하더니, 다른 사람들이 없는 곳으로 나를 데려가서 내게 말했다.

"실은 가망이 없다나 봐요."

실리가 곧 죽게 될 거라는 사실은 나도 어렴풋이 짐작한 바였다. 그래도 뒤케넬의 확언은, 가슴을 에는 듯한 슬픔으로 내 목을 졸라왔다. 나는 뒤케넬에게 말했다.

"여기서 나갈래요! 부디, 제 마차를 준비해주세요. 부탁이에요."

그렇게 내가 의류 보관소로 사용되고 있던 작은 방 쪽을 향할 때였다. 나는 늙은 랑캥 부인과 부딪혔다. 그녀는 열기와 술기운에 살짝 취한 채, 탈리앙과 왈츠를 추는 중이었다.

"아! 미안해요, 우리 귀여운 마돈나. 하마터면 당신을 쓰러트릴 뻔했네요."

랑캥 부인의 몸을 내 쪽으로 잡아끈 뒤에, 깊은 생각 없이 그녀의 귓가에 대고 빠르게 속삭였다.

"랑캥 부인, 춤은 그만 추세요! 실리가 죽어가고 있어요!"

붉게 달아올라 있던 그녀의 얼굴이 백묵처럼 하얘졌다. 랑캥 부인의 이빨이 딱딱 부딪히기 시작했다. 너무나도 큰 충격에, 더듬거리는한마디 말조차 뱉어내지 못하고 있는 듯했다.

"아! 랑캥 부인! 죄송해요, 그렇게나 충격을 받으실 줄 알았으면 이런 말은 하지 않는 건데…"

그녀는 내 말이 들리지 않는 듯했다. 그녀는 보관되어 있던 망토를집어 걸친 뒤, 내게 말했다.

"지금 나갈 거예요?"

"네."

"가는 길에, 우리 집까지 좀 데려다주겠어요? 내가 왜 이렇게 충격을 받았는지, 마차 안에서 이야기해 줄게요."

그리고 그녀는 검은색 두건을 머리에 둘렀다. 우리는 뒤케넬과 폴뫼리스의 배웅을 받으며 마차에 올라탔다.

그녀의 집은 생-제르맹 구역에 있었고, 나는 롬 가에 살고 있었다.가는 길에 이 가엾은 여인은 내게 이런 이야기를 털어놓았다.

"사라, 당신도 잘 알다시피, 내게는 점치는 것을 좋아하는 못된 습관이 있어요. 일주일에 단 한 번이긴 하지만, 매주 금요일에 나는 수면상태에서 점을 치는 이들이나 카드점을 치는 여자들을 찾곤 하죠. 지난주 금요일에도 카드점을 치는 여자를 찾아가 점을 보았습니다. 그런데 그녀가 내게 이런 말을 하는 거예요. "당신은 어떤 남자가 죽고 일주일 뒤에 죽습니다. 갈색 머리의 남자고, 젊은이는 아니네요. 그는 당신의 삶에 깊게 얽힌 인물이에요." 그런 점괘를 들은 내가 어떻게 생각했겠어요? 사라, 나는 점쟁이가 날 놀린다고 생각했습니다. 나는 과부인데다가, 남편이 죽은 뒤로 어떤 연애 관계도 가진 적이 없어요. 그러니 내 삶에 깊게 얽힌 남자 따위 있을 리가 없었지요. 그런 점괘를 듣고, 끝내 7프랑을 지불해야 했던 나는(그녀는 복채는 보통 10프랑이었지만, 배우들 상대로는 7프랑만을 받거든요), 그녀에게 격렬하게 항의했어요. 그러자 자기 점괘를 의심받은 그녀가 화난 표정으로 내 두 손을 붙잡더군요. 그리고 내게 또다시 이런 말을 했어요. "점괘가 틀렸다고 소리 질러봐야 소용없어요. 분명 그렇게 될 테니까! 만약 더 자세한 사실이 듣고 싶다면 말해드리지요. 그는 당신을 먹여 살리는 남자입니다! 조금 더 자세히 얘기해 볼까요? 당신을 먹여 살리는 남자들은 두 명이군요! 한 사람은 갈색 머리, 한 사람은 금발 머리예요! 정확히 그렇습니다!" 하지만 그녀가 마지막 말을 마무리하기도 전에, 그녀의 따귀를 때렸습니다. 장담하건대, 그녀 인생에서 가장 아픈 따귀였을 거예요! 그렇게 점집을 떠나고 나서 대체 그녀의 점괘가 무슨 의미일지를 머리를 싸잡고 고민했답니다. 그리고 그 결과 알아낸 게 이거예요. 나를 먹여 살리고 있다는 두 남자, 갈색 머리와 금발 머리는, 우리 지배인들이었어요! 실리와 뒤케넬이 내 점괘에 나온 남자들이었단 말입니다. 그런데 방금 당신이 내게 들려준 얘기로는 실리... 실리가..."

숨도 쉬지 않고 긴 이야기를 꺼낸 그녀는 헐떡거리며 말을 멈추었다. 그녀는 공포에 사로잡혀 있었다. 마침내 다시 입을 뗀 그녀는 "숨이 막힐 거 같아요."라고 중얼거렸다. 얼어붙을 듯이 추운 날씨였음에도 불구하고, 우리는 마차의 모든 창을 열었다. 마차가 그녀의 집 앞에 도착했다. 그녀를 5층 집까지 바래다주었고, 관리인을 불러 그녀를 잘 돌보아달라는 부탁을 했다. 그리고 관리인이 내 부탁을 확실히 들어줄 수 있도록 1루이를 건네준 뒤에 집으로 돌아왔다. 연회장에서 일어날 거라고는 조금도 예상치 못한, 이 극적인 일련의 사건들 탓에 나는 무척이나 동요했다.

사흘 뒤인 1872년 6월 14일. 실리는 결국 의식을 되찾지 못하고 사망했다.

다시 12일이 지난 후, 가엾은 랑캥 부인도 죽고 말았다. 그녀는 종부 성사에서 다음과 같은 고해를 하고 용서를 구했다. "저는 악마를 믿은 죄[5]로 죽습니다."

---

[5] 가톨릭 교도가 점을 보는 행위는 엄격히 금지되어 있으며, 카드점 따위 각종 점술은 악마에게 의지하는 행위로 간주된다.

22

다시 코메디 프랑세즈에서

나는 무척 깊은 슬픔을 안고 오데옹을 떠났다. 이 극장을 사랑했고, 그 마음은 지금도 변치 않았다. 오데옹 극장은, 오데옹 극장 하나만으로 조그만 지방 도시를 이루고 있는 듯한 느낌을 준다. 손님들을 환대하는 전면 아케이드의 아래로는 땡볕을 피해 그늘을 찾는 나이든 교양인들이 산책을 즐긴다. 극장을 둘러싼 큼지막한 포석들 사이로는 노랗고 미세한 풀이 자라난다. 극장을 지지하는 높다란 기둥들은 온갖이들의 손때가 묻고 길가의 진창이 튀기는 가운데 세월의 흐름 속에 변색되었다. 극장 주변에는 정기적으로 합승마차가 오가는 소리가 난다. 합승마차가 떠나는 장면을 보고 있으면, 그 옛날 구식 합승마차가 떠나던 장면이 떠오른다. 동업자들은 서로에게 우애의 마음을 품고 오데옹에서 마주친다. 마지막으로 오데옹 극장 옆에는 뤽상부르 궁의 담장이 세워져 있다. 그리고 이러한 모든 점들이 파리의 모든 시설물 중에서도 오데옹 극장에 독보적인 인상을 부여했다.

또한 오데옹 극장에서는 학교와 같은 냄새가 난다. 오데옹 극장은 그 울타리 안에 젊은 희망을 품었다. 다른 극장 사람들은 언제나 '어제'에 관한 이야기를 나누지만, 오데옹 극장에서는 어제를 이야기하지 않는다. 오데옹 극장을 찾아온 젊은 예술가들은 '미래'에 관한 이야기를 나눈다. 나는 오데옹에서 지낸 몇 년을 회상할 때마다, 유치한 감정에 젖어 연신 웃음을 터뜨리곤 한다. 그 시절 조그만 꽃다발들에 얼굴을 파묻고 코를 킁킁거리던 기억을 결코 잊을 수가 없다. 들판에서 꺾어온 꽃들을 바로 엮은 듯, 신선한 향을 풍기던 이 꽃다발들은 무척 수수했고 묶인 방식도 어설펐다. 그러나 이 꽃들은 스무 살 젊은이들의 마음이 담겨 있다. 내가 받은 꽃다발들은 대학생들이 쌈짓돈을 열어 값을 치른 꽃다발이었다.

사실 오데옹 극장에서 어떤 것도 가져가고 싶지 않았다. 내 휴게실에 있는 가구들을 후배에게 물려주었고, 의상들과 자질구레한 화장도구들도 그대로 놔두었다. 내가 갖고 있던 모든 것들을 다른 이들에게 나누어주었다. 미래에 대한 희망을 품고 움츠려있던 시절은 오데옹에서 끝난 듯했다. 나는 비로소 내 꿈들이 활짝 피어날 시기가 무르익었다고 느꼈으며, 다른 한편으로 이제 삶은 투쟁이 되리라는 예감이 들었다. 그리고 내 예상은 정확했다.

코메디-프랑세즈에서 보내었던 첫 번째 시절은 내게 안 좋은 결과만을 가져다주었었다. 나는 내가 맹수들이 우글거리는 철창 안에 제 발로 걸어 들어간다는 사실을 잘 알고 있었다. 이 극장에 친구라고 할 만한 사람들은 거의 없었다. 손가락으로 꼽을만한 몇 명을 열거하자면, 라로슈, 코클랭, 그리고 무네-쉴리 정도였다. 라로슈와 코클랭은 연극학교 시절의 동료였고, 무네-쉴리는 오데옹 시절의 동료였다.

동성 친구들이라고 할 만한 이들은 다음과 같았다. 먼저 마리 로이드와 소피 크루아제트, 이 두 사람은 내 어린 시절의 친구였다. 그리고 주아생(Jouassain), 그녀는 기본적으로 못된 여자였으나, 내게는 호의적이었다. 마지막으로 사랑스러운 마들렌 브로앙(Madeleine Brohan),

그녀는 사람의 영혼을 홀릴 정도로 착하고, 정신을 홀릴 정도로 재치가 넘쳤다. 다만 그녀는 너무도 무심했던 탓에 그녀에게 애정을 가진 상대를 좌절시키곤 했다.

페랭 씨는 내 데뷔 공연으로 『벨-일의 아가씨[1]Mademoiselle de Belle-Isle』를 골랐다. 이는 사르세(Sarcey)의 요망에 따른 선정이었다.

우리는 배우 휴게실에 모여 『벨-일의 아가씨』의 낭독회를 갖기 시작했는데 이 사전 연습에서 심한 곤혹감에 시달려야 했다.

문제는 브로앙 양이었다. 그녀는 '프리 후작 부인' 역을 맡기로 되어 있었는데, 이 시기의 그녀는 좀 심하다 싶을 정도로 살이 찐 상태였다. 반면, 내 몸은 지나칠 정도로 빼빼 말랐다. 당시 나는 어찌나 말라깽이였는지, 세간에서는 내 마른 몸을 놀리는 짓궂은 노래들이 만들어질 정도였고, 풍자화가들은 내 마른 몸을 과장한 그림들로 화첩을 채우곤 했다.

그러니 아무리 연극이라지만, '리슐리외 공작'이란 인물이 '프리 후작 부인'(브로앙 양)을 '벨-일의 아가씨'(나)로 착각하는 것은 말도 안 되는 일이었다. 대본에 따르면, '프리 후작 부인'은 늦은 밤에 '리슐리외 공작'을 불러내어 부적절하고, 결정적인 만남을 갖는데, 이때 리슐리외 공작은 후작 부인을 끌어안고, 품 안에 있는 여인이 정숙한 벨-일의 아가씨라고 착각해야만 했다. 연습 때마다 리슐리외 공작 역의 브레상(Bressant)은 대사 읽기를 멈추고 외치곤 했다.

"말도 안 돼, 이건 너무 멍청한 일이야! 아무래도 리슐리외 공작에게는 팔이 없다는 설정으로 연기해야겠어."

그러면 마들렌은 연습장에서 빠져나와 후작 부인의 배우를 자신으

---

1 아버지 알렉상드르 뒤마가 1837에 발표한 5막 희곡.

로 바꿔 달라는 청을 하기 위해 지배인 실로 향했다.

이러한 인선은 전적으로 페랭 씨의 뜻에 따랐다. 페랭은 처음에는 크루아제트에게 후작 부인 역을 맡기려 했었다. 돌연 겉으로 드러나지 않는 자잘한 이유들로 인해, 그는 자신도 어쩔 수 없다는 듯이 후작 부인 역을 크루아제트가 아닌 브로앙에게 맡겼다. 오직 페랭만이 배우 교체의 정확한 이유를 알고 있었다. 물론 다른 이들도 그 이유를 짐작하고는 있었다.

마침내 배우의 교체 결정이 내려졌다. 그리고 진지한 연습이 시작되었다. 『벨-일의 아가씨』의 첫 공연일은 1872년 11월 6일로 공지되었다. 그때나 지금이나, 나는 공연 시작 전에 긴장을 심하게 하는 편이다. 특히 사람들이 내게 거는 기대가 크다는 것을 알면 미친 듯이 긴장한다. 그날도 그랬다. 나는 공연이 개시되기 한참 전부터 공연장의 자리가 전부 예약되었다는 사실을 알았다. 언론은 이번 공연의 대성공을 점쳤고, 페랭 또한 이번 공연을 통해 연이어 큰 수입을 벌어들일 것을 기대했다.

아! 이 모든 기대와 예상은 보기 좋게 빗나가고 말았다. 코메디-프랑세즈에서의 내 두 번째 데뷔는 참으로 보잘것없었다.

아래는 프랑시스크 사르세가 1872년 11월 11일 자 『르 탕Le Temps』지에 기고한 논평 일부다. 당시만 해도 그와는 면식이 없었지만, 그는 내 연기경력을 무척 흥미롭게 주시하고 있었다.

공연장에는 활기가 넘쳤다. 사라 베르나르의 데뷔가 모든 연극 애호가들을 극장으로 끌어들였다. 이는 그녀를 둘러싼 수많은 전설 덕분이라고 해야 할 것이다. 사라 베르나르 양의 개인적인 매력도 매력이지만, 일찍이 그녀를 둘러싸고 수많은 전설이 그녀의 이름 위를 떠돌기 때문이다. 개중에 사실인 것도 있고 거짓인 것도 있지만, 어쨌든 그녀의 전설은 파리 사람들의 호기심을 자극했다. 하지만 그녀가 무대에 등장하자마자, 관객들은 환멸을 경험해야 했다. 무대 의상이 그녀의 날씬함을 지나치게 강조했다. 그리스나 로마의 여인들이 걸치는, 넓은 주름이 잡힌 고대 의상 아래에서라면 날씬함은 곧 우아함으로 느껴졌을 것이다. 하지만 그녀가 보란 듯이 선보인 날씬함은 현대적인 의상 아래에서는 그리 유쾌하지 않았다. 그녀의 얼굴에서는 분가루가 흩날렸고, 안색은 '긴장' 때문인지 끔찍할 정도로 창백했다. 그런 것들을 차치하고서라도, 이 길고 검고 통이 좁은 (그래서 나를 꼭 개미처럼 보이게 한) 드레스에서 튀어나온 길쭉하고 흰 얼굴을 바라보는 일은 그리 유쾌하지 않았다. 그녀의 눈빛은 희미했다. 얼굴에서는 반짝이는 치아가 도드라질 뿐이었다. 그녀는 첫 세 막에 걸쳐 발작적인 떨림이 느껴지는 목소리로 대사를 읊었다. 그녀가 『뤼 블라스』에서와 같은 열연을 펼친 것은 오직 두 구절뿐이었다. 이 두 구절에서만 그녀의 목소리는 무척 매력적이었으며 우아했다. 그러나 전반적으로 볼 때, 그녀는 모든 주요 대사를 망쳤다. 연극에는 관객 모두를 열광시키는 어조, 절정에 치달은 격한 감정을 표현하기에 적절한, 선명하고 깊은 음색이 있다. 나는 사라 베르나르 양이 그 감미로운 목소리를 갖고도, 그러한 음색을 찾지 못하지는 않을까 걱정된다. 만약 그녀의 천성에 그런 재능이 있다면, 그녀는 완벽한 예술가가 될 것이고 극장가에서 독보적인 존재가 될 것이다. 관객들의 냉랭한 반응에 자극받은 사라 베르나르 양은 5막에 이르러서야 자기 자신을 온전히 되찾은 듯했다. 5막의 사라야말로, 우리가 오데옹 극장에서 그토록 찬탄했던 『뤼 블라스』의 그 사라 베르나르였다. 기타 등등, 기타 등등…

사르세의 말대로, 나는 데뷔 무대를 완전히 망쳤다. 사실 '긴장' 때문이 아니라 불안 탓이었다. 엄마가 극장을 일찍 빠져나간 것이 나를 불안하게 만들었다. 그날 엄마는 2층 정면 관람석에 앉아 있다가 내가 무대에 오른 지 5분 만에 자리를 떠났었다.

나는 무대에 올라 엄마를 힐끗 바라본 즉시 그녀의 얼굴에 죽을 것 같은 창백함이 깃들어 있음을 알아챘다. 나는 엄마가 자리를 뜨는 것을 바라보며 엄마의 고질병인 심장 발작이 또 한 번 찾아오리라는 것을 예상했다. 일단 그런 생각이 들자, 1막의 공연은 끝이 안 보일 정도로 길게 느껴졌다. 나는 대사를 마구잡이로 내뱉었고, 발음을 뭉개가면서까지 대사의 속도를 높였다. 내 머릿속에는 단 하나의 생각뿐이었다. 나는 엄마에게 정확히 무슨 일이 벌어진 것인지 알아야만 했다.

아! 가엾은 배우들이 자신의 소중한 사람이 괴로움을 겪고 있다는 고통을 안고 무대에 섰을 때, 관객들은 그 고통을 짐작조차 하지 못한다. 우리는 관객 앞에서 피와 살을 갖추고 몸짓을 하고 대사를 내뱉지만, 번민에 빠진 우리 가슴은 괴로움을 겪고 있는 사랑하는 이를 향해 날아간다. 일반적으로, 배우들은 일상의 짜증과 걱정 따위는 억누를 수가 있다. 몇 시간 동안 우리는 우리 본연의 인격을 벗어버리고 다른 인격을 두른다. 우리는 자신의 모든 것을 잊고 다른 사람의 꿈속으로 걸어 들어간다. 하지만 우리가 사랑하는 이들이 고통을 받고 있을 때만큼은 이러한 일이 불가능하다. 사랑하는 이가 고통받고 있을 때, 불안은 배우에게 들러붙어 불행한 감정을 키운다. 그리고 두 개의 삶에 걸쳐져 있는 배우의 정신을 미치게 만들고, 터질 듯이 뛰는 배우의 심장을 뒤집어 놓게 된다.

1막 공연 동안 내가 느낀 감정은 바로 이와 같은 불안과 불행이었다.

나는 1막을 마치고 무대에서 내려왔다.

"엄마, 우리 엄마에게 무슨 일이 일어난 거죠?"

그러나 누구도 우리 엄마의 사정은 알지 못했다. 크루아제트는 내게 다가와서 말했다.

"무슨 일이야? 아까는 정말 너답지 않았어. 무대 위에서 모습이 이상하던데, 정말 무슨 일 있는 거니?"

나는 그녀에게 내가 본 것과 느낀 것을 간단하게 설명해주었다.

프레데릭 페브르(Frédéric Febvre)는 즉시 사람을 보내 사정을 알아보게 했다. 잠시 뒤 테아트르-프랑세의 전담의가 달려왔다.

"사라 베르나르 양, 당신의 어머니께서는 기절하셨습니다. 막 그녀를 자택까지 모셔드리고 온 참이에요."

나는 그를 바라보며 말했다.

"선생님, 심장이 문제였던 거죠?"

"그렇습니다. 어머님께서 심장 박동이 아주 불안정하시더군요."

"저도 알아요. 엄마는 심장이 많이 안 좋거든요."

더는 슬픔을 버티기 힘들었다. 나는 오열을 토해냈다.

성정이 착한 크루아제트는 내가 휴게실로 올라가는 것을 도와주었다. 어린 시절부터 알고 지낸 사이였던 우리는 서로를 너무도 좋아했다. 그 어떤 것도 우리 사이를 갈라놓을 수는 없었다. 질투심 많은 이들의 못된 험담이든, 허영심에서 오는 가벼운 번민이든 말이다.

게라르 부인은 마차를 타고 엄마의 집으로 달려갔다. 내게 엄마의 용태를 알려주기 위해서였다.

나는 얼굴 화장을 약간 고쳐야 했다. 무대 뒤에서 무슨 일이 일어났는지 알지 못하는 관객들은 연극이 지연되는 것을 내 변덕 탓으로 돌리며 화를 내기 시작했다. 그들은 아까보다도 한결 냉랭하게 나를 맞이했다. 그들의 반응을 조금도 신경 쓰지 않았다. 나는 다른 생각에 골몰했다. 입으로는 '벨-일의 아가씨'(참 멍청하고, 지루한 역할이었다)의 대사를 내뱉았지만, 머리로는 엄마의 소식이 언제 도착할지만을 생각했다. 나는 게라르 부인의 귀환을 기다리고 있었다. 그녀가 떠나기 전에, 그녀에게 일러 두었다.

"돌아오시거든 곧바로 정원 쪽 출입문을 살짝 열어주세요. 그리고 엄마의 상태가 나아졌다면 고개를 이렇게 흔들어 주시고, 엄마의 상태가 좋지 않다면 고개를 저렇게 흔들어 주세요."

그런데 어떤 신호가 '나아졌다'는 신호였는지를 잊어버리고 말았다. 3막의 끝자락, 게라르 부인이 살짝 문을 열었다. 그녀는 마치 "그래"라고 말하려는 듯이, 고개를 아래에서 위로 움직여 신호를 보냈다. 그것이 어떤 뜻인지 확신할 수 없었기에 심히 멍청한 상태가 되었다.

나는 『벨-일의 아가씨』 3막에서도 아주 중요한 장면을 연기하고 있었다. 벨-일의 아가씨가 리슐리외 공작(브레상)에게 자신을 영영 떠나보낼 셈이냐고 비난하는 대목이었다. 공작은 그녀에게 대답한다.

"누군가 우리의 이야기를 듣고 있다고, 누군가 숨어있다고, 당신이 이야기하지 않았소?"

브레상의 대사를 들은 나는 이렇게 소리쳤다.

"게라르가 제게 소식을 가져올 거예요!"

다행히도 관객들은 대사가 이상하다는 것을 눈치채지 못했다. 브레상이 급히 대사를 얼버무려 상황을 모면해주었다.

정신 차리라는 가벼운 주의를 받은 뒤, 나는 엄마의 소식을 들을 수 있었다. 용태가 나아지고 있지만, 어쨌든 심한 발작을 일으켰던 것도 사실이라는 이야기였다. 가엾은 엄마! 그녀는 무대에 올라온 내 모습을 보자마자 고통스러운 충격에 휩싸였다고 한다. 마음의 평정이 무너질 정도로 내 모습이 추했기 때문이었다. 그녀의 정신적인 충격은 곧 분노로 바뀌었다. 옆자리에 앉은 뚱뚱한 부인이 낄낄거리며 말했다는 것이다.

"베르나르 양은 꼭 말라죽은 해골 같군요!"

엄마가 무사하다는 소식을 알게 된 나는 마음의 평정을 되찾았으며 자신감 있게 종막을 연기할 수 있었다. 첫날 저녁 공연에서 가장 호평을 받은 것은 크루아제트였다. 프리 후작 부인 역을 맡은 그녀는, 정말이지 눈부시게 매력적이었다.

두 번째 공연부터는 연기에 대한 평가도 올라가기 시작했다. 공연이 거듭되어 감에 따라, 내 성공은 확실하게 자리 잡았는데 곧 박수부대를 매수한 것이 아니냐는 의혹이 제기될 정도로 대호평을 얻었다. 나는 돈을 주고 박수꾼들을 샀다는 비난을 듣고 무척 웃었다. 그리고 행여 쓸데없는 말이 많아지지는 않을까 싶어 그러한 의혹에 딱히 반박하지도 않았다.

다음 공연에서 나는 『브리타니쿠스[2]Britannicus』의 쥐니(Junie) 역을 맡았다. 네롱(Néron) 역은 무네-쉴리가 맡았는데, 그는 경탄이 나올 정도의 호연을 보여주었다. 나 또한 '쥐니'라는 매력적인 배역을 연기하며 믿어지지 않을 정도로 엄청난 성공을 거두었다.

나는 1873년에는 『피가로의 결혼[3]Le Mariage de Figaro』의 셰뤼뱅(Chérubin) 역을 맡았다. 쉬잔(Suzanne) 역은 크루아제트에게 돌아갔다. 발랄함과 매력이 넘치는 크루아제트의 연기를 바라보며 관객들은 시각의 향연을 즐길 수 있었다. 나 또한 셰뤼뱅 역을 통해 또 한 번의 성공을 거두었다.

1873년 3월, 페랭은 옥타브 푀이예[4](Octave Feuillet)의 『달릴라Dali-

2 장 라신의 5막 운문 비극.

3 보마르셰(Pierre-Augustin Caron de Beaumarchais, 1732-1799)의 5막 희극.

4 옥타브 푀이예(Ovtave Feuillet, 1821-1890)는 프랑스의 소설가, 극작가다.

la』를 무대에 올릴 계획을 세웠다. 당시 나는 주로 나이 어린 소녀, 공주, 또는 소년의 역할을 맡았다. 내 호리호리한 몸과 창백한 낯빛, 병약한 외관은 '희생자'의 역할과 대단히 잘 어울렸다. 그런데 페랭은 내 희생자 연기가 관객들의 심금을 울리는 것을 보고, 내가 내 '역할' 덕분에 관객들의 연민을 자극했다고 생각했다. 그는 더할 나위 없이 우스꽝스러운 역할 분배 지시를 내렸다. 그는 못되고 잔인한 성격의 갈색 머리 공주인 '달릴라' 역을 내게 맡기고, 병약한 금발 머리 미소녀역을 소피 크루아제트에게 주었다.

이런 기이한 역할 분배 탓에 『달릴라』 공연은 시작부터 엉망진창이었다. 당시 잘 어울리지도 않는 오만하고 관능적인 요부의 모습을 꾸며내려 무진 애를 써야 했다. 상의 가슴께에 솜을 채워 넣었고, 엉덩이 부근 또한 속을 채워 넣어 부풀렸다. 그렇게 꾸민들, 여전히 내 얼굴은 비썩 마르고 슬퍼 보였다.

반면에 크루아제트는 풍만한 가슴을 붕대로 감아 압박해야만 했다. 가슴에 꼭 조인 붕대 탓에 그녀는 숨쉬기가 곤란할 지경이었다. 그렇게 꾸민들, 예쁜 보조개가 파인 그녀의 아름다운 얼굴은 여전히 통통하고 건강해 보였다.

나는 더욱 힘차게 목소리를 내야만 했고, 반대로 그녀는 목소리에서 기력을 빼야만 했다. 결론적으로 이건 부조리한 인선이었다. 『달릴라』는 결국 어중간한 성적을 거두었다.

뒤이어 외젠 마뉘엘(Eugène Manuel)의 아름다운 단막극인 『부재자 L'Absent』와 폴 페리에(Paul Ferrier)의 무척 재미있는 단막극인 『변호인 L'Avocat』을 무대에 올렸다. 후자의 공연에서는 코클랭과 내가 말다툼을 벌이는 장면이 관객들의 마음을 사로잡았다.

그리고 같은 해의 8월 22일, 앙드로마크(Andromaque) 역을 연기하여 어마어마한 성공을 거두었다. 이 해 『앙드로마크』의 첫 공연을 결코 잊지 못할 것이다. 이 공연에서 무네-쉴리는 미칠 듯한 호연을 펼쳤다. 아! 오레스트(Oreste) 역을 연기하던 무네-쉴리의 모습은 어찌나 멋졌는지! 이 환상적인 배우의 외관은 물론이거니와, 그가 무대 위로 입장하는 장면, 분노하는 장면, 광기를 드러내는 장면은 하나같이 어찌나 아름다웠는지!

앙드로마크의 역에 이어, 『페드르』의 아리시(Aricie) 역을 맡았다. 그리고 『페드르』의 첫 공연이 있던 날 밤, 나는 이 조연 역할을 통해 실로 그날의 주인공과 똑같은 성공을 거두었다.

나는 코메디-프랑세즈에서 단기간 내에 확고한 입지를 굳혔다. 내 높아진 위상은 일부 연기자들이 불안감을 품을 정도였고, 연출의 방향을 좌지우지할 정도였다. 그리고 아주 높은 지능의 소유자였던 페랭 씨는, 비록 나도 페랭 씨 개인에 대해서는 다정한 인상을 갖고 있었으나, 일에 관련해서는 끔찍할 정도로 권위적이었다. 그리고 일에 관해 한 치도 양보하지 않는 성격은 나도 마찬가지였다. 우리 사이에서는 끊임없이 실랑이가 벌어졌다. 그는 내게 자기 뜻을 강요하려 했지만, 그의 말을 따르려 하지 않았다. 내가 제3자에 대해 독설을 날릴 때에는 그도 기꺼이 낄낄거렸다. 그러나 나의 독설이 그를 향할 때, 그는 분노에 휩싸였다.

페랭 씨를 화나게 하는 것은 즐거운 오락거리 중 하나였다. 물론 내가 잘못했다는 것은 인정한다. 그렇지만 페랭이 화를 내는 모습은 정말로 재미있었다. 평상시에는 대단히 또박또박한 그의 발음은 분을 못 이겨 말투가 빨라지면 발음이 심각하게 뭉개졌고, 신중하던 눈빛은 험상궂게 변했으며, 고상하고 창백하던 낯빛에는 붉은 반점이 피어났다. 화가 나면 그는 일 분에 한 번씩 모자를 벗고 쓰고를 반복했다. 당시 나는 해야 할 일과 안 해야 할 일을 충분히 구분할 만한 나이였지만, 그래도 페랭을 일부러 화나게 한다는 이 못된 장난을 포기할 수 없었다. 그때는 장난을 치고 뒤늦게 후회하면서도 끊임없이 또 다른 장난을 쳤다. 세월이 충분히 많이 흐른 지금도 나는 익살스러운 장난을 칠 때마다 한없는 기쁨을 느끼곤 한다.

코메디-프랑세즈에서의 삶은 내게 약간 짜증 나는 것이 되어갔다. 나는 『우리는 사랑으로 장난치지 않는다네On ne badine pas avec l'amour』에서 카미유(Camille) 역을 맡고 싶었지만, 카미유 역은 크루아제트에게 돌아갔다. 『인간혐오자Le Misanthrope』에서는 셀리멘(Célimène) 역을 맡고 싶었으나, 해당 역도 크루아제트에게 돌아갔다. 페랭은 크루아제트를 대단히 편애했다. 페랭은 크루아제트를 찬미했고, 그녀는 야심만만한 젊은 여인이었다. 늙은 독재자 페랭은 그녀가 보여주는 존경과 배려, 그리고 순종에 마음이 사로잡혔다.

크루아제트는 그녀가 원하는 모든 것을 얻어내고 있었다. 솔직하고 가감 없는 성격의 그녀는 내가 불평을 늘어놓을 때면 대개 이런 조언을 해주곤 했다.

"너도 나처럼 조금 더 유순하게 굴어 봐. 넌 반항하느라 세월을 다 보내잖니. 그런데 날 봐, 나는 겉보기에는 페랭이 원하는 모든 걸 들어주.는 것 같지만, 실제로는 페랭이 내가 원하는 모든 걸 들어주고 있어. 너도 시도해 봐."

크루아제트에게서 조언을 들은 나는 두 손 꼭 쥐고 결의를 다잡은 채, 페랭의 사무실에 찾아갔다. 그는 거의 언제나 다음과 같은 말로 나를 맞이했다.

"아! 안녕하십니까, 반항아 부인. 오늘 심기는 좀 평안하신지요?"

"네, 아주 평안해요. 그러니까 친절하게 좀 대해주세요, 당신에게 부탁할 일이 있어서 왔으니까요."

나는 그에게 애교 섞인 태도와 목소리를 꾸몄다. 그는 별일도 다 있다는 듯이 기분 좋은 콧소리를 내며 농담을 던졌고(그는 평소에도 농담을 많이 하곤 했다), 우리는 무척 화기애애한 시간을 보내기 시작했다. 15분 뒤에 나는 그에게 내 요구사항을 털어놓았다.

"『우리는 사랑으로 장난치지 않는다네』 있죠, 거기 카미유 역은 제게 주세요."

"음... 그건 안 됩니다, 친애하는 사라 양. 크루아제트가 불만을 가질 거예요."

"크루아제트에게도 제가 미리 양해를 구했어요, 그녀는 카미유 역을 맡지 않아도 상관없대요."

"당신이 그녀에게 그런 말을 한 건 잘못이에요."

"왜요?"

"왜냐면 역할 분배는 지배인인 내 일이지, 배우들인 당신들 일이 아니니까요."

그가 으르렁거리는 듯이 말을 내뱉었다. 그는 더는 콧소리를 내지 않고 있었다. 화가 난 것은 나도 마찬가지였다. 그의 말이 끝나자마자, 문을 쾅 닫고 그의 사무실을 나가버렸다.

울음으로 밤을 지새우던 나는, 마음 앓이 때문에 건강을 해치게 되었다. 내가 작업실을 하나 빌려 조각에 몰두했던 것도 바로 그때부터였다. 연극에 내 지적인 힘과 창작욕을 불어넣지 못하게 되자, 또 다른 예술을 위해 사용하기 시작했다. 당시에 미칠 듯한 열의를 품고 조각 공부에 빠져들었고, 금세 큰 진전을 보였다.

나는 연극에 흥미를 잃었다. 아침 여덟 시면 말에 올라 열 시까지 클리시 대로 11번가에 있는 내 조각 작업실로 출근했다. 병약한 내 몸은 연극과 조각에 들이는 내 이중의 노력을 버텨내지 못했다. 나는 보기에도 처참한 모습으로 각혈하고, 몇 시간 동안 의식을 잃기도 했다. 각혈 이후로 나는 의무적으로 호출받을 때가 아니면, 더는 코메디-프랑세즈에 가지 않았다.

내 친구들은 이 사태를 진지하게 걱정했다. 그리고 이러한 사정을 알게 된 페랭은, 언론과 예술부의 압력도 있고 해서, 나를 옥타브 푀이예의 신작 『스핑크스Le Sphinx』 공연에 출연시켰다. 이번에도 주연은 크루아제트의 차지였지만, 낭독회에서 작품을 읽어보니 내 역할 또한 만만치 않게 매력적이었다. 그리하여 내 역할을 또 하나의 주역으로 만들겠다는 결심을 품었다. 『스핑크스』에는 주인공이 둘 있게 되리라, 바로 이것이 내 결론이었다.

극의 초반부 리허설은 원만히 진행되었다. 그러나 내 역할이 사람들이 생각했던 것보다 더 돋보이게 되자, 불만의 목소리가 터져 나오기 시작했다. 크루아제트도 신경질을 부리게 되었다. 페랭은 대놓고 짜증을 내었고, 내게 자중하라고 지시했다. 섬세하고 매력적이며 점잖으면서도 약간은 냉소적이었던 원작자 옥타브 푀이예는 우리들이 티격태격하는 모습을 바라보며 미친 듯이 즐거워했다.

어쨌든 전쟁은 이미 터진 셈이었다. 가장 먼저 적의를 드러낸 것은 소피 크루아제트였다. 당시 언제나 상의에 서넛 송이의 장미를 꽂고 다녔는데, 열정적으로 몸을 움직이다 보면 상의에서 장미 꽃잎들이 떨어지곤 했다. 어느 날 소피 크루아제트가 무대 위에서 넘어졌다. 키도 크고 살집도 좀 있던 탓에, 그녀가 넘어졌다 일어나는 모습은 우스꽝스러웠다. 그 모습을 지켜본 잡부들의 숨죽인 웃음소리가 그녀의 화를 폭발하게 했다. 크루아제트는 내게 몸을 돌리고 외쳤다.

"네 잘못이야! 여기저기 네 장미꽃잎이 떨어져 있으니, 다들 그걸 밟고 넘어지는 거지!"

나는 깔깔 웃었다.

"오늘 내 장미에서 떨어진 꽃잎은 딱 세 장이야. 그리고 그 세 장 모두 저기 '궁정' 쪽에 설치된 의자 곁에 떨어져 있지. 그런데 네가 넘어진 곳은 '정원' 쪽이잖아? 그러니까 네가 넘어진 건 내 잘못이 아니라, 네 실수야."

우리 둘의 말다툼은 한 치의 양보도 없이 격하게 이어졌다. 자연스레 두 편으로 나뉘었다. 크루아제트 지지자들과 베르나르 지지자들로 말이다. 두 편 사이에는 전쟁이 선포되었다. 그 전쟁은 소피와 나의 전쟁이라기보다는, 우리 추종자들 사이의 전쟁에 가까웠다. 나를 추종하는 이들은 소피를 비방했고, 소피를 추종하는 이들은 나를 비방했다.

이 자그마한 다툼은 무대 바깥으로까지 번져나갔고, 리허설을 지켜보던 관객들 또한 두 편으로 나뉘었다. 상기된 얼굴의 은행가들은 모두 크루아제트의 편을 들었고, 예술가들과 대학생들, 죽어가는 이들과 낙오자들은 모두 내 편을 들었다.

일단 전쟁이 선포되자, 두 집단은 전투에서 조금도 물러서려 하지 않았다. 가장 중요한 전투, 가장 처절하고도 결정적인 전투는 무대 위의 '달'을 둘러싸고 벌어졌다.

때는 최종 리허설이 막 시작되었을 무렵이었다. 3막의 배경은 숲속의 빈터였다. 무대 중앙에는 커다란 바위산이 솟아나 있었는데, 그 위에서 '블랑슈'(크루아제트)는 극 중 내 남편인 '사비니'(들로네)에게 입을 맞춰야 했다. 내가 맡은 역인 '베르트 드 사비니'는 흐르는 강물 위의 작은 다리를 건너 무대에 등장해야 했다. 숲속의 빈터에는 온통 달빛이 쏟아졌다. 크루아제트가 전면에 등장하여 연기를 펼친다. 그녀의 입맞춤 장면에서 사람들은 박수갈채를 보냈다. 당시 코메디-프랑세즈의 분위기로는, 이 정도만으로도 대단히 대담한 장면이었기 때문이다(물론 그 후로 이 정도야 아무것도 아닌 것이 되었지만!). 그리고 잠시 뒤 수많은 이들의 환호 소리가 갑자기 또다시 들려왔다. 페랭은 질겁한 표정으로 자리에서 일어섰다. 나는 창백한 얼굴로 큰 괴로움에 충격을 받은 모습을 한 채, 다리를 건너고 있었다. 원래대로라면 기운 없이 아래로 늘어뜨린 팔로 내 어깨 위를 덮어야 할 겉옷을 질질 끌면서 말이다. 나는 새하얀 '달빛'을 온몸으로 받고 있었다. 그리고 이 광경이 자아낸 효과는 실로 보는 이의 가슴을 에는 듯했다.

페랭은 콧소리가 섞인, 가시 돋친 목소리로 외쳤다.

"달빛은 그 정도로 됐소! 베르나르 양에게는 조명을 끄시오!"

나는 그 즉시 무대 앞으로 펄쩍 뛰어나와 말했다.

"실례합니다. 페랭 씨, 하지만 당신에게 내 '달'을 뺏어갈 권리는 없어요! 대본에도 이렇게 나와 있다고요. '달빛 아래에서, 베르트가 창백한 얼굴로 덜덜 떨며 앞으로 나아간다.' 아까 보셨죠? 저는 창백한 얼굴로 부들부들 떨면서 걸어갔어요! 여기에 달빛까지 더해야 완전해지는 거라고요!"

"그건 불가능해요!"

페랭이 얼굴을 붉히며 말을 이어갔다.

"그 장면에서 크루아제트 양은 '당신은 날 사랑하나요?'라는 대사를 한 뒤 입맞춤을 해야 합니다. 그리고 '달빛'은 그런 그녀를 온전히 감싸줘야만 해요! 그녀는 주역인 '스핑크스'를 연기하는 겁니다, 그러니 주요 효과는 주역인 그녀에게 양보하세요!"

"좋아요. 정 그러시다면, 밝은 달빛의 효과는 크루아제트에게 주시고, 제게는 작은 달을 주세요. 그 정도라면 양보해 드릴 수 있어요, 하지만 달은 어쨌든 제게도 있어야 합니다!"

극장 내의 모든 배우들과 직원들이 얼굴을 내밀고 나와 논쟁을 벌였다. 크루아제트 지지자들과 베르나르 지지자들 사이의 말다툼이 벌어진 것이었다.

누군가 옥타브 푀이예의 의견을 묻자, 원작자인 그는 자리에서 일어나 선언했다. "저는 달빛을 받은 크루아제트 양이 무척 아름답다는 사실도 인정하고, 달빛을 받은 베르나르 양의 모습이 정말이지 이상적이라는 것 또한 인정하는 바입니다! 그러니 의견을 물으신다면, 저는 두 사람 모두에게 달빛을 비췄으면 좋겠군요."

옥타브 푀이예의 말을 들은 페랭은 더는 화를 참을 수가 없었다. 원작자와 지배인 사이에 논쟁이 벌어졌다. 배우들 사이에서도 논쟁이 벌어졌고, 심지어는 극장 수위와 그에게 질문을 던지던 기자들 사이에서도 논쟁이 벌어졌다. 그날 리허설은 중단되었다. 나는 '달빛'이 내게 주어지지 않는다면, 내 역할을 연기하지 않겠다고 선언했다.

그 후로 이틀 동안 내게는 리허설에 참석하라는 연락이 오지 않았다. 그리고 크루아제트를 통해, 극단이 나 몰래 내 역인 '베르트'를 대역에게 맡기고 연습을 강행했다는 것을 알게 되었다. 내 대역을 맡은 젊은 여배우는, 우리가 "악어"라는 별명으로 부르던 여자였다. 그녀는 악어가 배의 뒤를 쫓아다니듯 모든 리허설 현장을 따라다녔다. 누군가 자기 역할을 포기하면, 자신이 덥석 받아먹을 생각이었으니까.

옥타브 푀이예는 배우 교체를 거부했다. 그리고 이 사태를 평화롭게 중재한 들로네와 함께 나를 찾아와 극장으로 돌아와 달라고 부탁했다.

"극단과 합의가 이루어졌어요. 달은 크루아제트와 당신, 두 사람 모두를 비출 것입니다."

옥타브 푀이예는 그렇게 말하며, 내 두 손에 입을 맞추었다.

『스핑크스』의 초연은 대성공이었다. 그리고 그 성공은 나와 크루아제트 두 사람의 성공이었다. 베르나르파와 크루아제트파의 싸움은 누가 더 잘났는지를 다투며 후끈 달아올랐다. 이는 우리가 거둔 성공을 배가시키는 것이었고, 우리는 그 과정을 무척 즐겼다. 어쨌든 크루아제트는 여전히 내 매력적인 친구이자 믿음직스러운 동료였다. 그녀는 그녀 자신의 최선을 다할 뿐이었고, 그 과정에서 결코 타인을 음해한 적은 없었다.

『스핑크스』 다음 작품으로 나는 루이 드네루즈(Louis Denayrouze)라는 젊은이가 쓴 어느 멋진 단막극에 출연하게 되었다. 루이 드네루즈는 에콜 폴리테크니크의 학생이었고, 작품의 이름은 『아름다운 폴르 La Belle Paule』였다. 이 젊은 저자는 훗날 시를 포기하고 저명한 학자가 되었다.

나는 페랭에게 한 달간의 휴가를 달라고 부탁했다. 그런데 그는 내 휴가에 격렬히 반대하며, 견디기 힘든 계절인 6월과 7월에 나를 『자이르Zaïre』의 리허설에 참가하게 했다. 또한 페랭은 내 반대에도 불구하고 『자이르』의 첫 공연을 8월 6일로 잡았다. 당해 파리는 무시무시할 정도로 더웠다. 내 생각에 페랭은, 살아있는 나를 길들일 수 없으니, 죽여서라도 길들이자는 욕망을 품었던 것 같다. 추측건대 실제적인 악의를 품은 것은 아니었고, 다만 순수한 권위주의에 따른 결정이었으리라.

의사인 파로(Parrot) 박사는 페랭을 찾아가 이와 같은 무더위에 날 무대에 올리는 것은 너무 위험하다는 견해를 밝혔다. 내 몸은 그런 무더위를 감당하기에는 지나치게 약하다고 했다. 하지만 페랭은 귀를 닫고 있었다. 그리고 이 부르주아 지식인의 황소고집에 격분한 나는 어디 한번 죽을 때까지 연기를 해보자고 맹세했다.

어린 시절, 자살해서 다른 이들을 곤란하게 해버리겠다는 욕망에 자주 사로잡혔었다. 한 번은 커다란 잉크병 안에 담긴 내용물을 모두 삼키기도 했다. 엄마의 강요로 그녀가 보는 앞에서 버터 수프 한 사발을 마신 뒤였다. 당시 우리 엄마는 버터 수프가 내 건강에 꼭 필요한 음식이라고 멋대로 생각했다. 그런 그녀에게 하녀는 버터 수프에 대한 나의 혐오를 알렸고, 매일 아침 버터 수프가 청소용 양동이로 직행했다는 말도 덧붙였었다.

당연한 얘기지만 잉크를 들이마신 나는 무시무시하게 구역질을 했다. 그순간 심한 복통 속에서 울부짖었고, 어쩔 줄 몰라 당황해하는 엄마를 향해 외쳤다.

"엄마가 날 죽인 거야!"

그러자 가엾은 엄마는 오열했다. 엄마는 그날 내 복통이 잉크 탓이었다는 진실을 끝내 알지 못했다. 그날 이후 엄마는 그 어떤 것도 내게 강제로 먹이지 않았다.

어린 시절 이후로 이미 상당한 세월이 지나갔건만, 페랭의 일로 그 시절의 감정에 다시금 사로잡히게 되었다. 유치하고도, 원한 어린 감정이었다. 나는 속으로 생각했다.

"아무래도 좋아. 나는 분명 의식을 잃고 쓰러질 테고, 무대 위에서 각혈하겠지. 그리고 어쩌면, 연기를 하다 죽어버릴지도 몰라! 그럼 페랭에게는 잘된 일이지! 그가 참 노발대발할 거야!"

그렇다. 당시 나는 위와 같이 생각했다. 이따금 이렇게나 멍청해질 때가 있다. 왜인지는 나도 콕 집어 설명하지 못하겠다. 다만 여기서는 있는 그대로를 진술할 뿐이다.

그리하여 예정대로 8월 6일 저녁에 '자이르' 역을 연기했다. 미칠 듯이 더운 저녁이었고, 꽉 찬 객석에서는 수증기가 모락모락 피어올랐다. 『자이르』는 비록 무대 장식은 별로여도 의상은 훌륭했고, 나(자이르 역)를 비롯한 무네-쉴리(오로스만 역), 라로슈(네레스탕 역) 등 배우들의 연기는 출중했다. 『자이르』의 첫 공연은 대단한 성공을 거두었다.

실신하여 쓰러지기를, 피를 토하기를, 그리고 페랭의 화를 돋우기 위해 죽어버리길 갈망하면서도 온몸을 바쳐 열연을 펼쳤다. 무대 위에서 오열했고, 사랑했고, 고통받았으며, 오로스만의 비수에 찔려 진정한 고통에 이어 진정한 비명을 내질렀다. 실제로 내 가슴이 비수에 꿰뚫린 기분이었다. 나는 동양풍 장의자 위에 쓰러져 헐떡거리며 죽어갔고, 진지하게 내가 죽어간다고 생각했다. 그리고 나는 종막이 끝날 때까지 한쪽 팔을 살살 움직이는 짓을 감행했다. 내가 지루한 죽음의 과정을 겪고 있다고 생각했기에, 비록 한쪽 팔에 지나지 않았지만 어쨌든 조금씩 움직였다. 솔직히 이때는 다소 긴장되기도 했다. 이는 페랭을 향한 내 못된 장난질이기도 했다. 놀랍게도 일단 막이 내려가고 관객들의 박수갈채가 들려오자, 즉시 자리에서 일어나 관객들에게 인사를 하러 갔다. 쇠약한 기색도, 무기력한 기색도 없이 당장에라도 다음 공연을 시작할 수 있을 것 같았다.

이날의 공연은 각별한 추억으로 남았는데 신체적인 힘은 정신적인 힘을 위해 쥐어 짜내어질 수 있다는 것을 깨달았다. 이날 나는 내 뇌가 발하는 충동에 따르고자 했다. 충동에 따른 연기 계획은, 내 육신이 따라갈 수 있을지 의심스러울 정도로 강렬했다. 그런데 온몸을 바쳐, 아니 그 이상을 바쳐 연기를 하고도, 나는 쓰러지기는커녕 완전한 평정을 유지할 수 있었다!

이제 꿈꾸었던 미래가 현실이 될 수 있으리라는 가능성을 엿보았다.

이날 『자이르』를 무대에 올리기 전까지만 해도, 내 목소리는 예쁘지만 가냘프고, 동작은 우아하지만 인상적이지 않고, 발걸음이 날렵하지만 권위가 없으며, 허공을 떠도는 눈빛은 관객이란 이름의 '야수'를 길들이지 못한다고 생각했다. 이상의 내용은 당시 관객들이 곧잘 하던 말이기도 했고, 신문에서 떠들어대던 내용이기도 했다. 나는 그러한 말들을 속에 담아두고 있었다.

그랬던 내가 이제 막 나 자신의 신체적 힘에 의지해도 좋다는 증거를 얻은 것이었다. 이날 공연을 시작할 때만 해도, 내 몸 상태는 1막 공연 중에 기절하지 않을까 싶을 정도로 좋지 않았다. 게다가, 비록 내가 맡은 배역이 전반적으로 부드러운 역이긴 했어도, 두세 차례 정도는 고함을 내지르는 장면이 있었다. 그때는 각혈하는 일이 무척 잦았기 때문에, 고함을 내지르는 장면은 내게 각혈을 유발할 수도 있었다. 그런데 각혈하는 일도, 기절하는 일도 없이 공연을 마칠 수 있지 않았던가.

그리하여 이날 저녁, 내 성대의 튼튼함에 대한 확신을 얻었다. 나는 격노와 비탄에 젖어 목이 부서지도록 소리를 내지르고도 무사했다. 애초에 그렇게 소리를 내지른 것은, 내 몸 어딘가가 부서지면 페랭이 골탕을 먹을 거라는 바보 같은 생각이 계기이긴 했지만 말이다.

우스꽝스러운 계기에서 일어난 나의 행동은 내게 득이 되었다. 자발적 의지로 죽는 것이 불가능함을 깨닫자, 전략을 바꿔 강인하고 활발하게 살기로 마음먹었다. 이러한 나의 변화는 기존의 몇몇 지지자들에게 짜증을 불러일으킬 정도였다. 내가 곧 죽을 것처럼 보인다는 단 하나의 이유로 나를 지지했던 그들은, 모르긴 몰라도 내가 오래 살 것 같아지자 나를 증오하기 시작했다. 하나의 예만 들어보겠다. 이하는 샤를 나레[5]가 남긴 유언의 일부이며, 절친한 친구였던 그의 임종을 지킨 알렉상드르 뒤마 피스[6](아들 알렉상드르 뒤마)가 후에 내게 말해 준 것이다.

> 나는 행복하게 죽습니다. 이젠 사람들이 사라 베르나르에 대해서, 그리고 저 위대한 프랑스인(페르디낭 드 레셉스[7]를 지칭하던 별명)에 대해서 종 알거리는 소리를 더는 안 들어도 되겠지요.

나 자신의 힘을 검증하고 난 뒤, 나는 보다 참기 힘든 '무위도식' 속으로 빠져들었다. 실상 나를 무위의 구렁텅이로 밀어 넣은 것은 페랭이었다. 『자이르』의 공연 이후, 내게는 몇 달간이나 어떤 공연도 들어오지 않아서 그저 그런 오락 속에서 시간을 보내야 했다. 당시에 테아트르-프랑세에 대한 환멸 속에서 낙담한 채, 다시금 조각에 대한 열정을 불태우기 시작했다.

나는 말을 타고 공방으로 가서 잠깐의 휴식을 취한 뒤 영혼의 구원을 얻었다. 당시 한번 공방에 나가면 저녁까지 머물렀다. 친구들은 나를 보러 공방으로 찾아왔다. 거기서 그들은 내 주위에 자리를 잡고 앉아 피아노를 치고 노래를 불렀다. 그러고 나면, 우리 사이에서는 불꽃 튀는 정치 토론이 일어났다. 그 초라한 공방에서 모든 정치 분파에서도 가장 저명한 인사들을 맞이했기 때문이다. 몇몇 동성 친구들 역시 나를 찾아와 공방에서 차를 마시고 가곤 했다. 언제나 끔찍할 정도의

---

5 샤를 나레(Charles Narrey, 1825-1892)는 프랑스의 극작가이다.
6 아들 알렉상드르 뒤마(Alexandre Dumas fils, 1824-1895)는 프랑스의 소설가, 극작가이다.
7 페르디낭 드 레셉스(Ferdinand de Lesseps, 1805-1894)는 프랑스의 외교관으로, 수에즈 운하와 파나마 운하의 입안자이다.

싸구려 차였고 내 대접 역시 형편없었지만, 그런 것들을 조금도 신경 쓰지 않았다. 그 정도로 조각이라는 이 찬탄할만한 예술에 푹 빠져 있었다. 다른 아무 것도 보이지 않았다. 혹은, 조금 더 정확히 말하자면, 나는 다른 어떤 것에도 상관하고 싶지 않았다.

나는 에미 드 *** 양이라고 하는 매력적인 젊은 여인의 흉상을 제작했다. 느릿하면서도 사려 깊은 그녀의 말 씀씀이에는 끝을 알 수 없는 매력이 있었다! 그녀는 외국인이었으나, 깜짝 놀랄 정도로 우리말에 유창했다. 그녀는 언제나 손에 담배를 쥐고 있었고 자신의 의중을 알아채지 못하는 이들을 깊이 경멸했다.

흉상의 제작 기간을 가능한 한 길게 잡고 에미 양과 만나는 횟수를 늘렸다. 그녀의 매력적인 정신과 보이는 것 이상을 보는 능력이 내 안으로 파고드는 것 같았다. 이후로 내 삶에서 깊은 망설임이 일어날 때마다, 마음속으로 이런 생각을 하곤 했다. "에미라면 어떻게 생각했을까?"

하루는 아돌프 드 로쉴드(Adolphe de Rothschild) 씨가 내게 자신의 흉상 제작을 의뢰하러 찾아왔다. 나는 다소 놀라워하면서도 곧장 제작에 착수했다. 그러나 나는 그의 모습을 자세히 관찰하기가 힘들었다. 에미와는 대조적으로, 이 상냥한 남자의 외모에서는 어떤 아름다움도 느껴지지 않았기 때문이다. 어쨌든 나는 흉상을 제작하고자 노력했고, 내가 받은 첫 번째 의뢰작을 훌륭히 만들어 보이기 위해 내 모든 의지를 쏟았다. 남에게서 의뢰받은 것은 처음이라서 몹시 자랑스러웠다.

당시 제작 중이던 흉상을 두 번이나 갈아엎었다. 그리고 결국 세 번째 시도를 하던 중에, 아돌프 드 로쉴드의 흉상 제작을 포기하고 말았다. 나는 내 모델에게 멍청한 변명들을 더듬거렸으나, 당연히 그런

변명으로는 그를 납득시킬 수가 없었다. 아돌프 드 로쉴드는 두 번 다시 우리 집에 오지 않았다. 그와 내가 각자의 말에 오른 채 우연히 마주치는 아침이면, 그는 내게 다소 딱딱하고도 차가운 인사를 건넸다.

이러한 실패가 있은 뒤에, 멀튼(Multon) 양이라고 하는 매력적인 미국인 소녀의 흉상 제작에 착수했다. 훗날 멀튼 양과 덴마크에서 재회했다. 기혼자요, 한 가정의 어머니가 되어있던 그녀는, 어린 시절과 마찬가지로 무척이나 아름다웠다.

다음으로 오키니 양의 흉상을 제작했다. 보불전쟁을 치르는 동안 모든 야전병원 경리부의 뒤치다꺼리를 담당했던, 사랑스러운 사람의 흉상을 말이다. 그녀의 도움은 내게 무척이나 값진 것이었고, 내 환자들에게 꼭 필요한 도움이었다.

다음으로 내가 제작에 착수했던 것은, 막내 여동생 레지나의 흉상이었다. 아! 그녀는 폐 건강이 몹시 안 좋았다. 신께서 빚어내신 어떤 얼굴도, 레지나보다 완벽하지는 않았다! 그녀는 암사자와도 같은 두 눈, 길고 긴 다갈색 속눈썹, 콧구멍이 오물거리는 조그만 코, 무척 조그마한 입, 고집 세 보이는 턱, 진주빛 얼굴, 그리고 얼굴 위로 햇살처럼 빛나는 머리칼을 갖고 있었다. 나는 레지나의 금발처럼 윤기 나게 빛나고, 밝은 금발을 본 적이 없는데 경탄스러운 외관에도 불구하고, 레지나의 얼굴에는 매력이 없었다. 시선은 딱딱히 굳어 있고 입에는 미소가 없었기 때문이다. 그래도 최선을 다하여 이 아름다운 얼굴을 대리석에 담고자 했다. 이 작업을 위해서는 나처럼 보잘것없는 아마추어가 아니라, 위대한 예술가가 필요했으리라.

레지나가 죽고 5개월이 지나고 나서야 그녀의 흉상을 완성했다. 그녀는 6개월 동안의 고통 속에서 서서히 죽어갔다. 투병 기간에 그녀는 삶에 대한 의지 속에 발버둥 쳤다. 당시 나는 롬가 4번지에 살고 있

23

페드르로서의 첫 등장

레지나가 죽은 뒤 나는 심하게 앓았다. 그녀를 밤낮으로 돌본 피로에다가 슬픔이 겹친 탓에 심각한 빈혈이 온 것이었다. 주변인들의 권유로 2달간 남프랑스 지방에서 요양하게 되었다. 본래의 목적지는 망통(Menton)이었지만, 망통에 도착한 뒤 곧바로 브르타뉴를 향했다. 그곳은 내 꿈의 고장이었기 때문이다.

나는 내 어린 아들과 급사장, 그리고 급사장의 아내를 대동했다. 내가 레지나를 돌보는 것을 도와주었던 게라르 부인 역시 일행으로 데려가고 싶은 생각이 간절했지만, 그녀는 가엾게도 정맥염에 걸려 병상에 누워있었다.

아! 이때의 여행은 얼마나 멋졌는지! 35년 전 브르타뉴는 아직 발전이 덜 되었으며, 주민들은 외지인들에게 퉁명스러웠다. 그래도 브르타뉴는 아름다웠고, 어쩌면 지금보다 더 아름다웠을지도 모르겠다. 때는 아직 브르타뉴 이곳저곳에 바퀴 자국이 패이기 이전이었고, 새하얀 전원주택들이 브르타뉴의 허리와도 같은 녹지를 침범하기 전이었다. 때는 아직 브르타뉴 남성 주민들의 바지가 우스꽝스럽고 역겨운 현대식 바지로 바뀌기 전이었고, 브르타뉴 여인들의 머리에 깃털 장식이 꽂힌 작고 초라한 모자가 얹히기 전이었다. 그랬다. 당시 브르타뉴 남자들은 기운찬 다리에 각반을 차거나 줄 잡힌 양말을 신은 채 당당히 걸어 다녔고, 그들의 발을 감싸는 신발은 쇠고리로 잠그는 가죽신이었다. 긴 머리는 관자놀이에 달라붙어 자연스럽게 두 귀를 가려주었고, 그들의 얼굴에는 현대적인 머리 모양에서는 찾아볼 수 없는 기품이 서려 있었다. 당시 브르타뉴 여인들의 짧은 치마는 검은 양말에 덮인 그녀들의 가는 발목을 드러냈고, 좌우로 날개가 돋은 모양을 한 코르네트 모(帽)가 그녀들의 자그마한 머리를 덮어주었다. 짧은 치마와 코르네트 모를 쓴 그녀들은 마치 갈매기를 연상케 했다.

물론 퐁-라베(Pont-l'Abbé)나 바츠(Batz)의 주민들에 대해 이야기하는 것이 아니다. 그들은 또 전혀 다른 모습이니까.

브르타뉴의 거의 전 지역을 방문했고, 특히 피니스테르(Finistère)에서 오래 머물렀다. 라(Raz) 곶의 절경이 내 마음을 사로잡았다. 나는 오디에른[1](Audierne)의 바티풀레(Batifoullé) 씨 댁에서 12일 동안 신세를 졌다. 그는 체구가 큰 남자로, 배가 어찌나 튀어나왔던지, 자신의 튀어나온 배를 둘 수 있게 식탁 한 부분을 파내야만 했던 사람이다.

나는 매일 아침 10시에 외출했다. 급사장인 클로드가 손수 내 먹을거리를 준비했고, 뒤이어 섬세한 손길로, 조그만 바구니 세 개에 꽉꽉 차게, 나눠 담았다. 그러면 우리는 바티풀레 씨의 마차에 올라, 내 어린 아들에게 고삐를 맡기고(얼마나 웃겼는지!) 트레파세(Trépassés) 만을 향해 출발했다.

아! 해변의 풍경이 어찌나 아름답고 신비롭던지! 해변에는 온통 커다란 바위가 솟아있었고, 금색으로 빛나는 그 바위들은 무척 애처로

---

1 브르타뉴 지방 피니스테르 도에 위치한 마을.

워 보였다! 해안에 도착하면, 방문객을 주시하던 등대지기가 우리를 맞이하러 온다. 클로드는 그에게 우리의 점심을 나눠주면서, 달걀들을 삶는 법이며 콩을 데우는 법이며 빵을 굽는 법 따위를 세세히 설명해 준다. 등대지기는 우리가 내어준 모든 음식을 받고 사라졌다가, 두 개의 낡은 봉을 갖고 돌아온다. 그가 못을 박아 넣어, 피켈처럼 만든 물건이었다. 그러면 우리는 그것들을 받아들고, 무시무시한 라 곶 등정을 재개하는 것이었다. 라 곶, 그곳은 돌발하는 위험으로 가득 찬, 일종의 미궁이었다. 라 곶을 오르기 위해서는 아래에서 심연이 입을 쩍 벌린 채 노호하는, 균열들을 뛰어넘어야 했고, 지나기 위해 배를 바닥에 바싹 붙이고 웅크려야 하는 천연의 문들을 지나야 했다. 그럴 때면, 우리는 등 뒤로 암석이 스치는 것을 느꼈다. 대체 언제부터 어떻게 균형을 유지하고 있는 건지도 알 수 없는 암석들이었다.

그러고 나면 눈앞에 돌연 길이 펼쳐졌다. 지나치게 좁은 탓에, 정면으로 걸어 들어가는 것이 불가능한 길이었다. 그 길을 지나기 위해서는 돌에 등을 붙이고 두 팔을 펼친 채, 바위의 드물게 튀어나온 부분을 잡아가며 게걸음을 쳐야 했다. 돌이켜보면, 내가 그러한 일을 어떻게 했는지 싶어 몸이 떨려온다. 그때나 지금이나 심한 고소공포증을 가진 내가, 수면에서 30미터나 솟아 있는 깎아지른 절벽 위를 오갔으니 말이다. 절벽 위에 있으면, 사방에서 들려오는 것은 온통 파도 소리였다. 이 일대에는 끊임없이 성난 파도가 몰려오고 있었고, 파도는 부서지지 않는 절벽에 제 몸을 부딪치며 끔찍한 소리를 내고 있었다. 나는 이러한 체험이 퍽 즐거웠던 것 같다. 11일 사이에 나는 이 절벽을 다섯 번이나 올랐으니 말이다.

이처럼 이성을 잃을 것 같은 절벽 등반을 마치고 나면, 우리는 아래로 내려와 트레파세 만에 자리를 깔았다. 우리는 해수욕을 즐긴 뒤에 점심을 먹었다. 그러고 나면 나는 적당한 곳에 화가(畫架)를 세우고, 해가 질 때까지 그림을 그렸다.

첫날 트레파세 만에는 우리를 제외하고 아무도 없었다. 둘째 날에는 꼬마 하나가 우리를 구경하러 왔다. 셋째 날에는 열 명 남짓한 아이들이 찾아와 우리를 에워싸고 구걸했다. 내가 그들에게 적선한 것은 실수였다. 다음날, 스물에서 서른 명은 되어 보이는 무리가 우리에게 구걸하러 온 것이었다. 게다가 이들 중 몇몇은 16살에서 18살쯤은 되어 보이는 소년이었다.

그때였다. 내가 세워둔 화가(畫架) 가까운 곳에 몇 개의 대변이 보였다. 사람이 남긴 흔적이었다. 그래서 아이 중 한 사람에게, 저기 보기 싫은 것들을 주워서 바다에 던져달라는 부탁을 했다. 그리고 아이가 나의 부탁을 들어주자, 그에게 약간의 돈을 주었다. 다음날 내가 그림을 완성하려고 같은 자리에 돌아왔을 때였다. 그 사이에, 이웃 마을 전원이 이곳에 몰려와 신체적인 불편을 해소한 것 같았다. 내가 나타나자마자, 어제보다 많은 아이들이 내게 다가왔다. 어제 본 아이들도 포함된 인원이었다. 그들은 내게 자신들이 남긴 흔적들을 치워주겠다는 제안을 했다. 내가 돈을 낸다면 말이다.

나는 클로드와 등대지기에게 시켜 이 못된 무리를 몰아냈다. 그들은 우리에게 돌을 던지기 시작했다. 내가 소총을 집어 들고 겨누자 그들은 비명을 지르며 달아났다. 모두 달아나고, 남은 것은 슬픈 모습으로 쪼그려 앉은 두 아이뿐이었다. 겉보기에 여섯 살에서 열 살 사이로 보이는 그 아이들을 우리는 더는 신경 쓰지 않았다. 나는 그 자리에서 약간 떨어진 바위 아래 화구를 펼쳤다. 바위 아래에서 태양 볕을 피할 생각이었다. 두 아이도 나를 따라왔다. 클로드와 등대지기(이름은 '뤼카Lucas'였다)는 앞서 쫓겨난 무리가 돌아오지는 않는지를 감시했다.

우리를 따라온 두 아이는 머리 위로 솟은 바위 끝에 쪼그려 앉아 있었다. 그들은 얌전히 있는 듯했지만 갑자기 내 어린 하녀가 기겁하며 자리에서 일어섰다.

"세상에, 부인! 무서워라! 쟤들이 우리에게 이를 던지고 있어요!"

바위 위로 올라간 두 어린 악당은 한 시간 동안 그들 몸에 있는 이들을 긁어모아 우리에게 던진 것이었다. 나는 두 어린 악당을 붙잡게 했다. 그들은 심한 체벌을 받았다.

✠

트레파세 만에는 지역 주민들이 "플로고프(Plogoff)의 지옥"이란 이름을 붙인 균열 지대가 있었다. 순간 이 균열 안으로 내려가고픈 강한 욕망에 사로잡혔다. 그러나 뤼카는 계속해서 이 생각에 완강히 반대했다. 그는 균열을 뚫고 들어갈 때 감수해야 할 위험을 고집스레 설명했고, 만약 사고라도 터지면 자신이 지게 될 책임이 두렵다고도 했다.

하지만 균열 아래로 내려가겠다는 뜻을 고집했다. 나는 수없이 많은 약속을 하고, 각서도 한 장 써 주었다. 각서에는 등대지기가 나를 간곡히 말렸는데도, 그리고 균열을 탐험하는 과정에서 내가 위험을 감수해야 함이 명백한데도 내가 굳이 균열 아래로 내려가길 고집했다는 내용이 명시되어 있었다. 여기에 더해 뤼카에게 5루이의 뇌물을 건네준 뒤에야, 나는 '플로고프의 지옥'으로 내려가기 위해 필요한 장비들을 얻을 수 있었다. 이 장비들은 튼튼한 밧줄과 연결된 커다란 허리띠였다. 나는 뤼카에게서 받아든 허리띠를 매었다. 당시 내 허리는 무척 가늘었기 때문에(43센티미터였다), 허리를 꽉 졸라매기 위해서는 띠에 구멍을 더 뚫어야만 했다.

허리띠 착용이 끝나자, 뤼카는 내 두 손에 나막신을 신기기 시작했다. 밑창에 2센티미터 길이의 못들이 박혀 있는 나막신이었다. 나는 입을 떠억 벌리고 이 나막신들을 바라보았다. 그리고 그것들을 손에 끼우기 전에, 왜 이러한 것이 필요한지 설명을 해달라고 요청했다. 그러자 뤼카는 내게 말했다.

"왜냐면 말이죠, 당신이 생선 가시보다도 말랐기 때문입니다. 제가 당신을 내려보낼 때를 상상해보세요, 균열 안에서 당신 가는 몸이 이리저리 흔들릴 거 아닙니까? 그러다 보면 벽에 부딪혀, 뼈를 상할 수도 있어요. 이 신발들을 양손에 끼고 있으면, 몸이 부딪히려고 할 때마다 팔을 뻗쳐 내벽을 짚을 수 있을 겁니다. 그러면 당신 스스로 몸을 보호할 수가 있겠지요. 물론 당신이 어떤 상처도 입지 않을 거라고 장담은 못 하겠습니다. 그러나 설령 상처가 나더라도, 그건 당신 잘못이에요. 굳이 균열 아래에 내려가겠다던 사람은 당신이니까요. 자 이제, 부인, 잘 들으세요. 저 아래 가운데 바위에 도착하시거든, 부디 미끄러지지 않도록 조심하십시오. 거기가 가장 위험한 지점이거든요. 만약 당신이 물속에 빠진다면, 저는 즉시 밧줄을 끌어당길 겁니다. 물론 그렇더라도 당신이 반드시 살 거란 보장은 없어요. 지독하게 빠른 물살에 휘말려 두 바위 사이에 당신이 낄 수도 있으니까 말입니다. 그럼 제가 여기서 줄을 잡아당긴들 아무 소용이 없을 것이고, 밧줄은 끊어질 겁니다. 그럼 그대로 끝인 거예요!"

그러고 나서 뤼카는 창백해진 얼굴로 성호를 긋더니, 내 쪽으로 몸을 기울인 채 몽환적인 어조로 중얼거렸다.

"저쪽 바위 아래 가라앉은 이들은 난파당한 선원들입니다. 밤이 오면, 그들은 트레파세 해변에서 달빛을 받으며 춤을 추지요. 저 아래쪽 바위 표면에 미끄러운 해초들을 바르는 것도 그들입니다. 여행객들의 발을 미끄러지게 한 뒤, 붙잡아 바다 밑바닥까지 끌어가려는 거예요."

뤼카는 내 두 눈을 빤히 쳐다보며 말을 이었다.

"그런데도 내려가고 싶어요?"

나는 이렇게 답했다.

"물론이죠 뤼카 씨. 지금 당장 내려가고 싶네요."

내 어린 아들은 멀리 떨어진 곳에서 펠리시(Félicie)와 함께 모래로 성벽과 요새를 쌓으며 놀고 있었다. 내 곁에 있는 이는 클로드뿐이었다. 그는 내 결정에 대해 아무 말도 하지 않았다. 위험한 일에 대한 나의 고삐 풀린 욕망을 잘 알고 있었기 때문이다. 클로드는 내 허리띠가 단단히 매였는지를 확인한 뒤, 고리를 허리띠에 연결해도 되겠냐는 허락을 구했다. 그는 가죽 허리띠를 보완하기 위해 내 허리 위로 몇 차례나 굵은 밧줄을 휘감았다. 그리고 나는 밧줄에 매달린 채, 어두운 균열 아래로 내려가기 시작했다. 나는 뤼카가 일러준 대로 오른쪽과 왼쪽을 향해 번갈아 손을 뻗어 벽을 짚었다. 그러한 노력에도 불구하고, 양쪽 팔꿈치가 벽에 부딪히는 것은 피할 수 없었지만 말이다.

갑자기 요란한 소리들이 들렸다. 그순간 벽과 부딪힌 나막신 소리인 줄 알았다. 나막신이 벽에 부딪혀 울린 소리가 계속적인 반향을 일으키는 줄 알았다. 그런데 갑작스레 대단한 소란이 내 뇌리를 파고들었다. 잇달아 대포를 쏘는 소리, 날카롭고 잔인하게 살갗을 파고드는 채찍 소리, 울먹임 섞인 절규. 그리고 백여 명의 지친 선원들이, 생선과 해초와 돌로 가득 찬 어망을 끌어당기며 '으쌰'라고 외치는 소리까지. 이 모든 소리들이 성난 바람이 몰아치는 가운데, 내 머릿속에서 서로 부딪치고 있었다.

공포에 사로잡히고만 나 자신에게 화가 치밀어 올랐다. 내려가면 내려갈수록, 비명과도 같은 노호가 양쪽 귀와 머릿속에 들러붙는 듯했다. 심장은 겁쟁이들에게 돌격 명령을 내리는 북소리처럼 요동쳤다. 좁은 균열 사이로 바람이 불어 닥쳤다. 이리저리 부는 바람은 내 다리, 상체, 목을 훑고 지나갔다. 미칠 듯한 공포가 나를 사로잡았다. 나는 서서히 하강했다. 매번 몸이 흔들릴 때마다, 위쪽에서 날 잡아주고 있는 네 개의 손이 구명줄의 또 다른 매듭에 닿았음을 느꼈다. 당시 구명줄에 달린 매듭이 몇 개인지 떠올리려 했다. 하강이 멈춘 것처럼 느껴졌기 때문이었다. "그만 끌어 올려주세요!"라고 외치려고 입을 열었다. 그러자 내 주변을 미친 듯이 춤추며 돌던 바람이 공포에 떨며 벌린 입 속을 파고드는 바람에 하마터면 내가 숨막힐 뻔했다. 순간 두 눈을 감고 맞서 싸우는 것을 포기했다. 더는 두 팔을 뻗어 벽을 짚고 싶은 생각조차 들지 않았다.

잠시 후 형언할 수 없는 공포를 느끼며 두 다리를 들어 올렸다. 바닷물이 다리를 적시는 것이 느껴졌다. 바닷물이 거친 손길로 내 다리를 매만졌다. 이때서야 용기를 되찾았다. 내가 어떤 상황에 있는지 깨달았고, 바로 작은 바위 위에 내려앉은 두 다리의 긴장을 풀었다. 내가 발을 디딜 바위가 미끄러울 거라는 뤼카의 말은 사실이었다.

발을 디딘 바위 위로는 궁륭이 솟아있었고, 거기에는 커다란 고리 하나가 설치되어 있었다. 그 고리를 잡고 매달린 채, 주변을 살펴보았다. 좁게만 보였던 긴 균열이었지만, 막상 기저부에 내려오자 넓은 공간이 펼쳐져 있었다. 그때 이 균열이 바다 한가운데로 통하는 커다란 동굴과 연결되어 있다는 사실을 알게 되었다. 다만 동굴 입구는 물에 잠긴 무수히 많은 크고 작은 돌들로 인해 막혀 있었다. 바로 그래서 미로와도 같은 균열 안에서 그토록 엄청난 파도소리가 울려 퍼졌으며, 바로 그래서 내가 광란의 춤을 추는 물결에 싸인 채, 브르타뉴 사람들의 말마따나 '달랑 바위 하나 위에 서' 있을 수 있었다.

나는 거기서 한 번만 발을 잘못 디뎌도 죽을 수 있다는 사실을 깨달았다. 내 발밑으로는 저기 먼 곳에서부터 밀려온 급류가 흐르고 있었다. 거친 물살이 안쪽으로 밀려와 도저히 넘어설 수 없는 바위에 부딪혀 부서졌고, 다시 뒤로 물러나다가 새로이 밀려드는 물살에 부딪혀 부서지기를 반복했다. 균열 위쪽으로 끊임없이 튀어 오르던 물살의 정체는 바로 이 충돌로 인해 치솟는 물이었다. 다행히 균열 아래에 내려가는 사람을 익사시킬 정도로 물살이 세지는 않았다.

밤이 내려앉기 시작했다. 조그만 바위 위에서 내 쪽을 뚫어질 듯 노려보는 두 개의 커다란 눈동자를 발견하면서 나는 무시무시한 불안에 사로잡혔다. 눈은 그곳에만 있는 것이 아니었다. 더 멀리 떨어진 곳에서도 또 다른 두 눈이 한 무리의 해초 더미에 숨어서 나를 노려봤다. 나는 몸통은 차마 보지 못했다. 그냥 두 눈만을 보았을 뿐이다.

순간 내가 환각을 보고 있는 것은 아닌가 하는 생각이 들어, 피가 나도록 혀를 깨물었다. 그리고 내 허리를 묶고 있는 구명줄을 격하게 잡아당겼다. 나를 끌어올려 달라는 신호였다. 기쁨에 차 내 몸을 끌어올리는 두 사람의 손길이 느껴졌고, 내 발은 허공으로 떠올랐다. 그러자 나를 바라보던 눈들도 내가 떠나가는 모습을 보며 놀랐는지 위를 향해 곤두섰다. 줄에 매달려 상승하는 동안, 내게는 그 눈들 말고 더는 아무것도 보이지 않았다. 어디에 시선을 돌려도 나를 바라보던 그 눈들이 보이는 듯했다. 내 쪽으로 다가오기 위해 긴 촉수를 뻗던 그 눈들 말이다. 이때 처음으로 문어라는 생물을 본 것이었다. 그 이전까지 이 무시무시한 동물의 존재조차 모르고 있었다.

내게는 균열 입구를 향해 상승하는 시간이 영원처럼 느껴졌다. 그동안 나는 계속해서 이 짐승들의 환영을 보았다. 다시금 푸른 땅을 밟으며, 나는 이를 딱딱 부딪쳤다. 그리고 균열을 빠져나온 즉시, 뤼카에게 내가 어째서 그토록 공포에 떨고 있는지 들려주었다. 그러자 뤼카는 성호를 긋고 내게 이야기했다.

"부인이 본 것은 난파당한 선원들의 눈입니다. 바로 빠져나오길 잘하셨어요." 나는 물론 내가 본 것이 유령 선원들의 눈이 아님을 알고 있었다. 다만 그것이 무엇인지 정체를 모를 뿐이었다. 내가 누구도 알지 못하는 새로운 동물을 본 것으로 생각했다. 내가 마침내 그들의 정체를, 곧 '문어'를 알게 된 것은 바티풀레 씨 댁으로 돌아오고 나서였다.

이제 내게 남은 휴가는 닷새였다. 나는 휴가의 끝자락을 라 곳에서 보냈다. 라 곳에는 움푹 파인 홈을 가진 커다란 바위가 하나 있었고, 나는 대부분 시간을 거기에 앉아서 보냈다. 사람들은 그 장소에 "사라 베르나르의 안락의자"라는 별명을 붙였다. 이후로 수많은 관광객이 그 장소를 찾아와 홈 안에 앉아본다고 한다.

휴가를 끝내고 나는 파리로 돌아왔다. 여전히 몸이 쇠약한 상태였기 때문에, 배우 일을 재개한 것은 11월 무렵이 되어서였다. 나는 내 레퍼토리에 있는 기존 작품들을 연기했다. 신작이 없는 것이 나를 초조하게 했다.

어느 날 페랭이 내 조각 작업실에 찾아왔다. 그는 우선 내가 만든 흉상들에 대한 잡담을 늘어놓더니, 언젠가 자기 얼굴의 부조를 파 달라고도 했다. 그리고 애초에 의도한 말은 아니었다는 듯, 슬쩍 내게 '페드르' 역에 대해 알고 있냐는 질문을 던졌다. 그때까지 나는 『페드르』에서 아리시(Aricie) 역만을 맡았었다. 페드르 역은 내게 무척 구미가 당겼다. 어쨌든 나는 '페드르' 역을 내 취미 삼아 연구하기도 했었으니 말이다.

"네, 페드르 역에 대해 대강 알고 있어요. 하지만 만약 제가 페드르를 연기해야 한다면, 글쎄요, 무서워 죽을 것 같군요."

페랭이 특유의 귀여운 웃음을 터뜨렸다. 그리고 내 손에 입을 맞추며(그는 여자에게 무척 살가웠다) 말했다. "그럼 좀 더 연구해 보시오. 당신은 곧 페드르를 연기해야 할 테니까요."

일주일 뒤에는 페랭에게 호출되어 코메디-프랑세즈의 지배인 실로 향했다. 페랭은 내게 『페드르』의 공연이 공지되었음을 알렸다. 공연일은 '라신 축제'인 12월 21일이었고, 페드르 역으로 공지된 배우는 바로 나였다. 나는 그에게 이렇게 물었다.

"하지만 그럼 루세이(Rousseil) 양은요?"

"루세이 양은 본인이 페드르 역을 맡는 대신, 1월부터 배우협회 회원이 되게 해달라는 약속을 요구하고 있어요. 협회에서는 물론 그녀를 받아들일 생각이 있는 것 같지만, 그러한 확약을 주는 것은 거부했지요. 루세이 양의 제안이 협박 같다는 이유에서였습니다. 상황이 이러하니, 아마 루세이 양이 자기 전략을 바꾸는 일도 있을 수 있겠지요. 만약 그렇게 된다면, 페드르는 루세이 양이 맡고, 당신은 아리시 역을 맡게 될 겁니다. 그리고 나는 광고를 수정해서 낼 거고요."

나는 페랭의 사무실을 나오며 레니에 씨와 마주쳤다. 나는 그에게 페랭과 나눈 대화를 들려주었고, 내 불안감에 대해 털어놓았다. 그러자 이 위대한 배우는 내게 말했다.

"그런 생각을 가질 필요 없으니, 겁내지 말아요! 당신은 페드르 역할을 잘 소화해 낼 겁니다! 그저 무리한 발성을 내지르지만 마세요. 이 역할은 고통을 받는 역할이지, 격노하는 역할이 아니니까요. 모두에게 유익한 공연이 될 겁니다, 원작자인 라신의 명성에도 말이에요."

나는 두 손을 모으고, 말했다.

"아! 친애하는 레니에 선생님, 제게 페드르 역을 지도해주세요. 그럼 조금은 덜 무서울 것 같아요."

그는 다소 놀란 표정으로 나를 바라보았다. 왜냐하면 나는 고분고분한 편도 아니었거니와, 남의 조언 같은 걸 잘 듣는 성격이 아니었기 때문이다. 이것이 좋은 태도가 아니었음은 나도 인정하는 바이다. 하지만 당시의 나는 그런 성격이었다. 어쨌든 내 태도가 달라진 이유는 간단했다. 무거운 책임감이 나를 소심하게 만든 것이었다.

레니에 씨는 내 부탁을 받아들였다. 우리는 다음 날 아침 아홉 시에 만나 연습하기로 약속했다. 로젤리아 루세이는 끝내 배우협회 회원 자리를 약속해주지 않으면 배역을 맡지 않겠다는 뜻을 바꾸지 않았다. 『페드르』의 공연은 1월 21일로 공지되었고, 광고에는 다음과 같은 내용이 실리게 되었다. '사라 베르나르 양의 첫 페드르 역.'

이 소식은 같은 배우들 사이에서는 물론, 연극을 사랑하는 모든 이들 사이에서 화제가 되었다. 그날 저녁 매표소에서는 더는 남은 표가 없다는 안내를 200명도 넘는 사람들에게 해야만 했다. 예매가 폭주하자 나는 심하게 떨기 시작했다.

그는 최선을 다해 내 힘을 북돋워 주고자 했다.

"이봐요 사라, 힘을 내요! 당신은 대중의 사랑을 듬뿍 받는 젊은 배우잖아요? 비록 당신이 대작의 주연을 맡는 것은 처음이지만, 사람들은 당신이 잘 해낼 거라 믿을 거예요."

레니에 씨는 내게 결코 해서는 안 될 말만 골라서 한 셈이었다. 차라리 이 모든 관객이 나를 비난하기 위해 오는 것이었다면 내가 좀 더 힘을 얻었을지도 모르겠다.

나는 아이들처럼 펑펑 울기 시작했다. 페랭이 이를 듣고 달려와 최선을 다해 나를 위로했다. 그는 내 화장을 손수 고쳐주었으나, 그 과정에서 본의 아니게 날 웃기고 말았다. 그의 어설픈 손길 탓에 화장분이 내 눈과 입으로 튀어 들어간 것이었다. 나는 잠시 앞이 보이지 않게 되었고, 페랭의 서투름을 생각하며 기침과 웃음을 동시에 터뜨렸다.

극장의 모든 이들은 내 상태가 좋지 않다는 소식을 듣고 휴게실 문 앞에 모여들었다. 그들은 모두 안으로 들어와 나를 북돋워 주었다. 이 폴리트 역의 무네-쉴리는 그가 꾼 꿈에 관해 이야기해 주었다.

"꿈에서도 『페드르』 공연을 했어요. 그리고 저는 크게 야유를 받았죠. 그런데 내 꿈들은 언제나 거꾸로 실현된단 말이죠, 따라서…"

그리고 그는 이렇게 소리쳤다.

"우리는 엄청난 성공을 거둘 거예요!"

결국 내 기분을 쾌활하게 돌려놓은 것은 테라멘 역을 맡았던 마르텔(Martel)이었다. 내가 병에 걸린 줄 알고 황급히 달려오는 바람에, 그의 '코'는 아직 완성이 덜 된 상태였다. 마르텔의 코 위에는 커다란 장밋빛의 밀랍 봉이 세워져 있었다. 마르텔의 미간으로부터 콧날을 따라 봉이 세워져 있었고, 검고 넓은 콧구멍이 벌름대는 진짜 코의 끝에서부터 0.5센티미터 정도 띄워져 있었다. 그 얼굴이 얼마나 우스꽝스러운지 우리 모두 폭소를 터뜨렸다. 나는 마르텔의 코가 가짜라는 사실을 알고 있었다. 『자이르』의 두 번째 공연 당시, 열대성 저기압의 강풍에 휘말려 그의 가엾은 코가 변형되는 것을 직접 목격했기 때문이었다. 그래도 가짜 코의 크기를 알게 된 것은 이날이 처음이었다. 이 기괴하고도 우스꽝스러운 모습 덕분에, 나는 쾌활함을, 곧 내 모든 것을 되찾게 되었다.

그날 저녁의 공연은 내게 긴 승리의 시간이었다. 언론은 입을 모아 나에 대한 찬사를 늘어놓았다. 단 한 사람, 폴 드 생 빅토르(Paul de Saint-Victor)의 기사를 제외하고 말이다. 그는 당시 이미 고인이었던, 배우 라셸의 자매와 깊은 친분을 가진 이였다. 생-빅토르 자신의 표현에 따르면, 그는 "감히 라셸과 같은 대배우의 명성에 도전하려는 내 시건방짐"을 인정할 수 없었다고 한다. 생-빅토르는 지라르댕에게 이와 같은 이야기를 했고, 지라르댕은 내게 곧바로 전달해주었다.

생-빅토르, 이 가엾은 사람은 대단한 착각을 했다! 라셸의 연기를 본 적이 없었지만, 그녀의 재능에 대해 종교적인 경외심을 품고 있었다. 내 주변 사람들이 모두 그녀의 가장 독실한 '신자'들이니까. 그들은 나를 라셸과 비교할 생각이 거의 없었다. 그녀는 그들의 우상이었으니 말이다.

『페드르』의 첫 공연이 있고 며칠 뒤, 우리는 보르니에[2]의 신작인 『롤랑의 딸La Fille de Roland』 낭독회를 가졌다. 내게는 '베르트' 역이 맡겨졌고, 우리는 곧바로 이 멋진 연극의 연습에 돌입했다. 운문은 다소 밋밋했지만, 대단한 애국심이 느껴지는 작품이었다.

이 연극에는 끔찍한 결투 장면이 있었다. 물론 결투라고는 해도 관객들이 직접 볼 수 있는 것은 아니고, '롤랑의 딸'인 베르트의 대사에 의해 중계될 뿐이다. 불행한 사랑을 하는 이 여인은 미칠 듯한 불안에 떨며, 성 창문 밖으로 연인과 다른 이의 결투를 지켜본다. 무척 많은 것들이 희생된 내 역할에 있어, 해당 장면은 유일하게 비중 있는 대목이었다.

『롤랑의 딸』의 공연 준비가 마무리될 때였다. 보르니에는 전체 리허설 때 친구인 에밀 오지에를 데려와도 좋겠냐는 양해를 구했다. 에밀 오지에가 참석한 가운데, 우리는 전체 리허설을 마쳤다. 페랭이 내 쪽으로 다가왔다. 살가운 표정이었지만, 어딘가 거북한 기색이었다. 보

---

2 앙리 드 보르니에(Henri de Bornier, 1825-1901)은 프랑스의 연극 비평가이자 극작가로, 1875년 작인 『롤랑의 딸La Fille de Roland』은 그의 대표작이다. 1893년 아카데미 프랑세즈의 회원이 되었다.

르니에도 곧장 내게로 왔다. 결의에 찬 싸움꾼의 표정이었다. 에밀 오지에가 그의 뒤를 따랐다.

"그러니까 말입니다…"

보르니에가 입을 때였다. 나는 그를 빤히 바라보았다. 잠시나마 그가 적으로 느껴졌다. 보르니에는 돌연 입을 다물더니, 머리를 긁으며 오지에를 향해 돌아섰다. 그리고 그에게 말했다.

"선생님, 선생님께서 직접 말씀해주시죠…"

에밀 오지에는 키가 크고 어깨가 넓은 사내였으나, 생김새는 보잘것없었고, 말은 다소 노골적이었다. 그는 당대의 인기 작가였고, 테아트르-프랑세는 그런 그를 무척 존중했다. 에밀 오지에가 내게 다가와 말했다. "당신이 창가에서 펼친 연기는 무척 훌륭했어요. 하지만 해당 장면은 좀 아닙니다. 이건 당신 잘못이 아니라, 개연성이 떨어지는 장면을 집필한 작가의 잘못이에요. 이대로 가면 관객들의 큰 웃음거리가 되고 말 겁니다. 창가 장면은 잘라내야 해요."

나는 묵묵히 이야기를 듣고 있던 페랭 쪽으로 몸을 돌리며. 말했다.

"지배인님, 이건 당신 생각인가요? 조금 전 여기 두 분과 이야기를 나눴습니다만, 제 생각에 작품의 주인은 작가 한 사람인데요."

그리고 나는 보르니에에게 말을 걸었다.

"친애하는 작가 선생님, 말씀해 보세요, 어떻게 하고 싶으신지요?"

키가 무척 작은 보르니에가 장신의 에밀 오지에를 올려다보았다. 그의 애원하는 듯한 눈빛, 그 딱한 눈빛 안에는. 괴로움과 공포가 담겨 있었다. 공들인 장면을 삭제해야 한다는 데서 오는 괴로움. 그리고 막 아카데미 회원에 지원하려는 참에 기성 회원인 오지에를 언짢게 하는 것은 아닌가 하는 공포 말이다.

"자르시오! 쳐내요! 안 그러면 당신은 망하는 거요!"

오지에는 거침없이 호통을 치고서는 등을 돌려버렸다. 가엾은 보르니에가 내게 다가왔다. 나는 그가 브르타뉴의 땅 요정처럼 보였다. (그는 오랜 피부병으로 절망적으로 자기 몸을 긁어대고 있었다.) 그는 아무 말도 없이 나와 눈을 맞추었다. 마치 눈빛으로 내게 이 일을 어찌해야 할지 묻는 듯했다. 그의 얼굴에는 통렬한 불안감이 새겨져 있었다.

페랭이 다시 우리 곁으로 다가왔다. 그는 심약한 보르니에의 머릿속에 펼쳐진 내면의 드라마를 이해한 듯했다. 그는 내게 속삭였다.

"사라, 단호하게 거절하세요."

페랭의 속뜻을 이해한 나는 보르니에를 향해 똑똑히 선언했다. 결투 중계 장면이 삭제된다면 베르트 역을 그만두겠다는 선언이었다.

그러자 보르니에는 재빨리 허리를 숙여 내 두 손에 격정적으로 입을 맞추었다. 그리고 오지에에게 달려가 우스꽝스럽고 과장된 어조로 외치기 시작했다.

"그 장면은 자를 수가 없어요! 그럴 수 없게 되었습니다! 그걸 없애면, 여배우가 그만두겠다는 걸요! 공연이 내일모렌데!"

오지에가 뭔가 말을 하려 하자, 보르니에가 재빨리 말을 이었다.

"안 돼요! 안 돼요! 공연이 일주일만 연기되어도, 제 작품은 망할 겁니다! 저는 그 장면을 자를 수가 없어요! 아! 신이시여!"

보르니에는 울부짖었다. 지나치게 긴 두 팔을 허우적대었고, 지나치게 짧은 두 다리를 동동 굴러대었다. 덥수룩하고 커다란 그의 머리통이 좌우로 흔들렸다. 그의 모습은 우습고도 처연했다.

에밀 오지에가 화난 표정으로 내게 달려들었다. 사냥개에게 쫓기는 멧돼지와 같았다. "이보세요, 초연 뒤에 일어날 일을 당신이 책임질 수 있겠습니까? 이 우스꽝스러운 창가 장면이 몰고 올 후폭풍을 당신이 책임질 수 있겠어요?"

나는 그에게 이렇게 답했다. "물론이죠, 오지에 씨! 제가 온전히 책임질 뿐 아니라, 그 장면을 대단히 성공적으로 만들겠다고 약속하지요! 저는 그 장면이 무척 아름답다고 생각하니까요!"

그는 거칠게 어깨를 으쓱해 보이고는 뭔가를 중얼거렸다. 잘은 모르지만, 상스러운 말이었을 테다.

극장을 나서는 길에 나는 안색이 환해진 보르니에와 마주쳤다. 그는 내게 몇 번이고 감사 인사를 표했다. 그는 그 장면을 대단히 아꼈지만, 감히 에밀 오지에에게 저항할 엄두를 내지 못했기 때문이었다. 페랭과 나는 이 가엾은 시인의 감정을 정확하게 읽은 셈이었다. 그는 무척 온화한 교양인인 동시에 약간은 위선적인 사람이었다.

『롤랑의 딸』의 초연은 저녁 공연이었고, 그 결과는 대성공이었다. 문제의 '창가 장면'에 대한 대중의 반응 또한 열광적이었다. 때는 끔찍한 1870년의 전쟁이 끝난 직후였고, 『롤랑의 딸』 곳곳에는 이 전쟁에 대한 암시가 흩뿌려져 있었다. 그리고 대중의 열광적인 애국주의에 힘입어, 이 작품은 본래 받아 마땅한 것보다 훨씬 많은 사랑을 받았다.

초연을 마친 나는 사람을 보내 에밀 오지에를 찾았다. 그는 퉁명스러운 기색으로 내 휴게실을 찾아와 문간에서부터 소리쳤다.

"대중들이 참으로 가엾군요! 오늘의 일로 그들은 스스로 멍청이라는 걸 증명한 셈입니다, 이런 역겨운 작품을 흥행시키다니, 이렇게 멍청할 데가!"

그리고 그는 내 휴게실 안에 완전히 발을 들여놓지도 않고 모습을 감춰버렸다. 나는 에밀 오지에의 독설에 웃음을 터뜨렸다. 승리를 거둔 보르니에는 나를 열 번도 넘게 끌어안았다. 피부병을 앓는 그의 포옹 때문에, 나는 가려워진 온몸을 긁어야 했다.

두 달 뒤, 에밀 오지에의 『가브리엘Gabrielle』이란 작품에 출연하게 되었다. 그리고 그 작품을 준비하는 동안 그와 나 사이에는 싸움이 끊이지 않았다. 나는 『가브리엘』의 운문이 형편없다고 생각했다. 작중 내 남편을 연기한 코클랭은 이 공연으로 큰 호평을 받았다. 반면 내 연기는, 솔직히 말해 이 작품만큼이나 보잘것없었다.

같은 해 1월, 코메디-프랑세즈 배우협회의 회원으로 임명되었다. 이후로 나는 오랜 세월 옥에 갇힌 기분이었다. 협회원이 된다는 것은 곧 '몰리에르의 집'에 구속되는 일이었기 때문이다. 그러한 생각이 들자 나는 슬퍼졌다. 내게 협회원이 되라고 부추긴 것은 페랭이었다. 그러나 막상 회원이 되자, 후회감이 밀려들었다.

그해 연말에는 이따금 배우 활동을 했고, 내가 가진 모든 시간을 건축 현장을 둘러보는 데 할애했다. 나의 아름다운 저택을 짓고 있었기 때문이다. 위치는 빌리에(Villiers) 대로에서 포르튀니(Fortuny) 대로에 접어드는 모퉁이였다.

이모할머니 한 분이 돌아가시면서 내게 상당한 거금을 남겨주셨다. 나는 그 돈으로 저택 부지를 샀다. 나만의 주택을 소유하는 것이 나의 꿈이었고, 바야흐로 그 꿈이 실현되려는 찰나였다. 레니에 씨의 사위인 펠릭스 에스칼리에(Félix Escalier)가 나를 위해 눈부시게 아름다운 저택을 건축하고 있었다. 그는 당대의 유명 건축가이다.

매일 아침 펠릭스 에스칼리에와 함께 건설 현장으로 향했다. 현장을 둘러보는 것보다 더 재미있는 일은 없었다. 거기서 나는 이동식 작업대 위로 올라갔고, 작업대를 통해 다시 지붕 위로 올라갔다. 건축이라는 새로운 경험을 통해, 나는 연극과 관계된 시름들을 잊을 수 있었다. 아! 저의 하느님! 저는 어째서 건축가가 될 생각을 하지 못한 걸까요.

건물 공사가 끝나자, 이번에는 실내 장식을 고민해야 했다. 나는 내가 초청한 화가 친구들의 작업을 돕는데 전력을 쏟았다. 그들은 내 방과 식당, 홀의 천장화 작업을 맡았다. 이 화가들의 이름은 다음과 같다. 조르주 클래랭[3], 건축가 에스칼리에(그는 건축가인 동시에, 재능 있는 화가이기도 했다), 뒤에(Duez), 피카르(Picard), 뷔탱(Butin), 자댕(Jadin), 그리고 파로(Parrot). 나는 즐거워서 미칠 것만 같았다. 문득 공사 기간에 친척 한 분에게 쳤던 장난이 생각난다.

벳시(Betsy) 이모가 며칠간의 체류를 위해 파리를 방문한 때였다. 그녀는 네덜란드에서 나고 자란 나의 친척이다. 나는 아직 공사가 덜 끝난 새 저택에 그녀를 초청했다. 점심 식사를 함께 하자는 초대였다. 벳시 이모가 찾아왔을 때, 저택 곳곳에는 높다란 작업대들이 설치되어 있었다. 다섯 명의 화가 친구들이 이 방 저 방에 흩어져 작업 중이었다.

그들의 작업을 돕던 나는 작업복을 걸치고 있었다. 사다리를 편히 오르내리기 위함이었다. 벳시 이모는 그런 내 모습에 끔찍한 충격을 받고는 내 복장에 대해 지적했다. 그러나 그녀가 놀랄 일은 또 있었다. 이모는 내 화가 친구들을 도장공(塗裝工)으로 오인했고, 내가 그들과 지나치게 친근해 보인다고 생각했다. 정오를 알리는 종이 울리자, 나는 재빨리 피아노 앞으로 달려가 '굶주린 위장의 합창'에 맞추어 반주를 넣기 시작했고, 우리들의 노래를 들은 이모는 하마터면 그 자리에서 기절할 뻔했다. 공복을 투덜거리는 내용이 담긴 정신 나간 가사는 화가 친구들이 즉석에서 꾸며내고 시인 친구들이 다듬은 것이다.

오! 아름다운 부인의 화가들이여,
그대들의 붓놀림에 서린 열광을 멈춰다오!
이제는 작업대에서 내려와,

---

3 조르주 클래랭(Georges Clairin, 1843-1919)는 프랑스의 화가로, 사라 베르나르의 절친이었다. 사라 베르나르의 초상화를 여러 점 남겼다.

깨끗이 씻고, 말끔해질 시간!
따라라, 자라라, 자잔,
종이 울리네!
따라라, 자라라, 자잔,
정오가 되었네!

석쇠 위에서 그리고 냄비 안에서
송아지 고기와 달걀과 생선이 튀어 오르네.
맛 좋은 적포도주와 생-마르소 샴페인이
우리 붓끝을 유쾌히 달리게 하리!
따라라, 자라라, 자잔,
종이 울리네!
따라라, 자라라, 자잔,
정오가 되었네!
아름다운 부인이여, 여기 그대의 화가들은
그대를 향한 열광을 늘어놓으리.
작업대에서 내려온 그들은 하나 같이
젊고, 긍지 있고, 말쑥하고, 잘 생겼지.
따라라, 자라라, 자잔,
종이 울리네!
따라라, 자라라, 자잔,
정오가 되었네!

노래가 끝나자, 나는 내 방에 올라가 점심 식사를 위한 '아름다운 부인'의 복장으로 갈아입었다.

벳시 이모가 나를 따라와 말했다.

"얘, 이것아, 네가 미쳤구나, 설마 저 일꾼들과 같이 식사하란 말이니? 온 파리에서도 이런 일을 하는 부인은 너밖에 없을 거다."

"아니에요, 그런 게 아니에요. 이모, 일단 진정하세요."

옷을 갈아입은 나는 이모를 끌고 식당으로 데려갔다. 그곳은 아직 공사 중인 이 저택에서 가장 그럴듯하게 꾸며진 공간이었다.

다섯 명의 젊은이들이 이모를 향해 정중한 인사를 건넸다. 모두 아까와 같은 사람들이었지만, 이모는 선뜻 그들의 얼굴을 알아보지 못했다. 작업복을 벗고 원래 복장으로 돌아온 그들은 아까와는 달리 냉철한 다섯 멋쟁이로 보였기 때문이다. 게라르 부인 역시 우리와 함께 점심 식사를 했다. 점심 식사 중에, 돌연 이모는 소리쳤다.

"아니, 이 사람들 역시 아까 그 일꾼들이잖니?"

다섯 젊은이는 자리에서 일어나 다시 한번 정중한 태도로 허리를 숙였다. 가엾은 벳시 이모는 그제야 자신의 착각을 깨닫고는 네덜란드어와 프랑스어를 섞어가며 사과의 말을 건넸다. 그 정도로 그녀의 당황과 놀람은 깊었다.

24

알렉상드르 뒤마

어느 날 아들 알렉상드르 뒤마가 나를 방문했다. 코메디-프랑세즈에 올릴 신작이 완성되었다는 희소식을 전하러 온 것이었다. 제목은 『이국 여인L'Étrangère』이었다. 뒤마는 또한 내가 맡게 될 배역인 '세 트몽 공작 부인'이 대단히 잘 만들어진 캐릭터라고 했다.

"사라, 당신은 이 역할로 큰 호평을 받게 될 겁니다!"

나는 그에게 진심 어린 기쁨과 감사의 말을 전했다. 코메디-프랑세 즈에서 『이국 여인』의 낭독회가 소집된 것은 그로부터 한 달 뒤였다.

낭독회에서의 반응은 폭발적이었다. 나는 내 배역인 '카트린 드 세 트몽'에 매료되었다. 또한 카트린 드 세트몽뿐만 아니라, 소피 크루아 제트의 배역인 '클라크슨 부인[1]' 역시 무척 좋다고 생각했다.

고[2](Got)가 우리에게 각자의 대사가 표시된 대본을 배부했다. 그런 데 고가 내게 나누어준 것은 '이국 여인' 곧 '클라크슨 부인'의 대본이 었다. 고가 착각을 했다고 생각한 나는 크루아제트에게 그 대본을 건

---

[1] 작중 미국인으로 설정되어 있으며, 『이국 여인』이라는 극의 제목은 그녀를 가리킨다.
[2] 에드몽 고(Edmond Got, 1822-1901)는 프랑스의 배우이자, 코메디-프랑세즈 배우협회 회원 이었다.

네주며 말했다. "받아, 고가 착각했어, 여기 네 대본이야."

크루아제트는 다소 건조한 목소리로 대꾸했다.

"아니, 그거 착각 아니야. 세트몽 공작부인은 내가 연기하게 되었거든."

그러자 내게서 폭소가 터져 나왔다. 도무지 멎을 생각이 없는 내 웃음소리에 좌중은 당황했다. 짜증이 난 페랭이 무엇 때문에 그렇게 웃는지를 물어보았을 때, 나는 외쳤다.

"당신네들 표정이 웃겨서 그렇습니다! 뒤마 씨, 고 씨, 크루아제트, 그리고 이 음험한 음모에 연루된 모든 이들의 낯짝을 보니 폭소가 터지는군요, 졸렬한 짓을 해놓고 그 여파를 두려워하는 꼬락서니가 그럼 웃기지 않겠습니까? 뭐, 좋아요. 어디 그렇게 해보세요! 저는 물론 세트몽 공작부인을 연기할 생각에 황홀했습니다만, 이제 클라크슨 부인을 연기할 걸 생각하니 그거보다 열 배는 더 즐겁네요! 그리고 소피야, 이번만큼은 내가 널 인정사정없이 압도해 버릴 거야. 우리 우정을 생각했다면, 이런 우스꽝스러운 짓거리는 하지 말았어야지!"

그리하여 『이국 여인』의 리허설은 껄끄러운 분위기 속에서 진행되었다. 열광적인 '크루아제트 지지자'였던 페랭은 그녀의 재능에 경쾌함이 없음을 한탄했다. 그의 못마땅한 참견이 어찌나 심했는지, 하루는 격분한 크루아제트가 그에게 쏘아붙일 정도였다.

"페랭 씨, 그럼 역시 이 역할은 사라에게 줘야 했어요. 사라였더라면 '사랑'의 장면들에서 당신이 바라는 목소리를 낼 수 있었겠지요. 저는요, 저는 그렇게 못해요. 당신도 그렇고, 나한테 무슨 불만이 그렇게 많은지. 이제 지긋지긋해요!"

그녀는 오열을 터뜨리며 무대 뒤에 설치된 조그만 대기실로 달려갔다. 그리고 거기서 처절한 히스테리를 일으켰다.

나는 소피를 따라가 최선을 다해 그녀를 위로했다. 그녀는 눈물을 펑펑 쏟아가며, 나를 끌어안고 속삭였다.

"미안해, 사라. 저들이 네게 못된 짓거리를 하도록 나를 떠밀었어. 그런데 지금은… 저들이 날 못 잡아먹어서 안달이네."

소피는 간간이 저질스러운 농담을 섞어가며 알아듣기 힘든 발음으로 울먹거리며 말했다. 이날 우리는 완전히 화해했다.

『이국 여인』의 초연이 있기 일주일 전, 익명의 투서 한 통을 받았다. 페랭이 자기 모든 외교적 수완을 동원하여 뒤마에게 제목을 바꾸라는 압박을 넣고 있다는 내용이었다. 투서의 내용에 따르면, 당연하게도 페랭이 원하는 새 제목은 『세트몽 공작부인』이었다.

나는 곧장 극장으로 달려가 페랭을 찾았다. 극장 입구에서 코클랭과 마주쳤다. 그는 이번 연극에서 '세트몽 공작' 역이었고, 해당 역에 대한 그의 연기는 매우 훌륭했다. 나는 코클랭에게 문제의 투서를 보여주었다. 그는 어깨를 으쓱하며 말했다.

"부끄러운 일입니다! 대체 익명의 투서 따위를 어떻게 믿을 수가 있어요? 이건 당신답지 않네요."

그렇게 우리가 계단 아래쪽에서 대화를 나누고 있는데, 페랭이 나타났다. "그거 이리 줘 보세요. 페랭에게 직접 보여줍시다."

코클랭은 내 손에서 투서를 가져가 페랭에게 보여주었다. 페랭의 얼굴이 살짝 붉어졌다.

"이 필적은 누군지 알 것 같네요. 투서를 쓴 건 우리 코메디-프랑세즈 내부인입니다."

페랭이 그렇게 말하자, 나는 격한 어조로 그에게 쏘아붙였다.

"그럼 내부 사정을 잘 아는 사람의 투서란 얘기네요. 어쩌면 거기 적힌 내용이 사실일 지도 모르고요. 페랭 씨, 안 그래요? 제게는 이 이야기가 사실인지 아닌지 알 권리가 있다고요!"

"저는 익명의 투서를 경멸합니다!"

페랭은 더는 아무런 답변도 하지 않았다. 그는 애매한 인사만을 남기고 자리를 떴다. 코클랭이 외치듯이 말했다.

"아! 설마 진짜인가. 믿기지 않는 이야기로군! 사라, 제가 뒤마 씨 댁에 가서 곧바로 진상을 알아볼까요?"

"아뇨, 괜찮아요! 하지만 덕분에 좋은 생각이 났어요. 뒤마 씨 댁에는 제가 직접 가볼게요."

나는 코클랭과 악수한 뒤, 마차를 타고 아들 뒤마의 집으로 향했다.

뒤마는 막 외출하려던 참이었다.

"아니? 무슨 일이십니까? 눈에서 불길이 솟아오르는 것 같군요!"

뒤마와 함께 그의 집 응접실로 향했고, 자리에 앉자마자 그에게 단도직입으로 질문을 던졌다. 그때까지만 해도 외출용 모자를 벗지 않고 있던 그가 진지한 태도로 모자를 벗었다. 그러나 그가 한 마디를 채 꺼내기도 전에, 나는 미칠 듯한 격노의 상태에 돌입했다. 대단히 오래간만에 일어난, 광증 발작에 가까운 분노였다.

모든 것을 털어놓았다. 그에 대한 원한을, 페랭에 대한 원한을, 그리고 나를 사랑해주고 지지해주기는커녕 매번 날 배신하려 드는 저 모든 연극계 인사들에 대한 원한을. 리허설 기간 내내 쌓아두었던 소리 없는 분노를, 페랭과 뒤마 두 사내의 끊임없는 부당함에 대한 저항의 외침을. 진심 어린 마음을 담아 이 모든 것들을 매섭고 성난 눈사태처럼 모조리 쏟아냈다. 그리고 그에게 작품이 막 완성된 시점의 일들을 상기시켰다. 빌리에 대로에 있는 내 저택을 찾아와 그가 했던 약속을 상기시켰고, 페랭을 비롯한 '크루아제트 지지자'들의 요구에 따라 그가 나와의 약속을 파기했음을, 그것도 아주 비겁하고 음험한 방식으로 파기했음을 상기시켰다. 그렇게 나는 말을 이어갔다. 그가 한 마디 끼어들 틈도 없이 계속해서 말을 이어갔다.

더는 말을 이어갈 기력도 없이 진이 빠지자, 나는 헐떡이는 어조로, 나지막한 목소리로 말했다.

"그래서... 그래서, 대답은요...? 제게 뭐라고 답변하실 건가요?"

아들 뒤마는 감격한 목소리로 말했다.

"친애하는 사라, 만약 나 자신의 양심을 돌이켜보았더라도, 그 반성의 내용은 막 말씀해주신 당신의 달변에서 전혀 벗어나지 않았을 겁니다! 다만 조금이나마 제 변명을 해보자면, 저는 당신이 연극에 아무 관심도 없는 줄 알았어요. 당신은 연극보다는 조각을, 그림을, 그리고 당신을 추종하는 이들과의 사교를 더 좋아한다고 생각했지요. 돌이켜보면 우리는 함께 이야기를 나눈 적이 거의 없지요. 그래서 당신을 판단할 때, 나는 다른 이들의 말을 들을 수밖에 없었답니다. 한데 공교롭게도 그들의 생각은 제가 당신에 대해 갖고 있던 선입견과 크게 다르지 않았어요. 그래서 여태껏 저는 당신을 오해한 겁니다. 당신이 오늘 보여주신, 연극으로 인한 격한 슬픔은 무척 흥미롭군요. 약속드릴게요. 이번 연극의 제목은 계속해서 『이국 여인』으로 남을 겁니다! 자 이제, 제게 남은 원한이 없으시다면, 절 꼭 껴안아주시겠어요?"

나는 그를 포용했다. 그리고 이날 이후로 우리는 좋은 친구 사이가 되었다.

그날 저녁, 크루아제트에게 이 이야기를 모두 들려주었다. 그녀는 제목의 변경을 노렸던 저 못된 음모에 대해 전혀 아는 바가 없었다. 그녀가 음모와 무관하다는 것이 무척 만족스러웠다.

『이국 여인』은 대성공을 거두었다. 그리고 배우진 중에서도 코클랭, 페브르, 그리고 나의 연기는 엄청난 호평을 얻었다.

나는 클리시 대로에 있는 내 공방에서 막 거대한 군상(群像) 제작에 착수한 참이었다. 트레파세 만에서 알게 된 어느 가엾은 노파의 이야기에서 영감을 얻은 작품이었다. 일몰 무렵이면 트레파세 만에 모습을 드러내던 노파, 그녀의 사연은 참으로 눈물겨웠다.

하루는 내가 노파에게 말을 걸어 보고자, 그녀 곁으로 다가간 적이 있었는데 그녀의 광기 어린 눈빛이 어찌나 섬뜩하던지, 그녀에게서 떨어질 수밖에 없었다. 그런 내 모습을 지켜보던 등대지기가 내게 노파의 사연을 들려주었다. 그녀는 다섯 아들의 어머니로, 아들들은 모두 선원이었다고 한다. 그중 둘은 보불전쟁에서 독일인들에게 살해당했고, 셋은 바다에 빠져 죽었다. 노파는 막내아들이 남긴 어린 손자를 키우게 되었다. 어느 작은 산골에 들어간 노파는 손자를 언제나 바다에서 먼 곳에 두고 물을 싫어하게끔 만들려고 했다. 그녀는 한시도 아이 곁을 떠나지 않았다. 그러나 노파가 그토록 정성스럽게 돌본 아이는 그만 상심을 이기지 못하고 병석에 눕게 되었다. 아이의 말로, 자기는 한 번도 바다를 보지 못한 것이 슬퍼 죽어간다는 것이었다. 마음이 약해진 노파는 아이에게 말했다.

"좋아, 어서 나으렴. 몸이 다 낫거든, 함께 바다를 보러 가자꾸나."

이틀 뒤, 아이는 병상을 털고 일어났다. 그리고 할머니와 어린 소년은 함께 바다를 보러 갔다. 노파에게 있어서는 세 아들의 무덤이었다.

11월의 어느 날이었다. 평평히 깔린 하늘 아래, 너른 바다의 수평선이 펼쳐져 있었다. 아이는 펄쩍 뛰며 기뻐했다. 아이는 웃음을 터뜨리며 깡충깡충 뛰어다녔고, 출렁이는 물결을 바라보며 기쁨의 함성을 내질렀다.

할머니는 모래사장에 앉아 떨리는 두 손으로 두 눈 가득 차오르는 눈물을 감추었다. 돌연, 아이의 소리가 들리지 않았다. 깜짝 놀란 그녀는 허둥지둥 자리에서 일어났다. 그러자 그녀의 눈에 들어온 것은, 저기 저편에서 물결에 출렁이는 작은 배에 올라탄 어린 손자의 모습이었다. 여덟 살배기 손자는 미친 듯이 웃으면서, 아이의 손으로는 지탱하기 어려운, 하나뿐인 노를 있는 힘껏 젓고 있었다. 아이는 소리쳤다.

"저 잿빛 구름 뒤에 무엇이 있는지 보고 올게요!"

아이는 돌아오지 않았다. 다음날, 사람들은 가엾은 노파가 그녀의 발을 적시며 밀려드는 물살을 향해 낮은 목소리로 중얼거리는 광경을 목격했다. 그날 이후로 노파는 매일같이 바다를 찾았다. 그리고 구걸로 얻은 빵을 바다에 던지며, 그녀는 파도를 향해 이렇게 말했다.

"이걸, 그 어린 것에게 전해줘야만 해…"

이 가슴 아픈 이야기는 내 기억 속에 또렷이 남았고, 노파의 모습 또한 여전히 눈에 선했다. 축 늘어진 후드가 달린 갈색 망토를 두른, 장신의 노파였다.

나는 군상 제작에 정열적으로 몰두하기 시작했다. 이제는 마치 스스로가 조각가가 되기 위해 태어난 사람인 것 같았고, 연극은 거추장스럽게만 느껴졌다. 따라서 오직 계약에 따른 의무를 이행하기 위해 극장을 향했고, 일을 마치면 가능한 한 빠르게 극장에서 도망쳤다.

나는 군상 제작을 위한 초안을 여러 장 그렸다. 그러나 어떤 것도 내 마음에 들지 않았다.

낙심한 내가 막 마지막 초안을 버리려던 참에, 화가인 조르주 클래랭(Georges Clairin)이 작업실로 찾아왔다. 내 마지막 초안을 본 그는 온 힘을 다해 그것의 폐기에 반대했다. 그와 의견을 같이 한 이는 한 사람이 더 있었다. 재능이 충만한 내 친구 마티유-뫼니에[3] 역시 조르주 클

---

3 마티유-뫼니에(Mathieu-Meusnier, 1824-1896)은 프랑스의 조각가, 예술품 수집가다.

래랭과 마찬가지로 해당 초안의 폐기에 반대했다.

그들의 격려에 고무된 나는 그 초안을 바탕으로 거대한 군상을 만들어 볼 것을 결심했다. 그리고 뫼니에게, 어디 키가 무척 크고, 뼈만 남은 체형의 노파 모델이 없을지 물어보았다. 그는 내게 두 사람의 후보를 보내주었지만, 어느 쪽도 마음에 들지 않았다. 그래서 화가와 조각가 친구들에게 문의하여, 상기한 조건에 맞는 모델을 보내달라고 요청했다. 그리하여 다음 일주일 동안 파리 빈민가에서 모여든 노파들이 내 앞에 줄지어 서서 면접을 보게 되었다.

최종적으로 선택한 모델은 하녀로 일한다는 어느 60대 여인이었다. 거인처럼 키가 컸고, 생김새는 마치 낫으로 깎아낸 듯 날카로웠다. 그녀가 방에 들어오는 것을 보며, 심지어 가벼운 공포를 느끼기까지 했다. 몇 시간 동안을 이 여장부와 단둘이 머물러야 한다는 생각이 나를 불안하게 했다. 그런데 목소리를 듣는 순간, 내 불안은 가라앉았다. 그녀의 목소리는 작고도 소심하게 느껴졌으며, 행동거지는 마치 겁먹은 어린 소녀와 같았다. 가엾은 여인의 목소리와 태도는 그녀의 골격과 극명한 대조를 이루고 있었다.

내가 그녀에게 조각의 초안을 보여주자, 그녀는 잠시 멍한 표정이었다. "꼭 목과 어깨를 드러내야만 하는 건가요? 저는 절대로…"

나는 그녀에게 작업 시간 동안에는 그 누구도 이곳에 출입하지 않을 거라고 확언했다. 그리고 곧바로 그녀의 목덜미를 보여 달라는 요구를 했다. 아! 나는 그녀의 목덜미를 확인하고 기쁨에 겨워 손뼉을 쳤다. 그녀의 목은 길쭉하면서도, 끔찍하리만치 손상되어 있었다. 목빗근은 일자로 튀어나와 있었고, 목울대는 피부를 뚫고 나오지 않을까 싶을 정도로 튀어나와 있었다. 감탄스러운 모델이었다. 좀 더 다가가 천천히 어깨를 살펴보았다. 아! 어쩜 이렇게 기쁠 수가! 어쩜 이렇게 황홀할 수가! 살가죽 아래로는 어깨뼈가 훤히 드러나 있었고, 움푹이 패인 홈 위로 쇄골이 불쑥 튀어나와 있었다. 이 여인이 바로 내 꿈의 모델이었다!

감격한 나머지 소리쳤다.

"어쩜 이렇게 아름다울 수가! 이건 운명이에요! 아주 멋져요!"

키 큰 여인의 얼굴이 붉어졌다. 나는 그녀에게 이번에는 맨발을 보여 달라고 부탁했다. 그녀가 조잡한 양말을 벗자, 더러운 발이 모습을 드러내었다. 그녀의 발에는 이렇다 할 특색이 없었다.

"그만, 이제 됐어요, 부인. 모델로 삼기에는 발이 너무 작네요, 참고하는 건 부인의 얼굴에서 어깨까지로 할게요."

보수에 관한 협상이 끝나고, 나는 그녀를 석 달간 내 모델로 삼게 되었다! 고작 석 달 사이에 그토록 많은 돈을 벌 수 있다는 생각에 가엾은 여인은 그만 울음을 터뜨렸다. 그 모습이 어찌나 연민을 자극하던지, 나는 그녀에게 그해 겨울 내내 먹고살 거리를 제공하겠다고 약속했다. 그녀는 이미 자신이 반년 동안은 고향인 솔로뉴에 있는 손주들의 집에 얹혀살았다고 말했었다.

"할머니"의 모델을 찾았으니, 이제는 아이 쪽을 찾을 차례였다. 다시 내 앞으로는 이탈리아인 꼬마 모델들의 무리가 줄을 지어 섰다. 면접을 보러온 아이들은 모두 전문 모델들이었다. 그들은 경탄할 정도로 아름다웠고, 정말이지 작은 유피테르들이라 할만했다. 아이들의 어머니는 순식간에 자식의 옷을 벗겼고, 그럼 아이들은 자기 상반신 근육의 움직임을 또렷이 보여줄 수 있는 모든 포즈를 돌아가며 보여줬다. 그 중에서 아름다운 소년 한 사람을 발탁했다. 일곱 살이라고는 했지만, 내가 보기에는 아홉 살 정도로 보였다.

이미 일꾼들을 불러, 본격적인 작업에 들어가기 위한 골조를 세워둔 상태였다. 군상(群像)의 무게를 지탱하기 위해 꼭 필요한 골조였다.

골조에는 꺾쇠로 고정한 뒤 석회로 굳힌 커다란 쇠막대들이 사용되었고, 좀 더 작은 크기의 쇠막대들과 나무 막대들이 온갖 곳에 엮여 있었다. 또한 이 작은 막대들에는 우리가 '나비'라고 부르는 것들이 걸려 있었는데, '나비'란 곧 각각 3센티미터에서 4센티미터 정도 크기의 나무토막 두 개를 십자 모양으로 교차시켜 가는 철사로 묶어둔 것을 말한다. 거대한 군상 제작을 위한 골조는, 꼭 수천 마리 쥐 떼를 잡기 위해 설치한 거대한 함정처럼 보인다.

✠

나는 아무것도 모르는 자의 용기를 갖고 이 대작업에 뛰어들었다. 그 무엇도 나를 물러서게 할 수 없었다. 작업은 대개 자정이 될 때까지 이어졌고, 때로는 새벽 4시까지 이어졌다. 작업실에 설치되어 있던 초라한 가스등으로는 밤의 어둠을 밝히는데 부족했기에, 관(冠) 하나를, 아니 보다 엄밀히 말하면, 머리에 쓰는 은제 고리를 주문 제작했다. 둘레를 따라 여러 개의 초꽂이가 부착된 관이었고, 머리 뒤쪽에 있는 초꽂이는 앞쪽에 있는 것보다 4센티미터 정도 더 높게 제작된 물건이었다. 그렇게 불 밝힌 양초들을 꽂은 관을 쓴 덕에, 나는 어두운 밤에도 거침없이 작업을 이어나갈 수 있었다.

작업실에는 시계가 없었고, 나는 손목시계를 매지 않았다. 본업인 연기 활동을 할 때가 아니라면, 시간 같은 것은 잊고 싶었다. 그렇게 시간의 흐름조차 잊어버린 채 작업에 몰두하다 보면, 하녀가 날 찾으러 오곤 했다. 나는 대체 몇 차례나 식사 때를 잊고, 점심 저녁을 걸렀단 말인가? 공복으로 기절할 정도가 되어서야 식사 때를 놓쳤음을 깨달았고, 그러면 재빨리 하녀를 시켜 간식을 가져오게 했다.

군상의 제작은 거의 완료되었다. 하지만 나는 아직 가엾은 '할머니'의 손과 발을 만들지 못하고 있었다. 내 조각상에서 '할머니'는 무릎 위에 누인 어린 손자의 주검을 끌어안고 있었다. 그런데 팔에는 아직 손이 없었고, 다리에는 아직 발이 없었다. 수시로 이상적인 손, 이상적인 발의 모델을 찾아 헤매었지만, 마땅한 모델을 찾기가 힘들었다. 그것들은 모두 큼지막하되, 뼈가 보일 정도로 말라 있어야만 했다.

하루는 동료 연기자인 마르텔(Martel)이 작업실로 찾아왔다. 천재성의 편린이 보인다고 소문이 자자했던, 미완의 군상을 감상하러 온 것이었다. 마르텔은 키가 무척 크고 몸이 비썩 마른 이로, 진짜 사신(死神)조차 질투할 정도로 사신을 닮은 외양을 갖추고 있었다. 그가 작품의 주변을 돌기 시작했다. 그는 진지한 눈으로 작품을 감상했고, 나는 그런 그의 모습을 관찰하고 있었다. 그러던 중 문득 그에게 이런 부탁을 했다.

"친애하는 마르텔, 저기 부탁이 하나 있는데, 꼭 들어줬으면 좋겠어요. 혹시 저 '할머니' 조각을 위한 손과 발 모델이 되어줄 수 있을까요?"

마르텔은 웃음을 터뜨렸고, 더 없이 호의적인 태도로 내 청을 수락했다. 그는 신발과 양말을 벗고, 노파 모델이 포즈를 취했던 자리를 뺏었다. '할머니'의 원래 모델인 그녀는 다소 기분이 상한 것처럼 보였다. 마르텔은 그날 이후 열흘에 걸쳐 작업실을 찾아왔고, 매일 세 시간씩 내 모델이 되어주었다.

마르텔 덕분에 군상을 완성할 수 있었다. 나는 완성된 틀의 모습에 따라 상을 주조하여, 1876년 미술 전람회에 출품해 큰 호평을 얻었다. 이와 관련해서, 부당한 의혹이 제기되었다는 점 역시 말해 두어야겠다. 내가 이 군상을 대리 제작했다는 의혹이었다. 의혹을 제기한 이는 다름 아닌 평론가 쥘 클라레티(Jules Claretie)였다. '어쨌든 대단히 흥미로운' 작품이기는 하지만, 내가 직접 만들었을 리는 없다는 것이었다. 군상이 내 작품이 맞는지 아닌지 어디 직접 와서 확인해보라는 편지를 보냈다. 그러자 그는 대단히 정중하게 사과하였고, 사건은 그렇게 해프닝으로 끝났다.

전람회 심사위원들은 논의 끝에 내 작품을 가작(佳作)으로 뽑아 주었다. 나는 기쁨에 취해 미칠 것만 같았다. 대단한 호평을 받았지만, 다른 한편 비판의 목소리도 높았다. 비판의 화살은 대개 브르타뉴인 노파의 '목'에 관한 묘사에 쏟아졌다. 그 목, 나는 그 목에 그토록 많은 공을 들였는데 말이다!

아래는 르네 들로름(René Delorme)이 쓴 평론의 일부이다.

사라 베르나르 양의 작품은 상세히 들여다볼 만한 가치가 있는 작품이다. 주름들이 무척 강조된, 그리고 대단히 공들여 묘사된 '노파'의 얼굴은 깊디깊은 고통의 감정을 절절히 표현하고 있다. 그녀가 느끼고 있을 고통에 비하자면 다른 고통 따위 아무것도 아닌 것처럼 느껴질 정도다. 딱 하나, 나는 작가가 노파의 목에서 신경얼기를 지나치게 도드라지게 한 점은 비판하고 싶다. 노파의 야윈 목을 고려할 때, 그러한 묘사는 과도하게 이질적이다. 경험의 짧음에서 오는 결점은 차후 개선의 여지가 있다. 작가는 해부학에 대해 충분히 연구한 것으로 보이며, 이번 작품으로 그 지식을 유감없이 피력했다. 그리고…

르네 들로름의 말이 맞았다. 이 시기에 해부학을 열심히, 그리고 아주 재미있게 공부했다. 나는 파로(Parrot) 선생님께 해부학 과외를 받았다. 그는 무척 호의적인 의사였다. 산책을 할 때도, 나는 언제나 해부학 도판들을 엮은 암기장을 외웠다. 그리고 집으로 돌아오면, 거울 앞에 서서 손가락으로 내 몸 이곳저곳을 짚으며 복습을 했다. "자, 이 부위는 뭐라고 부르지?"라는 뜬금없는 자문을 이어나가며, 내 답변이 조금이라도 늦어지면 자습을 추가하는 식이었다. 자습은 얼굴이나 팔의 근육 이름을 철저히 암기할 때까지 이어졌다. 그리고 스스로 부과한 이 '보충숙제'가 마무리될 때까지, 나는 잠자리에 들지 않았다.

✠

전람회가 끝나고 한 달 뒤, 코메디-프랑세즈는 파로디[4](Parodi)의 작품인 『패배한 로마Rome vaincue』의 낭독회를 소집했다. 해당 작품에서 원래 내게 배정된 역할은 '오피미아'라는 젊은 처녀였다. 나는 그 역을 맡기를 거부하고, 대신 '포스튀미아' 역을 줄 것을 강하게 요구했다. '포스튀미아'는 눈이 먼 70대 노파로, 당당하고도 무척 고결한 로마인이었다.

작중 지체 높은 귀족 신분인 포스튀미아는 죽을 위기에 처한 손녀딸의 사면을 간청한다. 아마 나는 그런 포스튀미아에게서, 자식들의 죽음을 슬퍼하던 브르타뉴의 노파를 연상했던 것 같다.

페랭은 처음에는 난처해했지만, 이내 청을 들어주었다. 그렇지만 내 배역이 결정되었다고 해서, 페랭의 고민이 끝나는 것은 아니었다. 그는 같은 작품에 출연할 무네-쉴리에게 어떤 배역을 맡겨야 할지 고민하며 속을 태웠다. '질서'와 '대칭'을 사랑하는 페랭은 나와 무네-쉴리를 균형을 이루는 한 쌍의 짝으로 두는 습관이 있었기 때문이다. 그는 우리 둘을 두 희생자로, 두 영웅으로, 혹은 두 연인으로 두길 좋아

---

4 프랑스의 시인이자 극작가였던 알렉상드르 파로디(Alexandre Parodi, 1840-1901)을 말한다.

했다. 따라서 이번에도 그는, 어떻게든 무네-쉴리에게 내 배역과 짝을 이루는 배역을 주고 싶었다. 그런데 대체 어떻게? 이번에는 대체 어떻게?

"유레카!"

페랭이 외쳤다. 이번 연극의 등장인물 중에는 '베스태포르'라는 이름의 나이 든 광인 캐릭터가 있었다. 극의 전개에는 별 상관이 없지만, 어쨌든 작가인 파로디의 머릿속에 떠오른 캐릭터였던 것이다. 하나 바로 이 인물의 존재가 페랭을 안심시켰다. 코메디-프랑세즈의 지배인은 '유레카'를 외친 뒤에 이렇게 말을 이어갔다.

"좋아, 그럼 무네-쉴리가 저 늙은 미치광이 베스태포르를 맡으면 되겠군."

균형은 복구되었다. 그리고 부르주아들의 신께서는 마침내 흡족해하셨다.

『패배한 로마』는 사실 보잘것없는 범작에 불과했지만, 1879년 9월 27일에 있었던 초연은 대단한 성공을 거두었다. 나는 해당 공연 4막에서의 연기로 어마어마한 호평을 받았다. 이런저런 극의 결점들에도 불구하고, 관객들은 날 보러 몰려들었다. 분명히 말해, 날 보러 오는 것이었다.

25

'에르나니', 풍선 여행

『에르나니』의 공연은 내게 수많은 관객을 안겨 주었다. 리허설을 통해 이미 빅토르 위고와 안면을 튼 사이였고, 이 대시인과 거의 매일같이 교유(交遊)할 수 있다는 것은 큰 기쁨이었다. 따라서 끊임없이 그를 만나러 갔는데 정작 그의 집에서는 이야기를 나누는 것이 불가능했다. 위고의 집에는 언제나 사람들이 득실대었다. 붉은 넥타이를 찬남자들은 과장된 몸짓을 섞어가며 목소리를 높였고, 여자들은 울먹거리는 표정으로 하소연을 늘어놓곤 했다. 사람 좋은 빅토르 위고는 두눈을 반쯤 감은 채 이들의 이야기들을 전부 들어주었다. 그 모습은 얼핏 보기에 잠이 든 것으로밖에는 보이지 않았다. 그러나 손님의 이야기가 멈추고 정적이 찾아오면, 빅토르 위고는 감았던 눈을 뜨고 적절한 위로의 말을 들려주었다. 그는 상대가 누구든 위로의 말은 들려줄지언정, 어떤 일에 대해 단언하거나 약속하는 상황은 결코 만들지 않았고, 무척 재치 있게 이야기에서 발을 빼곤 했다. 그는 일단 한 약속은 반드시 지키는 사람이었기에, 반대로 헛된 약속은 어떤 것도 하지 않으려 했다. 나와는 무척 달랐다. 나는 약속을 남발하는 편이기 때문이다. 약속할 때는 꼭 지키겠다고 굳게 마음먹는다. 그런데 두 시간이

지나고 나면, 나는 언제 그랬냐는 듯 모든 것을 잊고 말았다. 그러다가 가까운 친구가 내게 옛 약속을 상기시키면, 머리털을 쥐어뜯으며 약속을 잊은 것을 무마할 만한 핑곗거리를 꾸며내고, 사죄용 선물들을 상대방에게 사준다. 결국 괜한 걱정거리들을 만들어내 인생을 복잡하게 만들고 만다. 언제부터 내가 그래왔든가 하면, 언제나 그랬던 것 같다. 그리고 앞으로도 죽을 때까지 이러한 성격은 바뀌지 않으리라.

하루는 빅토르 위고에게 대화를 나눌 시간이 전혀 없어서 유감이라는 말을 했다. 그러자 위고는 점심 식사에 초대했다. 식사가 끝나면, 단둘이서 잡담을 나눌 수 있으리란 것이었다. 나는 황홀한 마음으로 식사 자리에 임했다. 참석자는 폴 뫼리스, 시인 레옹 클라델(Léon Cladel), 코뮌 지지자 출신인 뒤퓌(Dupuis), 더는 이름이 기억나지 않는 러시아인 부인 한 사람, 귀스타브 도레[1] 등이었고, 위고의 맞은편에는 그와 힘든 시절을 함께한 여자 친구, 드루에 부인이 앉아 있었다.

아! 이날의 점심 식사는 어찌나 끔찍했던가! 맙소사! 상차림은 또 어찌나 별 볼 일 없던지! 게다가 나는 두 발이 얼어붙을 정도로 시렸다. 문틈을 막지 않은 문 세 개로 들이닥친 외풍이 식탁 아래로 애절한 노래처럼 휘휘 불어오고 있었다.

어쨌든 이 끔찍한 이웃에게서 느껴지는 불편함과 얼어붙을 정도로 시린 발, 그리고 참기 힘든 지루함 탓에, 싸울 힘조차 없을 정도로 쇠약해지고 말았다. 그리하여 그 자리에서 의식을 잃었다.

의식을 되찾았을 때 나는 소파에 누운 상태였다. 드루에 부인이 곁에서 내 한쪽 손을 잡아주고 있었고, 내 맞은편에서는, 귀스타브 도레가 내 크로키를 그리고 있었다. 깨어난 나를 바라보며 그는 외쳤다.

---

1 귀스타브 도레(Gustave Doré, 1832-1883)는 프랑스의 화가, 삽화가이다.

"아! 움직이지 마세요, 방금 무척 아름다웠다고요!"

대단히 부적절한 발언이긴 했지만, 왜인지 그의 말에 매료되었다. 나는 친구이기도 했던 이 위대한 화가의 의지에 따랐다.

나는 빅토르 위고에게 인사도 하지 않고, 다소 부끄러운 마음으로 그의 집을 떠났다. 다음날 위고는 내 집을 찾아왔다. 나는 그에게 내가 느꼈던 거북함을 대체 어떻게 설명해야 할지 모르겠다고 말했다. 나는 더는 사적으로 그를 방문하지 않았다. 내가 그를 보는 것은 오직 『에르나니』의 리허설이 있을 때뿐이었다. 『에르나니』의 첫 공연일은 1877년 11월 21일이었다. 이날은 작가인 위고는와 우리 배우들은 대승을 거두었다.

『에르나니』는 이미 10년 전에도 공연된 바가 있었다. 그러나 당시 '에르나니' 역을 맡았던 들로네는 그 역할과 전혀 맞지 않는 배우였다. 들로네는 서사시적이지도, 낭만적이지도, 시적이지도 않았다. 그에게는 이와 같은 대서사시에 어울리는 풍모가 없었다. 들로네는 물론 매력적이고 우아한 배우이긴 했다. 언제나 미소를 머금은 얼굴을 하고, 절제된 동작을 선보이는 이 중간키의 사나이는, 뮈세의 극에 있어서는 이상적인 배우요, 에밀 오지에의 극에 있어서는 완벽한 배우이며, 몰리에르의 극에 있어서는 매력적인 배우였지만, 빅토르 위고의 극에 있어서는 끔찍하게도 어울리지 않았다. 그 와중에 당시 최악의 인선이라고 한다면, 그건 '샤를 5세' 역의 브레상이었다. 브레상의 발성은 상냥하고도 부드러웠고, 눈가에는 웃음기가 서려 있었으며, 속눈썹은 심히 고슬고슬했다. 그리고 이 모든 특징들 때문에 그에게는 도무지 위대함이 느껴지지 않았다. 게다가 그의 두 발은 무지막지하게 컸는데, 평소에는 긴 바지에 가려져 잘 티가 나지 않았지만, '샤를 5세' 의상에서는 발을 감추지 못했기 때문에 브레상의 커다란 발이 미칠 듯한 존재감을 뿜어냈다. 공연에서 나는 오직 브레상의 두 발만이 보였다. 발은 정말로 컸고, 평발이었으며, 끝이 살짝 안쪽으로 굽어져 있었다. 그야말로 무시무시하고 악몽 같았다. 아! 샤를마뉴 시대의 영웅들에게 바치는 경탄스러운 시구가 당시에는 그저 헛소리처럼 들릴 뿐이었다! 관객들은 헛기침을 하고, 몸을 들썩거렸다. 정말이지 눈뜨고 못 볼 정도로 안타까운 광경이었다.

반면, 우리의 1877년 공연에서 '에르나니' 역을 맡은 이는 무네-쉴리였다. 그는 완벽하게 아름다운 모습으로, 그리고 자기 빛나는 재능을 활짝 펼친 채 연기에 임했다. '샤를 5세' 역을 연기한 배우는 경탄스러운 예술가인 보름스(Worms)였다. 위대함이 느껴지는 연기였다! 시구를 읊는 방식도 완벽했고, 발성 역시 흠잡을 곳이 없었다!

이 1877년 11월 21일의 공연은 진정한 대승이었다. 모두가 성공을 거둔 가운데서도, 관객들의 각별한 애정을 받은 배우는 바로 나였다. 나는 '도냐 솔' 역이었고, 첫 공연이 끝난 뒤에 빅토르 위고는 내게 다음과 같은 편지를 보내왔다.

부인,
당신의 연기는 참으로 위대했고 매력적이었습니다. 이 늙은 투사는 당신에게 감명받았답니다. 또한 당신의 연기에 매료되고, 감동한 관객들이 박수갈채를 보냈을 때, 내 눈에서도 그만 눈물이 흘렀습니다. 여기 당신이 흘리게 한 나의 눈물을 동봉합니다. 당신의 것으로 받아주시기를 바랍니다. 나는 당신 발아래 엎드립니다.

편지에는 조그마한 종이 상자가 부착되어 있었고, 그 안에는 사슬 모양으로 얽힌 팔찌가 들어 있었다. 물방울 다이아몬드 하나가 눈물방울처럼 매달린 팔찌였는데 훗날 이 팔찌를, 인도의 부자들 가운데서도 가장 부유한 이인 알프레드 사순(Alfred Sassoon)의 집에서 잊어버리고 말았다. 사순은 잃어버린 팔찌 대신 다른 팔찌를 주겠다고 제안했지만, 나는 그의 제안을 거절했다. 아무리 부자라고 하더라도, 그가 내게 빅토르 위고의 눈물을 돌려줄 수는 없었기 때문이다.

✠

코메디-프랑세즈에서의 입지는 탄탄해졌다. 대중은 나를 연극계의 총아로 여겼고, 동료배우들은 내게 다들 어느 정도씩 질투심을 품었다. 페랭은 사사건건 시비를 걸어왔다. 여전히 우정을 품고 있었지만, 그의 입장에서 내가 더는 그를 필요로 하지 않는다는 것을 도무지 인정할 수 없었다. 그러나 막상 내가 그에게 무엇인가를 요구할 때마다, 어김없이 내 요구를 거절했으므로 더는 그에게 의지할 수가 없었다. 그리하여 예술부 장관에게 진정서를 보냈고, 페랭과 나 사이의 갈등에서 예술부는 내 손을 들어주었다.

언제나 새로운 것에 목말라하던 나는 이번에는 회화에 손을 대보려 했다. 어느 정도 스케치를 할 줄 알았고, 채색에 있어서는 제법 훌륭했다. 우선 작은 크기의 그림을 두, 세 점 그려보았고, 다음으로는 게라르 부인의 초상을 그리기 시작했다.

알프레드 스티븐스(Alfred Stevens)는 내가 그린 게라르 부인의 초상에서 힘찬 기운이 느껴진다고 했다. 조르주 클래랭은 나를 격려하며 계속 그림을 그려보라고 권했다. 두 화가에게서 호평을 들은 나는, 이때부터 용기 있게, 혹은 미친 듯이 회화의 세계에 뛰어들었다. 그리고 높이가 2미터에 달하는, 「소녀와 사신La Jeune fille et la Mort」이라는 그림을 그리기 시작했다.

내게는 비난이 쏟아졌다. "본업이 연기자인 사람이 왜 자꾸 다른 일을 하려고 드는가?", "대체 남의 구설에 오를 만한 일을 왜 하는가?" 따위의 비난이었다.

하루는 내가 몹시 아파 누워 있는데, 페랭이 방문하여 훈계한 적도 있다.

"무리를 하니까 그렇지요. 대체 조각은 왜 하는 겁니까? 그림은 또 왜 그리는 거예요? 당신이 그러한 것들을 할 수 있음을 증명하려는 게 목적입니까?"

나는 소리쳤다.

"아뇨! 그런 게 아니에요! 저는 여기 머물러야만 하는 이유를 만드는 거라고요!"

그러자 페랭은 대단히 주의 깊은 태도로 이렇게 답했다.

"무슨 소리인지 잘 모르겠군요."

"무슨 소리냐면, 이런 거예요. 제게는 여행에 대한 미칠 듯한 욕망이 있어요. 다른 공기를 마시고, 이곳 하늘보다 더 낮은 하늘을 보고, 이곳 나무들보다 더 커다란 나무들을 보고, 여하튼 익숙한 것들과는 다른 것들을 보고 싶다는 욕망 말이에요! 그래서 저는 스스로 발을 여기 묶어둘 만한 '일'들을 만드는 거랍니다. 그렇게라도 하지 않으면, 제 안에서는 새로운 것을 알고 또 보고 싶다는 욕망이 승리할 것이고, 그럼 전 정말이지 멍청한 짓거리들을 할 것만 같다고요!"

몇 년 뒤 코메디-프랑세즈가 내게 건 소송에서, 이 대화는 내게 불리하게 작용하게 되었다.

1878년의 만국 박람회는 결국 나에 대한 페랭의 분노를, 그리고 몇몇 동료 배우들의 분노를 폭발시켰다. 그들은 내 모든 것을 비난했다.

그림, 조각, 그리고 내 건강 상태까지 말이다. 마침내 나는 페랭과 크게 다투게 되었다. 그리고 우리의 다툼은 이것이 마지막이었다. 왜냐하면 이때 이후로 우리는 더는 말을 하지 않게 되었기 때문이다. 마지막 싸움 이후로 우리는 냉랭한 인사 정도만을 나누게 되었다.

갈등이 폭발하게 된 원인은 내 열기구 여행이었다. 나는 예나 지금이나 열기구를 좋아한다. 1878년 만국 박람회 당시, 나는 매일 같이 지파르(Giffard) 씨의 계류 열기구[2]에 탑승하러 갔다. 나의 열의에 감동한 이 열기구 전문가는 나와 안면을 트고 싶다는 생각을 가졌고, 이윽고 공통의 친구를 통해 나를 소개받았다. 나는 그에게 말했다.

"아! 지파르 씨, 묶여 있는 열기구가 아니라, 자유 비행하는 열기구에 탈 수 있다면 얼마나 좋을까요!"

그러자 이 상냥한 사내는 대답했다.

"좋습니다, 베르나르 양. 제가 묶이지 않은 열기구에 탈 수 있게 해 드리죠."

"언제요?"

"당신이 원하시는 날에요."

당장이라도 열기구에 타고 싶다는 뜻을 밝혔다. 그는 자유 비행을 위해서는 이런저런 장비들을 준비해야 하며, 자신에게는 장비 준비를 철저히 해야 할 책임이 있다는 답을 주었다. 열기구 탑승은 다음 주 월요일로 약속되었다. 딱 일주일 뒤였다. 나는 그에게 이 일을 누구에게도 말하지 말아 달라고 부탁했다. 만약 언론이 이 사실을 알게 된다면, 내 가족들이 기겁하고 내 열기구 탑승을 말릴 것이기 때문이었다.

---

2 지상에 줄로 묶인 열기구로, 1878년 파리 만국 박람회 당시 무척 인기 있는 전시물이었다. 이하 지파르(Giffard), 티쌍디에(Tissandier), 고다르(Godard)는 모두 19세기 말의 열기구 전문가들이다.

원래는 티쌍디에(Tissandier) 씨도 내 열기구 탑승에 동행하겠다는 약속을 했었다. 그러나 그로부터 얼마 되지 않아, 가엾은 티쌍디에 씨는 추락 사고로 몸을 다쳤고, 이 사고 탓에 이 매력적인 인물과 동행하지 못하게 되었다. 결국 일주일 뒤, 나와 함께 열기구 '도냐 솔' 호에 올라타게 된 이는 젊은 고다르(Godard)였다. '도냐 솔' 호는 내 여행을 위해 특별히 준비된 오렌지색의 아름다운 기구였다.

지파르 씨와 내가 처음으로 인사를 나누었던 자리에는 나폴레옹 전하, 곧 나폴레옹-제롬 보나파르트도 함께 있었는데 지파르와 나의 대화를 듣고는 내 열기구 여행에 동참하고 싶다는 강한 의지를 밝혔었다. 그러나 그는 열기구를 타기에는 지나치게 뚱뚱했고 몸도 굼떴다. 사실 그의 재기 넘치는 입담에도 불구하고, 그와의 대화가 즐겁지 않았다. 그가 나폴레옹 3세에 대한 못된 험담을 신나게 늘어놓았기 때문이었다. 나는 폐하를 무척 좋아했는데 말이다.

결국 우리는 나폴레옹 전하를 빼놓고 여행을 떠났다. 탑승객은 조르주 클래랭, 고다르, 그리고 나 세 사람이었다. 사전에 주의했음에도 불구하고, 내가 열기구 자유 비행을 한다는 소문은 알음알음 퍼져 있었다. 다만 언론이 그것을 알아채고, 사전에 기사를 낼 정도로 빨리 퍼지지 않았을 뿐이다.

열기구가 상공에 떠오른 지 5분쯤 되었을 때, 내 친구 중 한 사람인 몽테스키우(Montesquiou) 백작은 생-페르 다리에서 페랭과 마주쳤다고 한다. 그는 페랭에게 말했다. "아, 페랭 씨! 하늘을 좀 봐 보세요. 저기 당신의 별이 날아가는군요!"

페랭은 고개를 들어 올렸고, 상승 중인 열기구를 가리키며 물어봤다. "저 안에 누가 타고 있는데요?"

"사라 베르나르요!"

페랭은 얼굴이 새빨개져서 이를 갈며 중얼거렸다.

"또 저놈의 장난질이구먼! 이번에는 꼭 대가를 치르게 해주겠어!"

그리고 그는 몽테스키우에게 인사도 하지 않은 채 빠른 걸음으로 멀어졌다. 내 젊은 친구는 페랭의 알 수 없는 분노에 정신이 멍할 정도로 당황했다. 하늘 여행을 떠나는 내 측량할 수 없는 기쁨을 페랭이 짐작했더라면, 그의 분노는 한결 더 심했으리라.

아! 열기구가 출발할 때의 짜릿함이란! 우리의 출발 시각은 다섯 시 반이었다. 열기구가 떠오르기 전에, 몇몇 친구들과 악수를 했다. 배웅을 나온 이들 중에 내 가족은 없었다. 가족들은 내가 열기구를 탄다는 사실을 전혀 몰랐기 때문이다. "출발!"이란 외침이 울려 퍼지자, 약간의 조마조마함을 느꼈다. 순식간에 나는 50미터 상공에 있었다. 지상에서는 아직 몇몇 외침 소리가 들려오고 있었다.

"조심해요! 꼭 돌아와야 해요! 우리 사라를 꼭 살아 돌아오게 해주세요!" 그리고 아무것도, 아무것도 더는 들리지 않았다. 아래에는 땅, 위에는 하늘. 돌연 나는 구름 속에 있었다. 그순간 안개에 쌓인 파리와 작별했다. 푸른 하늘 아래에서 숨을 들이쉬었고, 보이는 것은 눈부신 태양, 구름에 가려진 산맥, 그리고 무지갯빛으로 빛나는 능선들뿐이었다.

기구는 우윳빛 구름 안에 파묻히고, 구름 안은 햇살로 따사로웠다. 환상적인 광경이었다! 정신이 아찔할 정도로 멋졌다! 작은 소리 하나가 들려오지 않았고, 바람 한 점 불어오지 않았다. 우리 열기구는 거의 아무런 움직임도 없이 멈춰 있었다. 여섯 시가 되어서야 뒤쪽에서 바람이 불어오는 것이 느껴졌고, 우리는 동쪽으로 날아가기 시작했다.

1600미터 상공이었다. 내 앞에는 장관이 펼쳐지기 시작했다. 양털과도 같은 새하얀 구름이 우리의 양탄자가 되어주었다. 하늘에서는 보랏빛 술이 달린 오렌지색의 거대한 휘장이 내려와 구름 양탄자에 이르러 뿔뿔이 흩어졌다.

여섯 시 사십 분, 우리는 2300미터 상공에 있었다. 슬슬 추위와 배고픔이 느껴지기 시작했다.

저녁 식사는 풍성했다. 우리는 푸아그라, 갓 구워낸 빵, 그리고 오렌지를 먹었다. 샴페인 병을 따자, 병마개가 작고 귀여운 소리를 내며 날아갔다. 우리는 지파르 씨를 칭송하며 술잔을 들어 올렸다.

우리는 많은 이야기를 나누었다. 밤은 제 어깨에 무거운 갈색 망토를 걸치고 있었다. 날씨가 무척 추웠다. 기구는 2600미터 상공에서 비행하고 있었고, 피가 머리까지 올라왔는지 양 귓가에서 미친 듯이 이명이 들려오기 시작했다. 나는 코피를 흘렸다. 몸 상태가 대단히 안 좋아진 내게 잠기운이 찾아왔고 더는 꼼짝하기가 힘들었다.

조르주 클래랭은 내가 걱정되어 어쩔 줄 몰라 했고, 고다르는 내게 고래고래 소리를 질렀다. 아마도 날 깨우기 위해서였을 테다.

"자, 자, 이제 내려가야 해요! 유도(誘導) 밧줄을 던집시다!"

실제로 내가 정신을 되찾은 것은 이 외침 소리를 듣고 나서이다. 나는 '유도 밧줄'이란 것이 어떤 것인지 알고 싶었다. 다소 멍한 상태로 몸을 일으키자, 고다르가 내 손에 유도 밧줄을 쥐여주었다. 나를 정신 차리게 하기 위함이었다. 유도 밧줄은 군데군데 조그만 갈고리가 부착된, 120미터에 달하는 굵은 밧줄이었다. 클래랭과 나는 낄낄 웃으며 그 밧줄을 풀었고, 그동안 고다르는 기구 밖으로 몸을 기울인 채 망원경으로 주변을 살피고 있었다.

"정지!"

돌연 고다르가 소리를 질렀다…

"제기랄! 나무가 너무 많아요!"

실제로 우리는 페리에르 숲 위를 지나고 있었다. 우리 앞에는 조그마한 평원이 하나 보였고, 착륙한다면 그곳이 좋을 것 같았다. 고다르가 다시 소리쳤다.

"머뭇거릴 틈이 없어요! 저 평원을 놓치면, 우리는 한밤중의 페리에르 숲에 떨어지게 될 겁니다. 부인도 한 사람 타고 있는데, 그건 너무 위험해요."

그리고 그는 내 쪽으로 몸을 돌리며 말을 이어갔다.

"부인, 밸브를 좀 열어주시겠어요?"

나는 그가 시키는 대로 했다. 밸브를 열자, 기구 안에 갇혀 있던 가스가 '피시식'하고 조롱하는 듯한 소리를 내며 빠져나갔다. 조종사인 고다르의 지시에 따라 밸브는 다시금 닫혔고, 우리는 빠른 속도로 하강하기 시작했다.

밤의 정적을 찢고, 돌연 나팔 소리가 들려왔다. 나는 몸을 떨었다. 루이 고다르가 주머니에서 나팔을 꺼내 있는 힘껏 분 것이었다. 고다르의 주머니에는 실로 온갖 것들이 다 들어 있었다.

고다르의 나팔에 날카로운 호루라기 소리가 화답했다. 500미터 아래에서 제복을 입은 남자가 있는 힘껏 우리를 부르고 있는 것이 보였다. 가까이에는 조그마한 역이 있었으므로 우리는 그가 해당 역의 역장이라는 것을 쉽게 짐작할 수 있었다.

"여기가 어딥니까?"

루이 고다르가 나팔을 입에 댄 채 소리쳤다.

"...빌 입니다!"

역장이 대답했으나, 뭐라고 하는지 알아들을 수가 없었다.

"여기가 어딥니까?"

조르주 클래랭이 멋들어진 목소리로 소리쳤다. 역장은 손나팔을 한 채, 또다시 잘 들리지 않는 소리를 내질렀다.

"여기가 어딥니까?"

나도 되도록 또렷한 목소리로 소리를 내질렀다. 그러자 이번에는 역장과... 그의 부하들이 함께 소리를 내질렀다.

"...빌 입니다!!"

이번에도 전혀 들리지 않았다. 우리는 결국 거기가 어딘지 알 수 없었다. 우리는 열기구 안에 모래주머니를 실어야만 했다. 열기구는 너무 빠른 것이 아닌가 싶을 정도의 속도로 하강했다. 그런데 바람이 우리를 숲속으로 몰아가는 바람에, 우리는 다시 한번 위로 올라가야만 했다. 그렇게 약 십 분 정도를 체공하다가, 우리는 다시 한번 밸브를 열고 하강을 시작했다. 열기구는 역의 오른쪽으로 나아간 상태였다. 이제 우리는 역으로부터, 그리고 그 친절한 역장한테서 한참 떨어진 곳에 있었다.

"닻을 내립시다!"

고다르가 명령조로 외쳤다. 그는 클래랭의 도움을 받으며 유도 밧줄과는 다른 또 다른 밧줄을 허공에 던졌다. 끝에 아주 커다란 닻이 달린, 80미터 길이의 밧줄이었다.

우리 아래로 나이가 제각각인 아이들의 무리가 보였다. 열기구가 역 위에 멈춰 있을 때부터 우리를 따라 달려 나온 아이들이었다. 기구가 상공 300미터까지 내려갔을 때, 고다르는 다시금 나팔에 입을 댄 채 외쳤다.

"여기가 어딥니까?"

"베르셰르(Verchère)랍니다!"

우리는 모두 베르셰르라는 지명을 몰랐다.

"뭐 어떻습니까! 가보면 알겠지요. 계속 내려갑시다."

그리고 고다르는 지상에 있는 사람들에게 외쳤다.

"땅에 끌린 밧줄을 좀 잡아주세요! 잡아당기되, 너무 힘주어서 끌면 안 됩니다!"

지상에서 우리를 구경하던 이들 중 다섯 명의 장정이 밧줄을 쥐었다. 이제 우리는 130미터 상공에 있었다. 기묘한 풍경이었다. 밤이 서서히 모든 것들을 지워가고 있었다. 나는 하늘을 보기 위해 고개를 들어 올렸다. 그리고 반으로 쪼그라든 열기구 내부 모습을 보고 멍청한 표정으로 입을 쩍 벌렸다. 탱탱하던 열기구의 아래쪽 부분이 누더기처럼 축 늘어져 있었다. 그건 무척 추한 모습이었다.

우리는 서서히 지상으로 내려왔다. 나는 착륙할 때 기구가 조금 땅에 끌린다거나, 예상치 못한 극적인 일이 일어나지는 않을까 하고 기대했지만, 그런 일은 조금도 없었다. 땅에서는 폭우가 우리의 귀환을 반겨주고 있었다.

근처에 있는 성의 젊은 성주가 촌사람들과 마찬가지로 우리를 구경하러 달려왔다. 그는 내게 우산을 내밀어주었지만, 사양했다.

"아! 괜찮습니다. 저는 너무 말라서 젖을 데도 없거든요. 그냥 빗방울 사이로 걸어가겠어요." 위의 표현은 여러 사람의 입을 타고 전해져 대단한 유행어가 되고 말았다.

"기차는 몇 시에 있죠?"

클래랭이 또 다른 구경꾼에게 묻자, 그는 빗소리에 묻힌 무거운 목소리로 답했다.

"기차를 타시려거든 아마 열 시 기차밖에 없을 겁니다. 역은 여기서 한 시간 거리인데, 여긴 마차가 다니는 것도 아니거든요. 그러니 부인 한 분을 모시고 걸어가려면, 한두 시간은 걸릴 겁니다."

나는 얼빠진 표정으로 젊은 성주가 어디로 갔는지를 둘러보았다. 클래랭과 고다르도 받지 않았던 그의 우산을 지팡이 대용으로라도 쓸까 했었다. 그런데 성주의 모습은 보이지 않았다. 내심 왜 아무도 그의 우산을 받지 않았는지 원망하고 있는데, 젊은 성주가 마차에서 폴짝 뛰어내리는 것이 보였다. 대체 언제인지도 모르는 사이에 그는 소리 소문도 없이 마차를 끌고 돌아온 것이었다.

"여기 제 마차를 쓰세요. 한 대는 부인과 신사분들께서 쓰시고, 다른 한 대는 열기구를 실어 가시죠."

"세상에! 당신이 우리를 구했습니다!"

클래랭이 성주의 손을 꼭 쥐며 인사했다. 비 때문에 길이 온통 망가져 있었으므로 실제 도보로 걷기는 힘들었을 테다.

"아!"

젊은 성주가 외쳤다.

"파리 여인의 발로는 역까지 가는 길의 반도 못 갑니다."

그는 우리에게 좋은 여행이 되길 빈다며 작별 인사를 나누었다.

한 시간 정도 뒤에, 우리는 에므랭빌(Émerainville) 역에 도착했다. 우리가 어떤 사람들인지 알게 된 역장은 무척 상냥하게 맞이해주었다. 그는 자기 목소리가 잘 들리지 않았던 일에 대해 사과했다. 약 한 시간 전에 기구에 타고 있던 우리가 그를 불렀을 때의 일을 말이다.

역장은 우리에게 조촐한 식사를 제공했다. 치즈, 빵, 그리고 사과주였다. 나는 치즈를 좋아하지 않았고, 그때까지는 결코 치즈를 먹으려 한 적이 없었다. 치즈란 것은 전혀 시적이지 않다고 생각했기 때문이다. 그렇지만 먹을거리를 거부하기에는 내 배가 너무 고팠다.

"먹어보세요, 맛을 좀 봐 봐요."

조르주 클래랭이 내게 말했다. 나는 깨작깨작 치즈를 먹기 시작했다. 그리고 그 맛은 무척이나 훌륭했다.

우리는 아주 늦은 밤이 되어서야 파리로 돌아올 수 있었다. 나는 심한 걱정에 사로잡혀 있던 내 모든 주변인과 재회하게 되었다. 내 소식을 알기 위해 모인 친구들이 그대로 우리 집에 머물러 있던 것이었다. 집은 사람들로 꽉 차 있었다. 당시 피곤해 죽을 지경이었기 때문에, 그것이 약간 짜증스러웠다. 나는 다소 신경질적으로 이 사람들을 돌려보낸 뒤, 내 방으로 올라갔다.

옷을 갈아입고 있는데, 하녀가 말을 걸었다. 그녀는 코메디-프랑세즈에서 여러 차례 사람이 찾아왔다는 사실을 내게 알려주었다.

"아! 세상에…"

내가 걱정스레 외쳤다.

"공연 일정이라도 바뀌었대요?"

그러자 젊은 하녀는 대답했다.

"아뇨, 그런 건 아닌 것 같고, 다만 페랭 씨가 무척 화가 났다는 것 같아요. 코메디-프랑세즈의 다른 분들도 부인께 분노하고 있다는 것 같고요. 어쨌든 여기 코메디-프랑세즈에서 보낸 서신이에요."

하녀에게서 건네받은 편지를 열어보았다. 다음날 두 시까지 지배인실로 찾아오라는 내용이었다.

다음날 두 시, 페랭은 나를 과장되게 공손한 태도로 맞이했다. 공손하다고는 하지만, 지극히 엄한 태도였다. 그리고 비난이 시작되었다. 페랭은 내 무례한 말버릇과 변덕과 기벽(奇癖)에 대한 비난을 이어갔다. 그리고 지배인의 허가도 없이 멋대로 여행한 것에 대해 벌금 천 프랑을 부과하겠다는 말로 이야기를 마무리 지었다.

나는 웃음을 터뜨리며 말했다.

"열기구 건으로 벌금을 매기시다니, 이건 정말 예상치도 못했네요. 맹세코 저는 이 벌금을 내지 않을 겁니다. 극장 밖에서 제가 하고 싶은 일을 할 거고, 친애하는 페랭 씨, 제가 뭘 하든 당신이 상관할 일은 아니에요. 그게 제 계약에 따른 의무를 저버리는 일이 아니라면 말이죠! 그리고 말인데, 당신 정말 진저리 나요! 사직서 내겠습니다. 부디 행복하시길!"

나는 자리를 박차고 나왔다. 페랭이 당황해하든 초조해하든, 내 알 바 아니었다.

다음날 사직서를 써서 페랭에게 보냈다. 그리고 몇 시간 뒤 예술부 장관인 튀르케(Turquet) 씨가 나를 예술부로 소환했다. 나는 그의 소환을 거절했다. 그러자 튀르케 씨는 서로 잘 아는 친구를 보내 내게 이런 말을 전했다. 예술부는 페랭이 권한 밖의 지시를 내린 것을 인정하며, 벌금은 없던 일로 하겠으니 내 사직서는 도로 가져가라는 권고였다. 나는 예술부 장관의 지시에 따랐다.

그래도 긴장된 분위기는 가라앉지 않았다. 지배인에게 하극상을 저질렀다는 내 악명은 내 적들에게는 물론 짜증스러운 것이었고, 고백하건대 내 친구들에게조차 다소 껄끄러운 것이 되었다. 당시의 나는 이 모든 소동이 미칠 듯이 재미있기만 했다. 나는 일부러 사람들의 관심을 끌기 위한 행동을 한 적이 없다. 다만 다소 공상적인 내 취향과 마른 몸과 창백한 피부와 독특한 옷차림과 유행에 대한 경멸, 그리고 '뭐가 어쨌든 내 알 바 아니다'라는 나의 태도가 자연스럽게 나를 유별난 존재로 만들었을 뿐이다.

어쨌든 나를 둘러싼 논란을 알지 못했다. 나는 그때나 지금이나 결코 신문을 읽지 않는다. 그리하여 그것이 나쁜 말이든 좋은 말이든, 사람들이 나에 대해 왈가왈부하는 내용을 알지 못했다. 나는 나를 흠모하는 남녀의 무리에 둘러싸여 그저 양지바른 꿈속에서 살아갔다.

때는 1878년의 만국 박람회 시기였다. 프랑스를 방문한 각국의 모든 왕족들과 명사들이 날 찾아왔다. 명사들의 행렬은 나를 무척 즐겁게 했다. 이름 높은 방문객들에게 있어 코메디-프랑세즈는 가장 먼저 방문해야 할 연극의 명소였던 것이다. 만국 박람회 기간에 크루아제트와 나는 거의 매일 같이 공연에 임했다.

결국 『앙피트리옹Amphytrion』의 공연 중에 쓰러져 심히 앓게 되었다. 나는 남프랑스로 요양가게 되었고, 거기서 두 달 동안 머물렀다. 숙소는 망통(Menton)에 있었지만, 대부분 시간을 카프 마르탱(Cap Martin)에 친 천막 안에서 보내었다. 내가 천막을 세웠던 자리는 훗날 외제니 황후께서 멋진 별장을 지으신 곳이다.

요양 중에 누구도 보고 싶지 않았다. 카프 마르탱의 천막은 도시에서 꽤 떨어진 곳에 있었으므로, 그 안에 있으면 어떤 방문객도 감히 찾아오지 않으리라고 생각했다. 그것은 오산이었다! 어느 날 내가 천막 안에서 어린 아들과 함께 점심을 먹고 있는데, 밖에서 돌연 말방울 소리가 들려왔다. 이륜마차의 말에게 달린 방울 소리였다.

우리 천막은 길의 아래쪽에 있었고, 반쯤은 관목림에 묻혀 있었다. 갑자기 바깥에서 알 듯 말 듯 한 목소리가 군대 전령과도 같은 과장된 어조로 외치는 소리가 들려왔다.

"코메디-프랑세즈 배우협회원이신 사라 베르나르 부인께서 머무르고 계신 곳이 여기가 맞습니까?"

아들과 나는 꼼짝도 하지 않았다. 나를 찾는 목소리가 다시금 울려 퍼졌다. 우리는 여전히 아무 대답도 하지 않았다. 그러자 관목림을 헤집는 소리, 가지 부러지는 소리가 들려오기 시작했고, 천막에서 고작 2미터 정도 떨어진 곳에서부터 같은 목소리가 다시 아까와 똑같은 말을 비꼬는 듯한 어조로 외쳤다.

우리는 발각되었다. 나는 약간 짜증이 난 상태로 천막을 나섰다. 내 앞에는 고급 명주실로 엮은 커다란 외투를 입은 남자가 말 등에 앉아 있었다. 그의 멜빵에는 작은 쌍안경이 매여 있었고, 머리에는 회색 중산모가 얹혀 있었다. 혈색이 좋고 꼿꼿한 턱수염을 기른 남자는 싱글벙글한 얼굴이었다. 고상해 보이지도, 그렇다고 저속해 보이지도 않은 이 남자, 그래, 꼭 벼락부자와 같은 분위기를 띠고 있는 이 남자를 나는 뾰로통하게 바라보았다. 그는 모자를 벗고 물었다.

"사라 베르나르 부인 계십니까?"

"제가 사라 베르나르입니다. 무슨 일로 저를 찾으시는 거죠?"

"아, 부인. 여기 제 명함입니다."

나는 그에게서 받아든 명함을 읽었다.

"강바르[3], 니스, 팔미에 별장이라."

나는 놀란 표정으로 그를 바라보았다. 그는 나보다도 한층 더 놀란 표정이었다. 자신의 이름을 보고도 별 반응이 없는 것이 당황스러운 듯했다.

그가 외국인의 억양으로 말을 이어갔다.

"음, 좋습니다. 부인, 곧바로 용건을 말씀드리죠. 부인의 작품인 군상(群像) 『폭풍우가 지난 뒤[4]Après la tempête』를 매입하고 싶습니다."

나는 웃음을 터뜨리며 그에게 답했다.

"솔직히 말씀드리면, 그 작품의 판매를 두고 이미 쉬스(Susse) 상회와 협상 중이랍니다. 거기서는 제게 6천 프랑을 제시하더군요. 만약 당신

---

3 에르네스트 강바르(Ernest Gambart, 1814-1902)는 벨기에 출신의 미술상이다. 유럽의 예술품들을 영국에 공급하는 역할을 했으며, 프랑스 니스에 '레 팔미에Les Palmiers'라는 이름의 호화 별장을 소유하고 있었다.

4 앞서 언급된 바 있는, 사라 베르나르가 제작한 군상(群像)의 제목이다. 브르타뉴의 노파가 죽은 손자를 끌어안고 있는 모습을 묘사하고 있다.

이 만 프랑을 지불한다면, 당신께 작품을 넘겨드리지요."

"좋습니다!"

그가 말했다.

"그럼 바로 만 프랑을 지불하도록 하지요! 혹시 필기구 갖고 계시는지요?"

"아뇨."

"아! 잠시만요."

남자는 조그마한 통을 꺼내더니, 거기서 펜과 잉크를 찾아서 내게 건네주었다. 나는 그에게 영수증을 써주었다. 그리고 파리에 있는 내 공방에서 해당 작품을 찾아가도 좋다는 양도 증서를 써주었다. 그는 작별인사를 했다. 딸랑거리는 말 방울 소리가 멀어져갔다.

이날 이후로 나는 자주 이 괴짜의 별장에 초대받게 되었다. 그는 니스에서 작은 왕과도 같은 인물이었다.

26

코메디 프랑세즈가 런던으로 갑니다.

얼마 안 있어 파리로 돌아왔다. 우리는 은퇴를 맞이하게 된 브레상을 위한 자선 공연을 준비했다. 무네-쉴리와 나는 장 에카르[1]의 작품인 『오델로Othello』의 한 막을 연기하게 되었다.

극장은 화려하게 꾸며졌고, 이런 종류의 공연에 있어 으레 그러하듯, 관객석의 분위기 역시 무척 호의적이었다. '버드나무의 노래'가 끝나고, 나는 작중 내 역할인 '데스데몬'의 침대에 누워있었다. 그런데 그때 갑자기 관객석에서 킥킥거리는 웃음소리가 들려왔다. 조그맣게 시작한 웃음소리는 점점 커지더니 이윽고 걷잡을 수 없는 폭소가 되고 말았다. 관객들이 웃음을 터뜨린 장면은 '오델로'가 장식 휘장에 가려진 방문으로 향하는 장면이었다. 배경은 한밤중이었고, '오델로'는 한 손에 랜턴을 든 채 거의 속옷 차림에 가까웠다.

사람들은 다소 음흉한 상상에 몸을 맡긴 채 거리낌 없는 웃음을 터뜨렸다. 한 사람 한 사람의 개인이었더라면, 그들은 자기 음흉한 생각

---

1 장 에카르(Jean Aicard, 1848-1921)은 프랑스의 시인, 소설가, 극작가이다. 뒤이어 언급되는 『오델로』는 셰익스피어의 작품이 아니라, 장 에카르가 1881년에 발표한 5막 운문 희곡인 『오델로 또는 베네치아의 무어인Othello ou le More de Venise』을 말한다.

을 드러내는 일을 수치로 여겼을 터이다. 그런데 개인성이 탈각된 군중으로 모이게 되자, 그들은 거리낌을 잃었다.

무네-쉴리의 과장된 몸짓으로 인해 『오델로』의 해당 막은 대중의 조롱을 받았고, 이 일로 인해 『오델로』의 정식 리허설은 무산되었다. 테아트르-프랑세에서 『오델로』의 전 막을 정식으로 공연하게 된 것은 그로부터 20년의 세월이 흐르고 나서였다. 그리고 그때 난 이미 테아트르-프랑세의 일원이 아니었다.

나는 『미트리다트Mithridate』의 '베레니스' 역으로 호평을 받았고, 다음으로는 다시금 『뤼 블라스』의 '여왕' 역을 맡게 되었다. 『뤼 블라스』는 오데옹에서 공연했을 때와 마찬가지로 지속적인 성공을 거두었다. 그리고 관객들의 반응은 오데옹에서의 공연 때보다 한층 더 호의적이었다. '뤼 블라스' 역을 연기한 것은 무네-쉴리였다. 그의 연기는 라퐁텐의 '뤼 블라스', 즉 오데옹 극장 공연 당시의 '뤼 블라스'보다 백 배는 더 뛰어났다. '동 살뤼스트'를 맡은 프레데릭 페브르의 무대 의상은 무척 멋졌고, 그의 해석은 대단히 흥미로웠다. 그렇지만 프레데릭 페브르의 연기는 제프루아에 미치지 못했다. 아마도 제프루아의 '동 살뤼스트'야말로 상상할 수 있는 한 가장 우아하고 엄청난 동 살뤼스트가 아니었나 싶다.

✖

페랭과의 관계는 갈수록 냉랭해져만 갔다. 내가 거둔 대단한 성공 덕에, 코메디-프랑세즈 지배인으로서의 그는 무척이나 행복해했다. 그는 『뤼 블라스』가 벌어들인 막대한 수입에 기뻐했다. 그렇지만 그는 이 모든 박수갈채의 주인공이 내가 아니라 다른 배우였기를 바랐을 것이다. 나의 독립심과 복종을 싫어하는 태도가(설사 그 복종이 흉내에 지나지 않는 것이라 할지라도) 그를 어지간히도 짜증나게 했다.

하루는 하인 한 사람이 나를 찾아와, 어느 늙은 영국인이 나를 만나기를 청한다고 알려주었다. 방해하지 말라는 내 명에도 불구하고, 영국인의 고집이 어찌나 센지 내게 그 사실을 알려줄 수밖에 없었다는 얘기였다. 나는 그에게 말했다. "그 사람을 돌려보내세요. 그리고 제가 작업에 집중할 수 있도록, 내버려 두세요."

나는 막 새 그림 그리는 데 흠뻑 빠진 상태였다. 그것은 부활절 직전의 일요일에 두 손 가득 종려나무 가지를 안고 있는 소녀의 그림이었다. 내 모델이 되어준 것은 눈부시게 아름다운 여덟 살의 이탈리아 소녀였다. 돌연 포즈를 취하고 있던 그녀가 내게 입을 떼었다.

"저기, 영국인이 말싸움하는 것 같은데요."

과연 그녀의 말 대로였다. 대기실 쪽에서 점점 커지는 말다툼 소리가 들렸다. 나는 팔레트를 손에 쥔 채 방을 나섰다. 침입자를 쫓아내 버릴 심산이었다. 그러나 내가 막 작업실의 문을 열었을 때, 웬 키 큰 사내 한 사람이 내 쪽으로 불쑥 다가와 나는 뒷걸음질을 칠 수밖에 없었다. 그는 그대로 내 응접실까지 들어왔다. 은발 머리에 공들여 다듬은 수염을 한, 맑고 굳센 눈빛의 사내였다. 그는 우선 막무가내로 침입한 것을 대단히 정중하게 사과한 뒤, 내 그림과 조각, 그리고 응접실의 꾸밈새 따위를 열렬히 칭찬하기 시작했다. 칭찬이 얼마나 능숙한지, 아직 이름조차 듣지 못한 이 사내에게 마음이 풀릴 수밖에 없었다.

그렇게 10여 분이 흐른 뒤에, 나는 그에게 자리에 앉기를 권했다. 왜 찾아왔는지를 묻자, 그는 차분한 목소리로, 그리고 강한 외국 억양이 느껴지는 말투로 입을 뗐다. "저는 재럿(Jarrett)이라고 하고, 공연 기획 일을 하고 있습니다. 당신에게 큰 수익을 안겨드릴 수 있는 사람이죠.

혹시 미국에서 활동하실 생각은 없습니까?"

"오, 전혀요!"

나는 격렬하게 외쳤다.

"내 생애 그럴 일은 없을 겁니다! 전혀 생각 없어요!"

"그렇군요! 아, 좋습니다. 그렇게 화내실 필요 없어요. 여기 제 주소입니다. 부디 간직해 주시기 바랍니다."

그는 내게 작별 인사를 했다. 그리고 막 자리에서 일어나려던 때에, 그가 다시금 말을 이어갔다.

"아! 그러고 보니까 당신도 코메디-프랑세즈 극단과 함께 영국에 공연하러 가실 거죠? 혹시 런던에서 '돈벌이'를 좀 하실 생각은 없습니까?"

"생각이야 있죠, 그런데 어떻게요?"

"사교 모임에서 공연을 하는 겁니다. 제가 짭짤한 수익을 올릴 수 있게 해드릴게요."

"그래요? 좋아요. 만약 정말로 런던에 가게 된다면, 그렇게 하도록 하죠. 사실 아직 런던행을 확정한 건 아니거든요."

"그럼 저와 간단한 계약서를 하나 작성하시죠. 관례적인 조항이 들어간 계약서입니다만..."

그렇게 나는 이 사내와 계약을 맺었고, 그는 곧바로 내게 굳은 신뢰감을 안겨 주었다. 그리고 그를 믿은 내 선택은 결코 잘못된 것이 아니었다.

코메디-프랑세즈 운영 위원회와 페랭은 런던의 게이어티(Gaiety) 극장 지배인인 존 홀링스헤드(John Hollingshead)와 계약을 맺은 상태였다. 일반 단원 중 누구도 이 계약과 관련된 논의에 낀 적이 없었고, 나는 이것이 다소 부당하게 생각되었다. 그리하여 이런 계약이 체결되었다는 것을 통보받았을 때, 나는 일부러 일언반구도 내뱉지 않았다.

내가 조용한 것을 본 페랭은 못내 마음에 걸렸는지 나를 따로 불러 물어보았다.

"무슨 생각을 그렇게 합니까?"

나는 이렇게 대답했다.

"무슨 생각을 그렇게 했냐면, 최고의 대우를 받지 않는다면 런던에는 가고 싶지 않습니다. 제 요구는 이거예요. 남은 계약기간 내내, '배우협회원'으로서의 모든 권리를 빠짐없이 누리게 해주세요."

내 요구사항은 운영위원회의 심기를 극도로 거슬렸다. 다음날 페랭은 내 요구가 기각되었다는 것을 알려주었다.

"좋아요, 그럼 전 런던에 가지 않겠습니다. 제 할 말은 끝이에요! 계약에 있는 어떤 조항도 이런 출장을 강제할 수는 없다고요!"

운영위원회는 다시금 소집되었고, 고는 이렇게 외쳤다고 한다.

"좋아요. 그럼 사라 베르나르는 오지 말라고 합시다! 이 여자는 정말 지긋지긋하구먼!"

그렇게 '사라 베르나르는 런던에 가지 않는다'는 결정이 내려졌다. 홀링스헤드와 그의 동업자인 메이어(Mayer)는 그러한 결정을 받아들일 수가 없었다. 그들은 코메디-프랑세즈의 런던 공연 단원 중에서 크루아제트, 코클랭, 무네-쉴리, 그리고 사라 베르나르 중 한 사람이라도 빠지게 된다면, 이번 계약은 없던 것으로 하겠다는 통보를 보내왔다.

홀링스헤드와 메이어는 20만 프랑을 들여 이번 공연의 좌석을 사전매입한 상태였는데, 나를 포함한 상기 네 사람의 이름이 없이는 이번 공연으로 큰 수익을 내기 힘들다고 판단한 것이다.

깊은 절망을 내비치며 나를 찾아와 이런 사정을 설명해준 것은 메이어 씨였다.

"당신이 런던에 오지 않는다면, 우리는 코메디-프랑세즈와의 계약을 취소할 수밖에 없습니다. 수익성이 보이지 않거든요."

내 못된 마음이 불러온 뜻밖의 결과에 질겁하며, 페랭에게 달려갔다. 나는 그에게 메이어 씨와 막 상의한 결과, 코메디-프랑세즈 극장과 동료 배우들에게 내가 본의 아니게 민폐를 끼치고 모욕을 주었음을 깨닫게 되었다고 말했다. 그리고 이제 조건이 어떠하든 간에, 나 역시 런던으로 떠날 준비가 되었다는 뜻을 밝혔다.

때마침 운영위원회가 열리던 때였다. 페랭은 내게 잠시 기다리라고 하더니, 순식간에 돌아와 운영위원회의 결정을 알려주었다. 결과는 다음과 같았다. 크루아제트와 사라 베르나르를 빠짐없는 권리를 가진 배우협회원으로 임명하며, 이는 단지 영국 공연 기간에 한정되는 것이 아니라, 영구적으로 유효하다는 것이었다. 모두가 제 의무를 다한 셈이었다. 페랭은 무척 감격하여 내게 두 팔을 내밀었다. 그는 내 몸을 끌어당기며 외쳤다.

"아! 요 예쁘고 말 안 듣는 조그만 생물 같으니!"

우리는 서로 얼싸안았고, 우리 사이에는 다시금 평화 조약이 체결되었다. 이 평화는 그리 오래가지 않았다. 페랭과 화해한 지 닷새 후의 일이다. 때는 저녁 9시 경이었다. 친구들과 함께 저녁 식사를 하고 있는데, 하인이 다가와 페랭이 찾아왔음을 알렸다. 나는 식사를 멈추고 일어나 그를 응접실로 맞이했다. 페랭은 내게 종이 한 장을 건넸다.

"읽어봐요."

나는 그가 건네준 영국 신문 「더 타임즈The Times」 지에 실린, 다음과 같은 단락을 읽었다. 아래는 당시 내가 읽었던 글의 번역문이다.

사라 베르나르 양이 희극, 속담 희극, 소희극 및 독백을 공연합니다. 대본은 모두 그녀를 위해 특별히 쓰인 대본이며, 그녀와 마찬가지로 코메디-프랑세즈 극단에 소속된 다른 배우도 한두 사람 더 출연합니다. 본 공연에는 따로 무대를 설치하지 않으며, 소도구도 없습니다. 본 공연은 파리에서와 마찬가지로 런던에서도 상류 사교 모임의 주간 혹은 야간 모임에 적합합니다. 공연의 상세사항과 가격 문의와 관련해서는 사라 베르나르 양의 매니저인 '여왕 폐하의 극장'의 재럿(Jarrett) 씨에게 연락주시기 바랍니다.

마지막 몇 줄을 읽으면서, 나는 런던행이 확정되었음을 안 재럿이 자기 '일'을 시작하며 광고를 냈다는 사실을 깨달았다.

나는 페랭과 솔직한 대화를 나누었다.

"제가 저녁시간을 활용해 돈을 벌겠다는 것을 대체 왜 반대하는 거죠? 일거리가 극장을 거치지 않고, 저한테 바로 들어와서 그런 거예요?"

"반대하는 건 제가 아니라 운영위원회예요."

"아! 세상에나!"

내가 소리쳤다. 그리고 나는 내 비서를 불러 말했다.

"들로네 씨에게서 온 편지를 꺼내 주세요. 어제 간직해두라고 줬던 거 있죠?"

"여기 있습니다."

비서는 그의 무수히 많은 주머니 중 하나로부터 들로네가 보낸 문제의 편지를 꺼내 주었다. 나는 페랭에게 그 편지를 읽게 했다.

괜찮다면, 6월 5일 목요일에 나와 함께 더들리 부인(Lady Dudley) 댁에서 「10월의 밤Nuit d'Octobre」의 낭송 공연을 하는 게 어떻습니까? 보수는 우리 두 사람 합쳐서 5천 프랑이랍니다. 우정을 보내며. - 들로 네[2].

"그 편지, 제가 가져가도 되겠습니까?"

심란한 표정이 된 페랭이 말했다.

"아뇨, 그건 안 됩니다. 하지만 들로네 선배님께 제가 그의 제안을 공개했다는 얘기는 하셔도 돼요."

그 후로 사나흘 동안은 파리 전체가 「타임즈」에 실린 문제의 광고 이야기로 떠들썩했다. 신문에서도, 사람들 사이의 사담에서도, 다들 온통 그 이야기뿐이었다. 당시의 프랑스인들은 아직 영국의 영향을 거의 받지 않고 있었으므로 영국인들의 관습이며 관례 따위를 전혀 몰랐었다.

나를 둘러싼 추문은 마침내 견디기 힘들 정도로 심각해졌다. 나는 페랭에게 어떻게든 이 논란을 멎게 해달라고 부탁하기에 이르렀다. 다음날인 5월 29일, 「르 나시오날Le National」지에는 다음과 같은 짧은 기사가 실리게 되었다.

별것도 아닌 일로 너무나 많은 소란이 일어나고 있다. 친한 동료들끼리의 대화에서, 우리 배우들 사이에는 이미 오래전부터 다음과 같은 것이 합의되어 있었다. 코메디-프랑세즈의 리허설 혹은 공연과 겹치지 않는다면, 자유 시간에 무슨 일을 하든 배우 각자의 재량이라는 것이다. 따라서 코메디-프랑세즈와 사라 베르나르 양 사이의 소위 '불화'에 관한 모든 소문은 결코 사실이 아니다. 해당 배우는 그저 그 누

2 루이-아르센 들로네(Louis-Arsène Delaunay, 1826-1903)는 코메디-프랑세즈 소속 배우이자, 사라 베르나르보다 25년 앞서 배우협회원이 된 고참이었다.

구도 그녀에게서 뺏어갈 수 없는 최소한의 권리를 누렸을 뿐이며, 그녀의 다른 동료들 또한 기회가 된다면 기꺼이 그녀와 같은 선택을 할 것이다. 코메디-프랑세즈의 지배인은 코메디-프랑세즈 배우 협회원들에게 다음과 같은 것을 요구할 뿐이다. 공식 공연이 아닌 공연에는 단체로 출연하지 말 것.

위의 기사는 코메디-프랑세즈 내부에서 유출한 글이었다. 그리고 운영위원회의 구성원들은 위의 기사를 구실로 자신들 역시 '살롱' 공연을 할 준비가 되어있다는 홍보를 하려 했다. 그들은 메이어 씨에게 이 기사를 보내며, 영국의 신문들에도 실어달라는 부탁했다고 한다. 메이어 씨 본인에게서 직접 들은 이야기다.

✠

모든 갈등은 해소되었다. 우리는 영국으로 떠나기 위한 준비를 했다.

코메디-프랑세즈 배우들의 영국행이 결정되기 이전까지 나는 바다를 횡단하는 여행을 해본 적이 없었다. 지금과는 달리, 당시의 프랑스인들은 외국 문물 따위 몰라도 된다는 경향이 아주 심했다.

나는 무척 두꺼운 외투를 입었다. 누군가 내게 바다를 건널 때는 한여름에도 무척 춥다고 말해주었기 때문이다. 그 말을 믿었다.

온갖 사람들이 내게 여행에 필요한 준비물들을 가져다주었다. 개중에는 뱃멀미를 진정시키기 위한 사탕이 있었고, 두통을 가라앉히기 위한 아편제, 등에 덧대는 고운 종이, 횡격막 부위에 조여 매는 약초 띠 따위도 있었다. 또한 내가 받은 선물 가운데는 신발 안에 집어넣는 방수 깔창도 있었다. 다른 무엇보다도 발이 시린 사태만큼은 피해야 했다.

아! 이 선물들은 하나같이 어찌나 기묘하고 재미있던지! 나는 그것들 모두를 챙겼고, 듣는 족족 '그런가 보다'하면서 모든 이들의 권고를 새겨들었다.

내가 받은 선물 가운데서도 가장 기이했던 것은 출항 5분 전에 배에 실린 가볍고 커다란 상자였다. 그것은 어느 키 큰 젊은이가 손수 날라온 상자였다. 현재 그는 저명인사 중 한 사람이고, 온갖 훈장의 소유자이자 온갖 명예를 누리는 사람이며, 어마어마한 갑부인 동시에 눈꼴 실 정도로 거들먹거리는 사람이다. 그런 그도 당시에는 일개 소심한 발명가에 지나지 않았다. 아직 젊고 음울하고 가난했던 그는 언제나 추상적인 문제들을 다루는 책에 고개를 파묻은 채, 인생에 대해서는 전혀 알지 못하는 젊은이에 불과했다.

당시 그는 나에 대한 어마어마한 동경을 가졌으며, 약간의 경외심마저 섞여 있었다. 내 가까운 친구들은 그에게 "크넬Quenelle"이란 별명을 붙였다. 그는 우유부단하고 이렇다 할 특색이 없는 키다리였는데, 그런 그의 모습은 꼭 볼로방(vol-au-vent)에 들어 있는 '크넬'같았다[3].

'크넬'이 내 쪽으로 다가왔다. 평소보다 더 생기 없는 얼굴이었다. 배가 약간 흔들렸다. 내가 떠나간다는 사실이 그를 두렵게 했다. 불어오는 바람이 그의 몸을 이리저리 흔들고 있었다. 그는 내게 비밀스러운 신호를 보내었다.

이미 놀릴 기분이 충만한 친구들을 뒤에 남겨둔 채, 나는 게라르 부인과 함께 크넬의 뒤를 따라갔다. 그는 자신이 가져온 상자를 열어,

---

3 볼로방(vol-au-vent)은 가운데가 움푹 파인 빵 안에 속을 채워 넣어 만드는 요리의 일종이며, '크넬'은 볼로방의 속으로 채워 넣곤 하는 계란형의 고기 완자를 말한다.

그 안에서 커다란 구명대 하나를 꺼냈다. 그가 직접 발명한 물건이었다. 나는 당황했다. 비록 나도 바다를 횡단하는 것은 처음이었다만, 아무리 그래도 불과 한 시간 사이에 배가 난파할 거라는 생각은 도무지 들지 않았다.

크넬은 침착한 손놀림으로 구명대를 펼쳐 들더니, 내게 조작법을 설명해준다며 직접 착용해 보였다. 실크 중절모와 모닝 코트 차림을 한 채 진지하고도 슬퍼 보이는 표정으로 이 장치를 착용한 그의 모습은 정말이지 세상에서 가장 미친 것처럼 보였다.

크넬의 구명대 둘레에는 달걀처럼 생긴 커다란 주머니가 열두 개 달려 있었다. 그중 열한 개의 주머니는 공기로 부풀려져 있었고, 그 안에는 각각 설탕이 한 조각씩 들어 있었다. 마지막 열두 번째 주머니 안에는 열 방울 정도의 브랜디가 담겨 있었다. 구명대의 한 가운데에는 작은 바늘꽂이가 달려 있었고, 그 위로 바늘들이 몇 개 꽂혀있었다.

크넬이 내게 설명을 시작했다.

"이제 당신이 물에 빠졌다고 생각해보세요, 어푸! 그러면 이런 상태가 될 거 아닙니까?"

그는 기마자세를 취한 뒤, 출렁이는 가상의 물결에 따라 상체를 위아래로 움직였다. 그의 두 팔은 보이지 않는 물살을 가르고 있었고, 가상의 수면 위로 내놓은 목은 거북이의 목처럼 뒤로 바짝 당겨 있었다.

"자 이제 물에 빠진 지 두 시간이 지났다고 해봅시다. 그럼 원기를 회복해야 할 거 아니에요? 그때 여기 바늘 하나를 집어서 공기주머니를 찌르는 겁니다. 이렇게요."

그는 실제로 공기주머니 하나를 찌르며 말을 이어갔다.

"그리고 안에 들어있는 설탕 조각을 하나 먹는 거예요. 그럼 고기 4분의 1조각을 먹은 것과 같은 열량을 취할 수 있거든요."

그리고 그는 배에 오르기도 전에 터뜨려버린 그 공기주머니를 떼어 버리고, 다시금 상자를 뒤져 새로운 주머니를 꺼내 구명대에 부착했다. 그는 이러한 시나리오를 사전에 예상했던 것이었다.

나는 당황스러움에 돌처럼 굳어버렸다. 친구 중 몇 사람이 우리 쪽으로 다가왔다. 그들은 '크넬'이 내게 정신 나간 고백을 할 것이라고 기대했는데, 크넬이 구명대 같은 걸 만들어 오리라고는 누구도 예상치 못했으리라.

우리 공연 기획자 중 한 사람인 메이어 씨는 이 장면이 웃기지도 않은 스캔들로 비화할 것을 염려하며 주변 군중을 내쳤다. 순간 화를 내야 할지, 혹은 웃음을 터뜨려야 할지 알 수 없었다. 결국 내 친구 중 한 사람이 크넬에게 쏘아붙인, 부당하고도 지독한 빈정거림이 이 가엾은 사내에 대한 나의 동정심을 일깨웠다. 내 머릿속에는 크넬이 이 우스꽝스러운 장치를 고안하고 조립하고 마침내 만들기까지의 과정이 그려졌다. 이 구명 장치를 만드는 내내, 그는 줄곧 나를 향한 애정 어린 염려를 품었을 터였다. 그렇게 생각하니 마음속에 감동이 일었다. 나는 가엾은 크넬에게 손을 뻗어주며 말했다.

"어서 가세요, 배가 곧 출발할 거예요!"

그는 내 우정 어린 손등에 입을 맞추고 떠나갔다.

집사를 불러 말했다.

"클로드, 부탁이 있어요. 더는 땅이 보이지 않을 정도로 배가 나아갔을 때, 이 상자와 안의 내용물을 모두 바다에 버려주실래요?"

배가 떠나갈 때, 부두에서는 "우라(hurrah)!", "잘 다녀오세요!", "성공하시길 바랍니다!", "행운을 빌어요!"라는 함성이 터져 나왔다. 모두의 손이 올라갔고, 손수건이 바람에 흩날렸고, 우리는 전송하러 나와 준 사람들을 향해 마구 손 키스를 날렸다.

정말로 아름다웠던 장면, 잊기 힘든 장면은 우리가 영국 포크스톤 (Folkestone) 항에 내릴 때의 장면이었다. 포크스톤 항에는 수천 명의 인파가 몰려 있었고, 거기서 처음으로 "사라 베르나르 만세!"라는 외침소리를 들었다. 소리가 난 방향으로 고개를 돌리자, 거기에는 창백한 얼굴의 젊은이가 서 있었다. 이상적인 '햄릿'의 얼굴을 가진 그 젊은이가 내게 치자꽃을 안겨 주었다. 훗날 나는 그가 실제로 의상을 갖춰 입고 햄릿을 연기하는 것을 경탄의 시선으로 바라보게 될 터였다. 그는 영국의 배우인 포브스 로버트슨[4]이었다.

우리는 좌우로 줄지어 선 꽃들의 행렬 사이로 나아갔다. 꽃을 쥔 이들의 손이 우리를 밀어대고 있었다. 나는 즉시 내가 동료배우들보다 한층 더 열띤 성원을 받고 있음을 깨달았다.

이 사실은 다소 거북하기도 했으나, 어쨌든 간에 기분 좋은 일이었다. 내 곁에서 걷고 있던, 나를 별로 좋아하지 않는 동료 한 사람은 빈정대는 말투로 말했다.

"곧 네게 꽃길을 깔아주는 사람도 나오겠구나."

"그 사람, 여기 있소이다!"

돌연 어느 젊은 사내가 외치며, 내 앞에 한 아름의 백합꽃을 던졌다. 나는 당황하여 걸음을 멈췄다. 감히 저 새하얀 꽃을 밟을 생각이 들지 않았다. 하지만 내 뒤의 군중들에게 떠밀리고 있었고, 그리하여 어쩔 수 없이 저 가엾은 백합을 밟아야만 했다.

"자, 다 같이 외칩시다. 만세! 만세! 만만세! 사라 베르나르 만세!"

내게 백합을 던진 젊은 사내가 정열적으로 외쳤다. 다른 이들보다

---

4 존스턴 포브스-로버트슨(Johnston Forbes-Robertson, 1853-1937)은 영국의 배우로, 빅토리아 시대 최고의 '햄릿' 배우로 꼽힌다.

키가 큰 탓에, 그는 군중들 사이에서도 유독 눈에 띄었다. 그의 두 눈은 반짝였고, 머리칼은 무척 길었으며, 분위기로 보아 꼭 독일인 대학생처럼 보였다. 그의 진짜 정체는 영국의 시인이었고, 그것도 이 세기의 가장 위대한 시인 중 하나였다. 재능 넘치는 시인이었던 그는, 아아! 훗날 광기에 사로잡혀 고통받다가 끝내 그 광증에 패배해 버린다. 그의 이름은 바로 오스카 와일드[5]이다.

환영 인파는 오스카 와일드의 선창에 따라 만세를 외치기 시작했다. 기차에 오르는 우리 등 뒤로는 계속해서 "만세! 만세! 만만세! 사라 베르나르 만세! 만세! 만세! 만만세! 프랑스 배우들 만세!"라는 외침이 들려왔다.

기차가 체어링 크로스(Charing Cross) 역에 도착한 것은 저녁 9시 경이었다. 예정보다 한 시간도 넘게 늦은 시각이었다.

흐린 날씨 탓에 다소 울적해졌다. 나는 우리가 런던에서도 열렬한 환영을 받을 거로 생각했기 때문에 다시금 만세 소리가 들려올 것에 대비했다. 역에는 많은 군중이 있었지만, 누구도 우리를 알아보지 못하는 것 같았다. 나는 기차에서 내리며, 거기 멋진 융단이 깔린 것을 보았다. 당연히 그것이 우리를 위한 것인 줄 알았으며 그 점을 조금도 의심하지 않았다, 포크스톤에서 받은 환대가 날 취하게 만든 것이었다.

사실 그 융단은 웨일스 공과 웨일스 공녀를 위해 깔린 것이었다. 두 사람은 바로 그날 파리로 갈 예정이었다!

융단이 우리를 위해서가 아니라 두 왕족을 위해 깔린 것이라는 사실을 알게 되자, 나는 기분이 나빠졌고, 개인적으로는 모욕감마저 느

---

5 오스카 와일드(Oscar Wilde, 1854-1900)는 아일랜드 출신의 시인, 극작가, 소설가이다. 대표작으로 『도리안 그레이의 초상』, 『살로메』 등이 있다. 말년에는 프랑스에서 생활했으며, 묘지 또한 프랑스의 페르 라셰즈 공동묘지에 있다.

껐다. 사람들은 내게 분명, 런던 전역이 코메디-프랑세즈를 맞이할 생각에 전율하고 있다고 했다. 그런데 실제로 런던에 도착해서 느낀바, 그들은 우리에게 별 관심이 없었다.

거리에는 많은 군중이 있었지만, 그들의 태도는 냉랭했다. 나는 메이어 씨에게 말을 걸었다.

"어째서 오늘 웨일스 공과 웨일스 공녀가 런던을 떠나는 거죠?"

"그거야, 두 분께서 파리로 가시기로 결정했기 때문이죠."

"제 말은, 그럼 두 분은 파리 방문이 처음이신 건가요?"

"아뇨, 웨일스 공께서는 파리에 계절 별장을 두고 계십니다. 거기에만 프랑을 지불하셨다고 들었습니다만, 앞으로는 코노트(Connaught) 공작이 쓰게 될 거라고 하는군요."

나는 절망했다. 이유는 알 수 없었지만, 아무튼 절망감이 들었다. 앞으로의 모든 일이 잘 풀리지 않을 것만 같은 기분이었다.

제복을 입은 하인 한 사람이 나를 마차로 안내했다.

나는 갑갑한 마음으로 런던을 가로질렀다. 모든 것이 어둡게 느껴졌다. 마차는 목적지인 체스터 스퀘어(Chester Square) 77번지의 집에 도착했다. 나는 내리고 싶지 않았다. 집의 문은 활짝 열려 있었고, 내게는 빛나는 현관이 보였다. 다종다양한 꽃들이 바구니에 담긴 형태로, 온갖 모양의 화환으로 세워져 있었다. 나는 마차에서 내려 앞으로 6주간 묵게 될 숙소 건물 안으로 들어갔다.

수많은 화환이 내게 손을 내밀었다.

하인에게 이렇게 물어보았다.

"화환을 보내준 이들의 엽서는 다 갖고 있죠?"

"네, 부인. 모두 모아 판 하나에 올려 두었습니다. 딱 하나를 제외하면, 전부 어제 파리에서 부인 친구분들이 보내주신 꽃들이거든요. 이곳 런던에서 보내어진 꽃다발은 이거 하나랍니다."

그리고 그는 내게 커다란 꽃다발을 건네주었다. 나는 거기 꽂혀있는 엽서를 빼내었다. 거기에는 이렇게 적혀 있었다.

"환영합니다!(Welcome!) - 헨리 어빙(Henri Irving)"

나는 숙소 안을 한 바퀴 둘러보았다. 음울한 공간이었다. 그래서 정원에 나가보고 싶었다. 그런데 정원에 나가자, 습한 기운이 내 몸을 꿰뚫는 듯했다. 나는 이를 딱딱거리며 집안으로 돌아왔고, 걱정스러운 마음으로 잠자리에 들었다. 내일은 불행한 일이 찾아들 것만 같았다.

다음날 내 하루는 기자들을 맞이하는 데 바쳐졌다. 나는 기자들을 모두 모아 한 번에 맞이하고 싶었으나, 제럿 씨가 반대했다.

제럿 씨는 정말이지 광고의 귀재였다. 그의 재능을 조금도 의심할 수가 없었다. 그는 내게 미국에서 활동해볼 생각이 없냐는 대단한 제안을 했었다. 그리고 첫 제안을 거절했음에도 불구하고, 그의 지성과 유쾌한 재치는 내게 깊은 인상을 남기는 데 성공했다. 이제 나는 영국이라는 이 새로운 땅의 가이드가 필요한 참이었다. 제럿은 내게 말했다.

"기자들을 모두 모아 한 번에 인터뷰하시겠다뇨, 그건 안 됩니다. 만약 그렇게 하면 기자들은 다들 화가 날 것이고, 나쁜 기사들을 쓰게 될 거예요. 기자들은 한 사람씩 한 사람씩 맞이해야 합니다."

그날 내게는 모두 서른일곱 명의 기자들이 찾아왔다. 제럿은 나를 봐주지 않았다. 나는 한 사람도 빠지는 일 없이 그 기자들의 인터뷰 요청에 차례로 응해야 했다.

제럿은 내 곁에 머무르면서, 내가 뭔가 멍청한 소리를 할 때마다 적절히 상황을 무마시켰다. 나는 영어가 무척 서툴렀고, 기자 중 일부 역시 프랑스어가 무척 서툴렀다. 제럿은 그러한 상황 속에서 내 답변에 대한 통역을 맡았다. 지금도 온전히 기억난다. 모든 기자들의 첫 질문은 다음과 같았다.

"사라 베르나르 씨, 런던에 대한 인상은 어떻습니까?"

전날 저녁 아홉 시에 런던에 도착했고, 첫 인터뷰에서 위의 질문이 나올 때는 아침 열 시였다. 그러니 내가 아는 런던이라고 해봐야 숙소가 위치한 체스터 스퀘어뿐이었고, 그나마도 아침에 일어나 창문 너머로 흘낏 본 풍경이 다였다. 칙칙한 녹지가 내다보이는 조그마한 사각의 창이었다. 풍경 중앙에는 시커먼 동상 하나가 서 있었고, 원경(遠景)은 추하게 생긴 교회 건물에 가로막혀 있었다. 나는 첫 질문부터 대답이 막혔다.

제럿은 이와 같은 사태를 사전에 예상했던 것 같다. 다음날 신문에는 런던에 대한 내 소회들이, 즉 나도 모르는 소회들이 실려 있었다. 런던의 아름다움에 대해 나는 무척 열광했다는 것 같다. 기사 속의 나는 이미 런던의 수많은 기념물을 둘러본 상태였고, 기타 등등, 기타 등등...

다섯 시 경에는, 매력적인 오르탕스 다맹(Hortense Damain)이 나를 찾아왔다. 그녀는 영국 사교계에서 무척 사랑받고 있는 배우였다. 오르탕스 다맹은 내게 *** 공작 부인과 R*** 부인이 다섯 시 반에 나를 방문할 거라는 사실을 알려주었다. 나는 그녀에게 부탁했다.

"아! 여기 나와 함께 있어 줘. 내가 얼마나 비사교적인 성격인지 잘 알잖아. 행여 내가 멍청한 짓을 하지나 않을까 두려워."

오르탕스가 말한 시각이 되자, 하인이 내게 두 부인의 방문을 알려주었다. 내가 영국의 귀족과 만나는 것은 이때가 처음이었다. 이날의 만남은 무척 매력적인 기억으로 남아 있다. R*** 부인은 그야말로 완벽한 미인이었으며, 공작부인께서는 우아하고 고상하고 친절한 분이었다. 그들의 방문은 내게 깊은 감동을 남겼다.

얼마 되지 않아, 더들리(Dudley) 경 또한 찾아왔다. 나는 그를 무척 잘 알고 있었다! 내 가장 가까운 친구 중 한 사람인 캉로베르 원수가 일전에 내게 소개해줬기 때문이었다. 더들리 경은 내게, 혹시 내일 아침에 승마하고 싶지는 않은지를 물어보았다. 그는 나를 위해 아름다운 부인용 말을 한 필 준비해두고 있었다. 나는 감사 인사를 했다. 그러나 우선 마차를 타고 로튼 로우(Rotten row)에 가보고 싶었다.

일곱 시에는 또다시 오르탕스 다맹이 찾아왔다. 그녀는 내게 *** 남작 부인 댁의 저녁 식사에 함께 참석하자고 했다. 남작 부인은 프린세스 게이트(Princess Gate)의 멋진 저택에 살고 있었다.

남작 부인의 저녁 식탁에는 참석자들이 스무 명가량 앉아 있었고, 그중에는 유명한 화가인 밀레이[6]도 포함되어 있었다. 사람들은 내게 영국 음식이 끔찍하다고 말했었다. 그런데 이날 저녁 식탁에 오른 음식들은 대단히 만족스러웠다. 사람들은 내게 영국인들은 냉혈한들이며 점잔 빼기 좋아하는 사람들이라고 말했는데, 이날 내가 만난 영국인들은 모두 매력적이고 유머 감각이 넘쳤다. 그들은 모두 불어가 대단히 유창했다. 영어에 대한 나의 무지가 부끄러워졌다.

저녁 식사 뒤에는, 음악과 시 낭송의 시간이 이어졌는데 시를 읊어보라고 요구하지 않은 집주인 내외의 배려와 재치에 대단히 감동했다.

나는 눈 앞에 펼쳐진 영국 사교계의 모습을 무척 흥미롭게 관찰했는데 프랑스 사교계의 모습과는 전혀 다른 것이었다. 영국 사교계의 젊은 여인들은 오롯이 자기 자신을 위한 즐거운 시간을 가지며 대단히 솔직한 마음가짐으로 임한다. 그녀들은 사교 모임에 남편감을 찾

---

6 존 에버렛 밀레이(John Everett Millais, 1829-1896)는 영국의 화가로, 대표작으로는 「오필리아Ophelia」가 있다.

으러 나오지 않는다.

나를 다소 놀라게 한 것은, 피부가 무척 쪼글쪼글해진 나이 든 부인들이 노출이 심한 옷을 입고 있는 모습이었다. 오르탕스 다맹과 대화를 나누며 나는 솔직한 내 인상을 전했다.

"끔찍하더구먼!"

그러자 그녀는 이렇게 답했다.

"그렇기야 하지, 하지만 '멋'있잖아!"

다맹, 그녀는 물론 매력적인 친구였다만, '멋(Chic)'에 대한 집착이 지나칠 정도로 심했다. 그녀는 내가 파리에서 출발하기 며칠 전에, 다음과 같은 멋의 '계명'들을 보내오기도 했다.

> 체스터 스퀘어, 그곳에 머무를 것.
> 로튼 로우, 거기서 승마를 즐길 것.
> 국회의사당, 그곳을 방문할 것.
> 가든-파티, 되도록 자주 참석할 것.
> 방문을 받으면, 반드시 답방을 갈 것.
> 편지를 받으면, 반드시 답장을 쓸 것.
> 사진을 받으면, 사인해서 돌려줄 것.
> 다맹 오르탕스가 말하면, 새겨들을 것.
> 또한 그녀의 모든 조언을 따를 것.

이 '계명'들을 읽고 웃음을 터뜨렸었다. 그런데 금세 나는 비록 형식은 우스꽝스러울지 몰라도 실제 그녀의 진심이 담겨 있다는 것을 깨달았다. 맙소사! 가엾은 친구는 상대를 잘못 고른 셈이었다. 나는 답방가는 것도, 편지를 쓰는 것도, 사진에 사인해주는 것도, 그리고 다른 이의 조언을 듣는 것도 좋아하지 않았다.

사람들이 내 집을 방문하는 것은 좋지만, 내가 다른 이의 집에 방문하는 것은 싫다. 그리고 편지들을 받고 읽고 논평하는 것은 좋아하지만, 내가 편지를 쓰는 것은 싫다. 또한 사람들이 많은 산책로를 싫어하며, 인적이 뜸한 길이나 사람이 드문 장소들을 좋아한다. 나는 조언을 주는 것은 좋아하지만, 조언을 받는 것은 싫다. 그리고 나는 설령 지혜로운 조언을 듣게 되더라도, 즉시 따르는 일이 없다. 어떤 조언이 정당하다는 것을 받아들이기 위해 내게는 의지의 힘이 필요하며, 그 조언에 감사하기 위해서는 지성의 힘이 필요하다. 조언을 들은 직후에는 그저 짜증이 날 뿐이다.

그리하여 오르탕스 다맹의 조언도, 제럿의 조언도 조금도 듣지 않았다. 그리고 이는 큰 잘못이었다. 그들의 조언을 듣지 않은 탓에, 나는 런던에서 수많은 이들의 불만을 샀으니 말이다. 프랑스였더라면, 그들은 불만을 표하는 정도가 아니라 내 새로운 적이 되었을 것이다.

생애 첫 런던 방문 동안, 나는 얼마나 많은 초대장들을 무시했던가! 내가 답례 방문을 가지 않은 매력적인 여인들은 또 얼마나 많았던가! 간다고 했던 저녁 식사 자리에 아무런 말도 없이 불참했던 것이 대체 몇 번인가! 내가 한 짓이지만, 참으로 끔찍하다.

어쨌든 초대를 받으면 언제나 즐거운 마음으로 수락하곤 한다. 이번에는 꼭 약속 시간을 지키리라 결심한다. 그런데 막상 약속 시간이 되면, 피로감에 사로잡히고 만다. 그순간에 몽상에 잠기고 싶어지고, 구속에서 벗어나고만 싶어진다. 그러다가 마침내 내 결심이 서면, 때는 이미 늦었다. 이젠 참석하기 힘들다는 연락을 보내기에도 너무 늦고, 뒤늦게 참석하기에도 너무 늦은 시간이 된다. 그렇게되면 불만스러워진다. 나 자신이 불만스럽고, 다른 이들이 불만스럽고, 모든 것이 다 불만스럽게 느껴진다.

Sarah Bernhardt
1871

27

게이어티 극장에서의 첫 공연

환대의 자질은 원시적인 흥과 고대인의 관대함을 갖추었을 때 드러나는 자질이다.

내 생각에 영국인들은 세계에서 가장 손님에게 호의적인 사람들이다. 그들이 손님을 대하는 태도에는 꾸밈이 없고, 대접에는 아낌이 없다. 영국인들은 한 번 자기 집 대문을 열어젖히면, 결코 그 문을 다시 닫지 않는다. 그들은 당신의 잘못을 용서하며 결점을 받아들인다. 내가 첫 영국 방문으로부터 25년이 지나는 동안, 줄곧 그들의 사랑과 아낌을 받는 배우로 남아 있을 수 있던 것은, 바로 이러한 영국인들의 통 큰 사고방식 덕분이다.

런던에서의 첫 번째 야회(夜會)는 황홀했다.

나는 영국사람처럼 변해서 즐거운 마음으로 숙소에 돌아왔다. 숙소에는 파리에서 나를 찾아온 친구들이 있었다. 이제 막 영국에 도착한 상태였던 그들은 무척 화를 내고 있었다. 영국에 대한 나의 열광은 그들의 화를 한층 더 돋우었다. 우리는 새벽 두 시까지 줄곧 말다툼을 벌였다.

다음날, 로튼 로우(Rotten row)에 갔다. 햇살이 쨍쨍한 날씨였다.

하이드 파크(Hyde Park) 전역은 커다란 꽃다발들로 덮여 있는 듯했다. 공원 관리인들에 의해 세심하게 조성된 멋진 화단들도 아름다웠지만, 그에 못지않게 산책하는 이들의 양산에 달린 색색의 장식 술들도 아름다웠다. 작은 양산들 아래에서는 꽃 장식을 매단 밝은 빛의 모자들이 볕을 피하고 있었고, 다시 이 모자들 아래에는 아가들과 여인들의 아름다운 얼굴들이 빛나고 있었다.

승마로에서는 우아한 순종마에 올라탄 여장부 백여 명이 넘이 나갈 정도의 쾌속으로 말을 달리고 있었다. 호리호리한 몸매의 그녀들은 날렵하고도 과감해 보였다. 승마로에는 또한 어린 아이들과 함께 체구가 큰 아일랜드 조랑말들을 몰고 있는 기수들도 보였다. 또 다른 아이들은 길고 덥수룩한 갈기를 가진 스코틀랜드 조랑말들을 몰고 있었다. 말들의 갈기와 아이들의 머리칼이 불어오는 바람에 흩날렸다.

승마로와 도보 산책로 사이에는 마차 전용 도로가 나 있었다. 마차 전용 도로 위로는 사냥개들이 실린 2륜 마차, 4륜 마차, 4두 마차, 2중 현가장치가 달린 고급 4륜 마차, 그리고 무척 우아한 2인승 마차 등 각종 마차들이 바퀴 자국을 남기고 있었다. 얼굴에 분을 바른 하인들, 혈색 좋은 말들, 운동선수와 같이 건강한 모습의 마부들이 보였고, 멋진 속보마들을 과감히 몰고 있는 부인들의 모습도 보였다.

이러한 광경에서 느껴지는 모든 우아함, 풍요로운 분위기, 그리고 삶의 기쁨은 내 눈앞에 불로뉴 숲의 기억을 환영처럼 되살렸다. 몇 년 전만 해도, 그러니까 나폴레옹 3세 폐하께서 4두 마차에 오르셔서 나른한 미소와 함께 숲을 가로지르시던 때만 해도, 불로뉴 숲은 무척이나 우아하고 생기 있는 숲이었다. 아! 우리들의 불로뉴 숲은 얼마나 아름다웠던가! 장교들은 아카시아 대로에서 아름다운 사교계 여인들의 시선을 받으며 이리저리 말머리를 돌리곤 했었다! 당시에는 불로뉴 숲 어딜 가도 삶의 기쁨이 넘쳐흘렀었다. 사랑에 대한 사랑이 인생을 끝없는 매력으로 감싸주었다! 나는 두 눈을 감고 회상에 잠기었다. 그러자 내 가슴은 1870년의 끔찍한 기억에 옥죄여 고통스러워졌다. 자상했던 황제 폐하, 그토록 고운 미소를 갖고 계시던 우리 황제 폐하께서는 이미 돌아가신 뒤였다. 그분은 적군에 패배했고, 운명에 배반당했으며, 끝내 고통에 쓰러지셨다.

전쟁이 끝나고, 프랑스에서는 다시금 치열한 삶이 시작되었다. 우아한 삶, 매력적인 삶, 풍요로운 삶은, 이미 관에 들어간 뒤였다. 전쟁은 우리 병사들을 베어 넘겼고, 우리들의 희망을 부쉈으며, 우리들의 영광을 짓밟았다. 그것이 불과 8년 전이었다.

8년 사이에 벌써 세 사람의 대통령이 배출되었었다. 소악당과도 같은 티에르, 사악한 부르주아의 영혼을 갖고 있던 이 초대 대통령은 제이빨로 루이-필립의 7월 왕정과 나폴레옹 3세의 제정, 그리고 프랑스 공화국의 행정력을 모두 갉아먹은 인물이다. 우리들의 소중한 파리가 그토록 무거운 폐허 아래 신음하고 있었는데도, 티에르는 파리를 부흥시킬 생각이 거의 없어 보였다. 티에르의 뒤를 이은 것은 막-마옹 원수였다. 그는 선량하고 용기 있는 인물이었지만, 무능했다. 원수의 뒤를 이어 취임한 것은 그레비(Grévy)였다. 수전노인 그레비는 모든 종류의 지출을 무익한 것으로 보고 있었다. 그는 자기 자신을 위한 지출을 아꼈고, 다른 이들을 위한 지출도 아꼈으며, 나아가 조국을 위한 지출 역시 아끼고 또 아낄 뿐이었다.

그렇게 파리는 계속해서 음울한 도시로 남아 있었다. 파리 코뮌이 불구덩이의 입맞춤으로 전염시킨, 나병과도 같은 악영향을 생생히 끌어안은 채 말이다.

우리들의 매력적인 불로뉴 숲은 여전히 임시정부가 남긴 상흔을 끌어안고 있었고, 아카시아 대로에는 여전히 인적이 드물었다.

눈물이 글썽글썽한 상태로 감았던 두 눈을 떴다. 그러자 눈물로 부연 시계에 다시금 눈부신 생기를 띤 하이드 파크의 정경이 들어왔다.

곧장 숙소로 돌아가고 싶었다. 그날 저녁에는 영국에서 첫 공연이 있었는데, 나는 기분이 영 좋지 않았으며 절망마저 느꼈다.

체스터 스퀘어의 숙소에는 나를 기다리던 몇몇 손님이 와 있었지만 그 누구도 만나고 싶지 않은 기분이었다. 그리하여 차 한 잔을 들고서는 곧바로 게이티 극장을 향했다. 코메디-프랑세즈가 처음으로 영국 관객들과 마주하게 될 장소였다.

나는 영국 관객들이 가장 큰 기대를 걸고 있는 배우가 나라는 사실을 이미 알고 있었다. 그러한 사실은 나를 공포로 얼어붙게 했다. 나는 사람들이 말하는 소위 '겁쟁이' 여자였다. 무대 위에 오르기 전에 나는 겁을 집어먹는다. 그것은 미칠 듯한 공포다.

내가 진정한 무대 공포증을 체험한 것은 1869년 1월이 처음이었다. 「행인」의 일곱 번째 공연, 아니 어쩌면 여덟 번째 공연 때였다. 이 짧은 걸작은 놀라운 성공을 거두었고, 내가 맡은 역인 '자네토Zanetto'의 연기로 대중을, 그중에서도 특히 대학생 관객들을 매료시켰다.

그날 내가 무대에 입장했을 때, 관객석에서 돌연 박수갈채가 쏟아졌다. 나는 황제 폐하의 전용 칸막이 좌석 쪽을 돌아보았다. 박수가 쏟아지는 것으로 보아, 황제 폐하께서 극장에 입실하셨다고 생각했다. 폐하의 좌석은 비어 있었다. 그제야 이 모든 박수갈채가 나를 향한 것임을 깨닫게 되었다. 나는 온몸이 덜덜 떨릴 정도로 긴장했다. 울고 싶은 마음이 간절해서 눈이 아릴 지경이었다.

이날 내 연기는 대호평을 받았다. 아가르 부인과 나는 연극이 끝난 뒤에도 다섯 번이나 무대 위로 불려 나왔다. 극장을 떠날 때, 내 좌우에는 대학생들이 도열했다. 그들은 박자를 맞추어 내게 박수갈채를 보냈다.

집으로 돌아와, 눈먼 할머니 품으로 뛰어들었다.

"아가, 무슨 일이니?"

"할머니, 저는 망했어요. 사람들이 저를 '별'로 만들려고 해요. 하지만 전 아직 그에 걸맞은 재능이 없는걸요. 이제 그들이 절 박수갈채로 때려눕힐 거예요."

그러자 할머니는 내 머리를 붙잡고, 그녀의 크고 맑은 눈동자를, 앞이 보이지 않는 공허한 눈동자를 내 얼굴에 맞추었다.

"얘야, 언젠가 네 입으로 네 직업에서 최고가 될 거라고 말하지 않았니? 그런데 막상 기회가 찾아오니까 겁을 내? 넌 꼭 겁쟁이 병사 같구나!"

나는 그녀의 말에 눈물을 거두고, 내게 닥친 성공을 버틸 것을 다짐했다. 내 마음의 평화와 무사태평함과 "아무래도 좋아"라는 태도에 시비를 걸려고 하는 '성공'이란 것을 말이다. 공포가 나를 사로잡은 것도 이때부터였다. 무대에 오르기 전의 공포는 이때부터 나를 지독하게 괴롭혔다.

그러한 공포 속에서, 「페드르」의 2막 무대에 오를 준비[1]를 했다. 영국인 관객들 앞에 서는 것은 이때가 처음이었다. 나는 내 뺨의 붉은 연지와 눈가의 검은 마스카라를 세 번이나 고쳤다. 스펀지로 분장을 몽땅 지우는 단호한 행태를 세 번이나 반복했다. 거울 앞의 나는 못나 보였다. 평소보다 더 말라보였고, 왠지 평소보다 키도 더 작아 보였다.

─────────────

1 『페드르』에서 '페드르'는 실은 1막 2장에 처음으로 등장한다.

눈을 감고 내 목소리를 점검했다. 나는 "르 발(le bal, 무도회)"이란 말로 목청을 다듬고는 했다. 평소 무대에 오르기 전에, 그 단어의 '아' 발음을 연 채 낮은 목소리로 "르 바아아아알"이라 발음했고, 혹은 '아' 발음을 닫은 채 '알' 발음을 늘려 "르 발랄랄랄랄"을 발음하곤 했다. 한데 이날은, 아! 이를 어쩨! 낮은 목소리로도, 높은 목소리로도 적확한 "르 발"을 내뱉을 수가 없었다! 저음의 목소리는 쉰 것처럼 들렸고, 고음의 목소리는 불명료하게 느껴졌다. 나는 분함을 참지 못하고 울기 시작했다.

공연 관계자가 찾아와 「페드르」의 2막이 곧 시작됨을 알려주었다. 순간 미칠 것만 같은 상태가 되었다. 나는 아직 내 무대 의상인 베일을 쓰지 않은 상태였고, 반지들도 끼지 않은 상태였으며, 카메오 장식이 박힌 허리띠도 매지 않은 상태였다. 그리하여 곧 무대에서 내뱉어야 하는 대사를 중얼거렸다.

여기 그가 있구나. 온몸의 피가 심장을 향해 몰리는 듯하다.
나는 잊게 된다, 그의 모습을 보고 있으면.

이 "나는 잊게 된다"는 말이 내 머리를 강타했다. 혹시나 무대 위에서 대사를 잊으면 어떡하지?

그래... 대사가 뭐였더라? 기억이 안 나... 더는 기억이 안 난다고... "그의 모습을 보고 있으면..." 다음에 나오는 대사가 뭐였더라? 누구도 내게 답을 주지 않았다. 신경질이 난 내 모습이 주변 사람들 모두를 겁먹게 했다. 고가 이렇게 중얼거리는 것을 들었다.

"쟤 봐, 미쳤구먼!"

그때였다. 극 중 내 늙은 유모인 '외논'을 연기하는 테나르(Thénard)

양이 말을 걸어왔다.

"진정해요, 언니. 모든 영국인들은 파리로 떠났답니다. 지금 극장 안에는 순 벨기에인들뿐이에요!"

이 터무니없이 웃긴 말은 내 불안한 정신을 돌려놓았다.

"멍청한 소릴! 내가 브뤼셀 공연에서 얼마나 마음 졸였는지 몰라서 그래?"

"아니까 하는 말이에요."

그녀는 새침하게 말을 이어갔다.

"그날 브뤼셀 공연에는 순 영국인들뿐이었거든요."

이젠 정말 무대에 오를 때였다. 나는 그녀의 말에 대꾸할 시간이 없었다. 어쨌든 그녀의 말은 내 생각의 흐름을 바꿔놓았다.

나는 여전히 긴장하고 있었지만, 몸을 마비시키는 성격의 긴장이 아니라, 흥분되는 긴장이었다. 그러한 긴장은 오히려 도움이 되는 긴장이다. 그럴 때 내 연기는 다소 지나칠 수 있지만, 아무것도 못 하는 것보다야 나을 것이다.

무대 위에 올라서자, 관객들 모두가 짧은 박수갈채를 보내어왔다. 그들에게 허리 숙여 인사하며 속으로 이런 생각을 했다.

'그래, 그래. 당신들에게 곧 나의 진수를 보여주리라. 내 피, 나의 인생, 내 영혼을 모두 당신들에게 내어주겠어.'

그리고 연기를 시작했다. 자기 절제를 잊은 나는 첫 발성을 지나치게 높게 잡고 말았다. 그런데 일단 시작된 이상, 높아진 목소리를 낮추는 것은 불가능했다. 연기는 시작되었다. 더는 무엇도 나를 멈출 수가 없었다.

무대 위에서 고통받았고, 울었고, 애원했고, 소리 질렀다. 이 모든 연기에는 진심이 담겨 있었다. 고통은 끔찍했고, 눈에서는 불타는 듯한 쓰라린 눈물이 쏟아졌다. 나는 '이폴리트'를 향해 파멸적인 사랑을 애원했고, 무네-쉴리(이폴리트 역)를 향해 내뻗은 두 팔은 이폴리트를 끌어안고 싶다는 끔찍한 욕망에 뒤틀린 페드르의 팔 그 자체였다. 연극의 신이 내게 지핀 것이었다.

종막이 내려갔을 때, 탈진해서 움직일 수가 없었다. 나를 일으켜 세워 대기실로 데려간 것은 무네-쉴리였다.

이러한 사정을 알지 못하는 관객들은 내가 다시 무대로 나와 인사를 해주길 원했다. 물론 나 역시도 그들의 집중과 호의와 감동에는 감사를 표하고 싶었다. 나는 다시금 무대로 돌아와 인사를 했다.

아래는 존 머레이(John Murray)가 1879년 6월 5일, 「르 골루아Le Gaulois」지에 실은 기사의 일부다.

성대한 환호가 쏟아지자, 베르나르 양이 다시금 무대에 모습을 드러내었다. 열연으로 탈진한 그녀는 무네-쉴리의 부축을 받고 있었다. 그런 그녀에게 관객들이 보낸 갈채는, 내 생각에 영국의 연극사에 있어서 전무후무한 갈채가 아니었나 싶다.

다음날 「데일리 텔레그래프Daily Telegraph」지에 실린 멋진 감상평은 다음과 같은 문단으로 끝나고 있었다.

사라 베르나르 양이 전심전력을 다해 연기를 펼쳤음에는 이론의 여지가 없으며, 관객들의 흥분이 커갈수록 그녀의 연기 또한 정열을 더해 갔다. 관객들은 무대가 끝난 뒤에도 배우들을 향한 박수를 이어가지 않을 수 없었다. 그리고 배우 인사를 위해 다시 막이 올라가자, 탈진한 베르나르 양은 무네-쉴리 씨의 부축을 받으며 나타났다. 그녀가 연극을 성공시키기 위해 바친, 실로 어마어마한 노고를 생각하면, 관객들의 박수갈채가 다소 짧지는 않았나 하는 생각도 든다.

「스탠다드」지에 실린 기사의 결론은 다음과 같다.

억눌려 있다가 끝내 굴레를 부수고 폭발하고 만 정열, 그리고 심장이
부서지는 절망에 빠진 여인이 '이폴리트' 앞에 모습을 드러낸다. 무대
위 '페드르'의 모습은 무척이나 생생했다. 막이 내려간 뒤, 관객들의
박수갈채는 좀처럼 보기 힘들 정도로 뜨거웠다. 사라 베르나르 양은
무대에 오른 지 단 몇 분 만에(또한 그녀의 등장 시점은 한창 다른 이
의 비극이 밝혀지던 와중이었음을 기억해두자) 그 자리에 참석해 있
던 모든 이들에게 쉽사리 잊히지 않을 인상을 남겼다.

이날 런던에서의 첫 공연은 내 미래에 있어 결정적이었다.

28

런던에서의 공연

영국 관객들을 정복하고 말겠다는 강렬한 욕망 탓에 무리를 하고 말았다. 나는 첫날 저녁 공연에 내 모든 기력을 바친 셈이었다. 결국 몸 관리에 소홀했던 나는 그날 밤 심한 각혈을 하게 되었다. 내 편의를 돌봐주던 이는 밤중에 프랑스 대사관으로 달려가 의사를 불러왔다.

뱅트라(Vintras)라는 이름의 의사가 침대에 누워있는 나를 찾아왔다. 그는 런던 소재 프랑스인 병원의 원장이었다. 내 얼굴에는 핏기가 가셔 있었고, 마치 죽은 사람처럼 보였다. 내 모습을 보고 놀란 뱅트라 씨는 곁에 있던 이에게 내 가족들을 불러오라고 말했다. 나는 그럴 필요가 없다는 뜻으로 손을 내저었다. 그는 차마 입을 떼지도 못할 정도로 아픈 내 손에 연필을 쥐여주었다. 나는 이렇게 적었다.

"파로 선생님께 전보를 보내주세요."

뱅트라는 몇 시간 동안 내 곁에 머무르며 잘게 간 얼음을 5분마다 입에 넣어주었다. 마침내 새벽 다섯 시 경이 되자, 각혈이 멈췄고 나는 잠들 수 있었다. 뱅트라 씨의 약 덕분이었다.

그날 저녁에는 게이티 극장에서 「이국 여인」을 공연할 예정이었다. 내가 맡은 역할은 그리 피로한 역이 아니었으므로, 어떻게든 공연에 참석하기를 원했다. 그러나 파로 선생님은 그러한 생각에 단호히 반대했다. 그는 4시간 동안 배를 타고 나를 찾아왔다. 파로 선생님은 아주 오래전부터 내 주치의를 맡고 계신 분이었다. 그래도 몸이 한결 나아진 기분이었다. 머리의 열도 내린 상태였다. 나는 침대에서 몸을 일으키고 싶었지만, 파로 선생님은 그에 반대했다.

하인이 내게 뱅트라 선생님과 메이어 씨의 방문을 알렸다. 메이어 씨는 코메디-프랑세즈의 영국 공연 기획자였다. 또한 게이티 극장의 지배인인 홀링스헤드 씨는 그날 저녁 내 출연 여부를 알기 위해 마차에서 대기하고 있었다. 「이국 여인」의 광고에는 어쨌든 나의 출연이 명시되어 있었다.

나는 파로 선생님께 응접실로 가서 뱅트라 선생님을 만나 보라는 권유를 했다. 그리고 하인에게 일러 메이어 씨를 내 방에 들이도록 했다. 그리고 메이어 씨에게 매우 빠르게 말했다.

"이제 몸이 좀 나아진 것 같아요. 아직 무척 힘이 없긴 하지만, 그래도 공연은 하겠어요. 쉿! 아직 아무 말씀도 하지 마세요, 홀링스헤드 씨에게 제가 오늘 저녁 출연할 수 있음을 전해주시고, 흡연실에서 저를 기다려주세요. 제가 이런 말을 했다는 건 다른 누구에게도 알리지 마시고요."

나는 침대에서 일어나, 하녀의 도움을 받으며 순식간에 옷을 갈아입었다. 내 계획을 눈치챈 그녀는 무척이나 신이 난 모습이었다.

외투를 걸치고, 레이스로 된 두건을 쓴 뒤, 흡연실로 가서 메이어 씨와 합류했다. 그리고 그가 끌고 온 2인승 마차에 올랐다. 그리고 하녀에게 속삭였다.

"한 시간 뒤에 저를 찾으러 와주세요."

얼빠진 표정의 메이어가 내게 말했다.

"어디로 가려고요?"

"극장으로요! 자, 빨리, 빨리 갑시다!"

마차가 출발했고 메이어에게 어째서 내가 그와 서둘러 숙소를 떠나고자 했는지를 설명했다. 이유는 간단했다. 만약 내가 숙소에 더 남아 있었다면, 파로는 물론 뱅트라 역시 나를 붙잡고 만류했을 터였다. 나는 또한 이런 말을 덧붙였다. "이제 주사위는 던져졌어요. 무슨 일이 일어날지는, 곧 보게 되겠지요."

극장에 도착한 뒤, 파로 선생님의 분노를 피하려고 극장 지배인실에 숨어있었다. 나는 그를 무척 좋아했다. 그는 내 연락을 받자마자, 너무나 관대하게도 먼 영국까지 왕진을 와준 이였다. 나는 그러한 의사 선생님께 어느 정도로 큰 잘못을 저지르고 있는지도 아주 잘 알고 있었다. 그러나 도무지 그를 납득시킬 자신이 없었다. 내 몸 상태가 정말로 괜찮아졌다는 것도 납득시키기 힘들 듯했고, 이번 일로 위험해질 수 있는 것은 다만 '내' 목숨이요, 따라서 다른 누구도 아닌 나 자신의 소유물이라는 사실을 이해시키기도 힘들 것 같았다.

30분 뒤, 내 하녀가 파로 선생님의 편지를 들고 찾아왔다. 자상한 비난과 분노에 찬 조언으로 가득 찬 편지였다. 편지의 끝에는 만약 내 증상이 재발할 경우를 대비한 처방전이 적혀 있었다. 파로 선생님은 그로부터 한 시간 뒤 배를 타고 프랑스로 귀환했다. 그는 내 손을 붙잡고 작별 인사를 하고 싶지 않았던 것이다. 그래도 나는 프랑스로 돌아가면 그와 화해할 수 있을 거라고 확신했다.

그리하여 「이국 여인」의 공연 준비에 들어갔다. 무대 의상을 입는 동안 세 번이나 정신을 잃었다. 그래도 나는 공연에 임하고 싶었다.

사람들은 내 물약에 아편을 타 주었고, 그리하여 내 머리는 다소 무거워졌다. 그리하여 멍한 정신으로 무대에 올랐다. 박수갈채가 나를 맞이해주어 기분이 좋았다. 마치 꿈속을 걷는 기분으로 걸었다. 주변의 어떤 것도 또렷이 구분되지 않는 상태였다. 온 극장이 빛나는 안개에 감싸인 것처럼 보였다. 두 발은 생기 없이 융단 위로 미끄러졌고, 내 목소리가 먼 곳에서, 아주 먼 곳에서 들려오는 것처럼 느껴졌다. 서서히 감미로운 감각의 물결 속에 빠져 들었다. 꼭 클로로포름이나 모르핀, 아편이나 하시시를 했을 때와 마찬가지로 말이다.

1막 공연은 깔끔하게 진행되었다. 사건은 3막에서 터졌다. 해당 장면은 '클라크슨 부인'(나)이 '세트몽 공작 부인'(크루아제트)에게 자신이 살면서 겪은 모든 불행을 털어놓는 장면이었다. 그 구구절절한 사연을 막 읊기 시작하려던 때에, 대사가 전혀 기억나지 않았다. 크루아제트가 넌지시 내게 대사를 불러주었지만, 내 눈에는 그녀의 입술이 오물거리는 것이 보일 뿐 아무 말도 들리지 않았다. 나는 침착하게 다음 대사를 읊었다.

"부인, 제가 오늘 당신을 부른 것은 당신께 그간의 제 행동의 이유를 밝히기 위해서였습니다. 그런데 잘 생각해보니, 오늘은 날이 아닌 것 같군요."

소피 크루아제트가 경악한 표정으로 나를 바라보며 자리에서 일어났다. 그녀는 입술을 바르르 떨며 무대에서 퇴장했다. 시선은 계속해서 내게 맞춘 채였다. 소피 크루아제트는 거의 숨도 쉬지 못하는 상태로 무대 뒤의 의자에 주저앉았다. 그런 그녀의 모습을 본 동료는 그녀에게 물어보았다.

"무슨 일이에요?"

그녀는 이렇게 답했다.

"사라가 미쳤어요! 사라가 미쳤다고요! 걔, 저랑 대화하는 장면을 몽땅 잘라 먹었어요!"

"뭐라고요?"

"사라가 200줄을 잘라 먹었다구요!"

"아니, 어째서요?"

"저도 모르겠어요. 하지만 막상 사라는 무척 침착한 분위기였어요."

위의 대화는 내가 나중에 전해 들은 것이다. 아주 짧은 시간 내에 오간 대화라고 한다.

어쨌든 사정을 전해 들은 코클랭은 무대에 올라 해당 막을 마무리 지었다.

3막이 내려갔다. 나는 내 실수에 관한 이야기를 듣고 당황과 절망에 빠져들었다.

사실 나는 실수를 전혀 눈치채지 못하고 있었고, 평소대로 내 모든 역할을 소화했다고 느끼고 있던 참이었다. 나는 실로 짙은 아편 기운에 절어 있었다. 5막에서는 내 대사가 거의 없다시피 했다. 그리하여 나도 5막은 무사히 마무리 지을 수 있었다.

다음날 나온 공연 리뷰 기사 및 비평 기사들은 배우들의 연기에 대해 극찬을 보내주었다. 다만 작품 자체의 예술성에 관해서는 논란이 일었다. 나는 잠시 「이국 여인」에 대한 영국 언론의 가혹한 태도가 3막의 길고 긴 대화 장면을 본의 아니게 삭제한 내 실수와 관계된 것은 아닐까 하는 두려움에 떨었다. 그러나 내 실수는 작품의 예술성 논란과 무관했다. 비평가들은 다들 「이국 여인」의 극본을 읽고 또 읽어본 뒤에, 원본의 내용을 갖고 논의하고 있었다. 아무도 내가 대사를 망각했다는 것을 지적하지는 않았다. 딱 한 군데, 당시 내게 무척 악감정을 품고 있던 신문인 「르 피가로」지만이 다음과 같은 기사로 내 실수를 지적했다.

「피가로」, 6월 3일. 「이국 여인」은 영국 관객들의 취향에는 맞지 않았다. 그러나 크루아제트 양은 관객들로부터 열렬한 박수갈채를 받았다. 코클랭과 페브르 역시 박수갈채를 받았다. 하지만 언제나 신경질적인 사라 베르나르 양은 대사를 까먹고 말았다.

문제의 기사를 쓴 우리 '선량한' 존슨(Johnson) 씨는 내가 무척 아팠다는 것을 아주 잘 알고 있었다. 그는 내 집에도 왔고, 파로 선생님도 만나 보았으며, 내가 주치의인 그의 반대에도 불구하고 코메디-프랑세즈의 흥행 성공을 위해 무리해서 연기를 했다는 사실 또한 아주 잘 알고 있었다. 그런데도 존슨은 저런 기사를 낸 것이었다. 다행히 영국의 관객들은 내게 깊은 연민을 표해 주었다. 내게 쏟아지는 그들의 연민에 코메디-프랑세즈 관계자들의 마음이 다 찡해질 정도였다. 더구나 「피가로」 지는 코메디-프랑세즈의 기관지였다. 「피가로」 측은 존슨에게 나에 대한 그의 '찬사'를 절제해달라고 요청했다. 그리하여 남은 런던 체류 기간에는 그는 나에 대한 험담을 자제하게 되었다.

내가 굳이 그 자체로 어떤 중요성도 없는 이 자잘한 망각 사건을 언급한 것은 극작가들이 자기가 창조한 인물들의 '설명'에 집착하는 것이 어느 정도로 잘못된 것인지 보여주기 위함이다. 알렉상드르 뒤마는 분명 '클라크슨 부인'의 기묘한 행태를 설명하기 위해 공을 들였다. 그는 행동 속에서 펄펄 살아 움직이는, 흥미로운 하나의 인물을 창조했다. 그리고 이 '클라크슨 부인'이란 인물의 성격은, 그녀가 '세트몽 부인'에게 던지는 다음 몇 줄의 대사를 통해 이미 1막부터 관객 앞에 적나라하게 드러나고 있다.

"부인, 다음에 절 방문해 주신다면 무척 기쁘겠어요. 그럼 우리는 우리들의 친구인 제라르 씨에 관한 이야기를 나눌 수 있을 겁니다. 당신이 사랑하는 만큼, 저도 사랑하는 이 말이에요. 아마 그는 당신을 좋아하는 만큼, 저를 좋아하지는 않는 것 같긴 합니다만."

관객들은 이 대사만으로도 충분히 두 여인에게 흥미를 갖게 된다. 극이 그리고자 하는 것은 선과 악의 영원한 다툼, 미덕과 악덕의 영원한 전투다. 그런데 뒤마의 눈에는 이런 구도가 다소 부르주아적이고 낡은 것으로 여겨졌나 보다. 그는 파이프 오르간과 밴조를 오케스트라에 함께 기용하여 낡은 주제를 혁신하려 했다. 그러나 그가 성취한 것은 끔찍한 불협화음이다. 그는 어쩌면 아름답게 될 수도 있었을 작품을 경박한 것으로 만들어버렸다. 낡은 주제들을 혁신하는 데는 그의 신선한 문체와 올바른 사상, 그리고 거침없는 성정만으로도 충분했을 텐데 말이다. 게다가 이 '낡은 주제들'이란 것도 실은 여전히 모든 비극들과 희극들, 소설, 회화, 시, 풍자의 기반이다. 그것은 '선'과 '악' 사이의 선택이란 주제다.

그날 「이국 여인」의 공연을 본 관객 중에서는 프랑스인들 또한 영국인들 못지않게 많았다. 국적을 불문하고, 이들 중 그 누구도 "뭔가가 빠졌어. 저 클라크슨 부인이란 인물이 잘 이해되지 않는단 말이지."라는 생각을 한 사람은 없었다. 나는 공연을 본 이들 중 무척 박식한 어느 프랑스인 관객에게 물어보았다.

"혹시 3막에서 뭔가 허전한 느낌을 받지는 않으셨어요?"

"아뇨."

"크루아제트와 제가 길게 이야기 나누던 장면 말이에요."

"아뇨, 그런 느낌은 없었는걸요."

"좋습니다. 그럼 제가 빠트린 부분을 한 번 읽어보세요."

그에게 내가 빠트린 부분의 대본을 넘겨주었다. 그는 해당 부분을 읽은 뒤에 외쳤다.

"없는 게 훨씬 낫네요! 끔찍하게 지루하고, 쓸데없는 부분이에요. 이 모호하고 기괴한 부분이 없더라도, '클라크슨 부인'의 성격을 이해하는 데는 전혀 지장이 없습니다."

나는 나중에 작가인 뒤마 피스를 만나 그의 극본의 일부를 잘라 먹은 것을 사과하기도 했다. 그러자 그는 내게 화답했다.

"아! 친애하는 사라, 제가 작품을 하나 썼을 때, 저는 그게 좋다고 생각한답니다. 그리고 무대 위에 올려진 것을 볼 때면, 그게 멍청하다는 생각이 들지요. 그리고 극을 본 누군가가 제게 다시 이야기해 줄 때면, 나는 그 이야기가 완벽하다고 느껴진답니다. 말하는 이가 이미 내용의 절반 정도는 잊어버렸기 때문이지요."

✠

코메디-프랑세즈의 흥행은 계속되었다. 게이티 극장에는 꾸준히 사람들이 몰려들었고, 나는 계속해서 그들이 가장 좋아하는 여배우 지위를 유지했다. 거만을 떨 생각은 없지만, 이러한 점을 여기 언급할 수 있다는 것이 자랑스럽다.

내가 거둔 성공에 무척 행복했고, 감사한 기분이었다. 동료 배우들은 나의 성공에 원한 어린 질투를 품고 있었다. 그리고 전쟁이 시작되었다. 음흉하고 음험한 전쟁이.

내 자문역 겸 대리인이었던 제럿 씨는 런던으로 출발하기 전 다음과 같은 확언을 준 바가 있다. 조각이든 그림이든, 런던에서 내 몇몇 작품들을 팔 수 있으리란 확언이었다. 그래서 파리에서부터 여섯 개의 조각상과 열 개의 그림을 싸 왔고 피카딜리(Piccadilly)에서 전시회를 열었다.

거의 백여 명 정도 되는 사람들에게 전시회 초대장을 보냈다. 웨일스 공작 전하께서는 웨일스 공녀 전하와 함께 전시회를 방문하시겠다는 답장을 보내왔다. 전시회에 참석한 것은 그들 둘뿐만이 아니었다. 전시 첫날, 모든 영국의 고위 귀족들과 모든 런던의 명사들이 내 전시회를 찾아주었다. 내가 보낸 초대장은 100장이었는데, 전시회를 찾은 이들은 1200명에 달했다. 나는 뛸 듯이 기뻤고, 미칠 듯이 즐거워했다.

이 전시회를 통해 글래드스턴[1] 씨와 10분 넘게 대화를 나누는 영광을 누렸다. 이 천재적인 두뇌의 소유자는 모든 주제에 대해 독특한 매력을 풍기며 대화할 수 있었다. 그는 내게 일부 종교인들이 우리 코메디-프랑세즈에 대해, 그리고 '저주받을' 직업인 연극배우에 대해 가한 비판에 대해 어떻게 생각하냐고 질문했다.

나는 우리의 연극 예술은 가톨릭 사제 혹은 개신교 목사들의 설교만큼이나 도덕성 함양에 도움이 될 수 있다고 답했다.

"하지만 그렇다면, 베르나르 양, 우리가 「페드르」에서 끌어낼 수 있는 도덕적인 교훈은 대체 뭘까요?"

그가 내게 설명을 요구하자, 나는 답했다.

"아! 글래드스턴 씨, 저를 살짝 놀라게 하시는군요. 「페드르」는 아주 오래된 비극이기에 도덕적인 관점도, 도덕성도, 우리 시대의 것과는 다르답니다. 여기서 도덕적인 교훈을 끌어내자면, 늙은 유모 외논이 처벌을 받는 장면에서 끌어낼 수 있겠지요. 무고한 이를 고발하는 끔찍한 죄를 저지른 인물이 처벌받는 장면 말입니다. 그리고 페드르

---

1 윌리엄 이워트 글래드스턴(William Ewart Gladstone, 1809-1898)은 네 차례에 걸쳐 영국 수상을 지낸 유력 정치인이었다.

의 사랑, 그 사랑은 그녀의 가족을 짓누르고 있으며, 그녀 위로 가차 없이 달려드는 '숙명'에 의해 변호받을 수 있습니다. 오늘날의 관점에서 보면, 이 숙명적인 불운을 '유전'이라 부를 수도 있겠지요. 페드르는 미노스와 파지파에의 딸이니까 말이에요. 또한 테제(Thésée)에 대해서는 항소 여지 없는 판결을 내린 행동, 그 자의적이고도 괴물 같은 행동이 처벌받는 것에서 교훈을 얻을 수 있겠군요. 그는 자기 인생의 유일한 희망이자 마지막 희망이었던 이의 죽음으로, 그토록 사랑했던 아들의 죽음으로 처벌받으니 말입니다. 되돌릴 수 없는 사태는 결코 초래해서는 안 된다는 교훈인 거죠!"

그러자 이 위인은 진지한 태도로 말을 이었다.

"아! 그럼 당신은 사형 제도에 반대하시는 건가요?"

"네, 글래드스턴 씨."

"참으로 일리 있는 말입니다, 베르나르 양."

이때 프레데릭 레이턴[2] 씨가 우리 대화에 끼어들었다. 그는 무척이나 호의적인 태도로 종려나무 가지를 안고 있는 어린 소녀를 그린 내 그림을 칭찬해주었다. 이 그림은 레오폴드 공에게 팔렸다.

내 작은 전시회는 대성공을 거두었다. 이때까지만 해도 이 일이 그토록 많은 험담의 구실이 될 줄 몰랐으며, 그토록 많은 비겁한 공격의 구실이 될 줄도 몰랐고, 또한 코메디-프랑세즈와 나 사이의 관계가 단절되는 데 결정적인 원인이 되리라고는 꿈에도 생각지 못했다. 나는 나 스스로 화가입네 조각가입네 하고 으스댈 생각이 전혀 없었다. 내가 작품들을 전시한 것은, 팔기 위해서였다. 나는 당시 두 마리의 새끼 사자들이 갖고 싶어 눈독을 들이고 있었는데, 돈이 부족했다. 그리

---

2 프레데릭 레이턴(Frederic Leighton, 1830-1896)은 영국의 화가, 조각가이다.

하여 그림들을 가치에 걸맞는 값에, 다시 말해 무척 싼 값에 팔았다.

H…라는 이름의 어느 영국 부인이 내 군상 작품 「폭풍우가 지난 뒤」를 사주었다. 이 군상은 같은 제목의 거대 군상을 축소한 물건이었다. 2년 전 내가 파리 전람회에 출품하여 가작을 받았던 그 군상 말이다. 나는 이 작은 군상을 4천 프랑에 팔고자 했다. 그런데 H…부인은 내게 만 프랑의 대금을 보내어왔고, 대금과 함께 무척 자상한 편지를 보내주었다. 감히 이 자리에 옮겨 적어본다.

> …부인, 당신의 멋진 군상 「폭풍우가 지난 뒤」의 대금으로 부디 이 400리브르를 받아주시기를 바랍니다. 또한 괜찮으시다면 저희 집에서 점심 식사를 함께 갖는 영광을 누리고 싶군요. 점심 식사 뒤에는, 당신께서 직접 군상을 둘 장소를 골라주시기를 바랍니다. 당신의 작품이 가장 빛날 수 있는 장소를 직접 골라주셨으면 하네요…
>
> 에뗄 H…

화요일 저녁에 「자이르」를 공연했다. 그리고 수요일에서 금요일까지는 공연이 없었다. 내게는 사자들을 사기에 충분한 돈이 마련되었다. 코메디-프랑세즈에 아무 통보도 하지 않은 채, 리버풀로 떠났는데 리버풀에 「크로스 동물원(Cross' Zoo)」라는 이름의 커다란 동물원이 있다는 것을 알고 있었다. 그곳에서 사자들을 살 수 있을 터였다.

여행은 대단히 재미있었다. 몰래 떠난 여행이었지만, 리버풀까지의 여정 내내 많은 사람들이 나를 알아보았다. 그들은 나를 극진히 대접하고, 찬사를 보내었다. 나는 세 사람의 친구와 동행중이었다. 몽상으로 가득 찬 탈주였다. 물론 탈주라고는 해도 코메디-프랑세즈 단원으로서 내가 꼭 참가해야 하는 공연 일정에는 지장이 없었다. 때는 수요일이었고, 내 다음 공연은 토요일에 있었으니까.

아침 열 시 반에 출발했는데 리버풀에 도착한 것은 오후 두 시 반이었다. 우리는 도착하자마자 '크로스 동물원'을 찾아갔다.

우리는 동물원의 입구를 찾지 못해 한참을 서성거리다가 인근 상점에 들어가 크로스 동물원의 입구가 어딘지 물어보았다. 상점 주인은 조그마한 출입문을 가리켜 보였다. 우리가 '설마 여기는 아니겠지' 싶은 마음에 이미 두 차례나 열었다가 닫았던 문이었다. 문 너머로 철창이 쳐진 커다란 문이 살짝 보였다. 넓은 안뜰로 이어지는 문이었다. 우리는 조그마한 문을 열고 들어갔다. 안쪽에는 가구가 없는 작은 방이 있었고, 방안에는 키가 작은 남자가 한 사람 있었다.

"크로스 씨이신가요?"

"네, 접니다."

"사자들을 사고 싶어서 왔는데요."

그러자 그는 웃음을 터뜨리기 시작했다.

"동물들을 대단히 좋아하신다는 말이 사실이었군요, 아가씨. 지난주에 저는 코메디-프랑세즈의 공연을 보러 런던에 갔었답니다. 그리고 당신이 「에르나니」에서 연기하는 것을 봤지요."

"「에르나니」 공연을 본 것만으로는 제가 동물들을 좋아한다는 걸 알 수 없었을 텐데요?"

내가 그에게 대꾸하자, 그는 말을 이어갔다.

"물론 그렇죠. 당신이 동물들을 좋아한다는 얘길 해준 건 세인트-앤드류 거리에서 개들을 파는 상인이었답니다. 그가 제게 그러더군요, 당신이 그에게서 개 두 마리를 사 갔는데, 아마 당신과 동행하고 있던 신사분이 아니었더라면 다섯 마리는 샀을 거라고요."

그는 이 모든 이야기를 굉장히 서투른 프랑스어로 말했다. 서툴긴

하지만, 흥에 넘치는 말솜씨였다. "그랬군요, 크로스 씨. 오늘은 제가 사자를 두 마리 정도 사려고 하는데요."

"그럼 제가 소유한 사자들을 보여드리죠."

우리는 크로스 씨를 따라 사자들이 있는 안뜰로 향했다. 아! 황홀한 짐승들이었다! 안뜰에는 놀랍도록 멋진 두 마리의 아프리카 사자가 있었다. 털에는 윤기가 반짝였고, 채찍처럼 힘찬 꼬리가 허공을 가르고 있었다. 사자들은 이제 막 동물원에 도착했는데 아직 온전한 건강을 유지하고 있었고, 반항할 기운이 충만했다. 문명화된 생명들을 지배하는 '굴종'이라는 이름의 낙인을 두 마리 사자들은 아직 모르고 있었다.

"아! 크로스 씨, 쟤들은 너무 커요. 저는 새끼 사자를 원합니다."

"아쉽지만 저희가 가진 상품 중에 새끼 사자는 없습니다."

"그럼, 갖고 계신 모든 동물들을 보여주세요!"

그렇게 '크로스 동물원'의 호랑이들과 표범들, 자칼들과 치타들과 퓨마들을 구경했고, 마침내 코끼리들 앞에 멈춰 섰다. 나는 코끼리를 무척 좋아한다! 크기가 작은 코끼리가 있었더라면 참 좋았을 것이다. 작은 코끼리를 가진다는 것은 여전히 내가 어루만지고 있는 꿈 중 하나다. 아마도 언젠가 그 꿈이 실현될 날이 있을 것이다.

크로스 씨에게 작은 코끼리는 없었다. 나는 결국 치타 한 마리를 구매했다. 무척 어리고 기묘한 그 동물은 중세 성의 석루조(石漏槽)에 새겨진 기이한 생물처럼 보였다. 나는 또한 늑대개도 한 마리 구입했다. 새하얀 털이 무성하고, 두 눈은 불타는 듯하며, 이빨은 창끝처럼 날카로운, 보기에도 무시무시한 동물이었다.

크로스 씨는 내게 카멜레온 일곱 마리를 선물로 얹어 주었다. 그중 여섯 마리는 체구가 작은 종으로 도마뱀을 닮은 것들이었다. 그리고 종이 다른 나머지 한 마리는 경탄이 나올 정도로 멋진 카멜레온이었다. 마치 선사 시대의 전설에나 나올법한 동물로, 연한 녹색에서 어두운 청동색으로 피부색을 바꾸는 그 모습은 진정 기묘한 실내 소품에 어울렸다. 카멜레온은 백합 잎처럼 날렵하고 호리호리한 몸매에서 순간적으로 부풀어 올라 두꺼비처럼 포동포동한 몸매로 변했다. 또한 바닷가재의 그것처럼 불쑥 튀어나온 두 눈은 각각 따로 움직이고 있었다. 요컨대 오른쪽 눈의 시선을 앞으로 던지는 동시에, 왼쪽 눈의 시선은 뒤로 던지고 있었다.

나는 저 멋진 카멜레온에게 "크로스-씨, 크로스-싸Cross-ci, Cross-ça"라는 이름을 붙여주었다. 크로스 씨에 대한 감사의 마음을, 그리고 그를 칭송하는 마음을 담은 이름이었다.

우리는 이 동물들과 함께 런던으로 귀환했다. 우리는 치타는 우리 안에 넣어서, 늑대개는 사슬로 매어서, 여섯 마리의 작은 카멜레온들은 상자 안에 담아서 가져왔다. "크로스-씨, 크로스 싸"는 보석상에서 막 구입한 황금 사슬에 매인 채, 내 어깨에 올라타 있었다. 비록 사자들을 구하지는 못했지만, 무척 만족스러운 구매였다. 그런데 숙소 사용인들은 나처럼 즐겁지 못했다. 숙소에는 이미 개만 해도 세 마리가 있었다. 여기에 또한 앵무새인 '비지부주Bizibouzou', 원숭이인 '다윈Darwin'까지를 더한 것이 이미 숙소에 머물고 있던 내 애완동물들이었다.

새로운 애완동물들의 침입에 게라르 부인은 비명을 내질렀다. 급사장은 늑대개에 가까이 다가가는 것을 망설였다. 또한, 내가 아무리 '치타'가 위험하지 않다고 말을 해도 소용이 없었다. 치타가 든 우리는 정원으로 옮겨졌는데, 누구도 열고자 하지 않았다. 나는 이 가엾은 치타가 갇힌 쇠창살 우리를 뜯어내려고 망치와 펜치를 가져오게 했다. 결국 그 모습을 본 하인들은 치타 우리를 뜯어내기로 결심했다. 게라르 부인과 숙소 내 여성 사용인들은 그 모습을 창 너머로 지켜보고 있었다. 결국 우리의 막힌 문이 뜯겨 나가자, 치타는 미칠 듯이 기뻐하며, 마치 한 마리 호랑이처럼 우리 밖으로 뛰쳐나갔다. 자유에 취한 치타는 정원의 나무들을 마구 두들기다가는 이내 개들을 향해 돌진했다. 개들은 겁에 질려 짖기 시작했다. 어쨌든 치타는 한 마리였고 개들은 네 마리였다. 흥분한 앵무새는 날카로운 소리로 울어댔고, 원숭이는 우리를 흔들며 이를 갈아댔다. 원숭이가 이를 가는 소리는 듣는 이의 혼이 쪼개질 정도로 거슬리는 것이었다.

조용한 체스터 스퀘어에 울려 퍼진 이 불협화음은 굉장한 반향을 불러왔다. 인근 주택들의 모든 창문이 열렸고, 우리 숙소의 정원 담 너머로 스무 명이 넘는 사람들이 고개를 내밀었다. 호기심과 불안, 그리고 분노가 서린 얼굴들이었다.

나, 내 친구 루이즈 아베마[3], 나를 만나러 왔던 화가 니티스[4], 그리고 두 시간 전부터 숙소에서 날 기다렸던 귀스타브 도레까지 우리는 모두 폭소를 터트렸다. 풍부한 재능을 가진 아마추어 음악가였던 조르주 데샹(Georges Deschamps)은 호프만적인 환상에서나 들려올 법한 이 불협화음을 채보하려 했고, 그동안 내 친구 조르주 클래랭은 웃느냐고 등도 제대로 펴지 못한 채, 이 잊지 못할 장면을 크로키로 그려냈다.

다음날 런던은 온통 체스터 스퀘어 77번지에서 벌어진 소동 이야기로 떠들썩했다. 소문이 어찌나 널리 퍼졌는지, 우리 극단의 최선임인 고 씨가 날 찾아올 정도였다. 고 씨는 내게 코메디-프랑세즈의 명성에 누를 해칠 수도 있으니, 제발 어제와 같은 추문을 내는 것은 자

---

3 루이즈 아베마(Louise Abbéma, 1853-1927)은 프랑스의 화가, 조각가, 디자이너다.
4 주세페 데 니티스(Giuseppe De Nittis, 1846-1884)는 이탈리아 출신의 화가로, 주로 프랑스에서 활동했다.

제해 달라고 부탁했다.

이야기를 묵묵히 다 들은 뒤, 그의 손을 잡아끌었다.

"따라와 보세요, 선배. 그 '추문'이란 것의 정체를 보여드릴게요."

나는 고를 숙소 정원으로 끌고 왔고, 그 뒤로는 내 친구들과 방문객들이 따라왔다. 나는 "돛을 접어라!"라고 명하는 함장처럼 정원의 계단 위에 선 채 소리쳤다.

"치타를 풀어라!"

그리자 우리에 갇혀 있던 치타가 풀려났고, 어젯밤의 떠들썩한 장면이 재현되었다.

"보세요, 선배! 이게 바로 어제의 '소동'입니다."

"미쳤구먼, 자네!"

고가 날 끌어안으며 외쳤다.

"하지만 그래, 정말로 재밌긴 하네."

그리고 그는 담장 위로 머리를 내미는 구경꾼들을 바라보며 눈물이 날 정도로 폭소를 터뜨렸다.

나에 대한 적대감은 소소한 험담들을 타고 계속해서 퍼져만 갔다. 험담들은 입에서 입으로, 집단에서 집단으로 퍼졌고, 마침내 프랑스와 영국의 언론에까지 실리게 되었다.

타고난 밝은 성격에도 불구하고, 그리고 헛소문들을 무시하는 태도에도 불구하고, 나도 어쩔 수 없이 짜증이 나고 말았다. 부당함은 계속 내게 깊은 반발심을 불러일으켰다. 그리고 실컷 비난받은 나는 통제되지 않은 그 어떤 행동도 할 수 없게 되었다.

어느 날 무척 좋아하던 마들렌 브로앙(Madeleine Brohan)에게 이런 비애를 털어놓은 적이 있다. 그러자 이 사랑스러운 여배우는 내 눈을 빤히 바라보며 입을 열었다.

"가엾은 사라, 그건 어쩔 수 없는 일이에요. 당신 의지와는 상관없이, 당신은 괴짜거든요. 당신에게는 엄청나게 반항적인 머릿결이 있고, 곱슬머리로 만든 것은 자연이지요. 또한 당신의 몸매는 극단적으로 호리호리하고, 목청에는 자연적인 하프가 깃들어 있답니다. 이러한 모든 것들은 당신을 특별한 존재로 만들고, 그건 범인(凡人)들의 심기를 거스르는 죄가 되지요. 여기까지는 당신의 육체와 관련된 이야기입니다. 또, 당신은 당신의 생각을 숨길 수가 없고, 다른 이에게 허리를 굽히는 법도 몰라요. 어떤 타협도 받아들이지 못하고, 어떤 위선에도 굴복하지 않지요. 이와 같은 일은 반사회적인 죄가 된답니다. 여기까지는 당신의 정신과 관련된 이야기예요. 육체적으로도 정신적으로도 사정이 이러한데, 당신이 어떻게 타인의 질투를 사지 않을 수 있을 것이며, 자존심을 건드리지 않을 수가 있을 것이며, 원한을 사지 않을 수가 있겠어요? 만약 당신이 적들의 공격에 절망한다면, 당신은 그걸로 끝인 거예요. 당신에게는 싸움을 이어나갈 힘이 없을 테니 말이죠. 친애하는 사라, 중상과 험담과 부당함과 찬사와 아첨과 거짓말과 진실로 만들어진 당신만의 좌대(座臺)에 오를 준비를 하세요. 다만 한 번 그 위에 올라서면, 굳세게 버텨내야 합니다. 당신의 재능과 노력과 선한 성정을 통해 그 자리를 굳게 굳히셔야 해요. 그러면 자기도 모르게 그 좌대의 초석을 가져다준 못된 이들이 안쪽에서부터 발길질을 가하기 시작할 겁니다. 하지만 당신에게 그럴 의지만 있다면, 그들은 무력해질 거예요. 사라, 내가 당신에게 바라는 건 바로 그러한 태도입니다. 당신에게는 '영광'에 대한 야심어린 갈망이 있잖아요? 저는 이제 영광 같은 건 아무래도 모르겠어요. 저는 다만 그림자와 휴식을 사랑할 뿐이랍니다."

나는 선망의 눈으로 그녀를 바라보았다. 촉촉하게 젖은 눈매, 순수하고 차분한 선으로 이루어진 얼굴 윤곽, 그리고 지친 듯한 미소를 가진 그녀는 무척이나 아름다워 보였다. 나는 혹 행복이란 바로 저러한 차분함 속에 만사에 대한 저 경멸 속에 있는 것은 아닐까 하고 초조한 마음으로 자문했다.

내는 궁금증을 풀기 위해 그녀에게 넌지시 질문을 이어갔다. 그녀는 연극이 지긋지긋하며, 자신은 연극에서 그토록 많은 환멸을 맛보았다는 답을 해주었다. 다음으로 나는 그녀의 결혼 생활에 관해 물어보았다. 그러자 그녀는 다시금 불쾌하다는 듯이 몸을 떨었다. 그녀의 출산은 슬픔을 안겨주었을 뿐이다. 사랑은 그녀에게 부서진 심장과 망가진 몸뚱어리만을 남겼다. 그녀의 아름다운 두 눈은 시력을 잃을 위기에 처했고, 부어버린 두 다리는 마지못해 그녀를 지탱할 뿐이었다. 그녀는 이와 같은 이야기를 아까와 마찬가지로 침착하고 약간 지친 어조로 말해 주었다.

조금 전까지만 해도 나를 매혹했던 그녀가 이제는 오싹하게 만들고 있었다. '움직임'에 대한 그녀의 증오는 두 눈과 다리의 무력에서 기인한 것이었고, 그림자에 대한 그녀의 사랑은 다만 지나간 인생이 남긴 상처를 달래는 데 필수적인 무엇이었다.

내 안에서는 다시금, 삶에 대한 사랑이 그 어떤 때보다 활활 솟구쳤다. 나는 아름다운 내 친구에게 감사함을 표했고, 그녀의 조언에서 받아들일 만한 내용을 모두 받아들였다. 이날 이후로 나는 전투 태세를 갖추었다. 실패한 삶에 대한 후회 속에서 스러지느니, 전장 한복판에서 죽는 것이 나을 성싶었다. 더는 나에 대해 지껄여진 저 파렴치한 헛소문들을 한탄하고 싶지 않았다. 더는 불의를 참으며 괴로워하고 싶지 않았다. 나는 스스로를 지키기 위한 투쟁에 나섰다.

그리고 투쟁의 기회가 찾아오는 데는 그리 오랜 시간이 걸리지 않았다.

1879년 6월 21일 낮, 「이국 여인」의 2차 공연이 예정되어 있었다.

전날 밤, 메이어 씨에게 다음과 같은 전언을 보냈다. 몸이 몹시 아프고, 같은 날 저녁에는 「에르나니」의 공연도 예정되어 있으니, 가능하다면 낮 공연의 레퍼토리를 바꿔주실 수 있냐는 문의였다. 이날 낮 공연 입장권의 판매 수익은 400리브르를 상회했고, 코메디-프랑세즈는 전혀 내 말을 들어줄 생각이 없었다. 메이어 씨에게 고는 이렇게 대꾸했다고 한다.

"좋아, 정 공연이 불가능하다면, 사라 베르나르를 다른 배우로 교체합시다! 「이국 여인」의 출연진에는 크루아제트, 마들렌 브로앙, 코클랭, 페브르, 그리고 나도 있습니다. 그러니 제기랄! 우리 전부가 모이면 베르나르 양 한 사람 정도 가치는 있겠지요!"

사람들은 코클랭을 시켜 로이드에게 내 대역을 맡아줄 수 있는지를 물었다. 전에도 내가 아팠을 때, 그녀가 「이국 여인」에서의 내 역을 대리해 준 적이 있었기 때문이다. 「이국 여인」을 파리에서 공연할 때의 일이었다. 겁을 먹은 로이드는 코클랭의 제안을 거절했다. 결국 코메디-프랑세즈는 공연 레퍼토리를 바꿀 수밖에 없었다. 그날 낮에 「이국 여인」 대신 공연된 것은 「타르튀프Tartuffe」였다.

그런데 관객들은 대부분 환불을 요청했다. 결국 원래대로라면 500리브르였을 이날 낮 공연의 수익은 고작 84리브르로 깎였다.

결국 이 일로 인해 해묵은 원한과 질투가 폭발했다. 코메디-프랑세즈의 모든 이들이(특히 단 한 사람, 보름스 씨를 제외한 남자 배우진이) 나를 적으로 간주한 채 진군을 시작했다.

프랑시스크 사르세는 고적대장(鼓笛隊長)으로 변신했다. 사람들은 그의 북소리에 발맞추어 진군했다. 사르세의 손에는 무시무시한 펜이 들려 있었다.

가장 어처구니없는 뜬소문들과 가장 멍청한 중상들, 그리고 가장 추악한 거짓말들이 날개를 달고 날아올랐다. 한 무리 야생 오리 떼[5] 같은 이 중상비방들은 곧 적들이 쏟아내는 온갖 거짓 기사 안으로 착륙했다. 그 거짓 기사들에 실린 내용은, 1실링이면 내가 남장을 한 모습을 볼 수 있다거나, 내가 숙소 발코니에 몸을 기댄 채 굵은 시가를 태우고 있었다거나, 사교계 저녁 파티에서 소희극을 연기할 때, 대사도 채 외우지 못해 하녀 한 사람을 프롬프터로 세웠다거나, 내가 숙소 정원에서 등이 파인 흰 블라우스를 입은 채 검술 연습을 하고 있었다거나, 권투 교습을 받으면서 불행한 권투 선생의 이빨을 벌써 두 대나 부러트렸다거나 하는 헛소문들이었다!

몇몇 친구들은 내게 이러한 헛소문들을 신경 쓰지 말라는 조언을 해주었다. 대중이 그러한 거짓말을 믿을 리 없다는 말이었다. 그런데 그들의 착각이었다. 대중이란 '나쁜 소문'을 믿기를 좋아하는 법이다. 나쁜 소문은 좋은 소문보다 그들을 훨씬 즐겁게 한다. 그리고 내게는 이미 그 증거가 있었다. 프랑스 신문들이 내뱉는 헛소문들을, 영국의 대중들이 믿기 시작했다.

많은 이들이 내게 시가를 상자째 선물해오고 있었고, 권투 선수들과 펜싱 선수들은 내게 대가 없는 교습을 해주겠다는 제안을 해왔다.

이 모든 것에 견딜 수 없을 정도로 짜증이 난 나는 반드시 이 사태를 해결하고 말겠다는 결심을 내렸다. 헛소문의 확산을 끝낼 작정이었다. 결정적인 계기는 「피가로」지에 알베르 볼프(Albert Wolff)가 실은 한 날조 기사였다. 1879년 6월 27일에 해당 기사가 나자마자, 알베르 볼프에게 다음과 같은 편지를 보내었다.

---

5 오리(canard)는 삼류언론 및 그들이 날조하는 헛소문을 뜻하는 은어다.

알베르 볼프 씨, 「피가로」, 파리.

친애하는 볼프 씨, 그래서 당신도 저 미친 소리들을 믿는다는 얘긴가
요? 누가 당신에게 그런 거짓 정보를 준 겁니까? 좋아요, 그 모든 헛
소리들을 들었는데도 내게 호의가 약간은 남아 있는 걸 보면, 당신은
제 친구라고 할 만하네요. 제 명예를 걸고 맹세하건대, 저는 결코 남
장을 한 적이 없습니다, 적어도 여기 런던에서는 말이에요! 만약 제가
조각할 때 입는 작업복 얘기라면, 전 여기 그걸 들고 오지도 않았답니
다. 남장에 관한 헛소문에 대해, 저는 가장 단호한 반박을 하는 바입
니다. 파리에서의 일까지를 합쳐도, 제가 공공연히 남장을 한 것은 단
한 차례, 조그마한 전시회를 열었을 때뿐이에요. 게다가 그날은 전시
회 개막 당일로, 초대장을 보낸 것은 몇몇 지인들뿐이었습니다. 따라
서 그 누구도 제가 남장을 한 모습을 보고자 1실링을 지불한 적은 없
습니다. 저는 물론 사교모임에서 공연을 하고 있습니다. 그건 사실이
에요. 당신도 모르는 바는 아닐 테지요. 저는 코메디-프랑세즈의 배
우협회 소속 여자배우 중 가장 급여가 짠 사람 중 한 명입니다. 제게
는 그러한 임금 격차를 메울 권리가 있다고요. 제가 열 점의 그림과
여덟 점의 조각을 전시했다구요? 사실입니다. 제가 파리에서 그것들
을 싸들고 온 건, 애초에 팔기 위한 목적이었어요. 물건을 팔려면 당
연히 전시를 해야지요.

'몰리에르의 집'에 대해 제가 마땅히 가져야 하는 존경심이라, 볼프
씨, 제가 감히 말씀드리건대, 코메디-프랑세즈에 대해 그 누구보다도
깊은 존경심을 품고 있는 건 바로 저랍니다. 왜냐면 저는 이 극단의
간판 배우 중 한 사람을 죽이기 위해 그따위 중상비방을 꾸며내는 게
불가능한 인간이거든요.

만약 사람들이 저에 관해 지껄여댄 저 바보 같은 소문들로 질린 파리
시민들이 제 귀환에 야유한다면 어떻게 될까요? 만약 그렇다고 할지

라도, 저는 그 누구도 그런 비열한 짓에 노출시키고 싶지 않습니다. 그리하여 저는 코메디-프랑세즈에 사직서를 제출하는 바입니다.

만약 이 모든 소란에 질려버린 런던의 대중들이 저에 대한 호의를 악의로 바꾸고 싶어 한다면 어떻게 될까요? 그리하여 저는, 코메디-프랑세즈에 제가 영국을 떠날 수 있도록 허가를 구하는 바입니다. 배우협회 소속 여배우가 야유받고 조롱받는 모습을 보며, 코메디-프랑세즈가 슬퍼하는 일이 없도록 말입니다.

저는 당신께 이 편지를 전보로 보내고 있습니다. 대중의 여론을 존중하려다 보니, 이런 미친 짓거리도 하게 되네요. 그러니 볼프 씨, 부탁인데, 당신께서 제 적들의 중상비방에게 기사에 나오는 영광을 주셨듯이, 제 편지에도 똑같은 영예를 부여해주시기 바랍니다.

당신의 손에 우정 어린 악수를 보냅니다.

사라 베르나르

위의 전보로 인해 「피가로」에는 상당한 장문의 후속 기사가 나오게 되었다. 나를 제멋대로인 아이처럼 취급했지만, 전반적으로 내 편을 들어주는 논조의 기사였다.

코메디-프랑세즈의 사람들도 내게 보다 자상한 모습을 보여주었다. 페랭은 내게 애정 어린 편지 한 통 보냈는데, 코메디-프랑세즈를 그만두겠다는 내 계획을 만류하는 내용이었다. 여배우들 또한 대단히 다정한 모습을 보여주었다. 크루아제트는 나를 찾아와 끌어안으며 말했다.

"말해봐, 그렇게 안 할 거지? 내 미친 자기? 사직서 쓴다는 말, 진지하게 한 거 아니지? 어차피 사직서 써봐야 수리되지는 않을 거야, 내가 장담해!"

무네-쉴리는 내게 예술에 관해, 그리고 정직한 삶에 대해 이야기했다. 그의 모든 이야기에는 개신교의 가치관이 묻어났다. 무네-쉴리의 집안에는 목사들이 많았다. 그리하여 그 또한, 본인 의지와는 무관하게 개신교의 가치관을 전수받았다.

별명이 "솔직한 우리 아저씨"였던 들로네는 엄숙한 태도로 나를 찾아와 내 전보에 대해 본인은 나쁜 인상을 받았다는 사실을 알려주었다. 그는 코메디-프랑세즈도 일종의 정부 기관과 마찬가지라는 이야기를 했다. 우리 극단에도 이를테면 장관이 있고, 장관 비서가 있으며, 부장들이 있고, 부하들이 있다는 것이었다. 그의 말에 따르면 우리는 각자 규율을 준수해야 하고, 우리의 재능과 노고를 바쳐 코메디-프랑세즈에 이바지해야 하며, 이러쿵저러쿵...

저녁에는 극장에서 코클랭을 만났다. 그는 내게 와 손을 뻗으며 말했다. "당신의 '박치기'에 대해 딱히 칭찬의 말을 건넬 생각이 없다는 건 알고 있죠? 그래도 우리가 나서서 당신의 생각을 바꿀 기회가 있다는 게 다행입니다. 코메디-프랑세즈에 재직할 수 있는 복과 영광을 얻었으면, 마땅히 은퇴할 때까지 코메디-프랑세즈에 머무르는 게 맞아요."

프레데릭 페브르는 내게 다음과 같은 사실을 인지하게 했다. 지금 같은 건 내게 불가능한 일이었는데, 코메디-프랑세즈가 내 연금을 쌓고 있으므로 계속해서 여기 남아야만 한다는 것이었다. 그는 내게 말했다.

"내 말 들어요, 한 번 코메디-프랑세즈에 입단했으면, 꼭 여기 남아야만 합니다. 훗날의 먹거리가 보장되는 자리인걸요."

마지막으로 우리 중 최연장자인 고가 날 찾아왔다.

"자네가 정말로 사직할 경우에 그 행위가 뭐라고 불릴 것인지 알고 있나?"

"아뇨."

"탈영이라네!"

나는 그에게 대꾸했다.

"그건 틀렸어요, 저는 탈영하는 게 아니라, 다만 병영을 옮기는 것뿐이라고요!"

그리고 그 외에도 많은 이들이 나를 찾아왔다. 다들 각자의 독특한 성격에 따라 내게 조언을 주었다. 모네(Monnet)는 광신도다운 조언을 들려주었다. 들로네는 관료주의적인 영혼의 소유자다운 조언을 들려주었다. 코클랭은 다른 이의 생각을 비난했다가도, 훗날 그 생각이 자기 이익에 부합한다고 생각되면 얼마든지 입장을 바꿀 수 있는, 정치인다운 입장에서 내게 조언해주었고, 페브르는 존경할 만한 친구의 입장에서 조언을 들려주었다. 마지막으로 고는 늙고 불평 많은 이기주의자다운 잔소리를 늘어놓았다. 그가 아는 것은 오직 명령뿐이었고, 관심이 있는 것은 오직 승진뿐이었다.

보름스는 내게 자신의 우울한 성정을 반영한 조언을 들려주었다.

"다른 데에 간다고 해서, 여기보다 나을까요?"

보름스는 가장 몽상적인 영혼의 소유자였고, 그의 성격은 우리 쟁쟁한 동료들 가운데 가장 순수했다. 나는 그를 무척이나 좋아했다.

✠

우리는 곧 파리로 돌아갈 예정이었고, 나는 당분간 아무 생각도 하고 싶지 않았다. 나는 망설이고 있었고, 최종 결정의 시기를 뒤로 미루고 있었다. 나를 둘러싼 호의적인 소문과 악의적인 소문은 입에서 입으로, 혹은 서면을 통해 퍼져나가고 있었다. 그리고 이 모든 논란은 예술계에 전장과도 같은 분위기를 드리웠다.

우리는 파리 귀환을 앞두고 있었다. 몇몇 친구들은 내가 파리에서 어떻게 받아들여질지를 걱정했다. 대중은 흔히 유명 예술가들을 둘러싸고 일어나는 논란이 당사자들에 의해 고의로 점화된 것이라고 가볍게 착각하곤 한다. 그리고 같은 이름이 끊임없이 온갖 소문들에 엮여 들려오면, 대중은 짜증을 내며 이렇게 생각한다. 아, 비난의 표적인 저 예술가, 혹은 찬양의 대상인 저 예술가는 정말이지 미치도록 '기사 (réclame)'를 사랑하는 이로구나.

맙소사! 그건 정말로 아니다! 우리는 그러한 '기사'의 희생양들이다. 마흔 넘어 명성의 단맛과 쓴맛을 보는 이들은 자기 자신을 방어하는 방법을 알고 있다. 그들은 길의 짧은 굽이들이 어디인지 알고 있고, 꽃밭 아래에 숨겨진 늪지대들도 파악한다. 그들은 저 '기사'라는 괴물을 길들일 줄 안다. 기사란 무수한 촉수들을 가진 문어와도 같아서 좌우 앞뒤로 질척이는 촉수를 던져대고는, 수천 개의 조그만 흡반으로 저 모든 중상모략과 찬양의 말들을 빨아들인 뒤에, 마치 문어가 검은 담즙을 뱉어내듯, 다시 대중에게 뱉어낸다. 그러나 스무 살 나이에 명성이 붙은 이들은 언론을 통제할 방법을 전혀 알지 못한다.

처음으로 기자가 집에 찾아왔던 때를 기억한다. 그때 나는 꼿꼿하게 곤두선 붉은 닭벼슬처럼 즐거운 마음으로 자세를 바로 했었다. 당시 열일곱 살이었고, 내가 연기한 '리슐리외' 역으로 대단한 성공을 거둔 상태였다. 기자는 엄마의 집으로 나를 찾아와 이런저런 질문들을 던졌다. 나는 질문에 대답했고, 말을 이어나갔으며, 자부심과 감동으로 미칠 것만 같았다. 그순간 어른이 된 기분이었다. 침착한 태도를 유지하기 위해 나는 인터뷰 도중 엄마를 한 차례 껴안아야만 했다. 내 기쁨을 감추기 위해 그녀의 품에 얼굴을 묻었다. 마침내 인터뷰가 끝난 뒤,

기자는 자리에서 일어나 내게 악수를 하고 떠나갔다. 나는 방 안으로 뛰어 들어가, 빙글빙글 돌며 다음과 같은 노래를 불렀다.

"세 개의 작은 파테, 내 셔츠는 불타고...[6]"

그때였다. 갑자기 문이 다시 열리더니, 아까의 기자가 엄마에게 말하는 소리가 들려왔다.

"아! 부인, 하마터면 잊을 뻔했네요. 여기 저희 정기구독 영수증입니다. 얼마 안 해요. 연간 16 프랑입니다."

엄마는 그의 말을 곧바로 알아듣지 못했다. 경악한 나는 벌린 입을 다물지 못했다. 내 '작은 파테들'을 도저히 소화시킬 수가 없었다. 엄마는 결국 기자에게 16프랑을 지불했다. 그리고 눈물을 흘리는 나를 가엾게 여기며 내 머리를 부드럽게 어루만져 주었다.

그 후로 팔다리가 묶인 채 저 '기사'라는 괴물에 내맡겨졌다. 그리고 예나 지금이나, 내게는 '기사'를 사랑한다는 혐의가 뒤따른다.

내 첫 기사의 내용이 내 극단적으로 마른 몸과 병약함에 관한 기사였음을 생각해보라. 당시 갓 데뷔한 신인이었지만, 온갖 풍자시들과 말 맞히기 놀이, 말장난, 풍자화의 소재가 되었다. 내 몸이 이토록 가늘고 호리호리하고 병약한 것이 정말로 기사화가 되기 위한 나의 노림수였을까? 내가 시름시름 앓아가며 병상에서 육 개월을 보낸 것 또한 기사화를 노린 일이었을까? 내 이름은 일찌감치 유명하게 되었다. 나 자신이 실제로 널리 알려지기도 전에 말이다.

하루는 오데옹 극장에서 루이스 부이예의 작품인 「아이쎄 양Mademoiselle Aïssé」의 초연을 올린 적이 있다. 공연이 끝나자, 부이예 씨의 절친인 플로베르(Flaubert) 씨는 내게 영국 대사관의 직원이라는 사람

6 남프랑스 지방의 전래동요 가사다.

을 소개했다. 대사관 직원은 나를 보자 대뜸 소리쳤다.

"아! 당신이 누군지는 진작 알고 있었어요, '두건을 머리에 쓴 작은 막대기'의 주인공 맞으시죠?"

이때 시중에는 같은 제목을 가진 내 풍자화가 나돌고 있었다. 구경꾼들에게 큰 즐거움을 준 작품이었다.

당시에 나는 아직 애였다. 나는 어떤 것에도 상처받지 않았고, 어떤 걱정도 하지 않았다. 그도 그럴 것이, 나는 모든 의사한테서 치료 불가 판정을 받은 몸이었기 때문이다. 나에 대해 이러쿵저러쿵하는 말들을 조금도 신경 쓰지 않았다. 그러나 그 의사들은 모두 틀렸다. 나는 그로부터 20년이 지난 뒤에도, 멀쩡히 살아남아 저 뜬소문이라는 괴물과 맞서 싸워야 했다.

29

다시 코메디 프랑세즈

코메디-프랑세즈의 본국 귀환은 물론 하나의 사건이었다. 그것은 은밀한 사건이었다. 우리가 파리를 떠날 때의 행사는 시끌벅적했고 흥에 넘쳤으며 공개적이었다. 그런데 우리의 귀환은 은밀했다. 영국에서 제대로 이해받지 못한 배우들에게 이 귀환은 슬픈 것이었고, 혹평을 받은 배우들에게는 복장이 뒤집히는 것이었다.

파리의 집으로 돌아온 지 한 시간이나 되었을까? 페랭이 나를 찾아왔다. 그는 조곤조곤한 말투로 내가 영국에서 건강관리를 소홀히 한 것을 비난했다. 나는 소리쳤다.

"너무하군요. 제 몸이 지나치게 가느다란 것도 제 죄인가요? 머리숱이 너무 많은 것도, 머릿결이 지나치게 고슬고슬한 것도 제 잘못이라고 해보시죠! 남들처럼 생각하지 않는 게 죄인가요? 한 번 상상해보세요, 제가 제 몸을 통처럼 부풀리겠답시고 한 달 동안 비소를 섭취하거나, 머리를 아랍 남자들처럼 짧게 밀어버린다거나, 지배인님께서 말씀하시는 모든 말에 '네'라고만 답한다고 가정해봐요. 그럼 어떤 반응들이 나올 것 같아요? 모르긴 몰라도 다들 '아, 쟤 또 기사에 자기 이름 실으려고 저런다'라고 할걸요?"

그러자 페랭은 대꾸했다.

"하지만 사라, 세상에는 찌지도 마르지도 않은 사람들이 있고, 머리가 너무 짧거나 길거나 하지 않은 사람들도 있으며, 때에 따라 '네'와 '아니오'를 분별해서 답하는 사람들도 있답니다."

페랭의 정당한 논변 앞에 몸이 굳는 듯한 충격을 받았다. 나는 지난 몇 년간 스스로 던져왔던 숱한 질문들에 대한 답을 찾았다. '중간'을 모르고 사는 것이 내 문제였다. 내게는 '지나친 것'과 '모자란 것' 뿐이었다. 그러나 중간을 모르는 내 성정을 고칠 수 있을 거란 생각이 조금도 들지 않았다. 나는 페랭에게 그러한 사실을 털어놓으면서, 어쨌든 그의 말이 옳다고 인정했다.

내 얌전해진 태도를 본 페랭은 이때구나 싶었는지 설교를 늘어놓더니만, 이내 코메디-프랑세즈 극장에서 열릴 '극단 귀환 축하 행사'에 모습을 보이지 말라는 충고를 해왔다. 그는 나에 대해 음모가 꾸며지고 있는 것은 아닐지를 걱정했다. 부당한 일인지, 혹은 그럴만한 이유가 있는 일인지, 모르겠지만, 흥분한 사람들이 많다고 했다. 그는 이런 말을, 그가 늘 견지하는 저 세련되고 정중한 말투로 말해주었다.

그의 말을 끊지 않고 경청했는데 이런 태도는 페랭을 다소 갑갑하게 만들었다. 그는 궤변가이지 달변가는 아니었기 때문이다.

그가 말을 끝마치자, 나는 대꾸했다.

"친애하는 페랭 씨, 저를 흥분케 하는 말씀만 골라서 하시고 말았군요. 저는 전투를 사랑한답니다! 그러니 극단 귀환 축하 행사에 반드시 참가해야겠어요. 사실, 저에 대한 음모에 관해서는 이미 경고를 받았습니다. 여기 익명으로 온 편지 세 통이 있어요. 그중에서 이걸 한 번 읽어보세요, 셋 중에서 제일 잘 쓴 편지예요."

그는 용연향이 뿌려진 문제의 편지를 펼쳐 읽기 시작했다.

가엾은 뼈다귀 여자 보시오. 내일모레 있을 축하 행사에 그 끔찍한 유대계 면상을 내밀지 않는 게 좋을 겁니다. 만약 기어이 얼굴을 드러낸다면, 그게 삶은 감자들의 표적이 될까 걱정되거든요. 감자들은 지금 당신의 아름다운 파리에서 바로 당신을 위해 삶아졌다오. 그러니 어서 당신이 피를 토했다는 소문을 내고 이불 속에서 쉬시구려. 그리고 그 속에서 당신의 도를 넘은 자기 광고가 초래한 결과를 반성하기를 바랍니다.

단골 관객 보냄.

페랭은 진저리를 내며 편지를 치웠다. 나는 그에게 말을 이어갔다.

"여기 두 통 더 있긴 한데, 내용이 지나치게 상스럽더군요. 그러니 이 두 통은 굳이 읽어보시라고 권하지 않겠습니다. 어쨌든 전 축하 행사에 참석할 거예요."

"좋습니다! 내일은 축하 행사 예행연습입니다만, 올 거예요?"

"가야죠."

다음날 나는 예행연습에 참가했다. 동료 배우들은 남녀를 불문하고 대부분 나와 인사를 나누지 않았다. 그러나 이 점은 말해 두어야겠다. 그들이 내게 인사를 하지 않은 것은 어쨌든 간에 나에 대한 배려의 일환이었다.

예행연습에서 나는 본 행사 무대에 입장할 때 홀로 입장할 뜻을 밝혔다. 그것은 관례에 어긋나는 일이었지만, 나는 반드시 나 홀로 악의와 음모에 맞서야만 했다.

행사 당일 극장에는 손님들이 넘쳐났다.

막이 오르고, 쏟아지는 환호 속에 귀환 축하 행사는 시작되었다. 대중은 그들이 사랑하는 배우들을 다시 보게 된 것에 행복해하고 있었다. 배우들은 좌우로 둘씩 짝을 지어 입장했다. 배우들은 몰리에르의 흉상을 장식할 목적으로 손에 종려나무 가지나 화관을 쥐고 있었다.

내가 입장할 차례가 되어서 홀로 무대 위로 나아갔다. 순간 얼굴에 핏기가 가시는 듯했지만, 다른 한편으로 강한 정복 의지가 차올랐다. 천천히 각광(脚光)을 향해 걸어갔다. 그리고 내 동료들처럼 관객에게 인사를 하는 대신, 꼿꼿이 허리를 피고 내게 쏟아지는 모든 시선을 돌아보며 일일이 눈을 맞추었다. 음모자들은 내게 선전포고를 했었다. 나는 전투를 도발할 생각이 없었지만, 그렇다고 달아날 생각도 없었다.

나는 잠시 기다렸다. 극장 안이 흥분으로 떨려오는 것이 느껴졌다. 그러더니 순식간에 함성과 환호 소리가 폭발했다. 고결한 애정으로 관객들의 마음이 들끓어 올랐다. 그토록 사랑스럽고 정이 깊은 관객들은 다들 기쁨에 취했다. 이날 내가 거둔 승리는 단연코 내 배우 이력에서 가장 값진 승리 중 하나다.

일부 동료 배우들은 내 성공을 자기 일처럼 기뻐했다. 특히 여배우들이 말이다. 우리 극예술에 있어 한 가지 특기할만한 점은 다음과 같다. 여배우들에 대한 남배우들의 질투는 같은 여배우들끼리의 질투보다 훨씬 심하다. 나는 남자 배우 중에서 많은 이들을 적으로 두었으나, 여자 배우 중에서는 적이 드물었다.

내 생각에, 극예술이란 것은 본질적으로 여성적인 예술이다. 자기의 진짜 얼굴을 분칠로 가리고, 자기의 진실된 감정을 숨기며 다른 이의 마음에 들고자 노력하고, 사람들의 이목을 사로잡으려 하는 것 등은 사람들이 곧잘 여자들의 결점으로 지목하는 특징들이지 않은가. 여자들이 내보이는 이러한 '결점'들에 대해 사람들은 대단한 관용을 베푼다. 그런데 똑같은 결점들을 남자가 내보인다면, 그는 추잡한 인간으로 낙인찍힌다. 그러니 남자 배우들은 스스로 가능한 한 매력적인 인간으로 만들어야만 하는 족속들이다. 그들은 자신의 매력을 늘리기 위해 화장의 도움을 받고, 가짜 수염을 붙이고, 앞머리를 세운다. 만약 남자 배우가 공화주의자라고 하더라도, 무대 위의 그는 왕당파의 이론을 열과 성을 다해 옹호해야만 한다. 반대로 그가 보수주의자라고 하더라도, 무대 위의 그는 무정부주의자들의 이론을 열과 성을 다해 옹호해야만 한다. 만약 그러한 것이 작가의 의도라면, 배우로서는 어쩔 수 없다.

예컨대 테아트르-프랑세에서 저 가엾은 모방(Maubant)은 가장 급진적인 사상의 소유자였다. 그러나 큰 키와 잘생긴 얼굴 탓에 그에게 돌아가는 배역은 언제나 왕, 황제, 폭군이었다. 모방이 그러한 배역을 맡았을 때면, 극의 리허설 기간 내내, 우리는 '샤를마뉴(Charlemagne)' 또는 '세자르(César, 카이사르)'께서 폭군들에게 내뱉는 쌍욕을 들어야 했다. 그는 정복자들에게 저주의 말을 퍼부었고, 폭군과 정복자들에게는 세상에서 가장 끔찍한 형벌을 내려야 한다고 열변을 토로했다. '개인'으로서의 그와 '연기자'로서의 그가 벌이는 이러한 투쟁은 무척 흥미로웠다.

어쩌면 남자 배우들에게 여성적인 천성을 부여하는 것은 이러한 항구적인 자아분열일지도 모르겠다. 어쨌든 그들이 여배우들에게 질투심을 품는다는 것은 확실하다. 여성에 대한 그들의 자상함, 고도로 발달한 이 남성적인 자상함도 각광(脚光) 앞에서는 사라지고 만다. 사생활에서라면 기꺼이 곤란한 여인을 도울 남자 배우도 무대 위에서는 기꺼이 그녀에게 해코지하려 든다. 아마 노상이나 기차와 배에서였다면, 그는 자기 목숨을 걸고서라도 위험에 빠진 여자를 구할 것이다. 하나 그런 사람조차 무대라는 이름의 발판 위에서는 곤경에 빠진 여인을 구하기 위해 아무런 행동도 하지 않는다. 여배우가 대사를 잊더라도 그는 그녀를 돕지 않을 것이고, 여배우가 다리를 휘청거린다면 도리어 기꺼이 그녀를 떠밀리라. 어쩌면 내가 너무 과장하는 것인지도 모르겠지만, 실상과 크게 벗어난 얘기는 아니다.

내가 함께 무대에 섰던 유명 남자 배우 중에서 내게 못된 장난질을 친 사람들은 많다. 물론 대단히 자상한 사람들, 그러니까 무대 위에 올랐을 때도 '배우'이기 이전에 여전히 '남자'로 남는 사람들도 있다. 피에르 베르통(Pierre Berton), 보름스, 그리고 기트리(Guitry) 같은 배우들 말이다. 여배우에게 우정과 배려가 어린 자상함을 보여주는 이들은 그러한 남자 배우의 가장 완벽한 예시로 남으리라. 나는 그들 모두와 수없이 많은 작품을 함께했다. 그리고 그토록 '겁이 많은' 배우인 나도 저 세 배우와 함께 무대에 설 때만큼은 신뢰감으로 마음이 편해졌다. 그들이 비상한 기억력을 갖고 있으며 내 '공포'를 가엾게 여긴다는 것을 잘 알았기 때문이다. 그들은 공연 전의 과도한 긴장과 공포가 내 신경을 쇠약하게 만든다는 것을 유념했고, 바로 그렇기 때문에 한층 더 주의 깊게 나를 배려해주었다.

피에르 베르통과 보름스, 이 두 위대한 배우는, 예술적으로든 육체적으로든 한창 혈기 왕성한 나이에 현역을 은퇴했다. 피에르 베르통은 오롯이 문학에 전념하고자 배우를 그만둔 경우였다. 보름스의 경우는 누구도 정확한 은퇴 사유를 모른다. 앞의 두 사람보다 훨씬 나이가 어린 기트리는 현재 프랑스 연극계에서 가장 걸출한 배우이다. 그는 탁월한 배우인 동시에 '예술가'이며, 이 둘을 겸하는 사람은 무척 드물다. 국내외를 통틀어 '배우'와 '예술가'라는 이 두 자질을 모두 겸비한 배우는 거의 없다.

헨리 어빙은 뛰어난 예술가지만, 배우로서는 영 아니다. 코클랭은 뛰어난 배우지만, 예술가는 아니다. 무네-쉴리는 확실히 타고난 재능을 갖추고 때로는 예술가로서, 때로는 배우로서 자신의 재능을 활용한다. 그런데 그는 배우로서든, 예술가로서든, 이따금 과장된 표현을 하는 버릇이 있다. 그리고 '아름다움'과 '진리'를 사랑하는 사람들은 그의 과장을 보고 이를 갈게 되는 것이다. 바르테(Bartet)는 무척 섬세한 예술적 감각을 지닌 완벽한 여배우다. 레잔(Réjane), 이 여배우 중의 여배우는 언제든 스스로 원할 때 예술가가 된다.

엘레오노라 두세[1]는 예술가라기보다는 여배우에 가깝다. 그녀는 다른 이가 정해준 길을 따라가기 때문이다. 물론 그녀가 그저 주어진 지침에 따라 걷는 것은 아니다. 그녀는 나무가 심긴 길에는 꽃을 심고, 꽃이 심긴 길에는 나무를 심으며 간다. 그런데 그녀는 연극 예술을 하면서 캐릭터에 자기 이름에 부합하는 인격을 부여하지는 않는다. 그녀는 한 '존재'를 창조하지 않으며, 그리하여 그녀가 분한 인물의 모습에서는 그 인물만이 가진 추억이 느껴지지 않는다. 그녀는 다른 이들의 장갑을 착용하지만, 언제나 거꾸로 착용한다. 이 모든 동작은 한없이 우아하게 이루어지며, 그것은 자포자기의 정서로 가득한 우아함이다. 그녀는 대단히 위대한 여배우지만, 위대한 예술가는 아니다.

---

1 엘레오노라 두세(Eleonora Duse, 1858-1924)는 이탈리아의 여배우다.

30

첫 번째 미국 여행을 위한 준비

코메디-프랑세즈의 귀환에 뒤이은 나날은 무척 짜증 나는 나날이었다. 우리들의 극장 지배인은 나를 길들이길 원했고, 그러기 위해 온갖 자질구레한 일들로 괴롭혔다. 이 괴롭힘은 마치 수백 번의 가벼운 할큄과도 같았다. 그리고 나와 같은 성정을 지닌 사람에게 그러한 괴롭힘은 칼에 찔리는 것보다 고통스럽게 느껴졌다. (비록 칼에 찔려본 적은 없지만 말이다.)

건강이 악화되면서 모든 것에 짜증이 났고 기분이 좋지 않았다. 그토록 발랄했던 내가 우울해졌다. 언제나 위태위태하던 내 건강은 이러한 상황 속에서 한층 더 위태롭게 되었다.

페랭은 내게 '여자 모험가Aventurière' 역할을 주었다. 해당 역이 마음에 들지 않은 것은 물론 동명의 작품 자체가 마음에 들지 않았다. 『여자 모험가Aventurière』[1]의 시구들이 대단히 조악하다고 생각했다. 자기 자신의 마음을 잘 감추지 못하는 나는 잔뜩 성이 난 상태에서 원작자

---

1 에밀 오지에가 1848년에 처음 발표한 희곡. 본래 5막이었으나, 1860년에 4막으로 개정되었다. 사라 베르나르에게 배정된 '여자 모험가'의 역은, 극중 '도냐 클로랭드Donã Clorinde'라는 인물을 가리킨다.

인 에밀 오지에에게 솔직한 감상을 털어놓았다. 에밀 오지에는 기회가 생기자마자 내게 복수했다. 그것은 신사적이지 못한 방식의 복수였다.

에밀 오지에의 복수는 내가 코메디-프랑세즈와 결별하는 결정적인 계기가 되었다. 그의 복수는 『여자 모험가』의 첫 공연이 있던 다음날에 실행되었다. 그날은 1880년 4월 17일 토요일이었다.

나는 내 역할을 연기할 준비가 되어 있지 않았다. 몸이 무척 아팠었기 때문인데, 나는 목감기 때문에 사흘 동안 리허설에 참여할 수가 없었다. 또한 침대에서 벗어날 수 없었기에 무대의상의 사전점검도 할 수 없었다. 금요일에 페랭을 찾아가 『여자 모험가』의 공연을 다른 주로 미뤄줄 수 없겠냐고 부탁했다. 그는 그러한 일은 불가능하다는 답을 주었다. 이미 좌석 예약은 이루어졌고, 극은 정기 공연일인 첫째 주 화요일에 공연되어야 한다는 것이었다.

그에게 설득당한 나는 내 운명의 별에 의지하기로 했다. 나는 속으로 생각했다. '뭐! 어떻게든 되겠지.'

그런데 어떻게든 되지 않았다. 좀 더 정확히 말하면, 어떻게든 되었긴 했지만 끔찍한 결과였다. 무대의상부터가 문제였다. 그것은 내게 어울리지 않았다. 끊임없이 마른 몸을 지적당하던 내가 그 의상을 입으니까 꼭 영국산 찻주전자처럼 우스꽝스럽게 뚱뚱한 모습이 되었다. 더구나 내 목소리는 여전히 약간 쉬어있었다. 사실 내 무기의 일부를 잃은 것이나 다름없었다. 1막에서 내 연기는 아주 끔찍했다. 그리고 2막에서는 조금 나아졌다. 극 중에서 한 차례 폭력적인 장면이 있을 때였다. 나는 불 켜진 초가 올라가 있는 탁자 위에 양손을 짚고 서 있었다. 그때 관객석에서 누군가 큰 소리를 내질렀다. 내 머리카락이 촛불에 거의 닿을 듯 내려갔기 때문이었다. 다음날 어떤 신문이 헛소리가 담긴 기사를 실었다. 내가 공연이 망했음을 느끼고, 완전한 실패를 거두기 전에 공연을 중단시키려고 일부러 머리결을 불에 가까이 대었다는 기사였다. 더할 나위 없이 바보 같은 헛소리였다.

언론의 반응은 좋지 않았다. 그리고 그들의 평은 틀리지 않았다. 내 연기는 모자랐고 추했으며 언짢은 상태에서 행해졌다. 그래도 언론이 나를 대하는 데 있어 신사적인 태도와 관대함이 모자랐다. 오귀스트 비튀(Auguste Vitu)는 「피가로」 1880년 4월 18일 호에 실린 본인의 기사를 다음과 같은 문단으로 마무리했다.

새로운 클로랭드(여자 모험가)가 마지막 두 막에서 보여준 몸과 팔의 움직임은 「목로주점Assommoir」의 꺽다리 '비르지니'에게서 빌려온 것이리라. 관객들은 '비르지니'의 몸놀림이 코메디-프랑세즈에 도입되는 것을 보고 유감으로 여겼을 것이다.

'저속함'만큼은 결코 내 결점이 아니었으며, 앞으로도 그럴 일은 없다. 따라서 내 몸놀림을 저속한 것으로 폄하하는 그의 평론은 작정하고 날 헐뜯기 위한 부당한 수작이었다. 비튀는 어쨌든 내 친구는 아니었다.

이딴 식의 공격을 받게 되자, 나를 향한 증오들, 방울뱀과도 같은 저 증오들이 자그마한 뱀 대가리를 세우고 있다는 사실을 깨달았다. 내게 바쳐진 꽃들과 월계관들 아래에서 한 무리 뱀들이 바짝 몸을 웅크리고 있었다. 그 사실을 이미 오래전부터 알고 있었다. 가끔가다 무대 뒤에서 뱀들이 쉬익대는 소리를 들었다. 이제 그 모든 방울뱀의 소리를 한 번에 울리는 쾌감을 얻고 싶었다. 그래서 나는 내 월계관들과 꽃들을 온 사방에 흩뿌렸다. 그리하여 코메디-프랑세즈와 나를 묶어두던 계약을, 아니 차라리 나를 파리라는 도시와 묶어두던 계약을 단칼에 끊어버렸다.

나는 오전 내내 방안에 틀어박혀 나 자신과 무수한 대화를 나누었다. 그리고 고민 끝에 코메디-프랑세즈에 사직서를 보내기로 결심했다. 1880년 4월 18일, 페랭 씨에게 다음과 같은 편지를 보냈다.

지배인님께,

당신께서는 제가 아직 준비되지 않은 연극을 공연하도록 강제했습니다. 제가 무대 리허설을 가진 것은 고작 8회뿐이었고, 그중에서도 극 전체에 대한 리허설이 실시된 것은 3회뿐이었어요. 저는 도저히 관객 앞에 설 자신이 없었습니다. 그런데 당신께서는 그래야만 한다고 강력히 요청하셨지요. 그리고 제가 우려한 일이 벌어졌습니다. 공연 결과는 제 예상조차 넘어섰어요. 어느 평론가가 주장하길, 저는 「여자 모험가」의 도냐 클로랭드를 연기한 것이 아니라 「목로주점」의 비르지니를 연기했다고 하더군요. 졸라(Zola) 씨와 에밀 오지에 씨께서[2] 저의 죄를 용서해주시면 좋겠네요. 이번 실패는 제가 코메디-프랑세즈에서 겪은 첫 실패이자 마지막 실패가 될 것입니다. 전체 리허설을 하던 날 제가 지배인님께 말씀드렸죠? 당신께서는 무시하셨지만, 전 제 말을 지키렵니다. 당신께서 이 편지를 받아보실 때면 전 이미 파리를 떠나 있을 겁니다. 지배인님, 여기 제 즉각적인 사직을 받아주세요. 그럼 안녕히. - 사라 베르나르

내 사직의 건이 '위원회'에서 논의될 수 없게끔, 위 편지의 사본을 「피가로」 지와 「골루아Le Gaulois」 지에도 보내두었다. 페랭이 내 편지를 수령한 날, 편지의 내용은 이미 두 신문을 통해 공개되었다. 또한 누군가가 내 결정에 영향을 끼치는 것을 원치 않았으므로 나는 편지를

---

2 각각 에밀 졸라는 「목로주점」의 작가, 에밀 오지에는 「여자 모험가」의 작가다.

보낸 즉시 하녀와 함께 르아브르로 떠났다. 누구에게도 내 거취를 알리지 말 것을 명했으며, 르아브르에 도착한 첫날 저녁은 가능한 한 최대로 숨죽이며 지냈다. 다음 날 아침이 되자, 지역 주민들이 나를 알아보기 시작했다. 그들은 파리로 전보를 보냈고, 리포터들이 몰려왔다.

그리하여 라 에브 곶 방면으로 도망갔다. 한시도 멈추지 않고 쏟아지는 차가운 빗줄기에도 불구하고, 종일 자갈이 깔린 해변에 누워있었다. 나는 싸늘하게 얼어붙은 몸으로 프라스카티 호텔에 돌아왔다. 그날 밤 무척 심한 열병에 시달렸고, 사람들은 의사 질베르 선생님을 불러와야 했다.

질겁한 내 하녀의 연락을 받고 게라르 부인이 달려왔다. 이틀 동안 심한 열병에 시달렸다. 그동안 신문들은 나의 사직에 관해 무수한 기사들을 쏟아내었다. 기사의 논조는 점차 비난조로 변해갔다. 나는 최악의 악행을 저지른 배우라는 비난을 받았다.

코메디-프랑세즈는 빌리에 대로에 있는 내 자택에 집달관 한 사람을 파견했다. 그는 세 차례나 우리 집 대문을 두드렸으나, 누구도 응답하는 이가 없어 문 앞에 문서 사본을 두었다느니 뭐니 하는 헛소리를 했다.

거짓말이었다. 우리 집에는 상주 인원이 있었다. 내 아들, 아들의 가정교사, 내 하녀의 남편이기도 한 나의 집사, 급사장, 식모, 하녀와 다섯 마리의 개들이 분명 집달관의 방문 당시 집에 있었을 터이다. 그런데 '법률'을 대변하는 사람인 이 집달관에게 항의해봐야 아무 소용이 없었다. 쓸데없는 짓이었다.

규칙대로라면 코메디-프랑세즈는 내게 세 차례까지 경고해야 한다. 그러나 경고는 한 차례도 주어지지 않았고, 대신 소송이 시작되었다. 이 소송전은 진작 지고 들어가는 싸움이었다.

코메디-프랑세즈 측 변호인인 알루(Allou) 씨는 나에 관한 여러 못된 일화들을 지어내었다. 그는 나를 괴짜로 만드는 것이 즐거운 듯했다. 그에게는 내가 페랭에게 보낸 편지들을 모은 서류가 한 뭉치 있었다. 긍정적으로든 부정적으로든 내 감정이 격할 때 작성된 편지들이었다. 페랭은 내 편지들을, 아주 사소한 것들까지 모두 간직하고 있었다. 반면에 나에게는 그의 편지가 전혀 없었다.

알루 씨의 변론은 대단한 성공을 거두었다. 그는 나로 인해 발생한 손해액과 그 이자가 30만 프랑에 달한다고 주장했으며, 내 앞으로 쌓인 연금 4만 3천 프랑도 압수해서 코메디-프랑세즈에 돌려줘야 한다고 주장했다.

내 변호인은 바르부(Barboux) 씨였다. 그는 페랭의 절친이었고, 그다지 나를 변호할 의지가 없어 보였다. 결국 코메디-프랑세즈에 대한 위약금으로 10만 프랑을 지불하라는 선고를 받았다. 여기에 더해서 나는 4만 3천 프랑의 연금도 잃게 되었다. 내가 당시 이 소송을 거의 신경 쓰지 않았었다는 것은 꼭 짚고 넘어가야겠다.

✠

사직 사흘 뒤, 제럿이 찾아왔다. 그는 또다시 내게 미국 진출을 제안해왔다. 이것으로 세 번째 제안이었고, 이번에는 그의 제안에 진지하게 귀를 기울였다. 우리는 그때까지 구체적인 계약조건에 관해 이야기한 적이 없었다. 그가 내게 제안한 조건은 다음과 같다. 공연 한 건당 기본 출연료 5천 프랑을 지급하며, 최대 1만 5천 프랑의 공연 수익에 이르기까지는 공연 수익의 절반을 추가로 지급함. 예컨대, 공연 수익이 2만 프랑에 달하면, 내가 추가로 받을 수 있는 돈은 7천 5백 프랑이라는 얘기였다. 여기에 더해, 매주 숙박비로 1천 프랑이 지급

될 것이며, 여행을 위해 특급 열차를 전세 내주겠다는 말도 덧붙였다. 내 방은 물론 피아노 한 대가 놓인 응접실, 사용인들을 위한 침대 넷에 전속 요리사 두 명이 딸린 열차라고 했다. 대신 제럿은 모든 수익의 10퍼센트를 얻게 된다. 이 조건을 모두 받아들였다. 나는 조속히 파리를 떠나려 했다.

제럿은 곧바로 미국의 거물 기획자인 애비(Abbey) 씨에게 전보를 보냈다. 애비 씨가 프랑스에 도착한 것은 13일 뒤였다. 나는 제럿이 작성한 계약서에 서명했고, 제럿과 애비는 계약서의 모든 조항들을 내게 상세히 설명해주었다. 선금으로 10만 프랑을 받았는데, 프랑스에서 미국으로 떠나기 위한 여비 명목이었다. 내가 미국에서 공연하는 작품은 8개 작품이었는데 「에르나니」, 「페드르」, 「아드리안 르쿠브뢰르Adrienne Lecouvreur」, 「사락사락Froufrou」, 「춘희」, 「스핑크스」, 「이국 여인」, 「조르주 대공비La Princesse George」였다.

나는 라페리에르(Laferrière)에 26벌의 외출복을 주문했다. 라페리에르는 당시 단골 옷가게였다. 나는 바롱(Baron)에 「아드리안 르쿠브뢰르」의 무대의상 6벌, 「에르나니」의 무대 의상 네거티브 벌을 주문했다. 그리고 「페드르」 공연을 위한 무대의상은 르폴(Lepaul)이란 이름의 젊은 화가 겸 무대의상 제작자에게 주문했다. 의상은 모두 36벌이었고, 총지출 금액은 6만 1천 프랑이었다. 그중 저 젊은 르폴이 제작한 의상에 들어간 돈만 4천 프랑이다. 이 가엾은 예술가는 그 의상에 직접 수를 놓았다.

르폴이 제작한 의상은 환상적으로 아름다웠다. 그 의상은 내가 프랑스를 떠나기 이틀 전에 도착했다. 이 의상이 배달된 순간을 회상할 때마다 깊은 감정의 동요를 겪지 않을 수 없다. 당시 나는 기다림에 진력이 난 상태였다. 르폴은 내가 막 그에게 항의 편지를 쓰고 있던 참에 우리 집을 방문했다. 처음에는 그를 퉁명스럽게 맞이했다. 그런데 그의 얼굴이 어찌나 딱했는지, 나는 그를 자리에 앉히고 그의 근황을 걱정스레 물어봤다. 이 가엾은 젊은이의 안색은 몹시 나빴다.

"네, 몸이 무척 안 좋네요."

르폴이 내게 말했다. 내가 충격을 받을 정도로 연약한 목소리였다.

"이 작업을 잘 마무리 지으려고 사흘 밤을 새웠답니다. 하지만 보세요, 여기 당신의 의상입니다. 정말로 아름답지 않습니까!"

그는 경건함과 애정이 담긴 태도로 내 앞에 그 옷을 펼쳐 놓았다.

이때 게라르 부인이 무엇인가를 가리키며 말했다.

"어머, 저기 작은 얼룩이 있네요!"

"아! 제가 바느질하다가 손가락을 찔렀어요."

가엾은 예술가는 재빨리 게라르 부인의 말을 받았다. 그때 나는 르폴의 입가에 맺힌 핏방울을 보고 말았다. 그는 저 아름다운 의상 위로 또 다른 핏자국을 떨어트리지 않기 위해 재빨리 입가를 훔쳤다. 나는 그에게 4천 프랑의 대금을 건넸고, 그는 그 돈을 떨리는 손으로 받았다. 그는 몇 마디 알아듣기 힘든 말을 중얼거리고 사라졌다.

"이 옷을 치워주세요! 옷을 치워요!"

그리하여 '내 귀여운 부인'과 하녀에게 소리쳤다. 그리고 그날 저녁 내내 깊은 슬픔에 빠져 흐느꼈다. 누구도 내 슬픔을 이해할 수 없었다. 저 가엾은 사람을 그토록 채근한 나 자신을 저주했다. 그가 곧 죽음을 맞이할 것은 불 보듯 뻔했다. 그리고 그를 죽음으로 몰아간 연쇄적인 인과 고리에 있어서 가장 첫 번째 원인을 제공한 것은 바로 나였다. 앞날이 창창한 예술가, 고작 스물두 살밖에 되지 않는 이 젊은이의 죽음, 나는 그 죽음의 공범이었다.

나는 르폴의 의상을 절대로 입고 싶지 않았다. 그 옷은 꺼내지 않은 채, 지금도 빛바랜 종이 상자에 담겨있다. 금실로 놓인 자수는 세월의 흐름을 맞아 갈색으로 변했다. 그리고 조그만 핏자국이 남은 부분은 원단이 살짝 부식되었다.

가엾은 예술가, 르플에 대해 얘기해보면, 그의 죽음을 런던 체류 중에 알게 되었다. 때는 5월이었다. 미국으로 떠나기 전에 코메디-프랑세즈의 런던 공연 기획자였던 홀링스헤드 및 메이어와 새로운 계약을 맺었다. 계약기간은 1880년 5월 24일에서 6월 27일까지였다.

✠

코메디-프랑세즈가 내게 건 소송은 바로 이 기간에 진행되었다. 바르부 변호사는 내게 어떤 조언도 해주지 않았다. 나는 코메디-프랑세즈 없이 영국 공연을 진행했고, 이때 내가 거둔 성공은 코메디-프랑세즈 운영위원회와 언론, 그리고 나를 미워하는 대중들을 약 오르게 했다.

알루 변호사는 런던의 대중들이 금방 내게 질려서 내가 출연하는 코메디-프랑세즈의 공연에 더는 오려 하지 않았다고 주장했다. 그의 억지 주장에 대한 가장 훌륭한 반론은 다음과 같다.

코메디-프랑세즈의 게이티 극장 공연 수입 일람표

(*가 붙은 것은 내가 출연한 공연들이다.)

1879	공연명	공연 수입 (프랑)
6.2.	「인간혐오자」서막, 「페드르」서막, 「우스꽝스러운 프레시외즈들Les Précieuses ridicules」 2막	13,080
6.3.	「이국 여인」	*12,565

6.4.	「사생아Le Fils naturel」	9,300
6.5.	「마리안의 변덕Les Caprices de Marianne」, 「기쁨은 무섭다La Joie fait peur」	10,100
6.6.	「거짓말하는 이Le Menteur」, 「할 수 없이 의사가 되어Le Médecin malgré lui」	9,530
6.7.	「빌메르 후작Le Marquis de Villemer」	9,960
6.7.	(낮 공연)「타르튀프」, 「기쁨은 무섭다」	8,700
6.9.	「에르나니」	*13,600
6.10.	「화류계Le Demi-monde」	11,425
6.11.	「벨-일의 아가씨」, 「문은 열려있거나 닫혀있어야 한다Il faut qu'une porte soit ouverte ou fermée」	10,420
6.12.	「추신Le Post-scriptum」, 「푸아리에 씨의 사위Le Gendre de Monsieur Poirier」	10,445
6.13.	「페드르」	*13,920
6.14.	「크레모나의 현악기 장인Le Luthier de Crémone」, 「스핑크스」	13,350
6.14.	(낮 공연)「인간혐오자」, 「소송광Les Plaideurs」	8,800
6.16.	「친구 프리츠L'ami Fritz」	9,375
6.17.	「자이르」, 「우스꽝스러운 프레시외즈들」	*13,075
6.18.	「사랑과 우연의 장난Le Jeu de l'amour et du hasard」, 「어떤 것에 대해서도 맹세해서는 안 되네Il ne faut jurer de rien」	11,550
6.19.	「화류계」	12,160
6.20.	「푸르샹보 가(家) 사람들Les Fourchambault」	11,200
6.21.	「에르나니」	*13,375
6.21.	(낮 공연)「타르튀프」, 「문은 열려있거나 닫혀있어야 한다」	2,215
6.23.	「그랭구아르Gringoire」, 「우리는 사랑으로 장난치지 않는다네」	11,080
6.24.	「변호사 사무실에서Chez l'avocat」, 「세글리에르의 아가씨 Mademoiselle de la Seiglière」	9,960
6.25.	(낮 공연)「이국 여인」	*11,710

6.25.	「세비야의 이발사Le Barbier de Séville」	9,180
6.26.	「앙드로마크」, 「소송광」	*13,350
6.27.	「수전노L'Avare」, 「불티L'Étincelle」	11,775
6.28.	「스핑크스」, 「사랑의 원통함Le Dépit amoureux」	*12,860
6.28.	(낮 공연)「에르나니」	*13,730
6.30.	「뤼 블라스」	*13,660
7.1.	「메르카데Mercadet」, 「생-마르탱의 여름L'Été de la Saint-Martin」	9,850
7.2.	「뤼 블라스」	*13,160
7.3.	「빅토린의 결혼Le Mariage de Victorine」, 「스카팽의 사기Les Fourberies de Scapin」	10,165
7.4.	「학식을 뽐내는 여인들Les Femmes savantes」, 「불티」	11,960
7.5.	「푸르샹보 가(家) 사람들」	10,700
7.5.	(낮 공연)「페드르」, 「기쁨은 무섭다」	*14,265
7.7.	「빌메르 후작」	10,565
7.8.	「친구 프리츠」	11,005
7.9.	「에르나니」	*14,275
7.10.	「스핑크스」	*13,775
7.11.	「필리베르트Philiberte」, 「얼빠진 사람L'Étourdi」	11,500
7.12.	「뤼 블라스」	*12,660
7.12.	(낮 공연)「그랭구아르」, 「에르나니」, 「은총La Bénédiction」 5막, 「대버넌트Davenant」 5막, 「불티」 5막	*13,725
	총수입	492,150

공연당 평균 수입은 대략 11,175프랑이다. 또한 상기 숫자들로 증명되는 바와 같이, 코메디-프랑세즈가 선보인 43회의 공연 중에서 내가 참가한 18회 공연의 평균 수입은 13,350프랑이고, 내가 참가하지 않은 나머지 공연의 평균 수입은 10,000프랑이다.

내가 코메디-프랑세즈와의 소송에서 패했다는 사실을 알게 된 것은 런던에서다. 판결문의 전문은 생략하고 일부를 인용한다.

이와 같은 이유로, 사라 베르나르는 그녀가 1875년 3월 24일에 코메디-프랑세즈와 체결한 틀림없는 계약에서 오는 모든 권리 및 특권, 특혜들을 잃게 됨을 선고한다. 또한 제반 사항을 고려하여, 본 법정은 사라 베르나르에게 코메디-프랑세즈 측에 총 10만 프랑의 손해배상금을 지불할 것을 선고한다…

신문들이 이 부당한 판결을 보도한 것은 내가 런던에서의 마지막 공연을 올리던 날이다. 나는 박수갈채를 받으며 입장했고, 사람들은 끊임없이 내게 꽃을 던져주었다.

나는 여러 다른 배우들을 이끌고 있었다. 드부아요드(Devoyod) 부인, 마리 쥘리앙(Mary Jullien), 칼브(Kalb), 내 여동생 잔[3], 피에르 베르통(Pierre Berton), 트랭(Train), 탈보(Talbot), 디유도네(Dieudonné) 등 모두 유능한 배우들이었다.

런던에서 미국에서 공연하게 될 모든 레퍼토리를 공연했다.

비튀, 사르세, 라폼므레(Lapommeraye) 세 사람은 내 공연을 보기 위해 런던까지 찾아왔다. 그들이 나를 얼마나 심하게 헐뜯었는지 알고 있었기에, 메이어 씨에게서 그들의 도착 소식을 듣고 나는 정신이 멍해졌다. 더는 그들의 의도를 조금도 파악할 수가 없었다. 마침내 파리의 기자들이 좀 조용해졌다고 굳게 믿던 참에, 내 가장 독한 적들이 나

---

3 '유능한 배우'라는 사라 베르나르의 서술과는 달리, 동생인 잔 베르나르는 삼류 배우였으며, 언니의 순회공연을 따라다니며 단역들을 맡았다. 중증의 모르핀 중독자였던 그녀는 1900년에 사망했으며, 이는 사라 베르나르의 죽음보다도 23년이 빠르다.

를 보러 바다를 건너왔다. 어쩌면 그들은 사육사가 자신이 기르는 짐승들에게 잡아먹히는 광경을 보기 위해 사육사를 따라다니는 영국인과 같은 희망을 품었는지도 모르겠다. 평소에 상냥한 인품을 가진 라폼므레 역시 다른 모든 이들에게서 빌려온 듯한 분노를 내게 퍼부어 대었다. 그는 언제나 성격이 지나치게 무르다는 비판을 받았는데, 내게 분노에 찬 기사를 썼을 때조차, 그는 자신이 부당한 독설을 퍼붓고 있다는 것을 스스로 인지했기에 내게 "좋은 여행이 되길!"이라는 말을 외쳤었다.

그런 세 사람이 내 런던 공연을 찾아온 것이었다. 각자 꽤 많은 인원을 대동하고 말이다. 그들이 런던에 도착한 다음 날, 「아드리안 르쿠브뢰르」의 첫 공연이 올라갔다. 오귀스트 비튀는 「피가로」에 장문의 기사를 송고했다. 해당 기사에서 그는 몇몇 장면들에 대한 내 연기를 비판했고, 내가 라셸이 세운 전통을(나는 라셸을 한 번도 본 적이 없지만) 따르지 않은 것을 아쉬워했다. 그는 자신의 기사를 다음과 같은 말로 마무리했다.

누구도 의심할 수 없을 진실한 마음으로 찬탄을 보낸다. 5막에서 사라 베르나르의 연기는 극적인 강렬함을 얻는 수준으로 고양되었으며, 누구도 넘어설 수 없을 진실한 어조에 도달했다. 부이용 공작부인에 의해 중독된 아드리안이 무시무시한 단말마의 고통 속에서 발버둥 치는, 그 길고 끔찍한 장면을 연기할 때, 그녀는 자신의 뛰어난 재능을 여실히 보여주었을 뿐 아니라, 그녀가 여태껏 보여준 적이 없는 지적인 구성 능력 역시 보여주었다. 만약 파리의 관객들이 기존의 선입견을 모두 잊고, 사라 베르나르 양이 어제저녁 들려준 "죽고 싶지 않아, 나는 죽고 싶지 않아!"라는 대사를 듣게 된다면, 그들 또한 저 가슴 찢어지는 어조의 외침을 듣고 눈물바다에 잠기게 될 것이요, 박수갈채를 쏟게 될 것이다.

사르세는 아주 멋진 비평문을 썼고, 다음과 같은 말로 마무리 지었다. "그녀는 경이롭다!"

라폼므레는 다시금 무척이나 상냥해졌다. 그는 내게 코메디-프랑세즈에 재합류하라는 간청의 메시지를 보냈다. '탕아'인 내가 돌아와 준다면, 코메디-프랑세즈는 잔치를 벌여 환영하리라는 것이었다.

「사락사락」의 첫 공연에 대해 다음과 같은 비평문을 기고했다.

이번 저녁 공연은 연극 역사상 가장 감동적인 무대였다는 생각이 든다. 연극 예술에서는, 공연 중인 배우들이 자기 자신을 넘어서는, 그러니까 자기 자신을 초월하여 내면의 "악마"(나는 "신"이라고 부르고 싶지만)에게 사로잡히는 예외적 순간들이 있다. 코르네유(Corneille)에게 불멸의 시구들을 속삭여준 바로 그 악마 말이다. 나는 공연이 끝나고, 사라 베르나르 양을 찾아가 말했다.

"이번 공연이 당신에게 복귀의 길을 열어줄 겁니다! 당신만 원한다면, 당신은 코메디-프랑세즈에 복귀할 수 있을 거예요!"

그러자 그녀는 이렇게 답했다.

"더는 그런 말씀 마세요. 더는 복귀 얘기를 꺼내지 마세요."

그녀의 뜻대로 해주자. 그러나 이 무슨 손실인가! 이 얼마나 안타까운 일인가!

「사락사락」의 대성공은 코클랭의 탈주로 인해 생겨난 공백을 메우기에 충분했으며, 그의 탈주로 인해 일어난 감정을 잠재웠다. 원래 코클랭은 페랭의 허락 아래 메이어, 홀링스헤드와 계약을 맺고 우리와 함께 공연하기로 했었다. 그리고 나중에 가서 말을 바꿔 우리와 함께 하기로 한 계약을 지키지 못하겠다고 밝혔었다. 이는 페랭이 내 영국 공연을 망치기 위해 계획한 더러운 배신 행위였다.

페랭은 이러한 일이 있기 전에, 고를 보내 비공식적으로 내게 코메디-프랑세즈로의 복귀 의사를 타진했었다. 미국 공연도 막아서지 않을 것이며, 복귀 절차는 내가 미국 공연을 마치고 돌아온 뒤에 진행하자는 얘기였다. 하지만 그가 내게 보냈어야 할 사람은 고가 아니었다. 그는 보름스를 보내거나, 아니면 "솔직한 우리 아저씨"(들로네)를 보내는 편이 나았으리라.

보름스였다면, 나는 그의 애정 어리고 명료한 논변에 설득되었으리라. 그리고 들로네였다면, 비록 논변이 거짓일지언정, 너무도 매력적이어서 빠져나오기 힘든 우아한 말솜씨 탓에 속아 넘어갔을지도 모른다.

고는 내가 미국 공연을 마친 뒤 코메디-프랑세즈에 돌아올 수 있다는 것을 분에 겨운 행복으로 단언했다. 그는 이렇게 덧붙였다.

"사라, 당신도 잘 알잖아요, 당신은 거기서 죽을 고생을 할 거예요. 프랑스로 귀국하고 나면, 아마 코메디-프랑세즈로 돌아올 수 있다는 걸 무척 다행스럽게 여기게 될 겁니다. 당신은 몸이 적잖이 상해서 요양할 시간이 필요할 테니 말이죠. 내 말을 믿고, 서명하세요! 혜택을 보는 것은 다른 누구도 아닌 바로 당신이란 말입니다."

나는 그에게 대꾸했다.

"감사합니다. 하지만 귀국길에는 코메디-프랑세즈가 아니라, 병원을 찾아 입원하는 편이 낫겠어요. 이제 절 좀 내버려 두세요."

심지어 이런 말을 했던 것도 같다.

"아 좀 내버려 두라니까요!"

그날 저녁, 고는 「사락사락」의 공연을 보러왔다. 그리고 공연이 끝난 뒤 배우 휴게실로 찾아와 말했다. "서명하라니까요! 날 믿어요. 그리고 코메디-프랑세즈의 「사락사락」 공연으로 복귀하세요! 아주 멋진 복귀공연이 되리라고 장담하지요!"

결국 그 제안을 거절했고, 코클랭 없이 런던에서의 모든 공연을 마쳤다. 우리 공연의 평균 수입은 9천 프랑이었다. 나는 아쉬운 마음으로 런던을 떠났다. 처음으로 런던을 떠났을 때는 그토록 기쁜 마음이었거늘, 이번에는 아쉬움이 가득했다.

런던은 특별한 도시였다. 런던의 매력은 단번에 드러나는 것이 아니라, 오직 차츰차츰 드러나는 것이다. 프랑스인이 런던에서 받게 되는 첫인상은 가슴을 에는 불안과 죽을 것 같은 권태의 감정이다. 커튼도 달지 않은 내리닫이 창문들이 가득 뚫린 대형 건물, 지지도 않는 검은 떼가 끼고, 먼지가 내려앉은, 못생기고 우울해 보이는 기념물들, 머리에는 깃털 꽂은 모자를 얹었지만, 나머지 부위에는 딱할 정도로 누더기를 걸친 채, 비처럼 슬픈 얼굴을 하고 골목 모퉁이마다 있는 꽃장수들, 거리의 검은 진창들, 언제나 다소 낮은 하늘, 자신들 못지않게 취한 사내들에게 매달린 여인들의 기괴하고도 우스꽝스러운 교태, 합승마차만큼이나 수가 많은 크랭크 오르간들을 둘러싸고, 머리를 한껏 휘날리며 격한 춤을 추는 비썩 마르고, 피부가 상한 소녀들. 25년 전에는 이러한 모든 풍경이 파리 사람의 머릿속에 어떤 말로 형용하기 힘든 거북함을 일으켰었다.

그러나 눈을 편안케 하는 수많은 광장이, 그리고 귀족 여인들의 아름다운 모습이 차츰차츰 저 꽃장수들의 행색을 잊게 해주었다. 하이드 파크, 특히 로튼 로우에서 볼 수 있는 현란한 움직임은 내 머릿속을 쾌활함으로 채워주었다. 영국인들의 융숭한 환대는 처음으로 악수할 때의 긴장을 풀어주었고, 남자들의 재치는 프랑스 남자들에 비교해도 전혀 손색이 없었다. 또한 그들이 여자들의 환심을 사려는 태도는 프랑스 남자들에 비해 한층 더 정중했고, 그리하여 더욱 기쁘기까지 했다. 나는 세상에 이름 높은 프랑스 남자들의 여성에 대한 태도를 전혀 그리워할 필요가 없었다.

다만 영국의 검은 진창보다는 우리들의 황금빛 진창이 좋았고, 끔찍한 내리닫이창보다 우리들의 창문이 더 마음에 들었다. 나는 프랑스와 영국 두 나라가 각자의 창문을 제외하면 더는 어떠한 차이도 없다는 생각이 든다. 우리들의 창문은 활짝 열 수가 있다. 햇빛은 우리들 집의 가장 안쪽까지 들어온다. 신선한 공기는 집안의 모든 먼지와 세균들을 씻어준다. 우리들의 창문은, 별로 신기한 것도 없지만, 활짝 열렸던 것과 마찬가지로 꼭 닫힌다.

한편, 영국의 창문들은 위로 올리든, 아래로 내리든, 반만 열린다. 우리는 심지어 일부는 위로 열고, 일부는 아래로 열며 장난을 칠 수도 있다. 다만 정확히 창 가운데 위치하게 열어두는 것은 불가능하다. 햇빛은 영국의 창문을 시원스레 관통하지 못하며, 신선한 공기 역시 그 유익한 방문을 수행하기 어렵다. 영국의 창문은 이기적이고도 음험하게 '난 아무래도 상관없어'라는 태도를 고수한다.

어찌했든 나는 이제 런던을 사랑하게 되었으며, 말할 필요가 있을까마는, 당연히 런던 사람들도 사랑한다. 코메디-프랑세즈와 함께한 첫 런던 방문 이래로, 그곳을 스무 번이나 더 방문했다. 그때마다 런던 사람들은 내게 한결같은 진심을 보여주었고 정겨웠다.

31

덴마크 여행

일신이 자유로운 상태에서 겪은 첫 번째 시련이 지나가자, 나는 스스로가 원하는 삶에 대해 한층 더 굳은 확신이 들었다. 비록 내 체질은 무척 연약했으나, 나 스스로가 즐거운 일을 어떤 구속도 없이, 그리고 어떤 통제도 없이 할 수 있다는 가능성이 신경성 긴장을 풀어주었다. 그리고 그렇게 해서 강해진 신경은 결과적으로 내 건강에 도움이 되었다. 건강은 계속된 긴장으로 인해, 그리고 이런저런 근심 걱정을 잊기 위해 행해진 과로 때문에 쇠약해져 있었다. 나는 오직 나만을 위해 모은 영광 위에서 잠이 들었고, 그리하여 이전보다 숙면을 취했다. 숙면에 들게 되자, 식사량도 조금은 늘게 되었다. 내가 런던에서 프랑스로 귀국했을 때, 내 몇 안 되는 가까운 친구들은 살이 오르고 혈색도 좋아진 내 모습을 보고 매우 놀랐다. 나는 며칠간 파리에 머물다가 브뤼셀로 떠났다. 나는 그곳에서 「아드리안 르쿠브뢰르」와 「사락사락」을 공연해야 했다.

　벨기에 사람들은(더 정확히 말하면 브뤼셀 사람들은) 우리나라 사람들과 세상에서 가장 닮은 이들이다. 벨기에에서 나는 한 번도 외국인이라는 생각을 한 적이 없다. 벨기에에서는 프랑스어가 통용된다. 벨기에의 마차에는 완벽한 취향의 말과 마구가 매인다. 벨기에 상류 사교계의 여인들은, 우리나라 상류 사교계의 여인들과 닮았다. 벨기에 사교계에도 화려하게 몸치장을 한 정부들이 넘쳐나게 많다. 브뤼셀의 호텔들은 파리의 호텔들과 우열을 논할 수 없을 정도로 훌륭하다. 벨기에 삯마차의 말들은 프랑스의 말들 못지않게 불행하며, 언론은 프랑스의 언론 못지않게 사악하다. 요컨대, 브뤼셀은 험담꾼들이 모인 도시인 파리의 축소판이나 마찬가지다.

나는 생애 처음으로 모네(Monnaie) 극장에서 공연했다. 이 거대하고 싸늘한 극장에 대한 첫인상은 그다지 좋지 않았다. 그러나 관객들의 열광 어린 환대는 내 마음을 녹여주었고, 모네 극장에서 사흘간 네 차례 펼친 저녁 공연은 잊을 수 없는 추억으로 남았다. 브뤼셀 공연이 끝나고, 코펜하겐으로 떠났다. 코펜하겐의 왕립 극장에서 다섯 회의 공연을 펼칠 예정이었다.

덴마크에 도착하자마자, 심한 공포에 사로잡혔다. 아마 사람들은 우리의 도착을 목이 빠지도록 기다렸나 보다. 이천 명도 넘는 사람들이 내가 탄 열차가 도착하자 서로의 몸을 떼밀며 "만세!"를 불렀다. 그 소리가 어찌나 우렁찬지, 지금 대체 무슨 일이 벌어지고 있는지 이해하기 힘들 정도였다. 덴마크 왕립 극장의 지배인 겸 왕실 시종장인 팔레센(Fallesen) 씨가 내가 올라탄 칸에 들어온 것은 바로 그때였다. 그는 내게 대중의 호의적인 관심에 부응하여 창밖으로 얼굴을 내밀어 달라고 부탁했다. "만세!" 소리가 재개되었다. 그순간 비로소 그것이 나를 향한 것임을 이해했다.

나는 미칠 듯한 불안에 사로잡혔는데 결코, 설령 아무리 내가 그것을 원할지언정, 사람들이 내게서 기대하는 정도로 높은 수준에는 이를 수 없을 터였다. 내 비썩 마른 몸매는 저 눈부실 정도로 아름다운 선남선녀들에게 동정심을 사게 될 것이다. 나는 그들의 건강한 몸과 나의 몸을 비교하며 위축된 마음으로 열차에서 내려왔다. 스스로 한갓 한 점의 미풍에 지나지 않는 듯했다. 그리고 나는 보았다. 발 디딜 틈도 없이 몰려든 인파가 경찰의 통제에 따라 좌우로 도열하여, 내가 탈 마차를 위해 널찍한 길을 만드는 모습을. 나는 살짝 빠른 속도로 이 호의적인 인파 사이를 지났다. 그들은 내게 꽃을 던졌고, 손키스를 보냈으며, 인원을 통제하고 있는 경찰들 역시 호의적인 모자 인사를 건네어왔다.

무수한 성공을 거두었고 무수한 갈채를 받았지만, 덴마크 사람들이 보여준 호의는 그중에서도 가장 소중한 추억에 속한다. 내 환영 인파는 숙소인 오텔 당글르테르[1](hôtel d'Angleterre)까지 이어졌다. 다시 한번 나를 환영하러 나와 준 이들에게 인사하고 감사를 표한 뒤에, 호텔 안으로 들어갔다.

그날 저녁 덴마크 국왕 내외와 그들의 딸인 웨일스 공비는 「아드리안 르쿠브뢰르」의 첫 공연을 보러왔다.

아래는 1880년 8월 16일 「피가로」지에 실린 기사의 일부다.

사라 베르나르는 굉장한 관객들 앞에서 「아드리안 르쿠브뢰르」의 공연을 펼쳤고, 공연은 대성공을 거두었다. 덴마크 왕가, 그리스 국왕 내외, 그리고 웨일스 공비도[2] 이날 공연에 참석했다. 박수갈채가 이어지는 가운데, 왕비들은 우리 프랑스인 여배우에게 꽃다발들을 던졌다. 이는 전례가 없는 승리다. 관객들은 열광적인 반응을 보였다. 내일은

---

1 덴마크 코펜하겐에 위치한 5성급 호텔이다.
2 당시 덴마크 국왕인 크리스티안 9세, 그리스 국왕인 오르요스 1세, 그리고 웨일스 공비(훗날의 영국 왕비) 알렉산드라는 모두 한 핏줄로, 글뤽스보르 왕가의 구성원이었다.

「사락사락」의 공연이 올라갈 예정이며...

「사락사락」의 공연 또한 앞선 공연과 대등한 성공을 거두었다. 내 출연 일정은 이틀에 한번 꼴로 계획되어 있었고, 비는 시간을 활용하여 헬싱외르[3](Helsingør)를 방문하고 싶었다. 덴마크 국왕은 나의 편의를 봐주어 내게 관광하는 데 마음껏 쓰라며 배 한 척을 내주었다.

나는 헬싱외르 여행에 모든 동료를 초대했다. 덴마크 왕실 시종장이자 왕립 극장 지배인인 팔레센 씨는, 우리에게 성대한 점심 연회를 베풀어주었다. 우리는 덴마크에서 가장 이름 높은 명사들과 함께 햄릿의 무덤, 오필리아의 샘, 마리엔리스트성, 그리고 크론보르성을 방문했다.

나는 헬싱외르 방문을 후회했다. 헬싱외르의 실제 모습이 기대에 못 미쳤던 탓이다. 소위 '햄릿의 무덤'이란 곳은 실은 슬프고도 추한 모습의 작은 기둥 하나와 약간의 풀밭, 그리고 아름답지 못한 가슴 아픈 거짓말들로 이루어져 있었다. 사람들은 내게 소위 '오필리아의 샘'에서 뜬 약간의 물을 마시게 했다. 그리고 팔레센 남작은 다른 누구에게도 이 조그만 샘의 물을 마시지 못하게 하려고 내가 방금 쓴 잔을 부숴버렸다.

위대함이라고는 전혀 찾아볼 수 없었던 이 관광을 마치고, 다소 울적한 마음으로 배에 돌아왔다. 그렇게 상갑판 난간 위에 몸을 기대고 흘러가는 물을 바라보고 있을 때였다. 장미꽃잎 몇 장이 물속에 잠겼다가, 보이지 않는 물결에 떠밀려 다시 수면으로 올라왔다. 꽃잎들은 우리 배의 측면에 달라붙어 오고 있었다. 그리고 나서 내 눈에 보인 것

---

3 영어로는 엘시노어(Elsinore)라고 지칭되며, 셰익스피어의 비극 「햄릿」의 무대가 된 곳이다.

은 수천 장의 꽃잎들이었다. 신비한 느낌을 자아내는 석양 속에서 북구 청년들의 노랫가락이 울려 퍼졌다. 입맞춤 때문에 소리가 죽은 취주악과도 같은 노랫소리였다.

나는 시선을 들었다. 우리 배 앞으로 바람을 타고 흔들거리는 예쁜 배 한 척이 더 있었다. 돛들을 활짝 펼친 그 배 위에서, 스무 명가량 되는 젊은이들이 장미꽃을 한 아름씩 물 위로 던지고 있었다. 물결은 우리 쪽으로 꽃잎들을 실어 왔고, 젊은이들은 지난 세기의 전설들을 담은 환상적인 노래를 불렀다. 그리고 이 모든 것은 나를 위해서 준비되었다. 이 모든 장미꽃과 이 모든 사랑, 그리고 저 시적인 노래까지 전부 말이다. 나는 저기 저무는 해마저도 나를 위한 해였으면 좋겠다고 생각했다.

삶의 모든 아름다움을 가져다준 이 짧은 순간 동안, 나는 주님 바로 곁에 있는 느낌을 받았다.

다음날 공연을 마치고 나오는데, 덴마크 국왕이 나를 왕실 전용 칸막이 좌석으로 소환했다. 그는 거기서 내게 공로장을 수여했다. 다이아몬드들로 무척 예쁘게 장식된 공로장이었다.

그는 수많은 질문을 던지며 나를 잠시 거기 붙잡아 두었는데 왕비에게도 소개되었다. 곧바로 그녀가 내 말을 잘 알아듣지 못한다는 것을 깨달았다. 내가 다소 답답함을 느낄 때 즈음, 그리스의 왕비가 내 통역을 돕기 위해 왔다. 그리스의 왕비는 미인이었다. 그런 왕비조차도 그녀의 시누이인 웨일스 공비에 비하자면 얼마나 못났던지! 오! 웨일스 공비의 얼굴은 정말이지 사랑스럽고 매혹적이었다! 순수하고 순결한 그리스인의 얼굴에 북구인의 두 눈, 길고 탄탄한 목덜미는 그야말로 왕비의 인사에 어울리게 만들어진 듯했고, 부드러운 미소는 거의 수줍어 보였다. 말로 형용할 수 없는 매력은 웨일스 공비를 빛나게 했고, 그리하여 내 눈에는 더는 그녀밖에 보이지 않게 되었다. 그러고 있다가 왕실 전용 칸막이 좌석을 떠났다. 생각하건대, 아마 덴마크와 그리스 국왕 내외는 내 지성에 대하여 서글픈 견해를 품게 되었으리라.

✠

덴마크를 떠나기 전날 저녁, 사람들은 나를 위해 성대한 만찬을 열어주었다. 팔레센 씨는 무척 우아한 축사를 통해 나와 동료들이 덴마크에 열어준 '프랑스 주간'에 대해 감사의 인사를 전했다.

로버트 월트(Robert Walt)는 언론인을 대표해서 무척 열정적이고 짧지만, 또한 무척 호의적인 축사를 했다. 프랑스 대사는 로버트 월트에게 대단히 정중한 태도로 몇 마디의 감사 인사를 건넸다. 프로이센 공사인 마그누스(Magnus) 남작이 자리에서 일어나 축사를 던졌을 때는, 자리에 있던 이들 모두가 크게 놀랐다. 그는 힘찬 목소리로 나를 돌아보며 외쳤기 때문이다.

"우리에게 이처럼 위대한 예술가들을 보내준 프랑스를 위해 건배하고 싶군요! 프랑스를 위해, 우리 모두가 사랑하는 아름다운 프랑스를 위해 건배!"

끔찍한 보불 전쟁이 있고 고작 10년이 지났을 때였다. 프랑스인들에게는 아직 상흔이 아물지 않았을 때였다. 마그누스 남작은 진정 상냥하고 매력적인 남자였다. 내가 코펜하겐에 도착하자마자, 그는 자신의 명함과 꽃을 보내왔었다. 나는 그 꽃을 돌려보냈다. 그리고 영국 대사관의 프랜시스(Francis) 경에게 부탁하여 '다시는 선물을 보내지 말아 달라'는 전언을 그에게 보내기까지 했다. 그러나 이 사람 좋은 남작은 그런 거절의 말을 듣고도 웃음을 터뜨릴 뿐이었다. 그는 내가 숙소를 나서기를 기다렸다가, 두 팔을 뻗은 채 내게로 다가왔고, 더는 정확히 기억나지 않는 정중하고도 양식 있는 몇 마디 말을 내게 건넸다. 주변 사람들 모두가 우리를 바라보고 있었다. 나는 난처해졌다. 이 남자는 명백한 호인이었다. 그의 솔직한 태도에 본의 아니게 감동 받아 그에게 감사 인사를 하고, 그 자리를 도망치듯 빠져나왔다. 스스로의 감정이 정확히 어떤 것인지, 선뜻 분간이 가질 않았던 것이다. 그는 이후로도 두 차례나 더 나를 찾아왔다. 그렇지만 피곤에 지친 나머지 그를 맞이하는 것을 거부했고, 다만 숙소에서 외출할 때에만 그에게 인사를 건넸다. 나는 이 사람 좋은 외교관이 보이는 집요함이 다소 짜증스러웠다.

그리하여 그날 만찬에서도, 마그누스 남작이 일어나 연사의 태도를 취하였을 때, 나는 얼굴이 창백해짐을 느낀 것이었다. 나는 그의 축사가 채 끝나기도 전에, 자리에서 일어나 이렇게 소리쳤다.

"그럽시다. 다 같이 프랑스를 위해 잔을 들도록 해요, 하지만 프로이센 대사님, 이런 저런 수식이 붙은 프랑스가 아니라, '프랑스' 전체를 위해 건배합시다!"

나는 신경이 곤두서 있었고, 내 목소리는 떨리고 있었다. 나는 본의 아니게 연극적인 과장을 취하고 있었다. 그리고 이것은 일종의 도화선으로 작용했다.

내 말이 끝나자마자, 위쪽 회랑에 자리 잡고 있던 궁정 오케스트라가 힘차게 '라 마르세예즈'를 연주하기 시작한 것이다. 그 시절 덴마크인들은 독일인들을 미워하고 있었다. 순식간에 사람들이 빠져나갔다. 만찬장은 마치 마법에 걸리기라도 한듯 황량해졌다.

어떤 질문에도 답하고 싶지 않았으므로, 만찬장을 나와 내 숙소로 돌아갔다. 내 행동은 확실히 지나친 것이었다. 분노가 내 의지를 폭주하게 했다. 마그누스 남작은 그런 호통을 들어야 할 이유가 전혀 없었다. 나는 이날의 일로 해서 후폭풍이 몰아치리라는 것을 직감했다. 나는 나 자신에 대해, 남작에 대해, 그리고 온 우주에 대해 분노한 채 잠자리에 누웠다.

✠

그날 만찬장에는 300명의 손님이 와 있었고, 여기에 더해 궁정 오케스트라 사람들과 하인들이 있었다. 마그누스 남작은 그런 자리에서, 있는 힘껏, 상냥하지만 사려 없는 연설을 펼친 것이었다. 그리고 나는 그런 그의 연설에 지나치게 흥분한 태도로 반발했다. 대중들과 언론은, 나의 호통에 사로잡혔다. 남작과 나는 각자 자기 자신의 바보짓에 발목이 잡힌 셈이었다. 지금의 내가 같은 상황에 놓이게 된다면, 나는 세간이 어찌 생각하든 아랑곳하지 않을 것이며, 선량하고 정중한 한 남자를 곤경에서 구하기 위해서라면, 설령 나 자신이 우스꽝스럽게 되는 한이 있더라도 그를 구할 우회로를 찾아낼 터이다. 하나 당시의 나는 심한 신경과민이었으며, 타협 없는 국수주의자였다. 게다가 나 자신을 뭐라도 되는 것처럼 여겼던 것 같다. 그러나 그 뒤로 인생이 내게 가르쳐준 것은, 누군가가 '대단한 사람'인지 아닌지는 그가 죽고 나서야 비로소 확실해진다는 것이다.

인생이란 언덕길의 내리막에 접어든 오늘날, 나는 즐거운 마음으로 한때 내가 올랐던 저 모든 좌대를 바라본다. 그 가운데는 그것들을 세웠던 꼭 같은 이들에 의해 산산조각으로 부서진 좌대들도 많다. 부서진 조각들은 탄탄한 하나의 기둥을 이루었고, 나는 그 위에 자리 잡고 앉아 지나간 것들을 행복한 마음으로 살피고, 앞으로 올 것들을 주의 깊게 살폈다. 내 멍청한 자만심은 내게 못된 짓을 할 마음이 없는 이에게 못된 짓을 저질러버렸다. 그리고 나는 이 일에 대해 가슴 아린 회한을 품고 있다.

✠

나는 박수갈채 속에 코펜하겐을 떠났다. 떠나는 나를 향해 사람들은 몇 번이고 "프랑스 만세!"를 연호했고, 창문마다 게양된 프랑스 국기는 세차게도 펄럭였다. 나는 분명히 이해했다. 이 모든 것들은 나를 위한 것이 아니라, 독일에 반대하기 위함임을 말이다. 난 그저 구실이었을 뿐이다.

그 이후로 덴마크인들과 독일인들의 관계는 변했고, 두 나라는 대단히 굳게 결속되었다. 나는 마그누스 남작의 건을 기억하며 내게 원한을 품은 덴마크인들이 전혀 없으리라고는 단언하지 못하겠다.

나는 파리로 돌아와, 미국으로 장기간 떠나기 위한 마지막 준비를 했다. 출발 일자는 그해 10월 15일이었다.

8월의 어느 날, 나는 평소처럼 오후 다섯 시에 친구들을 맞이했다. 내가 오래도록 프랑스를 떠날 때가 멀지 않았으므로 이날은 평소보다 더 많은 친구가 찾아왔었다. 그들 가운데는 지라르댕, 카페니스트(Kapenist) 백작, 캉로베르 원수, 조르주 클래랭, 아르튀르 메이에르, 뒤케넬, 무척이나 아름다운 오귀스타 올메스(Augusta Holmès), 레이몽 드 몽벨(Raymond de Montbel), 노르덴스키욀드(Nordenskjöld), 오코너(O'Connor)가 있었고, 그 외에도 친구들이 많이 있었다. 나는 어깨가 으쓱해진 채 거들먹거렸다. 다시금 내가 이 상냥하고 지적인 친구들 곁으로 돌아왔다는 것이 행복했다.

지라르댕은 미국으로 공연 여행을 떠나겠다는 내 결심을 돌려놓기 위해 무진 애를 썼다. 라셀의 친구였던 그는, 그녀가 미국 공연을 할 당시의 서글픈 이야기들을[4] 들려주었다. 아르튀르 메이에르는 내가 언제나 내 충동에 따라 행동해야 한다는 견해를 밝혔다. 다른 친구들도 나의 미국 공연에 대한 의견이 나뉘어 자기들끼리 토론을 벌였다.

캉로베르 원수, 프랑스가 영원히 사랑하게 될 이 경탄스러운 사내는 이번 모임의 주제가 평소처럼 즐겁지 않은 것을 유감스러워했다.

"이봐요들, 사라 저 친구는 천성이 전투적이라고요. 우리에게는 이 기적인 애정으로 그녀의 의지를 꺾을 권리가 없습니다."

"아! 맞는 말씀이에요."

내가 소리쳤다.

"제가 싸움을 위해 태어났다는 걸 저도 잘 알고 있어요. 언론의 험담들로 인해 제게 적대적인 선입견을 품은 대중을 길들이는 것도 아주 즐겁거든요. 그래서 말인데, 영국에서 대성공을 거둔 제 「아드리안」과 「사락사락」을 여기서 공연할 수 없다는 게 아쉽네요. 꼭 파리가 아니더라도, 프랑스 땅 안에서 말이에요."

"하나도 아쉬워할 거 없습니다."

펠릭스 뒤케넬이 소리쳤다.

"친애하는 사라, 당신이 첫 성공을 거둔 것은 나와 함께 일할 때였죠. 당신의 마지막 성공도 나와 함께하지 않겠습니까?"

뒤케넬의 말이 끝나자, 좌중의 모두가 경악의 탄성을 내질렀다. 나도 놀라서 펄쩍 뛰었다. 뒤케넬은 다음과 같은 말을 덧붙였다.

---

4 앞서 여러 차례 언급된 여배우 라셀(Rachel Félix, 1821-1858)은 생애 말에 미국 진출을 감행했지만, 이렇다 할 성공을 거두지는 못했다. 그녀는 미국 공연을 마치고 몇 년 지나지 않아 36세 나이로 요절한다. 사인은 지병인 결핵이었다.

"아뇨, 아뇨. 여기서 '마지막'이라는 건 그러니까… '미국 공연 이전의 마지막'이란 소리입니다. 당신만 괜찮다고 한다면, 모든 것은 제가 책임지고 준비하지요. 일주일이면 공연단을 꾸릴 수가 있을 겁니다. 비용이 얼마가 되었든, 저는 인구가 가장 많은 대도시들을 골라 극장들을 대관할 거예요. 9월 한 달 동안 우리는 그 극장들을 돌며 스물다섯 번의 공연을 올리는 겁니다. 계약 조건은 가능한 한 단순하게 하죠. 스물다섯 번 공연에 5만 프랑을 지불하겠습니다. 계약금의 절반은 내일 부쳐드릴게요. 그리고 계약서도 그때 같이 보낼 테니, 서명하도록 하세요. 망설일 시간 같은 것은 드리지 않겠습니다."

나는 기쁜 마음으로 손뼉을 치며 그의 제안을 수락했다.

그 자리에 있던 친구들은 뒤케넬에게 가능한 한 빨리 순회공연 일정을 알려달라고 부탁했다. 얼마 전 영국과 벨기에, 덴마크에서 그렇게나 호평을 받았던 내 「아드리안 르쿠브뢰르」와 「사락사락」, 다들 저 두 작품을 공연하는 내 모습을 보고 싶어 했다.

뒤케넬은 친구들의 부탁을 수락했다. 그리고 우리는 공연 장소와 일시가 확정되면, 작은 자루 안에 각각의 도시명과 공연 일자 및 작품 제목을 기입한 카드들을 담아 넣고, 한 사람씩 무작위로 뽑아 카드에 적힌 공연을 방문하기로 했다.

나는 뒤케넬이 보내온 계약서에 서명했다. 그리고 일주일 뒤, 그는 확정된 공연 일정과 임시로 결성된 극단 단원들을 이끌고 나를 찾아왔다. 정말이지 기적과도 같은 일이었다.

순회공연은 9월 4일 토요일에 시작될 예정이었다. 공연은 모두 스물다섯 차례였고, 출발에서 복귀에 이르기까지 총 일정에는 28일이 소요되었다. 그리하여 해당 순회공연에는 「사라 베르나르의 28일」이란 이름이 붙게 되었다. 꼭 병역 의무를 수행하는 부르주아의 28일을 연상시키는 이름[5]이었다.

이 짤막한 순회공연은 대단한 성공을 거두었다. 저 '예술적인 산책' 또한 더할 나위 없이 즐거운 것이었다. 그것은 뒤케넬이 나를 위해 준비해준 여흥이었다. 그의 사전 준비 덕에, 우리는 공연이 있던 도시들의 교외로 나가 소풍이며 잔치를 편히 즐길 수 있었다.

원래 뒤케넬이 준비했던 것은 각 지역의 박물관 방문이었다. 그는 나를 기쁘게 해줄 생각으로, 파리에서 각지의 박물관으로 편지를 보내어 방문 일시를 조율했었다. 지역 박물관의 관장들은 자신들이 소장한 가장 멋진 전시물들을 소개해 주겠다며 기꺼이 내 안내역을 자원했다. 또한 각 도시의 시장들도 친히 나를 지역 성당과 기념물로 안내하려 했다.

뒤케넬이 저 박물관장들이며 시장들의 호의 어린 답장 무더기를 보여준 것은 우리가 순회공연을 떠나기 전날 밤이었다. 나는 그것을 보고 큰소리로 비명을 질렀다.

'설명'을 들어가며 박물관을 방문하고 싶지 않았다. 나는 이미 프랑스의 거의 모든 박물관들을 돌아보았었다. 그동안의 박물관 방문은 전부 기분이 내킬 때, 내가 선택한 친구들과 함께하는 방문이었다. 성당 및 기타 기념물들에 대해 말하자면, 나는 그 안에 발을 들여놓는 것조차 지긋지긋했다. 성당 안에 들어가면 내가 할 수 있는 것은 아무것도 없다. 그건 정말이지 지겨운 일이다! 지금도 나는 성당 같은 곳은 굳이 관광지로 찾고 싶지 않다.

성당 건물들을 지나치며 그 실루엣을 보고 탄복하기, 석양 속에 드

---

5 프랑스는 이때 국민개병제를 채택하고 있었다. '28일'은 1872년의 관련 법령에 의거한 예비군 훈련 기간(4주)에 해당한다.

러난 성당의 모습을 관망하기, 이 정도야 괜찮다! 사실 딱 그 정도가 사람들이 내게 요구할 수 있는 최대치였다. 그런데 굳이 저 춥디추운 공간 안으로 발을 들인 채, 부조리한 데다가 언제 끝날지도 모르는 '설명'을 들어야 한다니, 높은 천장을 올려다보며 목덜미가 뻐근해져야 한다니, 지나치게 초를 칠해 미끄러운 바닥 위에서 애써 몸의 중심을 잡아야 한다니, 차라리 가만히 놔두는 것이 좋았을 무너진 측면 벽을 복원했다며 눈을 반짝이는 안내원의 설명을 들어야 한다니, 예전에는 물이 가득 차 있었다지만 오늘날에는 북풍이나 동풍처럼 건조하게 말라붙은 해자를 바라보며, '와 참 깊네요'라고 탄복해야만 한다니, 이 모든 것들은 정말이지 비명을 질러댈 정도로 끔찍했다!

어린 시절부터 커다란 집들이며 성, 성당, 탑, 요컨대 방앗간 높이를 넘어서는 대형 건축물들을 모두 싫어했다. 오두막이 좋고, 천장이 낮은 농가가 좋다. 또한 나는 방앗간을 사랑하는데, 왜냐하면 이 자그마한 구조물은 지평선을 가리지 않기 때문이다. 여기서 굳이 피라미드들에 대해 악담을 하지는 않겠다. 어쨌든 피라미드는 건축되지 않았더라면 백배는 더 좋았을 테다.

나는 상당히 호의적인 태도를 보여준 명사들에게 일정을 취소하겠다는 급전을 보낼 수 있냐고 뒤케넬에게 간청했다. 이들에게 전보를 보내는 데 꼬박 두 시간이 걸렸다. 마침내 다음날인 9월 3일, 나는 자유롭고 즐거운 기분으로 출발할 수 있었다.

순회공연 동안에, 친구들은 일전의 무작위 추첨 결과에 따라 나를 찾아왔다. 나는 그들과 함께 대형 마차에 올라탄 채, 공연장이 있는 도시 근교를 누비며 유람을 즐겼다.

나는 9월 30일에 파리로 돌아왔고, 다른 것들에 눈 돌릴 시간 없이 속히 미국으로 떠날 준비를 해야 했다. 외젠 베르트랑(Eugène Bertrand) 씨가 나를 찾아온 것은, 순회공연을 마치고 일주일이 지났을 때였다. 그는 당시 바리에테 극장의 지배인이었고, 그의 형제는 레이몽 데슬랑드와 함께 보드빌 극장의 공동 지배인을 맡고 있었다. 나는 이 외젠 베르트랑이란 사내를 몰랐지만, 어쨌든 곧바로 그를 손님으로 맞이했다. 그는 내 친구들의 친구였기 때문이다.

서로 인사를 나눈 뒤, 그는 내게 물어보았다.

"미국에서 돌아오신 뒤에는 무엇을 하실 생각이신지요?"

"음, 저도 잘 모르겠어요. 아직 아무것도, 아무 계획도 생각해둔 게 없습니다."

"좋습니다, 실은 제가 당신을 위해 생각해둔 계획이 하나 있거든요. 혹시 파리로 돌아오신 뒤에, 빅토리앙 사르두(Victorien Sardou)의 신작으로 복귀하시는 건 어떠신지요? 보드빌 극장에서 말이에요. 당신만 괜찮으시다면, 즉시 계약하시죠."

"아!"

내가 소리쳤다.

"보드빌 극장이라고요? 거긴 레이몽 데슬랑드가 지배인으로 있는 곳이잖아요? 그는 절 죽도록 미워하고 있어요. 예전에, 그의 작품인 「아내를 내던지는 남자Un mari qui lance sa femme」의 초연이 짐나즈 극장에서 있었는데, 제가 다음날 그 극장 극단에서 도망쳤거든요. 정말이지 엉망진창인 연극이었죠. 춤과 샌드위치에 미친 젊은 러시아인 역할을 맡은 제 모습은 그보다도 더 엉망이었고요. 그러니 레이몽 데슬랑드는 결코 저와 계약하길 원치 않을 거예요."

그러자 외젠 베르트랑은 내게 미소를 지어 보였다.

"제 형제가 그 레이몽 데슬랑드의 동업자랍니다. 제 형제라고 말씀은 드렸지만, 한 마디로 제가 동업자인 거나 마찬가지지요! 짐나즈 극장의 자금은 모두 저희 형제 주머니에서 나왔는데, 대부분이 제 돈이 었거든요! 그러니까 짐나즈 극장의 실질적인 소유주는 바로 접니다! 그래서 얼마를 원하십니까?"

"하지만, 저는 잘 모르겠어요..."

"한 회 공연 당 1500프랑이면 만족하시겠습니까?"

나는 얼빠진 표정으로 그를 바라보았다. 그가 제정신인지 아닌지 선 뜻 확신이 들지 않았다. "하지만 베르트랑 씨, 만약 제가 성공하지 못 한다면, 생돈을 잃게 되실 텐데요. 그런 일은 제가 용납이 안 됩니다."

"걱정하지 마세요! 꼭 성공하실 겁니다. 그것도 실로 놀라운 성공을 요! 이제 서명할 생각이 드십니까? 아니면 최소 50건의 공연을 보장 하는 조항을 추가해 드릴까요?"

"아! 아니요! 안 그러셔도 돼요! 기꺼이 계약하지요! 저는 물론 빅토 리앙 사르두의 글을 좋아합니다만, 그래도 아직 어떤 것도 보장해 드 릴 수는 없어요. 성공 여부는 우선 사르두에게 달려 있고, 저는 그다음 이니까요! 자! 서명하겠습니다! 저를 믿어주셔서 고마워요."

베르트랑과 체결한 계약서를 내 "다섯 시 모임"에 모인 친구들에게 도 보여주었다. 그들은 모두 운명이 내 '광기'(친구들은 내 코메디-프랑세즈 사직을 그렇게 부르고 있었다)에 호의를 베풀었다고 결론내렸다.

이제 내가 파리에서 보낼 수 있는 시간은 사흘뿐이었다. 프랑스를 떠나야 한다는 생각에 내 가슴은 찢어졌다. 여기에는 서글픈 이유가 있었지만, 그 상세한 내막은 내 내밀한 사생활에 직결되기에 이 회고 록에는 적어두지 않겠다. 내게는 공적 삶과는 또 다른 삶을 살아가는 가족적인 '나'가 있다. 그러한 '나'의 감정, 기쁨, 슬픔은 극소수의 사 람들과 연관되어 일어났다가 잦아들었다.

나는 다른 공기를 들이마실 필요를 느끼고 있었고, 더 넓은 공간과 또 다른 하늘을 필요로 했다.

　내 어린 아들과도 잠시 떨어져 지내야 했는데 다섯 자녀의 아버지인 삼촌 집에 맡겼다. 숙모는 다소 완고한 개신교도였지만 좋은 사람이었다. 그리고 그 두 사람의 장녀, 곧 내 사촌인 루이즈는 재기발랄하고 무척 똑똑한 사람이었다. 루이즈는 내게 내 아들을 잘 돌볼 것을 약속했다. 그리고 아들의 신변에 무슨 일이 일어난다면, 아무리 사소할지언정 내게 연락해주겠노라 약속했다.

✠

마지막의 마지막 순간에 이르기까지도 파리 사람들은 내 미국행에 관한 소문을 믿지 않았다. 나는 너무도 병약했었다. 그토록 병약한 내가 저 먼 미국으로 떠난다니, 아무리 그간 내가 미친 결정들을 많이 내렸어도 설마 그러기야 하겠느냐는 것이었다. 내 미국행이 진실임이 밝혀지자, 그간 주춤했던 저 모든 '방울뱀' 무리가 쏟아져 나와 단체로 방울 소리를 내기 시작했다. 막말의 콘서트가 시작되었다. 아! 정말이지, 장관이었다.

　나는 목하 무더기처럼 쌓여가는 헛소리, 중상모략, 거짓말, 바보 같은 소리, 멍청한 조언들, 악의적인 풍자화, 불쾌한 농담들을 바라보고 있었다. 그들은 만인의 연인이여, 안녕! 우상이여, 안녕! 별이여, 안녕! 따위 이런저런 헛소리들을 외쳐대었다.

　당시 기사가 엄청나게 쏟아진 탓에 어안이 벙벙할 지경이었다. 대부분은 읽어보지도 않았다. 다만 내 비서를 시켜, 논조가 호의적이든 악의적이든 가리지 않고, 그 기사들을 작은 노트에 오려 붙였다. 이러한 작업은 내가 예술 학교에 입학했을 당시 대부님이 시작한 작업이었다. 나는 대부님이 돌아가신 뒤에도, 그 작업을 계속해나가고 있었다!

다행스럽게도 당시 쏟아진 수천 줄의 기사 더미 속에서 몇몇 아름답고도 고상한 문장들을 건질 수가 있었다.

그것들은 장 자크 베스(Jean-Jacques Weiss), 졸라, 에밀 드 지라르댕, 쥘 발레스(Jules Vallès), 쥘 르메트르(Jules Lemaitre) 및 몇몇 다른 이들의 기고문이다. 또한 빅토르 위고, 프랑수아 코페(François Coppée), 리슈팽(Richepin), 아로쿠르(Haraucourt), 앙리 드 보르니에(Henri de Bornier), 카튈 망데스(Catulle Mendès), 파로디(Parodi), 그리고 보다 나중에는 에드몽 로스탕(Edmond Rostand)까지, 이들은 나를 위해 아름답고 우아하며 공정한 내용이 담긴 시구를 지어주었다.

나는 중상모략과 거짓말 때문에 죽을 수가 없었고, 그럴 생각도 없었다. 중상모략이 쏟아지는 가운데서도 고상한 정신들이 내게 호의와 찬사로 가득한 평가를 준 덕분에, 한없이 기쁠 수가 있었다고 고백하는 바이다.

Louise Abbéma
(naturellement, puisque
c'est Sarah Bernhardt

32

르아브르에서 뉴욕으로

또 다른 희망, 또 다른 성공과 새로운 감각들을 향해 나를 데려다줄 배의 이름은 '라메리크(l'Amérique)' 호였다. 라메리크 호는 저주받은 배였다. 모든 불행, 사고, 그리고 폭풍우야말로 그 배의 운명이었다.

라메리크 호는 몇 달 동안이나 뭍에서 내려오지 못하기도 했고, 아이슬란드의 소형 선박에 들이받혀 후미의 바닥이 뚫린 적도 있었다. 그리고 정확하지는 않지만, 뉴펀들랜드 연해 어딘가에서 좌초되었다가 다시 건져졌다는 얘기도 있었다. 비록 크게 파손되지는 않았지만, 르아브르에 정박해 있던 중에 뱃전 화재를 겪기도 했다고 한다.

이 가엾은 배에 다소 우스꽝스러운 악명을 더한 유명한 일화가 하나 있었다. 1876년 혹은 1877년의 일이다. 라메리크 호에 새로운 펌프 장치가 설치되었다. 영국에서는 이미 오래전부터 사용되었지만, 당시 프랑스인 선원들에게는 아직 생소한 장비였다. 라메리크 호의 선장은 해당 장비를 실제로 작동시켜봐야겠다는 무척 현명한 생각을 떠올렸다. 이는 유사시를 대비해 선원들에게 미리 장비 사용법을 숙지시키기 위함이었다. 장치가 가동된 지 몇 분이나 지났을까, 선원 한 사람이 선장에게 달려와 선창에 물이 차오르는데 원인은 불명이라고 보고 했다. 선장은 외쳤다.

"긴급 상황이다, 제군! 펌프를 작동시켜! 더 힘차게!"

펌프는 미친 듯이 돌아가고, 펌프가 돌아가면 돌아갈수록 물은 차올랐다. 결국 물은 선창 가득히 차오르게 되었고, 선장은 승객들을 구명보트에 실은 뒤 배를 버려야 했다.

이틀 뒤, 영국의 포경선 한 척이 라메리크 호와 만났다. 그들은 문제의 펌프를 작동시켰고, 장치는 아무 문제 없이 배에 고인 물을 퍼내었다. 다만 영국인들이 그 펌프를 작동시킨 방향은, 프랑스인 선장이 지시했던 방향의 반대 방향이었다.

이 사소한 실수는 라메리크 호를 운용하던 대서양 횡단 해운사에 120만 프랑의 손실을 안겼다. 해운사는 더는 여행객들이 이용하고 싶지 않아 하는 이 증기선을 파격적인 조건으로 팔아치우려 했고, 그 덕분에 미국 공연 담당자인 애비 씨는 라메리크 호를 헐값에 인수했다. 장래에도 재수 없는 일들이 일어날 거라는 수많은 예측이 있었지만, 결국은 애비 씨의 판단이 옳았다. 불행을 겪을 대로 겪은 이 배는 더는 어떤 사고도 일어나지 않았다.

여행 경험이 많지 않았던 나는 출항을 앞두고 날아갈 것 같은 기분이었다. 1880년 10월 15일 아침 6시, 내게 배정된 선실에 발을 들였다. 선실은 무척 넓었고, 곳곳에는 내 이름의 머리글자가 새겨진 담홍색 천이 펼쳐져 있었다. 아! 이토록 많은 S.B.(사라 베르나르의 두문자)라니!! 선실에는 또한 반짝이는 대형 구리 침대가 하나 놓여 있었고, 방 곳곳은 꽃으로 장식되어 있었다.

옆방에는 '내 귀여운 부인'이 배정되었다. 그곳 역시 무척 쾌적한 선실이었다. 또한 그 옆방에는 내 하녀와 그녀의 남편이 배정되었고, 내 나머지 고용인들의 선실은 배의 다른 쪽 끝에 배정되었다.

안개가 잔뜩 낀 날이었다. 우중충한 바다 위로는 수평선조차 보이지 않았다. 나는 저 안개 너머를 향해 나아갔다. 하늘과 바다가 모여 신비로운 성벽을 이룬 듯한 저 희뿌연 안개 속을 돌파했다.

항구는 출발 직전의 소란으로 온통 떠들썩했다. 배의 엔진이 토해내는 소리, 출발을 알리는 기적 소리와 종소리, 울고 웃는 소리, 로프가 풀리는 소리, 날카롭게 명령을 내리는 소리, 늦게 도착한 이들이 허둥대는 소리, 배 안에 짐을 싣기 위해 선원들이 손에서 손으로 있는 힘껏 짐을 내던지며 "으쌰!", "이얍!", "받아!"라고 외치는 소리, 그리고 뱃전을 때리는 파도가 내는, 얼핏 웃음소리를 닮은 소리까지. 이 모든 소리들이 함께 모여들어 하나의 엄청난 소음을 이루었고, 소음을 받아들인 뇌는 더 이상 어떤 것이 자신의 진정한 감각인지 분간하기 어려울 정도로 지쳤다.

손님 중에는 마지막 순간까지 석별의 정을 나누고, 굳게 손을 마주잡고, 귀국 후의 계획을 나누고, 입맞춤을 나누다가, 끝내 부둣가의 모습이 더는 보이지 않을 정도로 멀어지고 난 뒤, 선실 간이침대에 몸을 던지며 미친 듯이 오열을 터뜨리는 이들이 있었다. 나도 그런 이들 가운데 한 사람이었다.

나는 사흘 동안 끔찍한 절망에 빠져 지냈다. 눈에서는 닭똥 같은 눈물이 쏟아졌고, 하도 울어 두 뺨이 빨개질 지경이었다. 그러한 시간이 지나가자, 마음에 평정이 돌아왔다. 내 의욕은 마음의 괴로움을 극복했다.

출발하고 나흘째 되던 날, 나는 아침 일곱 시 경에 일어나 바깥바람을 쐬러 갑판으로 나갔다. 무시무시할 정도로 추운 날씨였다.

갑판을 거닐다가 검은 옷을 입은 한 부인과 마주쳤다. 체념 어린 얼굴에 고통을 품고 있는 듯한 부인이었다. 바다는 음험했다. 아무런 색도 없었고, 물결도 일지 않았다. 그러던 중 갑자기 격렬한 파도가 일었다. 배가 너무도 갑작스레 요동치는 바람에, 우리 두 사람은 몸의 중심을 잃고 쓰러지게 되었다. 나는 쓰러지는 즉시 벤치 다리에 매달렸다. 그런데 가엾은 부인은 아무 것도 붙잡지 못한 채, 앞쪽으로 튕겨져 나갔다.

순간 단숨에 몸을 일으켜 부인 쪽으로 손을 뻗었다. 그리고 늦지 않게 그녀의 치맛자락을 붙잡을 수가 있었다. 나는 하녀와 선원 한 사람의 도움을 받아, 이 불행한 여인이 계단으로 머리부터 굴러떨어지는 것을 막았다.

격통에 휩싸인 채, 그리고 다소 당혹스러운 표정으로 그녀는 내게 고맙다고 했다. 무척 온화하고 자그마한 목소리였다. 내 가슴은 격한 감정으로 요동쳤다.

"부인, 하마터면 저 무시무시한 계단에서 돌아가실 뻔했어요."

"그렇네요."

그녀는 퍽 유감스러운 듯한 한숨을 내쉬며 말을 이었다.

"분명 그런 일은 주님께서 원치 않으신 거겠죠."

그리고 그녀는 나를 빤히 바라보며 말했다.

"혹시 헤슬러 부인 아니십니까?"

"아뇨, 부인. 저는 사라 베르나르라고 합니다."

그러자 그녀는 등을 꼿꼿이 편 채로 뒷걸음질을 쳤다. 얼굴은 창백했고 이마에는 주름이 잡혔다. 부인은 고통에 찬 죽은 목소리로 내게 내뱉었다.

"저는 링컨의 미망인이랍니다."

나 역시 뒷걸음질을 쳤다. 거대한 마음의 고통이 내 온 존재를 사로잡았다. 방금 나는 저 불행한 여인에게 해서는 안 되는 단 하나의 일,

곧 그녀의 죽음을 막는 일을 해버린 것이었다. 그녀의 남편인 링컨 대통령은 부스(Booth)라는 이름의 배우에게 암살당했다. 그런데 이번에는 또 다른 배우가 나서서, 그녀가 사랑하는 남편 곁으로 가는 것을 막아선 셈이었다[1].

선실로 돌아와 꼬박 이틀을 처박혀 있었다. 너무나도 가엾은 저 링컨 부인의 얼굴과 마주칠 엄두가 나지 않았다. 그녀에게 감히 더는 말을 붙일 생각도 들지 않았다.

10월 22일, 우리 배는 끔찍한 눈보라와 맞닥뜨렸다.

나는 선장인 주클라(Jouclas) 씨가 급히 나를 찾는다는 말을 듣고 두꺼운 모피 코트를 걸쳐 입고 선교(船橋)로 올라갔다. 눈보라가 몰아치는 소리에 귀가 먹먹했다! 정신이 멍해질 정도로 환상적인 풍경이었다! 단단하게 뭉친 눈들은 바람의 연주에 맞추어 미친 듯이 왈츠를 추었고, 그 정신 나간 춤사위 속에서 눈송이들끼리 맞부딪는 소리가 들렸다.

온통 새하얀 눈송이에 덮인 하늘은 급작스레 어두워졌고, 배 위로도 눈송이들이 눈사태처럼 쏟아졌다. 시계(視界)는 몽땅 눈에 덮여버렸다. 내가 바다를 바라보자, 주클라 선장은 내게 지금은 전방 100미터 앞도 보이지 않는 날씨라는 점을 일깨워줬다. 나는 선장의 말을 듣고 고개를 돌렸다. 그러자 내 눈에 들어온 것은, 한 마리 갈매기처럼 새하얗게 된 우리 배였다. 밧줄들, 상갑판 난간, 현창, 슈라우드, 구명정, 갑판, 돛, 사다리, 연통, 환기구, 모든 곳이 새하얬다! 바다도 검고,

---

1 미국의 16대 대통령 에이브러햄 링컨은 1865년 극장에서 연극 관람을 하던 중에 암살당했으며, 사라 베르나르의 언급대로, 링컨 암살범인 존 윌크스 부스의 직업은 배우였다. 또한 링컨의 아내인 메리 토드 링컨(Mary Todd Lincoln)은 말년에 심한 백내장을 앓고 있었다. 그녀가 사라 베르나르를 다른 이로 착각했다가, 이름을 듣고 뒷걸음질을 친 데에는 위와 같은 사정이 작용한 것으로 보인다. 메리 토드 링컨은 1882년에 사망했다.

하늘도 검은 가운데, 오직 우리 배만이 새하얀 채 이 광막한 바다 위를 떠돌았다. 높다란 연통은 커다란 아가리 속으로 몰려드는 바람을 뚫고 힘겹게 증기를 토해내며, 사이렌(sirène)이 내뱉는 길고 긴 아우성과 투쟁하고 있었다.

증기가 뿜어져 나올 때 들리는 저 지옥 같은 소음이 순수한 백색에 덮인 배의 외관과 어찌나 강렬한 대조를 이루던지, 아마도 히스테리에 걸린 천사가 저런 모습이 아닐까 싶었다.

이 기이했던 날의 저녁, 선의(船醫)가 나를 찾아와, 한 여인에게서 산통이 시작되었다고 알려주었다. 당시 우리 배에는 이민자들이 여럿 탑승해 있었는데, 그들 중 몇몇 여인들을 각별하게 여겨 여러모로 챙겨주고 있었다. 산통이 시작된 것은 바로 그러한 여인 중 한 사람이었다. 급히 그녀 곁으로 달려가, 세상 빛을 보려 애쓰는, 그녀의 가엾은 아이를 있는 힘껏 도와주었다. 아! 이 모든 비참의 한 가운데에서, 음산한 밤의 한복판에서 울려 퍼진 음산한 비명이여! 오! 저 모든 고통과 번민과 희망에 둘러싸인 채, 스스로 살아가겠다는 굳센 의지를 표하는 신생아의 날카로운 첫울음소리여!

이 인간적인 난장판 속에는 그야말로 온갖 것들이 다 섞여 있었다. 출산 현장에는 남자들과 여자들과 아이들이 있었고, 누더기들과 통조림들, 오렌지와 대야들, 그리고 풍성한 머리와 대머리들이 있었다. 처녀들은 입을 다물지 못했고, 질투심 많은 여인들은 입술을 질끈 깨물었다. 새하얀 모자들과 붉은 스카프들이 섞여 있었고, 희망을 향해 앞으로 뻗친 손과 적의에 대항해 굳게 쥔 주먹들이 섞여 있었다.

나는 또한 남루한 옷 아래 어설프게 감춰진 권총들, 그리고 혁대 안쪽으로 꽂아 넣은 단검들을 보았다. 한번은 갑작스럽게 배가 요동치는 바람에, 냉철한 표정을 한 어느 건달이 자기 짐꾸러미를 떨어뜨려 그 내용물이 드러난 일도 있었다. 짐꾸러미 안, 허름한 옷가지들 사이에서 튀어나온 것은 손도끼와 곤봉이었다. 이 두 무기는 곧바로 한 선원에 의해 압수되었다. 사무장에게 보고를 올리기 위해서였다. 나는 이때 건달이 그 선원을 살피던 주의 깊은 시선을 잊을 수가 없다. 그는 분명 선원의 상세한 생김새를 기억해 두었으리라. 저 두 사내가 부디 단둘이 마주치는 일이 없기를 간절히 기도했다.

의사 선생은 신생아를 씻기고자 아이를 내게 들게 했다. 지금 와서 생각하면 후회되는 일이지만, 나는 이때 소름 끼치는 불쾌감에 사로잡혔다. 이 조그맣고, 더럽고, 붉고, 질척이고, 꼼지락대는 존재가 바로 인간이었고, 하나의 영혼이었고, 곧 하나의 사유가 될 존재였다.

그순간 속이 역해졌다. 이후로도 내가 대모가 되어준 이 아이를 볼 때마다, 나는 그 첫인상을 떠올렸다.

젊은 산모가 잠든 것을 확인하자, 나도 선실로 돌아가고 싶어졌다. 나는 의사의 부축을 받아 발걸음을 떼었다. 바다는 무척이나 거칠었다. 우리는 짐들과 이민자들 사이를 힘겹게 헤치고 나아갔다. 우리가 술 취한 사람들처럼 비틀거리며 나아가는 모습을 몇몇 웅크린 이민자들이 묵묵히 노려보았다.

이민자들의 시선에서는 악의가 느껴졌다. 빈정거리는 듯한 그들의 시선에 나는 짜증이 났다. 한 남자가 불쑥 우리에게 이런 말을 던졌다.

"이봐요, 의사 선생. 바닷물이란 게 술만큼 사람을 취하게 하는 거였답니까? 당신네 둘이 꼭 신혼여행에서 돌아온 부부처럼 비틀거리는구려!"

한 노파는 내게 매달리며 말을 걸기도 했다.

"저기요, 부인. 배가 너무 심하게 흔들리는데, 설마 침몰하는 건 아니겠죠? 세상에나! 저의 주님!"

그러자 가엾은 노파에게로 붉은 머리에 수염이 덥수룩한 어느 덩치 큰 남자가 다가왔다. 위협적으로 보이는 그 남자는 노인을 정중히 다시 눕히며 말했다.

"할멈, 얌전히 잠이나 자요. 혹시 난파를 당하더라도, 장담컨대 저기 손님들보다는 우리 쪽이 더 많이 구출될 겁니다."

그리고 그는 내 쪽으로 다가서며, 다분히 도발적인 어조로 말했다.

"부자들, 일등칸 승객들을 바다 밑바닥으로! 이민자들, 이등칸 승객들을 구명보트로!"

그러자 곳곳에서 음침한 웃음소리가 쿡쿡대며 새어 나왔다. 내 옆에서, 그리고 발아래에서 터져 나온 웃음소리들은 마치 극장에서 "무대 뒤의 인물을 향해" 터지는 웃음처럼 아련하게 울려 퍼졌다.

나는 선의의 곁에 꼭 달라붙었다. 그는 심기가 불편해 보였다. 선의는 피식 웃음을 터뜨리며 내게 말했다.

"흥! 여차하면 자리싸움이라도 해야겠군요!"

"그런데 선생님, 만약 우리가 정말로 난파하게 되면, 몇 사람의 승객이나 구할 수 있을까요?"

"우리가 가진 모든 구명정을 바다에 띄운다고 했을 때, 200명에서 최대한 250명까지는 구할 수 있을 겁니다. 구명정들이 모두 무사히 뭍에 닿는다는 전제하에 말이죠."

"하지만 사무장님께 듣기로, 이 배에 타고 있는 이민자들만 760명인걸요. 반면에 우리 일등칸에 타고 있는 승객들은 고작 120명이고요. 이 배에서 명령권을 가진 선원들과 일반 선원들, 그리고 기타 보조 인력을 합하면 모두 몇 명인가요?"

"170명입니다."

선의가 답했다.

"그럼 우리는 전부 1,050명인데, 그중 난파 상황에서 구조될 수 있는 인원은 고작 250명이라고요?"

"그렇습니다."

"이제야 저 이민자들의 증오심이 이해되네요, 당신들이 가축들처럼 실어둔 이민자들, 흑인 노예처럼 다루는 저 이민자들의 증오심 말이에요! 위험한 상황이 닥치면, 당신들은 저 사람들을 희생시킬 생각이로군요!"

"그렇지 않습니다, 부인. 다만 차례라는 게 있을 뿐이죠."

순간 막 말을 마친 이 끔찍한 사내를 빤히 바라보았다. 그는 정직해 보이는 인물이었고, 분명 자신이 말한 대로 생각하고 있었으리라.

그러니까 저 가여운 사람들, 삶에 배신당하고 사회에서 박대당한 이들은 삶에 대한 권리에서마저 그들보다 더 행복한 다른 이들에게 밀린다는 것인가? 아! 이 순간 나는 손도끼와 곤봉을 소지한 악당의 입장이 어찌나 잘 이해되던지! 이민자들의 권총과 혁대 아래 숨긴 단검을 이 순간 어찌나 긍정하고 싶어지던지! 그랬다. 붉은 머리의 거한이 내뱉은 말이 옳았다. 일등석을 원하는 우리, 언제나 일등석만을 차지하길 원하는 우리는 저 바다 밑바닥에서도 일등석을 차지해야 마땅했다!

나는 선장실에서 나오는 선장과 마주쳤다. 그는 내게 물었다.

"그래요, 출산은 잘 이루어졌습니까? 내려가시길 잘한 것 같나요?"

"출산은 무척 잘 끝났습니다. 선장님, 하지만 전 몹시 화가 났어요!"

주클라 선장이 움찔했다.

"오, 맙소사! 대체 뭐가 불만스러우신 거죠?"

"당신들이 승객을 다루는 방식에 대해 화가 났어요."

그는 무엇인가 말을 하고 싶은 눈치였다. 나는 계속해서 말을 이어갔다.

"배가 난파하는 상황이 닥쳤을 때, 당신들이 우리를 어떻게…"

"이 배는 절대 침몰하지 않습니다!"

"좋아요. 그럼 만약 화재가 발생하게 된다면…"

"배에 불이 날 일도 결코 없습니다!"

"좋아요, 그럼 배에 물이 차게 된다면…"

그는 여기서 웃음을 터뜨렸다.

"좋습니다. 그럴 일은 없습니다만, 저도 한번 가정을 해보죠. 대체 부인께서는 어떤 위험에 노출될 걱정을 하시는 겁니까?"

"가장 끔찍한 죽음의 위험이죠! 머리에 도끼를 맞는다거나, 등에 단검이 찔린다거나, 아니면 단순하게 주먹질에 당해 바닷속으로 곤두박질칠지도 모르죠."

나는 그가 입을 열고자 하는 것을 다시 가로막고 말을 이어갔다.

"저 아래 이등칸에는 750명의 이민자들이 있고, 우리 일등칸 승객들과 선원 모두를 합쳐 고작 300명이에요. 그런데 구명정으로 구조될 수 있는 사람 숫자는 200명 남짓이지요."

"그래서요?"

"그래서라뇨, 대체 이민자들은 어떻게 하실 건데요?"

"이민자들은 우리 선원들보다 앞서 구조될 겁니다!"

"그리고 우리보다는 나중이죠?"

"네, 일등칸 승객 여러분보다는 나중이죠!"

"이민자들이 그러한 일을 용인할 거로 생각하세요?"

"우리는 저들을 고분고분하게 만들 수 있는 총기들을 갖고 있답니다!"

"총기라… 여자들과 아이들에게도 그 총구를 겨누실 건가요?"

"아뇨, 여자들과 아이들은 가장 먼저 구출될 겁니다!"

"그게 무슨 멍청한 소리예요! 부조리한 일이에요! 여자들을 과부로, 아이들을 고아로 만들 작정이라면 그들을 구하는 데에 무슨 의미가 있나요? 게다가 이민자들 가운데에는 젊은 장정들도 많은데, 그들이 당신네 총구 앞에 순순히 무릎을 꿇을 것 같나요? 저 사람들은 수도 많거니와, 무기도 갖고 있다고요! 저들은 삶에게 뜯어낼 보상이 있다고요! 이민자들에게도 우리와 마찬가지로, 자기 마지막 순간을 지킬 권리가 있다고요! 저들에게는 용기가 있습니다. 싸움해도 더는 잃을 것이 없고 오직 얻을 것만 있는 사람들이니까요! 여러분이 참 불공정하고 비열하다고 생각해요. 저 사람들에게 정상참작이 가능한 중범죄를 강요해서 우리들을 확실한 죽음의 위협으로 몰아넣었으니 말입니다!"

선장은 무엇인가 반박을 하고 싶어 하는 눈치였지만, 나는 다시금 그의 말을 가로막았다.

"사실 난파까지 갈 것도 없고, 전례가 왕왕 있는 사태를 한번 생각해 봅시다. 예컨대 우리가 폭풍이 이는 바다에 갇혀 몇 달째 무력하게 흔들리게 된다고 가정해 보자고요. 이 배에 실린 식료품으로 1천명이 버틴다고 할 때, 두 달은 버틸 수 있나요? 혹은 세 달? 그 정도 양의 식료품은 결코 갖추지 않았을 겁니다. 그렇죠?"

"물론 그렇죠."

사무장이 건조한 목소리로 대꾸했다. 그는 무척 상냥한 사람이었지만, 또한 매우 자존심이 강했다.

"그런 사태가 벌어진다고 할 때, 대체 어떻게 하실 건가요?"

"흠, 부인이라면 어떻게 하실 건데요?"

주클라 선장이 끼어들었다. 그는 사무장의 표정이 구겨진 것을 보고 무척 흥미로워했다.

"만약 저였다면, 이민자들을 위한 배와 일등칸 승객들을 위한 배를 나누어 두 척을 각각 운행했을 겁니다. 제 생각에는 그편이 옳을 것 같네요!"

"그야 그렇죠. 돈이 문제지."

"아뇨. 부유한 손님들을 위한 배는 이 배처럼 증기선으로 편성하고, 이민자들을 위한 배는 범선으로 편성하면 되지요."

"하지만 부인, 그러면 그것 또한 공정치 못하지 않습니까? 증기선은 범선보다 훨씬 더 빠른 속도로 나아가는걸요."

"그런 건 전혀 중요하지 않아요, 선장님. 부자들은 언제나 시간에 쫓기지만, 불행한 이들은 그렇지 않거든요. 게다가 행선지에서 그들을 기다리고 있는 것은..."

"약속의 땅이죠!"

"오! 빈자들이여! 빈자들이여! 약속의 땅이라… 다코타나 콜로라도 말씀이신가요? 낮이면 태양이 머리를 삶을 듯하고, 땅을 갈라지게 하고, 샘을 마르게 하고, 셀 수도 없이 많은 모기를 태어나게 하는 땅 말씀이세요? 그 모기들의 침이 피부를 꿰뚫고, 인내심의 한계를 벅벅 긁는 땅 말씀이세요? 밤이면 끔찍한 추위가 두 눈을 깨물고, 사지를 얼어붙게 하며, 폐를 망가뜨리는 그러한 땅이 약속의 땅이라니! 동향인들이 몇 번이고 정의의 이름에 호소한 보람도 없이, 외진 곳에서 이민자가 억울하게 숨져가는 땅, 그러한 곳이 약속의 땅이라니! 이민자들이 눈물 속에서 증오에 찬 끔찍한 저주의 말을 내뱉으며 숨져가는 땅이 약속의 땅이라니! 이들 모두의 영혼은 분명 주님께서 직접 거두어 가실 겁니다. 이 가엾은 이들이 두 다리는 고통에 묶이고, 양팔은 희망에 묶인 채, 백인 노예를 매매하는 노예상들에게 넘어간다고 생각하자니, 그건 너무 가엾잖아요! 게다가 사무장님, 당신네 금고 안에 든 돈은요, 그건 저 노예상들이 저 가엾은 이들의 운임으로 건넨 돈 아닙니까! 굳은 살이 박힌, 떨리는 두 손에 의해 모인 돈! 한푼 두푼씩, 눈물방울마다 조금씩 아껴 모인 가엾은 돈! 이러한 점을 생각하자니, 차라리 우리가 정말 난파를 당했으면 좋겠네요. 우리는 모두 살해당하고, 이민자들은 모두 구조되길!"

그리고 내 선실로 돌아가 울었다. 가슴속에는 뜨거운 인류애가 타오르거늘 내가 할 수 있는 것은 아무것도, 정말 아무것도 없다는 것이 너무도 슬펐다.

다음날 느지막이 일어났다. 전날 늦게 잠든 탓이었다. 선실에는 방문객들이 가득했다. 그들은 모두 뒤로 감춘 손에 작은 꾸러미들을 쥐고 있었다. 나는 아직 잠기운이 가시지 않은 두 눈을 비볐다. 대체 무슨 일이 일어나고 있는 것인지 잘 이해되지 않았다.

게라르 부인이 내게 다가왔다. 그녀는 나를 포옹하며, 이렇게 입을 때였다.

"우리 귀여운 사라, 널 사랑하는 이들이 설마 네 생일을 잊었다고 생각하는 건 아니겠지?"

"아!"

내가 소리쳤다.

"오늘이 10월 23일이에요?"

"그래. 이거 받으렴. 이 자리에 함께하지 못한 이들의 선물이야."

내 눈은 촉촉하게 젖어 들어갔다. 흐릿해진 시야 너머로, 세상에서 가장 소중한 내 아이의 초상화가 보이기 시작했다. 게라르 부인은 초상화와 함께, 아들이 내게 부친 짧은 편지 또한 건네주었다. 그가 직접 적은 편지였다. 그리고 친구들이 보낸 선물들을 열어보았다. 자상하고 소박한 이들이 손수 만든 소품들이었다.

사람들은 내게, 간밤에 내가 출생을 지켜봤던 나의 대자(代子)를 데려왔다. 아기는 오렌지와 감자, 그리고 밀감으로 장식된 바구니에 담겨 있었다. 아기의 이마에는 금색의 별이 하나 붙어 있었다. 판 초콜릿을 감싸고 있던 금박지를 오려 만든, 조그마한 종이별이었다.

내 하녀인 펠리시와 그의 남편 클로드, 충직스럽고 다정한 이 두 사람 또한 내게 매우 기발한 깜짝 선물을 건네주었다.

누군가 선실 방문을 두드리는 소리가 났다.

"들어오세요!"

세 사람의 선원이 방에 들어오는 것을 놀란 눈으로 바라보았다. 그들은 전체 승무원을 대표하여 내게 커다란 꽃다발을 선물해주었다. 나는 경탄했다. 놀라울 정도로 아름답고 싱싱하게 보존된 꽃들이었기 때문이다. 대체 어떻게 이런 일이 가능했을까?

꽃다발은 대단히 컸는데 그 꽃다발을 손에 쥐자마자, 자지러지는 폭소와 함께 떨어트렸다. 그 꽃다발은 사실 당근들을 깎아 만든 가짜 꽃다발이었다. 당근을 깎은 솜씨가 너무나도 정교했던 탓에, 그 가짜 꽃다발은 열 발자국 정도 떨어진 데서 보면 진짜 꽃다발과 분간이 가질 않았다. 환상적인 붉은 장미들은 당근을 깎아 만든 것이었다. 동백 꽃들은 무를 깎아 만든 것이었고, 장미 봉오리들은 작은 무를 녹색으로 물들인 긴 파에 꽂아 표현했다. 꽃다발의 전반적인 무게는 예술적으로 흩뿌려진 조그만 당근 잎들로 인해 가벼워져 있었다. 우아한 꽃다발들에서 볼 수 있는 긴 풀들의 대체품이었다. 꽃다발을 묶은 것은 청, 백, 적 삼색의 리본이었다.

동료 선원들을 대표하여, 한 선원이 내게 무척 감동적인 축사를 건넸다. 그는 내가 그들에게 보인 사소한 관심에 대해 감사의 말을 전했다. 진심 어린 악수가 이어졌고, 내 쪽에서도 마음을 담아 고맙다는 뜻을 밝혔다. 그리고 이 답사를 신호로, 내 '귀여운 부인'의 선실에서 대기하고 있던 악단이 연주를 시작했다. 바이올린 연주자 두 사람과 플루트 연주자 한 사람이 비밀리에 준비한 공연이었다. 나는 한 시간 정도 이 황홀한 선율에 몸을 내맡겼다. 음악을 듣고 있자니 내가 사랑하는 이들의 곁에 있는 듯했고, 실제로는 이미 무척 멀리 떨어진, 내 집에 있는 듯했다.

이날의 축하연에서 가족의 정을 약간이나마 느낄 수가 있었다. 그리고 이날의 축하연과 음악 덕분에, 생각만 해도 마음이 포근해지고 편안해지는 내 삶의 몇몇 기억을 떠올릴 수가 있었다. 눈물을 흘리기 시작했다. 그런데 슬픔이나 고통에 따른 눈물이 아니었고, 울고 난 뒤에 후회하게 되는 눈물도 아니었다. 단지 피곤하고 짜증이 난 상태에서, 지긋지긋한 상태에서, 그리고 휴식에 대한 깊은 갈망을 품고 있던 상태에서 크게 감동해서 울었다. 나는 눈물을 흘리며 다시금 잠이 들었다. 긴 한숨과 오열로 가슴을 들썩거리면서.

33

뉴욕 도착

10월 27일, 마침내 배가 멈췄다. 아침 여섯 시였다. 나는 사흘 밤낮에 걸친 심한 폭풍우에 지쳐 잠이 깊이 들어서, 하녀가 그런 나를 깨우려고 적잖이 고생했다. 나는 배가 도착했다고 믿어지지 않았고, 마지막의 마지막 순간까지 자고 싶었다. 그러나 나는 배가 멈춰 섰다는 명백한 증거를 받아들여야만 했다. 바깥에서 뭔가 둔탁한 소리가 끊임없이 반복되었다.

살짝 선창 밖으로 고개를 내밀었다. 한 무리의 사내들이 얼어붙은 강을 깨어 길을 내고 있었다. 허드슨강이 꽁꽁 얼어붙어 있었다. 아메리크 호처럼 거대한 배가 앞으로 나아가기 위해서는 저 곡괭이들의 도움이 필요했다. 사람들이 곡괭이를 내려칠 때마다 깨진 얼음덩이들이 튀어 올랐다.

이 예상치 못한 도착에 내 가슴은 기쁨으로 들떴다. 순식간에 모든 상황이 일변했다. 그리하여 11일간의 항해에서 쌓인 권태와 갑갑함을 모두 잊어버렸다. 머리 위로는 창백한 장밋빛 태양이 떠올라 안개를 물리쳤고, 태양 빛에 반짝이는 얼음은 저 '개척자'들의 곡괭이질 아래 수백 조각의 빛나는 덩어리가 되어 튀어 올랐다. 나는 얼음의 불꽃놀이가 펼쳐지는 가운데 신대륙에 입성했다. 약간 미친 것처럼 보이는 동화 같은 풍경이었다. 이것을 길조로 여겼다.

나는 너무나도 미신에 경도된 인간이라, 아마 미국에 처음 도착했던 날 해가 보이지 않았더라면 첫 공연을 마칠 때까지 우울하고 불안하게 지냈으리라. 이 정도로 사람이 미신을 잘 믿는다는 것은 정말이지 고통스러운 일이다. 불행하게도 오늘날 나는 이때보다 열 배는 더 미신에 사로잡혀 있다. 세계 곳곳을 여행하면서 내 나라의 미신뿐만 아니라 다른 나라의 미신들도 믿게 되었기 때문이다. 결국 그 모든 미신을 전부, 전부 믿고 있다! 그리하여 내 삶에 중요한 순간이 찾아올 때마다, 미신들은 기지개를 켜고 일어나 무장한 군단이 되어 내 결정에 찬성하거나 반대를 하곤 한다. 한동안 나는 내 주변의 어떤 것이든 희망적이거나 절망적인 조짐을 읽어내지 않고서는 한 걸음을 떼지도 못하고, 앉거나 외출하거나 눕거나 일어나거나 하늘이나 땅을 바라보지도 못하는 상태에 놓이게 된다. 그러다가 자기 자신의 행동에 제약을 가하는 내 생각의 자발적인 족쇄에 짜증이 나면, 나는 이 모든 미신에 도전장을 내던진 뒤 마음이 가는 대로 행동하기 시작하는 것이다.

어쨌든 좋은 징조를 보고 기분이 좋아진 나는 쾌활한 마음으로 몸단장을 시작했다.

제럿 씨가 찾아와 내 선실 문을 두드렸다.

"부인, 어서 준비를 마치시기를 바랍니다. 삼색기를 게양한 배 여러 척이 부인을 마중 나왔어요."

그리하여 선창 밖을 바라보았다. 갑판 위에 수많은 사람이 우글거리는 증기선 한 척이 보였고, 그보다 크기는 작지만, 갑판 위에 몰린 인원수로는 그에 버금가는 두 척의 배들도 보였다. 세 척의 배에 게양된 프랑스 국기들은 햇살 아래 눈부시게 빛나고 있었다.

약간 가슴이 두근거렸다. 12일 동안 어떤 새로운 소식도 받아보지 못한 탓이었다. 선장의 노고에도 불구하고, 아메리크호가 미국에 도착하는 데는 장장 12일이 걸렸다.

한 남자가 우리 갑판 위로 뛰어올랐다. 나는 그에게 달려가 손을 내밀었다. 말 한마디가 입 밖으로 나오지 않았다. 그는 내게 한 꾸러미의 전보 뭉치들을 건네주었다. 순간 내 눈에는 누구도 보이지 않았고, 귀에는 어떤 소리도 들리지 않았다. 나는 그저 그 전보들을 확인하고 싶었다. 그리고 이 모든 전보 가운데서 나는 무엇보다 단 한 사람의 이름을 찾고 있었다. 마침내, 그 이름을 찾아내었다. 내가 그토록 가슴 졸이며 기다렸던 전보, 간절한 마음으로 기다렸던 전보였다! 모리스(Maurice)라는 서명이 적힌 전보 말이다! 아들이 보낸 전보였다! 나는 잠시 두 눈을 감았다. 이 순간 내게 소중한 모든 이들이 눈앞에 서 있는 듯했고, 끝없는 감미로움을 느꼈다.

다시 눈을 떴을 때, 다소 혼란스러웠다. 알지 못하는 얼굴들에 둘러싸여 있었기 때문이다. 그들은 모두 말이 없었지만, 환대하는 기색이었으며 무척이나 내게 관심이 많은 듯했다. 나는 이 거북한 상황에서 빠져나오려고 제럿을 찾았고, 곧 그의 팔에 이끌려 환영식장으로 향했다.

내가 환영식장의 문을 넘어서자, 「라 마르세예즈」가 우렁차게 울려 퍼졌다. 미국 주재 프랑스 영사는 내게 몇 마디 환영사와 함께 꽃다발을 건네주었다. 프랑스 식민지 대표단 또한 내게 따뜻한 환영사를 건네주었다. 그런 뒤에 「미국 통신Courrier des États-Unis」의 편집장인 메르시에(Mercier) 씨의 환영사가 이어졌다. 이성과 감성이 각기 우열을 다투는, 무척 프랑스적인 환영사였다. 그에 뒤이어 찾아온 것은 끔찍한 인물 소개의 시간이었다.

아! 이 얼마나 피곤한 시간이었던가! 펨버스트네, 아르트템이네 하는 낯선 이름들을 알아듣기 위해 얼마나 정신이 곤두섰던가! "부인, '아르트템'이 아니라 '하스팀'입니다." 첫음절을 이해하기 위해 진땀을 빼고 나면, 뒤이은 두 번째 음절은 뒤죽박죽으로 섞인 하나의 발음처럼 들리는 모음들로 이루어져 있거나, 마찰하는 소리를 내는 자음들로 이루어져 있었다. 이런 일이 스무 번쯤 반복되자, 그들의 이름에 귀를 기울이는 것을 포기하고 말았다. 다만 억지 미소를 띠고 눈웃음을 지은 채, 기계적으로 팔을 뻗어 악수했다. 나는 그들의 말에 이렇게 답했다. "만나 뵙게 되어 정말 기쁩니다. 부인. 아! 그럼요. 오! 그래요. 오! 아니에요. 아!… 아!… 오!… 오!…" 나는 멍청하게 얼이 빠졌고, 계속 서 있는 것에 지쳐버렸다. 머릿속에는 오직 하나의 생각만 들 뿐이었다. '손가락에서 반지들을 좀 빼고 싶은 걸.' 거듭되는 악수 때문에, 반지를 낀 손가락 아래가 부풀어 올랐기 때문이다.

내 두 눈은 문 쪽을 바라보다 공포가 커졌다. 나와 인사를 나누고자 하는 수많은 이들이 계속해서 저 문으로 몰려들고 있었다. 또다시 저 많은 이들의 낯선 이름을 들어야 하고, 저 많은 손을 붙잡고 악수해야 하며, 또다시 입가 근육을 당겨 억지 미소를 보여야 했다.

이마에서 땀이 흘러내렸다. 몸 상태가 끔찍할 정도로 나빠지기 시작했다. 나는 이를 딱딱 마주치며 말을 더듬기 시작했다.

"오! 부인, 오! 네, 저도 만나 뵙게 되어 반갑… 반…"

더는 말이 나오지 않았다. 조만간에 분노가 터지거나 울음이 터질 것만 같았다. 요컨대, 나는 곧 우스꽝스러운 사람이 될 것만 같았다. 나는 기절하기로 작정했다. 악수하고 싶으나 그럴 수가 없는 자의 손짓을 해 보이며, 입을 벌리고 두 눈을 감았다. 그리고 아주 천천히 제럿 씨의 품 안으로 쓰러졌다.

"어서, 환기하고! 의사를 불러오세요! 불쌍한 사람 같으니! 얼굴이 새하얘졌네! 베르나르 씨의 모자를 벗기세요! 코르셋도 벗기고요!"

"베르나르 씨는 코르셋을 입지 않았는데요."

"그럼 원피스 단추라도 풀러요!"

이 말을 듣고 나는 공포에 휩싸였다. 내 곁으로 불려온 내 하녀 펠리시 양과 '내 귀여운 부인', 두 사람은 사람들이 내 옷을 벗기려는 것을 제지했다. 의사는 손에 에테르 병을 쥔 채 달려왔다. 펠리시는 그의 손에서 에테르 병을 빼앗으며 말했다.

"아 안 돼요! 선생님, 에테르는 안 돼요. 우리 마님께서는 멀쩡하다가도 에테르 냄새를 맡으면 기절하시는 분이라고요!"

그리고 그녀의 말은 사실이었다.

다시 정신을 차릴 때가 되었다. 스무 명 남짓한 기자들이 내게 다가왔다. 내가 기절하는 모습을 보고 무척 마음이 약해진 제럿은 그들에게 앨버말(Albemarle) 호텔로 다시 찾아와 달라고 부탁했다. 앨버말 호텔은 내가 묵게 될 숙소의 이름이었다.

기자들이 제럿을 데리고 어딘가로 향하는 것을 보았다. 잠시 뒤에 내가 제럿에게 기자들과 무슨 '밀담'을 속삭였는지를 물었다. 그는 차분한 태도로 내게 답했다.

"한 시부터 당신과 인터뷰할 수 있을 거라는 언질을 줬습니다. 한 시부터 시작해서, 10분마다 한 명씩 새로운 기자들이 당신을 찾아올 거예요."

나는 몸이 굳은 채 그를 바라보았다. 그는 내 불안한 눈빛을 바라보며 말했다.

"오! 그래요(yes), 꼭 필요한 일이었다고요!"

기진맥진하여 앨버말 호텔에 도착했다. 혼자 있고 싶은 생각이 간절했기 때문에 재빨리 숙소 안의 방 하나로 뛰어 들어가 안쪽에서 모든 방문을 잠가 버렸다. 방문 중에는 잠금장치가 없는 문도 하나 있었다. 나는 그 문을 가구로 막아버렸다. 그리고 힘껏 농성에 들어갔다.

응접실에는 50명가량의 사람이 모여 있었다. 정말이지 나는 끔찍한 피로감에 빠졌다. 그리고 그러한 종류의 피로에 시달리는 사람은 단 한 시간의 휴식을 얻기 위해 가장 극단적인 일들을 저지르게 되는 것이다.

나는 그저 가만히 고개를 젖히고 두 눈을 감은 채 양탄자 위에 눕고 싶었다. 더는 말하기도, 웃음 짓기도, 누군가와 눈을 마주치기도 싫었다. 방문을 두드리는 소리가 났고, 제럿이 내게 애원하는 소리가 들려왔지만 무시한 채 바닥에 누워 아무 말도 하지 않았다. 나는 그와 시비를 따지고 싶지 않았다. 나는 제럿의 말에 한마디도 대꾸하지 않았다.

방문객들이 불평하는 소리가 어렴풋하게 들려왔다. 제럿은 그들을 교묘한 말로 달래고 있었다. 사각거리는 소리와 함께 쪽지 한 장이 방문 밑으로 전달되었다. 잠시 뒤에는 게라르 부인이 속삭이는 소리가 들려왔다. 그녀는 성난 제럿의 말에 대답하고 있었다.

"제럿 씨, 당신은 사라를 몰라요. 문을 일부러 가구로 막아놨는데, 누군가 억지로 그 문을 열고자 한다면, 사라는 아마 창문 바깥으로 뛰어내릴 겁니다."

집요하게 문을 열기를 청하는 어느 프랑스인 여기자에게 펠리시가 외치는 소리도 들렸다.

"안 돼요! 그건 불가능해요! 마님께서 끔찍한 신경 발작을 일으킬 거라고요! 마님께는 한 시간의 휴식이 필요합니다. 그러니까, 기다리도록 하세요!"

그 밖에도 잘 들리지 않는 수많은 말마디를 들었다. 그리고 한 시간 동안 달콤한 수면을 취했다. 감미로운 시간이었고, 또한 다소 유쾌한 시간이기도 했다. 날 괴롭히러 온 사람들, 아니, 날 찾아와준 '방문객'들이 한껏 성난 얼굴로 당황하고 있을 생각을 하자, 다시금 나는 쾌활함을 찾았다.

그렇게 한 시간 뒤에 일어났다. 내게는 십 분이든, 십오 분이든, 한 시간이든, 마음먹은 시간만큼 정확하게 수면을 할 수 있는 귀한 재능이 있다. 일어나야겠다고 마음먹은 시간이 되면, 나는 깔끔하게 잠에서 깰 수 있다. 그리고 이 '자고 싶을 때 자고 싶은 만큼 정확히 취하는 수면'처럼 내 심신에 도움이 되는 것도 없다.

나는 우리 집을 방문한 절친들의 눈앞에서 잠든 적도 많다. 친구들에게, 나는 신경 쓰지 말고 계속해서 대화를 나누라고 한 뒤, 대형 벽난로 앞, 바닥에 깐 곰가죽 위에 자리를 잡고 누워 한 시간 정도 잠을 자곤 했다.

자고 일어나 보면 가끔 자리에 앉은 친구들이 두셋 늘어나 있기도 했다. 그들은 내 잠을 존중하며 다른 친구들과 대화를 나누었다. 그들은 내게 경의를 표하고자 내가 깨어날 때까지 기다려줬다.

이러한 버릇은 지금도 마찬가지다. 내 배우 휴게실 앞에는 '앙피르 (Empire)'라는 이름을 가진 작은 응접실이 있는데, 나는 거기 놓인 크고 푹신푹신한 소파에 누워 수면을 즐기곤 한다. 그럼 내가 잠든 사이에 나와 만나기로 약속한 친구들과 예술가들이 살롱으로 들어온다. 내가 휴식으로 상쾌한 기분이 되어 다시 눈을 뜨면, 나를 둘러싸고 있는 것은 친구들의 우정 어린 얼굴들이며, 나를 향해 뻗은 것은 그들의 애정 어린 손길이다. 나는 평온한 정신으로 그들의 이야기를 듣는다. 그러면 충분한 휴식을 한 내 정신은 온갖 멋진 이야기들에 활짝 열렸고, 온갖 멍청한 이야기들에는 닫히게 되었다. 충분한 잠을 취한 나는 멍청한 이야기들을 퍽 우아하게 내칠 수가 있다.

그날도 나는 앨버말 호텔 양탄자 위에 누워 한 시간을 자고 일어났다. 문을 열자, 나의 소중한 게라르 부인과 펠리시가 대형 여행 가방 위에 앉아 있는 것이 보였다.

"사람들이 아직 있어요?"

"오! 마님."

펠리시가 내게 말했다.

"아직 있는 정도가 아니라, 100명으로 불어났답니다!"

"어서! 제가 옷 갈아입는 걸 좀 도와주세요. 흰색 원피스로 갈아입어야겠어요."

옷을 갈아입는 데에는 5분이 걸렸다. 머리끝부터 발끝까지 잘 단장된 듯했다. 그리고 미지의 인물들이 기다리고 있는 응접실에 들어섰다. 제럿이 내게 달려왔다. 하지만 내가 잘 차려입은 상태로 생글거리는 것을 보고는, 그는 내게 하고자 했던 설교를 뒤로 미루었다.

여기서 독자 여러분께 이 제럿이란 인물에 대한 이야기를 조금 더해볼까 한다. 이 남자는 범상한 인물이 아니었다. 당시 제럿의 나이는 65세에서 70세 정도였다. 제럿은 키가 컸고, 얼굴은 아가멤논 왕을 닮았으며, 머리는 은발이었다. 이렇게 왕관처럼 제럿의 머리를 덮고 있던 은발보다 더 아름다운 은발을 가진 사내를 본 적이 없다. 제럿의 두 눈은 아주 옅은 청색이어서 분노로 안광이 솟을 때면 마치 장님의 눈처럼 보였다. 휴식을 취하거나 차분한 마음으로 자연의 풍경을 즐길 때면, 정말로 아름다웠다. 그의 정신은 실로 유쾌하여, 치아를 내보이며 웃을 때면, 윗입술이 격한 콧소리와 함께 빈정거리는 듯 찌그러졌다. 아마도 뾰족한 두 귀가 당겨지면서 입 모양이 삐죽거리려 올라가는 듯했다. 그때 그의 두 귀는 마치 먹잇감을 예의주시하는 맹수의 그것처럼 움직였다.

제럿은 무시무시한 남자였다. 비상한 지능을 타고난 그는 어린 시절부터 삶과 치열한 전투를 벌여야만 했다. 그는 인류에 대해 깊은 경멸감을 품었으며, 수많은 고통을 직접 겪으면서도 고통받는 이들에 대해 어떠한 연민도 품지 않았다. 제럿의 말을 빌자면, 모든 수컷에게는 이미 자기 스스로 지킬 수 있는 무기가 있다는 것이었다. 그는 여자들을 사랑하지 않았으며, 다만 불쌍히 여겼다. 그리하여 어쨌든 곧잘 여자들을 도와주었다.

대단한 부자였고, 절약가이긴 해도 수전노는 아니었다. 그는 곧잘 내게 말했다. "저는 두 무기의 도움으로 제 인생을 개척했습니다. 하나는 정직함이라는 무기이고, 다른 하나는 리볼버 권총이죠. 사업을 하는 데 있어 정직함이란 불량배들과 사기꾼들에 맞설 수 있는 최고의 무기입니다. 불량배들은 정직이란 걸 알지 못하고, 사기꾼들은 정직을 믿지 않지요. 리볼버 권총은 그러한 건달들이 제 약속을 지키도록 강제하는 도구랍니다. 경탄스러운 발명품이지요."

그리고 그는 내게 자신이 겪었던 놀랍고 무시무시한 모험 이야기들을 들려주었다.

예컨대 제럿의 오른쪽 눈 아래에 깊은 흉터가 있었는데, 당대의 유명 소프라노 예니 린드[1]와의 계약 문제로 그녀의 대리인과 격한 말다툼을 벌이다 생긴 상처였다. 당시 제럿은 협상 상대방인 그 대리인에게 자기 오른쪽 눈을 가리켜 보이며 이렇게 말했다고 한다.

"이봐요, 내 이쪽 눈을 잘 보시오! 여기 당신이 숨기고 있는 생각이 전부 빤히 읽히는구려!"

---

1 예니 린드(Jenny Lind, 1820-1887)는 스웨덴의 오페라 가수이다.

예니 린드의 대리인은 대꾸했다.

"빤히는 개뿔! 그럼 이것도 예상했어야지!"

대리인은 권총을 꺼내 제럿에게 한 차례 총격을 가했다. 그의 오른쪽 눈을 뭉개버릴 생각으로 쏜 탄환이었다. 그런데 총탄은 빗나갔고, 제럿은 곧바로 이렇게 응수했다.

"선생, 내 눈을 영영 감기게 하고 싶었다면, 이렇게 쐈어야지!"

그리고 제럿은 대리인의 미간에 총알 한 발을 박아 넣었다. 대리인은 그 자리에서 쓰러져 죽고 말았다.

제럿은 내게 이 이야기를 들려주면서 입꼬리를 들썩이고 앞니로 말한마디 한마디를 음미하듯 씹어뱉었다. 그는 킬킬거리며 발작적인 웃음소리를 냈는데, 그 소리는 마치 기계장치가 맞물리며 삐걱대는 소리와도 같았다. 어쨌든 이 사내는 성실하고 정직한 인물이었다. 나는 그를 무척 좋아했고, 지금도 그에 관한 추억을 소중히 간직하고 있다.

숙소에 대한 첫인상은 대단히 유쾌했다. 응접실로 들어서면서 손뼉을 칠 정도로 기뻐했다. 그곳에는 라신, 몰리에르, 그리고 빅토르 위고의 흉상이, 꽃으로 장식된 받침돌 위에 세워져 있었고, 널찍한 공간에는 쿠션을 올려둔 소파들이 사방에 비치되어 있었다. 소파들 위로는 커다란 종려나무들이 잎을 늘어뜨리고 있어서 파리에 있는 내 자택을 연상시켰다.

제럿은 내게 네이들러(Knoedler) 씨라는 인물을 소개했다. 내 숙소를 이토록 아름답게 꾸며준 장본인이었다. 나는 이 무척 매력적인 사내와 악수했고, 그 즉시 우리는 좋은 친구가 되었다. 그리고 그 우정은 계속해서 이어졌다.

일반 방문객들의 수는 서서히 줄어들었다. 하지만 기자들의 수는 줄어들지 않았다. 그들은 내 숙소에서 물러날 생각이 없어 보였다. 기자들은 소파 팔걸이나 방석 위에 걸터앉아서 나를 기다렸다.

기자 중 한 사람은 곰 가죽 위에 자리를 잡고, 절절 끓는 '스팀'을 등진 채 책상다리하고 앉아 있었다. 마른 몸매에 창백한 낯빛을 한 그는 쉴 새 없이 기침했다. 그에게 가까이 다가갔다. 그는 내가 다가오는 것을 보고서도 전혀 자리에서 일어나려 하지 않았다. 그 모습에 다소 충격을 받은 채 내가 막 그에게 말을 걸려던 참에, 첫 번째 기자가 낮은 목소리로 내게 갑작스러운 질문을 던졌다.

"부인, 부인께서 가장 좋아하는 배역은 무엇인가요?"

"당신이 알아서 뭐 하게요!"

나는 그렇게 쏘아붙이며 등을 돌렸다.

그리고 조금 더 정중한 태도를 보인 다른 기자로부터는 나는 다시 질문을 받았다.

"부인, 아침에 일어나면 어떤 음식을 드십니까?"

이 질문에 대해서도 아까와 마찬가지의 대답을 내뱉을 참이었다. 그런데 첫 번째 기자의 분노를 달래느라 쩔쩔매던 제럿이 재빨리 나 대신 답변을 내놓았다.

"오트밀을 드신답니다!"

나는 '오트밀'이란 음식이 무엇인지도 몰랐다.

"오트밀이라... 낮에는 뭘 드시죠?"

기자는 견디기 힘든 질문을 이어갔다.

"홍합이요!"

내가 외치자, 그는 담담히 받아 적으며 이렇게 중얼거렸다.

"홍합을... 하루 종일... 먹는... 다..."

나는 문을 향해 걸어갔다. 그때 치마와 상의의 투피스 옷을 입은 단발머리 여기자가 부드럽고 낭랑한 목소리로 질문을 던졌다.

"당신은 유대가톨릭개신이슬람불무신조로아스터유신론 혹은 이신론자이신지요?"

순간 얼이 빠진 채 그 자리에 못 박힌 듯 멈추어 섰다. 여기자는 위의 긴 질문을 마구잡이 억양으로 단숨에 내뱉었다. 그녀는 서로 통하는 구석이 없는 말들을 모아 하나의 단어로 만들어버렸다. 그녀의 질문에서 받은 인상이 어찌나 기괴했던지, 나는 이 상냥하고 낯선 여자 앞에서 신변의 위협마저 느꼈다.

나의 불안한 눈빛은, 작은 무리를 이루어 다른 이들과 즐거이 한담을 나누고 있던 어느 나이 지긋한 부인의 눈빛과 마주쳤다. 부인은 나를 도우러 와서 이내 무척 유창한 프랑스어로 내게 말해 주었다.

"여기 아가씨가 물어본 건, 당신이 유대교인지, 가톨릭인지, 개신교인지, 이슬람교인지, 불교인지, 무신론자인지, 조로아스터교인지, 유신론자인지, 혹은 이신론자인지에 관한 질문이었답니다."

나는 이 말을 듣고 소파 위로 주저앉았다.

"아! 맙소사! 새로운 도시로 넘어갈 때마다 이 짓을 반복해야 하는 거예요?"

"아뇨!"

제럿이 온화한 목소리로 답했다.

"그럴 필요 없습니다, 오늘 인터뷰가 미국 전역으로 전파될 거니까요."

나는 속으로 생각했다.

'그럼 하루 종일 홍합을 먹네 어쩌네 하는 내용도 미국 전역에 퍼진다는 거야?'

어쨌든 나는 넋이 나간 채 여기자의 질문에 답했다.

"가톨릭입니다!"

"로마 가톨릭이신가요? 아니면 정교회이신가요?"

그녀는 정말이지 지나칠 정도로 날 짜증 나게 했다!

어느 젊은 사내가 조심스럽게 다가와 이렇게 물었다.

"부인, 괜찮으시다면, 제가 부인의 데생을 마저 그릴 수 있게 해주시겠습니까?"

나는 그의 요망에 따라 옆얼굴이 잘 드러나는 포즈를 취한 채 그대로 서 있었다. 그가 작업을 마치자, 그에게 완성된 데생을 보여 달라고 요구했다. 그리고 그는 부끄러운 마음 없이는 자신의 끔찍한 데생을 내게 건넬 수가 없었다. 그도 그럴 것이 그가 내민 종이 위에는 곱슬머리 가발을 뒤집어쓴 해골이 그려져 있었기 때문이다. 분노에 휩싸인채로 그 그림을 발기발기 찢어 그의 면전에 던져버렸다. 다음날 이 끔찍한 데생은 결국 여러 일간지에 실렸다. 그 아래에는 나에 대한 결코 호의적이지 않은 부연 설명이 적힌 채 말이다.

다행히 나는 정직하고 지적인 몇몇 언론인들과 함께 내 예술에 관하여 진지한 이야기를 나눌 수 있었다.

27년 전의 미국에서 사람들은 진지한 기사보다 가벼운 탐방 기사를 선호했다. 그리고 오늘날보다 교양 수준이 낮았던 대중은 마감에 쫓긴 특파원이 멋대로 지어낸 헛소리들을 무분별하게 받아들이고 퍼뜨렸다. 탐방 기사, 즉 '르포르타주'라는 형식이 발명된 이래, 첫 미국 순회공연 당시의 나만큼 르포르타주로 고통받은 이도 없으리라.

내가 아직 미국에 도착하기도 전에, 미국에는 나에 관한 온갖 저질 험담이 퍼졌다. 이 거짓말들은 내 적들이 퍼뜨렸으며, 일부는 코메디-프랑세즈의 우군이 퍼뜨렸고, 일부는 심지어 나를 흠모하는 내 팬들이 퍼뜨린 것이었다. 이 일부 팬들은, 내가 미국 공연을 망친 뒤에 나긋나긋해져서 돌아오기를, 요컨대 '길들인 상태로' 가능한 한 빨리 프랑스로 돌아오기를 바란 것이었다. 미국에는 또한 나에 관한 온갖 종류의 과장된 이야기들이 떠돌고 있었다. 언제나 우스꽝스러웠고, 종종 불쾌하기까지 했던 이 모든 소문은, 당시 공연 기획자였던 애비와 나의 대리인이었던 제럿이 홍보 차원에서 퍼뜨린 것들이었다. 그러한 사실을 무척이나 늦게 알게 되었고, 애비와 제럿이 그 출처였다는 것을 깨달았을 때는 이미 사람들 머릿속에 뿌리박힌 생각을 없애기에 너무 늦었다. 사람들은 계속해서 이 모든 헛소문들을 퍼뜨린 주동자가 나라고 믿었다.

그래서 헛소문을 바로잡는 일은 포기했다. 사람들이 뭐라고 믿든 간에, 내 알 바 아니지 않는가! 인생은 짧다. 심지어 우리 중 장수를 한다는 이들에게 있어서도, 인생은 여전히 짧다. 우리는 모든 사람을 위해서가 아니라, 몇몇 사람들을 위해 살아야 한다. 그 몇몇 사람이란 당신을 잘 알고 꼼꼼히 살피고 잘 판단한 뒤에 당신의 죄를 용서할 수 있는 이들이며, 당신 쪽에서도 꼭 같은 애정과 관용을 품은 채 그들에게 당신이 받은 대접을 돌려줄 수 있는 이들이다. 나머지 사람들이야 그저 "군중(fouletitude[2])"일 뿐이다. 그들의 기분이 유쾌하든 슬프든, 그들의 성정이 충직하든 사악하든, 우리가 그들에게 기대할 수 있는 것은 오직 찰나의 감정뿐이다. 그 감정이 좋은 것이든 나쁜 것이든, 우리 안에 어떤 흔적도 남기지 않는다.

증오는 되도록 안 하는 것이 좋다. 증오한다는 것은 너무 피곤한 일이기 때문이다. 다만 우리는 많은 이들을 경멸해야 하고, 용서는 자주하되 절대로 잊어서는 안 된다. 용서한다고 해서 자연스럽게 망각해

---

2 사라 베르나르가 똑같이 '군중', '대중'이란 뜻을 가진 두 단어 'foule'와 'multitude'를 합성해서 만든 말이다.

서는 안 된다. 적어도 나는 그렇다.

당시 내가 받았던 모욕적이고 비열한 공격들을 굳이 이 지면에 옮겨 적지는 않겠다. 그것은 자기 영혼에 서린 악의를 잉크 삼아 나에 대한 비방을 써 내려간 불한당들에게 지나친 경의를 표하는 일이 될 테니 말이다.

그렇지만 분명히 말할 수가 있다. 죽음 자체를 제외하면, 다른 어떤 것도 당신을 죽일 수 없다! 중상모략으로부터 자기 자신을 지키고 싶은가? 의지가 있다면 가능한 일이다! 다만 그러기 위해서는 살아야만 한다. 이는 세상 사람들이 어쩔 수 있는 일이 아니라, 모든 것을 굽어보고 판단하시는 우리 주님의 의지에 달린 일이다!

✠

극장을 찾기 전에 이틀간의 휴식을 취했다. 내게는 아직 항해의 영향이 남아 있었다. 아직 머리가 살짝 멍했고, 천장이 끊임없이 출렁거리는 것처럼 보였다. 12일 동안의 항해가 내 평형감각을 극도로 어지럽혔다.

나는 극장 무대 감독에게 수요일에 리허설을 갖자는 전갈을 보냈다. 그리고 점심 식사를 마치자마자 공연이 올라갈 부스 극장으로 향했다.

한 무리의 사람들이 배우 전용 출입문 쪽에 몰려든 것을 보았다. 그들은 좁은 곳에 모여 바쁜 기색으로 끊임없이 움직이고 있었다.

이 기이한 무리는 배우들도 아니었고, 특파원들도 아니었다. 아! 나는 그들의 정체를 너무나 잘 알고 있었다. 달리 착각하기도 힘들었다.

그들은 거기 구경꾼으로 있는 것이 아니었다. 다들 남자들이었고 무척 할 일이 많아 보였다. 어쨌든 내 마차가 멈춰 서자, 그들 중 한 사람이 재빨리 마차 문 쪽으로 달려왔다. 가장 먼저 달려온 남자의 곁으로 금세 그의 동료들이 운집했다.

"이 차야! 여기에 사라 베르나르 씨가 타고 있어!"

이 시시한 남자들은 흰 넥타이를 매고 있었고, 단추를 잠그지 않은 외투에 낡고 더러운 바지를 입고 있었고, 손은 불결했다. 이런 남자들이 내 뒤를 쫓아와 극장 계단으로 이어지는 좁은 회랑에 모여들었다.

마음이 편치 않았다.

나는 재빠르게 계단을 올라갔다. 계단 위에는 여럿이서 날 기다리고 있었다. 계단 위에는 애비 씨, 제럿, 리포터들이 있었고, 그리고 맙소사! 신사 두 사람과 매력적이고 우아한 부인 한 사람이 날 기다리고 있었다. 이 부인은 개인적으로 프랑스인들을 별로 좋아하지 않았지만 나와는 우정을 쌓고 있던 부인이었다.

거만하고 차가운 성정의 애비 씨가 우아하고, 예절 바른 태도로 내 뒤를 쫓아온 남자 중 한 사람에게 다가갔다. 두 사람은 동시에 모자를 벗어 인사한 뒤, 이상야릇하고 거친 저 인부들의 뒤를 따라 무대 한가운데로 나아갔다.

그리고 나는 모든 공연 중에서도 가장 기이한 공연의 관람객이 되었다. 무대의 가운데에는 내가 가져온 마흔두 개의 여행 가방들이 정렬되어 있었다. 수신호를 하자, 스무 명의 남자들이 앞으로 나왔다. 그들은 각각 좌우로 두 개의 가방 사이에 자리를 잡고 재빠르게 그 가방들의 덮개를 벗겼다.

제럿은 이맛살을 찌푸리고 입가에는 비열한 웃음을 머금은 채 이 광경을 지켜봤다. 가방 열쇠들은 그가 갖고 있었다. 그는 그날 아침 세관에서 수속을 밟기 위해 필요하다고 그 열쇠들을 받아 갔었다. 제럿은 내게 말했었다.

"오! 별일 아니에요. 안심하세요."

그의 말을 믿었다. 어느 나라를 방문하더라도 내 짐들은 완벽히 존중받아왔었기 때문이다. 나는 그러한 존중에 익숙해져 있었다.

못된 무리의 수장처럼 보이는 사람이 애비 씨의 안내를 받아 내게 다가왔다. 이제 막 저 무리의 정체에 관한 설명을 제럿에게 들은 참이었다. 그들은 "세관"이었다. 그 어떤 나라를 가도 세관은 끔찍한 기관이지만, 여기 미국의 세관은 다른 어떤 나라의 세관보다도 질이 나빴다.

나는 마음의 각오를 했다. 그리고 여행객의 인내심을 고문하는 저 형리를 굉장히 친절하게 맞이했다. 그는 머리에 쓰고 있던 중산모를 벗어 인사한 뒤, 자신이 태우던 담배를 그대로 문 채 알아듣기 힘든 말을 짤막이 내뱉었다. 그리고 자기 부하들을 향해 돌아서더니 건조한 목소리로 짧게 명령을 내리며, 무엇인가 그러한 목소리에 어울리는 격렬한 동작을 했다. 그러자 스무 명의 사내들로부터 마흔 개의 손이 뻗어져 나와 내 비단과 비로드, 레이스 등에 달려들기 시작했다.

나는 이 무례한 습격에서 가엾은 옷들을 구하고자 뛰쳐나갔다. 그리고 무대의상 담당자에게 내 옷들을 모두 한 벌 한 벌씩 직접 꺼내라고 지시했다. 내 하녀도 무대의상 담당자를 도왔다. 하녀는 저 우아하고도 파손되기 쉬운 옷가지들이 거친 사내들 손에 우악스럽게 다루어지는 꼴을 보고 눈물을 흘렸다.

새로이 두 사람의 부인이 도착했다. 수선스럽고 바쁘게 보이는 부인들이었다. 그중 한 사람은 땅딸보였는데, 코가 거의 앞머리에 닿을 것 같았고, 동글동글한 두 눈은 침착해 보였고, 입은 동물 주둥이처럼 비죽 튀어나왔다. 그녀의 두 팔은 크고 부드러운 가슴 아래 수줍은 듯이 감춰져 있었던 반면, 양 무릎은 조심성 없이 훤히 드러나 있었다. 마치 암소가 의자에 앉는다면 내보일 법한 다리였다.

다른 쪽 부인은 거북이를 닮은 인상이었다. 아주 길고 뒤틀린 목 위로 비쭉 솟아난 그녀의 조그맣고 검은 머리에는 표독스러운 얼굴이 얹혀 있었고, 그녀의 목에는 모피 목도리가 칭칭 둘러싸여 있었다. 그녀의 나머지 몸은 마치 바람 빠진 풍선 같은 몸매였다.

이상야릇한 두 명의 부인들은 무대의상의 가치를 감정할 목적으로 세관에게 고용된 의상 제작자들이었다. 그녀들은 재빠른 시선으로 의상을 살폈다. 그녀들은 내게 하는 둥 마는 둥 한 인사를 던졌다. 내 원피스들을 보고 질투 어린 악의와 분노가 폭발했다. 나는 새로이 이 자리에 등장한 저 두 사람이 새로운 두 적이라는 사실을 쉬이 간파할 수 있었다.

이 끔찍하고, 성질 고약한 두 여자는 곧 내 의상들에 대해 조잘거리면서 내 원피스와 외투들을 만지작거렸다.

그녀들은 한껏 과장된 경탄의 외침을 내질렀다.

"아! 어쩜 이렇게 아름다울까! 어쩜 이렇게 멋질까! 어쩜 이렇게 화려할까! 고객들이 다들 저런 드레스를 만들어달라고 하겠어요! 하지만 우리는 결코 저런 건 못 만들 텐데! 이 옷들은 우리를 망하게 할 거예요, 우리, 가엾은 미국의 의상 제작자들을 말이에요!."

말하자면 그녀들은 "누더기 옷의 법정"을 연 셈이었다. 법정의 열기는 더해만 갔다. 그녀들은 한탄했고 눈을 까뒤집었으며, 저 외국 옷가지들의 침공에 대해 '정의 구현'을 부르짖었다. 못된 세관원들은 고개를 끄덕거리며 그녀들의 의견에 찬동했고 바닥에 침을 뱉어 자신들의 독립정신을 표명하고자 했다.

갑자기 거북을 닮은 여자가 조사관 중 한 사람에게 달려들었다.

"얼마나 아름다운 옷인가! 들어보세요! 들어서 제게 보여주세요!"

그리고 그녀는 「춘희」의 무대의상 중 한 벌에 달라붙었다. 온통 진주로 장식된 드레스였다. 그녀는 외쳤다.

"이 드레스는 적어도 만 달러는 될 거예요!"

그리고 내게 다가오며 물었다.

"부인, 저 옷에 얼마를 지불하셨는지요?"

나는 이를 갈고 있었고 그녀의 질문에 답변하고 싶지 않았다. 답변은 무슨 답변인가, 당시 내 마음 같아서는, 저 여자를 앨버말 호텔 부엌으로 데려가서 솥 안에 담가버리고 싶었거늘.

다섯 시 반이 되었다. 추위로 두 발이 얼어붙었다. 나는 피곤함과 억누른 울화로 인해 죽을 지경이 되었다.

세관은 남은 조사를 다음 날로 미루었다. 세관, 이 못된 놈들은 내 짐들을 다시 가방 안에 담아주겠다고 나섰으나, 나는 거절했다. 나는 사람을 시켜 500미터 폭의 푸른 모슬린 천을 사 오게 했다. 그리고 그 천으로 바닥에 산처럼 쌓인 드레스들, 모자들, 외투들, 신발들, 레이스, 속옷, 스타킹, 모피, 장갑, 그리고 기타 등등의 의복을 덮게 했다.

세관원들은 내게 다음 날까지 어떤 의복도 빼내지 않겠다는 맹세를 하게 했다(참 신뢰가 깊기도 하지!). 나는 급사장, 그러니까 펠리시의 남편을 의상 지킴이로 세웠다. 급사장이 쓸 간이침대가 극장에 설치되었다.

나는 대단히 약이 올라서 화난 마음을 진정할 요량으로 멀리 나가 바깥 공기를 오래도록 쐬고 싶었다. 친구 한 사람이 브루클린 다리로 안내해 주겠다고 제안했다. 그는 관광을 제안하며 살가운 태도로 말을 건넸다.

"브루클린 다리는 미국의 천재가 만든 걸작이지요. 그 다리를 보면,

우리 '서류 중독자들' 때문에 당신이 겪게 된 사소한 불운 따위는 곧바로 잇게 될 겁니다."

그렇게 우리는 브루클린 다리로 출발했다.

브루클린 다리는 아직 완공되지 않은 상태여서 다리를 방문하려면 특별 허가를 받아야 했다. 그런데 이미 다리 위로는 마차들이 위험을 무릅쓰고 달리고 있었다. 오! 브루클린 다리! 정말 미칠 정도로 아름다웠고! 경탄스러웠고! 장엄했으며! 보는 이로 하여금 어깨가 으쓱해지게 했다! 그렇다. 바로 한 인간의 두뇌가 지상 50미터 상공에 저 무시무시한 장치를 올렸다는 것에 생각이 미치면, 누구라도 인간임이 자랑스러울 수밖에 없었다. 다리는 꿋꿋하게 버티고 있었다. 다리는 승객들로 가득 찬 십여 대의 열차들, 열두 대의 노면 전차와 백여 대의 마차, 이륜마차, 짐수레, 그리고 수천 명의 통행인의 무게를 짊어지고 있었다. 이러한 모든 것들은 금속이 내뱉는 소란스러운 음악 속에서 움직였다. 자신이 짊어진 사람들과 사물들의 막대한 무게 아래에서 비명을 내지르고, 한숨을 내쉬고, 이를 갈고, 으르렁대는 금속의 음악 속에서 말이다.

시험 운전 중인 기계 장치와 노면 전차, 짐수레들이 오가면서 일으키는 가공할 폭풍우, 그러한 '폭풍우'에서 비롯한 공기의 흐름에 나는 정신이 어질어질했고 숨이 막혔다.

나는 마차를 멈춰달라는 수신호를 보낸 뒤, 두 눈을 감았다. 마치 온 세계가 혼돈에 휩싸인 듯한, 말로 설명하기 힘든 이상야릇한 감각에 사로잡혔다.

그제서야 다소 냉정을 되찾고 다시금 눈을 떴다. 그러자 내 눈에 들어온 것은 강물을 따라 펼쳐진 뉴욕의 정경이었다. 밤 치장을 한 뉴욕은 수천 개의 반짝이는 불빛을 옷처럼 걸치고 있었다. 그리고 도시의 반짝임은, 별의 외투를 덮은 저 밤하늘 못지않게 밝았다.

그리하여 마음속으로 이 위대한 사람들과 화해한 채 숙소에 돌아왔다. 몸은 피로하지만, 정신은 평화로운 상태로, 나는 그렇게 잠이 들었다.

그날 나는 감미로운 꿈을 꾸었고, 덕분에 다음날 즐거운 기분을 유지할 수 있었다. 나는 꿈꾸는 것을 좋아한다. 언제나 꿈을 꾸지 못한 밤 이후에는 고통스럽고 슬픈 날이 뒤따른다. 꿈을 꿀지를 마음대로 선택할 수 없다는 것은 아주 큰 절망 중 하나이다.

잠 속에서 행복한 날을 이어가기 위해 얼마나 큰 노력을 기울였던가! 소중한 이들의 환영을 꿈에 끌어오려고 얼마나 자주 시도했던가! 그런데 늘 나의 정신은 의도했던 방향에서 빗나가 다른 곳으로 나를 이끌었다. 그래도 이편이 낫다. 설령 끔찍한 꿈을 꾸더라도, 꿈을 꾸는 편이 생각의 완전한 부재보다는 백배 낫다.

몸의 잠, 그것은 끝없는 기쁨을 가져다준다. 그러나 생각의 잠은 일종의 고문이나 마찬가지다. 생각의 잠은 삶의 부정이요, 그것은 내 생기를 해친다. 나는 언젠가 찾아올 진정한 죽음을 피할 생각은 없다. 다만 나는 꿈 없는 밤이 안기는 저 작은 죽음들을 거부하고자 한다.

✠

잠에서 깨어났을 때, 하녀가 내게 다가와 제럿이 나를 기다리고 있다고 알려주었다. 그는 세관원들이 감정을 마무리 짓는 것을 보러 나와 함께 극장에 가려고 했다. 나는 제럿에게 세관원들 무리는 지겹게 보았으니, 바라대 나 없이 게라르 부인과 함께 일을 끝내달라는 전언을 보냈다.

감정이 끝나는 데는 이틀이 더 소요되었다. 그동안 거북이, 암소, 그리고 시커먼 무리는 세금을 매기기 위한 자료를 작성하고, 일지에 올릴 크로키를 그렸으며, 자기들의 고객을 위해 신상품의 본을 땄다.

하루빨리 리허설을 진행해야 했기에 나는 마음이 초조했다.

목요일 아침, 내 짐들을 되찾으려면 세관에 2만 8천 프랑을 지불해야 한다는 사실을 들었다.

나는 미친 사람처럼 웃음을 터뜨렸다. 어찌나 심하게 웃었는지, 가엾은 애비도 질겁한 표정으로 따라 웃었고, 제럿마저도 잔인해 보이는 앞니를 드러내며 웃기 시작했다.

"친애하는 애비 씨."

나는 소리쳤다.

"이 건은 애비 씨가 알아서 해결해 주세요! 저는 11월 8일 월요일에 첫 공연을 해야 합니다. 그리고 오늘은 목요일이에요. 월요일에는 무대의상을 완전히 갖춰 입고 극장에 서야 합니다. 애비 씨가 세관에서 제 짐을 가져와 주세요, 세관과 관련한 내용은 제 계약에 포함되지 않았잖아요? 어쨌든 당신이 낼 돈에서 저도 절반은 내겠습니다."

결국 2만 8천 프랑은 변호사의 손에 맡겨졌고, 그는 내 명의로 세관에 소송을 걸었다.

변호사에게 맡긴 2만 8천 프랑의 위탁금을 통해 나는 내 짐을 돌려받을 수 있었다. 그리고 부스 극장에서는 리허설이 시작되었다.

11월 8일 월요일, 저녁 여덟 시 반, 「아드리안 르쿠브뢰르」의 첫 공연 막이 올랐다. 극장은 만석이었다. 모든 좌석표는 경매로 팔려나갔고, 전매되었으며, 그리하여 최종적으로는 말도 못 하게 비싼 금액으로 팔렸다. 사람들은 나를 빨리 보고 싶어 안달이었다. 그들이 나를 보고 싶어 한 것은 호의가 아니라 호기심 때문이었다.

극장 안에 젊은 여인들의 모습은 보이지 않았다. 연극이 지나치게 비도덕적이라는 것이 그 이유였다. (가엾은 아드리안 르쿠브뢰르!)

관객들은 동료 배우들에게 무척 정중한 모습을 보였다. 그렇지만 관객들은 소문만 무성한, 이 기이한 '사라 베르나르'를 빨리 보고 싶은 마음에 조급해하는 듯했다.

「아드리안 르쿠브뢰르」의 1막에 아드리안은 등장하지 않는다. 1막이 끝나자, 어느 분노한 관객이 헨리 애비를 찾았다.

"내 돈 돌려주시오. 사라 베르나르는 안 나오지 않습니까?"

애비는 이 괴짜의 환불 요구를 거절했다. 2막의 막이 오르자, 해당 관객은 재빨리 제자리로 돌아갔다.

내가 무대에 입장하자, 관객석에서 몇몇 이들의 힘찬 박수가 들려왔다. 돌이켜 생각해 보면, 애비와 제럿이 돈을 주고 고용한 박수 부대였던 것 같다.

나는 연기를 시작했다. 그리고 우화 「두 비둘기」를 낭송하던 때와 같은, 내 부드러운 목소리가 극장 안에 기적을 일으켰다. 이번에는 극장 전체에 환호가 터져 나왔다.

관객들과 나 사이에는 호의적인 기운이 흘렀다. 그날 관객 앞에 선 것은 언론과 뜬소문이 예고했던 '히스테리를 부리는 해골'이 아니라, 가냘픈 몸매에 부드러운 목소리를 가진 여배우였다.

4막은 힘찬 박수로 시작되었다. 부이용 공주에게 아드리안이 격분을 터뜨리는 장면에서는 극장 전체가 뜨거운 호응으로 뒤집힐 듯했다. 마침내 5막이 되었다. 5막에서는 불행한 여배우가 경쟁자의 독에 중독되어 죽어가는 장면이 있었다. 관객들은 이 장면에서 온전히 감정에 젖어 들어 자기감정을 표출하기 시작했다. 3막이 끝난 뒤에는 부인들이 젊은 하인들을 어딘가로 파견했다. 주변의 한가한 음악가들을 모집하기 위한 것 같았다. 그리고 숙소로 돌아오던 중, 그것이 바로 나를 위한 소집이었음을 깨달았을 때, 내가 얼마나 기쁘고 놀라웠겠는가! 내가 저녁 식사를 하는 동안, 이 음악가들은 아주 멋진 야상곡을 연주해 주었다.

그날 앨버말 호텔의 창문 아래로는 수많은 사람이 몰려들었다. 나는 여러 차례 발코니로 빠져나와 그들에게 감사 인사를 전해야 했다. 대체로 냉정한 관객들이라고 미리 전해 들었던 이들에게, 그리고 특히 나에 대해 무척 안 좋은 선입견을 품고 있다고 전해 들었던 그 관객들에게 말이다.

그리하여 나를 비방하고 모함했던 모든 이들에 대해 나는 진심으로 감사했다. 그들 덕분에 나는 승리에 대한 확신을 안고 싸우는 기쁨을 누릴 수 있었으니 말이다. 내가 거둔 승리는 기대했던 것 이상으로 아름다웠다.

나는 뉴욕에서 스물일곱 번의 공연을 올렸다. 공연한 작품들은 다음과 같다. 「아드리안 르쿠브뢰르」, 「사락사락」, 「에르나니」, 「춘희」, 「페드르」, 「스핑크스」, 「이국 여인」. 공연당 평균 수입은 낮 공연을 포함하여 20,342프랑이었다.

마지막 공연은 12월 4일 토요일 오후에 열렸다. 그날 저녁에 극단 동료들은 보스턴으로 떠나야 했기 때문이다. 또한 나는 그날 저녁 멘로 파크(Menlo Park)의 에디슨[3] 씨를 방문할 예정이었다. 거기서 나를 기다리고 있던 것은 세상에서 가장 환상적인 손님맞이였다.

아! 12월 4일 토요일의 오후 공연을 잊을 수가 없다. 공연 시작 시

---

3 미국의 발명가, 사업가인 토머스 에디슨(Thomas Edison, 1847-1931)을 말한다. 멘로 파크는 에디슨의 자택 및 사설 연구소가 있던 곳이다.

각은 오후 1시 30분이었고, 내가 무대의상으로 갈아입기 위해 극장에 도착한 시각은 정오였다. 그런데 내가 탄 마차가 극장 앞에 멈춰 서서 더는 나아가지 못했다. 수많은 부인이 의자에 앉아 길을 가로막고 있었기 때문이다. 그녀들은 인근 상점들에서 빌려온 의자 위에, 혹은 자신이 직접 챙겨온 접이식 의자 위에 앉아 있었다. 이날 「춘희」를 공연할 예정이었다. 나는 마차에서 내려서 배우 전용 출입문까지 약 20미터의 거리를 도보로 걸어가야 했다. 그동안 부인들은 내 손을 부여잡고 꼭 다시 돌아와 달라고 애원했다. 한 부인은 자기가 꽂고 있던 브로치를 빼서 내 외투에 꽂아 주었다. 인조 진주들로 가장자리가 장식된 수수한 자수정 브로치였다. 이 수수한 브로치는 분명 그녀에게 있어서는 제법 소중한 물건이었으리라.

한 걸음 한 걸음을 내디딜 때마다 사람들이 나를 붙잡았다. 한 부인이 자기 수첩을 꺼내어 거기 내 이름을 적어달라는 부탁을 할 생각을 떠올렸다. 그리고 그녀의 이러한 행동은 일종의 도화선처럼 작용했다. 가족들과 함께 온 아주 어린 꼬맹이들이 자기 소맷부리를 들이밀며 그 위에 내 이름을 적어달라고 부탁해왔다. 더는 버티기 힘들 지경이었다. 사람들은 내게 수많은 꽃다발을 안겼다. 내 뒤에서 누군가 내 모자에 꽂힌 깃털 장식을 세게 잡아당겼다. 내가 재빨리 뒤를 돌아보자, 한 여인이 손에 가위를 쥐고 있는 것이 보였다. 그녀는 몰래 내 머리털을 잘라내려 하다가, 대신 모자 위 깃털 장식을 자르게 되었다.

제럿은 크게 손짓을 하고 고성을 내지르며 인원을 통제하려 했으나 어림도 없었다. 도저히 앞으로 나아갈 수가 없었다. 결국 누군가가 사설탐정들을 불러 내 앞길을 트게 했다. 이것은 나를 동경하는 이들에 대해서도, 그리고 내게도 무례한 일이었다. 탐정들은 정말이지 짐승 같은 이들[4]이었다. 나는 화가 폭발하기 직전에야 극장 안으로 들어올 수 있었다.

나는 「춘희」를 공연했다. 막이 내려간 뒤에도 박수가 그치지 않는 바람에, 3막이 끝난 뒤에는 17차례나 다시 불려 나와 인사해야 했고, 5막이 끝난 뒤에는 29차례나 다시 불려 나왔다. 박수갈채와 막간 인사가 길어지는 바람에 예정보다 한 시간이 더 흐른 후에야 공연이 끝났다. 나는 피곤해 죽을 지경이었다.

숙소로 돌아가는 마차에 오르려 하는데, 제럿이 내게 다가와 바깥에 5천 명이나 되는 사람들이 기다리고 있다고 말했다. 나는 의자에 털썩 주저앉았다. 기진맥진했고 아무 의욕도 없었다.

"아! 그럼 다들 해산할 때까지 기다리죠. 더는 못 해 먹겠어요, 더는 못해요…"

이때 헨리 애비가 천재적인 생각을 떠올렸다. 그는 내 여동생에게 말했다.

"자, 그럼 당신이 베르나르 부인(그는 손으로 나를 가리키며 말했다)의 모자와 목도리를 대신 쓰시고 제 팔짱을 끼죠. 아! 그리고 여기 이 꽃다발들도 받으시고, 다 못 들겠으면 남는 거는 저한테 주세요. 그리고 이제 저와 함께 당신 언니의 마차에 올라 관객들에게 인사하러 갑시다."

헨리 애비는 이 모든 말을 영어로 했고, 그 말을 내 여동생에게 통역해 준 것은 제럿이었다. 헨리 애비의 제안을 들은 내 여동생은 기꺼이 이 작은 희극에 동참했다. 그리고 그녀가 관객들을 만날 준비를 하는 동안, 제럿과 함께 극장 앞에 주차되어 있던 애비 씨의 마차에 올라탔

---

4 19세기 미국의 탐정(detective)들은 일반적인 사건 수사 이외에도 열차 호위, 열차 강도 추적, 파업 분쇄 의뢰 따위를 수주하는 민간 무력 집단으로, 경찰 보다는 차라리 '해결사'에 가까운 이들이었다.

다. 거기에는 나를 기다리고 있던 인파가 없었다. 내게는 천만다행이었다. 내 여동생은 나보다 한 시간이나 늦게 앨버말 호텔로 돌아왔다. 그녀는 무척 지쳐 보였으나, 또한 무척 즐거워 보였다. 우리 자매의 닮은 모습, 내 모자와 목도리, 그리고 어두워진 밤하늘의 공모로 우리는 나를 흠모하는 대중들에게 작은 희극을 선보인 것이다.

우리는 아홉 시에 멘로 파크로 출발해야 했다. 우리는 여행 복장을 해야 했다. 다음날인 일요일에는 우리도 보스턴으로 출발해야 했기 때문이다. 우리 짐은 그날 저녁 우리보다 몇 시간 앞서 그 도시로 떠난 극단 동료들과 함께 미리 부친 상태였다.

식사는 언제나처럼 끔찍했다. 당시 미국의 식생활은 정말이지 끔찍하다고밖에는 표현이 안 된다. 우리는 열 시에 기차를 탔다. 온통 꽃과 프랑스 국기로 장식된, 아름다운 특별 열차였다. 이 모든 것은 나를 위한 사람들의 각별한 배려였다. 그렇지만 여행은 괴로웠다. 무슨 일만 있으면 열차가 도중에 멈춰 섰기 때문이다. 우리 열차는 앞을 지나가는 다른 열차 때문에 정차하고, 우회하는 기관차를 피하거나 선로변경을 기다리느라 계속 정차했다.

열차가 마침내 토마스 에디슨의 마을인 '멘로 파크' 역에 정차한 때는 새벽 두 시였다. 캄캄하고 깊은 밤이었다. 굵은 눈이 소리 없이 내리고 있었다. 마차가 한 대 대기하고 있었고, 마차에 달린 랜턴 하나가 홀로 역을 밝혔다. 역에 달려 있던 모든 전기등은 이미 꺼진 상태였기 때문이다.

나는 제럿의 부축을 받으며, 그리고 뉴욕에서부터 우리와 동행하고 있던 몇몇 친구들의 도움을 받으며 조심스럽게 앞으로 나아갔다.

심한 추위에 바닥에 쌓인 눈이 얼어 있었다. 우리는 저 뾰족뾰족하고 날카롭고 부서지기 쉬운 빙판길 위로 발걸음을 옮겼다.

랜턴이 달린 작은 마차 뒤로는 그보다 더 큰 마차가 한 대 있었다. 말이 한 마리 매여 있었고, 랜턴은 달리지 않았다. 이 두 번째 마차에는 최대 대여섯 명까지는 탈 수 있을 것 같았다. 그리고 우리 일행은 모두 열 사람이었다. 첫 번째 마차에는 제럿, 애비, 나와 여동생이 올라탔다. 그리고 나머지 여섯 사람은 두 번째 마차에 몰려 탔다.

우리는 마치 수상한 음모를 꾸미고 있는 무리처럼 보였다. 새카만 밤, 두 대의 수상한 마차, 살을 에는 추위 속의 정적, 사람들의 온몸을 휘감은 두터운 모피, 이곳저곳으로 불안하게 옮겨가는 시선, 이 모든 것들이 저 위대한 에디슨을 방문하는 우리 일행을 오페레타의 등장인물처럼 보이게 했다.

눈밭을 뚫고 굴러가는 마차는 끔찍하게 요동쳤다. 흔들림이 너무 심한 나머지, 우리는 연신 희비극적인 전복 사고를 걱정해야만 했다.

그렇게 얼마나 먼 거리를 달렸던 것일까? 나도 잘 모르겠다. 주기적으로 요동치는 마차 안에서 두터운 모피의 따스함 속에 감싸여 있던 나는 서서히 잠에 빠져들었다. 그때였다. 어디선가 우렁찬 "이랴! 이랴!" 소리가 들려왔다. 함성은 나와 우리 일행, 마부, 그리고 말들까지 놀라게 할 정도로 컸다. 그리고 온 마을이 돌연 환해졌다. 온갖 곳에서, 나무 위아래, 수풀 안, 양쪽 거리에서 눈부시고 위풍당당한 빛이 갑작스레 뿜어져 나왔다.

마차가 서서히 멈춰 섰다. 우리는 저 유명한 토머스 에디슨의 집 앞에 도착했다. 일군의 사람들이 베란다 아래에서 기다리고 있었다. 남자가 넷, 부인이 둘, 그리고 소녀가 한 명이었다.

그 순간 가슴이 뛰기 시작했다. 저 남자 중에서 누가 에디슨 씨일까? 그의 사진을 본 적은 없었으나, 천재적인 두뇌를 깊이 흠모하고 있었다.

나는 마차에서 뛰어내렸다. 밝은 전깃불 때문에 마치 대낮인 듯한 착각이 들었다. 그리고 에디슨 부인에게서 환영의 꽃다발을 받아들었다. 그리고 그녀에게 감사 인사를 표하면서 네 사람의 남자 중 누가 위대한 에디슨일지를 살폈다. 네 사람의 남자가 동시에 내게 다가왔다. 그중에는 얼굴이 다소 붉어진 한 사람이 있었다. 그의 푸른 눈에서는 보는 이의 마음이 괴로워질 정도로 짜증이 묻어나왔다. 나는 그가 바로 에디슨이리라고 짐작했다.

순간 당황스럽고도 거북한 마음이 되었다. 내가 에디슨의 심기를 어지럽혔다는 것이 너무도 뻔했기 때문이다. 그는 내 방문을 통해 자기 홍보에 도취한 외국인의 범속한 호기심을 예상했을 것이다. 그는 미리부터 다음날 신문에 오를 나와 그의 대담을 예상했고, 내가 그에게 이런저런 멍청한 말들을 내뱉으리라 생각했다. 내가 그에게 온갖 무지한 질문들을 던질 것을, 그리고 에디슨 자신은 내게 예의를 차리느라 어쩔 수 없이 이런저런 답변을 해야 한다고 예상했다. 그는 그런 예상으로 인해 고통받았기에, 그 순간 내게 반감을 품을 수밖에 없었다.

나는 백열등보다도 밝게 빛나는 에디슨의 푸른 눈을 통해 그의 생각을 환히 들여다볼 수 있었다. 그때 내가 그를 정복해야만 하리라는 것을 깨달았다. 들끓는 투쟁심은 이 매력적이고 내성적인 현자를 정복하기 위해 내 안의 모든 매력을 끌어냈다.

결과는 나의 승리였다. 삼십 분이 지나자 우리 두 사람은 세상에서 둘도 없는 친구가 되었다. 나는 그의 뒤를 재빠르게 쫓아갔다. 사다리처럼 좁고 곧은 계단들을 오르고 화덕처럼 들끓는 작업장 위에 설치된 다리들을 건넜다. 에디슨은 내게 자기 연구소를 전부 설명해주었다.

우리는 흔들거리는 얇은 다리 위에서 난간 아래를 내려다봤다. 무시무시한 심연처럼 보이는 아래쪽에서는 굵은 가죽끈에 감긴 커다란 바퀴들이 큰 소리를 내며 돌아가고 있었다. 에디슨이 아래쪽을 향해 명료한 목소리로 이런저런 지시를 내리자 곳곳에서 빛이 솟구쳤다. 빛은 탁탁 튀어 오르기도 하고, 섬광처럼 재빨리 스쳐 지나가기도 했으며, 때로는 불의 시냇물이 흐르는 것처럼 사행(蛇行)의 흔적을 남기기도 했다.

나는 중간 키의 이 남자를 유심히 바라보았다. 다소 강경해 보이는 표정에 충만한 고귀함이 느껴지는 옆얼굴을 바라보며, 나폴레옹 1세를 떠올렸다. 이 두 남자 사이에는 이론의 여지가 없이 신체적인 유사점이 있었다. 그리고 확신하건대, 두 사람의 두뇌에도 일부 유사한 부분이 있을 것이다. 물론 그들의 천재를 비교하려는 것은 아니다. 한 사람의 재능은 '파괴'의 재능이고, 다른 한 사람의 재능은 '창조'의 재능이니까 말이다. 어쨌든 나는 전쟁을 미워하면서도 승리를 사랑한다. 그리하여 나폴레옹 1세의 여러 잘못들에도 불구하고, 나는 마음속에 저 죽음의 신의 제단을 세웠다. 나폴레옹 1세를 위한 제단, 영광의 신을 위한 제단을 말이다!

그래서 나는 몽롱하게 에디슨의 얼굴을 바라보며 저 위대한 망자의 얼굴을 겹쳐 보았다.

기계들이 시끄럽게 돌아가는 소리, 눈이 돌아갈 정도로 재빠른 빛의 변화, 이 모든 것들이 내 정신을 멍하게 만들었다. 내가 어디에 있는지조차 망각한 채, 나와 저 아래 심연을 가르는 얇은 난간 위로 몸을 기대었다. 그것이 위험하다는 사실조차 인지하지 못할 정도로 몽롱했기 때문이다. 정신을 차려 보니 소파 위였다. 에디슨이 나를 가까운 방으로 끌고 나와 소파에 앉힌 것이었다. 내가 현기증을 일으킨 것을 보고 그는 말을 아꼈다.

에디슨은 우리 일행에게 자택의 구석구석을 안내했다. 우리는 원격으로 음성을 전할 수 있다는 발명품들과 축음기를 구경했다. 집안 구경이 끝나자, 에디슨은 몸소 나를 식당으로 안내했다. 식당에는 에디슨 일가가 모두 모여 있었다. 무척 지쳐있던 나는 그들이 정성껏 마련해준 밤참을 기꺼운 마음으로 들었다.

새벽 4시에 멘로 파크를 떠났다. 이번에는 길과 역사(驛舍)를 포함한 마을 전체가 이 매력적인 현자가 밝힌 수많은 불빛으로 대낮처럼 환했다. 밤의 연상 작용은 참으로 기이했다. 어두운 길을 지나 처음 이곳에 올 적에는, 길이 참으로 멀고 험로를 지나는 것처럼 고되게 느꼈었다. 그런데 불이 밝혀지자, 똑같은 길이 무척 짧고 매력적으로 느껴졌다. 비록 온통 눈에 덮여 있지만 말이다. 우리가 에디슨 자택으로 향할 때는 상상력이 큰 힘을 발휘했었다. 우리가 역으로 돌아갈 즈음, 현실은 상상했던 것보다 훨씬 더 큰 힘을 발휘했다.

나는 에디슨의 발명에 크게 경탄했다. 그리고 돌아가는 내내, 무척이나 정중했던 그의 수줍은 우아함과 셰익스피어에 대한 그의 깊은 애정을 생각하며 그에게 홀려 있었다.

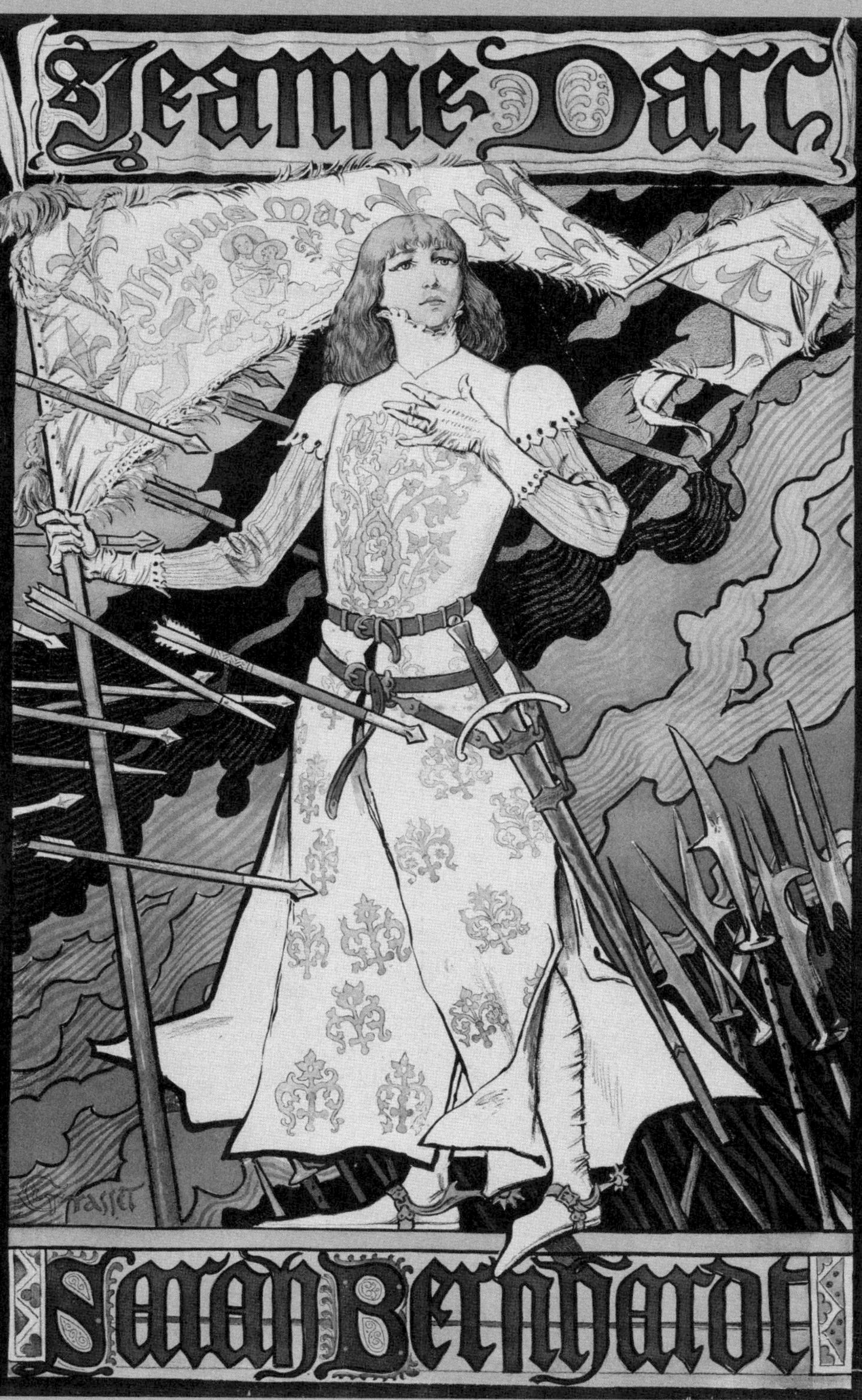
Jeanne Darc
Sarah Bernhardt

34

보스턴에서

다음날, 아니, 실상 새벽 4시였으므로 당일이라고 불러야 마땅한 날, 보스턴으로 출발했다. 공연 기획자인 애비 씨는 나를 위해 무척 매력적인 열차 한 칸을 마련해주었다. 계약상 이번에는 내 전용 열차를 사용할 수가 없었다. 전용 열차를 다시 탈 수 있는 것은 필라델피아를 지나 다음 순회지를 향할 때부터였기 때문이다. 어쨌든 나를 위해 예약된 객실에 들어서며, 나는 무척 큰 기쁨을 맛보았다. 객실 중앙에 크고 폭신폭신한 제대로 된 구리 침대가 마련되어 있었고, 그 외에도 소파, 예쁜 화장대, 그리고 내 개를 위해 리본으로 장식된 바구니도 하나 놓여 있었다. 객실 곳곳은 은은한 향을 내뿜는 꽃들로 장식되어 있었다.

바로 옆 칸에는 내 시중을 들어줄 사용인들이 만반의 준비를 마친 채 대기 중이었다.

나는 만족스럽게 잠이 들었고, 보스턴에 도착해서 일어났다. 역사에서는 수많은 군중이 우리를 기다리고 있었다. 그곳에는 기자들과 수많은 호사가가 모여 있었다. 그들은 내게 우호적이라기보다는 그저 흥미를 느끼고 있는 이들이었고, 따라서 내게 딱히 악의도 없었지만 열광하지도 않았다.

사람들이 이토록 많이 몰린 것은 뉴욕에서의 일 때문이었다. 한 달 전부터 나는 수없이 뉴욕 사람들의 입방아에 오르내렸다. 뉴욕에서는 숱한 이들이 나를 비판했고, 또한 숱한 이들이 나를 찬양했다. 그렇게나 많은 멍청하고 비열하고 더러운 비방들이 쏟아지다니! 이 헛소문들에 대해 나는 무심한 경멸의 태도를 보였었다. 어떤 이들은 나의 태도를 비난했고, 또 어떤 이들은 나의 태도에 경탄했다. 또한 보스턴 사람들은 결국은 내가 뉴욕에서 큰 성공을 거두었다는 것을 모르지 않았고, 저 모든 중상모략에 대하여 승리를 거두었다는 사실도 잘 알고 있었다.

보스턴은 또한 개신교 목사들이 설교단에서 무슨 이야기들을 내뱉는지도 잘 알고 있었다. 목사들은 내가 구세계가 신세계를 타락시키기 위해 파견한 인물이라는 둥, 나의 예술은 지옥의 악마가 불어넣은 재능으로 이루어진다는 둥 그런 이야기를 설교하면서 내뱉었다.

보스턴 사람들은 이런 이야기들을 전부 알고 있었다. 그래서 그들은 소문의 사라 베르나르가 과연 정말로 그러한 인물인지를 직접 확인하러 몰려들었다.

보스턴은 무엇보다도 여인들의 도시였다. 전설에 따르면, 보스턴 땅을 최초로 밟은 사람은 여성이었다고 한다. 보스턴의 인구에서 다수를 차지하는 것은 여성이었다. 그녀들은 우아한 지성과 독립심을 갖춘 개신교도들이었다.

나는 이 기묘하게 정중하고 냉랭한 군중의 행렬을 뚫고 나아갔다.

막 마차에 올라타려는데, 부인 한 사람이 내게 다가와 외쳤다.

"보스턴에 온 것을 환영합니다! 부인, 잘 오셨어요!"

그리고 그녀는 제게 가냘프고 부드럽고 조그마한 한쪽 손을 내밀었다(미국 여인들의 손발은 대개 매력적이다). 또 다른 이들도 내 쪽으로 다가와 미소를 지어 보였다. 나는 그들과 수많은 악수를 했다.

나는 곧바로 이 도시가 좋아졌다. 바로 그때 순간적으로 심한 분노가 치솟았다. 나를 태우고 가던 마차의 발판 위로 누군가가 풀쩍 뛰어오른 것이다. 그는 다른 이들보다 한층 더 다급하고 대담해 보이는 기자였다. 아무리 그래도 이것은 선을 넘었다. 나는 이 못된 남자를 힘껏 떠밀었다. 낙상 사고가 일어날 것을 예감한 제럿은 재빨리 손을 뻗어 그의 멱살을 붙잡았다. 제럿이 아니었더라면 남자는 도로 위로 거칠게 굴러 떨어졌을 것이다. 어쨌든 그는 그래도 마땅했다.

이 괴이한 남자는 내게 말했다.

"내일 몇 시에 고래를 보러 가실 겁니까?"

나는 얼빠진 표정으로 그를 바라보았다. 그 기자는 완벽한 프랑스어를 구사하고 있었다. 나는 아주 나지막한 목소리로 제럿에게 속삭였다.

"미친 사람인가 봐요."

"아뇨, 부인. 저는 미친 사람이 아닙니다. 저는 다만 부인께서 내일 아침 몇 시에 고래를 보러 가실 것인지 알고 싶을 뿐입니다. 어쩌면 내일이 아니라 오늘 저녁에 보러 가시는 게 나을지도 모르겠군요. 다들 고래가 오늘 밤을 넘기지 못할까 봐 걱정하고 있거든요. 그리고 아직 고래가 살아 숨 쉬는 동안에 보러 가지 않는다면, 그건 대단히 유감스러운 일일 겁니다."

그는 이렇게 말하며, 그가 마차 밖으로 떨어져 나갈 것을 걱정해서 여전히 그의 멱살을 쥐고 있던 제럿의 곁에 어정쩡하게 자리 잡고 앉았다. 나는 외쳤다.

"기자 선생님, 대체 고래가 뭘 어쨌다는 건가요?"

"아! 부인, 경이로운 동물입니다! 아주 커요! 고래는 지금은 부두에 매여 있고, 고용된 장정들이 밤낮으로 얼음을 깨어 풀어주고 있답니다!"

그는 마차 발판 위에 서더니, 마부 쪽으로 몸을 기울였다.

"멈추시오! 마차를 멈춰요! 여기예요! 헨리 씨! 이쪽으로 오세요! 자, 부인, 여기 그 관계자입니다!"

마차가 멈춰 섰다. 기자는 인사치레도 하지 않은 채, 아래로 뛰어내려 저 '헨리'라는 남자를 내 마차 안으로 밀어 넣었다. 헨리는 키가 작았고, 온몸이 다부졌으며, 두 눈은 머리에 쓴 털모자 아래 가려져 있었고, 커다란 다이아몬드 하나가 박힌 넥타이를 매고 있었다. 그는 옛 '양키'들 중에서도 가장 독특한 유형의 사람이었다. 헨리는 프랑스어라곤 한마디도 하지 않은 채, 제멋대로 제럿의 옆에 자리를 잡고 앉았다. 다시 마차 위로 뛰어오른 기자는 여전히 앉지도, 매달려 있지도 않은 어정쩡한 자세를 취했다.

역에서 출발할 때만 해도 우리 일행은 셋이었다. 그런데 숙소인 벤돔 호텔에 도착했을 때, 우리는 다섯이 되어 있었다.

숙소에는 많은 이들이 나의 도착을 기다렸다. 나는 새로운 동행인이 몹시도 부끄러웠다. 그는 모든 이들에게 말을 걸며, 큰 소리로 지껄이고 웃고 헛기침을 자주 했으며, 내 이름을 들먹이며 사람들을 초청했다. 그의 제안을 들은 사람들은 몹시 기뻐했다.

아주 나이가 어린 소녀 하나가 자기 아버지의 목을 끌어안으며 외쳤다.

"오! 아빠, 저도 베르나르 부인과 함께 고래를 보러 가고 싶어요. 부탁이에요, 네?"

소녀의 아버지는 그녀에게 대답했다.

"그래, 하지만 먼저 그래도 되는지, 베르나르 부인께 여쭤봐야 한단다."

그리고 그는 내게 다가와 무척 우아하고 정중한 태도로 물어보았다.

"부인, 혹시 내일 고래를 보러 가시는데 저희가 함께해도 되겠습니까?"

나는 그에게 이렇게 답했다.

"하지만 선생님, 마침내 선생님처럼 교양 있는 분과 대화하게 되어 기쁩니다만, 전 대체 이게 무슨 일인지 잘 모르겠어요. 저쪽의 두 사람, 기자 양반하고 괴짜가 제게 고래 이야기를 해 준 건 불과 15분 전이랍니다. 무척 강경한 태도로 제가 그 동물을 봐야만 한다고 말하더군요. 전 아직도 뭐가 뭔지 전혀 모르겠는데 말이에요. 저 두 사람은 제 마차에 뛰어올라 허락도 없이 멋대로 자리를 잡았어요. 저기 보세요, 이젠 제 이름을 대면서 제가 모르는 사람들에게 저와 함께 고래를 보러 가자고 초대하고 있네요. 이제 저는 제가 모르는 장소로 고래를 보러 가게 되겠지요, 비로소 그들이 내게 소개해줄 고래를, 편히 죽기 위해 초조한 마음으로 저를 기다리는 고래를 보러 말이에요."

나와 대화를 나눈 매력적인 신사는 자기 딸에게 우리를 따라가자는 손짓을 보냈다. 나는 제럿, 게라르 부인, 그리고 이 두 부녀와 함께 숙소 앞에 멈춰 선 엘리베이터를 탔다.

내 숙소는 값진 그림들과 멋진 실내장식품들, 그리고 매력적인 조각상들로 장식되어 있었다. 나는 마음이 불안해졌다. 이 예술품들 가운데 일부는 대단히 아름답고 귀하며 무척이나 값비싼 장식품이었기 때문이다. 나는 행여 도난 사건이 일어나지는 않을까 걱정되었고, 그러한 불안은 호텔의 주인, 즉 나와 엘리베이터를 함께 탄 소녀의 아버지에게도 전해졌다. 그러자 그는 내게 먼저 설명했다.

"실내 장식품을 소장하신 ***씨께서는 부인께서 이곳에 체류하시는 동안 줄곧 저 작품들을 감상하실 수 있기를 바라십니다. 저도 그분께 도난 사건이 일어나지는 않을까 걱정된다는 뜻을 전했습니다만, 그분께서는 아무래도 상관없다고 답하시더군요!"

한편 숙소를 장식한 그림들은 보스턴의 부유한 부동산 소유자 두 명의 것이었다. 그림 가운데에는 아주 멋진 밀레의 작품도 한 점 있었다. 내가 먼저 샀더라면 싶을 정도로 마음에 드는 그림이었다.

어쨌든 이 멋진 장식품들에 경탄하며 감사 인사를 표한 뒤, 나는 소녀의 아버지이자 호텔의 주인인 멕스 고든(Max Gordon) 씨에게 대체 보스턴에서 고래가 뭘 어쨌다는 것인지 설명해 달라고 부탁했다. 털모자를 쓴 작은 남자가 직접 설명해주었고, 고든 씨는 그의 말을 내게 통역해주었다. 털모자를 쓴 남자의 이름은 여러 척의 대구잡이 상선을 소유한 헨리 스미스(Henri Smith)였다. 어느 날, 그의 어선 중 하나가 허리에 작살 두 발이 박혀 있는 커다란 고래 한 마리를 잡았다. 가엾은 그 동물은 탈진한 채, 해안에서 몇 마일 떨어지지 않은 곳에서 발버둥 치고 있었다. 선원들은 다친 고래를 손쉽게 생포하여 상선들의 소유주인 헨리 스미스 씨에게로 의기양양하게 끌고 왔다.

대체 무슨 생각으로, 그리고 어떤 사고 과정을 통해 이 남자는 내 이름과 고래를 엮어 돈을 벌겠다는 결론을 내린 것일까? 지금 생각해도 잘 모르겠다. 어쨌든 그가 몹시도 강경하고 고집스럽게 고래를 보러 가자고 주장한 끝에, 나를 포함하여 오십 명 정도의 인원이 다음 날 아침 일곱 시에 싸늘한 비가 내리는 부둣가로 고래를 보러 갔다. 고든 씨는 자신의 사두마차에 네 마리의 준마를 매어둔 상태였다. 말은 고든 씨가 직접 몰았다.

나는 고든 씨의 딸, 제럿, 내 여동생, 게라르 부인, 그리고 지금은 이름이 기억나지 않는 어느 노부인 한 사람과 함께 고든 씨가 모는 사두마차에 올라탔다. 일곱 대의 다른 마차들이 우리를 뒤따라왔다. 나는 대단히, 대단히 즐거웠다.

부두에 도착하자, 우스꽝스러운 헨리가 우리를 맞이해주었다. 헨리는 머리끝부터 발끝까지 모피를 두르고 있었고, 양손에도 양털로 짠 커다란 벙어리 장갑을 끼고 있었다. 온통 털투성이인 가운데, 오직 그의 두 눈과 넥타이에 박힌 커다란 다이아몬드만이 반짝거렸다.

나는 대단히 흥미로운 마음으로 부두에 내렸다. 부두에는 몇몇 호사가들과 기자들이 대기 중이었다. 맙소사! 아, 맙소사!

헨리는 벙어리 장갑을 낀 손으로 내 손을 움켜쥔 채 재빨리 나를 끌고 갔다.

계단에 도착하기 전까지 나는 열다섯 번은 넘어질 뻔했다. 그가 재촉하는 바람에, 나는 선착장으로 내려가는 열 단의 계단을 거의 굴러 떨어지듯이 내려갔다. 그러자 내 눈에 들어온 것은 고래의 등이었다. 사람들의 말로는 아직 살아있는 고래라고 했지만, 솔직히 나는 그 고래가 정말로 살아있었는지 의심스럽다. 다만 찰박거리며 부서지는 물결이 그 가엾은 동물의 몸을 가볍게 흔들고 있었다. 고래의 몸은 깨어진 얼음 조각들로 둘러싸여 있었다. 나는 그 척골(脊骨) 위에 두 차례 드러누웠다. 한편으로 무척 유쾌한 기분이었지만, 다른 한편으로는 화가 치솟았다.

그러는 동안 사람들은 나를 둘러싸고 고래수염을 하나 뽑아달라고 끈질기게 요구했다. 고래수염은 여성용 코르셋을 만드는 재료로 쓰이는 물건이었다. 나는 그들의 요구에 마음이 불안해졌다. 행여 고래에게 고통을 줄까 봐 걱정되었다. 안 그래도 나는 이 동물이 무척 가여웠다. 헨리, 고든 씨의 딸, 그리고 나, 우리 세 사람은 이미 10분 전부터 이 가엾은 동물 위에서 그 등을 만지작거리고 있었다! 결국 나는 마음의 결단을 내렸다. 나는 고래에게서 수염 한 올을 뽑았고, 그 슬픈 전리품을 손에 쥔 채 지상으로 돌아왔다. 사람들에게 둘러싸이고 떠밀리는 가운데, 마음속에는 짜증이 일어났다.

내 분노는 헨리 스미스 씨에게로 향했다. 그와 함께 마차를 탈 생각을 하자, 나는 사두마차에 다시 오르기가 싫어졌고, 대신 우리 뒤를 쫓아왔던 다른 마차에 타려 했다. 깊고 어두운 내부 공간을 가진 다른 마차 안에서, 썩 좋지 않은 내 기분을 감추고 싶었다. 그때 정말 예쁜 고든 씨의 딸이 너무나도 귀여운 목소리로 내게 왜 화가 났냐고 질문을 던졌다. 나는 그녀의 미소 앞에서 분노가 녹아내리는 것을 느꼈다.

"마차, 직접 몰아보시겠어요?"

고든 씨가 내게 물었다.

"오! 네, 기꺼이!"

내 답변을 들은 제럿은 그의 나이와 체구를 고려하면 믿기지 않을 정도로 잽싼 몸놀림으로 마차에서 내렸다.

"당신이 마차를 몬다면, 저는 내리는 게 낫겠군요."

그리고 제럿은 다른 마차로 옮겨탔다.

담대한 태도로 고든 씨와 자리를 바꾸어 마부석에 앉았다. 그런데 100미터도 채 가지 못해서 우리 마차는 부둣가의 어느 약국을 가로질러 인도로 난입하고 말았다. 고든 씨의 재빠른 대처가 아니었더라면 우리 모두 전복 사고로 죽었으리라.

나는 숙소로 돌아와 공연 시간이 될 때까지 침대에 누워있었다.

당일 저녁, 우리는 극장을 가득 메운 관객들 앞에서 「에르나니」를 공연했다. 경매에 부쳐진 좌석표는 천정부지로 값이 치솟은 상태였다.

우리는 보스턴에서 열다섯 번의 공연을 올렸다. 공연당 평균 수입은 1만 9천 프랑이었다.

그저 아쉬운 마음으로 이 도시를 떠났다. 보스턴에서 체류한 2주 동안 보스턴의 여인들을 주의 깊게 관찰했는데, 참으로 매력적인 경험이었다. 보스턴 여인들은 머리끝부터 발끝까지 철저한 청교도들이었지만, 그녀들의 신앙은 타인에게 강압적이지 않았으며 매우 관용적이었다. 가장 인상적이었던 것은 그녀들의 몸가짐과 목소리였다. 보스턴 여인들의 몸동작에는 균형 잡힌 아름다움이 있었고, 그녀들의 목소리는 무척 사근사근했다.

가장 엄격하고 고된 전통 아래 성장한 보스턴 사람들은, 내가 보기에 모든 미국인 가운데서도 가장 철저하게 정련된 이들이었고, 가장 신비한 부류였다. 보스턴에는 여성 인구가 다수인데, 이들 중 상당수가 결혼하지 않는다. 그리하여 연애에도 육아에도 생기를 쏟을 일이 없는 이 여인들은 신체를 유연하게 하고 아름답게 가꾸면서도 우아함을 잊지 않을 운동에 주로 기력을 쏟는다. 또한 그녀들은 모든 여력을 지적 활동에 바친다. 그녀들은 음악과 연극, 문학과 회화, 그리고 시를 사랑한다. 보스턴 여인들은 모든 것을 알고, 모든 것을 이해하며, 언제까지나 순결하고 신중하다. 그녀들은 결코 크게 웃지 않고, 크게 떠들지 않는다. 그녀들과 라틴 민족 사이의 간극은 남극과 북극 사이의 간극만큼이나 컸다. 그녀들은 무척이나 흥미롭고 매력적인 사람들이다.

나는 먹먹한 가슴을 안고 보스턴을 떠나 뉴헤이븐으로 향했다.

뉴헤이븐의 호텔에 도착했을 때, 나는 깜짝 놀랐다. 헨리 스미스, 저 보스턴의 고래잡이가 다시금 내 앞에 나타난 것이었다.

"아! 하느님!"

나는 소파 위로 몸을 내던지며 비명을 내질렀다.

"저 사람은 대체 내게 또 무엇을 바라는 걸까?"

내가 그 답을 알아내기까지는 그리 오래 걸리지 않았다. 바깥에서 금관악기 소리와 북소리, 트럼펫 소리가(그리고 내 기억으로는 형편없는 가수들의 노랫소리도 함께였다) 한데 어우러진 지옥 같은 소음이 들려오기 시작했다. 나는 소음의 정체를 확인하러 창가로 향했다. 거리에서는 흑인으로 분장한 일군의 악단에 둘러싸인 거대한 차량 한 대가 있었고, 차량 위에는 한 장의 끔찍하고 괴물 같은 채색 광고가 붙어 있었다. 광고에는 발버둥 치는 고래 위에 선 내가 고래의 수염을 뜯어내는 그림이 그려져 있었다. 악단 뒤로는 앞뒤로 광고판을 매단 남자들이 뒤따랐다. 광고판에는 다음과 같은 문구가 적혀 있었다.

구경하러 오세요

사라 베르나르가
자기 코르셋을 만들 재료를 얻기 위해
수염을 뽑아 죽인 거대한 고래.
베르나르 씨의 코르셋은 ...에 거주하는
릴리 노에 씨가 제작했습니다... 기타 등등...

또한, 다른 남자들이 매고 있던 광고판에는 다음과 같은 문구가 적혀 있었다.

고래는 살아있을 당시와 마찬가지로
건강한 상태입니다!
(잘못 옮겨 적은 것이 아니라, 정말로 그렇게 적혀 있었다)
고래 배 속에서는 500달러 상당의 소금이 발견되었습니다!
저희는 매일 같이 100달러의 돈을 들여,
고래의 몸을 떠받들도록 얼음을 갈아줍니다!
내 얼굴은 시체보다도 더 창백해졌다. 분노로 이가 갈렸고, 한마디 말도 나오지 않았다.

헨리 스미스가 내 쪽으로 다가왔다. 나는 그의 뺨을 한 차례 후려친 뒤, 내 방으로 도망치듯 돌아와 혐오감과 무력감에 감싸여 오열했다.

✠

즉시 유럽으로 돌아가고 싶었다. 하지만 제럿은 내게 계약서를 들이밀었다. 나는 저 혐오스러운 전시회를 멈추게 하고 싶었다. 사람들은 나를 진정시키기 위해 꼭 그렇게 해주겠노라고 약속했지만, 결과적으로 내가 원하던 결과를 얻어내지는 못했다.

이틀 뒤 나는 하트포드로 향했고, 같은 고래를 그곳에서도 보게 되었다. 고래는 줄곧 내 공연 장소를 따라왔다.

광고판에 적힌 소금의 양은 점점 늘어만 갔고, 얼음을 가는 데 쓰고 있다는 비용 또한 늘어만 갔다. 고래는 계속해서 나를 따라왔다. 어딜 가든 고래 전시회의 광고판과 마주쳤다. 고래 전시를 금지하기 위해, 나는 새로운 주에 도착할 때마다 매번 똑같은 소송 절차를 반복해야만 했다. 미국의 법률이 주마다 달랐던 탓이다.

매번 새로운 숙소에 도착할 때마다, 저 고래 전시회를 연 장본인의 끔찍스러운 명함이 꽂힌 커다란 꽃다발을 발견하곤 했다. 나는 그가 보낸 꽃들을 바닥에 집어 던져 짓밟았다. 그렇게나 꽃들을 사랑하는 나였지만, 이 순간만큼은 꽃이 가증스러웠다.

제럿은 헨리를 찾아가 더는 내게 꽃다발들을 보내지 말라고 부탁했다. 물론 어떤 변화도 없었다. 그것은 이 사내에게는 나한테 따귀를 얻어맞은 일에 대한 복수나 마찬가지였다.

게다가 그는 애초에 내가 왜 분노하는지 이해하지 못했다. 그는 고래 전시로 막대한 수입을 올렸는데, 심지어 한 번은 내게 '수입의 일정 비율'을 나눠주겠다는 제안을 했다. 아! 할 수만 있다면, 기꺼이 이 혐오스러운 스미스 씨를 죽여 버리고 싶었다! 그는 내 삶에 독을 풀어 넣은 셈이었다. 어떤 도시를 가더라도 내 눈에는 이제 고래밖에는 보이지 않았다. 나는 숙소에서 극장에 이르기까지 두 눈을 꼭 감고 외출할 수밖에 없었다. 흑인으로 분장한 악단의 음악 소리가 들려올 때마다, 그순간 소스라치게 놀라 얼굴이 창백해졌다.

다행히도 몬트리올에 이르러서는 편안한 휴식을 취할 수가 있었다. 헨리가 몬트리올까지는 나를 따라오지 않았기 때문이다. 몬트리올에 도착하기 전, 신경쇠약으로 졸도할 것 같았다. 눈앞에 줄곧 고래가 아른거리는 듯했고, 오직 고래에 관한 생각만 했으며, 꿈도 고래에 관한 꿈만 꾸었다. 그것은 강박이었고, 지속적인 악몽이었다.

콜트 공장 견학을 끝으로 하트포드에서의 일정을 마무리 지었다. 그곳은 저 유명한 '콜트' 권총을 생산하는 거대한 공장이었다. 나는 권총 두 정을 구입한 뒤, 하트포드를 떠났다.

제럿은 헨리 스미스가 몬트리올에 얼쩡거리지 못하게 하겠다고 내게 단단히 약속했다. 제럿의 약속이 있은 지 얼마 되지 않아, 헨리 스미스는 병상에 눕게 되었다. 제럿은 아마 그의 이동을 멈추게 하려고 다소 폭력적인 조치를 했으리라. 제럿, 이 흉폭한 신사는 몬트리올로 가는 도중에 지나치다 싶을 정도로 폭소를 터뜨렸다.

어쨌든 나는 헨리 스미스를 잠시나마 떨어트려 준 제럿이 한없이 고맙게만 생각되었다.

35

몬트리올의 그랜드 리셉션

마침내 우리는 몬트리올에 도착했다.

아주 어린 시절부터 캐나다에 가기를 꿈꿔왔었다.

대부님께서는 언제나 무척 격노한 어조로 프랑스가 영국에 캐나다 영토를 할양한 것을 아쉬워했다. 나는 어린 시절 내내 그의 한탄을 듣고 자랐다. 당시로서는 내가 명확히 이해하기 힘들었지만, 그는 캐나다에 얽힌 경제적 이권들에 대해 줄줄이 읊었고, 캐나다 땅에 묻힌 막대한 지하자원에 관해 이야기했으며, 그 외에도 캐나다 땅의 이런저런 이점에 대해 논쟁했다. 그리하여 내 머릿속에서 캐나다란 고장은 머나먼 꿈의 땅처럼 자리 잡았다.

철로의 거친 쇳소리에 잠이 깬 지 오래였다. 지금이 몇 시인지를 묻자, 저녁 11시라는 대답이 돌아왔다.

우리는 15분 뒤면 역에 도착할 예정이었다. 온통 새카만 하늘이 거대한 방벽처럼 보였다. 드문드문 놓인 등불에는 대체 며칠 전부터 쌓여 있는지 모를 새하얀 눈빛이 수북했다.

기차는 갑자기 멈춰 서는가 싶더니, 느릿느릿 조심스럽게 다시 움직였다. 속도가 무척이나 느렸던 탓에, 나는 우리가 탈선이 염려되는 구간을 통과하고 있다고 생각했다. 그때 둔탁하게 들려오는 어떤 소음이 내 주의를 사로잡았다. 소음은 매초 커지더니, 이윽고 음악이 되었다. 미친 듯이 격렬하게 연주되고 있는 「라 마르세예즈」였다. "만세! 프랑스 만세!" 국가가 연주되는 가운데 수많은 이들의 함성이 울려 퍼졌다. 우리는 그렇게 몬트리올에 입성했다.

열차가 멈춰 섰던 곳은 당시 무척 협소한 장소였다. 역으로 통하는 인도는 폭이 좁고, 그 옆으로는 상당히 비탈진 경사면이 방벽처럼 서 있었다.

나는 객실 바깥의 좁은 야외 공간에 일어선 채, 흥분된 마음으로 전면에 펼쳐진 기이한 정경을 바라보았다. 얼핏 곰처럼 보이는 사람들이 랜턴을 손에 쥔 채 비탈진 경사면을 빽빽이 채우고 있었다. 수백 명은 되어 보였다. 사람들이 몰려 있던 곳은 그곳뿐만이 아니었다. 정차한 열차와 경사면 사이의 좁은 공간에도 크고 작은 '곰'들이 가득했다. 나는 질겁해서 대체 어떻게 인파를 뚫고 썰매를 타러 갈지 자문했다. 우리는 몬트리올역에서부터 썰매를 타고 이동할 예정이었다.

제럿과 애비가 몰려든 군중 사이로 길을 내어 주었다. 열차에서 내린 내가 그 길로 빠져나가려는데, 몬트리올 명사들의 대표라는 사람이 내 쪽으로 다가와 모두의 서명이 담긴 환영 성명문을 건네주었다. 나는 분명 대표자의 이름을 메모해 두었었다. 그런데 지금 이 책을 쓰면서 읽어보니, 내 글씨인데도 알아볼 수가 없었다(글씨가 참 예쁘기도 하지!).

나는 그에게 내가 할 수 있는 최대의 사의를 표했고, 몬트리올 명사들 모두의 이름으로 내게 보낸 멋진 꽃다발을 받아들었다. 내가 그 향기를 맡으려고 얼굴에 꽃다발을 가져갔을 때 가벼운 찰과상을 입었다. 찬바람에 얼어버린 예쁜 꽃잎에 스쳐 얼굴에 생채기가 난 것이었다. 그러는 동안 나 역시 손발이 오그라들어 버렸다. 추위가 내 온 몸을 덮쳤다.

이날 밤의 추위는, 몬트리올 사람들이 오래도록 겪어온 추위 가운데 서도 가장 심한 축에 들었다고 했다.

추위가 너무 심했던 탓에 프랑스 극단의 도착을 환영하기 위해 모여든 몬트리올 여인들은 모두 역사 안으로 대피해야 했다. 내게 귀한 꽃으로 엮은 꽃다발과 따스한 포옹을 선사해준 조제핀 두트르 부인만 제외하고 말이다.

영하 22도의 날씨였다. 나는 제럿에게 아주 작은 목소리로 속삭였다.

"이제 우리 다음 장소로 이동하죠, 몸이 얼고 있는 느낌이에요. 십분 뒤면 저는 한 걸음도 더 내딛지 못할 거예요."

제럿은 내 말을 애비에게 전했고, 그 말을 들은 애비는 경찰 책임자에게 인원 통제를 부탁했다. 경찰은 영어로 명령을 내렸다. 그러는 동안 또 다른 경찰 책임자가 같은 명령을 프랑스어로 반복했다. 우리는 비로소 몇 미터 정도를 더 전진할 수 있었다. 그러나 역사까지는 아직도 멀었고, 군중의 머릿수는 늘어만 갔다. 그순간 거의 정신을 잃을 뻔했다. 어떻게든 나는 몸을 지탱하며, 아니 정확히 말하면, 제럿과 애비의 팔을 붙잡고 매달려서 다시금 힘을 내려 했다. 매분 나는 미끄러져넘어질 뻔했다. 인도가 거울처럼 매끈매끈한 빙판길이었기 때문이다.

그러다가 우리는 전진하는 발걸음을 멈춰야 했다. 수많은 대학생이 들어 올린 수십 개의 등불이 돌연 우리 모습을 밝혔기 때문이었다. 장신의 젊은이 한 사람이 무리로부터 빠져나와 곧장 내 쪽으로 다가왔다. 그는 손에 둘둘 말아 쥐고 있던 커다란 종이를 펼치고, 낭랑하고 큰 목소리로 시를 읊기 시작했다.

사라 베르나르님께

안녕하십니까, 사라! 안녕하십니까, 아름다운 도냐 솔!
당신의 사랑스러운 발이 우리들의 땅을 밟으러 올 때,
온통 서리에 덮인 우리들의 땅을 밟으러 올 때,
제가 느끼는 이 전율은 자부심에서 오는 걸까요,
사랑에서 오는 걸까요?
저도 잘 모르겠습니다.
다만 우리는 우리 혈관을 타고 흐르는 프랑스의 피 안에
우리를 도취시키는 무엇인가가 흐르고 있음을 느낍니다!

저는 당신을 가슴 가득히 이상을 품은
용맹한 여인이라고 부르겠습니다
그것은 당신이 우리들의 북국의 하늘을
두려워하지 않았기 때문이요,
또한 이곳의 가혹한 추위를 두려워하지 않았기 때문입니다.
감사합니다! 우리는 오래도록 가혹한 겨울에 감금된
수인들이었지요,
그런 우리가 당신을 보고 꿈을 꿉니다.
앵초들을 꽃 피우게 할 봄 햇살의 꿈을 꿉니다.

그러므로 우리는 그대에게 경의를 표합니다.
오, 사라! 부디 안녕하소서. 오, 도냐 솔!
당신의 사랑스러운 발이 우리들의 땅을 밟으러 오는데,
당신에게 무심함을 보인다는 것은 곧
우리들의 피에 대한 모독일 터입니다.
당신의 얼굴에서 가장 아름답게 빛나는 별은

또한 프랑스의 별이기 때문입니다!

루이 프레셰트[1]

그의 낭독이 무척 훌륭했다는 것은 사실이다. 문제는 그러한 낭독이 영하 22도의 날씨에서 이루어졌다는 데 있었으며, 그것을 듣는 나는 악에 받친 듯한 '라 마르세예즈'와 광기 어린 애국심에서 우러나온 수많은 함성으로 귀가 먹먹해진, 가엾은 여인이었다. 결국 내 기력의 한계를 넘어서는 일이었다.

그순간 쓰러지지 않기 위해 안간힘을 기울였으나, 결국은 피로에 지쳐 쓰러지고 말았다. 눈에 보이는 모든 것이 미친 듯이 원무를 도는 느낌이었다. 나는 땅에서 들어 올려졌고, 귀에는 외침이 들려왔다. 머나먼 다른 곳에서 들려오는 듯 느껴지는 목소리였다.

"비키시오! 우리들의 프랑스 여인에게 길을 내주시오!"

그 뒤로는 어떤 소리도 들리지 않았다. 나는 정신을 잃었다가 윈저 호텔에 마련된 내 방에서 의식을 되찾았다.

여동생, 잔은 군중들에게 떠밀려서 나와 길이 엇갈렸었다. 그녀에게 호위를 붙여주고 내가 있는 곳으로 곧장 데려와 준 사람이 바로 저 프랑스계 캐나다 시인 프레셰트였다. 잔은 비록 내 걱정으로 몸을 떨고 있긴 했지만, 다친 곳 없이 무사한 모습이었다. 그녀는 내게 이런 이야기를 들려주었다.

"한번 생각해 봐, 언니. 사람들이 언니한테 몰려들고 있는데, 언니

---

1 캐나다의 시인, 극작가, 정치인이었던 루이-오노레 프레셰트(Louis-Honoré Fréchette, 1839-1908)를 말한다.

목이 갑자기 픽 꺾이더니 두 눈을 감고 애비 씨 어깨로 쓰러지는 거야. 그거 보고 나는 너무 무서워서 소리치기 시작했지. '도와주세요! 사람들이 우리 언니를 죽이려고 해요!' 정말 당황했어. 그런데 그때 우리 뒤를 한참 전부터 따라오던, 키가 무지하게 큰 남자 한 사람이 광적인 군중들 사이를 비집고 나와 언니 쪽으로 몸을 날렸지. 그 동작은 쓰러지는 언니를 충분히 붙잡을 정도로 빨랐어. 남자의 얼굴은 거의 보이지 않았어. 귀까지 덮는 털모자가 그의 얼굴을 거의 가렸거든. 여하튼 그 거한은 기절하는 언니를 붙잡고 마치 언니가 한 송이 꽃이라도 되는 것처럼 들어 올리더니, 사람들에게 한바탕 영어로 연설을 늘어놓았어. 그가 뭐라고 말한 건지 전혀 못 알아들었지만, 캐나다 사람들이 듣기에는 아주 설득력이 있었나 봐. 그의 연설을 들은 사람들은 더는 언니 쪽으로 몰려들지도 않았고, 좌우로 바싹 도열해서 지나가는 길을 내줬거든. 확실히 말하는데, 언니의 가엾은 몸이 저 장사의 손에 들려 나가는 걸 바라보는 건 정말로 마음 찡한 일이었어. 언니 목이 뒤로 확 꺾여 있었는데, 너무나도 가냘프게 보이더라고. 어쨌든 나도 가능한 한 빨리 언니 뒤를 따라가려고 했어. 그런데 그만 치맛자락에 발이 걸리는 바람에 1초 정도 지체되고 만 거야. 그리고 이 1초는 나와 언니 사이가 완전히 떨어지는데 충분한 시간이었지. 언니가 지나간 자리 뒤로는 곧바로 수많은 사람이 다시 채워졌거든. 그건 정말 뚫을 수 없는 장벽과도 같은 거였어. 사랑하는 언니, 진짜야. 나 정말 무서웠어. 그리고 곤경에 빠진 나를 구해준 건 바로 프레셰트 씨였어."

잔의 이야기를 들은 나는 이 자상한 사내, 프레셰트의 손을 굳게 잡았다. 그리고 그가 헌정한 아름다운 시에 대해 뒤늦게나마 내가 할 수 있는 감사의 말을 전했다. 그리고 나서 그에게 그의 시들을 주제로 말을 걸었다. 나는 뉴욕에 있을 때 그의 시집을 한 권 구했었다. 맙소사!

부끄러운 얘기지만, 사실 나는 프랑스를 떠날 때만 하더라도 프레셰트라는 시인을 전혀 모르고 있었다. 당시는 그의 이름이 이미 파리에서도 어느 정도 유명해진 때였는데 말이다.

나는 그의 시 중에서 가장 아름답다고 생각되는 몇 구절들을 짚어냈다. 그는 나의 감상평에 무척이나 감동했고, 우리는 그 후로도 계속해서 친구로 지냈다.

다음날, 아침 아홉 시를 막 넘긴 시간이었다. 나는 다음과 같은 글이 적힌 쪽지를 전해 받았다. '부인, 기쁘게도 당신을 구해낼 수 있었던 남자가 부인의 호의에 호소하여 두 번째 만남을 원합니다.' 나는 사람을 보내 이 남자를 살롱으로 들여보내라고 한 뒤, 제렛에게 이와 같은 사정을 알렸다. 그리고 자고 있던 내 동생을 깨워 함께 손님을 보러 가자고 제안했다. 동생은 비단 재질의 실내복을 걸친 뒤, 나를 따라 무척이나 거대한 응접실로 향했다. 실로 내 숙소는 엄청나게 넓었다. 자전거라도 타고 돌지 않으면, 방들과 응접실, 식당을 돌다가 제풀에 지칠 정도의 면적이었으니 말이다.

응접실의 문을 열자, 내 앞에는 미남이 서 있었다. 나는 그의 아름다운 모습에 경탄했다. 그는 키가 컸고, 어깨는 넓었으며, 머리는 작고, 시선은 굳고, 숱이 많은 머리칼은 곱슬곱슬했으며, 피부는 구릿빛이었다. 어딘가 사람을 불안하게 만드는 구석이 있는 미남이었다. 나를 본 남자의 얼굴이 살짝 붉어졌다. 그에게 나를 구해준 것에 대한 감사를 표했고, 또한 스스로 터무니없이 약한 몸을 가진 것에 대해서도 사과했다. 나는 그가 내게 건넨 제비꽃다발을 기쁘게 받아들었다.

그는 작별 인사를 건네며 낮은 목소리로 말했다.

"행여나 제가 누구인지 알게 되더라도, 부인께서는 오직 제가 부인께 베푼 조그마한 선의로만 저를 기억해주시기 바랍니다. 그러겠노라고 맹세해주십쇼.”

바로 그때 제럿이 창백한 얼굴을 하고 방에 들어왔다. 제럿은 낯선 손님에게로 다가가, 그에게 영어로 무슨 이야기인가를 말했다. 어쨌든 나는, 제럿의 말에서 이런 단어들을 알아들을 수 있었다. “형사... 문 뒤에... 살인사건... 불가능... 뉴올리언스...”

구릿빛 피부의 남자는 얼굴이 새하얘졌다. 그는 문 쪽을 바라보며 콧구멍을 벌름거렸다. 도망치는 것은 불가능하다는 것이 명백해지자, 그는 제럿을 바라보며 부싯돌이 마주치는 소리처럼 날카롭고 싸늘한 목소리로 외쳤다.

“어쩔 수 없군!”

그리고 그는 문을 향해 나아갔다.

어안이 벙벙해진 나는 손에 힘이 풀렸다. 내 손에서 그가 건네준 꽃다발이 떨어졌다. 그는 그 꽃을 다시 주워들며, 애원하는 듯한 얼굴로 방금 전 이야기의 답변을 기다리는 듯한 얼굴로 바라보았다. 나는 그의 속내를 이해했다. 그리고 큰 목소리로 그에게 이렇게 대답했다.

“네, 꼭 그렇게 할게요.”

남자는 제비꽃다발과 함께 사라졌다. 문 뒤에서는 사람들이 웅성거리는 소리가 들려왔고, 거리에서도 군중들이 웅성거리는 소리가 들려왔다. 나는 더 자세한 이야기는 아무것도 알고 싶지 않았다. 소설적인 것과 기이한 것을 좋아하는 내 동생이 무엇인가 내게 무시무시한 이야기를 전하려 했으나, 두 귀를 막고 그녀의 이야기를 듣지 않았다.

4개월 뒤, 사람들은 내게 구릿빛 피부의 남자가 교수형을 당했다는 기사를 큰 소리로 읽어 주고자 했다. 나는 어떤 말도 듣기를 거부했다.

그리고 26년이 흘렀다. 물론 그에게 어떤 일이 일어났는지를 알고 있지만, 내가 추억하고자 하는 것은 다만 그가 내게 베푼 선의, 그리고 내가 그에게 한 맹세뿐이다.

이 사건은 나를 무척이나 우울하게 만들었다. 몬트리올 주교가 우리 연극에 관해 노발대발한 사건이 아니었더라면, 나는 쾌활함을 되찾지 못했을 것이다. 몬트리올 주교, 이 고위 성직자는 프랑스 문학의 부도덕성을 지탄하는 신랄한 강론을 펼친 뒤, 관구 신자들의 극장행을 금지했다. 그는 현대 프랑스를 비판하는 신랄하고 증오에 찬 교서를 내렸다.

몬트리올 주교는 스크리브의 희곡(아드리안 르쿠브뢰르)을 혹평했다. 자신은 여배우와 주인공의 부도덕한 사랑과 부이용 공주의 간통에 반대할 수밖에 없다고 했다. 그러나 연극이 담고 있는 진실은 이 모든 비판에도 불구하고 백일하에 드러나게 마련이었다. 그러자 몬트리올 주교는 모욕 받은 기분으로 분노가 배가되어 외쳤다.

"프랑스 작가의 저 파렴치한 졸작 안에는 궁정을 드나드는 속물 성직자가 하나 등장하는데, 작가는 그를 방탕을 일삼는 자로 그려냈다. 이는 성직자들에 대한 직접적인 모욕이다."

마침내 그는 당시 이미 고인이었던 스크리브를 파문했고, 르구베(Legouvé)와 나, 그리고 모든 단원들에게도 파문을 선고했다. 결론적으로 일어난 현상은 다음과 같다. 사방팔방에서 우리의 공연을 보러 사람들이 몰려온 것이다. 우리는 「아드리안 르쿠브뢰르」, 「사락사락」, 「춘희」(낮 공연), 「에르나니」의 네 편으로 놀라운 성공을 거두었고 막대한 수입을 벌어들였다.

나는 시인 프레셰트, 그리고 이름이 기억나지 않는 어느 은행가의 초대를 받아 이로쿼이 부족[2]의 마을을 방문하게 되었다. 나는 그들의

---

2 북아메리카의 원주민 부족 중 하나.

초대를 기꺼이 받아들여서 여동생, 제릿, 안젤로와 함께 그곳으로 향했다. 안젤로라는 사내는 내가 위험한 일이 있을 때마다 곁에 두었던 남자이다. 이 용맹하고 침착하며 태생부터 장사로 태어난 배우 안젤로의 곁에 있으면, 언제나 안심할 수 있었다. 완벽해 보이는 그에게 단 한 가지 결점이 있다면, 연기자로서의 재능이었다. 그에게는 연기의 재능이 없었고, 그러한 재능을 가져봤던 적도 없었다.

생-로랑 강은 꽁꽁 얼어 있었다. 얼음 위에는 나뭇가지들이 두 줄로 박혀 있어 길을 가늠할 수 있었다. 우리는 그 길을 따라 마차를 타고 얼어붙은 강을 건넜다. 마차는 모두 4대였고, 이로쿼이 부족의 마을인 코나와가(Caughnawaga)는 몬트리올에서 5킬로미터 떨어져 있었다.

이로쿼이 부족의 마을을 찾아가는 길에 나는 무척이나 마음이 들떴다. 나는 부족장을 소개받았다. 그는 이로쿼이 연맹의 수장으로 아버지이자 시장과도 같은 존재였다. 맙소사! 이 지난날의 부족장, '커다란 흰 독수리'의 아들이자 (어린 시절에 붙은 별명으로) '밤의 태양'이라는 이름을 가진 이 사람은 오늘날 서글퍼 보이는 유럽풍의 마갑(馬甲) 장식을 걸치고 술과 끈, 바늘과 대마, 돼지비계, 초콜릿 등 자질구레한 물건들 따위를 파는 장사치가 되어 있었다.

지난날 야생의 숲속을 미친 듯이 질주하던 시절의 흔적은 그에게서 전혀 찾아볼 수가 없었다. 아직 어떤 것에도 예속되지 않았던 자유로운 땅 위를 그가 발가벗은 채 내달리던 시절의 흔적 말이다. 그에게 남아 있는 것은 뿔에 난자된 황소의 마비 상태일 뿐이었다. 그가 팔고 있는 품목 중에는 브랜디도 포함되어 있었다. 그는 이 망각의 샘물을 판다기보다는, 다른 부족민들과 마찬가지로 퍼마시고 있었다.

'밤의 태양'은 내게 그의 딸을 소개해줬다. 18살에서 20살 사이로 보이는 젊은 처녀로 아름답지도 않았고, 독특한 흥취가 있다거나 우아함을 갖추지도 않았다. 그녀는 피아노 앞에 앉아 당시 유행하던 한 곡조를 연주하기 시작했다. 정확히 어떤 곡조였는지는 기억나지 않는다.

서둘러 그들의 가게를 빠져나왔다. 그곳은 문명사회에 희생된 희생 자들의 피난처였다. 나는 코나와가 방문에서 어떤 즐거움도 얻지 못했다. 익숙한 갑갑함, 나 자신의 과거를 떠올리게 되는 익숙한 번민이 내게 반감만을 안겨주었다. 그것은 소위 문명인이라고 불리는 자들의 비겁함에 대한 반발심이었다. '문명'이라는 이름으로 범죄 중에서도 가장 부당한 범죄를, 그리고 가장 잘 포장된 범죄를 감추는 자들의 비겁함 말이다.

다소 슬프고 지친 상태로 몬트리올에 돌아왔다. 우리가 상연한 작품들이 거둔 성공은 그 자체로만 봐도 어마어마했다. 하지만 몬트리올에서의 성공이 내 기억 속에 각별하게 남게 된 것은 무엇보다 현지 대학생들이 일으켰던 요란하고도 흥미로운 소란 덕분이다. 몬트리올의 극장은 대학생들의 입장을 위해 매일 공연 시간보다 한 시간씩 일찍 문을 개방했다. 그러면 대학생들은 극장에 들어와 그들만의 규칙에 맞추어 자리를 잡고 앉았다. 대학생들 대부분은 멋진 목소리를 타고났다. 그들은 자신들이 들려주고 싶은 노래의 필요에 맞추어 삼삼오오 모여 앉곤 했다. 일단 자리를 잡고 나면, 그들은 튼튼한 줄이 감긴 도르래를 설치하여 꽃으로 장식된 바구니들을 띄워 보낼 준비를 했다. 그들의 천국, 곧 관객석 쪽에서 바구니를 띄워 보내면, 그 바구니가 줄을 타고 나의 천국으로, 곧 무대로 전해지는 방식이었다. 비둘기들의 목에 리본을 감는 작업도 이때 이루어졌다. 대학생들은 비둘기들의 목에 자신들의 소원, 자신들이 지은 소네트, 그리고 자신들의 생각을 담은 쪽지를 매달아 날렸다.

대학생들이 준비한 꽃들과 새들은 막간 무대인사 시간, 또는 공연이 끝난 뒤 무대인사 시간에 무대 위로 날아들었다. 도르래와 연결된 꽃바구니들은 내 발치에 고이 안착했지만, 아무래도 비둘기들은 질겁한 채 제멋대로 날아다니곤 했다. 대학생들은 멋과 미가 담긴 이 전송 의식을 매일 저녁 반복했다.

첫 저녁 공연이 있던 날, 무척 강렬한 감동을 받았다. 이날 로른 (Lorne) 후작은 공연 시각을 정확히 맞춰 극장을 찾아왔다. 그는 빅토리아 여왕의 사위이자 캐나다 총독이었고, 대학생들도 이날 공연에 총독이 참석했다는 사실을 잘 알고 있었다. 극장 안은 어수선하고 소란스러웠다. 나는 장막 너머로 관객들이 자리를 잡고 앉는 것을 바라보고 있었다. 그런데 돌연 그 어떤 전조도 없이, 극장 안에 정적이 찾아들었다. 그러더니 약 300명의 젊은 대학생들이 '라 마르세예즈'를 열창하기 시작했다.

우리 국가의 첫 소절이 울려 퍼지자, 캐나다 총독은 관대함이 돋보이는 정중한 태도로 자리에서 기립했다. 극장에 있던 모든 이가 단숨에 모두 기립했고, 라 마르세예즈, 이 멋진 노래는 우리 가슴속에 마치 조국의 부름처럼 울려 퍼졌다. 이날 들었던 것보다 더 심금을 울린 '라 마르세예즈' 합창은 내 인생에 전무후무하다.

노래가 끝나자마자 극장에서는 박수갈채가 쏟아졌고, 이는 세 차례나 반복되었다. 그리고 나서 총독이 단호한 태도로 수신호를 주자, 악단은 '하느님, 여왕 폐하를 지켜주소서(God save the Queen)'을 연주하기 시작했다.

이날 로른 후작이 악단장에게 보낸 수신호보다 더 오만하고 위엄 있는 손동작을 나는 결코 본 적이 없다. 프랑스의 굴복당한 아들들에게 그는 기꺼이 그리움을, 심지어는 희미한 희망을 허락한 것이다. 그리고 프랑스의 국가가 울려 퍼지는 동안, 그는 기립한 채 이 위대한 한탄을 정중한 태도로 경청했다. 그렇지만 그는 프랑스 국가가 마지막까지 울려 퍼지는 것을 허락할 생각은 없었다. 그는 영국 국가로 '라 마르세예즈'의 마지막 울림을 묻어버렸다.

물론 그는 옳은 일을 했다. 어쨌든 그는 영국인이었으니 말이다.

✠

우리는 몬트리올에서의 마지막 공연을 12월 25일 성탄절에 올렸다. 공연작은 「에르나니」였다.

몬트리올 주교는 여전히 나, 스크리브, 르구베, 그리고 어쩔 수 없이 나와 한통속 취급을 받게 된 가엾은 우리 극단 연기자들을 상대로 노발대발하고 있었다. 그가 산 사람과 죽은 사람을 가리지 않고 우리 모두에게 파문을 선고했다는 얘기도 있지만, 진위는 나도 잘 모르겠다. 프랑스를 사랑하는 이들, 그리고 프랑스의 예술을 사랑하는 이들은 우리에 대한 몬트리올 주교의 부당한 공격에 답하고자 모종의 시위를 고안해냈다. 그들은 내 썰매에 묶여 있던 말들을 풀고, 본인들의 힘으로 썰매를 숙소까지 날랐다. 거의 썰매를 짊어지다시피 한 이 수많은 예술 애호가들 가운데에는 몬트리올의 대표들과 명사들이 다수 포함되어 있었다. 이 위풍당당한 행렬이 낳은 여파가 어찌나 대단했던지, 독자들은 아마 당시의 신문 기사들을 직접 보지 않고는 믿기 힘들 것이다.

다음날인 일요일, 나는 아침 7시에 숙소를 나와서 여동생과 제럿과 함께 산책에 나섰다. 우리는 생-로랑 강변을 따라 긴 산책을 할 예정이었다.

어느 정도 시간이 흐른 뒤, 나는 잠시 도보 산책을 즐기려고 마차를 멈춰 세웠다.

동생은 싱글벙글 웃으며 내게 말했다.

"언니, 저기 곧 커다란 얼음 조각이 떨어져 나갈 것 같은데, 우리 그 위에 올라타 보는 건 어떨까?"

우리는 곧바로 생각을 실천에 옮겼다. 잔과 나, 우리 두 사람은 얼음판 위를 거닐며, 그 일부를 별도의 조각으로 떼어내려 했다. 그때 돌연 제럿이 끔찍한 비명을 내질렀다. 우리는 그 소리를 듣고 우리가 성공했음을 깨달았다. 실제로 우리가 탄 얼음이 작은 배처럼 떨어져 나가 강물의 흐름을 타고 좁은 물길로 흘러가고 있었다.

얼음 조각이 이리저리 요동쳤기 때문에, 우리는 바닥에 주저앉았다. 우리 자매는 실성한 듯이 웃었다.

제럿이 지른 비명이 주변 사람들의 주의를 끌었다. 갈고리 장대를 든 남자들이 우리를 멈춰 세우고자 몰려왔지만, 그것은 쉬운 일이 아니었다. 우리가 떠내려가고 있던 물길 주변의 얼음은 남자들의 몸무게를 지탱하기에는 너무 얇았기 때문이었다. 사람들은 우리에게 밧줄들을 집어 던졌다. 우리는 그중 한 밧줄을 붙들었다. 그런데 남자들이 얼음 뗏목을 자신들 쪽으로 끌어당기며 갑자기 힘을 준 바람에, 뗏목이 물길 주변 얼음에 거칠게 부딪히면서 둘로 쪼개졌다. 이제 우리는 심한 공포에 사로잡힌 채, 아주 조금밖에 남지 않은 얼음 뗏목 위에 서 있게 되었다. 나는 이제 더는 웃을 수가 없었다. 우리가 떠내려가는 속도는 슬슬 빨라졌고, 강물의 폭도 점점 넓어졌기 때문이었다.

다행히도 강굽이에서 우리 뗏목은 두 개의 커다란 얼음판 사이에 끼였다. 우리가 목숨을 건질 수 있는 장소였다.

빠른 속도로 떠내려가는 우리를 용감하게 뒤따라온 남자들은 커다란 얼음판 위로 기어 올라가 뗏목 쪽으로 갈고리 장대 하나를 던졌다. 놀라울 정도로 솜씨 좋게 던져진 그 갈고리는 다 부서져 가던 얼음 뗏목에 정확히 걸렸고, 뗏목은 그렇게 얼음판과 단단히 고정되었다. 빙판 아래로 흐르는 물살이 제법 세었기 때문에, 이러한 조치가 없었더라면 언제 또 떠내려갔을지 모르는 일이었다.

누군가 사다리를 가져와 얼음판 하나에 기대어 세웠다. 그것은 우리의 구원의 사다리였다. 동생이 먼저 사다리를 타고 올랐고, 나는 우리가 저지른 우스꽝스러운 짓거리에 다소간 부끄러움을 느끼며 그 뒤를 따랐다.

우리가 무사히 강변으로 돌아오기까지는 오랜 시간이 걸렸다. 그동안 제럿은 우리가 타고 온 마차를 몰고 구조지점으로 합류했다. 제럿은 얼굴이 창백해졌는데, 사실 내 걱정 때문이라기보다는 내가 죽으면 순회공연이 중단될 것이란 생각 때문에 창백해진 것이었다. 그는 내게 무척 진지한 어조로 말했다.

"부인, 만약 당신이 죽었더라면, 그건 무척 불성실한 일이었을 겁니다. 당신의 의지로 우리의 계약을 깨버린 셈이 되었을 테니까요."

우리에겐 이제 역으로 돌아갈 시간 정도 밖에는 남아 있지 않았다. 역에는 나를 스프링필드로 데려가 줄 기차가 기다리고 있었다.

수많은 군중이 역에서 나를 기다리고 있었다. 캐나다 군중들은 우리를 전송하며, "또 봐요!"라고 외쳐대었다. 여느 때와 마찬가지로 애정이 듬뿍 담긴 함성이었다.

36

스프링필드/볼티모어/
필라델피아/시카고

몬트리올에서 꽤 시끌벅적한 성공을 거둔 뒤였기 때문에, 우리는 스프링필드 대중의 싸늘한 손님맞이에 다소 놀랄 수밖에 없었다.

우리는 「춘희」를 공연했다. 「춘희La Dame aux Camélias」를 미국에서는 「카밀Camille」이라고 불렀다. 아니, 대체 왜? 누구도 그 정확한 이유를 설명해주지는 못했다.

수많은 관객이 몰려들었던 이 연극은 극단적인 청교도주의가 지배하는 미국 일부 지역에서 반감을 불러일으켰다. 대도시의 비평가들이 이 현대적인 마리아 막달레나[1]에 관해 '논의'를 이어갔지만, 소도시 사람들은 우선 그녀에게 돌을 던지려 했다.

마르그리트 고티에의 '부도덕성'에 대한 고집스러운 선입견. 소도시들을 순회하다 보면, 우리는 그러한 선입견에 심심치 않게 부딪쳤다. 그리고 스프링필드 또한 당시 인구 3만 명을 겨우 넘는 소도시에 불과했다. 스프링필드에서 오후 자유 시간을 보내던 어느 날, 나는 사냥총을 한 정 구매하기 위해 어느 무기 상점에 들렀다. 상점 주인은 폭

---

1 「춘희」의 여주인공인 마르그리트 고티에가 창부(娼婦)라는 점에서 나온 비유이다.

은 좁지만 길이는 긴 사로(射路)를 갖춘 안마당으로 나를 데려갔고, 나는 그곳에서 여러 정의 총들을 시험 발사했다.

몸을 돌렸을 때, 나는 두 사람의 신사가 내 사격에 관심을 나타내는 것을 보고 기겁했다. 나는 곧바로 자리를 뜨려 했으나, 그들 중 한 사람이 내게 말을 걸어왔다.

"부인, 혹시 포(砲)를 한 번 쏴보실 생각은 없으신지요?"

나는 그의 말에 놀라 주저앉을 뻔했다. 그리고 약 1초간 아무 대답도 못 한 채 멍하니 서 있다가, "물론이죠!"라고 힘차게 외쳤다.

내게 말을 걸었던 남자의 정체는 '콜트' 무기 공장의 공장장이었다. 나는 그와 즉석에서 약속을 잡았고, 그로부터 한 시간 뒤에 약속 장소로 나갔다. 그곳에는 이미 서른 명의 손님들이 나를 기다리고 있었다. 모두들 급히 초빙된 인사들이었는데 약간 성가시다는 느낌을 받았다. 어쨌든 나는 그곳에서 새로운 발명품인 고속 기관포(機關砲)를 시험 발사했다. 나는 전혀 두려움을 느끼지 않은 채 무척 재미있게 기관포를 즐겼다.

그리고 그날 저녁 우리는 냉랭한 반응 속에서 공연을 마치고 볼티모어로 떠났다. 공연이 끝난 시각이 급행열차의 출발 시각보다 늦었기 때문에, 우리는 정신이 어질어질해질 정도로 빠르게 내달려야만 했다. 먼저 출발한 급행열차를 어떻게 해서라도 따라잡아야만 했기 때문이다. 나를 위해 특별히 마련된 세 량의 열차가 전속력으로 발진했다. 기관차를 두 대나 달고 있던 상태였기 때문에 우리 열차는 선로 위를 거의 뛰어오르듯이 나아갔고, 대체 무슨 기적 덕분인지는 모르겠지만, 매번 탈선하는 일 없이 노선 위를 무사히 따라갔다.

우리는 마침내 급행열차의 뒤를 따라잡는 데 성공했다. 급행열차는 우리가 뒤를 따라간다는 전보를 받은 상태였기 때문에, 자기 꼬리에 다른 차량이 붙는 것을 보고 짧게나마 정차해 주었다. 급행열차는 꼬리 칸과 우리가 타고 온 차량을 연결한 즉시 다시 출발했다. 우리는 그렇게 볼티모어에 도착했다. 우리는 거기서 나흘간 머물면서 다섯 차례 공연을 올렸다.

볼티모어에서는 다음의 두 가지가 나를 놀라게 했다. 첫째, 숙소도, 극장도 죽을 듯이 추웠다. 둘째, 여자들이 무척이나 아름다웠다.

나는 볼티모어에서 깊은 슬픔에 사로잡혔다. 내게 소중한 이들에게서 멀리 떨어진 채로 보내는 첫 새해였기 때문이다. 나는 밤새 눈물을 흘렸고, 순간 죽고 싶을 정도로 절망에 빠져들었다.

우리는 이 매력적인 도시에서 어마어마한 성공을 거두었다. 그 도시를 떠나기 아쉬운 마음마저 들 정도였다. 우리는 볼티모어에서 필라델피아로 떠났다. 필라델피아에서는 일주일간 머무를 예정이었다.

필라델피아는 무척 아름다운 도시였지만, 내 마음에 들지는 않았다. 필라델피아 사람들은 우리를 열렬히 환영해 주었다. 피치 못할 사정으로 우리가 첫날 저녁 공연의 작품을 바꿨는데도 말이다. 두 명의 배우가 기차를 놓친 탓에, 우리는 그들이 출연하는 「아드리안 르쿠브뢰르」를 공연할 수 없었다. 나는 공연 작품을 「페드르」로 교체했다. 두지각 배우가 출연하지 않는 작품은 그것뿐이었다. 우리는 필라델피아에서 엿새간 일곱 번의 공연을 올렸고, 평균 수입은 2만 프랑이었다.

필라델피아에서 체류하는 동안, 나는 한 통의 편지를 받고 슬픔에 잠겼다. 그것은 내 친구인 귀스타브 플로베르[2]의 죽음을 알리는 편지였다. 귀스타브 플로베르, 그는 우리말의 아름다움을 누구보다 세심하게 탐구하던 작가였다.

---

2 귀스타브 플로베르(Gustave Flaubert, 1821-1880)는 프랑스의 소설가로, 대표작으로는 「보바리 부인Madame Bovary」, 「감정 교육L'Éducation sentimentale」 등이 있다.

우리는 필라델피아에서 시카고로 향했다.

역에서는 시카고 부인 대표단이 우리를 맞이해주었다. 나는 릴리 B.** 부인이라고 하는 무척 매력적인 젊은 부인에게서 희귀한 꽃들로 엮은 꽃다발을 받아 들었다. 제럿은 나를 역사 안에 설치된 응접실 중 한 군데로 안내했다. 응접실에서는 프랑스인 대표단이 나를 기다렸다.

프랑스 영사가 매우 짧고도 감동적인 환영사를 낭송했다. 우리 마음속에 이 도시에 대한 신뢰와 우정이 생기기에 충분한 환영사였다. 나는 진심을 담아 그들에게 감사 인사를 표한 뒤, 역을 나가려고 채비를 했다. 바로 그때 나는 온몸이 뻣뻣하게 굳었다. 모든 얼굴 근육이 심한 고통으로 일그러졌다. 고통이 어찌나 심했는지, 주변의 사람들이 전부 나를 도우려 황급히 달려올 정도였다. 내게 필요한 것은 그들의 도움이 아니었다. 분노로 온몸이 떨리는 것을 느꼈다. 내 앞으로 다가온 저 끔찍한 환영을 향해 나는 곧장 나아갔다. 또다시 고래 남자가 찾아온 것이었다!

저 끔찍한 '스미스'가 아직 살아 있었다! 전신에 모피를 두르고 손가락마다 다이아몬드 반지를 낀 채, 스미스, 이 끔찍한 짐승 같은 남자가 꽃다발을 들고 서 있었다! 나는 그의 꽃다발을 내치고, 분노로 인해 열 배가 된 내 힘을 다해 그를 밀쳤다. 새파래진 내 입술로부터는 증오 어린 말들이 쉴 새 없이 쏟아졌다. 그런데 스미스 본인은 이 장면을 꽤 매력적으로 느꼈나 보다. 내가 그를 밀친 일은 끊임없이 세간에 널리 퍼졌으며, 그 내용도 부풀려졌다. 그리고 그의 고래 전시에는 이전보다 더 많은 사람이 몰려들었다.

나는 팔머 하우스(Palmer House)라는 곳으로 향했다. 팔머 하우스는 동시대의 가장 훌륭한 호텔 중 하나였고, 그 주인인 팔머 씨는 정중하고 매력적이면서도 관대하기까지 한, 완벽하게 모범적인 신사였다. 그는 무척이나 넓은 내 숙소에 갖가지 희귀한 꽃들을 가득 채워 넣었으며, 내게 완전한 프랑스식 식사를 제공하기 위해 무진 애를 썼다. 당시의 미국 사정으로는 대단히 힘든 일이었다.

우리는 시카고에 15일 동안 머무를 예정이었다. 시카고에서 우리가 거둔 성공은 모든 이의 예상을 뛰어넘었다. 나는 이곳에서 미국에 도착한 이래 가장 유쾌한 15일을 보냈다. 시카고에서는 도시 전체에 활력이 감돌았다. 우선 시카고 남자들은 길을 갈 때 전혀 멈춰 서는 법이 없다. 그들은 오직 하나의 생각, 곧 자기 자신의 '목적'에 골몰하여 심각한 표정을 한 채 서로를 스쳐 지나간다. 그들은 길을 간다. 고함 소리가 들려도, '조심해!'라는 외침이 들려도, 아랑곳없이 자기 길을 간다. 스쳐 지나간 뒤편에서 무슨 일이 일어나든, 그들은 전혀 신경을 쓰지 않는다. 그들은 고함이 들린 이유를 궁금해 하지 않으며, '조심' 같은 것은 할 시간이 없다. 길의 끝에서 '목적'이 그들을 기다리고 있기 때문이다.

다음으로 여자들은 또 어떤가. 시카고의 여자들도 다른 모든 미국 여자들과 마찬가지로 일은 하지 않는다. 하지만 그녀들은 다른 도시의 여자들처럼 한가로이 길을 거닐지는 않는다. 시카고 여자들의 걸음은 빠르다. 그녀들은 즐길 거리를 찾아 남자들과 마찬가지로 바삐 이동한다.

나는 낮에는 내내 시카고 교외를 배회했다. 시내로 나갔다가 괜히 앞뒤로 고래 전시 광고를 붙인 남자들과 마주치고 싶지 않아서였다.

하루는 돼지 도살장으로 견학을 하러 갔다. 아! 그것은 끔찍하고도 엄청난 광경이었다! 견학을 하러 간 인원은 나, 내 동생, 그리고 내 영국인 친구 등 모두 세 명이었다.

도착하자마자 우리 눈에 보인 것은, 좁고 높은 다리 위를 건너는 백여 마리 남짓한 돼지 무리였다. 돼지들은 서로 꼭 달라붙어서 발길에 걷어 채이며 꿀꿀거리는 소리와 거친 콧소리를 내뿜었다. 우리가탄 마차는 그 다리 아래를 지나 일군의 남자들 앞에 멈춰 섰다. 우리를 맞이했던 가축 도살장의 소장이 앞장서서 우리를 자신들의 일터로 안내했다.

우리는 무척 넓은 창고 같은 도살장 안으로 안내되었다. 채광은 좋지 않았고, 불그스름한 빛이 겨우 들어오는 창문들에는 온통 기름 때가 끼어 있었다. 도살장 안으로 들어서자마자, 끔찍한 냄새가 숨이 막힐 듯이 풍겨왔다. 이 냄새는 도살장을 떠나고 나서도 며칠 동안이나몸에서 빠지지 않았다. 도살장 내에는 온통 핏빛 연기가 피어올랐다.얼핏 산비탈에 둥실거리며 드리워진 옅은 구름이 해 질 녘의 붉은 낙조에 물든 것처럼 보였다. 지옥과도 같은 소음이 귀를 뚫고 들어와 뇌까지 파고들었다. 목이 잘려 나가는 돼지들이 내지르는, 거의 인간의그것에 가까운 비명, 돼지들의 사지를 절단하는 칼날이 격렬히 떨어지는 소리, 갈고리에 매달린 채 바둥거리는 저 불쌍한 짐승의 배를 가르기 위해 힘차고 큰 동작으로 무거운 도끼를 들어 올렸다가 위에서아래로 단칼에 내리치는 직공들이 내뱉는 '으쌰' 소리. 우리들이 공포에 떨며 이러한 광경을 힐끗 바라보는 동안, 돼지의 사지를 절단한 기계는 팔다리가 잘린 돼지 몸통을 다음 공정으로 뱉어내었다. 이어서돼지 몸통에 난 털을 순식간에 깎아내는 회전 면도기가 돌아가는 소리, 돼지머리를 삶는 뜨거운 물에서 증기가 빠져나가는 소리, 통속의물을 갈 때 나는 찰랑 소리, 하수를 버릴 때 들리는 폭포 쏟아지는 소리, 커다란 궁륭 아래로 햄이며 순대며 기타 등등의 완성 제품이 수레에 싣고 나가는 조그만 기차들이 내뱉는 요란한 소리… 이 모든 소리와 함께 기차를 이끄는 기관차들이 내뱉는 경종(警鐘) 소리가 연신 들려왔다. 완제품이 나오고 있으니 조심하라는 경종이었다. 그리고 이 끔찍한 살육의 현장에서 그 소리는 마치 영원히 반복되는 조종(弔鐘)처럼 들려왔다. 돼지들이 내지르는 저 비참한 단말마들에 바쳐지는 조종 말이다.

이때의 돼지 도살 공정은 내 평생에 가장 끔찍하고 잔인한 환상과도 같았다. 오늘날까지도 그 기록은 깨지지 않고 있다. 왜냐하면 그때 이후로, 비록 미약하기는 하다만, 돼지 도살 공정에도 인도적인 변화가 일어났기 때문이다. 돼지 학살의 희생 사원과도 같던 저 도살장에도 어느새 인간적인 감수성이 싹트게 된 것이다.

무척 괴로운 마음으로 도살장 견학에서 돌아왔다. 그날 저녁에는 「페드르」의 공연이 있었다. 나는 무척 신경이 곤두선 상태로 무대에 올랐다. 앞서 목격했던 끔찍한 풍경을 머릿속에서 몰아낼 수만 있다면, 그야말로 뭐든 하고 싶은 마음이었다.

나는 자기 자신을 잊고, 전심전력을 다해 내 역할에 몰입했다. 어찌나 심하게 몰입했는지, 4막이 내려간 뒤에는 무대 위에서 내가 정말로 실신할 지경이었다. 시카고에서 마지막으로 공연을 하던 날, 시카고 부인회는 내게 아주 멋진 다이아몬드 목걸이를 선물로 주었다.

시카고를 떠날 때, 나는 이 도시의 모든 것과 사랑에 빠졌다. 시카고의 사람들, 조그만 내해와도 같은 커다란 호수, 너무나도 열광적이었던 시카고의 관객들, 시카고의 모든 것, 시카고의 도살장 하나만 뺀 그 모든 것을 말이다.

나는 시카고의 주교에게도 딱히 원한을 품지 않았다. 다른 도시들의 주교와 마찬가지로, 그 역시도 나의 예술과 프랑스의 문학에 대해 악을 쓰고 비난을 가했는데도 말이다.

게다가 그의 신랄한 설교는 우리 공연의 훌륭한 광고가 되었다. 광고 효과가 어찌나 대단했던지, 우리 공연 기획자인 애비 씨가 다음과 같은 편지를 적어 시카고 주교에게 보낼 정도였다.

예하, 저는 평소 시카고에서 공연을 할 때, 광고비용으로 400달러 정도를 사용해 왔습니다. 이번에는 예하께서 저 대신에 광고해주신 덕분에, 비용을 아끼게 되었군요. 여기 예하께 200달러의 기부금을 부칩니다. 주교 관구에 있는 가난한 자들을 위해 써주시기를 바랍니다.

헨리 애비

우리는 시카고를 떠나 세인트루이스로 향했다. 우리는 283마일의 거리를 14시간 동안 달린 끝에 세인트루이스에 도착했다.

내가 쓰던 열차 객실 내 응접실에서, 애비와 제럿은 그동안의 수입에 대한 결산표를 보여주었다. 미국 순회공연을 시작한 이래, 총 62차례의 공연을 하는 동안 거둬들인 수입 총액은 227,459달러였고, 이를 프랑으로 환산하면 1,137,280프랑이었다. 공연당 평균 수입은 18,343프랑이었다.

헨리 애비가 거둔 성공을 생각하면 나 역시 기쁠 수밖에 없었다. 헨리 애비는 내 공연을 추진하기 전, 어느 훌륭한 오페라단의 미국 순회공연을 기획했다가 전 재산을 날린 적이 있었다. 무엇보다도 우리가 거둔 성공은 내게 있어 크나큰 기쁨이었다. 나는 이 공연 수익에서 상당한 부분을 건네받게 되었다.

우리는 세인트루이스에서 일주일을 머물렀다. 체류 기간은 당해 1월 24일에서 31일까지이다. 솔직히 말해 나는 이 특별히 '프랑스적

인' 도시가 다른 미국 도시들에 비해 영 마음에 들지 않았다. 세인트
루이스는 전반적으로 더러웠고, 숙소 또한 불편했다.

그 후로 세인트루이스는 대단히 발전했다고 하지만, 도시의 발전을
견인한 것은 독일인들이었다. 어쨌든 1881년 당시의 세인트루이스는
정말 혐오감이 들 정도로 불결했다.

아! 당시에는 이미 프랑스인 식민개척자의 흔적을 거의 찾아볼 수가
없었다. 세인트루이스 지역 내에서 프랑스의 영향이 우세한 마을들은
가난하고 낙후되어 있었다.

나는 세인트루이스에서 죽을 정도로 권태에 시달렸다. 어찌나 지루
했던지 흥행주에게 위약금을 지불하고 곧장 세인트루이스를 떠나고
싶을 지경이었다. 하지만 제럿, 정직과 의무의 화신과도 같은 이 무시
무시한 사내는 한 손에 내 계약서를 쥔 채 말했다.

"안 됩니다, 부인. 지루해 죽는 거야 부인 사정이지만, 어쨌든 공연
은 끝까지 마무리하셔야죠."

내 무료함을 달래주기 위해 제럿은 나를 어느 동굴에 데려가 주었
다. 눈이 없는 물고기들이 몇십만 마리씩 살고 있다는 관광 명소였다.
사람들이 말하기로, 이 동굴에는 빛이 전혀 들지 않기에 그 안에 사는
물고기들의 눈도 사라졌다고 했다. 그리고 눈 없는 물고기들은 다시
눈이 없는 새끼들을 낳았다는 얘기였다.

우리는 그 동굴을 찾아갔다. 동굴은 숙소로부터 멀리, 아주 멀리 있
었다. 우리는 무척이나 조심스럽게 동굴 아래로 기어서 들어갔다. 통
로가 좁았던 탓에, 고양이처럼 두 손 두 발을 다 써서 기어가야만 했
다. 우리는 그렇게 끝도 보이지 않는 통로를 따라 내려갔다. 마침내 안
내원이 우리에게 말했다.

"여깁니다."

천장이 높아진 덕분에, 우리는 허리를 피고 똑바로 일어섰다. 내 눈 앞에는 아무것도 보이지 않았다. '찰칵'하고 성냥불이 그어지는 소리가 났다. 안내원이 작은 초롱에 불을 밝혔다. 나는 내 앞에, 바로 발아래에 자연적으로 생성된 꽤 깊은 구덩이가 있는 것을 보았다. 안내원은 침착한 태도로 설명을 이어갔다.

"여기가 바로 연못이었던 곳입니다. 하지만 지금은 물도 물고기도 없어요. 석 달 전에 다 말라버렸거든요."

순간 제럿의 표정이 얼마나 심하게 구겨지던지, 나는 그 모습을 보고 미친 듯이 웃고 말았다. 나는 딸꾹질을 하고 눈물까지 흘려가며 숨막힐 정도로 웃어대었다. 나는 예전에 연못이었다던 그 구덩이 아래로 내려가 보았다. 거기서 자그마한 잔해, 죽은 물고기의 조그만 등뼈, 혹은 그 외에도 좋으니 무엇인가 연못이 남긴 흔적을 찾아볼 생각이었다. 그런데 거기에는 아무것도, 정말 아무것도 없었다.

우리는 다시 네발로 기어서 동굴을 빠져나가야 했다. 제럿이 가장 앞장서서 갔는데, 모피로 감싼 커다란 등의 사내가 네발로 기면서 끊임없이 으르렁대고 욕지거리를 내뱉는 모습을 바라보는 일은 상당히 즐거웠다. 이 먼 곳까지 찾아온 충분한 보람을 느꼈다. 나는 전혀 예상치 못한 우스꽝스러운 장면을 제공해준 대가로 안내원에게 10달러를 건네었다.

우리는 숙소로 돌아왔다. 그리고 내가 듣게 된 것은, 어느 보석상이 두 시간 전부터 나를 기다리고 있다는 얘기였다.

"보석상이요? 하지만 저는 보석들을 살 생각이 전혀 없는걸요. 보석 장신구는 이미 너무 많아요!"

이때 제럿이 같은 자리에 있던 애비에게 눈짓을 보냈고 우리 셋은 함께 응접실로 들어갔다.

이윽고 나는 두 공연 기획자와 보석상 사이에 모종의 합의가 있었음을 깨달았다. 그들의 말은 다음과 같았다. 어차피 내 보석 장신구들은 한 번쯤 세척될 필요가 있는데, 장신구들을 보석상에게 넘겨주면 그가 책임지고 세척은 물론 새것처럼 손질까지 해주겠다는 제안이었다. 그리고 요컨대 그 대가로 그가 원하는 것은 내 장신구들의 전시였다!

나는 반발했지만, 아무 소용이 없었다. 제럿은 내게 세인트루이스의 부인들은 그러한 종류의 전시회에 사족을 못 쓴다고 단언했다. 그는 또한 이번 전시로 인해 대단한 광고 효과를 얻게 될 것이며, 무척 색이 바래 있던 장신구들을 이참에 새것처럼 보수하면 좋지 않겠느냐고 했다. 또 보석상이 장신구들에서 일부 보석이 빠진 부분까지도 무상으로 메워줄 테니 대단히 경제적으로 이득이라고 주장을 펼쳤다.

"이 얼마나 이득입니까! 잘 한번 생각해 보세요."

나는 결국 그의 설득에 넘어가고 말았다. 이런 종류의 논쟁은 내 머리를 지끈지끈하게 했기 때문이다.

그리고 이틀 뒤 세인트루이스의 부인들은 내가 갖고 있다는 보석 장신구들을 구경하려고 그 보석상의 반짝이는 진열대를 찾았다. 이날의 전시를 방문한 부인 중에는 가엾은 게라르 부인도 있었다. 그런데 그녀가 보석상을 방문했다가 넋이 나간 채로 돌아와 내게 말했다.

"그놈들이 네 장신구들에 못 보던 귀걸이 열여섯 쌍을 끼워 넣었어! 그뿐만이 아냐. 내가 보니까 목걸이 두 개, 반지 서른 개, 온통 다이아몬드와 루비로 장식된 오페라글라스 하나, 터키석을 둘러 박은 도금 담뱃대 하나, 끝부분에 성좌처럼 다이아아몬드를 줄줄이 박아 넣은 작은 담배 파이프 하나, 팔찌 열여섯 개, 사파이어를 박아 넣은 이쑤시개 하나, 게다가 안경 하나는 안경다리가 금으로 되어 있고 끄트머리에는 조그마한 진주로 장식까지 되었더구나!"

가엾은 게라르 부인이 말을 이어갔다.

"일부러 한 짓이 분명해! 세상에 누가 그런 안경을 쓰고 다닌다니? 심지어 그 위에는 '사라 베르나르 부인이 극본을 읽을 때 착용하는 안경입니다'라는 설명까지 붙었더구나!"

정말로 내 것이 아니었다. 나는 보석상이 벌인 일이 '광고'로서 용인될 수 있는 선을 한참 넘었다고 생각했다. 태우지도 않는 파이프 담배를 태우게 만들고, 쓰지도 않는 안경을 쓰게 하다니, 이건 해도 너무하지 않은가! 나는 곧바로 마차에 올라 문제의 보석상에게 달려갔다. 나는 닫힌 상점문 앞에 부딪혀 하마터면 코가 깨질 뻔했다. 토요일 오후 다섯 시, 상점 내부는 이미 영업을 끝내서 컴컴했고 닫혀있었다! 나는 숙소로 돌아가 제럿에게 불만을 토로했다. 그러자 그는 침착한 목소리로 내게 말했다.

"부인, 그게 뭐가 문제라는 겁니까? 이번 전시 덕분에 수많은 젊은 여자들이 안경을 쓰기 시작했어요. 담배 파이프의 건도 마찬가지입니다. 보석상의 말로는, 얼마 전에만 다섯 건의 제작 주문을 받았는데, 이제 곧 유행이 될 것 같다고 하더군요. 게다가 지금 화내봤자 아무 소용도 없습니다. 전시는 이미 끝났고, 오늘 저녁에는 부인의 장신구들이 반환될 거예요. 그리고 우리는 내일모레 이곳을 떠날 거고요."

실제로 보석상은 그날 저녁 내게 장신구들을 반환했다. 모두 새것처럼 말끔하게 손질되어 반짝거렸다. 그가 내게 돌려준 장신구들 가운데에는 내 것이 아닌 것도 들어있었다. 터키석으로 장식된 도금 담뱃대, 보석상 진열대에 전시되었던 바로 그 담뱃대 말이다. 어쨌든 결국 나는 제럿에게 나의 분노를 이해시킬 수가 없었다. 그리고 내 분노는 그의 친절한 태도와 순수하게 기뻐하는 모습 앞에서 사그라들고 말았다.

그런데 이 요란한 '광고' 탓에 우리는 하마터면 목숨을 잃을 뻔했다. 실은 대부분이 내 것이 아니었지만, 보석상이 전시했던 수많은 보석 장신구들이 몇몇 악당들의 욕망을 부추겼다. 그들은 함께 모여 내 보석들을 강탈할 계획을 세웠다. 악당들은 내 집사가 언제나 매고 다니던 커다란 자루 안에 보석 장신구들이 모두 들어있다고 추정했다.

1월 30일 일요일 아침 여덟 시, 우리는 세인트루이스를 떠나 신시내티로 향했다. 나는 무척 만족스럽게 개조된 내 전용 특급 열차에 올라탔다. 나는 특별 열차의 가장 마지막 차량을 내 객실로 달라고 요구했다. 가장 마지막 칸 바깥에 있는 야외 공간에서 끊임없이 변화하는 자연의 아름다운 파노라마를 감상할 참이었다. 끊임없이 변화하는 자연의 풍광, 그것은 정말이지 살아있는 듯하고, 경탄스러운 풍경일 터였다.

출발한 지 고작 10분이나 지났을까, 경호원 한 사람이 돌연 발코니 밖으로 허리를 숙이더니, 재빨리 다시 몸을 일으키고 내 손을 잡아끌었다. 그는 무척 창백하고 안절부절못한 표정으로 내게 영어로 말했다.

"부인, 지금 당장 안쪽으로 대피해주세요!"

실제적인 위험이 도사리고 있다는 것을 즉각 이해한 나는 재빨리 열차 안쪽으로 피신했다. 경호원은 줄을 당겨 비상종을 울렸고, 열차가 완전히 멈춰 서기도 전에 또 다른 경호원 한 사람을 불러 그와 함께 재빨리 열차 아래로 뛰어내렸다.

경호원은 허공에 한 발의 탄환을 쏘아 올렸다. 열차에 타고 있던 사람들 모두에게 긴급 상황을 알리기 위해서였다. 제럿, 애비, 그리고 다른 모든 배우들이 좁은 통로로 몰려들었고, 나는 그들의 한 가운데 서게 되었다. 그리고 우리는 얼빠진 표정으로 두 사람의 경호원들이 내가 타고 있던 차량 아래쪽에서 웬 사내를 끄집어내는 것을 지켜보았다. 철저하게 무장을 갖춘 남자였다.

　양쪽 관자놀이에 총구가 겨누어진 사내는 결국 모든 진상을 털어놓았다. 보석상의 '광고'에 자극받은 세인트루이스의 악당들이 내 보석들을 빼앗기 위한 강도단을 결성했고, 자신은 그 일원이라는 것이었다. 남자가 맡은 역할은 열차로부터 내 객실을 분리하는 일이었다. 그러한 작업은 밤에 이루어질 예정이었고, 결행 장소는 그들이 '작은 언덕'이라고 부르는 세인트루이스에서 신시내티 사이의 한 지점이었다. 내 객차는 가장 뒤쪽이었기 때문에, 분리 작업은 손쉬울 것으로 예상했다. 다만 차량과 차량을 연결하는 커다란 갈고리를 앞차와의 연결고리에서 빼내면 그만이었다.

　남자는 무척 장신이었다. 그는 때를 노리며 내 객차 아래에 붙어 있었다. 우리는 그의 장비를 조사했다. 그는 폭이 50센티에 달하는 두껍고 큰 밧줄로 자기 몸을 객차 밑바닥의 바퀴 사이에 동여매고 있었다. 그것은 두 손이 자유로운 상태에서 손쉽게 갈고리를 빼내려는 방법이었다. 나는 이 남자의 대담함과 침착함에 진심으로 놀라웠다.

　그는 '작은 언덕'에서 일곱 명의 무장한 강도단이 우리를 기다리고 있다고 자백했다. 또한 그는 설령 계획이 성공했더라도, 우리가 저항만 하지 않는다면 누구에게도 위해를 가할 생각은 없었다고 했다. 강도단이 원하는 것은 단지 내 보석과 돈이었다. 돈, 그러니까 내 비서가 항상 들고 다니는 2,300달러 현금 말이다.

　아! 이 남자는 모든 사정을 꿰뚫고 있었다! 그는 우리 일행 모두의 이름을 알고 있었다. 그는 내게 무척 서투른 프랑스어로 이렇게 말하기도 했다.

　"아! 부인, 저희는 당신께 어떤 위해도 가하지 않았을 겁니다. 저희는 아마 당신이 소지하는 예쁜 권총마저도 빼앗지 않고 그대로 내버려 됐을 겁니다."

그랬다. 이 남자와 그의 강도단은 나와 같은 차량에서 잠을 자는 내 비서(가엾은 채터튼!)가 전혀 두려워할 인물이 못 된다는 것을 알고 있었고, 내 비서가 2,300달러의 현금을, 나는 리볼버 한 정을 소지하고 있다는 사실까지 모두 알고 있었다. 묘안석으로 장식된 내 리볼버에 무척 아름다운 장식 문양이 새겨져 있다는 시시콜콜한 사실마저도 말이다.

붙잡힌 남자는 단단히 결박되어 두 경호원의 감시를 받았다. 우리는 열차를 세인트루이스까지 후진시켰다. 출발한 지 고작 15분 정도 지났을 때였다. 신고를 접수한 경찰은 다섯 명의 형사들을 파견해 주었다. 그리고 우리 열차보다 반 시간 먼저 화물열차 한 대를 대신 출발시켰다. 화물열차에는 여덟 명의 형사들이 탑승했고, 소위 '작은 언덕'이라는 지점에서 하차하라는 명령을 받았다. 경호원에 붙잡힌 장신의 남자는 사법 기관에 넘겨졌다. 그들은 내게 그 남자가 강도단의 계획을 순순히 자백한 점을 참작해서 관대한 처분을 받게 하겠다고 약속했다. 그리고 사법 기관은 약속을 지켰다. 나중에 전해 듣기로, 장신의 남자는 자기 고향인 아일랜드로 송환되었다고 한다.

이때 이후로는 내 객차의 앞뒤로 다른 차량들이 연결되었다. 다만 조건부로 오후에만 가장 뒤쪽에 내 객차를 연결할 수 있다는 허가를 받았다. 그 조건이란 두 가지였다. 객차 출입 통로에 항시 무장 경호원 한 사람을 둘 것. 그리고 그에 대한 보수는 내 사비로 지불할 것.

우리 열차는 화물열차가 출발한 지 약 25분 뒤에 발차했다. 저녁 식사 분위기는 무척 밝았다. 우리 모두 흥분에 사로잡혔기 때문이었다. 열차 바닥에 숨어 있던 장신의 남자를 발견해낸 경호원에게 애비와 나는 막대한 보상금을 지불했다. 그는 기쁨과 술에 얼근히 취해 갖은 핑계를 대며 연신 내 손등에 입을 맞추었다. 그는 취기 어린 눈물을 펑펑 쏟아가며 끊임없이 외쳤다.

"내가 프랑스 여인을 구해냈어! 나는 신사야!"

마침내 우리 열차는 '작은 언덕' 인근에 이르렀다. 밤이 찾아왔다. 화부(火夫)는 기차를 전속력으로 달리게 하고 싶어 했다. 하지만 그로부터 고작 5마일을 지나친 지점이었다. 바퀴 아래에서 신호뇌관이 터지는 소리가 들려와 우리는 속도를 늦춰야 했다. 어떤 새로운 위험이 우리를 위협하고 있는 걸까? 우리는 불안에 사로잡혔고, 신경들이 바싹 곤두섰다. 몇몇 여자들은 울음을 터뜨리기도 했다. 기차는 밤을 헤집으며 천천히 앞으로 나아갔고, 우리는 신호뇌관이 발하는 불빛 속에서 한 사람의 강도, 혹은 여러 사람의 강도가 그 윤곽을 드러내지는 않을까 하는 걱정으로 바깥을 주시하고 있었다.

애비는 신호뇌관을 무시하고 전속력으로 기차를 달려야 한다고 주장했다. 그는 이 신호뇌관을 터뜨린 것이 다름 아닌 강도단일 거라는 주장을 펼쳤다. 장신의 남자가 임무에 실패할 것에 대비해서, 강도단이 기차를 멈춰 세우기 위한 또 다른 방법을 시도하는 게 아닐까 하는 주장이였다.

기관사는 전속력으로 달려 달라는 애비의 부탁을 거절했다. 신호뇌관이 터진 방식이 사전에 합의된 업무처리 방식과 일치한다는 것이 그 첫 번째 이유였고, 고작 '추정' 때문에 모든 승객의 생명을 걸고 위험을 무릅쓸 수 없다는 것이 두 번째 이유였다.

지당한 말이었다. 게다가 기관사는 무척이나 용감한 인물이었다. 그는 말했다.

"한 줌의 악당들 정도야 우리 힘으로 언제든지 제압할 수 있습니다. 하지만 탈선사고, 충돌사고, 혹은 절벽 추락사고 같은 건 이야기가 다르지요. 일단 그런 사고가 일어나면, 저는 손님 여러분 중 누구의 목숨도 보장해 드릴 수가 없답니다."

우리는 서행을 이어나갔다. 가능한 한 우리의 모습은 숨기고 바깥의 모습은 잘 볼 수 있도록, 우리는 차량 내 모든 불빛을 껐다. 우리는 또한 단원들에게는 서행의 정확한 이유를 숨겼다. 내 곁에 있도록 따로 부른, 세 사람의 남자 단원들을 제외하고 말이다. 일반 단원들이 강도들 때문에 불안에 떨 이유는 조금도 없었다. 그들의 목표는 나 한 사람이었으니 말이다. 우리는 단원들에게서 이런저런 질문들이 던져지는 일을 피하려 했고, 괜히 불안만 가중하는 애매한 답변을 주게 되는 사태도 피하려 했다. 우리는 비서를 보내 그들에게 거짓 설명을 했다. 약간의 선로 장애 때문에 서행하고 있으며, 불이 꺼진 것은 망가진 가스관을 수리하느라 그런 것이니까 몇 분 뒤 수리가 끝나면 다시 불을 켤 수 있다는 설명이었다. 그런 뒤에 우리는 내 차량과 앞 차량들을 잇고 있던 통신선을 끊어버렸다.

그렇게 서행을 시작한 지 십 분째, 우리 앞에 돌연 크고 밝은 불빛이 비치기 시작했다. 기차가 멈춰 서자, 한 무리의 사람들이 우리를 향해 달려오는 것이 보였다. 그들은 모두 철도회사 관계자들이었다. 이 선량한 사람들이 하마터면 사살당할 뻔했음을 생각하면, 지금도 내 온몸이 떨려온다. 몇 시간 전부터 줄곧 신경이 곤두서 있던 우리는 달려오는 그들을 보고 대번에 강도단으로 착각해버렸다.

허공에 총성 한 발이 울려 퍼졌다. 온갖 끔찍한 욕지거리가 오가는 가운데, 기관사가 "정지!"를 외치는 소리가 들려왔다. 이 선량한 기관사의 제지가 아니었더라면, 아마 철도회사 직원 중 두셋은 부상당했을지도 모르겠다. 나 역시도 내 리볼버를 꺼내 쥐고 있었다. 하지만 만약 그들이 진짜 강도단이었더라면, 나는 총의 안전장치를 채 풀기도 전에 백 번은 붙잡혀서 결박당하고 끝내 살해당했을 것이리라.

말이 나와서 말인데, 나는 모종의 위험이 도사리고 있는 듯한 장소에 갈 때면 항상 내 '권총'을 지참한다. 그래, 리볼버가 아닌, 그냥 '권총'이다. 내가 계속해서 '리볼버'라고 말하고는 있지만, 실은 그건 그냥 권총이요, 그것도 안전장치랍시고 기다란 봉을 매달고 있는 구식의 권총이다. 내 권총의 방아쇠가 어찌나 뻑뻑한지, 그것을 당기려면 어쩔 수 없이 두 손을 모두 사용해야 한다. 나는 여자 치고는 사격을 잘하는 편이지만, 그건 오직 여유롭게 쏠 수 있다는 전제하에서만 그러하다. 만약 진짜 강도 앞에서 방아쇠를 당겨야 한다면, 그건 정말이지 그리 쉬운 일이 아니리라. 어쨌든 나는 여전히 그 권총을 곁에 두고 있었다. 이 글을 쓰고 있는 지금도, 저기 내 탁자 위에는 그 권총이 놓여 있다. 권총은 다소 꼭 끼는 권총집에 보관되어 있다. 그래서 권총집에서 권총을 빼내는 것조차 다소간 힘과 인내를 필요할 수밖에 없다. 만약 지금 눈앞에 암살자가 나타난다고 해보자. 그러면 나는 잘 열리지도 않는 권총집의 버튼을 끄르고, 권총이 잘 빠지지도 않는 아주 좁은 권총집에서 총을 꺼내야 할 것이며, 약간 뻑뻑한 안전장치를 제거하고 나서야, 양손의 손가락을 방아쇠 위에 얹을 것이다.

인간이란 참으로 요상한 짐승인 것 같다. 내 앞에 놓인 저 작은 물건, 우스꽝스러울 정도로 쓸모없는 저 작은 권총이 내게는 아주 훌륭한 방어 수단으로 여겨지니 말이다. 맙소사! 겁쟁이의 화신인 양 겁이 많은 내가 저 작은 친구, 내 권총 곁에서는 내 안전을 확신한다. 그러니 권총집 안에서 결코 나올 일이 없는 저 친구는 분명 폭소를 터뜨리고 있을 게다.

✠

마침내 우리는 모든 사정을 알았다. 우리보다 앞서 출발한 화물열차가 실제 탈선사고를 겪었다는 것이었다. 다행히 철로 손상을 제외하면 더 큰 물적 손실이나 인명 손실은 일어나지 않았다. 한편 세인트루이스의 강도단은 동료가 실패할 것을 이미 염두에 두고 있었다고 한다. 그들은 객차 분리 작전이 실패로 돌아갈 것을 대비해서 예비방책으로 탈선사고를 계획했었다. 강도들은 열차가 가벼운 탈선사고를 겪게끔, '작은 언덕'에서 2마일 떨어진 지점의 선로를 망가뜨렸고, 그렇게 화물열차가 탈선했다. 강도들은 내가 탄 열차로 착각한 채, 탈선한 열차를 향해 몰려들었다. 그러나 그들을 기다리던 것은 형사들이었다. 강도들은 일군의 형사들에 의해 포위되었으나 악에 받쳐 저항했다고 한다. 강도단 중 한 명은 현장에서 사살되었고, 두 명은 부상을 입었으며, 나머지 인원은 모두 체포되었다.

며칠 뒤, 이 소규모 강도단의 두목이 교수형을 당했다. 그는 25세의 젊은 벨기에계 미국인으로, 이름은 앨버트 워츠(Albert Wirtz)였다. 나는 이자를 구명하려 갖은 노력을 기울였다. 본의는 아니었지만, 그의 머릿속에 못된 생각을 부채질한 장본인은 어쩌면 내가 아닐까 하는 생각이 들었기 때문이었다.

제럿과 애비가 그렇게나 광고에 목마르지만 않았어도, 보석상이 내 보석 장신구들의 가치에 6만 프랑을 더 얹지만 않았어도, 이 사내, 이 가엾은 젊은이가 그것들을 훔치겠다는 멍청한 생각을 품었을까? 이 젊은 두뇌 속에서 싹을 틔우고 있는 수많은 생각들을 누가 짐작할 수 있었을까? 어쩌면 그 두뇌는 수많은 지적 발명들에 굶주려 있는 두뇌이며, 혹은 이미 그러한 발명들에 도취된 두뇌이지는 않았을까?

어쩌면 그는 보석상 진열대 앞에 멈춰서서 이런 생각을 했을지도 모른다.

'저기 백만 프랑의 값어치를 가진 보석들이 있어. 저것들이 내 것이라면, 나는 저것들을 환금하여 벨기에로 돌아갈 수 있을 거야. 그리고 밤에도 등불을 밝혀둔 채 눈이 멀도록 일하는 가난한 우리 엄마에게 기쁨을 줄 수 있을 것이고, 우리 누이의 결혼 지참금도 마련해 줄 수 있겠지.'

어쩌면 그는 발명가였고, 속으로 이렇게 생각했을지도 모른다.

'아! 만약 저 보석의 값어치만큼의 돈이 내 것이라면, 내가 고안해낸 발명품을 사비로 만들 수도 있을 텐데. 그럼 빵 한 덩이 값에 내 특허권을 어느 존경받는 망나니에게 팔아치우지 않아도 되겠지. 대체 저 보석들이 사라 베르나르라는 배우에게 가진 가치가 무엇일까? 아! 저 돈이 내 것이라면 좋으련만!'

어쩌면 그는 그토록 많은 부가 단 한 사람에게 집중되어 있다는 사실 앞에서 분노의 눈물을 흘렸을지도 모른다! 어쩌면 그로 인해, 이전까지는 얼룩 한 점 없이 깨끗하던 두뇌에서 범죄의 욕망이 싹텄을지도 모른다!

아! 젊은이의 두뇌가 품고 있는 희망으로부터 앞으로 어떤 것들이 탄생할지, 누가 짐작할 수 있으랴? 젊은 두뇌가 처음으로 품는 가장 아름다운 몽상은, 끝내 그것을 현실화 시키려는 뜨거운 욕망으로 이어진다. 타인의 재물을 훔친다, 이는 물론 좋지 않은 일이다. 그렇다고 해서, 그것이 죽을죄인 것도 아니다! 오! 정말이지, 그건 죽을죄가 아니다. 스물다섯 살짜리 젊은이를 처형하는 일은 보석들을 훔치는 것보다 훨씬 중대한 범죄다. 설령 그가 무장 강도였다더라도 말이다. 또한 정의의 철퇴를 쥐기 위해 집결한 사회 따위는 강도나 살인자보다도 훨씬 비겁하다. 전자는 집단의 책임으로 살인을 저지르지만, 후자는 적어도 강도질과 살인에 따르는 위험을 홀로 무릅쓰니 말이다!

오! 내가 알지 못하는 이 강도 사내를 위해 나는 눈물을 흘렸다. 어쩌면 그는 망나니였을 수도 있고, 영웅이었을 수도 있다! 어쩌면 그는 정말 강도에 지나지 않았을지도 모른다. 그렇더라도 그의 나이는 스물다섯 살이었고, 스물다섯 젊은이에게는 삶을 살아갈 권리가 있다.

나는 사형제도를 증오한다! 사형제도는 비열한 야만이 남긴 잔재에 불과하다. 문명화된 국가들이 아직도 단두대며 교수대를 세우고 있다는 사실은 참으로 부끄러운 일이다! 모든 인간에게는 마음이 여려지는 순간이 있다. 여려진 마음에서는 고통의 눈물이 흘러나오고, 눈물은 다시 너른 마음을 키우는 자양분이 되며, 다시 그러한 너른 마음은 자신의 죄에 대한 회개로 이어질 수 있다!

나는 별것도 아닌 이유로 다른 이에게 죽음을 선고하는 이들 가운데 끼고 싶은 생각이 전혀 없다. 그들 중 많은 이들은 어쨌든 선량한 사람들이지만 말이다. 밖에서는 사형제도에 찬성하는 이들도 집에 돌아오면 부드럽게 자기 부인을 어루만지는 남편이 되고, 인형의 목을 분지른 어린 자식을 꾸짖는 아버지가 되곤 한다.

✠

나는 살면서 사형 집행을 네 차례 목격했다. 한 번은 런던에서였고, 한 번은 스페인에서였으며, 나머지 두 번은 파리에서였다.

런던에서 내가 목격한 사형은 교수형이었다. 이날 내가 목격한 죽음은 그 어떤 죽음보다도 더 끔찍하고 불쾌하며 음험했다. 사형수는 단호한 인상을 가진 30대 남성이었다. 나는 그와 잠시 눈이 마주쳤다. 그는 나를 바라보며 어깨를 으쓱했다. 사형수의 눈빛은, 내가 그에게 내비치고 있던 호기심에 대한 경멸로 가득 차 있었다. 그 순간 나는 이 사내의 정신이 나의 정신보다도 아득히 높은 곳에 있다고 느꼈다.

사형장에 모여 그를 바라보고 있는 우리들보다, 사형수인 그가 더 위대한 사람일지도 모른다. 아마 그가 다른 누구보다도 저 죽음이라는 거대한 신비에 가깝게 다가섰기 때문일까. 사형집행인이 그의 머리에 용수를 씌울 때, 나는 그가 미소 짓는 모습을 얼핏 본 것도 같다. 나는 무척 큰 충격을 받고 도망치듯 자리를 떴다.

마드리드에서는 교살 장치로 처형되는 사내를 보았다. 이 형벌의 야만성을 목격했던 나는 그 후로도 몇 주 동안을 공포에 떨며 보내야 했다. 사람들의 말로, 그자는 자기 어머니를 살해한 살인범이라고 했다. 하지만 이 불행한 죄수의 범행을 증명하는 증거라곤 어떤 것도 제대로 제시되지 않았다. 사형집행인들이 그를 의자에 묶고, 그의 머리에 교살 장치를 씌우기 전에[3], 남자는 울부짖었다.

"어머니! 이제 저는 당신을 만나러 갑니다, 그럼 제 앞에 선 당신께서는 저들이 거짓말을 했노라고 말씀해 주시겠지요!"

최후의 말마디를 내뱉는 사형수의 목소리는 떨리고 있었다. 그는 이 말을 스페인어로 외쳤다. 그리고 그가 외친 말은 나와 동행하여 이 끔찍한 장면을 보던 어느 영국 대사관원이 내게 옮겨 주었다.

가엾은 사형수의 목소리는 무척이나 애절했고, 진심이 담겨 있었다. 결백을 의심할 수 없을 정도의 절절함이었다. 비단 나뿐만이 그렇게 생각한 것은 아니었다. 나와 함께 그 자리에 있던 모두가 나와 견해를 함께했다.

내가 직접 목격한 나머지 두 사형 집행은 모두 파리의 로케트

---

3 스페인에서 교수형을 집행하던 방식에 관한 묘사이다. 스페인에서는 교수형을 집행할 때, 의자에 묶인 사형수의 목에 교살 장치를 걸어 작동시키는 방법을 사용하고 있었다. 둥근 원반처럼 생긴 교살 장치 안에는 철로 된 끈이 들어 있었고, 장치의 손잡이를 감으면 그 끈이 서서히 사형수의 목을 죄어드는 구조였다.

(Roquette) 광장에서 이루어졌다. 그중 한번은, 어느 젊은 의대생의 처형이었다. 내 기억으로, 그는 동료의 도움을 받아 어느 신문판매원 노파를 살해한 살인자였다. 이는 물론 끔찍하고 어처구니없는 중범죄이다. 그런데 이 의대생은 죄인이라기보다는 광인에 가까운 자가 아니었을까. 그는 비상한 두뇌의 소유자였고, 월반을 통해 이른 나이에 의대생이 되었다. 그는 과도하게 공부를 한 바람에 정신이 망가져 버렸다. 우리는 그를 전원으로 보내 휴양케 하고, 그를 병자로서 돌보았어야 했다. 그렇게 그의 망가진 정신을 회복시키고, 그를 학문의 장으로 돌려보내야 했다.

그 의대생은 비범한 인간이었다. 나는 아직도 그의 모습을 기억한다. 얼굴은 창백했고, 시선은 무한한 공간 속에서 헤매는 듯했다. 이 가엾은 청년의 두 눈에는 깊은 슬픔이 들어차 있었다! 그렇다. 나도 물론 잘 알고 있다. 그는 스스로 방어할 수 없는 가엾은 노파의 목을 베어 죽인 살인자이다. 끔찍한 범죄자다! 그러나 그의 나이는 고작 스물셋이었고, 그의 정신은 과도한 공부와 지나친 야망으로 인해 망가져 있었다. 게다가 그는 남녀노소 시체들의 팔과 다리를 잘라내고, 그것들을 잘게 해부하는 일에 너무도 익숙했을 것이리라. 물론 어떤 것도 그가 저지른 끔찍한 범죄에 대한 변명은 될 수가 없다. 그래도 이 모든 것들이 그의 도덕관념을 망가뜨리는 데 일조했음은 분명하다. 어쩌면 그의 위태로운 도덕관념은 이미 학업 때문에, 개인적인 비참함 때문에, 혹은 유전 때문에 심각히 동요했었을지도 모른다.

요컨대, 나는 저 지성인이 품은 생명의 불꽃을 영영 꺼트려 버린 '사형'이 반인륜적인 범죄라고 생각한다. 제정신으로 돌아오기만 했더라면, 사형당한 의대생은 학문과 인류에 크게 이바지했을 수도 있었으리라.

내가 가장 마지막으로 목격한 사형 집행의 사형수는 아나키스트 바이양[4]이다. 그는 정열과 상냥함을 겸비한 이였으며, 무척 진보적인 사상을 품고 있었다. 물론 진보적이라고는 해도, 그의 사상이 터무니없을 정도로 앞서 나간 것은 아니었다. 그의 사상은 훗날 권력을 잡게 된 이들의 사상보다 약간 더 진보적이었을 뿐이다.

내가 르네상스(Renaissance) 극장의 지배인으로 있던 때, 바이양은 내게 무료 좌석표들을 달라는 부탁을 자주 했다. 예술이라는 사치를 누리기에 그는 너무나도 가난했다. 아! 가난이여! 이 무슨 서글픈 조언자란 말인가! 그리고 사람이라면 마땅히 비참함에 괴로워하는 이들에게 상냥해야 하는 법이다.

하루는 공연이 끝난 뒤, 바이양이 배우 휴게실로 찾아온 적이 있다. 나는 그날 「로렌차치오」를 공연했었다. 그는 내게 말했다.

"아! 저 피렌체인은 저와 마찬가지로 아나키스트였군요! 하지만 그는 압제자를 죽였을 뿐, 압제 자체를 죽인 것은 아닙니다[5]! 저는 일 처리를 그런 식으로는 하지 않을 거예요."

며칠 뒤, 그는 공공장소에 폭탄 한 발을 투척했다. 그 공공장소의 이름은 '국회'였다. 그런데 가엾은 바이양은, 그가 깔보는 듯했던 저 작품 속 피렌체인보다도 일 처리가 서툴렀다. 그는 단 한 사람의 목숨도 앗아가지 못했다. 그가 실제적인 피해를 준 대상은 단 하나, 그 자신의 당파뿐이었다.

---

4 오귀스트 바이양(Auguste Vaillant, 1861-1894)은 프랑스의 아나키스트이다. 1893년 12월, 국회에 폭탄 테러를 감행했다가 체포된 뒤 단두대에 올랐다. 바이양의 테러는 프랑스 제3공화정이 아나키스트들을 철저하게 탄압하는 계기가 되었다.

5 뮈세의 희곡 「로렌차치오」에서, 주인공은 자신의 고향인 피렌체에 공화정을 복구하기 위해 압제자를 암살하려는 계획을 세운다.

나는 사람들에게 그의 처형일시가 확정되면 내게도 알려달라는 부탁을 해두었다. 그리고 당일 저녁, 한 친구가 극장으로 나를 찾아와, 바이양이 그다음 날인 월요일 아침 일곱 시에 처형되리라는 것을 알려주었다. 나는 공연을 마친 뒤 로케트 광장의 한 구석과 이어지는 메를랭 거리로 향했다. 사순절을 앞둔 마지막 일요일이라서 거리에는 사람들이 아직 많이 남아 있었다. 곳곳에서 사람들이 노래를 부르고, 웃고, 춤을 추고 있었다. 바이양의 면회는 허가되지 않았다. 나는 메를랭 거리의 어느 집 2층 발코니를 단기 대여하고, 거기 앉아 하룻밤을 지새웠다. 안개가 자욱한 싸늘한 밤이 구슬프게 내 온몸을 덮었다. 그래도 추위는 느껴지지 않았다. 피가 내 혈관 속을 무척 빠르게 돌고 있었기 때문이다. 시간은 서서히 시간을 밀어내었고, 멀찌감치 자정을 알리는 종소리가 들려왔다. 시간이 죽었다! 시간 만세[6]! 그리고 내 귀에 들려온 것은 희미하고 둔탁한 발걸음 소리, 속삭임 소리, 그리고 나무들이 삐걱거리는 소리였다. 이 기이하고 신비한 소음들의 정체가 밝혀진 것은 새벽이 밝았을 때였다. 내 앞에는 밤새 설치된 단두대가 놓여 있었다.

로케트 광장에 점등되어 있던 가로등들이 한둘씩 꺼져갔다. 빈혈에 걸린 하늘이 이 조그마한 광장 위로 창백한 빛을 던져주고 있었다. 구경꾼들은 조금씩 조금씩, 발 디딜 틈 없는 무리를 이루어가며 불어나고 있었다. 광장 주변의 통행이 통제되었다. 때때로, 무심해 보이면서도 어딘가 바빠 보이는 남자들이 군중 사이를 파고들고 나아가서 경찰에게 자기 명함을 제시한 뒤 감옥 안으로 들어갔다[7]. 기자들이었다.

---

6 프랑스에서 선왕의 죽음으로 인해 새로운 왕이 탄생했을 때 관례적으로 외치던 문구인, "국왕께서 돌아가셨다, 국왕 만세!(Le rois est mort, vive le rois!)"를 변형한 문구이다.

7 파리 11구 로케트 가에는 각각 '대(大) 로케트'와 '소(小) 로케트'라고 불린 두 개의 감옥이 있었

열 명 정도였다. 돌연 수많은 파리 경찰들이 나타나 저 서글픈 단두대 앞에 정렬했다. 사안의 중대성을 고려하여 평소보다 두 배는 많은 인원이 온 것이라고 했다. 아나키스트들의 습격을 우려한 조치였다.

처형 개시를 알리는 신호에 따라, 관계자들은 차고 있던 칼집에서 칼을 뽑아 높이 치켜들었다. 의전에 따른 행동이었다. 감옥의 문이 열리고, 바이양이 모습을 드러내었다. 창백한 얼굴이었지만, 정열적이고도 용감한 모습이었다. 그는 세차고도 확신에 가득 찬 목소리로 소리쳤다.

"아나키즘 만세!"

어떤 외침도 그의 외침에 답하지 않았다. 그는 결박된 채 단두대에 눕혀졌고, 뒤이어 둔탁한 소리를 내며 칼날이 떨어졌다. 그의 몸뚱이가 굴러떨어졌다. 순식간에 단두대는 해체되었고, 광장은 청소되었으며, 주변 거리의 통행 통제도 풀렸다. 군중들은 단두대가 세워져 있던 장소로 몰려들었다. 그들은 바닥을 주시하며 행여 덜 씻겨나간 핏방울은 없는지를 찾았고, 코를 킁킁거리며 방금 막 벌어진 비극의 냄새를 들이마셨다.

남녀노소를 가리지 않고 수많은 이들이 이 작은 광장에 바글거렸다. 이제 막 한 사내가 더없이 가슴 아픈 최후를 맞이한 바로 그 장소에서 말이다. 바이양, 그는 스스로 저 비천한 이들의 사도를 자처했던 사내였고, 바로 저 우글거리는 군중들에게 모든 종류의 자유와 권리를 돌려주고자 애썼던 이였다!

사람들은 베일로 얼굴을 가린 나를 알아보지 못했다. 나는 그렇게

다. 여기서 사라 베르나르가 말하고 있는 감옥은 대 로케트(Grande Roquette) 감옥이다. 당시 대 로케트 감옥의 입구에서는 공개적으로 단두형이 집행되곤 했으며, 사람들은 그 인근을 '로케트 광장'이라고 불렀다.

조용히, 친구 한 사람의 부축을 받아 가며, 군중 가운데 섞여들었다. 마음속에는 군중을 향한 역겨움과 절망감이 치밀어 올랐다. 그 누구도 바이양에게 고맙다고 말하지 않았고, 복수를 다짐하는 한 마디 중얼거림도 들려오지 않았으며, 처형에 반발을 느끼는 듯한 사람도 전혀 보이지 않았다. 나는 그들에게 이렇게 외치고 싶은 기분이었다.

"이 짐승 같은 놈들! 어서 저 가엾은 광인의 피로 물든 돌바닥에 입을 맞추란 말이다! 그는 당신들 때문에 피를 흘렸고, 당신들을 위해 피를 흘렸고, 당신들에 대한 신뢰 속에서 피를 흘렸거늘!"

바로 그때 빠른 걸음으로 나를 앞서나간 어느 불한당이 외치기 시작했다.

"물어보세요! 바이양의 최후가 어떠했는지 알려드립니다! 물어보세요. 상세하게 알려드리겠습니다! 물어보세요! 물어보세요…"

아! 가엾은 바이양! 머리를 잃은 그의 몸뚱이는 수레에 실려 클라마르(Clamart) 묘지로 향했다. 그리고 군중들, 그가 그들을 위해 울고 외치고 마침내 목숨을 바친 그 군중들은, 무심하고도 무료한 표정으로 천천히 해산했다. 가엾은 바이양! 물론 그가 광기 어린 사상가였던 것은 틀림없지만, 그의 사상은 무척 고결했거늘!

GISMONDA

BERNHARDT

THÉÂTRE DE LA RENAISSANCE

IMPRIMERIES LEMERCIER, PARIS.

37

뉴올리언스, 나이아가라 폭포 방문

무사히 신시내티에 도착했다. 우리는 그곳에서 세 차례의 공연을 올린 뒤, 다시금 뉴올리언스를 향해 떠났다. 마침내 햇볕이 쨍쨍한 고장으로 향했다! 석 달 동안 가혹한 추위에 시달리던 우리 가엾은 사지를 따뜻하게 덥힐 수 있다! 이젠 저 '스팀' 난방기가 뿜어내는 숨이 막힐 듯하고 빈혈이 일 듯한 더운 공기가 아니라, 활짝 열린 창문을 통해 들어오는 신선한 공기를 마실 수 있다!

나는 포근하고 향기로운 꿈들에 감싸여 기분 좋은 숙면에 들었다. 그러던 중 내 객실 문을 두드리는 소리에 놀라 화들짝 잠에서 깨어났다. 개가 두 귀를 쫑긋 세운 채, 문 아래에 코를 들이박고 냄새를 맡았다. 개는 으르렁거리지도, 짖지도 않았다. 개의 반응으로 보아, 나를 찾은 손님은 우리 내부자임이 틀림없었다. 문을 열자 제럿과 애비가 차례차례 들어오며 내게 아무 말도 하지 말라는 수신호를 보냈다.

"쉿! 조용히!"

그들은 까치발로 방에 들어와 문을 닫았다.

"뭡니까? 무슨 일 있어요?"

내 물음에 제럿은 대답하기 시작했다.

"그게 말이죠, 벌써 12일째 비가 이어지는 바람에 바닷물의 수위가 상당히 높아졌어요. 그런데 우리가 뉴올리언스까지 가는데 이용하려던 길은 배다리란 말입니다. 배다리를 통해 세인트루이스만(灣)을 가로지르면 뉴올리언스까지 한두 시간 안에 갈 수 있어요. 그런데 날씨가 이러하고, 바닷물이 심하게 출렁거릴 것이 예상되는지라, 자칫하면 배다리가 무너질 위험이 있거든요. 당신도 거센 바람을 동반한 폭풍우가 온다는 예보를 들었지요? 그래서 말인데, 배다리 말고 다른 경로도 생각해봐야겠습니다. 만약 우리가 왔던 길로 돌아가 다른 길로 우회한다면, 뉴올리언스까지는 사나흘 안에 도착할 수 있어요."

나는 펄쩍 뛰어올랐다.

"뭐라고요? 사나흘? 게다가 온통 눈에 뒤덮인 저 추운 고장들로 되돌아간다고요? 아! 안 돼요! 그건 안 돼요! 햇빛! 햇빛을 원한다고요! 어째서 배다리로는 못 간다는 거죠? 오! 하느님 맙소사! 그래서 우리는 어떡하면 좋을까요?"

"그게 실은, 들어보세요. 저기 기관사가 한 가지 제안을 해왔어요. 그는 지금 상황에서도 어떻게든 배다리 돌파가 가능하다고 생각해요. 다만 우리 기관사는 말이죠, 결혼한 지 얼마 되지도 않은 새신랑입니다. 그래서 만약 당신이 2,500달러(약 12,500프랑)를 맡길 용의가 있다면, 자기도 목숨을 걸고 돌파해 보겠다는군요. 그의 이야기는 이렇습니다. 일단 당신에게서 돈을 받으면, 그는 곧바로 그 돈을 그의 아버지와 부인이 있는 앨러배마주(州) 모빌(Mobile)에 부칠 거래요. 만약 우리가 무사히 반대편에 닿게 되면, 그는 그 돈을 고스란히 부인께 돌려드릴 것이고, 만약 불의의 사태가 벌어지게 된다면, 돈은 그대로 그의 가족이 갖게 되는 거죠."

무사히 도착하면 돈을 돌려주겠다니, 나는 이 기관사의 경탄스러운 정직함에 어안이 벙벙해질 지경이었다. 나는 그의 광기 어린 제안에 흥분해서 외쳤다.

"좋습니다! 그에게 12,500프랑을 내어 주세요, 어디 한 번 건너보자고요!"

앞서 말했듯이, 나는 순회공연 기간에 나만을 위해 운행되는 특별 열차를 이용했다. 따라서 이 열차는 달랑 세 량의 객차와 한 량의 기관차로만 구성되어 있었다. 파도 치는 바다 위에 세워진 배다리 돌파라는 범죄적이고도 광기 어린 시도가 성공하리라는 것을 한순간도 의심치 않았기에 누구에게도 이런 사실을 고지하지 않았다. 예외가 있다면, 내 여동생과 게라르 부인, 그리고 충직한 사용인들인 클로드와 펠리시 부부 정도였다. 우리 계획을 사전에 알고 있던 또 다른 한 사람은 배우 안젤로(Angelo)였다. 그는 이때 제럿과 같은 객차를 사용했기 때문에, 이런 계획을 자연스럽게 듣게 되었다. 그는 간이 큰 남자였고, 내 운명에 대한 믿음을 갖고 있었다.

2,500달러를 건네받은 우리의 기관사는 바로 그 돈을 모빌로 부쳤다. 기차가 막 출발했을 때야, 비로소 내가 터무니없는 책임을 짊어졌음을 깨달았다. 그도 그럴 것이, 나는 당사자들의 동의를 구하지도 않은 채, 서른두 명의 생명을 건 도박에 뛰어든 것이었다. 그러나 돌이키기에는 이미 늦었다. 무시무시한 속력으로 발진한 우리 열차는 이미 배다리 위로 접어들고 있었다.

나는 객차와 객차 사이의 통로에 주저앉았다. 배다리는 해먹이라도 되는 것처럼 전후좌우로 요동쳤고, 열차는 그 위로 아찔한 돌파를 강행하고 있었다.

다리의 중반에 이르렀을 때, 돌연 다리가 아래로 푹 꺼지는 것을 느꼈다. 꺼지는 정도가 어찌나 심했던지, 내 여동생은 내 팔을 붙든 채 낮은 목소리로 중얼거릴 정도였다.

"언니, 우리 다 빠져 죽을 건가 봐… 이제 끝이야."

그리고 그녀는 두 눈을 감았다. 내 팔을 꼭 붙들고 있었지만, 제법 비장한 모습이었다. 사실 나 역시도 그녀와 같은 생각을 했다. 최후의 순간이 찾아왔다고 생각했다. 그리고 이건 정말 끔찍한 이야기긴 한데, 이때의 나는 단 일 초도 동료들을 생각하지 않았다. 나에 대한 신뢰와 살아남으리라는 믿음으로 가득 차 있던 동료들, 바로 내가 죽을지 모르는 위험으로 몰고간 동료들을 말이다. 이때 머릿속에는 온통 내 아이 생각뿐이었다. 나는 엄마의 죽음을 듣고 눈물 흘릴, 사랑하는 내 아이의 얼굴만 떠올렸다.

말이 나와서 말이지만, 우리는 우리 안에 가장 무시무시한 적을 들이고 있다. 그것은 '생각'이라는 적이다. 생각은 끊임없이 '행동'과 반목을 일으킨다. 생각은 때때로 끔찍하고, 비열하고, 못된 모습으로 고개를 쳐들며, 우리는 그것들을 쫓아내는 데 끝내 실패한다. 하지만 우리가 언제나 저 '생각'의 뜻을 따르는 것은 아니다. 이는 주님의 은총이다! 어쨌든, 생각은 우리의 뒤를 쫓고, 끊임없이 우리를 쿡쿡 찌르며 괴롭혀댄다. 더할 나위 없이 못된 생각들이 우리를 덮칠 때가 얼마나 많은가! 자기 자신의 두뇌에서 탄생한 저 '생각'이란 딸들에 대항하려고 우리는 또 얼마나 처절한 사투를 벌여야만 하는가!

분노, 야망, 복수심 따위는 우리 머릿속에 가장 혐오스러운 생각들을 낳는다. 자기 자신의 결점을 떠올릴 때와 마찬가지로, 떠올릴 때마다 얼굴을 붉히게 되는 그런 생각들 말이다. 그러한 생각들은 우리의 것이 아니다. 우리는 그것들을 불러낸 적이 없기 때문이다. 그러나 그러한 생각들은 우리를 더럽히며 절망하게 한다. 우리는 우리 스스로의 영혼, 가슴, 육신, 뇌의 유일한 주인이 아니라는 사실에 절망한다.

운명의 책에 기록된 내 최후의 순간은 이날이 아니었다.

기차가 다시 솟아올랐다. 차체가 요동치는 바람에 우리 중 절반이 자리에서 튕겨 나갔고, 나머지 절반은 아예 바닥을 구를 지경이었다. 우리는 그러한 고생을 겪으며 다리 반대편에 도착했다. 반대편 해안에 도착하자, 뒤쪽에서 무시무시한 굉음이 들려왔다. 그리고 바다 위로 거대한 물기둥이 솟더니 큰소리를 내며 꽃잎 모양으로 부서져 내리는 것이 보였다. 배다리가 붕괴했다.

그 후로 일주일이 넘도록, 동쪽이나 북쪽에서 오는 어떤 열차도 이 도시에 진입할 수 없었다. 우리 정직한 기관사는 내게서 받았던 12,500프랑을 돌려주려 했다. 나는 그 돈을 받지 않았다. 무사히 다리를 건넜지만, 내 마음은 편치 않았다. 그 후로 꽤 오랜 시간 동안, 매일 밤 나는 가장 끔찍한 악몽들에 시달려야 했다. 동료 배우들이 내게 자신의 아이, 어머니, 남편 등 그들이 재회를 손꼽아 기다리는 사람들에 관해 얘기할 때면, 나는 얼굴이 새하얘졌고 깊은 죄책감에 사로잡혔다. 나는 그러한 '나' 자신이 참으로 딱하게 생각되었다.

반성이 너무도 깊었던 탓에, 열차에서 내릴 즈음 나는 활기를 띠기는커녕 몸이 아주 불편했다. 나는 여기서도 프랑스인 대표단의 환영을 받아야 했다. 무척 상냥한 사람들이었지만, 피곤한 사람들이기도 했다. 나는 꽃다발들에 둘러싸여 마차를 타고 숙소로 향했다.

도로는 온통 물에 잠겨 있었다. 마차가 고지대를 달리고 있었지만 말이다. 마부는 우리에게 마르세유 억양의 프랑스어로 말했다.

"저지대는 집들이 통째로 물 아래 잠겼답니다. 검둥이들 수백 명이 익사하고 말았지요."

그리고 그는 말들에 채찍질하며 외쳤다.

"제기랄! 가여운 것들!"

당시 뉴올리언스의 호텔들은 끔찍하게 초라했다. 객실은 더럽고 불편했으며 바퀴벌레들이 가득했다. 저녁이 되어 촛불을 켜면, 금세 커다란 모기들이 떼를 지어 방안에 몰려들었다. 모기들은 윙윙거리며 우리 어깨 위로, 머리칼 사이로 파고들었다. 오! 지금도 이때를 생각하면 몸이 덜덜 떨려온다.

같은 시기에 뉴올리언스를 찾은 순회공연단은 우리뿐만이 아니었다. 에밀리 앙브르[1]가 간판스타로 있는 오페라단 역시 뉴올리언스에 체류 중이었다. 에밀리 앙브르는 무척 매력적인 여인으로, 한때 네덜란드의 왕비가 될 뻔했던 인물이었다.

미국의 옛 프랑스 식민지들이 으레 그러하듯, 뉴올리언스 역시 가난한 고장이었다. 아! 프랑스인 식민개척자들은 이 땅에 거의 남아 있지 않았다. 에밀리 앙브르의 오페라단은 이곳에서 처참한 흥행 실패를 맛보았다. 우리의 흥행 성적 역시 썩 훌륭한 것은 아니었지만, 이곳에서 여덟 번의 공연을 무대에 올렸다. 이 도시에서의 공연은 본래 여섯 번이면 충분했었다.

흥행 성적과는 별개로, 나는 뉴올리언스에서의 체류가 너무나도 즐거웠다. 이 도시는 점차 한없는 매력을 드러냈다. 그토록 다양한 사람들이, 흑인과 백인을 가리지 않고, 모두 싱글벙글 웃는 얼굴을 하고 있었다. 여인들에게서는 매력이 넘쳐흘렀다. 모든 가게에서는 진열대 앞에 선 쾌활한 장사치가 손님들을 끌어당겼다. 아케이드 아래에 있는 노점상들 역시 서로의 모습을 바라보며 뜬금없는 유쾌한 농담을 나누곤 했다. 체류 기간에 기대했던 햇살은 한 번도 비치지 않았다. 아

---

1 에밀리 앙브르(Émilie Ambre, 1849-1898)는 프랑스의 오페라 가수로, 네덜란드 국왕이었던 빌럼 3세(1817-1890)의 정부이기도 했다. 빌럼 3세는 그녀를 정식 왕비로 세우고자 했으나, 이는 대신들과 여론의 반대로 무산되었다.

니, 뉴올리언스 사람들은 그들 안에 태양을 품고 있었다.

이곳 사람들이 어째서 배편을 이용하지 않는지 이해할 수가 없었다. 물의 수위가 엄청나게 불어나서 마차를 끄는 말들의 다리가 잠길 정도였다. 인도가 1미터 이상 높이가 아니었더라면, 아마 인도에서 손님이 마차에 오르는 일조차 불가능했으리라.

이곳에서 홍수는 거의 연례 행사였는데도, 현지인들에게는 강가나 바닷가에 제방을 쌓아 상황을 개선하겠다는 전혀 없었다. 대신 그들은 보도의 높이를 높게 올리고 곳곳에 가교(假橋)를 설치하여 교통순환을 원활하게 만들려 했다. 나는 흑인 아이들이 도랑에서, 대체 어디서 왔는지 알 수 없는 가재들을 신나게 잡아 올리는 모습을 보았다. 아이들은 잡아 올린 가재들을 행인들에게 판매하고 있었다.

가끔 물뱀 가족이 줄줄이 이동하는 모습도 볼 수 있었다. 대가리를 꼿꼿이 세우고, 몸을 구불구불 흔들며 나아가는 그 뱀들의 모습은 마치 길게 이어지는 사파이어색의 별 무리처럼 보였다.

도시의 저지대에 내려가 보았다. 저지대에서는 가슴 아픈 장면이 펼쳐지고 있었다. 흑인들이 사는 초라한 가옥들이 크게 파손된 채 탁한 물속에 잠겨 있었다. 수백 명의 주민이 무너진 집터에 주저앉아 둥둥 떠다니는 잔해들을 살피고 있었다. 다들 열병에 시달리는 눈을 한 채, 굶주림을 참지 못하고 새하얀 이를 딱딱 마주쳤다. 그들의 좌우로, 모든 곳에서 배가 풍선처럼 부푼 시신들이 떠다니며 집의 나무 기둥들과 이리저리 부딪혔다. 그곳에는 또한 많은 부인들이 구호식량을 나눠주고 있었다. 그녀들은 이 가엾은 주민들을 수해 지역 밖으로 인도하려고 노력했다. 그러나 주민들은 그곳을 떠나기를 원치 않았다. 그들은 거기 남기를 원했다. 그들은 더없이 행복한 미소를 지은 채 느릿느릿한 어조로 말하곤 했다. "물은 빠질 거예요. 그럼 집이 나오겠지요. 무너진 곳은 다시 지으면 돼요."

그러면 구호 활동을 하던 부인들 또한, 잘 알겠다는 의미로 가볍게 고개를 끄덕이곤 했다.

물살에 떠내려온 악어 몇 마리가 뉴올리언스의 저지대 마을에 출몰하기도 했다. 그리고 아이들이 둘 실종되었다. 14살짜리 소년 하나는 악어에 물려 발목이 완전히 절단된 채 병원으로 이송되기도 했다. 아이의 가족들은 격하게 울부짖었다. 그들은 아이의 생명을 지켜내려 했다. 아이는 처음에 흑인 접골사의 손에 맡겨졌었다고 한다. 흑인 접골사는, 백인 접골사(곧 제대로 된 '의사')라면 아이를 한 달 동안 병상에 내버려 둘 테지만, 자신이라면 아이를 이틀 만에 낫게 할 수 있다고 장담했다는 것 같다.

나는 아쉬운 마음으로 뉴올리언스를 떠났다. 이 도시에는, 그전까지 방문했던 어떤 도시와도 닮지 않은 독특한 매력이 있었다. 우리는 모든 단원들이 무사히 다시 모인 것을 보며 서로서로 놀라워했다. 그 정도로, 우리는 각자 뉴올리언스에서 다양한 위험과 마주했다.

다만 이베(Ibé)라는 이름의 우리 이발사 한 사람만큼은 여전히 마음의 평정을 되찾지 못했다. 그는 도착 이튿날부터 심한 공포로 반쯤 미쳐 있었다. 평소에 극장에서 주로 잠을 잤던 이베는 당시에도 침대 대신에 가발들을 담아두었던 커다란 트렁크 가방에 잠자리를 마련했다. 무척 기이하게 들리겠지만, 사실이 그랬다. 뉴올리언스에 도착한 후 첫 번째 밤은 평소처럼 지나갔다. 그런데 둘째 날 밤, 그의 비명이 동네 사람들의 잠을 모두 깨우고 말았다. 이베는 둘째 날 밤에도 가발들 위에 간 요에 누워 깊은 잠에 빠져 있었는데, 얼마 후 무엇인가 알 수 없는 것이 요 아래에서 꾸물거리는 것을 느끼며 잠에서 깼다. 처음에는 트렁크 가방 안으로 고양이나 개가 기어들어 간 것이리라 생각했다. 그리고 그가 얇은 요를 들어 올려 그 아래에서 꾸물대던 것의 정체를 확인한 순간, 그는 비명을 질렀다. 가방 안에서는 서로 싸우는지, 교미하고 있는지 정확히 알 수 없지만, 두 마리 뱀들이 꾸물거리고 있었기 때문이다. 뱀들의 크기는 무척 컸다. 이 가엾은 이발사의 비명을 듣고 달려온 지역 주민들의 간담까지도 서늘하게 만들 정도였다.

뉴올리언스에서의 일정을 마무리 지은 우리는 배를 타고 열차가 대기 중인 곳으로 향했다. 그런데 배에 오를 때까지도 이베의 얼굴은 무척 창백했다. 나는 그를 불러내어, 그가 겪은 끔찍한 밤의 모험에 대해 자세한 이야기를 들려달라고 청했다. 그는 자신의 이야기를 들려주다가 두꺼운 다리를 내밀면서 말했다.

"뱀 굵기가 꼭 이만했어요. 부인, 정말이에요. 정말 이렇게 굵었다니까요."

그리고 그는 어마어마한 뱀의 크기를 떠올리며 공포에 몸서리를 쳤다. 아마 뱀들의 실제 크기는 그의 다리의 4분의 1 정도였으리라. 하나 그 정도 크기라고 해도, 그가 공포에 떨었던 것은 충분히 이해가 갔다. 왜냐하면 그가 목격한 것은 독이 없어서 인체에 해가 없는 물뱀이 아니라, 진짜 독니를 가진 뱀이었기 때문이다.

✠

우리는 오후 늦은 시간에 모빌(Mobile)에 도착했다. 사실 우리는 이미 뉴올리언스로 향하는 도중에 이 도시에 정차한 적이 있었다. 그때 나는 지역 주민들의 무례함에 분노해서 대단한 신경 발작을 일으켰었다. 무척 늦은 밤이었는데도 불구하고 그들은 환영단을 보냈기 때문이었다. 나는 그때 죽을 정도로 피곤한 상태였고, 이제 막 객차 침대에서 잠이 들려던 참이었다. 당연히 누구도 만나고 싶지 않다고 강력한 거부 의사를 내비쳤다. 그런데 이 사람들은 내 거부 의사에도 아랑곳하지 않고 창문을 두드리며 노래를 불러댔고, 끝내 분노가 폭발했다. 나는 창문 하나를 거세게 열어젖힌 뒤, 물병 안에 들어있던 물을 몽땅 그들의 머리 위에 뿌려버렸다. 물벼락을 맞은 이들 가운데에는 남자도 있고, 여자도 있었으며, 개중에는 기자들도 포함되어 있었다. 그리고 그들의 분노는 대단히 컸다.

물벼락을 맞은 기자들은 내가 모빌로 돌아오기 전에, 이 이야기를 자신들에게 유리한 방향으로 윤색하여 퍼뜨려두었다. 물론 그러한 자들과는 반대로, 다른 모빌 사람들은 더욱 정중했다. 그들은 늦은 밤에 내 잠을 깨우는 것은 부적절하다며, 애초에 환영단 파견을 반대했던 이들이었다. 정중한 사람들은 비방자들의 공격에 맞서 나를 변호했으며, 그들의 수는 상당히 많았다. 따라서 내가 모빌의 관객들 앞에 서게 된 것은 나의 지지자들과 공격자들 사이에 전운이 감도는 분위기 속에서였다. 무엇보다 나를 지지해주는 이들의 탁견이 옳았음을 증명하고, 나를 비방하는 자들의 입을 다물게 하고 싶었다.

그런데 땅 요정의 생각은 달랐나 보다. 모빌은 일반적으로 공연 기획자들이 공연을 피하려는 도시였다. 도시 안에 극장이 한 곳뿐이었기 때문이다. 우리가 모빌에 들렀을 때, 그 공연장은 우리보다 6일 뒤에 공연을 올릴 예정이었던 비극 배우 배럿[2]에게 임대된 상태였다. 그리하여 우리가 쓸 수 있는 공연장이라고는 비참한 상태의 소극장 한 곳뿐이었다. 정말이지 크기가 작은 곳으로, 지금 생각해도 그렇게 작은 공연장은 딱히 떠오르지 않을 정도다. 우리는 그러한 곳에서 「춘

---

2 미국의 배우 로렌스 베럿(Laurence Barrett, 1838-1891)을 말한다.

희」를 공연하게 되었다. 일이 벌어진 것은 작중 등장인물인 '마르그리트 고티에'가 하인들에게 밤참을 가져오도록 명하는 장면에서였다. 하인 역을 맡은 배우들은 음식들이 차려진 상을 무대 위로 가져오려 했다. 그런데 너무나도 좁은 입구 때문에, 음식상이 문에 끼어버리는 사태가 벌어졌다. 이 가엾은 배우들이 가능한 한 모든 각도로 음식상을 나르고자 애쓰는 모습은 정말 비할 데 없이 우스꽝스러웠다.

　관객들은 웃음을 터뜨렸다. 한데 수많은 웃음 가운데서도 어떤 독특한 웃음소리가 다른 모든 웃음을 압도했다. 용하게도 극장 안에 들어온, 12살에서 14살 사이로 보이는 한 흑인 소년의 웃음소리였다. 그는 좌석 위에 올라서서 양손으로 무릎을 짚고 상체를 숙이고 머리를 앞으로 내민 채, 입을 크게 벌려 웃었다. 순간 미칠 듯한 웃음기에 사로잡히고 말았다. 소년의 웃음은 무척 가늘고 새된 소리가 나서 아주 재미있었기 때문이다. 우리 단원들은 상을 무대 위로 들이기 위해 무대 배경의 일부를 해체하기 시작했다. 그리고 나는 이 해체 작업이 진행되는 동안, 터질 듯한 웃음을 참느라 잠시 무대 밖으로 나가 있어야만 했다. 그럴때면 조금은 진정되어 무대로 돌아왔지만, 여전히 마음 한구석에서는 웃음기가 남아 있었다.

　우리는 상 주변에 둘러앉아 식사 연기를 시작했다. 식사 장면은 평소와 마찬가지로 별 탈 없이 끝났다. 이제는 하인들이 다시 들어와 상을 치우는 장면이 이어져야 했다. 그런데 이번에는 하인 역을 맡은 배우 중 한 사람의 의상이, 무대 배경의 튀어나온 부분에 걸려버렸다. 시간에 쫓긴 도구 담당들이 무대를 어설프게 꾸몄던 탓이었다. 무대 배경이 무너져서 배우들의 머리 위로 쏟아졌다. 이 시절의 무대 배경은 대개 종이로 만들어졌기 때문에, 우리는 무너진 배경을 머리 위에 인 상태가 아니라, 구멍 뚫린 배경 사이로 목만 내놓은 몰골이 되어 옴짝달싹 못하게 되었다. 머리로 종이를 뚫은 채 꼼짝도 할 수 없는 우리의 모습은 더할 나위 없이 우스꽝스럽고 기괴했다.

흑인 소년의 웃음소리가 아까보다도 한층 더 높은 음계로 터져 나왔다. 그리고 이번에는, 나 역시도 웃음을 참을 수가 없었다. 나는 결국 그 자리에서 진이 다 빠질 때까지 웃고 말았다.

공연비는 전액 환불되었다. 모두 만 오천 프랑 정도의 손실이었다. 모빌, 이 도시는 내게 치명적이었다. 나는 훗날 이 도시를 세 번째로 방문했을 때, 문자 그대로 '치명적인' 사건을 더 겪었는데, 그 이야기는 이 회고록의 2권이 나올 때를 위해 아껴두겠다.

우리는 그날 밤에 모빌을 떠나, 애틀랜타로 향했다. 애틀랜타에서 우리는 「춘희」를 공연한 뒤, 다시 그날 저녁에 내슈빌로 떠났다.

이어서 우리는 멤피스에서 꼬박 하루를 머물면서 공연을 두 차례 올렸다. 다음 날 새벽 한 시에 우리는 루이빌을 향해 떠났다.

멤피스에서 루이빌로 향하던 중, 우리는 욕지거리와 고성이 오가는 싸움 소리에 잠이 깼다. 객차의 문을 열자 두 사람의 목소리가 또렷하게 들려왔다. 제럿도 동시에 객차에서 나왔다. 우리 두 사람은 싸움 소리의 근원지인 열차 맨 끝 칸의 야외 공간으로 향했다. 거기서는 헤이네 대위와 마커스 메이어가 각자의 손에 리볼버를 쥔 채 싸움박질을 벌이고 있었다. 마커스 메이어의 한쪽 눈은 눈두덩이에서 튀어나와 있는 상태였고, 대위의 얼굴도 온통 피투성이였다. 나는 제정신을 잃고 날뛰는 이 두 사람 사이로 즉시 몸을 던졌다. 그들은 자신들 사이로 여인이 뛰어드는 것을 보고 곧바로 싸움을 멈췄다. 내게는 북미인들 특유의 거칠지만, 무척 감동적인 정중함을 보이면서 말이다.

우리는 소도시들을 돌며 정신없는 순회 일정을 소화하기 시작했다. 한 곳에 저녁 세 시, 네 시, 어떤 때는 여섯 시에 도착하여 공연을 올렸다가, 공연이 끝나는 즉시 다음 목적지로 떠나는 식이었다. 나는 객차와 공연장만을 오가는 생활을 했다. 우아하게 꾸며져 있지만 면적은 무척 작은 객차 안의 내 방에서 잠시 눈만 부쳤다가 새로운 극장으로 가는 생활이었다. 나는 달리는 열차 안에서도 무척 잠을 잘 잤다. 또한 열차의 빠른 속도를 대단히 유쾌하게 즐겼다. 나는 열차 마지막 칸의 조그만 야외 공간에 앉아, 정확하게는 그곳에 마련된 흔들의자에 앉아, 내 앞에서 끊임없이 변화하는 미국의 들판과 숲의 풍경을 감상했다.

우리는 그렇게 루이빌, 다시 한번 신시내티, 콜럼버스, 데이튼, 인디애나폴리스를 각각 무박으로 거쳐 갔다. 다음 목적지는 세인트 조셉이었다. 그곳은 세상에서 가장 훌륭한 맥주를 만드는 고장이다. 세인트 조셉에서는 우리 객차의 바퀴 하나가 고장이 났기 때문에, 어쩔 수 없이 바퀴가 수리될 때까지 한 호텔에 투숙했다. 나는 여기서 하마터면 납치될 뻔했다. 내 객실로 이어지는 호텔 복도에서 술에 취한 무용수가 나를 납치하려 했다. 그는 이 호텔이 주최한 대규모 무도회의 참가자였다.

이 짐승 같은 남자는 내가 엘리베이터에서 내리는 순간 내 몸을 붙잡고 끌고 갔다. 사흘을 굶은 맹수가 먹잇감을 찾은 뒤 내지르는 것 같은 끔찍한 울음소리를 토해내면서 말이다. 주인의 비명을 들은 내 개는 남자에게 미친 듯이 달려들어 그의 다리를 물어버렸다. 다리를 심각하게 깨물린 취객은 미친 사람처럼 흥분했다. 사람들은 나를 이 무뢰한의 손아귀에서 떼어놓기 위해 무진 애를 써야만 했다.

종업원들이 내게 밤참을 가져다주었다. 어찌나 끔찍한 맛이던지! 그래도 다행히 질 좋은 맥주가 있었다. 나는 황금빛으로 찰랑이는, 도수 낮은 맥주 덕분에 이 끔찍한 음식들을 목 안으로 넘길 수 있었다.

무도회는 밤새 이어졌다. 흥분한 이들이 쏘아대는지, 이따금 리볼버의 총성이 음악 소리를 장식했다.

우리는 리븐워스, 퀸시, 스프링필드를 차례로 방문했다. 매사추세츠의 스프링필드가 아니라, 일리노이의 스프링필드였다.

스프링필드에서 시카고로 가던 중, 우리 열차는 폭설로 인해 한밤중에 정차하게 되었다.

나는 기관차에서 들려오는 날카롭고 깊은 신음에 잠을 깬 지 오래였다. 충직한 사용인인 클로드를 불러 사정을 알아보니, 폭설로 인해 정차할 수밖에 없으며 눈을 치워줄 지원대가 도착하기를 기다려야 한다고 했다. 나는 펠리시의 도움을 받아 재빨리 옷을 갈아입었다. 눈이 쌓인 밖으로 나가보고 싶었기 때문이다. 그런데 그러한 일은 불가능했다. 눈은 거의 열차 높이까지 쌓여 있었다. 나는 모피 옷을 껴입은 채, 기차에 머무르며 이 환상적인 밤의 풍경을 바라보았다.

하늘은 말도 못 하게 궂고, 별 한 점이 보이지 않았다. 나는 열차 꼬리 칸의 야외 공간에 머물러 있었다. 저 앞쪽 철길에서 불길이 피어오르는 것이 보였다. 다가오는 열차에 정차 신호를 보내기 위해 피운 불이었다. 우리 뒤에 도착한 것은 4량짜리 열차였다. 그 열차는 바퀴 아래에서 터진 첫 번째 신호뇌관을 듣고 정차했다가, 앞쪽에 불길이 보이면서 서행하면서 다가왔다. 그곳에는 우리 쪽에서 보낸 관계자가 서 있었고, 그는 우리 열차가 폭설로 인해 정차 중이라고 설명했다. 그러자 곧바로 뒤쪽 열차 사람들도 뒤에 따라오는 다른 열차를 위해 가능한 한 먼 곳에다 우리가 피운 것과 같은 의미의 불을 지폈다. 그리고 한 남자가 다시 그 불을 지나쳐 철로 위에 신호뇌관을 설치했다. 이와 같은 일들이 새로운 열차가 도착할 때마다 계속 반복되었다.

옴짝달싹을 못 하게 된 상황이었다. 이때 내게 좋은 생각이 하나 떠올랐다. 나는 사람을 시켜 열차 안의 부엌에서 물을 끓여 오게 했다. 그렇게 끓인 물은, 내가 내려가고 싶었던 장소에 쌓인 눈을 녹이는데 충분한 양이었다. 클로드와 흑인 하인들이 끓는 물로 눈을 녹인 자리로 내려가 눈을 치웠다. 그리하여 우리는 좁은 지역을 그럭저럭 제설해낼 수 있었다.

마침내 나도 열차에서 내려가 땅을 밟았다. 나는 눈 사이를 뚫고 길을 내보려 애썼다. 결국 그러한 시도는 여동생과의 눈싸움으로 귀결되고 말았다. 눈싸움은 우리 모두에게로 퍼져나갔다. 애비, 제럿, 비서, 그리고 몇몇 배우들도 우리 자매의 눈싸움에 뛰어들었다. 그렇게 우리는 새하얀 포탄이 오가는 이 작은 전투를 벌이면서 몸을 후끈 덥힐 수 있었다.

새벽이 밝아올 때, 우리는 권총 사격 시합을 했는데 샴페인 상자를 표적 삼아 방아쇠를 당겼다. 마침내 멀리서부터 지원대가 오는 소리가 들려왔다. 소리는 솜처럼 쌓인 눈에 흡수되어 둔탁하게 들렸다.

지원대는 선로 맞은편에서부터 두 대의 기관차가 전속력으로 이끄는 열차에 실려 왔다. 열차에는 인부들은 물론이요, 곡괭이며 삽 따위의 제설 장비들이 실려 있었다. 기관차는 우리 열차에서 1킬로미터 떨어진 지점에 멈췄다. 지원대는 우리 앞의 선로에 쌓인 눈을 치워 나갔고, 마침내 우리 차량과 만나게 되었다. 제설은 끝났지만, 선로는 여전히 이용할 수 없었다. 우리는 왔던 방향으로 돌아가 서쪽 철도로 우회했다.

원래 우리는 11시경에 시카고에 도착할 예정이었다. 시카고에서의 점심 식사를 기대하던 우리 단원들은 탄식을 내뱉었다. 여정이 변경된 탓에 우리는 1시 반이 되어서야 밀워키에 도착할 수 있었는데, 그곳에 도착하자마자 2시부터 「춘희」의 낮 공연을 시작해야 했기 때문이었다. 그리고 가능한 한 맛 좋은 점심을 준비해 달라는 지시를 내렸고, 그렇게 준비된 식사는 흑인 하인들이 단원들에게 날라줬다. 단원들은 무척 감사한 기색이었다. 2시에 시작될 예정이었던 공연은 결국 3시가 되어서야 막을 올려서 6시 반에야 끝났다. 그런 다음에 우리는 8시에 다시 「사락사락」의 공연을 올렸다.

우리의 여정은 그랜드래피즈, 디트로이트, 클리블랜드, 피츠버그로 이어졌다. 피츠버그에서 한 미국인 친구와 재회하게 되었다. 그는 내 꿈 중 하나를 이룰 수 있도록 도와줄 사람이었다. 적어도 난 그렇게 생각했다.

미국인 친구는 형제와 공동으로 규모가 큰 제강소 한 곳과 유정(油井) 여러 곳을 소유했다. 그를 파리에서 처음 알게 되었는데, 뉴욕에서도 다시 보았다. 그는 나를 버팔로(Buffalo)에 데려다주겠다는 약속을 했었다. 그는 나이아가라 폭포의 안내자, 아니 차라리 나이아가라 신앙에 대한 입문의 안내자를 자처했다. 심지어 나이아가라 폭포에 대해 거의 연인을 대하는 듯한 정열을 품고 있었다.

그는 사람들이 전혀 예상치 못한 때에 미친 사람처럼 훌쩍 나이아가라로 떠나 폭포 곁에서 휴식했다. 쇠를 두드리는 제강소의 거친 소음과 비교하면, 귀를 먹먹하게 하는 폭포 소리는 그에게 음악과도 같았다. 투명하게 부서지는 폭포의 은빛 물결을 바라보며 그는 눈을 쉬게 했고, 석유와 매연으로 가득 찬 폐에 새로운 활력을 불어넣었다.

나는 이 친구가 끌고 온 미국식의 가벼운 마차에 올라탔다. 두 마리의 멋진 경주마가 끄는 마차였다. 우리 마차는 흙탕물을 튀기고 눈보라를 일으키며 현기증 나는 속도로 달려갔다.

벌써 일주일째 비가 오고 있었고, 1881년의 피츠버그는 오늘날 같지 않았다. 아직 개발이 덜 되어 있었지만, 피츠버그는 상업정신이 충만한, 대단히 인상적인 도시였다. 피츠버그에서는 거리 곳곳에 시커먼 흙탕물이 흘렀고, 하늘은 온통 검은 연기, 스멀스멀 올라가는 불투명하고 기름진 매연으로 덮여 있었다. 이 모든 풍경에는 위엄이 깃들어 있었다. 피츠버그 전체를 지배하고 있는 것은 '노동'이었다. 열차들은 석유통을 가득 싣고, 혹은 한계치까지 석탄을 가득 싣고 피츠버그의 곳곳을 가로질렀다.

아름다운 오하이오강 위에는 여러 척의 기선과 운송선들이 떠다녔고, 커다란 뗏목처럼 서로 단단히 엮인 나무판들도 그 배들과 함께 떠다녔다. 당시에는 대량의 나무판들을 운송할 때, 그런 식으로 강줄기를 따라 떠내려가게 둔 다음, 강 중간에서 나무판을 받기로 한 주인들이 거두어갔다. 듣기로는, 오늘날에는 더는 이런 식으로 나무 운송을 하지 않는다고 한다. 개인적으로 안타까운 일이다.

우리가 탄 마차는 여러 거리와 광장들과 철도를 가로질렀고, 하늘을 뒤덮다시피 번잡하게 널린 전깃줄들 아래를 통과해 나아갔다. 어느 다리 위로 접어들었을 때, 미국식 마차의 가벼운 무게 아래에서도 다리가 흔들거렸는데, 알고 보니 부교(浮橋)였기 때문이었다.

마침내 마차가 멈춰 섰다. 내 친구의 사업장에 도착했다. 친구가 형제를 소개해 주었는데, 그는 매력적이고 단정한 모습이지만 어딘지 냉랭해 보이고 놀랄 정도로 말수가 적은 인물이었다.

"가엾은 내 형제는 귀가 멀었답니다."

내 친구가 내게 알려주었다.

맙소사, 나는 오 분 전부터, 할 수 있는 한 가장 부드러운 목소리를 내기 위해 애쓰고 있었는데 말이다! 그리하여 저 가엾은 백만장자의 모습을 유심히 살폈다. 제강소에서 울려 퍼지는 기괴한 소음 한가운데서 살아가면서도, 그 지옥 같은 야단법석이 남기는 최후의 울림마

저 들을 수 없는 사람이었다. 그에게는 아무것도 들리지 않았다. 아무것도, 정말 아무것도. 이것을 부러워해야 할 것인가, 혹은 가엾게 여겨야 할 것인가?

미국인 친구와 그의 형제는 내게 제강소를 견학시켜 주었다. 나는 새빨갛게 달구어진 용광로들과 내용물이 펄펄 끓는 커다란 통들을 보았다. 그들은 강철 원반들이 식혀지는 방으로 나를 안내했다. 강철 원반들이 열을 식히는 광경은 마치 저물고 있는 해의 모습처럼 보였다.

강철이 식으면서 뿜어내는 열기가 내 폐를 태울 듯했다. 내 머리칼에도 곧 불이 붙을 것만 같았다.

우리는 좁고 긴 길을 따라 나아갔다. 양옆에는 서로 반대 방향으로 나아가는 작은 운반 통들이 보였다. 한쪽에는 가공되기 이전의 철광석들이 실려 있었고, 다른 한쪽에는 새빨갛게 달궈진 강철을 싣고 있었다. 달궈진 강철이 지나가는 길에서는 공기마저 붉은빛을 띠는 듯했다. 우리는 저 두 레일 사이로 난 보행자용의 좁은 길을 일렬로 걸어갔다.

나는 별로 안전하지 않다는 느낌이 들었다. 가슴이 콩닥콩닥 뛰었다. 뒤에서 앞으로, 동시에 앞에서 뒤로, 양측의 운반 통들이 보내는 바람을 맞아가며, 나는 행여 뒤집힐세라 양손으로 치맛자락을 꼭 쥐고 있었다. 굽이 높은 구두를 신고 있던 나는, 한 걸음 한 걸음을 뗄 때마다 새카맣게 기름기가 낀 이 좁은 길 위에서 미끄러지지나 않을까를 걱정해야 했다. 요컨대 나는 무척 불쾌한 시간을 보냈다. 도통 끝이 안 보이던 길을 빠져나오고 나서야 안도했다. 길의 끝에 이르자, 그 앞에 펼쳐져 있던 것은 끝이 안 보이도록 넓은 평지였다. 그곳에는 온통 레일들이 깔려 있었고, 그 옆으로는 노동자들이 달라붙어 강철에 윤을 내고, 강철을 다듬고, 또…

제강소 견학을 더 하고 싶은 생각은 없었다. 지긋지긋해진 나는 그만 쉬겠다는 뜻을 전했다. 우리 세 사람은 생활공간으로 마련된 집으로 향했다. 화려한 옷차림을 한 시종들이 우리에게 문을 열어 주었고, 우리의 모피 옷들을 받아 옷장에 보관해 주었다. 시종들은 모두 까치발을 한 채 걷고 있었으며, 집안은 온통 정적에 감싸여 있었다. 왜? 도저히 그 이유를 이해할 수가 없었다.

내 친구의 형제가 드디어 몇 마디 말을 떼었으나, 지나치게 낮은 목소리라서 알아듣기 힘들었다. 우리는 그에게 손짓과 발짓을 동원해가며 질문을 던졌고, 대답을 듣기 위해서 귀를 쫑긋 세워야만 했다. 그리고 그때 나는 보았다. 돌처럼 굳어 있던 이 귀머거리의 얼굴에 아주 엷은 미소가 피어나는 것을 말이다. 그순간 곧바로 이 사내가 다른 사람들에 대해 품고 있던 전반적인 증오심을 깨달았고, 또한 그가 자신의 신체장애에 대해 자기 나름의 방식으로 복수를 펼치는 중임을 깨달았다.

점심 식사가 준비된 것은 겨울나기용 온실에서였다. 그곳은 집 한 구석에 설치되어 있던 마법 같은 공간으로, 온통 꽃과 풀들이 자라나 있었다. 우리는 식탁에 둘러앉으며, 몇백 마리는 되어 보이는 새들의 시끄러운 합창 소리를 들어야만 했다. 온실 곳곳에 카나리아들이 있었다. 카나리아 가족들은 온실 곳곳의 커다란 잎사귀들 아래, 보이지 않는 그물망에 사로잡혀 있었다. 카나리아들은 모든 곳에 있었다. 우리 머리 위에, 발아래, 내가 앉은 의자 아래, 식탁 위, 그리고 내 뒤에도 말이다!

나는 이 날카롭고 시끄러운 카나리아의 울음소리를 이겨내고 싶어서 냅킨을 흔들어가며, 아주 큰 목소리로 말을 하기 시작했다. 내가 목소리를 키우자마자, 저 깃털 달린 족속들이 부르는 노랫소리 또한 우리 머리를 깰 것처럼 높아지기 시작했다. 귀머거리 사내는 활짝 핀 얼굴을 한 채 흔들의자에 누워있었다. 그는 복수심이 담긴 못된 웃음을 터뜨렸다. 분노가 폭발하기 직전에, 내 마음속에서는 이 사내에 대한 너른 관용의 마음이 피어났다. 그러자 귀머거리 남자의 복수심은 그저 유치하고도 안쓰러운 무언가로 비쳤다. 나는 나에 대한 사내의 악의를 순순히 받아들였다. 그리고 그의 형제이자 내 친구의 도움을 받아, 화원의 반대편 끝으로 자리를 옮겨 식후의 차를 들었다.

나는 죽을 정도로 피로했다. 그래서 친구가 내게 도시에서 불과 몇 리 떨어진 곳에 있다는 자기 유정을 견학시켜 준다고 했을 때, 나는 질겁하고 좌절한 표정으로 그를 바라보았다. 너무나도 좋지 않은 내 반응을 본 그는 우아한 호의를 보이며 자기 제안을 철회했다.

때는 다섯 시였고, 날이 저물고 있었다. 나는 숙소로 돌아가고 싶었다. 미국인 친구는 산비탈을 타는 길로 나를 데려다줘도 괜찮겠냐고 물었다. 그의 얘기로는, 산비탈을 따라가는 길은 우리가 제강소를 찾아왔던 길보다 더 멀긴 하지만, 그 길을 따라가다 보면 언덕 위에서 피츠버그 시내를 감상할 수 있다고 했다. 그리고 위쪽에서 내려다보는 피츠버그의 전경은 충분히 그러한 수고를 감내할 만큼 아름답다고도 했다.

미국인 친구의 마차에는 새로운 말이 매여 있었다. 우리는 다시 그 마차에 올라탔다. 마차가 출발한 지 몇 분 되지 않아, 나는 광적인 몽상에 사로잡혔다. 미국인 친구가 플루톤, 곧 지옥의 신처럼 느껴졌고, 나는 그의 아내인 프로세르피나처럼 생각되었다! 우리는 날개 달린 말들이 끄는 마차를 타고 우리들의 제국을 가로지르고 있었다! 도처에 불덩어리가, 불길이 치솟고 있었다! 길고 검은 연기가 피어오르는 핏빛 하늘은 마치 과부들이 쓰는 검은 베일처럼 보였다! 땅에서는 강철로 된 긴 팔들이 하늘을 향해 솟아 있었다. 그것들은 하늘을 향해 최후의 저주를 걸고 있었다! 이 팔들은 하늘을 향해 연기와 불꽃을 토해냈고, 때로는 폭죽들을 쏘아 올리기도 했다. 부서진 폭죽은 별의 비가 되어 다시금 지상에 내려왔다. 때마침 마차가 고지대에 도착했다. 추위는 우리 사지를 얼어붙게 했고, 불꽃은 우리 뇌를 들뜨게 했다.

친구가 나이아가라 폭포에 대한 자신의 사랑을 이야기해준 것은 바로 그때였다. 나이아가라에 대한 애정을 고백하는 그의 말투는, 애호가의 그것이라기보다는 영락없는 연인의 그것이었다. 그는 나이아가라에 홀로 가는 것을 좋아하지만, 나와 함께라면 둘도 상관없을 것 같다고도 했다. 그의 말은 무척이나 빨랐다. 그리고 그에게서 느껴지는 정열이 어찌나 강렬한지, 나는 속으로 이 남자가 미치지 않았나 불안스레 혼자 생각했다. 친구는 마차를 위태위태하게 몰았다. 그는 비탈길에서 굴러떨어지지 않을까 싶을 정도로 길가에 바싹 붙어 마차를 몰면서 무수한 돌덩이들을 튕겼다. 나는 갑자기 공포에 사로잡힌 채 친구의 얼굴을 몰래 살펴보았다. 침착한 얼굴이지만, 아랫입술이 살짝 떨렸다. 귀머거리인 그의 형제의 얼굴에서 내가 관찰했던 것과 같은 표정이었다.

나는 신경이 곤두섰다. 추위가 느껴졌다. 솟아오르는 불길이 보였다. 마차는 미칠 듯이 질주했고, 벼려지는 강철이 내는 소음은 지하로부터 음산하게 울려오는 종소리와도 같았다. 용광로에서 내뿜어 나오는 새된 소음은 마치 밤을 찢는 절망에 찬 비명과도 같았으며, 제강소 굴뚝이 검은 연기를 내뿜는 것은 마치 빈사자가 끊임없이 기침을 뱉어내는 듯했다. 그리고 굴뚝 근처에서 일어나는 바람은 화려하게도 뿜어져 나오는 매연을 휘감고 하늘로 날아오르다가, 돌연 우리 쪽으로 방향을 바꿔 떨어져 내렸다. 이 모든 요소들이 조합되어 머리칼 휘날리는 열광적인 춤을 이루고 있었다. 나는 그 춤사위 속에서 신경 발작을 일으킬 지경이었다. 그리고 그때서야 숙소에 도착했다.

나는 마차에서 내린 후, 친구에게 버팔로에서 다시 만나자는 약속을 했다. 아! 가엾은 사람 같으니! 나는 이날 이후로 그를 다시 만날 수 없었다. 마차로 나를 데려다준 날, 감기에 걸려버린 그는 결국 나와의 약속을 지킬 수가 없었다. 그리고 이듬해, 그가 배 전복 사고로 죽었다는 소식을 들었다. 나이아가라 인근의 급류들 사이로 배를 몰다가 그만 바위에 부딪혀버린 것이었다. 그는 자신의 열정으로 인해, 그리고 그 열정을 위해 죽었다.

✠

숙소로 돌아가니, 다른 배우들이 모두 나를 기다리고 있었다. 나는 그날 4시 반에 「조르주 대공비」의 연습을 진행한다는 사실을 잊고 있었다. 그런데 배우들 가운데 낯선 얼굴이 눈에 띄었다. 누구인지 물어보니, 제럿의 허가를 받고 찾아온 데생 화가라는 답변이 돌아왔다. 그는 내게 크로키를 몇 장 그려도 되냐고 물어왔다. 나는 그를 한 구석에 앉힌 뒤 더는 그를 신경 쓰지 않았다. 우리는 그날 저녁에 「사락사락」을 공연할 예정이었다. 때맞춰 극장으로 향하기 위해서는 재빨리 「조르주 대공비」의 연습을 끝내야만 했다.

우리는 피츠버그에서 이틀간 공연을 올렸다. 그러고 나서 우리는 브래드포드와 이리(Erie), 토론토를 거쳤고, 마침내 일요일에는 버팔로에 도착했다.

나는 단원들에게 내 이름으로 하루 동안의 휴식을 주고 싶었다. 그들과 함께 나이아가라 폭포를 유람하며, 하루를 통째로 축제처럼 보낼 계획이었다. 그런데 문제는, 애비 역시 나와 같은 생각을 하고 있었다는 것이다. 그는 자신의 주도하에 단원들을 나이아가라에 초빙하고 싶어 했다. 우리 사이에는 격한 논쟁이 벌어졌고, 이는 하마터면 파국으로 치달을 뻔했다. 애비는 독재자적인 면모가 있었고, 그것은 나도 마찬가지였기 때문이다. 순간적으로 우리 두 사람은 상대방에게 굴복하느니 차라리 나이아가라 폭포에 가지 않는 편이 낫다는 생각마저 들었다. 이때 제럿이 끼어들었다. 독재자 같은 우리의 고집 때문에 배우들에게서 나이아가라 방문의 즐거움을 뺏어서야 되겠냐고 말했다. 실로 단원들은 나이아가라의 명성을 익히 들어 아는 데다가, 그곳에 갈 가능성만으로도 이미 대단히 행복해하더라고 했다. 우리는 제럿의 말에 꼬리를 내렸다. 그리고 각자 절반씩을 부담하여 공동 명의로 단원들에게 즐거운 하루를 마련해주기로 최종 합의했다.

단원들은 우리의 초청을 무척 기쁘게 수락했다. 그렇게 우리는 버팔로행 열차에 몸을 실었고, 아침 6시 10분에 버팔로에 도착했다. 우리는 사전에 버팔로에 전보를 보내 우리가 탈 마차들, 서른두 명분의 먹을거리와 커피를 준비해달라고 부탁해뒀다. 아직 영국적인 분위기가 강한 도시를 서른 두 명이 일요일에 방문하면서 사전 연락도 취하지 않는다는 것은 광기에 가까운 일이었기 때문이다.

기차는 온통 꽃으로 장식되어 있었다. 우리가 탑승한 전세 열차는 다른 열차를 전혀 찾아볼 수 없는 일요일의 철길 위를 전속력으로 내달렸다.

젊은 배우들은 유치하게 희희낙락했고, 열차 안은 이미 나이아가라 폭포를 본 사람들과 소문을 들은 사람들의 잡담이 넘쳐났다. 여자 단원들에게는 조그만 꽃다발들이, 남자 단원들에게는 궐련과 여송연들이 분배되었다. 이 모든 것들로 인해 열차 안은 익살이 가득했고, 단원들은 남녀를 가리지 않고 모두 행복해 보였다.

열차에서 내린 우리는 곧바로 마차로 갈아타고 숙소인 앙글르테르 호텔로 향했다. 우리를 위해 특별히 일요일 영업을 결심한 호텔이었다. 호텔 안은 온통 꽃으로 장식되었고, 수없이 많은 작은 테이블들이 놓여 있었다. 커피와 초콜릿, 차가 차려진 테이블들이었다. 나는 내 여동생, 애비, 제럿, 그리고 몇몇 주연 배우들과 동석했다. 우리는 무척 활발하고 즐겁고 짧은 식사를 즐겼다.

그러고 나서 우리는 폭포로 향했다. 나는 암벽의 패인 부분에 만들어진 발코니 위에서 한 시간도 넘게 나이아가라 폭포를 관망했다. 내 두 눈에는 눈물이 글썽글썽했다. 저 장엄한 풍경, 완벽한 균형미를 바라보며 마음속 깊은 곳까지 감동이 일었다.

쨍쨍한 햇살이 우리 주변을 무지갯빛으로 물들였다. 여기저기 무지개들이 떠올라 대기를 은은히 물들였다. 암벽 아래로 굳은 고드름은 커다란 보석들처럼 보였다.

나는 섭섭한 마음으로 이 발코니를 떠났다. 우리는 동물 우리를 닮은 좁은 승강기를 타고, 폭포 아래로 부드럽게 미끄러져 내려갔다. 커다란 암벽의 균열 사이에 관을 세워 그 안에 설치한 승강기였다. 폭포 아래에 다다르자, 나이아가라가 우리 머리 바로 위에 닿을 듯했다. 우리 얼굴 위로는 푸른색, 붉은색, 그리고 엷은 보라색 물방울들이 튀고 있었다!

우리와 폭포 사이에는 얼음 더미가 쌓여 하나의 작은 빙산을 이루고 있었다. 우리는 그 빙산을 기어오르려 했다. 쉬운 일은 아니었지만, 아예 불가능한 시도는 아니었다. 내가 빙산을 오르던 중에 모피 외투가 무척이나 걸리적거렸다. 그리하여 외투를 벗어 던졌다. 내 외투는 빙산의 사면을 타고 아래쪽으로 미끄러져 내려갔다. 나는 얇은 사틴 블라우스 위로 흰 원피스만을 걸친 상태가 되었고, 그 모습을 본 동료들은 기겁했다. 애비가 자기 외투를 벗어 내 어깨 위로 던졌다. 나는 애비의 외투 또한 곧바로 아래로 집어던졌고, 그의 외투는 저 아래쪽에서 내 모피 외투와 만나게 되었다. 가엾은 공연 기획자의 얼굴이 절망적으로 일그러졌다. 빙산에 오르기 전 그는 상당한 양의 칵테일을 마신 상태였기 때문에, 그는 계속 비틀거리면서 빙판 위로 넘어졌다 일어났다를 반복했다. 단원들은 모두 그런 애비의 모습을 바라보며 웃음을 터뜨렸다. 나로 말할 것 같으면, 전혀 추위를 느끼지 않았다. 사실 야외에서는 결코 추위를 느끼지 않고, 오로지 실내에 있거나 아예 몸을 움직이지 않을 때만 추위를 느꼈다.

마침내 빙산 정상에 이르렀다. 폭포는 이제 우리에게 실제적인 위협처럼 느껴졌다. 굉음을 내며 부서지는 폭포로부터 보이지 않는 물방울들이 무수히 튀어나와 우리 몸을 흠뻑 적셨다. 순간 이 재빠른 물의 움직임에 홀린 채 그저 멍청히 폭포를 바라보았다. 폭포는 커다란 은빛 커튼처럼 보였다. 한껏 펼쳐졌다가, 이내 처절하게 부서져 무수한 물방울들로 되튀어 오르는 은빛 커튼. 여태껏 한 번도 들어보지 못한 굉음을 일으키며, 그 물방울들은 내게 튀어 오르고 있었다.

나는 평소에도 현기증이 잘 나는 편이다. 그러니 내가 이곳을 홀로 방문했더라면, 분명 저 힘차게 쏟아지는 물줄기에 시선을 고정한 채 영영 자리를 뜨지 못했을 것이다. 내 머리는 저 매력적인 폭포 소리를 자장가처럼 여겼을 것이고, 내 사지는 음험하게 죄어드는 추위 속에 곱아들었으리라. 정말이지, 그만 돌아가자고 내 몸을 잡아끌 다른 이가 없었더라면 큰일 날 뻔 했다.

곤란한 일을 마주하자 나는 침착함을 되찾았다. 이제는 빙산을 내려가야 할 때였는데, 그것은 빙산을 올라오는 일보다 더 어려웠다. 나는 동료에게 지팡이를 빌려서 오금 아래 넣고 빙판 위에 주저앉았다. 그렇게 썰매를 타듯 저 아래로 미끄러져 내려갔다.

모든 이들이 나의 방식을 따라 했다. 서른두 명의 성인이 기마자세를 취한 채 전속력으로 빙산을 내려오는 장면은 참으로 우스꽝스러웠다. 몇몇은 그만 중심을 잃고 굴렀고, 몇몇은 서로 충돌하기도 했다. 여기저기서 웃음들이 터져 나왔다. 15분 뒤에는 모두 숙소로 돌아올 수 있었고, 숙소에는 점심 성찬이 준비되어 있었다.

우리는 추웠고 허기졌다. 실내는 따스했고, 음식에서는 맛있는 냄새가 풍겼다.

점심 식사가 끝나자, 호텔 주인은 나를 어느 자그마한 응접실로 초대했다. 거기에는 나를 위한 깜짝 선물이 놓여 있었다. 응접실로 들어가자, 테이블 위에 긴 유리 상자 하나가 놓여 있는 것이 보였다. 그리고 그 안에는 나이아가라 폭포의 축소 모형이 들어있었다. 나이아가라 폭포의 암벽들은 작은 돌멩이들로 표현되어 있었고, 넓은 유리와 길쭉한 유리는 각각 폭포 아래의 수면과 폭포를 묘사하고 있었다.

축소 모형의 군데군데에는 딱딱한 재질로 만든 녹색의 가짜 잎들이 붙어 있었다. 그리고 유리 무더기로 표현된 폭포 위에는 나의 실루엣이 묘사되어 있었다! 나는 이 깜짝 선물을 바라보며 비명을 지르고 싶을 정도로 혐오감을 느꼈다. 그 정도로 이 축소 모형은 추하게 보였다.

그리하여 호텔 주인의 좋은 안목을 칭찬하면서 입가에 굳은 미소를 지어 보였다. 그런데 이 선물을 마련한 것은 호텔 주인이 아니었다. 나는 같은 방안에 피츠버그의 형제, 내 미국인 친구의 하인이 있는 것을 알아보고 그 자리에서 얼어붙었다. 세상에서 가장 아름다운 풍경이 원본인 이 끔찍스러운 축소 모형은 바로 그들 형제가 보낸 것이었다.

나는 하인이 건네준 편지를 읽어보았다. 편지의 글귀는 내 경멸감을 녹이기에 충분했다. 그들은 편지 안에서 대단히 정성스럽게 이 선물을 어떤 마음으로 마련했는지를 설명했고, 그들의 선물로 나를 즐겁게 할 수 있다는 기쁨이 드러나 있었다.

나는 편지에 대한 답장을 하인에게 넘겨준 뒤, 그를 두 형제에게 돌려보냈다. 그리고 호텔 주인에게는 축소모형을 최대한 조심스럽게 포장해서 파리에 있는 내 자택에 부쳐달라고 부탁했다. 물론 내심 그것이 산산조각이 난 채 파리에 도착하길 기대하고 있었다. 나는 깊은 생각에 잠겼다. 내 친구의 폭포에 대한 열정은 익히 알고 있는 바였다. 대체 그렇게나 정열적으로 폭포를 사랑하는 사람이 어떻게 저런 끔찍한 모형을 만들 생각을 할까? 그가 자신의 기억을 되짚어가며, 꿈결 같은 자신의 환상을 현실로 구현하려던 것이라고 할 때, 그는 대체 어떤 생각으로 이 그로테스크한 모사품을 보고도 반발하지 않았을까? 대체 그는 어떻게 이런 선물을 내게 보낼 용기를 냈을까? 그가 폭포를 사랑한다는 것이 사실이긴 한 걸까? 그는 저 눈부신 장엄함 속에서 대체 무엇을 느꼈던 걸까?

피츠버그의 내 친구가 죽은 뒤에도, 그를 추억하며 몇 번이나 이런 질문들을 반복해 던졌다. 하지만 죽은 자는 답을 줄 수가 없었다. 그는 나이아가라 폭포를 위해 죽었다. 그는 기꺼이 폭포의 급류에 휘말려 들었고, 폭포의 애무 아래 부서졌다. 그럼에도 나는 지금도 그가 나이아가라 폭포의 진정한 아름다움을 보았다고는 도무지 생각할 수 없다.

무척 다행스럽게도 이 끔찍한 선물과 계속 마주하지 않아도 되었다. 마차의 출발 시각이 되었다. 이미 다른 이들은 모두 마차에 탄 상태로 나를 기다렸다. 관광객들을 실어 나르느라 지친 말들은 다소 느린 속도로 마차를 끌었다.

우리는 캐나다 쪽 연안에 도착했다. 캐나다 쪽 나이아가라 관광을 위해서는 지하로 내려가야 했고, 그 전에 우스꽝스러운 고무재질의 방수복으로 옷을 갈아입어야 했다. 방수복은 노란색과 검은색의 두 종류였다. 생전 처음으로 이 끔찍한 옷을 걸친 우리들은 마치 땅딸보 선원들처럼 보였다.

두 채의 널찍한 오두막이 탈의실로 제공되었다. 우리는 각각 여자와 남자로 나뉘어 옷을 갈아입기 시작했다. 생전 처음 입는 옷으로 갈아입다 보니 다들 다소 우왕좌왕했다. 결국 각자 자기 옷가지를 벗어 자그마한 짐으로 꾸렸다. 그리고 관광객들의 의복을 보관하는 사람에게 그 짐을 조심스레 넘겨주었다. 방수복의 두건은 머리카락을 두건 아래 밀어넣고 턱 아래를 꽉 조이게끔 되어 있었다. 몸을 감싸는 방수 상의는 품이 너무 넓었고, 발을 감싸는 장화 안쪽에는 모피가 덮여 있었다. 또한 장화 밑바닥에는 여러 개의 쇠 송곳이 달려 있어서 행여 미끄러지더라도 다리나 머리가 골절되는 일이 없도록 막아줬다. 아, 그리고 고무바지도 품이 아주 넓었고 특히나 엉덩이 부분은 펑퍼짐했다. 이런 특징들로 인해 방수복을 입은 여인들은 더할 나위 없이 '아름답고' '날씬해' 보였다. 즉, 우리는 부자연스럽고 어색하게 움직이는, 덩치 큰 곰들처럼 보였다. 여기에 끝부분에 쇠를 씌운 몽둥이 하나씩을 들면 우아한 방수복이 완성된다.

내 모습은 다른 이들보다 한결 우스꽝스러웠다. 머리카락을 방수 두건 아래 집어넣지 않은데다, 내 딴에는 멋을 부리려고 장미 몇 송이를 방수복 가슴께에 꽂고 있었으며, 허리에는 커다란 은제 허리띠를 둘러맨 상태였다.

그런 내 모습을 바라보며 여성 단원들은 탄성을 내질렀다.

"오! 그렇게 하니 정말 예쁘네요! 역시 우리 중에 멋을 부릴 줄 아는 이는 사라 베르나르 씨뿐이에요!"

　남성 단원들은 곰 발바닥이 된 내 손등에 정중히 입을 맞추고 허리를 낮게 숙여가며 낮은 목소리로 속삭였다.

　"이 추한 방수복을 입었는데도 여전히 당신께서는 우리의 여왕이시며, 요정이시며, 여신이시며…"

　나는 단원들의 반응에 만족해 콧노래를 흥얼거렸다. 거울 앞에서 진실을 깨닫기 전까지는 말이다. 우리가 아가씨 한 사람이 입장권을 발부하고 있는 계산대 앞을 지날 때였다. 그순간 그곳에 놓인 거울을 통해 거대한 몸집에 무척 우스운 몰골이 된 나 자신을 직시하게 되었다. 내 자업자득이었다. 가슴팍에 장미를 꽂은 것도 나였고, 곱슬머리를 기어이 두건 밖으로 빼낸 것도 나였으니까 말이다. 밖으로 삐져나온 곱슬머리는 커다란 두건의 챙처럼 보였다.

　나는 다른 어떤 이들보다도 더 추해 보였다. 은제 허리띠로 허리를 졸라맨 탓에, 고무 재질 상의의 옷 주름이 내 갈비뼈 인근에 잡혔다. 두건에 짓눌린 머리칼은 내 갸름한 얼굴을 잡아먹은 듯 보였고, 특히 두 눈은 머리칼에 가려 아예 보이지 않았다. 이 커다란 통이 실은 인간임을 나타내주는 것은 오직 윤곽이 또렷한 내 큰 입뿐이었다.

　내가 이 와중에도 겉멋을 부려가며 교태를 떨려 했다는 것이 통탄스러웠다. 또한 실제로는 나에 대한 조롱에 불과했던, 저속하고 거짓된 아첨에 취해 콧노래를 불러 댄 내 어리석음도 부끄러웠다. 노기와 수치심에 사로잡혀 이 우스운 몰골을 고치지 않겠다고 결심했다. 내친김에 이 수치를 가슴에 새겨 내 오만함을 경계하고자 하려는 의도에서였다.

　그 자리에는 우리 말고도 많은 외국인 관광객들이 더 있었다. 그들은 서로 옆구리를 쿡쿡 찌르고 손가락질을 하면서 내 멍청하고 기괴한 차림새에 몰래 웃음을 터트렸다. 사실 그래도 마땅했다.

우리는 얼음덩이를 파내 만든 계단 아래로 내려가서 캐나다 쪽의 나이아가라 폭포에 이르렀다. 그곳에서 우리를 기다리던 것은 더할 나위 없이 기이한 장관이었다. 머리 위로 거대하고 둥근 얼음 천장이 허공에 매달린 듯 떠 있었다. 얼음 천장의 한쪽 측면은 어디에도 붙어 있지 않았고, 오직 다른 한쪽 측면만이 커다란 바위 중간에 붙어 있었다. 그리고 이 커다란 얼음 천장 아래로는 다종다양한 형태의 얼음덩이들이 매달려 있었다. 거기에는 용들을 닮은 얼음도 있었고, 화살을 닮은 얼음, 십자가를 닮은 얼음, 웃고 있는 얼굴을 닮은 얼음, 찌푸린 얼굴을 닮은 얼음, 여섯 개의 손가락이 달린 손을 닮은 얼음, 생기다 만 발을 닮은 얼음, 만들다 만 토르소를 닮은 얼음, 그리고 여인의 긴 머리카락들을 닮은 얼음들도 있었다. 이것이 다가 아니었다. 상상력의 도움을 받아, 눈을 게슴츠레 뜬 채 얼음들을 뚫어져라 보면, 마침내 흐릿하게만 보이던 새로운 형상들이 또렷이 떠올랐다. 온갖 종류의 자연의 영상 혹은 꿈의 영상들, 병든 정신이 떠올릴 법한 정신 나간 갖가지 형상, 혹은 총명한 두뇌가 떠올릴 법한 모든 현실적인 형상들. 인간의 정신은 이 모든 것들을, 펜이 그것을 묘사하는 데 필요한 시간보다 더 짧은 시간 안에 머릿속에서 떠올릴 수 있다.

우리가 목도한 것은 수많은 얼음 종탑들이었다. 이 작은 종탑 모양의 얼음 중 어떤 것들은 무척 당당하고 꼿꼿한 기세를 뽐내며 하늘을 향해 솟아 있었고, 바람에 의해 형상이 다듬어진 것들은 마치 기도 시간을 알리는 이가 올라오기를 기다리는 이슬람 사원의 첨탑처럼 보였다.

우리 오른편에는 미국 쪽 나이아가라에 뒤지지 않는 폭포가 굉음을 내며 쏟아지고 있었다. 차이점이 있다면, 이때는 해가 저물고 있던 때라, 모든 풍경이 낙조의 붉은 장밋빛에 물들었다는 점 정도였다.

폭포수가 우리 쪽으로 튀어 올랐다. 우리는 쏟아지는 은빛 물결에 전신을 흠뻑 적셨고, 방수복 위로 튀긴 물은 약간의 떨림 끝에 곧바로 얼기 시작했다. 이곳은 운 나쁜 물고기들의 무덤 같았다. 물살의 흐름에 떠밀려온 아주 작은 물고기들이 바로 이곳에서 눈부시게 아름다운 낙조를 맞이하며 죽어갔다.

나는 폭포의 좌측에서 코뿔소를 닮은 얼음덩이를 발견고서 외쳤다.

"저 위에 올라가 보고 싶어요!"

그러자 내 친구 중 한 사람이 말했다.

"마음은 이해합니다만, 그건 불가능해요."

"오! 불가능하다뇨. 불가능한 것은 아무것도 없어요! 위험을 무릅쓰고서라도 저는 꼭 저기 올라갈 거예요. 얼음덩이와 바닥 사이에 균열이 있지만, 그래봐야 폭이 1미터도 안 되는걸요."

그러자 우리 일행이었던 화가 한 사람이 대꾸했다.

"그래도 안 돼요. 폭은 좁아도 바닥이 깊은 틈인걸요."

"좋아요, 그럼 우리 내기하죠. 제가 기르던 개가 얼마 전에 죽었어요. 만약 제가 저 얼음덩이에 올라가거든, 당신들이 제게 새로운 개를 한 마리 사 주세요. 제가 고른 개로요!"

기겁한 사람들이 급히 애비를 불러왔지만, 그가 도착한 것은 내가 막 균열 위를 뛰어넘고 있던 때였다. 다행이 간발의 차로 균열 아래로 추락하는 것을 피했다. 그리하여 코뿔소 얼음덩이의 등에 올라타는 데 성공했다. 그런데 일단 등 위에 올라왔어도 그 위에서 균형을 잡고 서는 것은 불가능했다. 얼음덩이의 표면이 인조 얼음처럼 투명하고 매끈매끈했기 때문이었다. 나는 이 얼음 코뿔소의 등에 올라탄 채, 그 머리 위로 솟아 나온 조그만 혹을 붙잡았다. 그러고 나서 누군가가 나를 데리러 오지 않는다면 거기 머물러 있을 수밖에 없다고 선언했다. 내게는 이 미끄러운 등판 위에서 한 걸음을 내디딜 용기가 없었다. 게다가 얼음덩이가 살짝 움직이는 것 같기도 했다. 결국 얼음 코뿔소의 머리 위에 올라탄 채 옴짝달싹 못하게 되었다. 머리가 어질어질해지기 시작했다. 내기에서는 내가 이겼지만, 더는 흥이 나질 않았다. 흥은 커녕 나는 공포에 사로잡혔다. 모든 이들이 발을 동동 굴러내며 나를 바라봤고, 그러한 그들의 모습은 내 공포를 더욱 부추겼다. 여동생은 신경 발작을 일으켰다. 가엾은 나의 게라르 부인은 비명을 내질렀다.

"아! 하느님 맙소사, 내 조그만 사라! 아! 주님! 주님!"

그녀가 내지르는 비명에 영혼이 쪼개지는 듯한 아픔을 느꼈다. 한편 화가는 그런 내 모습을 바라보며 크로키를 그려댔다.

다행히도 나를 제외한 단원들은 시간 맞춰 위로 올라가 나이아가라의 급류를 감상할 수 있었다. 애비가 내게 애원했다. 가엾은 제럿도 내게 애원했다. 그들은 내게 부디 이쪽으로 돌아와 함께 급류를 보자며 애원했다. 하지만 그럴 수가 없었다. 현기증이 심했기 때문이다.

현기증이 나를 사로잡았다. 저 균열을 다시 건널 엄두가 나지 않았고, 그럴 기력도 없었다. 보다 못한 안젤로가 균열을 뛰어넘은 것은 바로 그때였다. 그는 코뿔소 얼음의 가장자리에 선 채, 균열 저편에 남은 이들에게 널빤지 한 장과 도끼를 가져와 달라고 요구했다. 나는 코뿔소 얼음의 머리 부근에서 그를 내려다보며 소리쳤다.

"브라보!"

사람들은 널빤지를 구해 와서 안젤로에게 건네주었다. 거뭇거뭇하게 썩어버린 낡은 널빤지였다. 나는 미덥지 못한 눈빛으로 바라보았다. 안젤로는 손도끼로 얼음 코뿔소의 꼬리 부분을 잘라내었고, 그 잘린 부분에 널빤지를 얹어 길을 만들었다. 애비, 제럿, 클로드는 반대편에서 널빤지의 끄트머리를 잡아주었다. 그리하여 얼음 코뿔소의 엉덩이 부근까지 미끄러져 내려갔고, 이어서 불안스러운 마음으로 썩은 널빤지에 발을 들였다. 널빤지의 폭이 좁았기 때문에, 나는 일직선으로 조금씩 조금씩 걸음을 뗄 수밖에 없었다. 매번 발뒤꿈치를 발끝에 대어가며, 일직선으로 한 걸음씩 말이다.

나는 머리에 열이 끓는 상태로 숙소에 돌아왔다. 숙소에서 화가가 나를 찾아와 그가 그린 우스꽝스러운 크로키들을 보여주었다. 가벼운 간식을 먹은 뒤에, 다시금 열차에 올랐다. 열차는 이미 20분이 넘게 출발 대기 상태였고, 아직 열차에 타지 않은 단원은 나뿐이었다.

나는 결국 나이아가라의 급류를 보지 못한 채 버팔로를 떠났다. 나이아가라의 급류, 그곳은 피츠버그의 내 가엾은 미국인 친구가 최후를 맞이한 곳이었는데 말이다.

38

프랑스로의 귀환, 아브르에서의 환영

우리들의 위대한 여정도 끝자락에 접어들었다. '위대한'이란 수식어를 붙인 이유는 단지 이것이 내 첫 번째 공연 여행이었기 때문이다. 미국 순회공연에는 일곱 달이 소요되었다. 그리고 그 후로 내가 했던 순회공연들은 짧게는 열한 달에서 길게는 열여섯 달 사이에 걸친 여정이었다.

우리는 버팔로에서 로체스터로 떠났고, 뒤이어 유티카, 시러큐스, 올버니, 트로이, 우스터, 프로비던스, 뉴어크, 그리고 워싱턴을 방문했다. 우리는 워싱턴에서 짧게 머물렀다. 워싱턴은 물론 무척이나 매력적인 도시지만, 당시로서는 머리가 지끈거릴 정도로 우울에 젖은 도시에 지나지 않았다. 워싱턴은 내가 가장 마지막으로 방문한 미국의 대도시이다.

우리는 워싱턴에서 두 차례의 멋진 공연을 올린 뒤, 대사관 만찬에 참석했다. 그리고 다시 볼티모어, 필라델피아를 거쳐, 뉴욕으로 향했다. 뉴욕은 우리 순회공연의 마지막 목적지였다.

뉴욕 예술가들의 의뢰로, 우리는 이 도시에서 성대한 낮 공연을 올렸다. 공연작으로 선정된 것은 「조르주 대공비」였다.

아! 이날의 낮 공연은 정말이지 아름답고 잊을 수 없는 공연이었다! 뉴욕 예술가들은 우리들의 일거수일투족을 빠짐없이 관찰했다. 배우들과 화가들, 조각가들로 구성된 특별한 관객들은 어떠한 디테일도 놓치는 법이 없이 완벽히 포착해냈다.

공연이 끝나고, 금으로 된 빗을 선물 받았다. 빗에는 공연 일자와 함께 이날 공연을 보러온 예술가들의 이름이 새겨져 있었다. 그리고 살비니로부터 자그마하고 예쁜 청금석 상자를 선물 받았다. 당시 열아홉 살의 나이로 눈부신 아름다움을 뽐내던 메리 앤더슨은 "저를 잊지 말아 주세요"라는 말과 함께 내게 터키석으로 된 자그마한 메달을 선물해주었다. 공연이 끝난 후 내 배우 휴게실에 쌓인 꽃다발들을 세어 보니, 그 수는 무려 130다발이었다.

같은 날 저녁, 우리는 「춘희」의 공연으로 미국에서의 모든 일정을 마무리 지었다. 나는 공연 후 인사를 위해 열네 차례나 무대 위로 연신 불려 나왔다.

공연 후 인사를 하던 도중, 잠시 당황했다. 우레처럼 쏟아지는 갈채 속에서 어떤 날카로운 함성이 선명히 들려왔다. 수백 명의 사람이 내가 이해할 수 없는 것을 요구하고 있었다. 매번 무대 뒤편으로 돌아올 때마다 끊임없이 반복되는 무시무시한 기침 소리 같은 저 말이 어떤 뜻인지를 주변 사람들에게 물어보았다.

어디선가 갑작스럽게 튀어나온 제럿이 내게 그 뜻을 설명해줬다.

"관객들은 당신에게 연설해달라는 거예요."

내가 그를 얼빠진 표정으로 바라보자, 그는 다시금 입을 열었다.

"관객들은 지금 당신이 짧은 연설을 해주길 원해요."

"아!"

나는 공연 후 인사를 위해 다시금 무대 위로 돌아가며 외쳤다.

"안 돼요! 나는 영어 연설 같은 건 못하겠는걸요!"

그렇지만 무대 위로 돌아온 나는 관객들을 향해 더듬거리는 영어로 인사했다.

"저는 영어를 못합니다만, 그래도 이 말씀은 전해드릴 수 있을 것 같네요. 감사합니다! 정말 진심으로, 감사합니다!(I can't speak; but I can tell you : thank you! thank you! with all my heart!)"

나는 우레와 같은 박수와 함께, "프랑스 만세!"라는 외침을 들어가며 극장을 나섰다. 5월 4일 수요일, 나는 미국땅에 왔을 때 탔던 것과 같은 배인 '아메리크'호에 탑승했다. 내 공연 여행으로 인해 비로소 행운이 시작된, 저 '유령선'에 말이다.

하지만 배는 같더라도 선장은 다른 이였다. 새로운 선장의 이름은 산텔리(Santelli)라고 했다. 이전 선장이 키가 큰 갈색 머리였던 반면, 산텔리는 키가 작은 금발이었다. 그런데 산텔리는 주클라 못지않게 매력적이인 인물이며 우아한 달변가였다. 이전 선장이었던 주클라는 도박에서 거금을 잃은 뒤 자기 머리를 쏘아 자살했다고 한다.

내 선실은 새롭게 단장되었다. 이번에는 선실 벽이 온통 하늘빛 벽지로 꾸며져 있었다. 배 위에 올라타며, 나는 다정한 미국의 군중들을 돌아보았고, 그들에게 마지막 인사를 건네었다. 그들은 내게 "다음에 다시 봐요!"라고 외쳐 주었다.

나는 내 선실로 향했다. 한데, 내 방문 앞에 웬 남자가 한 명 서 있었다. 우아한 쉿빛 정장을 차려입고, 뾰족구두를 신고, 최신 유행을 따른 모자를 쓴 채 두 손에는 개가죽 장갑을 끼고 있던 그 사내의 정체는 고래 전시꾼 헨리 스미스였다. 나는 짐승 같은 비명을 내질렀다. 그는 히죽히죽 미소를 머금은 얼굴로 내게 보석함을 내밀었고 나는 받자마자 바다에 던져버리려 했다. 이때 제럿이 끼어들어 내 팔에서 보석함을 빼앗아 그 안의 보석을 들여다본 후 외쳤다.

"정말 훌륭한 보석이에요!"

나는 두 눈을 꼭 감고 두 귀를 막은 채, 헨리 스미스에게 소리를 지르기 시작했다. "꺼져버려요! 악당! 짐승! 썩 꺼져! 나는 당신이 끔찍한 고통 속에서 죽었으면 좋겠어! 어서 꺼져요!"

감았던 눈을 살짝 떴을 때는, 헨리 스미스가 사라진 뒤였다. 제럿은 내게 그가 남기고 간 선물에 관해 이야기하고 싶어 했지만 나는 어떤 이야기도 듣고 싶지 않았다.

"아! 제발요! 제럿 씨, 제발 저를 가만히 내버려 두세요! 그리고 그 보석이 그렇게나 아름답다면, 당신 딸에게 주면 되는 거잖아요! 저한테 더는 그 이야기를 하지 말아주세요!"

그리고 제럿은 내 말을 그대로 따랐다.

✠

미국을 떠나기 전날 저녁, 그로소(Grosos)라는 서명이 적힌 긴 전보 한 통을 받았다. 그로소 씨는 아브르의 인명구조원협회 회장이었다. 그는 내게 아브르항에 내린 뒤, 인명구조원의 가족들을 위해 공연을 해 줄 수 없겠냐는 청을 했다. 그의 부탁을 무척 기쁜 마음으로 수락했다. 나는 사랑하는 고국으로 돌아가는 길에, 사람들의 눈물을 닦아줄 수 있는 고결한 행동을 하게 되었다.

시끌벅적한 출발 준비를 마친 뒤, 우리 배는 유유히 바다를 가르기 시작했다. 우리가 뉴욕을 떠난 것은 5월 5일 목요일이었다.

평소 바닷길 여행을 싫어하는 나였지만, 이날 나는 가벼운 마음으로 입가에 미소를 머금은 채 승선해 있었다. 지긋지긋한 뱃멀미 역시도 이때의 내게는 별것 아닌 것처럼 생각되었다.

우리 배가 갑자기 멈춰 선 것은, 뉴욕을 떠난 지 고작 48시간이 지났을 때였다. 그순간 선실 침대에서 뛰어 내려 갑판으로 달려 나갔다. 사람들이 '유령선'이란 별명을 붙인 이 배가 행여 또다시 사고를 겪은 것은 아닌지 염려했기 때문이다. 갑판에 나가 보니, 우리 배 앞에 프랑스 국적의 배 한 척이 떠 있는 것이 보였다. 맞은편의 배는 작은 깃발들을 올렸다 내렸다를 반복했다. 그것은 일종의 신호였다. 맞은편 배의 신호에 보낼 답을 지시하던 산텔리 선장은 내게 저 깃발 신호의 의미를 상세히 설명해주었다. 그러나 고백하건대, 나는 이때 들은 설명 중 단 한 마디도 기억나지 않는다.

맞은편 배로부터 작은 보트 한 척이 내려졌다. 두 선원과 젊은 남자 한 사람이 그 보트에 올라타는 것이 보였다. 젊은 남자는 안색이 무척 창백했고, 가난뱅이의 옷차림을 하고 있었다. 선장은 배의 계단을 내리도록 지시했다. 작은 보트가 우리 배에 가까이 붙었고, 이내 두 선원에게 인도되어 젊은 남자가 우리 배에 옮겨탔다. 맞은편 배에서 온 선원 중 한 사람이 우리 배의 상급 선원에게 편지 한 장을 건네주었다. 편지를 읽은 상급 선원은 젊은 사내를 바라보며 부드러운 목소리로 따라오라고 했다. 젊은 남자를 우리에게 인도한 두 선원은 보트를 타고 자신들의 배로 돌아갔다. 맞은편 배는 보트를 회수한 뒤 다시금 엔진을 가동했다. 우리 배의 엔진 또한 다시 돌아가기 시작했다. 두 척의 배는 관례적인 인사를 나눈 뒤, 각자 자신들의 항로를 따라 재출발했다.

가엾은 젊은이는 선장 곁으로 인도되었다. 나는 자리를 피하며, 사무장에게 나중에 저 남자가 어째서 이쪽 배로 옮겨타게 되었는지 그 경위를 알려달라고 부탁했다. 물론 그것이 비밀이 아니라면 말이다.

잠시 뒤, 나를 찾아와 내게 설명을 들려준 것은 사무장이 아니라 선장 본인이었다.

젊은이의 정체는 가난한 나무 조각가였다. 그는 뱃삯을 지불할 여력도 없는 빈털터리로, 뉴욕으로 향하는 배 안에 몰래 숨어들었다고 했다. 이민자의 뱃삯은 통상 요금보다 더 쌌음에도 불구하고, 그에게는 그만한 돈조차 없었다. 그는 들키지 않기를 바라면서 짐 아래에 몸을 숨겼다. 밀항이 들통난 것은 열병 때문이었다. 열병에 걸려 몸을 부들부들 떨던 그는 비몽사몽간에 큰 소리를 지르며 앞뒤가 맞지 않는 헛소리들을 주절거렸다. 결국 가난한 예술가는 선내 의무실로 이송되었고, 그곳에서 모든 사실을 털어놓았다.

나는 이 가엾은 젊은이의 미국행 뱃삯을 대신 지불하겠다는 의사를 밝혔다. 가난한 예술가에 관한 소문은 다른 승객들에게도 퍼져나갔다. 승객들은 이 젊은이를 위한 모금을 진행했고, 그렇게 이 젊은 조각가는 12,000프랑의 여비를 손에 넣게 되었다. 사흘 뒤, 그는 내게 조그만 나무 상자 하나를 선물했다. 그의 손으로 직접 깎고 다듬은 수제품이었다.

현재 이 작은 나무 상자 안에는 아주 약간의 공간만을 남긴 채 꽃잎들이 들어차 있다. 그 후로 매년 5월 7일이 되면, 내게 조그만 꽃다발 하나가 보내졌기 때문이다. 꽃다발에는 언제나 같은 문구가 적힌 쪽지가 들어 있었다. "감사의 마음과 헌신의 마음을 담아." 그럼 나는 이 꽃다발에서 꽃잎을 떼어내어 작은 나무 상자 안에 집어넣곤 했다. 매년 오던 꽃다발이 오지 않게 된 지는 7년이 되었다. 예술가의 귀여운 보은을 멈추게 한 것은 망각이려나, 혹은 죽음이려나? 나도 잘 모르겠다. 하나 저 나무 상자를 바라보노라면, 언제나 막연한 슬픔을 느낀다. 망각과 죽음, 그것들은 인간의 가장 충직한 동반자들이기 때문이다. 망각은 우리 머리와 마음속에 자리를 잡는다. 그리고 죽음은 언제나 우리 곁에 있다. 죽음은 우리에게 함정을 파두고, 우리의 일거수일투족을 엿보며, 잠기운에 우리 눈이 감길 때면 희희낙락 조소를 터뜨리곤 한다. 잠들어 있는 우리는 죽음에 허구성을 부여하기 때문이다. 죽음은 언젠가 인간에게 들이닥칠 현실이 무엇인지를 아주 잘 알려준다.

위에서 언급한 사건을 제외하면, 귀국길에는 어떤 사건도 더 일어나지 않았다. 나는 매일 밤 갑판으로 나와 밤을 지새웠다. 밤새 수평선을 지켜보면서, 행여 내가 사랑하는 이들이 사는 땅을 내 앞으로 끌어올 수 있었으면 좋겠다는 상상을 했다. 아침이 밝으면 객실로 돌아가 시간을 소일하느라 종일 잠을 잤다.

이 시절 배의 운행 속도는 오늘날처럼 빠르지 않았다. 시간의 흐름이 정말 지독하게도 느리게 느껴졌다. 나는 어서 프랑스 땅에 도착하고 싶어서 조급해했다. 초조함이 어찌나 심했는지, 의사를 불러 하루 18시간을 잘 수 있게 해달라고 부탁할 지경이었다! 의사는 상당히 독한 수면제를 처방해준 덕분에 나는 매일 열두 시간씩 잠을 자면서 이전보다 마음이 편해졌고 스스로 좀 더 강해진 기분이었다. 이젠 재회의 기쁨에 수반될 심신의 충격에도 충분히 맞설 수 있을 것만 같았다.

산텔리 선장은 우리에게 14일 저녁이면 프랑스 땅에 도착할 수 있으리라는 언질을 주었다. 나는 하선 준비를 했다. 그리고 선장이 약속했던 시각이 되기 한 시간 전부터, 두 발을 동동 굴렀다. 그런데 그때 한 상급 선원이 나를 찾아와, 선교(船橋)로 와줄 것을 청했다. 그곳에서 선장이 기다리고 있다는 것이었다.

나는 여동생과 함께 부리나케 선교로 달려갔다. 상냥한 산텔리 선장은 난처한 태도로 변죽을 울리는 설명을 하기 시작했다. 그의 완곡어법을 듣고 곧바로 깨달았다. 그날 밤 정박지에 도착하기에는, 아직 너무나도 먼 거리가 남아 있었다.

그순간 오열하기 시작했다. 영영 뭍에 당도하기는 틀린 듯했다. 나는 땅 요정의 악의가 내게서 승리를 거두었다고 생각했고, 서러움에 눈물을 펑펑 쏟았다. 선장은 최선을 다해 나를 제정신으로 돌려놓고자 했지만 심신이 물에 흠뻑 젖은 넝마 꼴이 되어 선교에서 내려왔다.

나는 짚으로 엮은 장의자 위에 몸을 누였다. 새벽이 밝아왔을 때, 내 몸은 추위에 얼어붙었고 비몽사몽이었다. 시간은 아침 다섯 시였고, 아직 부두까지는 20해리가 남았다. 하지만 눈송이들처럼 가볍고 새하얀 작은 구름들 위로 발랄한 햇볕이 쏟아지는 것을 보자 내 마음도 덩달아 밝아졌고, 어린 아들의 추억이 내게 다시금 용기를 북돋워 주었다. 그리하여 선실로 달려가 시간을 보내기 위해 오래도록 몸치장을 했다. 그리고 일곱 시가 되었을 때, 선장에게 달려가 다시금 예상 도착 시각을 물어보았다.

"이제 12해리 남았습니다. 2시간 뒤면 상륙할 수 있을 겁니다."

"맹세하실 수 있어요?"

"그럼요!"

나는 갑판으로 돌아갔다. 그리고 상갑판의 난간에 몸을 기댄 채, 저 먼 전방을 뚫어져라 주시했다.

수평선 위로 조그만 증기선 한 척이 모습을 드러내었다. 나는 여기에 별 관심을 주지 않았고 계속해서 함성 소리를 기다렸다. 뭍 위에서, 저기 저편에서 나를 환영해줄 이들의 함성 소리를. 그런데 돌연, 맞은 편의 증기선에서 흰 깃발이 무수히 흔들리는 것이 보였다. 나는 쌍안경을 들고 증기선을 바라보았다. 그리고 기쁨의 비명을 지르며 그만 손에서 쌍안경을 놓치고 말았다. 온몸에서 힘이 빠져나가는 느낌이었고, 숨이 멎는 듯했다. 뭔가 말하고 싶었지만 아무 말도 할 수가 없었다. 내 얼굴은 주변 사람들이 겁에 질릴 정도로 창백해졌다. 잔은 눈물을 흘리며 맞은편의 증기선을 향해 두 손을 흔들었다.

사람들은 나를 의자에 앉히려 했지만, 나는 그러기를 원치 않았다. 그리하여 상갑판 난간을 꼭 붙잡은 채, 사람들이 정신 차리라며 내 코 아래에 내민 소금 냄새를 맡았다! 내 관자놀이에 찬 물을 떨궈주려는 우정 어린 손길들을 뿌리치고, 저기, 우리 쪽으로 다가오는 증기선을 바라보았다. 그 위에는 내 행복이 타고 있었다! 저기 저 증기선 위에는 내 기쁨이! 내 삶이! 내 모든 것이! 다른 어떤 것보다도 소중한 이들이 타고 있었다!

✠

우리 쪽으로 다가온 작은 증기선의 이름은 '디아망Diamant' 호였다. 작은 배에서 큰 배 쪽으로 사랑의 다리가 던져졌다. 그 다리는 우리들의 심장 고동으로 이루어진 다리였으며, 그토록 오랫동안 아껴온 수많은 입맞춤으로 이루어진 다리였다. 디아망 호가 우리 배에 바싹 붙자, 마침내 배와 배 사이로 사다리가 놓였다. 재회를 참지 못한 이들은 재빨리 사다리를 타고 뱃전으로 올라와 우리의 활짝 열린 품속으로 몸을 던졌다. 눈물이 펑펑 쏟아지는 가운데, 모두들 마음에 긴장이 풀렸다.

아메리크 호에 난입한 이들은 모두 내 소중한 사람들과 충직한 친구들이었다. 내 어린 아들 모리스도 그들과 함께 아메리크 호에 올랐다. 아! 꿈결 같은 시간이었다! 질문을 하기도 전에 답변이 튀어나왔다. 눈물에 젖은 웃음들이 터져 나왔다. 우리는 서로의 손을 꼭 붙잡았고, 서로를 끌어안았으며, 이 모든 과정을 또다시 반복했다. 애정 어린 인사는 몇 번을 반복해도 절대로 질리지 않는다. 그러는 동안 우리 배는 계속해서 앞으로 나아가고 있었다.

디아망 호는 우편물들을 실은 채 사라져갔다. 그러나 우리 배가 앞으로 나아갈수록, 또 다른 작은 배들이 모습을 드러내고 있었다. 각종 깃발로 화려하게 장식된 배들이 우리 앞에 백 척, 아니, 그 이상 모여 있었다.

"배가 저렇게 많이 모여 있는 걸 보니, 오늘 혹시 축제일인가요?"

내가 조르주 부아예(Georges Boyer)에게 물었다. 그는 「피가로」지 특파원으로, 내 친구들과 함께 나를 마중 나온 이였다.

"그렇습니다, 부인. 오늘은 르아브르 항에 있어 큰 축제일이지요. 일곱 달 전에 이 땅을 떠났던 요정이 귀환하는 날이니까요."

"저렇게 예쁜 배들이 다 같이 돛대를 깃발로 장식하고, 좌우로 대형을 넓게 펼친 것이 정말로 제 귀환을 축하하기 위해서라고요? 아! 난 어쩜 이렇게 행복한 사람일까!"

우리 배가 부두에 닿은 것은 바로 그때였다. 부두에는 언뜻 2만 명은 되어 보이는 인파가 단 하나의 함성을 내지르고 있었다.

"사라 베르나르, 만세!"

어안이 벙벙했다. 이토록 화려한 개선을 기대한 적은 없었기 때문이었다. 물론 구조원들을 위한 공연을 결정한 덕분에, 르아브르 주민들 사이에서 내 평판이 많이 올라갔을 거란 예상은 했다. 하나 환영인파는 르아브르의 주민들만 있는 것이 아니었다. 파리에서도 수많은 이들이, 기차마다 만석을 이루었을 정도로 많은 이들이 내 귀환을 축하하러 이곳을 찾았다는 사실을 알게 되었다.

나는 내 맥박을 짚어보았다. 잘 뛰는 것을 보니, 내가 제정신인 것도 맞았고, 꿈을 꾸는 것도 아니었다. 아메리크 호는 붉은 벨벳 천막 앞에 멈춰 섰다. 어디선가 보이지 않는 곳에 숨은 악단이 '오두막Chalet'

이란 가곡을 연주하는 소리가 들려왔다. "우리 여기서 쉬도록 하세…" 라는 가사로 시작하는 노래였다. 나는 이 프랑스적인 장난에 미소를 머금었다. 그리고 배에서 내려서 열을 지어 선 수많은 인파 가운데로 나아갔다. 수많은 이들의 다정한 미소를 스쳐 지나갔고, 선원들에게 서는 꽃을 건네받았다.

텐트 안에 들어가자, 르아브르의 구조원들이 나를 기다리고 있었다. 그들은 각자 넓은 가슴팍 위로 그들이 받아 마땅했던 훈장을 달고 있었다. 구조원협회회장인 그로소 씨는 나를 향해 담화를 낭독했다.

부인,

르아브르 구조원 협회 회장으로서 부인에게 저희 대표단을 소개하게 되어 영광으로 생각합니다. 저희는 부인의 귀국을 축하하기 위해, 또한 부인의 온정에 대한 깊은 감사의 마음을 밝히기 위해 이 자리에 모였습니다. 부인께서는 대서양 너머에서 전보를 보내주셔서 부인의 온정을 전해주셨습니다. 저희는 또한 부인이 미국에서 거둔 대성공을 축하하기 위해 이 자리에 모인 것입니다. 부인께서는 저 담대한 미국 순회공연 동안에 방문하신 모든 고장에서 화려한 성공을 거두셨습니다. 부인께서는 이제 신대륙과 구대륙 모두에서 명성을 얻게 되었으며, 부인의 예술적인 명성은 감히 부정할 수 없을 정도로 공고해졌습니다. 또한 부인의 눈부신 재능은, 부인의 인격적인 매력과 더불어, 타국 사람들에게 다음과 같은 사실을 확고히 선포하였습니다. 곧 프랑스는 여전히 예술의 나라이며, 우아함과 아름다움의 요람이라는 사실을 말입니다.

벌써 오래전의 일이 되긴 했지만, 당신이 무겁고 슬픈 기억을 환기하며 덴마크에서 내뱉었던 말들[1]은 먼 메아리가 되어 여전히 저희 귓전을 울리고 있습니다. 이는 다시금, 당신의 심장이 재능 못지않게 프랑스적임을 나타내주는 일화입니다. 당신은 그곳에서 거둔 뜨거운 성공의 한 가운데에서도, 당신의 예술적 승리에 애국심을 결부시키는 일을 결코 잊지 않았습니다.

우리 구조원들이 내게 당신이라는 매력적인 자선가에 대한 찬미를 전할 임무를 맡겼습니다. 가난하지만 고결한 우리 협회를 위해 관대하고도 자발적인 도움의 손을 뻗어주신 당신에 대한 찬미 말입니다. 그들은 당신에게 우리 조국의 땅에서, 프랑스 땅에서 꺾어 모은 들꽃들을 전달하고자 합니다. 거닐다 보면 당신 발밑에 숱하게 채일 야생의 들꽃들을 말입니다. 이 꽃들은 당신께서 기쁜 마음으로 받으실만한 충만한 꽃들입니다. 들꽃들을 모은 사람은 바로 구조원들 가운데서도 가장 용감하고 충직한 이들이니까요.

......

나는 그로소 씨의 담화문에 대해 답사를 전했다. 사람들 말로, 내 답사는 무척 유려했다고 한다. 그렇지만 그 답사가 정말로 나 자신에게서 나온 것인지 확신할 수가 없다.

그때의 나는 연이어 폭발하는 감정들 탓에, 벌써 몇 시간 동안이나 지나친 흥분 속에 빠져 있었다. 그전에 어떤 음식물도 섭취하지 않았고, 조금도 잠을 자지 않은 상태였다. 내 심장은 쉴 새 없이 즐겁고 감동적인 진군의 북소리를 울려댔다. 그리고 머릿속은 일곱 달 전부터 차곡차곡 쌓여왔던 무수한 이야기들로, 곧 재회한 지 단 두 시간 만에 속사포처럼 쏟아져 나왔던 무수한 이야기들로 가득 차 있었다.

---

1 사라 베르나르가 덴마크 주재 프로이센 공사 마그누스 남작에게 내뱉었던 비난조의 발언을 가리킨다.

게다가 이날의 성대한 환영은 내가 전혀 예상치 못했다. 파리 언론들에 의해 그토록 지독하게 다루어졌던 내 출국을 생각해 볼 때, 그리고 순회공연 중에 일어났던 각종 사건이 몇몇 프랑스 언론들에 의해 언제나 악의적으로 왜곡되고 있었음을 생각해 볼 때, 이건 한참 내 예상을 벗어나는 일이었다! 완전히 다른 중요성을 띤 이 우연의 일치를 바라보며, 나는 그것들이 도통 현실적으로 느껴지지 않았다.

르아브르에서의 공연은 구조원들에게 풍부한 마음의 양식을 전해주었다. 한편 나로서는, 이날의 공연이 내가 프랑스에서 올린 첫 「춘희」였다. 연극의 신이 내게 불을 지폈다. 확실히 말하건대, 이날 공연에 참석했던 관객들은 내 공연 예술의 정수를 맛본 셈이었다.

✠

그날 밤을 생트-아드레스에 있던 내 소유의 주택에서 보냈다. 그리고 다음 날 파리로 떠났다. 파리에서는 더할 나위 없이 열렬한 환영식이 나를 기다렸다. 그러고 나서 사흘 뒤, 빌리에 대로의 자택에서 빅토리앙 사르두의 방문을 맞이했다. 그는 자신의 걸작 희곡 「페도라Fédora」를 낭독해주기 위해 날 찾아왔다.

빅토리앙 사르두는 얼마나 위대한 예술가였던가! 또한 얼마나 경탄스러운 배우이며 뛰어난 작가였던가! 그는 내게 자신의 희곡을 한 호흡에 읽어주며, 극중 모든 역할을 소화해냈다. 사실 그의 연기를 지켜보며 순식간에 내가 미래에 펼칠 연기를 가닥 잡을 수 있었다.

낭독이 끝난 뒤, 나는 외쳤다.

"아! 사랑스러운 거장님, 이토록 아름다운 역할을 제게 맡겨주셔서 정말로 감사드립니다! 그리고 당신께서 방금 제게 베풀어주신, 멋진 연기 지도에 대해서도 감사 인사를 드리고 싶네요."

그날 밤 잠이 오지 않았다. 칠흑 같은 밤하늘에서 내가 믿고 있던 내 운명의 작은 별을 엿보고자 했다. 내 운명의 별을 찾아낸 것은 막 새벽이 밝아올 때였다. 저 별이 앞으로 비춰줄 새로운 나의 시대를 생각하며 나는 잠 속으로 빠져들었다.

✠

나는 총 일곱 달 동안 미국 순회공연을 했는데 미국의 50개 도시를 돌며 총 156차례의 공연을 올렸다. 그 상세한 내역은 다음과 같다.

「춘희」	65차례 공연
「아드리안 르쿠브뢰르」	17차례 공연
「사락사락」	41차례 공연
「조르주 대공비」	3차례 공연
「에르나니」	14차례 공연
「이국 여인」	3차례 공연
「페드르」	6차례 공연
「스핑크스」	7차례 공연

미국 순회공연으로 벌어들인 총 수입은 2,667,600프랑이다. 공연당 평균 수입은 17,100프랑이다.

내 회고록의 첫째 권을 이쯤에서 마무리 짓고자 한다. '첫째 권'이라는 표현을 쓰는 이유는 이 시기가 정말로 내 인생의 첫 단계에 불과했기 때문이다. 정신적으로, 육체적으로, 나라는 존재가 실제적인 발전을 이룬 첫 단계 말이다.

이때 코메디-프랑세즈로부터 도망쳤고, 파리로부터도 도망쳤으며, 프랑스로부터도, 가족으로부터도, 그리고 내 친구들로부터도 도망쳐 나왔었다.

나는 말에 올라타 기상천외한 여행을 떠날 작정이었다. 산을 건너고 바다를 건너 무수히 많은 다른 장소들을 가로지르는 여행 말이다!

그리고 나는 수평선을 사랑하는 사람이 되어 여행에서 돌아왔다. 또한 일곱 달 동안 어깨를 짓누르던 책임감으로 다소 차분한 성격이 되어 돌아왔다.

무시무시한 제럿은 내 거친 천성을 길들이는 데 성공했다. 그의 가차 없이 냉정한 지혜와 내 성실성에 대한 끊임없는 호소를 통해서 말이다. 나는 이 몇 개월의 기간 동안 내 사고를 성숙시킬 수 있었고, 내 의지의 거친 면모를 누그러뜨릴 수 있었다.

어렸을 때 나는 내가 오래 살지 못하리라 생각했다. 그러나 이제 나는 내게 남은 수명이 무척 길 것이라는 확신을 품게 되었다. 그렇게 생각하기 시작하자, 내 마음속에는 짓궂고도 커다란 기쁨이 피어올랐다. 내가 오래 살면 살수록, 나의 적들이 느끼는 지옥 같은 불쾌감도 커질 테니 말이다.

나는 살아가기로 마음먹었다.

내가 꿈꿔왔던 대로 위대한 예술가가 되기로 결심했다.

그렇게 미국 순회공연에서 돌아온 이후로 나는 온전히 나 자신의 인생에 헌신하게 되었다.

끝

나의 이중생활
사라 베르나르의 회고록

1판 1쇄 찍음 2023년 11월 30일

지은이   사라 베르나르
옮긴이   이주환
편집   김효진
교열   황진규
디자인   최주호
펴낸곳   마르코폴로
등록   제2021-000005호
주소   세종시 다솜1로9
이메일   laissez@gmail.com

ISBN   979-11-92667-38-6   03860